新中国 70 年 70 部
长篇小说典藏

李　準

(1928—2000)

当代作家，河南孟津人。长篇小说《黄河东流去》获第二届茅盾文学奖。

新中国70年70部
长篇小说典藏

黄河东流去

李　準——著

学习出版社
人民文学出版社

图书在版编目（CIP）数据

黄河东流去／李凖著．—北京：人民文学出版社：学习出版社，2019
（新中国70年70部长篇小说典藏）
ISBN 978-7-02-015474-6

Ⅰ．①黄… Ⅱ．①李… Ⅲ．①长篇小说—中国—当代 Ⅳ．①I247．5

中国版本图书馆CIP数据核字（2019）第157723号

责任编辑 李 宇
装帧设计 刘 静
责任印制 王重艺

出版发行 人民文学出版社 学习出版社
社 址 北京市朝内大街166号
邮政编码 100705
网 址 http：//www.rw-cn.com

印 刷 河北鹏润印刷有限公司
经 销 全国新华书店等

字 数 562千字
开 本 680毫米×960毫米 1/16
印 张 45.5 插页2
印 数 1—5000
版 次 2005年1月北京第1版
印 次 2019年9月第1次印刷

书 号 978-7-02-015474-6
定 价 118.00元

出版说明

为庆祝中华人民共和国成立70周年，全面展现中华民族的文化创造能力和文学发展水平，深入揭示新中国70年来的伟大历程、辉煌成就和宝贵经验，激励人们为实现“两个一百年”奋斗目标、中华民族伟大复兴的中国梦而不懈奋斗，我们策划出版了这套“新中国70年70部长篇小说典藏”丛书。为将该丛书打造成思想精深、艺术精湛、制作精良的精品丛书，我们成立了丛书评审专家委员会，成员均为密切关注和深刻了解我国长篇小说创作动态的资深评论家。委员会从历史评价、专家意见和读者喜好等方面对新中国成立70年来众多优秀长篇小说进行综合评定，从中选出70部描写我国人民生活图景、展现我国社会全方位变革、反映社会现实和人民主体地位、弘扬社会主义核心价值观和讴歌中华民族伟大复兴中国梦的精品力作。这些作品，大多为曾获中宣部“五个一工程”奖、“茅盾文学奖”等重大国家级奖项的长篇小说，政治性、思想性和艺术性高度统一，代表了中国文坛70年间长篇小说创作发展的最高成就。

我们致力于“把提高作品的精神高度、文化内涵、艺术价值作为追求”的使命任务，通过这套丛书的出版，在讲好中国故事、传播中国声音、阐释中国精神、展现中国风貌的同时，倡导精品阅读，引领和推动未来的中国文学原创出版。

“新中国70年70部长篇小说典藏”
评审专家委员会名单

评审专家委员会主任：李敬泽

评审专家委员会委员（按姓氏笔画排序）：

丁　帆	白　烨	朱向前	吴义勤	何向阳
应　红	张　柠	张清华	陆文虎	陈思和
孟繁华	胡　平	南　帆	贺绍俊	梁鸿鹰
董保生	董俊山	谢有顺	臧永清	潘凯雄

项目统筹：吴保平　宋　强

目　录

第一章　黄　河

君不见黄河之水天上来，
奔流到海不复回！

——李　白

一

世界上有多少条伟大的河流啊！

美洲大陆的亚马孙河，是世界最长的河流，全长六千四百公里。她以希腊神话中勇敢的英雄亚马孙的名字命名，从安第斯山东麓流出，汇集着二百多条纵横交错的宽阔支流，织成一张流程六万公里的广袤河网。她像一个老祖母，率领着她繁盛的亚马孙家族，浩浩荡荡，注入大西洋。

尼罗河，她是世界第二条大河。她像一个温柔的妈妈带着两个肤色不同的女儿——青尼罗河和白尼罗河在非洲大陆上旅行。六大瀑布是她们头上亮晶晶的珠冠，金字塔是她胸前光灿灿的宝石。她切开了世界上最大的撒哈拉大沙漠，流经东非裂谷区，在维多利亚湖睡一个觉，用她的乳汁浇灌着非洲干旱的土地。

美国的密西西比河，代表着美国人民的勇敢和智慧，落基山是她的故乡。她曾经是世界上船只最多的河流，也是世界上各种风帆的博览会。

湄公河，被称为“流动的稻米”。她像一个丰丽的少妇，在热带丛林中漫步。她的修长手臂上环抱着五个天使般的孩子。她的名字就是“幸福之母”。

伏尔加河是欧洲的第一条大河，全长三千六百公里，她是俄罗斯的母亲。多瑙河，她只有两千八百公里长，却像一条绸带，把欧洲八个国家“串连”了起来。泰晤士河只有三百六十公里长，却是欧洲一部“流动着的历史”。

在这众多的河流中，我更爱我们祖国的河流。

长江是我国第一条大河。她从“世界屋脊”青藏高原奔流而下，穿过山高谷深的横断山脉，劈开重峦叠嶂的云贵高原；奔腾的江水，一出三峡，便一泻千里，在广阔的江汉平原上驰骋奔流，最后注入浩瀚无垠的东海。辽阔的长江流域是我国的最丰富的资源、最富饶的沃土，使几亿人口在她的怀抱里生息成长。长江的美是仪态万方的：“无边落木萧萧下，不尽长江滚滚来”，是她磅礴的气势；“白波九道流雪山”，“大江茫茫去不还”，是她的雄姿；“星垂平野阔，月涌大江流”是她的夜景；“大江东去，浪淘尽千古风流人物”，是她浩瀚苍莽的写照。

黑龙江是我国又一条著名的大河。墨绿色的江水，蜿蜒四千三百公里，在弯曲的河床中汹涌奔流，肥沃的原野，茫茫的草地，无边的林海，是北中国最富饶的地方。

在祖国的南方，绿野平畴，澄江如练的珠江，汇合东、北、西三江流水，形成南国最广阔、最富庶的三角洲。她像一枝画笔，在大地上点染着浓绿的颜色，点染着生命。

在这众多的河流中，还有一条举世闻名的大河，那就是黄河。

黄河，是我们伟大中华民族的摇篮。在漫长的岁月里，她用乳汁哺育中华民族成长，创造了世界上最古老最灿烂的文化，她是我们祖国五千年悠久历史和人民勤劳勇敢性格的象征。

黄河，从源头的涓涓细水，沿途汇集三十五条主要支流和一千多条溪川，形成了每年约五百亿立方米水量的滚滚洪流，向东方咆哮着奔腾着。

黄河是勇敢的,她像一把利剑,在崇山峻岭中劈开一条通道。“黄河西来决昆仑,咆哮万里触龙门”,她以雷霆万钧的力量,浊浪排空的气势,劈开大山和深峡,切断腾格里沙漠,在黄土高原连绵不断的峡谷中穿流而下,经壶口,出龙门,过潼关,逶迤于河南、山东两省的大平原上。

黄河是勤劳的,她像一个倔强的母亲,率领着众多的儿女,日夜不息地辛勤地劳动着,她为我们创造了富裕的“河套”地区,创造了黄淮平原,创造了华北平原。她每年还背着十六亿吨泥沙去填平大海,她要为众多的儿孙去创造更多的土地。

黄河是一条古老的河流,又是一条受难的河流。她给人类带来了灿烂的文化,又给人类带来了巨大的灾难。她不断地决口、泛滥、改道、淤积,仅在解放前的一百年间,她决口和改道达一百四十九次。咆哮的洪水冲毁村庄,淹没农田,吞噬了无数的生命财产。多少年来,在她的滔滔巨流中,流淌着人们的鲜血、汗水和眼泪。

随着流逝的岁月,黄河终于跨进二十世纪来了。她开始唱一支新的歌:她歌颂着人民的斗争和劳动,歌颂着人民的智慧和爱情,她歌颂着自己的儿女和新的时代……

二

公元一千九百三十八年的夏天,一个大雾的早晨。郑州北面的黄河上,飘着一条木帆船。这条船装载着木机打包的棉花,从潼关风陵渡起航,往开封城运,在河上已经走了三天了。船上只有三个人,掌舵的老艄公叫梁恩,五十多岁年纪,瘦高个儿,留着一撮山羊胡子,平眉细目,一副慈祥稳重的表情;黑黝黝的、布满皱纹的脸告诉我们:这是个和黄河打过几十年交道的人。船上有个十五六岁的小姑娘,长得很秀美:瓜子脸儿,细长整齐的眉毛,两只眼睛像点漆一样黑里透亮,微微上翘的鼻子和含笑的嘴唇,还留着一丝孩子气的纯洁和天真。她已经梳起单辫子了。不过单辫不长,像一条粗麻花。大约是长得太快了,又没有合身的衣服,身上穿的蓝粗布印花布衫,显得又窄又小,两只手腕长长地露在外边。

拿着竹篙撑船的是个十七八岁的男孩子,高个子,宽肩膀,鼻梁很高,像铲形的下颚,显出一股坚定和有主意的神气。一双锋利得像鹰一样的眼睛,正注视着前边浓雾笼罩着的滚滚波涛。

女孩子叫梁晴,是梁恩老汉的独生女儿。男孩子姓海,叫海天亮,他是梁恩老汉在船行里一个烧香师弟的孩子。“七七事变”前一年送到他的船上来学撑船的。

河水绕着两岸大堤上的坝头,在河道里走着“之”字形,像笸箩一样大的漩涡,一个接一个地呼叫着,咆哮着。梁恩老汉看着河里的波涛,叮嘱着说:“天亮,前边大流靠北岸了。”

“知道,师傅。”他说着用力撑了两篙,把船送到一条发着青黑颜色的急流里,梁恩老汉习惯地用胳膊窝夹着舵把子磨了磨,船便像箭也似的驶入宽阔平静的主流里。

梁恩老汉点着了一锅烟,把舵把交给闺女梁晴,坐在船头上吸烟了。他看着草滩上那些野鸭,小野鸭已经换掉胎毛会泅水了;他看着大堤上那些柳树,柳树已经像他一样老了,每年还把飞絮洒在金黄色的河面上。

天亮拄着篙走到船尾,小晴正在剥熟鸡蛋。她把两个剥好的鸡蛋拿到天亮脸前小声说:“天亮哥,你吃吧!”

“叫爹吃。”天亮也小声说着。

“爹吃了两个啦!这是你的。”小晴说着把一个鸡蛋递过来。天亮看了一眼梁恩老汉,猛地一张嘴,把一个鸡蛋吞在嘴里。梁晴调皮地又把第二个鸡蛋放在他的嘴边,天亮一张嘴,又吞在嘴里。

天亮两个腮帮子憋得像在吹唢呐。梁晴唧唧咯咯地笑起来。梁恩老汉坐在船头，眯起眼睛却只装没听见。船太小了。

三

对天亮这小伙子，梁恩老汉是早就看中了。

十多年前，梁恩老汉死了妻子以后，一直自己抚养着小晴。一条三尺长的绳子把女儿拴在甲板上。从喂吃喂喝到洗补衣裳，他是既当爹又当娘。多少年来，他唯一的希望，就是招个养老女婿。自从天亮前年来到船上以后，梁恩便逐渐喜欢起来。他老实、可靠，干活有眼窍，就是家里贫寒些。照梁恩老汉的想法：咱这船户，一不图房，二不图地，只要他能学好手艺，再有这一条破船，也够他们吃喝了。因此，梁恩老汉特别用心教他。这黄河中下游三十六处暗礁、七十二道险滩，他是用了一辈子的工夫，才算摸透了脾性，熟悉了她的航线。然而，把这一切传授给天亮，梁恩老汉只用了一年多的时间，他尽心地告诉天亮：哪是奔腾咆哮的大石坡，哪是浊浪旋转的油馍锅；哪是幽深狭窄的葫芦谷，哪是险峻急湍的狼跳峡……

这一次船过三门峡，梁恩就让天亮掌舵。这三门峡本是黄河上第一道险滩，有“神门”“鬼门”“人门”三个峡口。黄河水从这三道峡口奔腾而出，飞流直泻，像从几丈高的房坡上往下跌。这些年，行船走的是“鬼门峡”。这“鬼门峡”水量大，水流急，峡口下边像个滚了锅的大黑漩涡，迎面就是那座千古有名的大礁石“中流砥柱”。

历来在“鬼门峡”行船，必须照着“中流砥柱”大礁石直放。只有这样，船才能随着飞流，在峡口大漩涡里转一圈，然后顺着水势，刚好绕过砥柱石，进入缓流。如果胆小手软，不敢迎着砥柱石放船，只要稍稍偏离方向，船随急流掉入漩涡，就要转几个圈，不是漩入深渊，就是撞碎在砥柱石上。

几千年来，这“鬼门峡”下边的漩涡里，也不知道沉了多少条船，死了多少个人。后人曾在“鬼门峡”崖石上刻着八个隶体大字：“鬼斧神工，峭壁雄流”。在“中流砥柱”石上，又刻了三个像斗一样的大字：“照我来”！

尽管“照我来”三个大字已经刻了多少年代，可是三门峡沉船，每年仍有好几十起。黄河上有一首歌谣是：“船到鬼门关，两眼泪不干；过了鬼门滩，胆大能包天”。因此，黄河上的艄公，能不能吃黄河上这一碗饭，会不会掌舵，全看能不能过这三门峡。

梁恩老汉第一次驾船过三门峡，是二十七岁。就在那次顺利过了“鬼门峡”后，船行的掌柜就给他说了门亲事成了家，就是晴她娘。可惜她在晴长到两岁时候，害伤寒病死在陈桥渡口客栈里。……

天亮这次驾船过鬼门峡，梁恩老汉格外操心。夜里还暗暗买了两把纸锞一封香，到北岸禹王庙里烧了烧，让禹王爷保佑天亮平安无事。船进鬼门峡，在放船时候，舵把子虽然在天亮手里掌着，他却恨不得把自己两只手长在天亮身上。他正想对天亮再叮嘱几句，没想到天亮把舵狠力一扳，船像箭一样向着砥柱石飞去，他忽然感到有点偏了，正要伸手去抓舵，天亮却猛地把他的手一挡，大喝着：“你别动！”那条满载着棉花包的船，像一朵雪莲花似的在漩涡里转了一圈，准确地绕过砥柱石进入缓流。

梁恩老汉喊了一声“好！”他的眼睛模糊了。这时他才感到手脖子有点隐隐发疼，天亮挡得太重了。可是他心里高兴，他看了看女儿梁晴，梁晴咬着嘴唇笑吟吟地看着他，眼里却挂着两滴泪珠。

船在静静的河面走着，足足有吃一顿饭工夫，三个人谁也没有说一句话。梁晴悄悄地擦着手心里湿漉漉的汗水。

四

小晌午时候，河上的浓雾已渐渐收起。两岸大堤上的柳行，已看得清楚了。黄河是“铜头铁尾豆腐腰”：从青海、甘肃到郑州，两岸多是高山深谷，约束着河水，很少泛滥，所以人们把它称为“铜头”；郑州以东，黄河奔入大平原，“哗”的一下像扇面似的散开，河滩足有十多里宽，两岸全凭大堤护拦，这一段决口最多，因此被叫做“豆腐腰”；济南以下，东流入海，河道又窄起来，叫做“铁尾”。

梁恩老汉的船正走在“豆腐腰”这一段，河面宽，水流缓，泥沙沉积，河水经常来回滚动，没有固定的航道，全凭看水色、波纹，找着主流驶行，不然就要搁浅。当梁恩老汉手搭着遮阳向北瞭望的时候，忽然发现北岸大堤上集结着大群人马。人群在吆喝着，战马在嘶叫着，大炮在移动着。堤岸下有十几条大船。西北方向还有几股人流，正飞快地向大堤上小跑集结。

梁老汉忙喊着：“天亮！你快看，北大堤上那么多人是干什么的？”

天亮看了看说：“兵！日本兵！鬼子要过黄河了，都穿着黄衣裳，还有大炮。”

梁恩老汉说：“听说仗在徐州打，日本鬼子怎么又从这里蹿过来了？八成是要偷渡黄河！”

梁晴这时指着河面说：“爹！有两只小汽船向咱们开来了！”

梁恩老汉看着开来的小汽船说：“开封，咱去不成了。靠岸吧，往南岸靠！”他说着“哗”的一下卸下了帆。天亮掌着舵，掉转了船头。这时，小汽船离他们只有十几米了。

汽船上的汉奸嚎叫着：“喂！靠岸，把船撑到北岸去！”

梁恩老汉对天亮说:“天亮,你快下水,游到南岸,告诉河防上的军队,就说日本鬼子渡河了。”

天亮犹豫了一下。梁老汉催着他说:“快! 我们走不了啦!”天亮急忙跳下水。汽船上“叭叭”地打过来几枪。天亮急忙把头钻进波浪中,拼命地向南岸泅去。

当天亮快游到南岸时,他扭头看了看,只见木船上的梁恩老汉和两个日本人正在厮打,又看到一个日本人被推落到水中。接着又是两声枪响……他大声喊着:“师傅——!”这时,他看见另一只小汽船向他追来。他急忙又钻进水里,向南岸的一个坝湾子里游去。

第二章　花园口

风来了，雨来了，
漫漫黄水压过来了……
——民　歌

一

天亮从坝湾子里爬到大堤上以后，顾不得浑身泥水，顺着大堤向西奔跑着。他要找河防军队，告诉他们日本鬼子渡河的消息。当他跑近花园口渡口，只见前面密密麻麻地站了十几道岗哨。

天亮走近岗哨大声喊："老总，日本鬼子过河了！日本鬼子在陈留那边过黄河了！"话声还没有落地，两支冷冷的枪口对住了他的胸膛。

"别动！"一个国民党兵喊着说，另一个下级军官问："你是干什么的？"

"我是中牟县的船户。日本鬼子过河了，俺的船也叫鬼子抢走了，你们快去吧，去救救俺师傅！"

那个军官打量了他一眼说："船户？船上汉奸多得很。带走！"

傍晚时候，天亮被送到花园口大堤下一所大庙改成的小学校里。小学校学生已经放麦假，里边驻的是国民党新八师的师部。师部设在一所大殿改建的大房子里，房子很破旧，四周黑漆漆的，只有挂在房柱子上那盏煤气灯，发出一片惨淡的白光。灯光下，坐着一个大脑袋的国民党军官。

那个军官头也不抬，眼睛也不看，只顾抽他的绿炮台香烟：“你是汉奸！什么时候当的汉奸？快说！”

“我不是汉奸！”天亮气愤地回答。

“还狡辩！你带那么多小镜子干吗？小镜子可以指示日本飞机丢炸弹！”

“我没有带小镜子！”天亮委屈地说。

那个带他来的下级军官忙说：“报告师长，他不是那个货郎挑子，他是那个船户。”

那个军官从鼻子里“哼”了一声，甩了烟蒂，也斜着眼睛横了天亮一眼：“船上装的什么货？扣下来。”天亮说：“我们的船叫日本鬼子抢走了！我是来报信的，你们就把我绑起来……”他还没有说完，从门外又进来一个军官，还带着几个马弁，那个大脑袋师长赶快从椅子上站了起来，戴上帽子，“拍”的一声，脚后跟一碰，向那个人敬了个礼。

天亮又被带出去了。

原来那个大脑袋师长姓赖，叫赖金汤，是国民党新八师师长兼郑州开封段的河防司令。来的这个军官叫安景勋，是国民党第一战区司令长官部的参谋长。安景勋早年毕业于保定讲武堂，从小学过一些历史，读过一点旧兵法，一向自诩为博学多才的“儒将”，因此，颇为自负，总以为自己有战略眼光。但是，因为他不是蒋介石的嫡系，所以，宦海浮沉，一直只当个没有实权的幕僚。他常为自己“怀才不遇”而愤愤不平。不过，他始终没有放弃出人头地、一鸣惊人的抱负，一有机会他总爱向上递个条陈一类的东西，来显显他这个“宿将”的才干。抗日战争爆发后，他调来第一战区，当上了参谋长，他以为这“出人头地”的时机来临了。鉴于当时的战局：日寇气焰嚣张，步步进逼，国民党军队一触即溃，一逃千里，共产党领导的八路军在晋冀鲁豫开辟了根据地，他日夜冥思苦想，终于从故纸堆里得到了启发，想出了两条别出心裁的腹案，他先后两次向蒋介石上书，提出这两条腹案：一条叫“扒黄河”；一条叫“火烧长沙”。

蒋介石本来是个野心勃勃，刚愎凶残的反动家伙。台儿庄会战以后，全线大溃退，七十万军队被打得稀里哗啦。整个华北地区沦于敌手，上海失守，南京沦陷，武汉也危在旦夕。正在他焦头烂额，束手无策的时候，他收到了安景勋的这个“扒黄河”的行动计划。他立即批准了这个计划。他这一批不要紧，致使黄河千里怒涛，吞噬中原，四十四个县变成泽国，一千多万人流离失所，一百多万人在滔滔黄水中丧生。……

反动派之所以反动，根子在于他们的阶级本性，他们办事，脑子里就是没有“老百姓”这三个字。他们总以为群众可以愚弄，可以欺侮，可以当作鱼肉，可以任意宰割。其实人心乃是最伟大的力量，“人心向背”是改变社会的杠杆。人民眼泪流得多了，会变成汹涌的怒涛。当“万家墨面没蒿莱”的时候，蒋介石也就为他自己掘下了坟墓。

安景勋在赖金汤的师部里坐下来以后，赖金汤忙递过来一支绿炮台香烟。安景勋把烟一推说：“我一向不抽烟！”他又问，“刚才那是个什么人？”赖金汤说：“一个汉奸嫌疑分子。他造谣说日本人在陈留过河了。”

安景勋说：“日本人就是在陈留过河了。我们已经派李汉魂、桂永清两部去截击了。”他又说，“我看你们抓的人太多了。柳树上拴了一大片。哪有那么多汉奸，不要草木皆兵。……”

停了一会儿，安景勋转了话题：“一号行动计划进行得怎么样了？”

赖金汤说：“三个工兵营连夜挖，挖了不到六十米。这黄河大堤下边厚得很，不好扒啊！”

“我就是为这件事来的！”他说着从公文包里拿出一张信笺说：

"你看看这个。这是钱侍卫长五点钟从武汉行辕给我打来的长途电话,传达了委员长的口谕。"

赖金汤伸着脖子看了看那张信笺,只见上边写着:委座来电记录。"功甫兄:一号行动计划,务于一二日内完成,不得贻误军机。……"

赖金汤看了这几句话,嘘了一口冷气。四个月前他在开封亲眼看到逮捕韩复榘的场面,后来又听说把他解送到武汉枪毙了。韩复榘的罪状就是"贻误军机"这四个字。那件事情虽然是蒋介石故意演的一场戏,可是对赖金汤这样的人来说,还是"谈虎色变"。他忙说:"参谋长,你看怎么办?我是个武人,当你的学生还不够格,你就坐镇指挥吧!"

赖金汤这个人看上去有点粗,其实他也会放刁。他拖住安景勋"坐镇",无非是想把皮球踢给他。

安景勋看着这个黄埔三期的学生如此卑恭,心理上得到一点满足。他笑了笑说:"不能光学会背'步兵操典',还得学点兵法。为将者不懂山川地形,不懂河岳地理,只能算一介武夫啊!"

赖金汤忙说:"是是是!"可是他心里并不舒服。

安景勋又问:"你读过关羽的'白河之战'吗?"

"关羽?"赖金汤想了一下忙说,"读过,读过,不就是关二爷水淹七军吗?"

"什么关二爷!我说的是陈寿撰的《三国志》,不是《三国演义》。"他接着又摇头摆尾地说,"关羽就是利用白河地形,淹了曹操的全部水师,活捉了于禁。"他说着又得意地笑了起来:"不过他利用的是白河,委员长利用的是黄河!金汤兄,这是千秋不朽之功业啊!扒开黄河,不但日寇铁骑裹足不能西进,共产党在西华扶沟这一带的根据地,也就泡了汤喽!委座说,这叫做'以水代兵'……"说罢他像喝醉酒似的大笑起来。赖金汤也放开嗓子伴和着他的笑声,而且笑得比他还响。

两个人笑罢,赖金汤忙说:"参谋长,是不是叫附近几个联保处抓几千个伕子来,要不恐怕这一两天里扒不开。"安景勋说:"这件事还用不得伕子。他们都是这黄河大堤下的人,叫他们来扒黄河不是等于叫他们扒坑埋自己?我已经想好了办法。你们有多少门炮?"

"榴弹炮只有八门。山炮、平射炮加在一起,共有四十多门。"

安景勋把手一挥说:"全调来!用炮轰!……"

赖金汤说:"好,我这就打电话。"安景勋说:"慢着。重要的是严守机密。黄河大堤东西十里,渡口官路一律闸死。一定要防止消息传出去。要是走漏了风声,老百姓为了护堤闹起事来……酿成了民变,委员长他是不会承担这个责任的。"他说着看了赖金汤一眼,赖金汤头上渗出了汗珠。他笑了笑又从公文包里拿出一张支票说,"这是委员长汇来的十万元赏金,去郑州河南农工银行提取。你看着处理吧。也可以给弟兄们买双袜子毛巾什么的。……"

赖金汤看到这张十万元支票,眼中闪过一丝贪婪的光芒。他说:"参谋长,你放心吧,一切由我负责。只是这赏金,你留两万!"

安景勋自负地摇摇头说:"金汤兄!咱们过往还少。我安某一向视金钱如粪土。……"

二

午夜十二点,隆隆的炮声已经在黄河大堤上震天动地地响起来了。

一团火光,接着是一阵像炸雷似的响声。黄河的浪涛声低咽了,她像在哭泣,月亮躲在云层里了,她不敢看这一场惨剧的序幕。

大堤附近几个村子里的居民，都被这突然的密集炮声惊醒了。他们一开大门，就听见有人大喊着：“干什么！回去！不准出来！”原来街上站满了警戒的岗哨。“出了什么事？”他们惊慌地互相询问着，环顾着这四周的一切。睡意消失了。他们挤在茅屋的小土窗子前，看着大堤上像火海一样的亮光，窗户纸忽闪忽闪地响着，夜风不时地送来一股股浓烈的硝烟和呛人的火药味。

就在这个时候，他们却好像隐隐约约地听到了一个粗犷的男声：

“扒黄河了！——”

“中央军要扒黄河了！——”

三

这个声音是从天亮的口中喊出来的。

天亮从师部出来以后，就被两个国民党兵绑在花园口将军坝的一棵大柳树上。

开初，他看见一群群工兵拿着镐，抬着筐，在大堤上掘土，他还以为是在做工事。后来他从看守他的两个当兵的口中，渐渐地听明白了，原来他们是在扒黄河！

这两个国民党兵，一个叫刘转运，一个叫张小孬。傍晚开饭时候，小孬去伙房领来了馍，他一面吃着一面骂着说：“操他娘，这馍又蒸小了。就这我去领馍时候，司务长眼瞪得跟牛蛋一样！说咱俩今儿个没抬土，只给四个。我说：还有个案子哩，又扔给我一个！”他说着对绑在柳树上的天亮说：“今个黑夜你就忍忍吧，饿了长得快。”

刘转运说：“给他一个，给他一个！到哪儿没有行好的，咱不吃他的昧心食。”

小孬听他这么说，只得把一个杠子馍掰了一半递过去说：“给！”天亮愤愤地说：“我不吃！”

小孬眼一瞪说：“嗬！我看你是小孩子㲘毦，越扒啦越硬。”他说着，“呸”的一声把一口唾沫吐在那块馍上，接着三口两口吞在肚里。

两个人吃着馍，转运说：“小孬，我咋看今儿个这形势不对哩！好像是要大扒哩！”小孬说：“拉大炮去了，听说师长下命令，今天夜里就要把大堤轰开！”

刘转运说：“啊！这黄河水一出堤可是不得了啊！河身高，河外边地势低，一出堤就像塌了天啊！”

小孬说：“管他娘嫁给谁——咱只管跟着喝喜酒。半夜里尿床，他想流到哪儿就流到哪儿。”刘转运说：“你说得倒轻巧。我家是中牟县白沙集的，正在这河下边。家里还有个老爹，有个瞎娘。……”

两个人嘟嘟哝哝地说着，天亮听得清楚。当他听到是真的要扒开黄河河堤时，脑袋里“嗡”了一下，血直往上涌。他想到了妈妈，想到了妹妹，想到了他住的村子赤杨岗就在这黄河大堤南几十里地的一个县里。他整年在黄河上跑，知道这黄河水的厉害，因此，就忍不住问了一句：

“老总！你们这是干什么？”

“你少管闲事！”张小孬骂着。

“你们这是扒黄河，伤天害理！”

“你再咋呼，我揍你！”小孬挽着袖子想吓唬他。

天亮是个有血性的小伙子，他想着南岸的几千个村庄，胆子忽然大起来，他愤怒地喊着：“我就是要喊！你们要扒黄河！不得好死。”接着，他又大声地吆喝着：

“扒黄河了！中央军扒黄河了！”

“喀嚓”一声,一根柳棍从柳树上被撅下来。小孬拿着柳棍说:“我操你娘!我看你这嗓门比拉警报还响!我叫你喊!”说着“啪”的一棍子抡在天亮的腿上。

棍子并没有使天亮屈服,他反而喊得更响了:

“老蒋扒黄河了!黄河开口子了!”

柳棍不停地朝他身上抡着,他也不停地喊着。正在这时候,赖金汤来在大堤上。他听见这个大声呼喊的声音,吃了一惊,忙问:“这是谁喊的!”

“那个撑船的小伙子!”一个副官回答。

赖金汤一听这话,一股怒火往上冲,拉住那个副官的衣扣,劈劈啪啪地打起耳光来。他骂着:“他妈的,你们是干什么吃的!你们是想要我上军事法庭?……”

打了一阵后,他又喊着:“赶快去!用毛巾塞住他的嘴!扔到黄河里,扔得远一点,不要让尸体浮上来。”这个副官挨了俩耳光,自然也不会赔本,他回手把张小孬和刘转运各打了四个耳光。

四

夜深了。

天亮被反绑着手,塞住嘴,一拐一拐地走到了黄河花园口东边的大堤上。他望了望天,天上黑漆漆的,月亮也不知什么时候钻进云层里了。他望了望远处,远处只有一片模模糊糊的黑影,只有大堤下的黄河水在低声呜咽着。他知道他们要把他送到什么地方去,他的眼睛潮湿了。

“唉!俺妈白养活我这么大,她们还在要饭吧?”他心里想着,两滴热泪流在腮帮子上。他想起了师傅梁恩老汉对他的开导,想起了梁晴那细条的身影,他想起他们那一条小船,想起他妈第一次送他来船上的情景。他记得很清楚:那是前年春天,因为他妹妹嫦娥摘了地主海骡子家几个豌豆荚,他和海骡子的孩子福运打起来,他妈和海骡子吵了一架,他妈怕他在家闯祸,就把他送到梁恩老汉的船上来当学徒……多快啊,一眨眼已经两年了。然而,谁能想到,天亮他今天要……

“快走啊! 磨蹭什么?”

一声吆喝,打断了天亮的沉思。他又挪动了脚步。……

押送天亮的还是刘转运和张小孬。

小孬说:“转运哥,你说咱们两个挨这一顿揍亏不亏? 瞧! 把我的牙都打流血了。”

转运说:“要倒霉,放个屁也砸脚后跟! 谁叫咱们摊上这个差事!”他又指了指天亮说:“小心点。”张小孬说:“飞不了他!”他说着用枪托捣了一下天亮的脊梁,吆喝着说:“你不会走快点! 蚂蚁叫你踩死完了!”刘转运也说:“姓海的! 你别想捣蛋。老实对你说,河大王给你下请帖了! 你也别怨俺弟兄俩,我们是执行上级命令。我看你就不老实! 你别想着这麦棵子深了,你要拚上命拔起腿来往大堤下一跑,我们追不上你,你有枪子跑得快没有? 你也别想着这月黑头,看不清你,老子长的有夜眼!”

小孬说:“别和这个死鬼啰嗦了,剩几口气儿暖暖肚子。”

刘转运说:“我咋看他不老实!”他说着“啪”的一声朝着天亮后脑勺打了一巴掌,嘴里说着:“你还不快走! 快点。”

这一巴掌打得很响,但天亮却没有感觉到疼。这一巴掌把天亮打醒了! 他想,莫非这个当兵的想救我? 他心里顿时胆大起来,又走了半里路,天亮站住不走了。小孬踢着骂着:“你要干什么? 你想干什么?”天亮嘴里塞着毛巾摆着头,唔唔呀呀地说着。

刘转运把他嘴里的毛巾拿掉,瞪着眼问:“你要干什么?”天亮说:“我要拉屎!”

小孬说:“毛驴上套屎尿多! 你这穷事还真不少。走!”天亮说:“那我拉在裤子上吧?”刘转运说:“算了,他要真拉在裤子上,咱们俩在后边可真够受。管天管地,管不住屙屎放屁。给他解开吧!”他说着掏出小烟袋,自己点着了一锅烟。

张小孬先把子弹“哗”地推上枪膛,然后解了绳子说:“你就在这儿解。”他的话音还没落地,天亮飞起一脚,把他的枪踢了一丈多远。刘转运的烟袋锅也被打飞了,火星子乱冒。张小孬猛扑过来要抱天亮,却被刘转运从后边拦腰抱住,他喊着:“我叫你跑! 我叫你跑!”两个人撕扭在一块,天亮趁这个时候,拔起腿来飞也似的向大堤下跑了。

小孬被转运抱住,急得喊了起来:“转运哥,是我。你瞎了!”这时刘转运才松开手说:“咦! 是你啊! 我可不就是瞎了,你赶快给我吹吹眼睛,疼死我了。”

“眼里迷了什么东西?”

“烟灰!”

小孬给他掰着眼皮吹了两下,说:“追! 咱们快追!”

刘转运一把拉住他说:“小孬,我看你是装傻充愣呢,还是心里就没有三回九转。我问你,你家在哪里?”

小孬说:“周家口茄子湾。”

刘转运:“这黄水一出堤,别说你茄子湾,南瓜湾也得给你冲个吊蛋净光! 咱追他干啥,叫他回去传传信,大伙兴许还能逃个活命。……”

小孬说:“咱回去咋交差哩?”

转运说:“咋交差? 吃竹竿,屙笊篱——编! 来,咱俩先歇会儿。”

两个人说着,坐在大堤上堆的石头上吸起烟来。

约莫有一袋烟的工夫,只听见南大堤下一个洪亮粗犷的声音在一个村子里喊起来：

“老乡们,老蒋扒黄河了!”

“黄河快开口子了!”

这声音像巨雷,响彻在原野,响彻在黄河南岸的每一个村落。……

第三章　赤杨岗

风在吼，马在叫，
黄河在咆哮，
黄河在咆哮，……
——抗日歌曲

一

在黄河南岸豫东大平原上，有一个人口稠密的大村子名叫赤杨岗。这赤杨岗的村东头有两棵大杨树，论年代，恐怕至少有二百多年了。据老年人说：清朝道光年间，黄河发了大水，赤杨岗也被水漫了。当时人烟少，全村十来户人家。在发水那一天，都爬在这两棵大杨树上，算是得了救。水过以后，村里人就不忍心伐掉它，一直长到现在。天长日久，根深叶茂，树身长到七八丈高，十里地以外都可以看到。夜里看去，很像两个披甲戴盔的武士，矗立在原野上。

这村子里有家地主叫海南亭，他讨厌这两棵大杨树。因为过去有个旧说法："前不栽桑，后不栽柳，门前不栽'鬼拍手'。""鬼拍手"就指的是杨树。这两棵大杨树并长在海家祠堂前。从海南亭他爹那一辈起，就吵着说：这两棵杨树压了他家的运气。有钱人家忌讳多，垒个鸡窝也得看历书。前年海南亭家因为传染病死了一槽牲口，海南亭就犯了心病，认为是杨树杈压了他的运气，也正巧他死牲口的那几天，连着刮小西北风，那两棵大杨树整天哗哗地响着,像是拍手,像是欢笑。海南亭越听越不是味儿,就决心要砍掉这两棵树。

以前为砍树,他家曾经和村里人们闹过纠纷。这次他想了个圈套。他放出话说:祠堂的三间卷棚该翻瓦了,把这两棵杨树卖给开封火柴公司,能卖二百块钱。拿树钱翻修祠堂是“官土打官墙”,省得大家摊钱。村里姓海的几十家贫苦农户,谁还稀罕去修那破祠堂,明明知道他是要伐倒杨树除心病,可也无法反对,又怕真的叫摊钱。

头一天,海南亭拿着把斧子在杨树上砍了一下说:“那就这样定了,明天叫木匠来砍!”可是到了第二天早上,怪事出来了,大杨树斧子砍的痕上,流了一摊血。这一下子群众咋呼起来了,说大杨树上有神,海南亭本来就迷信,这一来把他吓坏了。村里有个学算卦的老头叫徐秋斋的对他说:“南亭,这鬼神之事,不可全信,也不可不信。你刚死了一槽牲口,不要轻举妄动。再说你这小名也犯着忌讳。”

原来海南亭小名叫“骡子”。听徐秋斋这么一说,再加害怕。怕死了一槽牲口,再死他这头“骡子”。特别是他的老婆,又是到大杨树下烧香,又是到马王庙里许愿。海南亭装聋卖哑,由她去闹腾。

两棵杨树保住了,人们心里暗暗高兴,但是谁也不知道那一摊血到底是怎么回事?只闻到徐秋斋家里有炖鸡的香味。……

二

往年,每逢农历“小满”这一天,大杨树下总要有个“小满会”。因为是在麦子快熟的时候,“小满会”便成了农具交易会。街上摆满桑杈、扫帚、绳索、镰刀。有些卖颜色的,卖布匹杂货的也来赶会。熟食摊子搭着白布棚,敲着锅吆喝着,招徕赶会的人。

今年因为抗日战事吃紧,害怕日本鬼子飞机丢炸弹。县政府通知:各村的庙会、春会、农具会一律取消。特别是不准搭白布棚。所以,赤杨岗的"小满会"这一天,人少多了。熟食摊子一个也没有了,京货杂货棚子也没有了。街上只有嵩县山里卖扫帚的,许昌卖烟叶的,鲁山县卖石磨、石槽的,因为是外县路远,货又运来了,只好摆开。

这天人来得并不少。一方面是想来看看"小满会"到底能起来不能,另一方面是听说会上来了抗日宣传队。

赤杨岗这一带经常唱大戏。什么梆子、曲子、越调、二夹弦大家都看过。就是没有看过宣传队的戏。他们带的乐器,不光有锣鼓铙钹、弦子檀板,还有像个小箱子似的手风琴,长脖子的小提琴,那时候乡下还没见过这些东西,惹得一大群孩子跟着他们乱跑。他们用小手摸着手风琴喊着:"会响!会响!"大人们却不去注意这些,他们看见宣传队排着队唱着歌来到会上,不禁稀罕地说:"哟!这戴眼镜的还不少哩!"

约莫有吃顿饭的工夫,宣传队已经在会上展开活动了。他们分了好几摊子,每一摊子都围着一群观众。大杨树下的土台子上演的是话剧,这里的老百姓还没有看过话剧,都感到很新鲜,特别是那出话剧里出来了两个日本兵,大家没有见过日本鬼子是啥模样,"哗"的一下,围观的人还真不少。小学校门口是教唱歌的,最受小孩子欢迎。那个教唱歌的姑娘两手比画着打着拍子唱着:"枪口对外,齐步向前进,不打老百姓,不打自己人……"孩子们学得快,一会儿就学会了。站在麦场石磙上讲演的那个人是个东三省人,他在讲着他的家怎么被日本鬼子占领的情形,激昂慷慨,到末了他举起胳膊喊口号。农民们却不习惯举胳膊跟着喊。有的觉得怪不好意思,就悄悄溜走看别的去了。

在赤杨岗的南街口,人围得里三层外三层。只见人圈子中一个老汉提了面小锣上场了。他念着:"小小铜锣转悠悠,黄河南北度春秋。南里收来南里转,北里收来北里留。河南河北都不收,掂起小锣下郑州!"接着他向大家拱拱手说:"无君子不养艺人,今天我们带来几支曲给大家唱一唱。有钱的帮个钱场,没钱的帮个人场。我说伙计们,弦子拉起来喽!"

幽怨的二胡声音响起来了。接着一个十七八岁的姑娘走到场中心。她腰里扎了条红绸腰带,穿着印花布衫红裤子,低着头慢慢唱起来:

高粱叶子青又青,
九月十八来了日本兵,
先占火药库,
后占北大营。
杀人放火真是凶,
中国的军队有好几十万,
恭恭敬敬让出了沈阳城!……

那个姑娘嗓音清脆,表情真挚,眼中含着泪,表现出深沉的哀怨。这一带农民,本来是看惯《李天保吊孝》这一类戏曲的,猛一看到这样新鲜真切的演唱,都被吸引住了。人群中有个中年妇女,她本来手里拿了根黄瓜在吃着看着。一听这姑娘的唱,她黄瓜也忘记吃了,张着嘴,瞪着眼,入神地看着,眼角还挂着两滴泪珠。

这个妇女看去有小四十年纪,高个子,大脚板,两道剑眉,一双乐观热情的大眼睛,身板硬朗,动作利索,给人以爽朗痛快的感觉。

她扛着条扁担,扁担上串了个大竹篮子,腰里扎着一根紫红扎巾,扎巾里还塞着两根黄瓜。

她聚精会神地看着那姑娘的演唱。只见那个姑娘唱着唱着,因为又饿又累,便无力地倒在地上,那个老汉拿着鞭子就要抽打,人群里一个青年大喝了一声:“放下你的鞭子!”还没有来得及上场,却见场外一阵风似的跑过来一个妇女,一把夺住那个老汉的鞭子说:“你这个老头,怎么动手打人?就你长着打人的手?”

那老汉忙说:“大嫂,我们这是演戏。”

那妇女说:“我知道你们是卖艺。卖艺也不能把人当鼓敲。你没有看她唱不动了嘛!”

唱曲的那个姑娘本来伏在地上,她看着这个演老汉的和那妇女讲不清楚,急忙爬起来拉住她的手说:“大婶,我们这是演新剧。他打我是假的。”

“假的?”

演老汉的又忙把嘴上粘的胡子一扯说:“大婶,你看!”那个妇女脸“刷”地红了。她咬着嘴唇跺了一下脚说:“嘿!你看我该死不该死!……那你们演的到底是啥戏呀?连个箱也没有,也不到戏台上去唱。”

那个姑娘安慰着她说:“大婶,我们演的是新编的街头剧叫《放下你的鞭子》,乡亲们没看过,容易弄错。”

一个叫王跑的三十多岁农民说:“李麦嫂子,别看你走南闯北跑了不少地方,这一回可是棍子抡到茄子棵里了。怎么半路里杀出你这个程咬金来!”

那个妇女笑着说:“你丈母娘那脸!我啥时候看过这‘新剧’!……”

三

这个妇女名字叫李麦,就是海天亮的妈妈。

李麦的娘家是本县李大庄人。她有个老爹叫李甲子,因为双目失明,三里五村的群众都叫他“李瞎子”。李麦四岁那年,豫东遭了大饥荒,她娘饿死了。李甲子从那时候,就领着闺女流落在外边要饭。一根竹竿连着父女俩。李甲子在后边走,闺女在前边领着路。要饭先要到信阳,又要到湖北,后来又从南阳要饭回到老家。父女俩转了一大圈,总算保住了两条命。李麦从小在这样的环境里长大,锻炼得能吃苦耐劳,胆大泼辣。七八岁时候,就一个人到田里拾麦拣稻,遛红薯铲麦茬。有时要饭到镇上,她会在粮店门口扫土粮食,菜市上捡菜叶子。春天,她能爬到一两丈高的椿树上,攀椿头菜;秋天,她会拾些黄豆棵,把豆子剥下来埋在河边沙滩上,泼上水长成豆芽,和她爹一块煮煮吃。她敢和男孩子们打架。有时在路上遇到野孩子向李甲子投掷石块,李麦就拿起棍子冲过去和那些野孩子拼打,直到把那些孩子撵到家里关上大门,她还要向门上吐口唾沫。各种恶狗她都不害怕。走到一个村子,不管再凶的狗向她扑来,她总是不动声色地理也不理。等到狗扑近了,她抡起棍子狠狠地给一下,那狗就跷着一条腿哼唧着夹着尾巴跑了。有的老狗有经验,看着她那小黑眉毛下边的两只透亮眼睛,从容威严的神气,只把头扭到一边叫两声,却不敢走近她。

李麦九岁那年,她和爹要饭来到赤杨岗。那年雨水均匀,麦秋两季收成都不错。地主海骡子他爹海福元还在世,他看着李甲子腿脚还灵便,就对他说:“瞎子,我给你找个活干吧,不比你要饭强。”李甲子说:“那敢情好。这要饭棍虽说不重,谁也不愿意掂。我是个没有眼的人,你看我能给您老帮个啥忙,你就安排吧。”海骡子他爹说:“我说这个活,还就是你能干得了。给我家推磨。一天推二斗麦,拉一斗牲口料。我管您爷儿俩吃饭。反正吃饭不拿饭钱,干活不拿工钱,你干不干?”李瞎子本来过去是给人推过磨的人,他思忖着这见天推二斗麦子还要拉一斗料,活是够重了。不起早贪黑,根本磨不完。可是又想,这整年饿肚子住庙也不是个办法。就说:“您老先生要是行好,我给您推磨,总不能叫赤身露体吧，是这样：一个月您再拿两串钱，权当您少吸两盒洋烟，我也给闺女买件大布衣裳穿。”

就这样，李甲子和闺女到海骡子家当起磨倌了。那时候海骡子和他兄弟海香亭还在上学堂。回家来看西院磨坊里住了个瞎子，就老大不高兴。海香亭有一次对他爹说：“爹，怎么叫一个瞎子住到咱家，出来进去多不雅观。”他爹说：“你懂个屁！什么雅观不雅观。喂头驴一天也得吃二斤料！要是再雇个磨倌，连吃带拿得多少？我瞌睡着也比你们清楚。”

李甲子给海骡子家推磨，一推就是六年。头几年是李甲子推磨，闺女箩面。后几年李麦长大，李甲子又得了个气管炎，李麦就替她爹推磨，让她爹箩面。一天在磨道里转圈跑一百里，腿肿得像发面馒头一样，可是李麦从不叫苦，不让她爹知道。老地主看着李麦渐渐长大，又是大脚板子，就又打主意了。他来到磨坊对李甲子说：“老李，你虽说是个残废人，可活干得不错。再说小麦如今也能给你帮上手了。以后咱家碾米这活，我说你们爷儿俩也包起来算了。一年吃不了多少小米，值不得再雇个人。……”

李麦一听，嘴一噘说：“俺爹老了，一见凉气就憋得出不来气！光这磨面他就受不了啦！”

老地主笑着说：“咳，我还能亏待你？常言说：贫占富光，富占天光。”他又对着李甲子说，“老李，你也是个苦命人，别的不说，你将来老了以后，这一口桐木棺材我包了。我说话算话。你看着办吧。”说罢扬长去了。李甲子却感动得在磨坊里大喊着：“老掌柜！老掌柜！我给你磕个头！……我给你家碾米，你别请人啦！……”

李麦说：“爹，你就不要命了？你不知道我脚肿得鞋都穿不上了。”李甲子拉住闺女的手，两只瞎眼里流出两行泪说：“妞！爹咋能不知道你脚肿哩，我看不见我能听出来啊！咱生就的当牛做马的命，有啥法子呢，我跟你说呀，乖乖！爹活不长了。谁能给我买一口棺材哩！我早想着你将来也不过买一领芦席把我卷了。妞！看在爹的老脸上，咱就接住他这碾米的活吧！……”李麦一只手擦着她爹脸上的眼泪，一只手擦着自己脸上的眼泪，她说：“爹，你别哭了，为你这一口棺材，他就是叫每天扛磨扇我也去扛！”

从此以后，这父女俩把碾米的活也揽下了。第二年冬天，李甲子的病更重了，每天咳嗽气喘，整夜坐在草堆里不能睡觉。后来他也不知道听谁说了个偏方：熬点洋金花①喝了能治气喘。第一次熬了两个花喝了，有些见效。过了几天病又犯了，他就又熬了七八个花喝了，谁知道这洋金花有毒性不能多喝，他熬了七八个花过了量，喝了以后，当天晚上在草堆里翻了两个身，就断气了。

李甲子死后，李麦抱住她爹尸体，整整哭了一天。嗓子哭哑了，眼睛哭肿了。多亏街坊邻居来劝她，帮她料理，才算把她爹抬出草屋，换了一件黑蓝土布褂子，一双新鞋。一个姓申的老婆也是外来户，她对李麦说：“闺女，你光哭还能把你爹哭活？赶快跟你掌柜家说，他不是答应给你爹一口棺材嘛！”

俗话说：叫花子也有三个穷朋友。李甲子虽然是个瞎子，可是他会说山南海北，为人也正直，赤杨岗一般穷人都喜欢他。如今停丧在地，都来帮李麦出主意，让她赶快向海家要棺材。几个穷朋友商量了一下，就让海家的老长工老陈领着李麦去见老掌柜海福元。李麦戴着孝，见了海福元先磕了个头。老陈说：“甲子今天鸡子叫的时候不在了。您看咋把他置办置办。他也没个亲戚，就这一个妞。……”海福元故作惊讶地说：“哟！我还不知道。”他又问李麦：“你爹留下钱没有？”李麦说：“俺爹吃药钱都没有，哪里会留下钱。大爷，你不是答应给俺爹买口棺材吗？如今就请您老人家多行好了。”海福元这时却装聋卖哑地说：“啊，这是哪里话，我啥时候答应给他一口棺材？”李麦说：“你可不能忘了。就是去年割罢谷子，你

① 洋金花，即曼陀罗，一种有毒的草药，有平喘、麻醉、止痛等功能。

在磨坊里亲口许下的,我也在场。我们就是那个时候,揽下这碾米的活。"老陈也帮着说:"是去年秋罢。"海福元脸一沉说:"你这个小妮,人不大,倒会说瞎话。我咋不记得这个事?"李麦看他食了言,眼睛都气得发黑了。她说:"老掌柜!我们当牛当马转磨道转碾道,在你家七八年了。我们几时昧过良心说话。你再想想,答应的是桐木棺材,你们不能说话不算话。"这时海骡子也在场,他发急地跳着骂着说:"你说什么!你抬头看看这是什么地方?你跟谁在说话?太放肆了。"李麦把小辫往后一甩说:"我跟人说话!唾沫吐在地上再舔起来,也不恶心!?昧良心!"海骡子拿起条几上的鸡毛掸子就要打李麦,老陈忙拉住说:"骡子,算了。还是叫老掌柜想想。"海福元这时装出一副愁苦脸相说:"算了,'穷占富光,富占天光'。老陈,到街上给他买一领新席,钱由咱出了。"李麦说:"俺不要!"说罢扭头走了。

李麦回到磨坊,俯在她爹尸体上,抽噎着痛哭起来。这时候,徐秋斋来了。这徐秋斋不光会卜课算卦,还会看阴宅阳宅。以前他教过几年蒙学,后来兴学堂,他那一套吃不开了,才转成算卦混日子。徐秋斋曾经想把自己这点小把戏教给李甲子,叫他也学算卦,可是李甲子执意不学。不过两个人还拉得来。徐秋斋来到磨坊后,先对着李甲子的尸体恭恭敬敬地叩了个头,又哭了几声老哥,擦了擦眼泪,这才问李麦说:"麦,你准备咋办哩?"李麦流着眼泪说:"徐大叔,棺材那个事,俺爹也对你说过。可现在他家老掌柜昧了话。俺爹上当了!"徐秋斋叹口气说:"我早跟你爹说过,空口无凭,立字为证。哪怕是四指宽一张条子,盖上他的堂号印章,现在他还能反口!你爹呀!心眼太实了。"李麦说:"谁想到他是人面兽心。我也想了,今天后晌就把俺爹尸首移到戏坊窟里,我永远不踩他海家的门槛!"徐秋斋听她这么说,先看了看周围没人,才小声说:"闺女,你咋恁憨哩!他巴不得你把尸首移出去。他是东家,你是长工,人又没死在街上路上,死在他家磨坊里,他就得料理。眼下数九寒天,尸首三两天坏不了。你啥话也别说,只管放大声哭!一天哭它三场,他不出棺材你不让殡人;有钱人家怕晦气,你哭不上三天,大风刮倒梧桐树,自有旁人论短长。他就是只铁公鸡,这一回也得拔他一根毛!闺女,到那时候,他就得买棺材了!"李麦听他说得有道理,感激地说:"徐大叔,你就是俺的亲叔叔。我一辈子忘不了你!"徐秋斋红着眼圈说:"情理不顺,气死旁人!闺女,你记住一条:千万可别说是我教你的。"李麦点着头说:"大叔,这个我知道。"

徐秋斋这个办法果然灵验。李麦白天哭,夜里哭,五更天不明就爹长爹短地哭起来,哭得半个庄子左邻右舍,无不下泪。

头一天,海福元装聋打呆,只装没听见。第二天,他就觉得有点晦气,可是嘴里还说着:"我叫她跟我沤吧!看能沤出四两麻来不能?"到了第三天,他再也坐不住了。一则是家里要吃面,磨坊让尸体占着;二则是他老二闺女听赶集的人说,她娘家院里有人在哭爹,吓坏了,心急慌忙地赶来看他。老头子一看乱成一团麻,就拍着大腿说:"他娘的!该我破财!"就叫老陈到街上买了一副七个头的薄柳木棺材,算是把李甲子装殓了。

李甲子殡埋以后,李麦回到磨坊门口,却见一把新牛铃锁把门锁上了!她家的一个破包袱,一只竹篮子,一口破铁锅和她爹用得发红的那根竹竿,一齐扔在门外。李麦看着这些东西,忽然觉得天旋地转,几乎晕倒在地上。

"我没有家了!"李麦心里想着,呆呆地看着地上的东西。夕阳把她修长的影子投在地上,她有生以来第一次感到了孤单。"到哪里去!"她没有了主意。她还有些害羞,等到天黑了以后,她才挎起包袱,提着篮子,拿着竹竿,踽踽地走出海家后门,来到寒冷寂静的村街上。

村子里家家茅屋的小土窗上，有的映着微弱的灯光，有的黑着灯已经入睡了。她在街上转了几个来回，觉得去谁家也不合适。申大婶家吧，老两口一间破草房，吃了上顿没下顿。徐大叔家吧，和他侄子六七口人挤在两间草房里，再说徐秋斋还有烟瘾。……就在这个时候，她隐隐约约地听见一辆小车吱扭吱扭地响着推进了村子。

小车越推越近，吱扭吱扭的响声越来越大。小车在海骡子家隔壁一间草屋门前停下来了。李麦在黑影里踮着脚看了看，推车人"哗"的一下打开了大门上的锁，李麦知道，这是推盐的海青牛回来了。

海青牛也是个穷苦人，家里就他一个。平常靠运盐推脚为业。往徐州推盐，半月一趟，勉强能维持生活。青牛和李甲子也熟，有空也常到李甲子的磨坊坐坐，听大家排闲话。不过他为人老实忠厚，只听大家说话，自己从不插嘴。

他把盐袋子搬在屋里，拉开风箱烧起灶，正打算做饭的时候，李麦忽然出现在他的面前。

"青牛哥，您推盐要女的不要？"李麦问。

"……"青牛这个二十七八岁的男人愣住了。他看着这个十六七岁的姑娘戴着孝，掂着锅，半天才问出一句："是咋啦？"李麦低着头说："俺爹死了！掌柜家把我赶出来了！我想离开赤杨岗。能不能跟着你去推盐？"

风箱不响了。青牛低着头半天没吭声。过了一会儿，他忽然从转腰瓶里掏出两串钱说："大叔今年秋天借给过我一块油布，你把这钱拿去吧。看怎么买点粮食。"李麦却不接钱，她说："买斗二八升粮食，能吃几天。我这么大了，想自己找个活干！……"她说着眼泪流下来。青牛不敢看她的脸，可是知道她在流泪。李麦又说："青牛哥，我就是给你拉根绳也好，你不多装几袋子盐！"

青牛嗫嚅着说:“你……你太小了。”

“十七八了,还小哩!就你那红车子我也能推动。”

青牛又说:“不是。……太……太……太……”

李麦这时说:“青牛哥,你就把我当作你亲妹子,有啥不好哩。我眼前要有三寸宽的一条路,也不会来找你。我这么高了,还能去掂着棍要饭嘛?……”

青牛鼻子酸了,眼圈红了。他最后只说了一句:“你淘米吧。”什么话也没再说就扇起风箱来。

两人做了一锅红薯小米稀饭吃了,青牛夹了条破被子说:“我到老陈的草屋里去挤挤,那上边还有个破棉袍,你今晚上就盖着睡一夜。”他说着走了。

第二天鸡子刚叫头遍,小车又吱扭吱扭地响起来了。夜雾中走着两个人,青牛在后边推着车,李麦在前边拉着绳。车上还放了些破烂行李。

他们整整四五年没有回赤杨岗。等回来的时候,李麦已经挽起了髻,怀中已经抱着个小男孩了。

第四章　一个不信神的女人

一朵红云飞过崖，
梦里梦见红军来。
黄米捞饭豆芽菜，
我把咱红军没错待……

——民　歌

晌午时分，抗日宣传队在会上的宣传结束了。看热闹的人也渐渐走散了。有的背着钱褡子，有的扛着新买的扫帚，有的买个牛笼嘴戴在头上。大家走着议论着，抗日救亡的强烈情绪，开始在庄稼人的心头激荡着。

在赤杨岗的村街上，李麦和那个在《放下你的鞭子》中演姑娘的女战士一块走着说着话。这个姑娘已经换上了灰军服，打着裹腿，挽着袖子。她中等个儿，红扑扑的脸上有两只秀气的大眼睛，看上去显得那么干净、麻利、精神；和刚才那个愁眉苦脸、又饿又累的模样，完全像是变了个人。

李麦问："你们是从哪里开来的？"

女战士说："我们这一次是从南阳来。原来我们的部队是在大别山里。"

李麦说："大别山我去过。光山、固始、黄安、麻城我都到过。"女战士说："你去过大别山呀！去那里干什么？"李麦不好意思说她去要饭。她说："做生意呗！跟着俺男人去卖木梳篦子。"她又小声问："你们是红军吧？"

女战士笑了笑说:“我们现在叫新四军。我们这一部分是新四军豫东抗日支队。”李麦忽然兴奋起来,她攀住那个姑娘的肩头说:“我明白了。闺女,我见过咱们红军哪,在新集还领过你们分的粮食。可是回来后俺男人不叫说。”女战士说:“现在是国共合作,要共同抗日了。他们不敢找我们的事。”李麦点了点头。

转过十字街口,来到李麦家的大门口。李麦家和海骡子住隔壁。海骡子正在门口站着。他看着李麦领了个女兵,故意讨好地说:“天亮他娘!宣传队王司务长和我说了,弟兄们不用派饭了,都带的有干粮,烧点茶就行了。咳!真是秋毫无犯。”他后一句话是故意说给女战士听的。李麦也不看他的脸,只是冷冷地“啊”了一声。

李麦家住着两间草房,一个不太小的院子,还有个破大门楼,两扇白茬大门已经破得豁了牙,院子里有棵大石榴树,开着一树红花,隔着大门看得很清楚。

李麦说:“这就是我的家。你看俺这大门,要饭的看见就隔过去。”她解嘲地说着顺手推开了门。院子里一群小孩正在玩“娃娃家”。他们正在学着演刚才看过的《放下你的鞭子》。

一个小女孩站在中间,头上也扎了个红布条,还戴了朵石榴花。一个七八岁的男孩提了个铜洗脸盆当铜锣,鼻子下边粘了几片椿树叶子当胡子,他敲着铜盆嘴里唱着:“小小铜锣转悠悠,黄河南北度春秋。……”念了两句后,就对那个女孩说:“嫦娥,该你了!”那个小女孩说:“你还没有念完哩!……”

他们正在争论,看见李麦和一个女战士走进来,害羞得扔掉脸盆,拔掉胡子,一齐向门口跑去。女战士急忙笑着拦着他们说:“别跑,别跑,你们唱,我听听。我还可以教你们。”

李麦拉住那个粘胡子的又黑又壮的男孩说:“小建,唱吧,给你这个当兵的姑姑唱一个。”那个小建却挣扎着喊着:“我不会!我不会!”

李麦在他圆圆的头上拍了一巴掌说:“爬开吧,狗肉不上桌面的东西。”

孩子们跑了,那个戴石榴花的小姑娘却留在院子里,笑吟吟地看着这个女战士。

女战士问:“大婶,这个小妮是……”

李麦说:“我一个妞,叫嫦娥。还有个男孩子叫天亮,属狗的,今年十七了。我也忘记问你了,你叫什么?”

女战士说:“婶子,我姓宋,我叫宋敏。”李麦背着:“宋——敏,我记住了。看你们这名字多好听。俺这乡下的闺女们起个名,不是这花,就是那叶,光俺这村里就有三个闺女叫水仙,大家没法子分别,就只好叫大水仙,小水仙,还有一个蒸馍家水仙!”

宋敏说:“怎么叫蒸馍家水仙,他家卖蒸馍?”

李麦说:“不是。他哥叫‘蒸馍’!”她这么一说,宋敏实在忍不住天真地笑了。李麦说:“你觉得可笑吧,这庄稼人没见过啥,他爱啥就把孩子叫啥名字。蒸馍他妈就是喜欢吃蒸馍,铁锅他爹就是喜欢一口铁锅。比如我这个名字吧,叫个麦,俺娘就是喜欢小麦,虽然她那一辈子也没吃上几顿麦子面。”她说着好像想起了什么事情,就叫着:“嫦娥——”嫦娥跑了过来,李麦小声叮嘱说:“烧锅,先把咱那个瓦罐里那点大米淘淘,全淘了!”嫦娥点着头跑进屋里了。宋敏忙过来说:“大婶,你可千万别麻烦,我们部队带着馒头,我坐一会儿就走。”

李麦把她按到小木凳子上说:“你别管,我这不是招待你,我是招待咱红军。那一年逃荒到大别山,要不是红军我们早饿死了。好容易来到我家,这顿饭非吃不行。”她说着走过去,在一个土地爷的神像小窑窝里赶出来一只母鸡,从窝里悄悄拿出三个鸡蛋,交给嫦娥。

宋敏笑着问:“大婶,你家母鸡就在土地爷的窑窝里下蛋呀?”李麦也笑着说:“是啊,我不敬神呀! 俺这赤杨岗就我一家不敬神! 敬神有啥用啊,咱穷人照样穷,财主家照样发财。土地爷也是长了一双狗眼,谁家富,他就巴结谁。过去俺家还有六亩老坟地,叫他家讹走了四亩。”她指着隔壁海骡子家的砖瓦大院。宋敏问:“是不是就是刚才在门口跟你说话的那个高个子?”李麦说:“对,就是他。小名叫海骡子,大名叫海南亭。如今是俺这第二保的保长。你别看他说话龇着牙笑着,心黑着哩! 俺两家是死对头!”

宋敏说:“我们在这儿要住下去。已经和县政府说了,下个月要进行一次保长选举,由群众自己选,选出来的保长还要办训练班,要真正抗日的保长。”

李麦高兴地说:“要是真叫大家选,一选就把他选掉了……”正说着,门外那几个小孩又回来了。他们对着大门高声唱着:“不怕你关山千万重……我们是抗日的开路先锋……”他们奶声奶气地大声唱着,好像是故意叫宋敏听。宋敏对这几个小家伙很感兴趣,她叫着:“来来! 咱们一齐唱。”可是小建那几个孩子一看她走过来,就哈哈大笑着一窝蜂似的跑了。

李麦说:“别理他们,都不出摊的东西!”

宋敏在大门口做着鬼脸,故意逗他们玩,李麦乘空儿爬到院子里一棵香椿树上,攀了几枝嫩一点的香椿菜。宋敏回来听见树上咔嚓咔嚓地响,仰脸一看,见李麦爬在树上,笑着说:“大婶,你还会上树?”李麦不好意思地说:“如今老了,身子笨了,过去就是俺村头那大杨树,我也能爬上去。”她说着已经攀着树干溜到了地上。

约莫吸一袋烟工夫,饭已经做好了。还炒了两个菜:一个香椿炒鸡蛋,一个韭菜炒豆角,还有一碟新淹的蒜薹。李麦用大碗盛了两碗热腾腾的白米饭,放在宋敏面前。可把宋敏稀罕坏了。她说:“大婶,到你家还能吃上大米饭! 真是不容易。”李麦说:“我有个孩子叫天亮，过年时候，他从开封捎回来几斤，没有吃完。我知道你们大别山南五县的人爱吃大米。”

宋敏问：“你儿子在开封干什么？”李麦说：“在黄河上学撑船，当艄公。”

两个人说着刚端起碗要吃饭，徐秋斋拄着棍来了。这时他已六十多岁，人也瘦了，头发也全白了，眼也花了，就是鼻子还相当灵敏。老头子爱吃个嘴，这几年请他的人也少了，就越发有点馋。所以这半条街上，不管谁家来个亲戚，待个朋友，杀个鸡、炒个菜，他总能闻到。农村里都是粗茶淡饭，一动荤腥，香味儿就飘满半个村，他总是在人家刚炒好菜时，就“闻香下马”了。不过他这个人平素常给穷人办事，嘴也会说，到谁家吃一顿饭，农民们也不在乎。李麦为人爽直大方，只要他来，好坏没空过他。因此他就成了常客。

徐秋斋一进门就说：“天亮他娘，晒的烟叶还有没有了？给我一把。”李麦知道他不是来要烟叶，就在锅里盛了一碗饭，加了一双筷子说：“大叔！你先来吃饭，还炒了几个鸡蛋。”徐秋斋说：“这香椿味可真鲜！饭我不吃了，我吃几口菜算了。”李麦说：“做着你的饭哩！”老头不好意思地“嘻嘻”了两声，正要坐下，这才看到宋敏。

徐秋斋说：“这位老总是哪里的客？”李麦说：“宣传队的。就是上午在会上演新剧的。人家是个姑娘。”徐秋斋忙说：“啊！巾帼英雄！女孩子们能从军打仗，可真是难得。”吃着饭，宋敏问他：“老先生，我们今天演的戏你看了没有？”徐秋斋说：“我看了。好！‘国家兴亡，匹夫有责。’小日本国本来叫‘倭奴’，他如今欺负咱中国，是自取灭亡。你们那个军歌唱得好！‘工农兵学商，一齐来救王。’这‘王’就是王道吧？”宋敏纠正他说：“‘一齐来救亡’，是‘亡国灭种’的‘亡’。不是‘王道’那个‘王’……”徐秋斋这才恍然大悟地说：“啊！我说呢，现在又没有朝廷了，救哪个‘王’啊！”

李麦说:“大叔,要是天亮在家,我就想让他跟着军队当兵去。日本鬼子太欺负咱中国人了。我看咱中国人要都起来跟他们拼,不活剥了他们的皮!?”徐秋斋说:“是啊,不过天亮是孤子,听说抽壮丁还不要孤子呢!”

老头吃得慢,李麦把鸡蛋拨在他碗里两大块。老头吃着吃着话更稠了。他从岳飞抗金兵大破金兀术的“拐子马”谈起,一直谈到秦桧设的“风波亭”,又从“风波亭”谈到天运气数。宋敏说:“老先生,你是作什么营生的?”徐秋斋说:“我是个寒士,一辈子也不走运。早年耕种几年‘砚田’,后来有病就回家了。”宋敏说:“什么‘砚田’?”徐秋斋说:“我们这一行叫做‘砚田无税子孙耕’。”李麦说:“大叔,不用说你那陈年古董的事了!你不就是当过教书先生嘛!”

这时,正在吃饭的小嫦娥也插了一嘴说:“俺爷爷会算卦,还会送鬼!”李麦“啪”的一下在她头上打了一巴掌说:“吃你的饭,死妮子就你的嘴快。”宋敏觉得好笑。徐秋斋忙解释说:“我是‘诸葛马前神课’,都是死数推理。”宋敏说:“老先生,以后要多宣传抗日。你是识字人,多给大家讲讲时事,讲讲咱们中华民族不能做亡国奴!要坚持抗战到底。……”

宋敏正说着,从大门外进来一个三十多岁的汉子。他长得五短三粗,一双细眯而灵活的小眼睛,一个长鼻子。他刚进门就喊着说:“嫂子,我用用水桶。”李麦说:“那不,在水缸边上,你拿去吧。”徐秋斋这时却说话了。他说:“王跑啊!我说你也是个木匠哩!箍个桶在你手里算个啥,从村西头跑来借桶,你就不嫌跑腿?”

这个叫王跑的农民说:“大叔,你是不知道,我连针扎的空儿都没有,‘剃头的头发长’,越是自己的活,越顾不上。”徐秋斋说:“光知道解板做风箱卖钱,你可真称得起‘钱串’儿!”王跑说:“我是顺便回去捎担水。”他说着又向李麦说:“扁担我也使使。”说罢,挑起水桶走了。

王跑走后,徐秋斋叹了口气说:“你说这些人你能叫他去抗日!整天光有‘钱’心,没有后心。光想占小便宜,你要发给他一支枪,说不定他敢当铁卖了。”

李麦说:“大叔,你也把王跑说得太不值钱了。百人百样,十个指头伸出来也不一般齐。他也不过是小气点儿。”

徐秋斋说:“嗨!我没屈说他。就我那一杆破水烟袋,他抱住呼噜噜、呼噜噜,啥时候把烟末吸完才放下。人家说棒槌打他手里过一下,也要刮掉四两末,挑担水打他门前过一下,他也要匀一碗。前年秋天,我故意试了试。我从河滩里扛了块石头从他门前过,看他怎么占便宜!反正这石头我是压酸菜的,他要我也不给。后来我扛着石头走到他门口了,他这人嘴甜哪!老远就喊着:‘大叔,歇歇。’我说:‘歇歇就歇歇。’我刚把石头一放,你算没想到,他拿起一张镰说:‘嘿!我这张镰该磨了,你多歇一会儿,叫我在这石头上把镰磨磨。’你说你有啥法子!”他说罢,宋敏、李麦都呵呵大笑起来。老头子却不笑,只顾往嘴里夹菜。

这时候,宣传队的集合号忽然响起来了。宋敏忙说:“我们集合了,回头咱们再拉,你慢慢吃,大爷!”说罢起来跑了。李麦在后边喊着说:“要是部队在俺村驻扎,你住到我家来!……”

“好!——”宋敏答应着已经跑到街上了。

第五章　唢呐情话

铁打链子九尺九，
哥拴脖子妹拴手，
哪怕官家王法大，
出了衙门手牵手。

——民　歌

一

战争一天天地吃紧了。

这时徐州会战已经结束。日本侵略军正调集各线兵力，向津浦铁路南北两段集结。土肥原贤二的十四师团，也由濮阳南渡黄河，向兰封、开封一带进攻。这些天里，豫东战场不断发生激烈的遭遇战，五月下旬砀山、归德相继沦陷，国民党军队开始大批西撤。赤杨岗正临着大路，每天都有从东线撤退下来的大批军队经过。他们拖着大炮，扛着机枪，挑着行李背着锅，一队一队地向西走着。穿着蓝布旗袍的军官太太，有的骑在抓来的驴子上，有的坐在炮车上，在尘土飞扬的大路上，嘴里还吃着从地里摘来的甜瓜。

赤杨岗村头有一家小饭铺，饭铺的掌柜叫陈柱子，老婆叫月莲，人长得很干净利落，她有个外号叫个"白菜心"。村里的年轻人大多简称她"老白"。端阳节近，平常这时候是卖油条的季节，一根带枝的竹竿竖在门前，上边挂满黄焦的长油条。这些天，因为老过兵，柱子没有敢开锅炸油条，也没有敢打烧饼。那些国民党兵不是跟他老婆无理取闹,就是故意用大钞票找零寻衅找事。柱子看生意做不成,就把火熄了。准备晚几天麦子熟了和他老婆到地里拾麦。他自己没有种地,老白手快,过个麦天,拾也能拾个百八十斤麦子。

早上,两口子在院子里吃早饭。有人来叫门,柱子放下碗开了门,原来是本村的吹鼓手蓝五。

蓝五说:“兄弟,有牛舌头烧饼给我拿两个。”

柱子说:“五哥,两天没开门了,你没看火都没生。”

蓝五“唔”了一声,扭头便走,院子里一个清脆的声音却喊着:“还不把五哥请进来,他一个人才回来,烧锅燎灶多费事,一块吃了算了!”这是老白的声音。蓝五忙说:“我吃过了!”柱子一听有老婆的“指令”,便一把把他拉进院子里来,蓝五刚刚坐下,老白已经把一个卷好的大麦面烙饼塞在他的手里,又满满地给他盛了一大碗大麦仁稀饭。

蓝五接过稀饭,先喝了一大口,顿时心里热乎乎的,又低着头吃着烙饼。老白问:“这几天你上哪儿了?”蓝五说:“十里铺有一铺白事,一个面坊老头去县城里送面,叫日本飞机丢炸弹炸死了。几个出门的闺女看他爹死得苦,凑钱请了一盘鼓乐,想尽尽心。谁知道我去了以后,那村里的驻兵不让穿孝衣,搭灵棚。我等了两天,也没弄成事就回来了!现在啥生意也做不成了。”

柱子说:“那村里住的是中央军吧?”蓝五说:“可不是。比咱村住的宣传队差远喽!咱村这宣传队给老百姓挑水、扫地,那村的鸡子快叫他们杀吃完了。”柱子说:“这宣传队可真不赖,住了这半个月,那么多弟兄,连赊个烧饼账的都没有。”老白笑着问蓝五:“五哥,听说李队长不是叫你参加他们的宣传队吗?”蓝五说:“那是说笑话。嗨!我要是年轻十岁嘛,我可真去参加!新四军这些弟兄们家常得很,像我这样的……算是下九流了吧?可人家不论是当官的还是底下的弟兄,一见面就拉住手! ……”他说着发黄的脸上泛出一层兴奋的红潮。

原来这蓝五在赤杨岗是个光身条子,今年已经三十多岁了。父母早亡,从小跟着响器班子拍小钹,饥一顿饱一顿,吃两天大酒大肉,喝两天黄菜叶子稀粥。他人倒聪明,十四五岁时候,跟着老师傅朱全水学吹唢呐,不到一年,一杆五眼唢呐,学啥像啥。同是《上轿调》,他吹得嘹亮、柔和。同是《百鸟朝凤》,他吹得委婉细腻,学什么鸟叫,像什么鸟叫。不光学得像,小过门加得也热闹欢快。那几年刚兴留声机,农民们叫“洋戏”,卖针的总是带着一部。他一有空就蹲在卖针的摊子边上听。不到两年,二黄戏、河南梆子、河北梆子、曲子、越调、四股弦、坠子书,样样会吹。他有几出拿手好戏:《秦香莲》《二进宫》《对花枪》《穆桂英挂帅》。在这不大唱戏的农村里,农民们听着这婉转凄清的唢呐,觉得比看大戏还过瘾。那时蓝五在“朱家班”里,掌着大笛,朱全水抽几口鸦片,再加上人也老了,全凭蓝五顶门面。县里东关有个“阎家班”,曾经和“朱家班”比赛过两次,都比输了。“阎家班”凭的是花样多,三杆唢呐撂着吹,鼻子吹,嘴吹,可是不管怎样名堂多,都比不过蓝五那一杆唢呐。蓝五只要一个飞板吹下来,下边就是一片掌声,再加上他那又含蓄又洗练又奔放的曲调,吹得人们如痴如醉、似癫似狂。人们的评价是:“阎家班”吹得“脏”,“朱家班”吹得“干净”。

蓝五出了名后,周围几十里的农村办红白大事,少不得要请他去。那时蓝五还年轻,每一场事下来,分的钱也多一些,分发头也留起来,绸子褂子皮底鞋也穿起来,还戴了两个镏金戒指。就在这时候,却惹出一场祸来。

项城县袁家殡埋袁老八,叫了三盘鼓乐,蓝五也被叫去了。整整吹了三天三夜。这个庄子里有一家姓刘的地主,是袁家的一门远亲。他家有个孩子是个白痴,平常吃饭不知道饥饱,睡觉不知道颠倒，长到一二十岁还尿床。可是刘家有钱，有庄子有地，这个白痴却娶了个漂亮媳妇。这个媳妇叫雪梅，也是穷人家闺女，说是嫁到刘家，其实是卖到刘家。才嫁来时不懂事，只知道有吃有喝，就算到福窝里了，后来渐渐长大，特别是人前人后，看到那个傻子尽闹笑话，少不得在屋子里对镜垂泪，自叹命苦。刘家自知自己的孩子憨，衣服首饰也尽她穿用，后来还从开封省城里给她买来一部留声机，叫她解闷儿。

这雪梅有了留声机，感情算是有了点寄托。每天在屋子里摆弄唱片听。她本是个聪明过人的姑娘，几十张唱片不到一年就背得滚瓜烂熟。不管曲子、梆子、坠子，各名家的调门、唱腔都暗暗记在心里；她本来都学会唱了，因为家里规矩大，从不敢启唇哼过，只是把一堆旋律、节奏、音韵、声调深深埋在心里。

袁家埋人的头天夜里，她换了件雪青竹布褂子，黑府绸裤子，脚上穿了双白鞋，来袁家厅堂上听吹唢呐。这时鼓乐还没有开场，厅堂里外却已经挤了不少人。雪梅站在人群边上瞧着；只见雪亮的煤气灯下坐着一班子吹鼓手：有抱笙的，拉弦的，掌鼓板的，敲梆子的，大家围着桌子坐着，有的抽烟，有的喝茶，有的在用火柴棍算卦猜有没有酒喝，有的在卖弄风情说笑话。北边板凳上坐着一个青年，二十四五岁年纪，漫长脸，高鼻子，端端正正坐在那里，目不斜视，神态自然。停了一会儿，袁家的管事拿来一条红锡包香烟，对朱全水说："老朱，这是大姑爷的赏赐。"朱全水咳嗽着说："谢谢驸马爷的赏赐。"原来，民国以后，袁世凯在老家的宗族亲戚，因为老袁当了几天皇帝而身价百倍。这个和袁世凯不知拐了几道弯的远房族侄，也在那个时候，被一些想要攀龙附凤的乡下地主称起"驸马老爷"来。朱全水是个久跑江湖的老艺人，袁世凯虽然倒了，仍然习惯地叫着"驸马爷"。

烟拿来后，朱全水自己拿了两盒，剩下的往桌子上一推，大家抢起来,那个青年却好像没看见一样,原来他不吸烟。过了一会儿,朱全水拿起鼓板敲了两下,那个青年从桌子上从容地拿起了唢呐,人群中一阵低声叽咕:“蓝五! 蓝五!”

雪梅不知道“蓝五”是什么人,所以也没有理会。

头一出戏吹的是河南坠子《林冲发配》,学的是老艺人赵金声的调,只头一声,那凄婉哀绝、悲壮苍劲的声音,就使得全场几百个人鸦雀无声了。

雪梅最喜欢这本坠子戏,每一句台词她都会背。不过她听的唱片,是天津一个女演员唱的,蓝五吹的是男声,显得更加浑厚苍凉。当吹到:“那林冲接过来一杯酒,两眼不住泪纷纷,他说道:俺林冲平日爱交友,把谁都当作知心人。那陆谦和我同窗是好友,谁知晓他人面兽心,害得我居家两离分。俺林冲若有出头日,回头来开封府,仇报仇来恩报恩! ……”

唢呐虽然吹的是曲调,雪梅却能一字不漏地背下来,特别是蓝五那悲愤的表情,男性粗犷豪壮的声气,使这个少妇完全沉浸在八百年前的开封街头,她好像看见那个披枷带锁的落魄英雄林冲在仰天长叹。

委婉凄凉的唢呐,像大漠落雨,空山夜月,把人的情感带进一个个动人心弦的境界:生离死别的泪水,英雄气短的悲声,都淋漓尽致地表达出来。最后吹到林冲出了开封城,被押解着走上了阳关道。那两句是:“往前看——千里迢迢沧州路,往后看——一条大路还接着我的家门哪!”当那个“门”字最后的余韵还在低徐回荡,雪梅眼中的泪珠,却像珍珠断线似的洒落在雪青竹布衫的衣襟上。

人散后,雪梅如醉如痴地回到家里。她忽然感到世界是这么美好,月亮是这样柔和,连她平常讨厌的老黄狗向她跑来时,也忍不住抚摸了它一下。当她走进自己屋里,一眼看到那个傻子已经鼾声如雷地横躺在床上时，她下意识地想到这一句话：“你也是个人！”

二

雪梅一夜没有睡好，脑子里一直留着那个青年唢呐手的形象，耳畔仍然回响着唢呐悲凉动人的声音。她又打开留声机，放了放那个女演员唱的《林冲夜奔》，她发现调子都是一样，但总觉得比唢呐轻巧、浅淡，不像唢呐那样厚重浓烈地把一个个字砸向自己的心头。

第二天上午她听说要举行“迎匾”仪式，“朱家班”要从大街上经过，这个平素不大爱去街上遛逛的小媳妇，却挑了一件玫瑰红颜色的衫子换上，准备到街上去看。她不到二十岁，乌黑的发髻梳在她的头上好像还不大相称。临出门时，她又打开好久没有用过的胭脂盒，在白嫩的双颊上轻轻擦了一层胭脂。

大街上挤拥着看热闹的人群。八个礼生过来了，几个孝子过来了，雪梅都像没有看见，她只注视着鼓乐班子里那个吹唢呐的人。她故意拉着几个姑娘跟着唢呐看着，时而前，时而后，总是站在蓝五的迎面，两只眼睛直盯着蓝五，可是蓝五却一直没有发现她，她深恨自己衣服的颜色还不够鲜艳夺目。人家说黄颜色是上色，在人群里最惹眼，她叹息自己还没有一件鹅黄色布衫。

“迎匾”回来的路上，看热闹的人更多了。其实这挂匾也是很一般的黑漆金字木匾。袁老八是袁世凯的远房族侄，一辈子除了抽鸦片打牌什么也不会。不过地主总是爱排场，虽然袁世凯倒了，一些小劣绅还是给他送了这挂匾，上边写的是“德被桑梓”四个大字，也算装点门面。

“迎匾”人流走到十字街口，有一家染坊店掌柜搬出一条板凳挡住,上边放了一盒香烟,意思是让鼓乐吹一段。蓝五吹了段《三上轿》,大家鼓着掌撤掉板凳放行。就在染坊小伙计撤掉板凳的时候,那盒烟却掉落在雪梅脚前。雪梅灵机一动,拾起烟径直送到蓝五跟前说:“给您的烟!”就在蓝五接纸烟时,他发现两道清澈明亮的目光直逼着他的眼睛,他突然感到一阵发寒。

雪梅把烟塞在他手中,又看了他一眼,轻盈地笑了笑,蓝五急忙避开她的目光,雪梅这时脸已经兴奋地发红了。

这天一整天,蓝五不管在哪里,都感到有两道像电一样的目光在他脸上盘旋。蓝五穿的虽然颇为光鲜,可人是老实人,他不敢迎接那两只眼睛,他只隐隐约约地感觉到那个穿玫瑰红颜色布衫的人,在人群中晃动。

夜里,鼓乐又吹打起来。人更多了,连卖糖的,卖花生的小贩也来摆了摊子。这天夜里,蓝五吹了两出戏,一出是《抱琵琶》,一出是《小二姐做梦》。特别是后一出戏,把一个春闺少女向往爱情生活的强烈情绪,像小河流水一样倾诉出来。使人感到一个新鲜活泼的生命,在向束缚她的樊笼撞碰。

雪梅不会背这一段戏词,可是整个旋律,她听起来完全像她自己几年来的积郁在倾吐,她自己好像变成了那支唢呐。散场时,她像木雕泥塑一样呆呆坐着。一个提篮的小贩走到她跟前说:“大嫂,要点啥糖?”

雪梅迷惘地说:“蓝五……”

卖糖的吓得目瞪口呆地走开了。雪梅这才清醒过来,低着像红布一样的脸,慌慌张张地走回家里。

第三天是正式殡人的日子,虽然纸扎铭旌,童男童女,汤猪汤羊,塞满了半条街,雪梅却没有出来看。夜里鼓乐班又吹戏仍没见她。蓝五也有些纳闷。不过他心里只像掠过一阵微波就平静了。谁知道她是哪村的。再说自己是个“下九流”,不敢造次。

当第四天早晨，朱家班的一班鼓乐手，背着褡裢、拿着乐器回家，他们刚走出村，一个景象使他们呆住了。

一个穿着一身雪白衣服的少妇，站在路边柳树下，两只眼睛里满含着晶莹的泪水，直盯盯地看着他们。蓝五一眼认出了是她，她好像消瘦了许多，脸有点窄长了，鼻子尖有点红。他哆嗦了一下，想停下来，朱全水是老江湖，经过的事情多，他吆喝着说："快赶路！"蓝五低着头从她身边擦过去。他不敢看她，却感觉到她的泪珠在往下滚动着……

三

半个月后，蓝五在邓城镇一家地主办红事吹夜场的时候，突然发现了那个穿玫瑰红布衫的少妇。他大吃一惊，这里离项城有七八十里，怎么她来到这里了？这天夜里他再也吹不下去了，他胡乱吹了个《小放牛》，就推说肚子疼离开场子，来在村后的沙河边上。

雪梅也跟着来了。河水呜呜咽咽地流着，人们都去听鼓乐了，河堤上静得像月亮上一样。

他俩面对面地站着，雪梅只是在哭，她抽噎着，身体抖动着，一颗颗眼泪在月光映照下，滚落在大堤的草丛里。

"你怎么来到这儿了？"蓝五问。

"不知道！"雪梅擦着眼泪答。

"你从哪儿来？"

"我从俺娘家来，我跟你半个月了。大辛庄、黄集我都跟着看你了，你没有看见我。"

一阵热血涌向蓝五心头，他的眼睛潮湿了。

"蓝五哥，咱跑吧！"雪梅恳求地说。

“上哪儿跑?”

“往新疆跑,那里没人认识咱。”

“可我是个下九流,你……”蓝五痛苦地说不出话来。

“蓝五哥,我不嫌弃你。我也是穷人家闺女。蓝五哥,你放心,我要日后变心,你杀了我,你宰了我。我嫁的那个女婿是傻子。你就从火坑里把我拉出来吧!……”雪梅像疯了一样倾吐着自己的苦衷,蓝五为这个少妇的可怜遭遇激动了。他问着:“你叫啥?”

雪梅说:“我姓宋,我叫宋雪梅。蓝五哥,咱俩跑出去吧!就是跟你要饭我也情愿!……”

就在这天夜里,这两个年轻人“私奔”了。他们步行向西走着。他们觉得路就是自由,路就是幸福,一走上路好像什么羁绊都没有了。雪梅拿了个红包袱,还带着几件首饰。走了一个月,走到卢氏县。他们准备到灵宝搭火车。雪梅拿出一只金镯子叫蓝五到街上去卖。蓝五没经验,再加上口音不对,就在卖镯子的时候,被刘峙驻守在卢氏县的军队盘住了。他们起初说蓝五这只金镯子准是当土匪抢来的,蓝五当然不承认,说是他妻子的。接着,他们又到小店把雪梅抓来,团长亲自审问,三审两问,把蓝五办了个拐骗妇女的“拐带罪”,交卢氏县监狱看押。至于雪梅,蓝五在被抓以后,只和她见了一面,以后就不知下落了。

蓝五在卢氏县监狱整整住了两年半。放出来的时候,已经不像个人了。要饭回到老家,也不敢露面。他打听雪梅,雪梅并没有回来,打听他师傅朱全水,朱全水就在那年他逃跑后,被刘家地主派来的人砸了铜器摔了笙,还把他痛打了一顿。朱全水年纪大了,又有一口烟瘾,挨了这顿打,不到一个月就死了。蓝五打听明白后,夜里跑到师傅的坟前磕了几个头,痛哭了一场。后来就离开项城县,到处流浪,最后在赤杨岗住了下来。他人变老了,也不大爱说话了,平常有时打打短工,有时也外出跟跟轿,分发头早不留了,穿得破破烂烂,又学会了吸旱烟,看去完全像个农民了。人们只有在他吐烟的痛苦表情中,才能看出这个潦倒的艺人,内心的创伤是多么难以平复。

第六章 拉差车故事

老太太,泪汪汪,
坐在炕上骂“中央”,
先把鸡子吃个净,
又把油瓶倒个光,
箱子、柜子翻一遍,
鞋子偷了好几双。

——民 歌

一

蓝五在柱子饭铺里吃罢早饭,正说要回家,忽然听见村街上像捅了窝的马蜂似的,乱成了一团,鸡咯咯咯地飞着,狗汪汪汪地叫着,马咴儿咴儿地嘶着,油桶碰着铁锅的声音,水壶、子弹带撂在地上的声音,“砰砰砰”大声敲门的声音,混杂在一起……

柱子说:“又是过兵了吧?”月莲爬在大门下边的破洞口往外看了看,只见满街都是穿黄军服的兵。来来往往,满街乱窜。有的在劈柴,有的在抓鸡,有的在挑水,有的抱着从地里割来的小麦在喂马。柱子问:“什么兵?”月莲回到院子里说:“中央军呗!”话音还没落地,门外响起了“砰砰砰”的叫门声。只听见门外喊着:“老乡!老乡!快开门!”月莲说:“你们到屋里去!小心他们抓伕子。”她说着走到门口,顺便把墙上挂的两辫子新蒜撂在瓦缸里,才去开了门。门外是两个国民党兵,其中一个手里掂了根藤棍,看去像是个当官的。他问:“你们这村的保长在哪里住?”月莲说:“在十字街保公所。”“保公所没有人,他家在哪里住?”月莲说:“他要不在保公所,兴许是到联保处开会去了。”掂棍的人说:“我问你,他家在哪里住?”月莲支吾了一下说:“在十字街北,五间临街瓦房。”那个下级军官说:“你给我领去。”他说着把手放在月莲的肩膀上,月莲把身子一摆说:“你鼻子下边长了嘴,鼻子上边长了眼,你不会去问、去找?”说罢“啪”的一下把门关上了。这个军官碰了一鼻子灰,恼羞成怒,他骂着:“嘀!他妈的!还挺硬的。”说着就用那根藤棍狠命地擂起门来,嘴里像杀猪似的叫着:“开门!开门!”叫了好大一会儿,门开了。迎出来的却是蓝五。

蓝五说:“老总,你有啥事?”

“我要找保长!”那个下级军官喊着。

“找保长,好,我领你去。”

“……”那个军官看了蓝五一眼,没好气地哼了一声,从口袋里掏出粉笔,在门上故意写了“二连连部”四个歪歪扭扭的字,这才恶狠狠地说了一句“走!”跟着蓝五往十字街口走去。

到了海南亭家门口,正碰上保丁王尾巴。蓝五说:“尾巴,这位老总找保长。”尾巴大模大样地说:“保长不在家,什么事跟我说吧!”那个军官看着王尾巴尖嘴猴腮的样子,也大模大样地说:“我姓崔!”后边跟的那个当兵的说:“这是我们崔副官!”王尾巴勉强堆着笑说:“啊,崔副官。昨天六十三师的赵团长刚从这儿过去,我给他找了一辆轿车子。你们认识吧?”这个崔副官看他那个样子,心里早就窝了火。他说:“我们部队有紧急任务,要往漯河开拔,病号辎重需要三辆牛车,十个小伕子,马上给我派来。”王尾巴大约是因为这些天迎送国民党军队太多,见了不少大官儿,因此自己也觉得有点官气了,他用带点京腔的话说:“差车嘛,可以商量,小伕子,没有!县政府有指示,过往军队一律不准要小伕……”他还没有说完，藤条子已经劈头盖脸地向他打来。那个崔副官一面打着，一面骂着：“我操你妈的，什么屌县政府，一个臭保丁敢跟我抬杠，我看你眼睛长到头顶上了。泼妇刁民！老子抗日打仗，你们不支援！我打死你这汉奸坯子！”他骂着打着，王尾巴想跑也没跑了，把一件绸子褂也撕破了，身上背的一个新手电筒也摔在地下，把玻璃摔碎了。

这时海骡子家的大门开了，海骡子从大门里走出来。看见保丁王尾巴挨了打，连忙走过来又拉又劝。那个崔副官才算停了手。他气咻咻地问：“你是什么人？”海骡子满脸堆着笑说：“到家里坐！到家里坐！”接着掏出一张名片递给他。崔副官看那名片上印着：“县戒烟委员会委员”“第二师范学校校董”等一大串职衔，脸上的怒容忽然像竹帘子似的卷了起来。

海骡子把他让到家里，先让烟，后泡茶，还让他看了看他兄弟海香亭的照片；海香亭是现任县田赋管理局的局长。经过讨价还价，送烟送酒，最后算是讲定出一辆差车。小伕子就算了。因为这村里还住着新四军，宣传队还没有走呢。

当那个崔副官把烟酒塞在挎包里，嘴里不住地感谢说：“海保长太客气了，你说吧！那个车户在哪里住？我们去找。”海骡子说：“我领你去。这一家可不是盏省油灯！”崔副官把藤棍一掂说：“他长有几个脑袋！”

二

海骡子领着那两个国民党的兵，走到大街上，在十字路口正碰上王尾巴往胳膊受伤的地方擦万金油。崔副官从他身边走过，拍了一下他的肩头对海骡子说：“小伙子多棒！”海骡子笑着点着头，王尾巴噘着尖嘴对崔副官不好意思地笑了笑。

他们走到街西头海老清家的门口。海老清已经五十多岁了，是赤杨岗有名的老庄稼筋。村里边耩麦种谷，开犁动锄，全都看他。该种麦时，大家只要看他一开耧，都跟着耩起来。种谷时候，他看墒情最准，只要跟着他下种，保险全苗。他不但扬场放磙，摇耧间苗是能手，还能给牲口看个病。再加上他辈数长，人正派，家里土地不多，在村里却享有很高威望。

老清正在门口接套绳，他结的核桃疙瘩四棱四正，又结实又好看。海骡子走过来说："老清叔，收拾套绳啊！"老清抬头一看他领着两个国民党兵来，忙站起来搓了搓手说："哎，一件旧牛套。到家里坐吧。"骡子说："不用了。跟你说个事，这是十四军的弟兄们，要往漯河开拔，要一辆车。你准备准备跟他们去吧！"

老清老汉一听忙说："哎哟，骡子，我倒糊涂了，上半月我才拉了一次长差，去许昌送军粮。怎么没过半个月，又轮到我的车了？"海骡子说："如今事多差稠，早轮过一遍了。"老清沉思了一下说："骡子，你们是办公事的人，我是个庄稼老土，按车牌，你家是十三号，我是十四号，这两天我也没见你家车出什么差，怎么就轮到我了？"

海骡子笑着说："你不知道，今天早上才出了一趟差。去刘集。"

"那是送你闺女回婆家，我见了，一辆轿车子。"

"学校陆老师也在里边坐着。他放麦假回家。"

老清说："哦！这五六里地送闺女捎个教员，也算一趟差？这号差事怎么老轮不到我的头上，苦差、长差却总是轮到我！"

海骡子沉着脸说："这是按号排的，各凭运气。"

老清说："运气怎么光认识你家那个大门？……"他正说着，那崔副官早就不耐烦了，他凶神恶煞似的跳过来说："你这个老家伙！我问你，你抗日不抗日？"老清说："老总，这说不上抗日不抗日，出军粮、枪款我们没少交一分！常言说：不患贫而患不均，我们这小农户吃亏快吃死了！他大骡子大马十几条，我就一头牛犍子。难道说捺住鼻子往水里浸，还不叫说话吗！老天爷长的有眼，这不公道！”

骡子也跳着说：“老清，你嫌不公道，这保长你干好了！”海老清说：“我没那脸面！我屁股下没有那两顷地！”

两个人起了高腔，老清老伴和两个闺女也从家里赶快跑出来了。老清婶劝着海骡子说：“骡子，你别跟他一般见识，他老了，糊涂了。”大闺女爱爱也推着老清说：“爹！你不会少说一句吗？你不知道人家有势力！”小闺女雁雁才十四岁，她还不懂劝架，只噘着个小嘴暗暗骂着：“死鬼保长！死鬼保长！明天你走路，掉进河里淹死你！”

两个人吵了一阵。蓝五、王跑几个人听他们越吵越凶，怕老清吃亏，也跑过来拉架。海骡子临走时说：“这差车今天是派定了，你去也得去，不去也得去！吃罢晌午饭套车。”崔副官也骂着说：“老家伙！我告诉你，你要误了我们的军情，我可叫你吃不了兜着走！”两个人说罢扬长去了。海老清在地下蹲着，这些话他全听见了。脸红涨得像霜柿叶一样，脑子里嗡嗡直响，他一口气没叹出来，一滴泪没掉出来，像泥胎一样呆呆地蹲在地上。

晌午，老伴给他端出一碗绿豆面条，拿了两个大麦面烙饼。他仍然闷着不吭声。老伴说：“你吃吧！你不知道胳膊扭不过大腿？有啥理可说哩！你吃吧，后晌还得上路，我去给你烙点馍做干粮。”老伴说着进家了，海老清在筐上坐着，仍然没有吭声。

“哞——哞——”那条小牡牛的叫声，吸引了他的目光。他慢慢地站了起来，轻轻地走近小牡牛，用手抚摸着小牡牛的脊背……

这头牛有四尺四五寸高，长川身子大项领。四条又粗又短的腿，前胸脯足有一尺半宽，能放下个粮食斗。看着它个子这么大，其实才长一对牙,还不到四岁口。两只眼睛像铜铃一样大,两只弯角青里透亮,特别是那一身黄膘毛色,像绸子一样光亮,最近才脱罢毛,更显得滚瓜流油,像泥捏面塑一样的漂亮精神。

两年前,海老清在三关庙庙会上买这头牛时,它还是个牛犊子,当时又瘦又丑,好像骨架没长在一块,松松垮垮,走起路来晃晃荡荡。老清一到牛市上就注意这个牛犊子,它的前胸脯那么宽,脖项又那么长,知道它将来一定是个大胎儿,有力气,再看看那一双大而有神的眼睛,也是个好德性儿。就是腿短一点,不过牛腿短不算病。常言说:买牛要买抓地虎。喂上两年一定能拉张犁独耙。

就这样,海老清卖了一季收的四石粮食,再加上平常的积攒,把这个侉牛犊买回家了。为这头牛,他一家人整整吃了一冬红芋干。牵进村后,街坊们看着它又瘦又丑的样子,都说海老清这一回失了眼,怎么把个大鸭子牵回来了?可是老清任他们说,只是笑而不答。

从春天起,春风第一次吹醒了嫩草芽,老清就每天给它割新鲜青草吃。夏天,圪巴草、抓地龙、圪针芽都是它的好饲料。每天干活再累,老清总要给它捎回来一筐。热天怕牛上火,自己吃饭做菜都舍不得放盐,却总要给牛洒一把。每年种半亩黑豆,家里连发一次豆芽都不叫吃,牛却每天少不了两大碗豆料。

小牡牛就这样过了两个春秋。经过老清的辛勤照料,小牡牛就像吹糖人吹的那样,一天一个样子。它每天看见老清,也总要亲昵地用奶腔"哞!哞!"地叫两声,老清乐得心里像熨斗熨了一样。他眼里的这头牛简直成了他的大孩子。他把一杆白铜水烟袋和铜匠换了一个响铜牛铃。每天夜里牛吃罢草,倒着沫,牛铃叮当、叮当地均匀地响着。在老清听来,这就是最好的音乐。

这头牛去年麦罢才试着搭套,老清还没敢让它干重活。王跑说:"老清叔,它那么大的个子,怕啥呀?还能累着?"老清说:"个子大、骨头嫩，不能伤了力。”过罢年，老清才试着叫它拉犁拉耙。拉犁时去掉犁面，只是川川地，拉耙时候，老清人不上耙，在耙上放一筐土，自己在后边跟着跑。直到今年春末，老清去拉了一趟煤，装了八百斤，看它拉着一路小跑，就像玩儿一样。这时老清才掂量出它的力气：看来这个侉牛犊子是长成了。

就在前一个月，海老清一连出了两次差车。去许昌送军麦那一次，来回八天，路上又遇到连阴天，满路都是红胶泥；牛累得把脖项都磨肿了，把个老清心疼得像割破了手指头。好在回来时候是空车，还算没累下大病。如今回来不到五天，又要出长差了。天这么热，路那么远，老清闷闷地看看自己的牛，牛不懂事地看看他。就在这个时候，老清端起自己的一碗绿豆面条，“哗”的一下倒在牛槽里。顺手拿起拌草棍，把那碗面拌在青草里。

三

屋子里，老清大娘正和闺女爱爱在烙饼。大娘擀着面，爱爱在鏊子里翻着饼。像平常一样，逢到这种时候，老婆婆便唠叨起来了。她说着：“还不如没有这头牛，有这头牛整天得去支应差事！天热得像下火一样，叫个老头子出长差！他腿还有病，能受得了吗？海骡子的眼都装到裤裆里了。……”她说着赶快用擀面杖翻了一下饼又说爱爱：“你没看糊了！”爱爱说：“哪里糊了？你擀你的。”大娘又接着骂起来：“要你们这些杀才有啥用？要是个男孩子嘛，也能帮你爹一把，饮饮牛，拌和草，他也能休息会儿。可尽是些出不得门、上不得路的吃货！我哪一辈子得罪送子奶奶了，叫我一辈子作这个难。……”

大约是海大娘骂惯了，爱爱听着只是不吭声。原来海老清只有这两个女儿，没有男孩。两个女儿，说小也不小了，爱爱今年已经十七岁，长得苗条身材，瓜子脸儿，一双水汪汪的眼睛，再加肤色像她妈，雪白细腻，就像玉石雕出来的人一样。大娘因为老想要个男孩，所以不管黑白好丑，总是嫌闺女多。老清却和她不一样，看见自己哪一个女儿都喜欢。他常说："我不嫌闺女多。女孩子听话，男孩子费气，你不养活我养活。"平常他待这两个女儿特别娇，从没打过一巴掌、骂过一句，家里不管再困难，过年时总要给两个女儿买一双袜子，扯两尺头绳。

大娘擀着饼，越说越生气。爱爱说："妈，要不我跟俺爹去吧，到路上也能帮他抬桶水，烧烧饭，省得你操心。"大娘看了她一眼说："你能去？一个女孩子家能出门拉差？"爱爱说："那有什么不能。人家新四军的宣传队里，不是那么多的女孩子吗？人家敢上台子唱戏，打枪扔手榴弹，咱出去跟个车拉个差有啥不行。就咱这乡下人老封建！"大娘听她这么说，想了想也是个办法，就说："你和你爹说说去，你要去了，就不用带那么多饼了，带点面就行了。"

爱爱来到门外，和她爹说了说，老清开始不同意。后来爱爱说："你不是说叫我学赶车哩！这一次出远门，我一趟就学会了。"老清看女儿一心想往外边跑跑，再加上自己腿脚确是笨了，想着有个帮手也好，就答应了她。

爱爱见爹答应后，兴奋得像去赶会一样，又是梳头，又是换鞋。她一个人给牛装了一大包草料放在车上，把带的干粮、料口袋、水桶、水瓢收拾整理齐备，又拣了个半旧草帽，用针在破处缝了缝，戴在头上。

那个崔副官来的时候，老清正在饮牛。崔副官说："老乡，套车吧，该出发了。"老清说："这就套。"就在这时候，崔副官看见了爱爱。他看着这个姑娘穿了件蓝底白花布衫，翠蓝裤子，洗得干干净净，头上戴着一顶草帽，草帽下边是两只黑乌乌的大眼睛和一张红扑扑的脸。

爱爱用绳子在绑水桶，他爬在车杆上说：“这个妹子，你是他家什么人？”爱爱听着外乡人叫“妹子”，脸先红了。她低着头说：“他是俺爹哩。”崔副官问：“老汉一个人去啊！”爱爱仰起脸说：“我也去。我还要学赶车。”崔副官一听就高兴地说：“太好了！太好了！你今年多大了？”爱爱说：“十七了。”崔副官说：“你这次可以去漯河看看，‘小上海’啊，袜子、手巾、雪花膏、桂花油要什么有什么……”爱爱说：“俺没有钱买。”崔副官小声说：“没关系，我给你买……”

老清饮罢牛，正要套车，猛然看见那个国民党军官正在挤眉弄眼地和闺女说着话，爱爱又不懂事，和人家说笑着，他早恼了。老伴把车油瓶添了点油挂在车上问：“还缺啥不缺？”老头说：“不缺了。”老伴又把个夹袄递给爱爱说：“你带上，夜里冷。”老清却说：“爱爱不用去了。”老伴说：“怎么又变卦了？”老清说：“你少说话。我自己能行，爱爱，你回家！”崔副官说：“老先生，叫你这个闺女跟上吧！她好帮你干点活，也到漯河看看。”老清把他的胳膊一推说：“这不用你操心！”说着把牛拉进车辕里。

海老清套好牛赶着车走了，海大娘又埋怨起来：“也不知道是啥脾气！一天三变。说得好好的叫爱爱去，一会儿又变了。”爱爱噘着个嘴不吭声，把草帽从头上拿下来，撂在地上。

第七章　长松买地

麦子上场，小孩没娘。

——民　谣

一

阵阵南风把浓郁的麦香吹进了村庄，庄稼人的鞋底上像抹了油似的闲不住了。大自然把一封封漂亮的书信传递给人们，人们读着这些熟悉的笔迹：柳絮飞舞了，榆钱飘落了，蝴蝶和落在地上的油菜花瓣依依惜别，豌豆花变成了肥绿的嫩荚。这是春天向夏天告别的最后一幕。这一幕需要的道具是如此之多：男人们整理着套绳、磙框、桑杈、扫帚；女人们收拾着簸箕、篮子，缝补着破了的口袋。特别是早晨，月落星稀，一声声清脆的夏鸡啼叫声："夏季了——嚓，夏季了——嚓！"把人们从睡梦中叫醒的时候，各家茅屋前的磨镰刀声音，汇成了一股强大的音流。

大麦已经收割了，小麦也快黄熟了。人们今年听着那清脆的夏鸡声，不再是安慰、喜悦，而是焦虑和忧愁，隐隐约约的炮声已经听得见了，清新的空气里混杂着一股火药和汽油味道，三架一群的日本鬼子飞机在天空中来往飞过，看来战事更吃紧了。隔年下种，累断筋骨种的这几棵麦子，也不知道能吃到嘴里不能？

李麦在院子里露天睡着觉。这是她多年的老习惯。一到麦子黄梢，她就开始在院子里睡觉，一直睡到八月中秋节后。一条芦席，一个石头枕头。她没有用过扇子，农民们的扇子是在大自然手里拿着的，白天在地里，顶着火伞似的日头干活，总有一股凉爽的千里风吹来；夜间躺在院子里，凉风吹拂着他们疲劳的身体。夏天的风是大自然送给农民们特有的礼物，这体现了她的公平。

李麦在院子里睡觉，一方面是她从小流浪生活的习惯，另一方面是她要看她那本“大日历”。她的“大日历”不是精美纸张印刷的，而是那整个广阔碧蓝的夜空。那一条银光璀璨的天河，是她最熟悉的历书。“天河吊角，南瓜豆角”；“天河南北，西瓜凉水”；“天河东西，收拾棉衣”。她根据天河的方向，安排着自己的生活。

当夏鸡又在她家院子里的椿树上叫起“夏季了！夏季了！”的声音，李麦和别人不同，她总要感谢地向树梢上喊一句：“知道了。”她开始把镰刀找出来，准备磨镰刀。她先用镰刀削了个木头钉子，钉在墙上，然后找了根嫩柳枝编了个圈，缚了根攀，又用小瓦盆盛了大半盆水，放在这个圆柳枝圈里，把瓦盆吊在墙上钉的木钉上。她又用两节大麦杆子接住放在小瓦盆里，一头向下垂着，她用嘴吸了一下，大麦管子里的水，便滴答、滴答，一滴接一滴地滴在磨刀石上。它滴的是那么均匀、准确，磨刀石上响出一阵柔和滋腻的声音。

顶着破大门的小板凳倒了，门被推开了，进来的是宋敏。宋敏打着绑腿，束着皮带，她一进门就满面春风地说：“大婶，我们要走了，我来和你告别来了！”李麦听说宣传队要走，忙放下手中的镰刀说：“不是说要住一个多月吗，怎么住了十来天就要走？”宋敏说：“前线吃紧了。日本鬼子从濮阳、陈留偷过黄河了，中央军的战车团、骑兵师全溃退下来了，我们新四军准备去接防。婶子，这一回我可真的要到前线打仗了。”李麦说：“闺女，枪子儿可是没长眼哪，你可得小心点。我看你们整天操练在地下爬，你爬时头低一点，枪子钻到土里就没有劲了。”宋敏笑着说：“婶子，你还懂得这个呀，没关系。一到战场上，战斗一打响就不害怕了。我这一次还准备消灭几个日本鬼子呢!”李麦深情地看着她说:“胜利后一定回来,还回到咱这村子来。咱俩好好拉拉家常,我有好多话还没有跟你说,一说就得流眼泪,我眼睛这几天也不好,吃椿头菜吃得上火了。”她说着又想了一下说:“哎,你看吧,你们这一走,海骡子就又该支杈起来了。夜个儿把海老清的车派到漯河出长差了。眼看焦麦炸豆,又是送国民党的队伍。明摆着轮着他的车号,却硬给老清搁上。我听说后气得饭都吃不下!把个穷老汉往脚下踩,他算个啥保长?你们不是说要选举吗?为啥不赶快选?我敢说,只要让选举,一选就把他选掉了。人眼是秤,村里各家小户早就恨他恨得眼睛发黑了。”

宋敏说:“婶子,现在来不及了。为这件事我们和县政府商量了几次,后来县政府同意了;专员公署的专员又不同意。说是抗日非常时期,不叫更换地方人员。现在是搞统一战线,得征求他们同意。”

李麦说:“他们都是穿连裆裤的,官官相护。八辈子也换不了。”宋敏说:“婶子,咱们要发挥抗敌协会的作用。抗敌协会是群众组织,可以对他进行监督,这是县政府同意的合法组织,你们不要怕,可以开会,算他们的账,查他们的车差粮款。婶子,什么事非斗争不行!组织大伙起来和他斗争,一斗他就害怕了。咱们不和日本鬼子斗争,咱们就要当亡国奴。咱们不和国民党斗争,他们就要投降。咱们不和海骡子斗争,他就要贪污刮地皮。以大比小,什么事都一样,比如床上的臭虫,我们才来那两天,害怕极了,后来烧了几壶开水浇了浇,它不敢咬人了。和臭虫也得斗争。”李麦兴奋地听她说着,觉得这话最合自己的心意。她说:“是这个理。就说我们这村里的女人们吧,一看见海骡子就小声骂他是跳锅贼……”

宋敏问:“什么叫‘跳锅贼’?”

李麦说:“就是咒骂他。有朝一日掉到锅里给煮死!其实我看他这一辈子也跳不到锅里。也没有那么大的锅，我跑了这么多地方，只见过登封县少林寺里有一口大锅他能跳进去，可他又不去！这些骂一点用处也没有！”说着两个人都笑了。

宋敏说：“婶子，我们住的时间太短了，要是住的时间长，我真想教你识字。”

李麦说：“我能学会吗？”

宋敏说：“怎么学不会？我看你心灵着哩。”

李麦说：“要说记性，我的记性还不坏。唱的那些戏文，我听一遍全能背下来，就你们唱的那些歌儿，我也能背下来。”宋敏说：“你背背，我听听。”

李麦说：“我又不会唱，只会背联儿。”

宋敏怂恿着说：“我听你背背。”

李麦被她逼得无奈，只得说：“开头不是讲：‘小小铜锣转悠悠，黄河南北度春秋。’……”她一气把整出剧背完，又背了两个歌曲，把个宋敏高兴得拍起手来。她说：“婶子，你干脆参加我们宣传队算了，演老婆不用化装。”谁知道这句话居然把李麦的脸说红了。她说：“那人家不说我成疯子了……”她说着低下了头。

也不知道是宋敏这句话拉开了李麦眼前的生活帷幕，还是道中了她埋在心底的理想火花，她的脸上浮现出一种青春的光辉。她迟了好大一会儿才说：“斗争，什么事都得斗争！人善被人欺，马善被人骑，我要是从小能上上学该多好。”她说着陷入了沉思。

宋敏说：“现在也不晚哪！我教你。”

李麦说：“你就先教我两个字，”她说着伸出手掌说，“把斗争这两个字给我写上。”

宋敏看了看她，掏出自来水笔，在她手掌上写下“鬥争”两个大字。

李麦审视着这两个字，笑着说：“这个‘鬥’字不是两把钥匙吗?”

宋敏说:“对了。”她又深情地说:“婶子,它就是两把钥匙！一把钥匙打开咱们身上的锁链,一把钥匙要打开咱们建设新中国的大门。婶子,咱们将来会有一个新中国,比现在日子强得多的新中国！婶子,我走了,吃罢早饭就要出发,再见!”

也不知道是“新中国”这个词在李麦的感情上激起了巨大的波澜,还是和宋敏的离别情绪触动了她,她的眼泪夺眶而出,抓着宋敏的手,一句话也没有说出来。

二

送走了抗日支队的同志们以后,李麦像掉了魂似的脚软腿困,浑身无力,村头离家里只几百步路,她却走了有吸一袋烟工夫。刚到门口,隔壁长松从地里推着空粪车子回来。他说:“婶子,你快去地里看看吧！你家的麦子叫中央军昨天夜里糟蹋了一大片,足有两耙宽,全倒在地上了。”

李麦听说后,赶忙叫嫦娥把镰刀和篮子拿出来,赶到地里,只见从麦地中间斜着碾开了一条大路,把一块麦地分成了两半。麦子都倒在地上了,有些麦穗踩在泥里。

李麦家就种着这一亩六分坟地,除了十三个坟头,也不过一亩二分来地。李麦平常人勤手快,再加上她会拾粪,赤杨岗临着大路,她每天拾一筐粪,一年往地里上三茬粪,虽然她家没有牛犋车辆,这块地却种得不错,一年两季,李麦总要收它三四百斤粮食。

李麦看着倒在地上的麦子,心疼地骂着:“这些不是吃粮食长大的东西！能少走几步路,就硬要往麦地里来蹚！就不知道老百姓种点庄稼有多难！就凭这种德行,还抗日哩！抗你娘那脚!”

小嫦娥蹲在地头看着踩在地上的麦子,恨恨地说:“妈！叫他们赔咱!”李麦说:“你往哪里找他们去? 听说撤退,比兔子跑得还快。割吧! 把地上的麦穗捡起来。”

李麦割着地上踩倒的麦子,嫦娥捡着麦穗,她捡得很干净,连踩在地上的一颗颗麦粒也捡在篮子里。她一边捡着一边问:“妈,这十个麦穗磨成面,够烙一张饼不够?”李麦说:“不够。”嫦娥又问:“那几个麦穗够烙一张呢?”

“一百个。”李麦割着麦子漫不经心地和闺女说着。

“我已经捡了一百多个了,你回去可要给我烙一张白面饼。”小妮说着,嘴已经快流口水了,她好像闻到了白面烙饼的香味。

快割到一半时候,长松又推着粪车子来了。他把粪倒在地头,说:“婶子,糟蹋了多少?”

“有二三分。”李麦说着,长松掏出烟袋说:“婶子,过来歇歇吧!等会儿我把麦捆给你捎回去。”

李麦和嫦娥走了过来,在长松家的地头上坐下,两个人说起话来。

长松和李麦两家是“地挨边房搭山”,平素就互相照顾,关系很好。长松这块地是今年春天新买的,一共七亩多,麦口才税了契正式成为他的土地。

李麦看着地头一堆堆粪堆说:“长松,这块地恐怕有十来年没有上过粪了,收罢麦你先上这一茬粪,秋天收罢秋你再狠狠上它一茬;要不了三年,就喂过来了。常言说:‘地没坏地,戏没坏戏’。地在人种,戏在人唱。”

长松兴奋地抽了口烟说:“婶子,这是我对你说的,我倾家荡产买这块地,是叫花子拨算盘——穷有穷打算。好地咱买不起,只能买这种一葫芦打两瓢的砂礓坡。可咱有力气,不怕吃苦。我计划了:把种的这几棵麦子割下来以后,打算用镢头把它全倒一遍,大砂礓全部捡出来,然后一亩地上它三十车子粪。我计划种三亩谷子,二亩高粱,剩下的全部种成红薯。入冬我再把红薯磨成粉做成粉条,就凭这一季红薯,我就要还清海骡子的债!"

李麦说:"是个好主意。可是步子也别迈得太大了。还要顾惜自己的身体。这几晚上我听着鸡子叫头遍,你的推粪小车就响起来,累坏了不行。一口饭还能吃成个胖子?东山日头还长着哩,一步一步来吧。"

长松低着头说:"实不瞒你说,婶子,我这些天哪里睡过觉?人家说,紧张庄稼,消停买卖,节令不等人哪,这一堆粪推不到地里来,我心里就像火燎一样。唉,就是咱的茶饭赶不上,要是能吃饱,我能叫这块地翻个个儿。"

李麦说:"我说怎么你的眼睛都熬红成这样了。不能这么拼命,要不你把我这点倒伏麦子弄回去磨磨先吃两天。人是铁,饭是钢,这么重的活,总得填饱肚子啊。"

长松叹了口气说:"不用了。再困难也对付不了几天了。受憋也就是这几个月,到秋后我就有点指望了。"他说着脸上掠过一丝兴奋的表情,看着他这块瘠薄的可爱的土地,好像地里已经长出茁壮肥绿的庄稼。

长松也姓海,在赤杨岗他也是个贫苦农户。他今年有三十二三岁年纪,却已经是五个孩子的爸爸了。家里七八口人,只有二亩多土地。平常打的粮食,不够两个月吃,全凭他去连云港推盐,挣点脚力钱勉强过活。长松在赤杨岗农民中,是个最能干活的汉子,他身长五尺多高,宽肩膀,长胳膊,高鼻梁,大嘴巴,两只细长有神的单眼皮眼睛。平常人家吃饭端的是碗,他端的是个小号盆。他有一身好力气,去推盐,一辆红车子能推八百斤,比得上一辆牛车。这些年,孩子们慢慢长大了,长松却发起愁来了。小碗都换成大碗了,二号锅换成大老吊锅了,每顿饭勺子刮锅的声音只要一响,两个大闺女不得不放下自己手中的碗,其实她们并没有吃饱。

长松每逢看到这种情况，心里就很难受，他觉得对不起孩子们。特别是他想到孩子们渐渐长大，以后说亲更困难，人家谁跟咱哩？一打听家里七八口人，才二亩多地。这是最经不起打听的了。上半年，火车不通，推盐的脚力涨了点价，长松赶着推了几趟，手中攒了六七十元钱，从这时候起，他的老婆杨杏就对他说："这钱咱一个也别动，有合适的地，咱买二亩，地是根本，得为孩子们想想。"

当时地价比较高，六七十元钱，最多能买一亩地，长松虽然省吃俭用地攒着钱，也只能望洋兴叹。

就在今年春天，有一块地要卖了。就是海四维的这块砂礓坡地。海四维是海骡子的亲叔，他和海骡子家分家时，也分了一顷多地。他这个人有个外号叫"衣裳架子"，年轻时候，住在开封，专门爱穿衣服摆阔气，后来又吸上一口大烟，他那一顷多地，慢慢就从大烟枪里变成烟雾飞跑了。他的好地大多叫海骡子家买走了，坏地佃户们都不想种，他就更急着卖。这块砂礓地，他本来扬言要卖三十块钱一亩，可是这年头粮重差多，出粮出款都要照地亩摊派，这块地有那么多亩数，打不下粮食，谁也不敢买它。

一个月前，海四维从开封回村子一趟，他突然把地价落到二十元一亩。就在这时候，长松眼红了，他和杨杏商量过一百遍，还是拿不定主意。买下吧，肯定要负债吃苦受大症；不买吧，过去这个村，没有这个店，啥时候能拿一百多块钱买七亩地？

夜里，土地经纪人陆胡理来找长松了。他说："长松，我给你透个信，海老四这块地，小马庄的马滴流可是想要买。咱们是一个村的，我不能隔过你的门，我要是你，我钻窟窿打洞，砸锅卖铁也要买下它！一大群孩子……"

陆胡理还没说完，长松颤抖地说："老陆，钱不够怎么办？"陆胡理问："现在手头有多少？"杨杏激动地插了一句："七十二块六毛。"陆胡理一拍腿说："行了！办吧，我再给你借四十元。剩下的你再想点办法……”

为买这块地，长松把长得还不到一百斤的猪卖了，把院子里一棵大榆树也卖了。还是不够。又把杨杏陪嫁来的仅有的一个板箱卖了，一条毛毡也卖了，最后，连他爹留下的一个驴鞍子也拿去卖了。等到他把这些钱凑够，送到海四维手里，换成一张白棉纸地契文书回到家里的时候，家里已是米光面净了。

这天夜里，长松没有睡着觉，半夜里一个人悄悄跑到那块砂礓地头，对着满天星星，想笑又想哭。他蹲在地上，抓了一把土放在鼻子前闻了闻，土里边好像有一股鲜甜的香味；这是他小时候最爱闻的味道。最后他索性躺在地上，让身体紧贴着湿润的泥土，他觉得舒服极了。月亮慢慢地升起来了，这个三十多岁的穷汉子，有生以来第一次感到月亮是这么美，他终于像小孩子似的对着月亮说："月奶奶，保佑我吧！今年八月十五，我家给你蒸个大枣糕！我海长松如今是十来亩地的'户'了！"

第二天，袅袅娜娜的炊烟，从各家茅屋顶上飞向蓝天，海长松家灶屋上却没有炊烟了。李麦有点不放心，她到长松家看看，只见长松在呼呼大睡，杨杏在悄悄地擦眼泪，两个大闺女玉兰、秀兰在捡干红芋叶，几个小的靠墙在地下坐着一声不吭。

李麦劝杨杏说："办这场事不容易。有点地还是根本。一籽下地，万粒归仓。种庄稼是一本万利，受症只是眼前几个月。"杨杏擦着眼泪说："婶子，这我能不知道？就是太急脚了！什么东西都变卖光了。眼下也不能拿起土地啃一口！"李麦说："挪一步说一步，能借就先借一点。对付到麦熟就好办了。"

晌午，李麦送来了半升大麦面，一家子做了顿饭。到后晌，长松的妹妹又背来了二斗豌豆，是李麦到她家对她说的。长松有了这二斗豌豆，就拼命干起来了。他夜里推粪，白天翻地，他好像要把这浑身的汗水，浇灌在这块瘠薄的土地上。

三

李麦割完倒伏的麦子，长松替她推着，嫦娥在后边跟着。三个人刚走进村，就听见一阵锣响，王尾巴在十字路口吆喝起来。他敲着锣喊着："喂！大家听着：军粮、加购粮、河防捐、治安捐、买枪款、交际费，天黑以前，各户一律交清！过期不交，以抗款论罪！"

李麦仔细听着，脸上露出愤怒的表情。她说："这真比炮捻子还快！新四军前脚走出村，后边就跟着催粮！麦子还没打下来就催。"

这时王跑挑着一担水走过来。他说："看吧！今天后晌就会拿着秤到场里要麦子！海保长这刀子比王麻子的刀还要快，谁也跑不出他的手心。"长松说："他催得这么紧，莫非有什么事了？"王跑说："还不是怕老日来，他们能搂到手里一点算一点！"大家正在街头议论，嫦娥忽然心急慌忙地从家里跑出来喊着说："妈！妈！你快回家吧。俺哥回来了！出事了！"

李麦听说天亮回来，急忙赶到家里，一进门只见天亮浑身都是泥，小褂子撕成一条一条的，脚上只穿了一只鞋子，正抱个牛头罐子在咕嘟咕嘟地喝凉水。

李麦急忙问着："孩子！你咋弄成这样子了！出了啥事了？"天亮擦了一下嘴说："妈！蒋介石扒开黄河了！大水已经过中牟县了！"

"你从哪儿回来？"

"我从郑州花园口。我叫他们抓住了，他们不让我说，我是偷跑出来了。"

李麦问："黄河怎么开的口子？"

天亮说："是用大炮轰开的！"

李麦忙说:“孩子! 你是亲眼看见黄河开了口子吗?”天亮说:“我不光亲眼看见,在白河镇我还是蹚着水过来的。一路上房倒屋塌,麦子全淹了……”李麦没等他说完,就对嫦娥说:“嫦娥,馍在屋里篮子里,给你哥拿出来。”说罢转身向街上跑去。

王尾巴这时还在敲锣吆喝催粮,刚走到东街口,李麦忽然上前一把抢过他提的锣。王尾巴喊着:“你干什么! 你干什么! 你疯了!”他又要夺锣棰,被李麦一把推了四五尺远。李麦使劲地敲着锣大喊起来:“乡亲们! 赶快吧! 蒋介石扒开黄河了! 黄河大堤开口子了!”

一听说黄河大堤扒开了口子,村里像地震似的乱起来了。场里的人丢下家伙,家里的女人们带着和面的手,全跑到街上来了。他们问李麦:

“谁说的,谁说的?”

“在什么地方扒开口子了?”

李麦拿着锣棰大声地向大家说:“天亮刚才从黄河沿跑回来。是中央军在郑州花园口把黄河大堤炸开了! 大水已经过了中牟县,咱们赶快想办法吧! ……”她还没有说完,下边人声嘈杂,齐喊乱叫。

老清婶骂着:“这些狗杂种! 他们怎么敢把黄河扒开! 俺的老头也不知道现在在哪里,这可咋办哩!”她说着嚎啕大哭起来。

王跑喊着:“老天爷呀,这麦子还没收啊!”他说着掉头就往家里跑。

徐秋斋拄着棍唉声叹气地说:“哎! 大劫! 大劫! 老天爷要收咱这一方人了!”一个叫申奶奶的老婆听说这个消息时,顿时两腿软瘫蹲在街上。她叹息着叫着说:“唉! 我这一辈子碰上三回发黄水了! 不得了啊,活不成了! 活不成了!”

一个叫春义的青年说:“咱们还是派人去北边打探打探,看到底有多大水？”蓝五说：“等你看到水来就赶不上了！叫我说，各家先摽筏，不管是门板、梁檩，大床、小床，先摽成筏子，把重要的粮食物件都放上，这样保险。”

一个叫裴旺的农民说：“干脆打围堤！在村子周围能打个三四尺高的围堤，水就不能进村。再大的水还能长久不下去？先保住房子要紧。”

陈柱子说：“还是摽筏的办法好。打围堤也不是说句话就打起来了。再说，谁知道水有多大。”

大伙你一句，他一句，七嘴八舌地商量着。保长海骡子忽然从十字街口走过来，他气势汹汹地朝李麦问：“李大脚，是失火了，是被盗了？你把锣抢走乱敲！”

李麦说：“黄河开口子了！中央军把黄河大堤扒开了！大水已经冲过中牟县了。”

海骡子说：“这是谁说的？谁说中央军把黄河扒开了？”天亮正从家走来，他分开众人站在海骡子面前说：“我说的。我在花园口亲眼看见的。”

海骡子指着天亮大声说：“这是汉奸造谣！”

天亮气愤地说：“海保长，这样吧：要是我造谣，黄河没开口子，你割我两只耳朵；要是我没造谣，到时候我割你一只耳朵行不行？”

海骡子说：“你放肆！我看你是太欠指教了。你算个什么东西！”

李麦过来说：“海骡子，你说他算什么东西？你既然有理，为啥不敢打这个赌？到底黄河开口子了没有！你当着大伙说句囫囵话。”

海骡子却避开李麦向大伙吆喝着：“枪款、河防捐天黑以前交到保公所。谁要不交，咱们到县政府见！”

李麦说：“现在是什么时候？眼看要天塌地陷，大水要进村，人命都还保不住,你们现在还要款项? 我们没钱,你想咋办就咋办!”

李麦这一喊,大家跟着嚷起来了。

有的说:“现在催款催得这么急,什么时候,还买枪!”

有的说:“是人命要紧? 还是要钱要紧?”

还有的说:“保长,你应该打电话问问县政府,看黄河到底开口子了没有? 别光急着收款。”

大家吵吵嚷嚷说着,海骡子恼羞成怒指着李麦说:“李大脚! 我告诉你,是你带头抗的款,就是你!”

李麦把牙一咬说:“海骡子! 是风是雨当面来! 你能再把我送到监狱里去? 你把天亮他爹押死在监狱里,还不解你的恨是不是?”李麦这一句话说出口,大伙眼睛都红了。海长松本来蹲在墙根前一言未发,这个黄河开口子的意外消息,简直像晴天霹雳一样把他打懵了! 他已经感到自己上当了! 他想着海四维那个老混蛋,在接他的钱时那个奸诈的笑容,他想,他准是得到要扒黄河的信息才赶快落价卖地。他嘴里骂着:“海四维! 你好狠心哪! 你这个圈套真够毒辣啊!”李麦说的那句话,在他心里引起了强烈的共鸣。是啊! 是风是雨当面来,他海骡子这一家怎么这么缺德啊!? 他的脸色由青变成白,由白涨成血红。他的血直往上涌,闷在心头的怒火,终于爆炸了。他“忽”的一下从墙角跳到海骡子的面前:“海骡子! 你拿绳子来! 你先把我送到县政府,我现在就跟你走!”

海骡子看看长松血红的眼睛,忙说:“长松,你这是干什么?”长松又上前逼了一步:“我不干什么! 我叫你们把我杀了! 你有种用快刀子把我杀了! 别用木刀杀我。”

海骡子没有料到这个局面,他不理解人在绝望的心情下所产生出来的愤怒,不知道人在生死边缘所产生出来的勇敢。他后退了两步,环顾着左右说:“这是从何说起呀!”土地勘丈员陆胡理看他下不了台,大伙也都瞪着眼准备厮斗,就忙拉着海骡子说:“保长,你先回家,我给乡亲们商量商量,都是一个庄子的,何必呢!”

正说着,忽然一辆撑着白布棚的小手推车进了村。车上坐着一个人,穿了一套黄咔叽制服,戴了个银灰色博士帽,脚上穿了一双大眼轮胎底黑皮鞋。海骡子一看,高兴地说:“香亭回来了!”说着像一阵风似的跑了过去。

回来的正是海香亭。他是县田赋管理局的局长。给他推车的是冯四圈,一个破落户子弟,因为个子大,外号叫“大洋马”。

海香亭从车子上走下来,问他哥说:“这么多人干什么?”海骡子说:“想造反哩!抗款不交,李大脚带的头。老二,你去给他们讲讲吧!这些穷鬼们连一点王法都没有了!”海香亭说:“还讲什么话!黄河水已经到北关了。贾鲁河快平槽了。”

海骡子说:“真的吗?这可怎么办?往哪儿跑?”

海香亭说:“赶快回去收拾东西!连夜进城。城里有城墙……”

没等海香亭说完,海骡子也急了。他扭头就往家跑,嘴里还喊着:“老杨!快套车!快套车!”

四

吃罢午饭,海骡子家套起三辆大车,拉着箱笼细软、粮食、女眷,一溜烟似的向县城里走了。

农民们看着他们大户家跑了,才真的慌了手脚。四圈在给海骡子家垒大门,他用几百块砖正把大门封死。王跑走过来问他:“四圈,你掌柜走得这么急,黄水真的来了吗?”四圈说:“已经到北关了,贾鲁河都平槽了。马上就到咱村了。你还不赶快收拾东西!”

一句话把王跑说得拔起腿就跑。他跑到家里先埋怨老婆孩子说:“你们还不赶快收拾,黄水马上进村了!”

他老婆小名叫个气妞，村里人都管她叫“老气”。老气说：“你只管跑着不回来，咋收拾哩？”

“灌粮食！”王跑撂给她一个口袋，自己却提了个小镢头，在屋子里墙角刨起来。因为墙角下边他埋着二十块钢洋。

村子里的人看着海骡子家搬家以后，也都慌了。有好多人来找李麦，问她咋办？李麦说：“咱们还是快摽筏。我问徐大叔了，他说各家只要有个筏，水再大，人有个地方站，东西也有个地方放，就好办多了，他的筏上午已经摽好了。老头把被子、箱子已经放上了。”

蓝五这时也说：“这是老辈子的经验，发大洪水先摽筏。到时候水一来，房子都是土坯泥墙，里边就不能待了。哪怕有一张床那么大的筏，也能上几个人。有个存身地方，就能保住命。”

春义说：“刚才我还见我婶子在给老天爷烧香许愿哩！叫我说，赶快敲敲锣通知各户，每家都得摽筏。他保长窜了，咱们用抗敌协会的名义。”

李麦说：“好。你们多去几个人，天亮也去。到各家看看，有些家还不会摽筏的，你们帮帮他们。”

天亮和春义一伙年轻人在街上敲着锣，吆喝起来了。当各家门口摆出各种样式的木筏时候，黄河水已经像小蛇一样，顺着大路上的车路辗道飞快地爬过来了！

第八章　黄水劫

道光二十三，
黄水涨上天，
冲走太阳渡，
稍带锦家滩。
——黄河民歌

一

晌午以后，赤杨岗村子里只流进了二三寸深的黄泥水。南街地势低一些，有些地方积了半尺深的水，北街有些地方连地皮都没有湿。开始，人们看着脚下像箭一样乱跑的水流有些害怕，赶着把箱子、柜子、口袋、包袱往筏上搬，后来看着水没有多大劲，就又大意起来。

小孩子们赤着脚在街头跳着水，妇女们又回到厨房，拣着没有泡湿的柴火，烧火做起饭来。有些人还磨着镰刀，准备第二天到地里割麦子，能收一点算一点。街上，谣言也起来了。有人说："黄河口子又打住了，只开了两天。"有人说："蒋介石枪毙了个团长。那个团长没有报告上级就把黄河扒开了，枪毙以后又堵住了。"四圈从县里回来对大伙说："黄河水是下来了。可是大流在县北顺着贾鲁河往东南流走了。"

各种各样的谣言到处流传，谁也不知道到底是怎么回事。徐秋斋老头一直没有离开他大门外那个木筏。他对蓝五说："告诉大伙:不能粗心大意。四圈说的话能是真的?贾鲁河才有多宽?它能经得住黄河水冲下来?再说咱这儿比贾鲁河河堤低,要是一决堤更不得了。”

到了黄昏时候,天空中忽然出现了奇异的景象。天忽然黄了!它不像晚霞夕照,也不像落日余晖,却像是一层几十丈高的黄尘和水雾迷漫在天空。接着狂风呼叫起来,这风也怪,它是从地面溜过来的,不见树梢有大的摆动,却把地里的麦子,路旁的野草吹得像捺住头一样直不起腰来。这时,大家在街上站着,忽然感到两条腿上直发凉!紧接着一阵呜——呜——呜的嚎叫声隐隐地传了过来。

大家急忙跑到村头去看,只见东北边天空,黄雾茫茫,乱云飞滚,呜——呜——呜的凄厉响声,把脚底下的地都震得直晃动。它像是几千只老虎在咆哮,几万只野狼在嚎叫,又像是一个大战场上两军在呐喊厮杀。

春义说:“莫不是日本鬼子过来了吧?”

李麦说:“不像是……没有枪炮响声啊!”她又说:“怎么这么大灰气?什么也看不清!”话音还没落地,只见从东北方向,齐陡陡,一丈多高的黄河水头,像墙一样压了过来。

李麦还当是云彩,天亮眼尖,他看到几个大麦垛漂在半空,就急忙大声喊:“水!黄河水下来了!”

小马庄在赤杨岗东边,离赤杨岗只有五六里地。人们看到那浑浊的黄河水,像几万头凶猛野兽一样冲了过来。只一转眼工夫,一个三十来户人家的小马庄,只剩下几棵杨树梢,其他什么也看不见了。

这时大伙全吓蒙了。他们像疯了似的跑着、叫着、哭着、喊着。光知道往村里跑,也不知道往哪儿跑。他们好像已经淹没在万丈波涛之中,有的还跑到家关上大门,有的一家人抱在一块,一动也不动地在哭。

徐秋斋在自己的木筏上站着，他看见李麦喊着说：“天亮他娘，你们怎么都蒙了？赶快叫人上沙岗。”这时李麦才清醒过来，她在街上扯着嗓子喊着：

“上沙岗啊！都到村西沙岗上啊！”

“把老年人、小孩，赶快先送到沙岗上！”

她这么一喊，大家都围过来了，可是都瞪着惊惶的眼睛，并不往沙岗上跑。好像他们不知道沙岗在什么地方似的。

李麦喊着：“跟我来！”她带着头向沙岗上跑，后边的人群才像一股水似的跟着往沙岗上跑。

那浑浊的黄河水，呼啸着，嚎叫着朝赤杨岗冲过来了。

赤杨岗和小马庄村中间有一条大狼沟，原来是条老河道。往日，黄河水在流过这条老河道时，绕着赤杨岗村东转了个圈，向南踅走了。可是这次不行，黄水铺天盖地地卷过来，当李麦站在沙岗上朝村里看时，只见家家户户的房子都像矮了半截似的泡在水里，街上已经成了河，筛子、筐箩、门板、柴火漂了一层，有几间瓦房房坡上，挤满了没有跑出来的人。在黄水的呼啸声里，夹杂着凄惨的哭叫声和撕裂人心的呼救声。

李麦看着沙岗上的人，北街的几十家，大部分都跑上来了。就是长松一家、徐秋斋老头还没有出来。

李麦对天亮说：“天亮，你赶快到村里看看，你长松哥家和你徐二爷家，赶快去！”

天亮正要下水，蓝五对春义和柱子说：“一个人不行，咱们都去！”说着几个人蹚着水回村里了。

没多大一会儿，蓝五拉着一只木筏过来了，筏上坐着徐秋斋。他的筏上不光放着行李、家具，连锅碗瓢勺都放上了，筏后边还放了一堆劈好的干柴。

李麦把他拉上岸来,他叹着气说:“天亮他娘,不得了啊! 大灾大劫啊! 蒋介石这个龟孙不会有好下场! 对老百姓太狠了。”他说着用一条绳子亲自把他那只筏绑在一棵柏树上,系了三个死结。

天亮又拉过来个大筏,把房坡上的人也救了下来。他和春义又蹚着水到了长松家大门口,天亮推了推门,门从里边上着。天亮一急,“哗”的一声把大门踹开了。院子里早进了水,一个破木桶从门里漂了出来。

天亮和春义进了屋,屋子里的水已到膝盖上了。只见杨杏坐在一张大床上,一群孩子像小鸡围着老母鸡似的挤在她的身旁哭。长松低着头,脊梁靠着墙,一声不吭地在掉泪。

天亮喊着说:“长松哥! 你是咋的了? 你不要命了?”

长松说:“兄弟! 俺这一家人没法活了。都怨我!”

春义说:“赶快走! 赶快上沙岗。怎么连个筏也没有摽?”

杨杏向天亮说:“人家生气了嘛! 我就说一句:‘放这破衣服连个箱子也没有’? 他就眼瞪得跟鸡蛋一样,又是打孩子,又是摔东西。就不让我说句话。”

春义说:“什么时候了,你们还生气。”

天亮说:“长松哥,你不想活孩子还要活! 赶快抬床摽筏!”说着和春义把那张大床抬出来,又摽上两块门板,把家里零碎东西收拾了一下放在上边,叫杨杏娘儿六个坐上,天亮用根绳子在前边拉着,春义和长松在后边推着,把这一家人推上了沙岗。

天黑下来了,李麦突然想起了申奶奶。她说:“天亮,怎么没看见你申奶奶?”天亮说:“我也没看见。”蓝五说:“她没出来,她一个孤寡老婆子怎么出来?”李麦一急就想蹚水回村,蓝五说:“天这么黑,街上水又那么深,你去怎么行?”

天亮说:“妈,我去!”说着扑通一声跳到水里。徐秋斋喊着他,从腰里掏出来一盒火柴给了他。

天亮蹚着水摸着黑进了街。街上黑洞洞的，有几只饿猫在房子上叫着。水里漂着的一些木板、檩条不断地碰在他的腿上。

摸到申奶奶家的小草屋门口，门开着，天亮叫着：“申奶奶！申奶奶！”里边没人答应。天亮大着胆走了进去，他划了根火柴，只见申奶奶穿着一身新衣裳，盘着腿闭着眼坐在自己的床上。

天亮摸了摸她的鼻子，鼻子里还有热气。天亮拉住她一只胳膊背上就走。申奶奶这时忽然哭喊起来：“不要管我！不要管我！我就死在我这屋里！我就死在我这屋里！”一边哭喊着，一边还用手打着天亮的头。

天亮不管申奶奶怎样叫喊，背着她只管跑，一口气跑到了沙岗上。天亮把她放在地上，她还是赶着打天亮。天亮只好笑着含着泪由她打。

李麦看着这个疯老婆子，心里像刀割一样，她又心疼老人，又心疼自己孩子。她随手在地下拾了一根小柳枝，递给申奶奶说：“婶子，你用这打他！用这打手不疼。”

申奶奶听见是李麦的声音，才住了手。她说：“天亮他娘！你们不要管我，我不想活了！”

李麦把她扶坐在地上，劝着她说：“为啥不想活？婶子！是条命都得活！”

申奶奶说：“怎么活？这一次大水逃不了这条命了。”

李麦说：“咱出去逃荒，咱出去要饭。等光景好了，水退了再回来。”

申奶奶说：“天亮他娘，你是好人，你的心我知道。可我现在不是年轻时候了。逃荒，路走不动了；要饭，连只狗也打不动了！……”

李麦擦着泪说：“婶子，走不动路，我们背着你；要不动饭，我们给你要！”

她们两个人在哭着说着,沙岗上几百口子人,没有一个不掉眼泪的。他们饮泣的声音和黄河波浪的呜咽声混合在一起。

二

随着黄水一夜的咆哮、吼叫,人们在沙岗上盼到了天明。灰色天空下的原野,村庄看不见了,道路没有了,田野变成了一片汪洋。人们从露在水面上的一行电线杆,才辨认出通往县里的大路。电线露在水面,一堆堆漂在水上的柴草,像晒粉条似的挂在电线上被水冲洗着。

黄河洪水的主流涨得更高了。一个个麦垛转着圈顺水漂下来,桑杈、扫帚、门板、箩筐、箱子、柜子,随波逐流。

一具具人的尸体在水里漂流着,有的还抱着一根檩条,有的背上还绑着一个风箱。牲畜的尸体就更多了,赤杨岗村东头的一座桥下边,聚集着五六条死牛。一只只淹死的鸡子也在水面上漂流。看起来,一切家畜泅水的能力都是有限的。

赤杨岗多亏有这一个沙岗,村北的几十家人家都跑上来了。人们已经两顿没有吃饭了,有的用三块砖头支着锅烧起饭来,有的人撑着筏,回村去捞取自己没有带出来的东西。

赤杨岗村西这个沙岗,本来是城里几家大地主的坟园。平日阴森森的,很少有人到这个地方来。现在,这里却出现了一种不寻常的景象:大小破石碑上搭着破破烂烂的衣服;一个个坟头前支着锅冒着烟,农具、家具到处堆放着;猪羊牛驴和鸡鸭瑟缩在一棵棵大柏树下。

别人都撑着筏回村打捞东西,长松家里没有什么东西可找。他腰里掖了把镰刀,撑着筏来到村外他新买的那块地里。这块地因为是斜坡,一大半淹没在水里什么也看不见,一小半刚能看见露出水面的麦穗，只有一个地角还露出那可怜的黄土。他推的粪堆全被大水冲走了，种的两行豌豆也全淹没了。长松看着这一片白茫茫的水，心里在隐隐地作痛。他对这块土地抱的希望太大了。地是不能搬家的，地如果能搬家，他一定把它抱在筏上。

“我要让孩子们尝尝自己这块地里长出来的庄稼。哪怕是吃一颗麦粒。”长松心里想着，手里拿着镰刀跳下了筏，在水里割着那些被淹的麦子。他一口气割了三大捆放在筏上。正准备要走，忽然一个念头闪了一下，他要在这块地里留点什么东西……

“留下点什么呢？”海长松心里打着主意，“对，就把我这把镰刀埋在这块地里吧！这是我海长松的地啊！”他艰难地走到那个露出黄土的可怜的地角前蹲了下来，用镰刀在地里挖着坑，挖着他用半辈子血汗换来的这一块黄土。一直挖了二尺深。他把自己的镰刀放进去了，但是他觉得仍然不够，最后，他又把自己那根发亮的黄铜烟袋锅放进去了。

海长松，这个赤杨岗村最有力气，最能干活的汉子，此刻却像生了一场大病：细长有神的眼睛失去了光彩，紫红色的脸盘，也像是罩上了一层乌云。从昨天早晨到今天早晨，这一天对他来说，变化太大了。他好像从充满希望的山巅，一下跌落进悲哀的深渊。他机械地向坑里填埋着黄土，两只大手也哆嗦得厉害。要知道，他填埋的不光是他的镰刀和黄铜烟袋锅，也是填埋着他的心血和希望啊。他的鼻子一酸，一股止不住的泪水，涌出了眼眶。他填着埋着，眼泪止不住地顺着脸颊向坑里滴着，坑里的镰刀和烟袋锅完全看不见了。他忍不住抓了一把黄泥土团成一团，放到了自己的口袋里。这是我海长松自己的土啊！……

中午，长松一家在沙岗上煮了一顿麦粒子吃。长松含着泪苦笑着对孩子们说：“吃吧！这是咱地里打的粮食！”孩子们看他脸上有了笑容，都故意使劲嚼着，好像特别好吃。杨杏没有吭声，她不想打掉他们的兴头,不过她知道这半篮麦粒是一百五十多元银洋换来的。

三

中午下了一阵小雨,被子被淋湿了,面袋子被淋湿了。雨住以后,各家都搭起窝棚和房子来了。

自从传说中的有巢氏发明房子以后,几千年来,房子变成了"家"的代名词。人们把房子叫做"家",把老婆叫做"屋里人"。四堵墙把人们分成了一个个社会细胞,两扇门构成了几千年的传统"家庭"。在中国,只了解家不了解国是近视患者,只了解国不了解家则是瞎子。中国的"国家"这个词,是把国和家连在一起写的。不管在什么地方和什么情况下,家庭的标志和色彩总要强烈地表现出来。哪怕是坐一百里地的火车,他们也要把自家的行李堆在一起,挤在一块儿。中国的家庭结构是如此牢固,她是世界上家庭最多的国家,这可能是中国的悲剧,也可能是中国强大生命力所在。不管是什么,我们都应该认真去研究它。

就在这一场小雨催促之后,沙岗上一个个家庭雏形又出现了。只是一个下午的时间,沙岗上像变戏法似的出现了各种各样的简单房子。有的是四根棍顶起来的方顶凉棚;有的是两根棍架起来的西瓜庵子,有的是前高后低的"虎座";有的是用柳椽弯成弓样,上边搭上席子的"船篷"。

王跑搭的是个"虎座"窝棚,他从家里扛来三根檩条,搭得比较结实。再加上他是木匠,三斧子两锯还钉了个木栅栏门。徐秋斋拄着棍走过来。他忙说着:"大叔!进来坐。"他已经像个主人似的招待客人进"家"了。

徐秋斋进了窝棚,叹口气说:"跑,家里还剩有啥东西没有?"王跑说:“大叔,我这一回算完了。七块解好的桐木板,能做十四个风箱,还有透好的十八个犁底,全被水冲走了!我赶到大狼沟没赶上,差点把我卷到大流里。”徐秋斋说:“跑!你记住!啥东西都是身外之物。只要能保住命。‘留得青山在,不怕没柴烧’,东西还不是人置的?”他说着用眼睛巡视着他们窝棚里的东西。王跑顺手用一个麻袋片把一个黑漆帽盒盖住,这是他刚从水里捡来的。

王跑又问:“大叔,你说这黄水啥时候能下去?”

徐秋斋说:“这可难说。这不是水决的口子,是人扒开的。蒋介石他既然扒开这个口子,就不会让它流三天两后晌就把它堵住。再说,现在兵荒马乱,正打着仗,哪有力量去堵住这黄河口。堵一个黄河口,没有几万人不行。”王跑说:“要是这样,那可就完了。”他又想了想问:“人家说蒋介石是个老鳖托生的,他当家后光发大水,有这种说法没有?”徐秋斋说:“要看长相,光头长脖子,也有点像。可这都是迷信,反正是劫数。六十年一大劫,我算又碰上了!唉!”他说着叹了口气,感到无限凄凉。

他们正说话间,忽然听见村子里传来“哗啦”一声巨响,他们赶快跑出来看,原来是祠堂的大殿塌在水里了。一股黄色的烟柱冲向天空。紧接着街里的草房也开始倒塌了。原来这些破房在水里泡了一天一夜,山墙都泡酥了。只听见“哗啦!”“忽通!”的声音接连不断地响着;“哗啦”的声音是瓦房,“忽通”的声音是草房。一会儿工夫,村子里冒起了几十股灰柱。

大家在沙岗上默默地看着那些直冲天空的灰柱,谁也没说出一句话。他们清清楚楚,看到自己的房子倒在水里,心里都像压着一块铅一样难受。那破房顶下曾经有过他们的温暖和笑声,有过他们的纺车和牛圈。现在都吞没在水里了,他们开始感到“无家可归”的孤单。

夜里,雨过天晴,天显得特别蓝,一丝流云飘过,月亮升起来了。大约是因为地下一片水的缘故,月亮光像水银一样显得格外皎洁。人们在地上横七竖八地躺着,但是都没有睡。月亮把清冷的光辉洒在他们的脸上,寻找着他们眼睛里的泪珠。

长松家最小的孩子在发烧了,不时传来哇哇的哭声。长松骂着杨杏:“你别叫他哭嘛!”杨杏说:“他发烧啊!”说着把奶头塞进他烫人的小嘴里。不一会儿,孩子又哭起来了。

李麦走了过来,她拿着一棵葱。她摸了摸孩子的头,感到烧得不轻,她对杨杏说:“捡把柴火来点着。”杨杏点着一把柴,李麦坐在地上把大葱在火上烧起来,烧热以后,她慢慢地在小孩脚心上搓起来。她搓着说着:“席眼神!席眼神!孩子魂掉你去寻!半夜黑地送来魂。”她搓着念着,声音慢慢小下来,孩子也慢慢地入睡了,沙岗上渐渐地陷入一片死寂。

就在这时候,忽然一声清脆凄婉的唢呐声,在一棵老柏树下响起来。这是蓝五吹的。

唢呐刚一响,王跑就骂着:“蓝五,你吹啥哩!人心里像棍子戳一样,倒有心思吹!……你要是嘴痒,去树上磨磨!”

蓝五慢腾腾地说:“我咋看着这会儿得吹吹呢。”

李麦这时站起来说:“跑!叫蓝五吹吧!人都快憋死了!叫他吹吧!”

春义也说:“反正大家也睡不着觉。吹吧!”

几个小伙子跳起来了,他们喊着说:“吹!拣最热闹的吹!吹他一夜!”

蓝五看大伙突然像疯了一样喊着叫着,他含着泪拿起了唢呐。他知道乡亲们的苦闷和忧郁,他知道他们的绝望和痛苦。唢呐悠扬热烈的声音响起来了!它奔向夜空,奔向水面,它像一支火把,喷吐着光明和信心的火焰;它证明这个孤岛并不是一个死寂的世界。

第九章　水上婚礼

蒋介石扒开花园口，
一担两筐往外走，
人吃人，狗吃狗，
老鼠饿得啃砖头……

——黄河民歌

一

天气渐渐炎热起来。黄河水依旧在遍地横流着。人们在沙岗上，已经过了六七天了。开始从家里带出来的一点米面，早已吃完了，后来就打捞水中的麦子煮麦籽吃。麦子慢慢也捞不到了，麦籽也发了绿芽，眼看着各家的锅快要吊起来了，大家才着实焦急起来。

大群大群的人流开始逃荒了。一条条木筏上挤着逃难的人群，经由沙岗下往西边撑着，据说寻母口有了新的渡口。过去寻母口就是通往许昌和洛阳的大路。

李麦前两天就劝大家逃荒去，可是大家都不吭声。早晨，陈柱子家两口搭上一家亲戚的筏先走了，李麦又劝大家说："等是没指望了。看起来这黄水三个月两个月难退下去，就是退下去，房子倒了，家具丢光了，一时也难种成庄稼，要走咱们赶快走，趁现在还能走得动。再耽误两天，人饿透了，说走不动就真走不动了。有腿就能顾嘴，没有腿就完了。"

徐秋斋老头也说："走就走吧！能逃个活命就逃个活命。要走咱们一块走，大伙有个帮扶。你们只要能把我带到洛阳，我就是摆个卦摊，也能顾几口人。"老头可怜巴巴地说着。李麦说："大叔，你放心，凭怎么说我们也不能把你丢下。"她又问海老清的老伴说："嫂子，你准备咋办？"

老清婶说："你们要走你们先走吧，俺得等着爱爱她爹。半个月了，连个影息也没有。我昨晚上又梦见他了，他在水里撑了条船……"她说着哭了起来。

春义是海老清的亲侄儿。他说："大娘，俺大爷是到漯河出官差去了。漯河没涨水，你不用操他的心。"

老清婶说："你说得可好。他万一要是回来，又找不到俺们娘仨，他心里啥味？这一家人不零散了吗？"

李麦说："咱过去寻母口，先到漯河，大伙帮你找。"王跑说："你等不起了！再过两天你想走路也走不动了。'夫妻本是同林鸟，大难临头各自飞'，能逃个活命比饿死在这里强。再说现在人手多，天亮也会撑筏，叫你自己走，你还走不出去哩。"

李麦又问长松："长松，你和杏商量了没有？你们打算咋办？"长松说："只要大伙不嫌我人口多、拖累大家，我还有啥说的。"杨杏忙接着说："俺这四个大的都能跑路，就这一个小的，我抱着他。只要孩子们能逃个活命，将来长大成人，忘不了他们的伯伯叔叔……"她乞求地说着，眼泪已经在眼圈里转了。

大家商量定以后，决定明天动身。要先摽个大筏。王跑是木匠，他领着天亮、春义、蓝五和长松几个，到村里捞出几根大檩条，接着就动手乒乒乓乓地钉起来。

女人们收拾着东西，整理着扁担箩筐，忙忙碌碌，这个小孤岛上顿时显得有点生气了。特别是小孩子们，他们一听说要走，立刻喜笑颜开。长松家的小建用根麻绳束在腰里，学着大人要上路的样子,他的妹妹小响,老早就把个大公鸡抱在怀里,好像马上就要走的样子。王跑家的小儿子黑旦,骑在他家的驴子身上,也好像马上要披挂出征了。

二

半晌时候,从赤杨岗村南一片黄水波浪中,驶过来一条小船。初开始,人们还只当是逃荒的,后来小船直向沙岗撑来,才引起大家的注意。船渐渐靠近了,人们清楚地看到:撑船的是个老汉,有五十多岁年纪,船上坐着个大姑娘,蓝底白花布衫,浅蓝布裤子,虽然都是土布,却洗得干干净净,不大像逃荒的样子。她头上梳着条大辫子,辫根和辫梢,都缠了大红颜色的绒绳。姑娘脸朝里坐着,把头几乎低在胸脯前。

小船驶到沙岗东岸,看着靠不上岸,就又向木筏撑来。王跑说:"这是哪一出戏!黄水遍地还走亲戚?"

蓝五说:"给你送来一篮粽子就好了。"

那个撑着小船的老汉老远就喊着:"这是赤杨岗的爷们吧!"王跑说:"是啊。过来吸袋烟。"

王跑话音刚落地,只听见"叮当"一声,春义把斧子撂在筏上,一路小跑回沙岗上了。

老汉把船靠近筏上,恭敬地问:"我打听个人:春义家在这上边吗?"

天亮说:"在这儿。那不是春义。"他指着快走到窝棚的春义。老汉看了一眼,"唔"了一声,那个姑娘脸像块红布,头也更低了。

老汉思摸了一会儿说:"咱们这里有海家的长辈人没有?"蓝五说:"大哥,有什么事你说吧!俺这几家都跟一家人一样。"那老汉客气地说:"咱都是乡亲。我是马鸣寺的,我姓马,叫马槐。我是春义他……他岳父……”他还没有说完，王跑就喊着：“知道了！知道了！请过来，请过来。”长松、天亮也忙着打起扶手，拢稳小船，把马槐和那个姑娘接上筏来。

那个姑娘叫凤英，就是马槐的女儿，春义的未婚妻子。马鸣寺离赤杨岗比较远，两个村的人互相都不认识。春义还是在赶会时见过马槐一面。马槐那天正在牛市上买牛，别人悄悄地指给他看，他才算有点印象。至于凤英，今年已经长到十八九岁了，春义一次还没见过她。只听过一个表嫂说，那闺女长得不错。

春义毕竟是年轻人，记性强，刚才他老远看着小船上的人，就觉得有点像丈人马槐。小船越撑越近，他的心也咚咚地跳起来，等到马槐张嘴一说话，声音他记得更清，所以脸一红，羞得他丢下斧头跑了。

春义是细心人，他已经想到了八八九九，准是老丈人把未婚妻子送来了。他想着自己没有了爹娘，大爷海老清不在家，大娘这些天心不静，说话颠三倒四。他想着只有叫李麦大婶来接待客人了。

李麦正在刮一根扁担，春义走过来红着脸说：“婶子，你快去吧，有客！”李麦放下手里的刨子说：“哪里客呀？”春义结结巴巴地说：“马……马……马鸣寺的客来了！她……她……她爹来了！”李麦一时还没理出头绪，爱爱在一边忙喊着说：“婶子，马鸣寺是俺春义哥他老丈人家。他老丈人来了！”

春义又急忙擦着汗说：“她……她也来了……”也不知是着急，还是激动，春义的眼泪都憋出来了。

“唔！——”李麦长长地吁了口气，她全明白了。她扑甩着手说：“这连口茶也没有！”她对爱爱说：“赶快叫你长松嫂子烧点水！”她掠了一下头发，正要去迎接，王跑领着马槐和凤英已经走到窝棚跟前来了。

李麦忙迎上前说：“这是……‘亲家’吧？”她把“亲家”这两个

字说得特别重，自己的眼圈先红了。

王跑对马槐说："这是春义他婶子。"马槐说："啊！叫你们都操心了。"他又对女儿说："凤英，这是你婶子。"凤英低着头，轻轻地叫了声"婶子！"正要跪下叩头，李麦一把把她拉过来，紧紧握住她的手说："闺女！这是啥时候！哪有那么多礼数！就这样，咱娘儿们的命还不够苦吗！"李麦就说了这一句话，凤英眼中两行泪，"刷"的一下子流出来了。才开始还是抽抽咽咽，接着便伏在李麦身上呜呜呜地哭起来。

马槐在一边掉泪，王跑在擦着眼睛，杨杏、爱爱、雁雁和玉兰等几个闺女都在旁边伤心地哭起来。

李麦先止住了泪，她苦笑着说："咦！咱们今个儿是干啥哩！大小是个喜事啊！"她又吩咐爱爱说："爱爱，把你新嫂子领到你家窝棚里，打盆水先洗洗脸，我跟你大爷说会儿话。"凤英有生以来，第一次被人叫做"嫂子"，她忽然感到自己成"大人"了。

李麦把马槐领到窝棚里，找了个破风箱请他坐下，杨杏端来了茶，也不知道在哪里找来了几片茶叶，从碗里还冒出一股香味。

李麦说："亲家，这就没法说了，连个坐的地方都没有，太不像样了。"

马槐说："亲家，你千万别张罗。什么都别说了。如今黄水遍地，人命都保不住，还讲究啥哩。我来就是和你们说说，凤英从小就没娘了，两个哥哥也早跟我分开锅了。如今兵荒马乱，黄河又叫蒋介石扒开了口子。她今年十九岁，春义也二十多了。要说他们这亲事也早该办了，那两年我想叫孩子在家给我做碗饭，耽误着没有办。眼下这么大的灾，谁知道啥时候才能遇到一块？所以我才把她送来了。……"马槐说着又掉了泪。接着他又说："春义这边呢，就他一个人。虽然二十多了，再说也是个孩子！亲家！全仗你们！凤英不懂事，你们该说就说，该骂就骂！权当代我管教……"

李麦说:“亲家,既然你把孩子送过来了,你就放下这一百条心。俺这十来户人家,说的是分门立户,其实跟一大家人一样。不管在家在外,都会互相照顾。另外,春义是最老实可靠一个孩子了。俺这一个庄子没有人不说这个孩子品行好。如今图什么?图房子,房子倒了;图地,地冲了;还不就是图个人。春义这孩子能靠得住。亲家,说心里话,你把闺女送来,我们就感激不尽了。春义总算能成个家了。”

马槐说:“这是应当嘛。”

正说着,徐秋斋和老清婶也过来了。徐秋斋是特意来陪客的,老清婶是春义的亲大娘,李麦让她来和马槐见见面。

趁着他们来陪客人说着话,李麦急忙抽身出来。她找到长松和蓝五。她说:“长松,你们看今天这个事儿咋办哩?我是没有一点经验。人家把闺女送来,也不能连顿饭也不留啊!另外,人家把闺女送来,是算童养呢?还是就势上上头,成亲算了?”

长松说:“饭好说。我家还有只老母鸡,杀了算了。反正现在这大水遍地,谁也不会笑话。就是这上头……你问问徐大叔,总得选个日子,这是他们一辈子的事。”

蓝五说:“你别找他了。一找他,他准得说二十四个忌讳。现在啥时候,还纺细线哩。叫我说趁人家爹在这儿,今天就办,别的没有,响器有,我给孩子们吹吹!”

李麦说:“我也这么想,今天就办。要不都那么大了,人前人后他们说话没法说,吃饭没法吃,路上也不方便。我看就这么办吧。”

李麦又到河边找着了春义。春义刚洗罢了衣裳。一件白布小褂在一条绳上晾着,他光着个脊梁,呆呆地坐在斜坡上,等着把褂子晾干。李麦把今天要办喜事的打算和他说了说。春义说:“婶子,你只管当家吧,你说咋办就咋办。我爹我娘不在了,你就是……”这小伙子低着头没说出来。

李麦看了看绳上晾的小褂,又看了看他穿的破鞋子说:“你也没有双新鞋?”春义把脚往后缩了缩说:“就这吧,谁看见呢。”李麦说:“天亮还有一双新鞋,在我那个蓝包袱里,等会儿我叫嫦娥取出来给你换上。”李麦说着就要走,春义又喊住她说:“婶子,恐怕得给人家爹准备顿饭吃罢!”李麦说:“准备了。”春义又不好意思地说:“我想和天亮到河里摸两条鱼。”李麦说:“也好,只要你们能摸到。”她说着走了没几步,回头见春义已经挽起裤脚下到水里了。李麦又感动又好笑,她想着:平素看着这孩子腼乎乎的,谁知道也长个心眼了。

李麦回到窝棚里,又给马槐添了碗茶。她开口了:“亲家!有个事和你商量一下。你把孩子送来了,我们大家都从心里领这个情义啦。可是孩子们都大了,马上又要逃荒上路走。就这样不明不白跟着我们逃出去,孩子们不方便,你也不放心。因此我们商量,今天就给凤英上上头!如今咱们是什么话也不说了,要不是日本鬼子打来,要不是蒋介石扒开黄河,任凭我们再穷……也不能这么简单办。如今连三尺红头绳也没给凤英买,这……这……这……”李麦还没有说完,马槐站起来感动地说:“亲家!什么也别说了。你太清楚了,我心里话,你算替我说完了,咱就这样办。”

徐秋斋插话了,李麦老害怕他老糊涂了,又说他“黄道吉日”“黑道忌日”那一套。可是徐秋斋老头今天还算懂事,他说:“好。三、六、九日,大吉大利!今天正是初九,再好的日子也没有了。就今天办吧。”

三

窝棚下,杨杏和裴旺媳妇正在给凤英梳头盘髻。李麦走过来。李麦仔细地看着凤英,只见这个姑娘,两条秀眉,斜插入鬓,一双大眼,黑里透亮,笔直鼻子,两片薄嘴唇,看去是个灵巧人。凤英头发好,盘了个髻足有七寸盘子那么大。杨杏正发愁没有一只簪子,正好李麦走进来。她说:“婶子,没有一只簪子,咋办?”李麦说:“有。”说着从自己头上拔下一只铜簪子说:“给!用这个别上。”杨杏接住簪子说:“你的头发怎么办?”李麦说:“我有办法。”说着就地掐了根荆条,用手捋了捋,插在自己头上。

凤英是新媳妇,低着头任她们摆布不敢说话。可是她心里对这个说话爽朗的婶子,表示着深深的感激。

唢呐响起来了。吹的是热闹欢快的《上轿调》。爱爱和玉兰簇拥着凤英走出窝棚,长松、天亮也领着春义走了过来。就在这沙岗的一块平地上,一无天地桌,二无香案,春义和凤英并排站在一块。

徐秋斋老头虽然下边赤着脚,上边却穿了件冬天穿的破大褂。他像煞有介事地喊着:“孩子们闪开!”接着他一本正经地念着:“关关雎鸠,在河之洲。窈窕淑女,君子好逑。上有皇天,下有后土。新郎新娘拜天地!”他把天地两个字拉得很长,凤英和春义跪在脚下沙窝里,朝北磕了个头。徐秋斋小声说着:“磕一个算了,起来吧。”徐秋斋又大声喊:“拜伯母!”春义和凤英对着老清婶磕了个头。徐秋斋又喊着:“拜爹娘!”春义和凤英又跪下给马槐磕了个头,马槐正忙着去搀女婿,却看见自己女儿的眼泪扑簌簌地落在地下黄沙上。

徐秋斋这时又喊着:“天亮他娘哩!新人给你磕头了。”李麦正在杨杏的窝棚前收拾鱼,她摆着手说:“算了!算了!我正忙哩。”凤英大着胆瞟了春义一眼,自己主动地向李麦走过去,春义赶忙赶上她,两个人就在李麦收拾鱼的盆子前,跪下给她磕了个头,慌得李麦扑甩着两只手说:“快起来,快起来,我手脏。”

叩罢头后,蓝五的唢呐吹得更响了。孩子们簇拥着春义和凤英来到窝棚里。这个窝棚是四根木棍撑了几片破席,上边放些麦茬,四边没有墙。看热闹的姑娘们、孩子们正好围了个圆圈,权当作四面墙壁。

李麦把一个笸箩翻在地上当桌子准备吃饭,杨杏把她叫了出去。杨杏小声说:“婶子,斐旺家也没一瓢面,这咋办?”李麦也小声说:“我的那点米呢?”杨杏说:“米只够蒸两碗饭,端上去怕不够吃。”李麦说:“就那样。”李麦又回到窝棚里,马槐却解开一个红包袱,拿出十几个蒸馍说:“亲家,这是我带来的十几个蒸馍,你拿去看怎么吃吧!”李麦不好意思地说:“哎哟,你怎么还带着馍来。”马槐说:“亲家,啥都别说了,我们那里麦子熟得早,各户还收了点麦子。”

吃饭时候,陪客人的除了徐秋斋外,还有长松、蓝五和王跑。笸箩底上摆着一碗鸡,一盆鱼,还有一碗炒干豆角,一盘拌粉条。另外还有天亮从水里捞来的两个大甜瓜,也摆在上面。徐秋斋拿着筷子让着说:“吃!吃!清蒸鱼!”他给马槐夹了一块,接着老头就自己大嚼起来。

吃罢饭,马槐说要回去。李麦把春义窝棚里的小孩们全都叫走,留下凤英一个人,让马槐来和女儿告别。

马槐来在女儿面前,只见窝棚下铺了张芦席,席上放了床花格土布被子,面上已经破了。席上没有枕头,放了个包袱,一件黑布棉袄袖头露在包袱外边。这大约是春义的过冬衣服了。棚子外边放了个小铁锅,锅里边摞着两个碗和一双筷子,筷子上叩了个大得出奇的木勺子。

马槐看着女婿这些“家当”,一口气没敢叹出来咽在肚子里了,半天,一句话也没说出来。

“妞儿,我走了。不要着急,这村里的人都不错。”他叹了口气说,“还是我交代你的那些话:日子再穷,也要打起精神往前过,将来要是逃荒出去,要和乡亲们个个和好。你们两个是年轻人,能多背点多背点儿，能多挑点儿多挑点儿。常言说：在家靠爹娘，出门靠朋友，全凭互相帮扶。黄水退了，就赶快回来，好坏他家还有几亩地。种地比什么都稳当。到时候我来帮你们盖两间房子……”老汉说着看着四周茫茫的黄水，自己也说不下去了。

凤英这时抬起满脸泪痕的头问：“爹，我们还能见面不能？”马槐酸着鼻子说：“能。咋不能？”他说着把个红包袱放在席上，扭着头不敢看女儿的脸说：“妞儿，爹走了！”

李麦和长松等把马槐送到沙岗坡下，马槐死活不让他们再送。李麦说：“也好，咱都别送了。”她又吩咐春义和凤英说：“你们两个把你爹送上船。”

三个人往河边走着，谁也没说一句话。一直到马槐上了小船，才抓住春义的手说：“我……把她交给你了！我就这一个闺女！你……好好领着她吧！”他说罢用篙点了一下岸，头也不回地把船向着黄河波浪里划去。

凤英一动也不动地站在岸上，眼睛一直望着那条小船。足足有吃一顿饭工夫，那条小船由大变小，由小变成一个小黑点，直到什么也看不见，小船隐没在水天一色的万顷波浪中，凤英才“哇”的一声哭了出来。

四

落日的余晖洒在金色的河面上，层层波浪好像串在万道金线上一样，闪烁着耀眼的亮光。

凤英坐在河岸上哭了一会儿，春义劝她说：“别哭了！你眼睛都哭红了！”这是这对青年夫妻的第一句对话。

凤英收住了泪，咬着嘴唇，低着头沉思了一会儿，慢慢地把视线从河面转到春义的脸上。这一次她才看清了自己的丈夫。春义是个细高挑个子，肤色很白，看去有点儿秀气。长方脸，高鼻子，眉清目秀,就是显得腼腆些。

春义又说:“咱回去吧?”

凤英说:“就在这儿坐一会儿吧! 回去也没遮没拦的,叫那些孩子们像看戏一样。”

春义说:“人家还要来这里摽筏。”

凤英想了想说:“你走前边,你先走。”

当他俩一前一后来到窝棚前时,只见窝棚四周已经用麻袋片、席子堵起来了。凤英不由得心里一热。

两个人钻进窝棚,凤英心里略略觉得有些舒展了。春义心里却突突地跳起来,脸也有些发红了。

停了好大一会儿,凤英看他不说话,只是拿着根小棍在地下沙上画,就问他:“你还没有吃饭吧!”

春义说:“我不饿。”凤英说:“那是提劲太大了。”她说着从红包袱里拿出来个大白馍头说:“你先吃吧! 等会儿天黑了,我出去给你烧点茶。”

春义接住了这个雪白的馍头,他的手有些发抖。他开始感到在这个世界上,第一次有人真正地疼他了。

一直到天黑透以前,爱爱、雁雁和玉兰几个姑娘的眼睛,总是离不开那个围着席子的神秘窝棚。她们有时故意去送点东西,出来时便笑哈哈地跑起来。李麦不让她们去闹。她说:“几个死妮子! 人累得都快零散了,你们怎么还那么大劲儿? 快睡觉去!”

几个姑娘躺在一条席子上,却没有睡觉,还在吃吃地笑着,不知道她们笑什么,也不知道她们为什么笑。

夜深了,几个姑娘倒是睡着了,李麦在自己的窝棚里却没有睡着。她想着凤英那又俊俏又温顺的样子,不觉一桩心事袭上心头。她想着天亮也那么大了,这一辈子也不知能找到个媳妇不能?“这个傻蛋整天嘻嘻哈哈,好像他就没有长那个心。”她又想:“长心了又怎么样,人家谁跟咱哩,现在倒真成个要饭的了。”就在这时候,梁晴的面影忽然出现在她的脑子里。她回忆着她那带着两个酒窝的脸,她想着她提着一桶水走路的矫健样子……

天亮在窝棚口的地下睡着。他翻了个身,李麦问他:“天亮,你师傅被日本兵打伤以后船翻了没有?”天亮说:“船没有翻……”李麦说:“这么说,小晴还在船上,也不知道能逃个活命不能?”天亮说:“她只要能把船驾到南岸,就能跑出来。”李麦叹了口气说:“唉!不知道她能不能跑出来?我就喜欢晴这闺女。”

“她也喜欢咱家。只要不失落,她就是咱家的人!”

“什么?”李麦听着天亮话里有话,慌忙披上衣服坐起来问,“天亮,你说的什么?我没听清。”天亮说:“我说小晴她是咱家一口人了!俺师傅早就愿意了。”李麦高兴地骂着说:“你个赖种!这么大的事,你也不跟我说!”天亮说:“一对你说,你就该整天挂在嘴上了!弄得谁都知道。”

李麦没有吭声,孩子说得不错,自己这张嘴就是爱说。不过她又想到如今这么大的灾,人死的死、逃的逃,小晴纵然一百个好,也不过是水里的月亮啊。

五

第二天早晨大家还正在睡觉,忽然岸边有人在喊:

“赤杨岗的乡亲们!赤杨岗的乡亲们!”

王跑起得早,他忙答应着跑过去。见是一条小船上站着个穿着灰军服的当兵的,年纪也不过十七八岁。他喊着:“老乡,你过来,你过来!”王跑一见当兵的就害怕,他想:八成是来抓小伕的!便站在老远地方说:“我肚子疼!”那个年轻的当兵的说:“你肚子疼过来一下嘛,给你们一张传单。”王跑想看是什么传单,就问:“老总,你是哪一部分的?”

“我是新四军豫东抗日支队的。”那个小战士回答。

王跑听说是“新四军”,才放下心走了过来。那个小战士拿了厚厚一叠印的传单,揭了一张给王跑。王跑说:“到上边歇会儿喝碗茶吧!”那个小战士说:“不了,我今天还得转一大圈哩!”他又问:“前边那个断堤上也住着人吧?”王跑说:“有。几十家子哩。”

小战士撑着小船走了。王跑这时在岸上却啰嗦起来,他喊着:“你走了?”小战士答应着:“走了! 再见。”王跑又喊着:“慢点啊!”小战士答应着:“哎——”王跑又喊着:“下次来喝茶!”小战士又答应着:“哎——”

王跑把传单拿上沙岗,大家都围过来。徐秋斋因为认不清油印机印的扁体字,就交给春义念。春义念着:

黄河泛区的难民同胞们:

你们受苦了。这次黄河大堤被扒决口,造成淹没全省十三个县的罕见巨灾。我们对大家的遭遇和痛苦深表同情,并表示深切慰问。你们的房舍被冲毁,田园被淹没,这是为国家而牺牲,为民族而受难,我们对国民党军队这种所谓“以水代兵”的做法,是坚决反对的,我们对国民党政府已经发出紧急呼吁,他们必须对广大受难同胞的安置工作负起责任来。现在,我们要急切告诉你们的是:所有困在高岗、大堤、寨墙上的难胞们,赶快离开,逃荒出去。大家不要再等了,黄河水三两年退不了。据我们了解:黄河伏汛大水快要到来。到那时候你们就更危险了。现在已经有饿死人的现象。希望大家赶快离开,切莫延误。

新四军豫东抗日支队

春义读罢传单,大家立即嚷嚷开了。

李麦感激地说:“哎呀! 新四军! 新四军! 要不是人家来送这

个传单,咱们都还蒙在鼓里呀!”

徐秋斋说:“老天爷呀!淹了十三个县,多少生灵啊!”蓝五说:“看着这水的劲头就不简单。”徐秋斋说:“看吧!看吧!蒋介石这个鳖孙不会有好下场!他造孽太大了。”老清婶也喊着说:“人不报应天报应!把人心都伤透了。”

长松说:“咱赶快商量商量咋办吧?传单上不是说了,黄河伏汛马上要下来了。”

天亮说:“别吵了,赶快走吧。黄河伏汛水比平常大得多。真要是再涨水,咱这个沙岗也得淹掉。”

徐秋斋舞着拐杖说:“走!走!现在就走。”

王跑喊着:“朝哪儿走?”

徐秋斋说:“能往西走一千,不往东走一砖。上洛阳。”

经过大家商量,决定向西先到寻母口,然后过河去洛阳。人们简单地吃了点早饭,开始整理着东西,往筏上搬起来。

凤英老早就来到李麦家的窝棚里,她说:“婶子,我帮你搬东西。”李麦看她像换了个人似的,说话也不害羞了,又开通又大方。李麦说:“赶快整理你们自己的东西。”凤英说:“我们早整理好了,春义已经搬上去了。”她说着春义的名字那么自然,李麦心里想:“行。出门去就得这样。”她又对凤英说:“我这儿没什么,还有天亮、嫦娥。你去帮你申奶奶,就那个坐在地上的老婆。”她给她指着申奶奶。

约莫有半晌工夫,各家的东西大部分都搬上了筏。

李麦喊着:“锅碗瓢勺都带上,不吃劲的东西就别带了。”就在这时候,王跑又牵来他那头驴。

天亮说:“跑叔,光你这个驴啊,就得占三个人的地方。”王跑说:“你说咋办?我总不能扔到这里啊。”李麦说:“叫他牵上去!叫他牵上去。”

老人孩子们开始上筏了。小强抱着几个空颜料筒，长松嚷着说：“还不扔了！出去要饭哩，还叫你玩的！”小强噘着嘴看他爹，把颜料筒抱得更紧了，长松就要去扔，徐秋斋在筏上喊着说：“长松，你别管他，叫他带上算了。”

大家都陆陆续续上了筏。老清婶想着老清还没下落，躲在一个箱子旁哭起来，爱爱、雁雁也在一边擦泪。凤英背着申奶奶的包袱，搀着她过来了，到了筏跟前，老婆婆却坐在地上死活不上筏。

蓝五说：“你看，这个老婆又麻缠起来了。”

李麦走下筏说：“婶子，赶快上去吧！就剩下你一个人了。”申奶奶说：“天亮他娘，我不走！你们走吧！”

李麦说：“你不走咋办？别说糊涂话了，不要紧，咱能逃个活命。”

王跑在筏上也吆喝着说：“你不走，两天就饿死你了！还在这儿蘑菇。”王跑说罢，大伙也跟着东一句西一句地劝起来。

申奶奶看大伙都冲着她，她忽然脸朝着赤杨岗村子跪在地下。她叩着头喊着说：“老爷老奶奶！大妞她爹，我跟你们埋不到一块了！大妞她爹！我走了……”老婆叩着头说着，像个小孩子似的“呜呜呜”地痛哭起来。筏上的人都掉下眼泪。李麦含着泪把申奶奶背上了筏。

木筏离开了沙岗，慢慢地向西撑着撑着。筏上几十口子人都默默无语。他们看着那泡在水里的村子，看着那淹在水里的土地，看着那生养自己的故乡，慢慢地远了，更远了……

第十章　落难寻母口

有心跟着山水走，
又怕山水不到头。

——民　歌

一

一九三八年下半年，随着日本帝国主义侵略军的主力南移，中原地区暂时形成了一河两岸的对峙局面。六月间开封沦陷了，九月间武汉也沦陷了。国民党政府原来计划扒开黄河，以不惜牺牲中原地区上千万人民的生命财产为代价，来"保卫大武汉"。可是在黄河扒开不到三个月，武汉就沦陷了。在武汉失守之前，蒋介石和他的满腹韬略的将军们，在历史上又写下了一幕罪恶的悲剧，就是"火烧长沙"。"长沙大火"和"黄河大水"是姊妹篇。它们都是用人民的鲜血和眼泪写成的。

中国的抗日战争，本来是正义的、神圣的，人民可以作出必要的牺牲。但是在战争的具体进行中，当事者应该考虑到人民。人民的"牺牲"和"利益"，总是一个天秤的两个盘子。在进行大的决策时，一定要权衡轻重，不能随心所欲地任意挥霍人民的"牺牲"和"信任"。挥霍多了就成了债务！蒋介石不顾人民的死活"扒黄河""烧长沙"，想在历史上留下所谓的"不朽之功勋"，他不知道"人血不是水"，当上百万具白骨横陈在中原大地上时，中国人民对这个独夫民贼丧失了最后一分信任。他们开始去抢国民党军队手中的枪！

寻母口本来是个大镇子，也是个过往船只停泊的码头，贾鲁河从西门外由北向南流过。黄河决口后，黄水夺了贾鲁河的水道，水下来时把半个镇子冲跑了。现在只剩下东街和北街两条街。近来由于这里成了黄泛区通往洛阳大道的渡口，这个破烂镇子顿时出现了一阵“繁荣”。这里地处黄河东岸，是日本鬼子的占领区，河西是朱桥镇，是国民党统治区。由于国民党和日本鬼子勾结的默契，这里成了东西货物的走私转运站。每天有大批的烟叶、棉花、粮食、香油等货物从西岸运过来，转向开封、徐州一带。从上海、徐州运过来的布匹、颜料、袜子、毛巾以及食盐和毒品，也都由这里运过河，转销洛阳、西安。跑单帮的商人蜂拥而至，商行逐渐多起来。临时的客店、旅社、饭铺、商行和货栈，挤满了沿河堤岸。在残破的街道两旁搭起了一间间临时席棚，摆着烧饼、油条、水煎包子、胡辣汤这些常见的吃食摊子。

这里设有汉奸的渡口管理所和税卡。河岸上一个炮楼里还住着一个日本小队。

李麦和长松等十几家人，来到寻母口时，已经是入秋了。赤杨岗离寻母口虽然不到一百里地，他们在路上却走了一个多月。黄河发水后，遍地都是支流，再加上涨涨落落，木筏根本无法走。出来没几天，他们就把木筏卸了。木料在当地换了点粮食，开始从旱路走。一路上也不知蹚了多少条河，过了多少渡口，到了寻母口时，各家的家具、衣服差不多在路上都变卖光了。

到了寻母口后，他们把小车、挑子扎在一座破龙王庙里。这里是难民聚集的地方。李麦他们来到时，这里已经住着几十家往西待渡的难民。

天亮先到渡口打听了一下。听撑船的说：渡口上已经半个月不让过难民了。船都忙着运货物，船价高得吓人。一个卖馍的从西岸来到东岸，就要花两块钱光洋。船只虽然是拨来接送难民的，却被河防军队霸占住走私运货。

小孩子们向街上跑着，他们已经一个多月没有吃过一顿饱饭了。他们看着街上那些黄焦的油条，雪白的包子，嘴里馋得几乎要长出一只手来。

李麦上街转了一圈，她看着人来人往像流水一样，商店里到处都是货物，心里想：看来这里还能混。走此处，说此处，当下顾嘴要紧。

她转到一家旅店门口，看见十几个跑单帮的商人，骑着满载布匹和棉纱的自行车来到门口。旅店的掌柜热情地向他们招呼着："住店吧！到里边！到里边！有茶水，有洗脸水！"那几个跑单帮的商人，进到旅店里看了看却又出来了。只听他们说："太脏了！被子跟卖油条盖的一样！"旅店掌柜忙解释着说："不脏啊，那都是浮灰，拍拍就掉了！"几个跑单帮的也没理他。他们相互说："走，到河沿看看！"说着都骑上自行车一溜烟走了。

旅店掌柜看着生意跑了，眨巴眨巴眼睛说："才赚了几个钱，还讲究哩！"李麦这时走过来说："这位掌柜的，我想打问个事，你这里边拆洗被子不拆？"旅店掌柜打量她一眼问："你是哪里人？"李麦说："我们是逃荒过来的难民，专门管拆洗被子。当天拆洗当天做好，不耽误您的生意。您要拆洗了，我们就来拿。"旅店掌柜听说当天能送来，就动了心。他说："拆一条被子多少钱？"李麦说："您随便。我们这都是逃荒出来的。您权当行好。给多少我们都不争。被子拆洗好您看就是了。"旅店掌柜看她说话实在，就说："这样吧，一条被子二斤面。洗五条被子再给一条肥皂。你看行不行！"李麦说："行。你说多少都行。我们明天来取被子吧！"旅店掌柜想了一下说："你现在就捎走五条吧！天黑前送来。"

李麦把被子扛回龙王庙，把情形和杨杏、王跑家、凤英等讲了讲,大家都高兴得什么似的拆起被子来。李麦交代她们一定要把被子洗干净,活做好。她说:“咱们到一个生地方,头三脚难踢,全凭一个实在。”

几个妇女在河滩里把被子洗好晾干,拣了八条干净席铺在地上套了套,晌午过后就给旅店送了去。旅店掌柜看她们把被子洗得雪白,心里高兴,给她们称了十斤面,又让她们背回十条被子。

龙王庙里有了这十斤面,各家的锅底下又冒烟了。妇女们看有了营生,走路也有劲了,说话也有音了,到了晚上,大家围在一块商量怎么办。

长松、春义和王跑等几个男的也到街上转了转。他们看着这个渡口眼花缭乱的生活,却不知道自己该怎么办,这里没有地种,能干啥呢?

长松说:“咱在这个地方不行,卖个开水也得张嘴吆喝!咱张不开嘴。”

王跑说:“我看好了点事。到东大路上赶脚。反正我有条驴。”徐秋斋说:“你不怕,王跑,你还会个木匠手艺,在这里木匠还能闲住?我明天也上街,把我的卦摊摆出来。”天亮说:“算了吧,大爷,兵荒马乱的谁还算卦?”徐秋斋说:“咳,越是这年景,问吉凶的人越多。四门贴告示,还有不识字人哩!好歹还不能赚个馍吃。”

春义抱着头没吭声,他深深感到自己在这里是“百拙无一能”。蓝五也叹了口气说:“我到这儿,真是老水牛掉在井里边——踢腾不开了!”

李麦说:“咱们不要发愁,明天我再到街上瞅瞅。是鸡都带着两只爪,是人都长着两只手。只要不怕出力,还能顾不住个嘴。咱出来门,头一条就是不能脸热怕丢人!你就是打个小工,也得张嘴问问喊喊。要不你在街上转一百圈,人家也不知道你是干啥的。在这集镇码头上混,全凭一个嘴勤腿勤。咱们大伙都要打起精神干,能积攒点粮食,咱们就能上路了。”

申奶奶也有点精神了,她说:“天亮他娘,这些小孩们也得给他们安排个营生,能吃在外,就省在家。明天我领着他们到街上要饭去。你们各家都给自己孩子准备个篮子,准备个碗。”

李麦说:“婶子,也好,明天你就领着他们去吧!反正要一口得一口,要饭碗孩子们该拿也得拿。”

夜里,一群孩子围着申奶奶。申奶奶给他们讲着要饭知识。她说着:“……到那些饭摊子前要饭时候,向买饭的要,别向卖饭的要。要饭得先学会喊叫,比如见年纪大一点的人,就说:‘行行好吧!大爷!’‘给俺一口吧!大爷!’见年轻一点的就喊大叔,见老婆们,就喊奶奶,年轻一点,盘着头的就喊婶子、大娘,没盘头留着辫子的,喊人家个姑姑……另外要的时候,要学得有眼色一点。等着人家快吃完了,也快吃饱了,再把碗伸过去,他剩一点就给你了。人家刚买了一盘包子、一碗面条还没有吃,你就伸着去要,人家就不会给咱了!……”

申奶奶一句一句地教着这些孩子们。孩子们瞪着小黑眼珠用心地听着。他们像上课听讲一样,不过这个课的内容既不是加减乘除,也不是“人之初,性本善”……

二

早晨,黄河河面上还蒙着一层浓雾,天亮就来到了码头上。码头岸边停着十几条大船,有的在装货,有的在卸货。搬运脚伕们抬着一篓篓香油,往货栈里抬着,装货的脚伕,扛着颜料箱、盘纸包往船舱里装着,两条人流像穿梭似的跑着、喊着,后边跟着脚行里的工头。

天亮问一个脚行里的人:“大叔,你们这脚行里还要人不要?”

那个人瞪了他一眼说:“我们这里人还用不完呢!闪开。”天亮碰了一鼻子灰,有点泄气,抱着两只胳膊,坐在河边,望着那滔滔南流的黄河水,在呆呆出神。恰巧这个时候,有条装烟叶的船过来了,由于这里撑船的还不大熟悉水性,靠岸时候,拄着篙拼命往北撑,还是没靠住码头,搁浅在离码头一丈多远的地方。

船没有靠住码头,脚行的脚伕们没法卸烟叶,船行和脚行的人就吵起架来。

脚行的人骂着:“连个码头都靠不上,要眼出气哩?还玩船哩,回家抱小孩吧!”撑船的也骂着:“见过世事没有啊?这河水一天七十二变,有本事你们谁来试试!怎么,想拿我们的胳膊替你们的腿哩!就这卸吧!”

两家正吵着,后边又撑过来一条棉花船,也没靠上码头,搁浅在南边了。两条船没靠上码头,河岸上乱得像一窝蜂,他们正吵得不可开交,天亮走过来了。他说:“爷们!我说都别吵了,我给你们撑一船怎么样?”大伙看他是个十七八岁的大孩子,衣服又穿得褴褛,有人就讽刺着说:“该去哪儿要饭去哪儿要饭吧!这儿不是闲磕牙的地方。”天亮却大着胆说:“行不行大伙看嘛!要是靠不上码头,一船货我自己扛,不收一文钱!”

大家看他说得那么自信,有人就说:“有艺不在年高,叫他试试呗!”可是还有人不服气:“听他的!一个毛孩子!火车不是人推的,牛皮不是人吹的!”

正说着,又一条装着棉花的船,已经到了河中心向这里驶来。天亮指着说:“我就把这条船撑过来吧!”说罢把破小褂一扔,纵身跳下水,游向河中心了。

天亮这一下水,船上原来的几个艄公就暗暗议论起来了。他们说:“这小家伙泅水路数不一样,兴许还真有把棕刷。”

天亮游到河中心,扒上了船,和艄公说明来由,那几个艄公正犯愁,怕自己也靠不上码头,就把篙交给了他。天亮接住篙,叫船北边那个使篙的停止撑,自己用一条篙猛地向河心点了三篙,把船向上水推了一丈多远,接着只走南船边,一篙接一篙地撑着,看来他也没有用多大力气。那条大船不偏不倚正靠在码头上。

河岸上响起了一片掌声。三条船上的艄公们都围过来把他往饭店里拉。天亮执意不去。他们就把他请到河堤上一个茶棚下聊起来。一个年纪大一点的艄公先递了根烟说:“小师傅从哪条河上来的?”天亮笑着说:“我是个吹牛腿的。”那个艄公说:“小师傅别见怪,刚才孩子们有眼无珠,七嘴八舌头说两句难听话,您权当大风刮跑了。小师傅要缺什么你就说。不过这武艺你非教教不行。”

天亮说:“你们原来都是跑这条贾鲁河的吧?”艄公们说:“是啊! 我们都是跑周口、界首这一段。”天亮说:“贾鲁河半流半不流,是个平稳水,如今流的是黄河水。黄河水性比贾鲁河水要暴得多! 从西岸一起锚就得篙走南边,只要把船让到上水大流,一点力气不用费就靠上码头了。”天亮说着,大家无不佩服。天亮又和他们说了一会儿黄河的四季水性,后来说:“师傅们在吧! 我还得赶快回去,俺娘还等着我给她要饭哩!”众艄公一听,忙拉住他说:“你怎么不早说。既然你还没有个活干,就来咱这船上。几条船由你挑。”

晌午,他们留下天亮在饭铺里吃了顿饭。下午,天亮又帮他们撑了一趟船,答应明天把行李搬来。

三

这天上午,王跑赶着自己的小黑毛驴,来到寻母口东大路上时,那里柳树下已经拴着三条赶脚的驴了。

这条大路是通往开封的官马大道,有几段还流着黄河水,汽车不通，马车也不通，所有的交通运输工具，就是自行车和毛驴。

一吃罢早饭，路上的自行车就拧成绳了。有东来的，有西往的，车铃丁零零响着，王跑的驴子没见过这自行车，吓得尥了两下蹶子，王跑骂着："娘那×！那是洋车，你怕啥哩！它能咬你一口？没出息的东西！就这你还想吃香喝辣的？哼！"王跑在"教训"着自己的驴子，驴子好像听懂了他的话，又过来几帮自行车，它也不尥蹶子了。

就在王跑骂驴的时候，头一宗生意叫一个年轻娃子抢跑了。雇驴的是老头，他还没有喊一声"赶脚的！"那个娃子就牵着驴跑过去喊着："骑我这个驴！骑我这个驴！我这驴可稳当。"说着连搀带扶地把那个老头扶上了驴背。

王跑想着："这也得喊叫哩！喊叫就喊叫！面皮值几个钱一斤，只要他给钱！"

第二个雇驴的是个年轻媳妇，她刚喊一声"赶脚的大哥！"王跑就拿着鞭子跑过来大声喊着："骑我的驴，骑我的驴，我的驴跑得可快！"他抢着把人家手里一个大包袱接在手里了，可是另外一个赶脚的，把驴已经牵过来，让那个妇女蹬着自己膝盖骑在驴上了。王跑无奈，把包袱还给人家，暗暗地骂了一句："抢什么抢！抢孝帽子戴！"

王跑领了教训，就把驴缰绳解开，挽在手上，省得耽误事，可是第三个雇客，他仍没有抢到。说也奇怪，自从把这三条驴雇走后，再不见有人雇驴了。王跑直盯盯地看着大路，见人就赶快去拦，可是人家都不骑驴。

王跑望了一会儿，把脖儿根都看疼了，还是没人雇驴。他想着：今天也没有听见黑老鸦叫，怎么这样晦气！头一天就不发市。他坐在柳树下，慢慢地睡着了。

"驴子！驴子！驴子雇吧？"一个粗嗓门喊醒了他。

说话的是个南方人，穿着一身纺绸裤褂，戴着一副墨色眼镜，还拿把伞。王跑听不懂他的话，只是摆手。那个人又吃力地说着：“到马牧集！到马牧集！”马牧集这三个字王跑听懂了，他才明白他是要骑驴到马牧集去。不过王跑打量着这个人足有一百六七十斤，他想他的毛驴驮粮食才驮一百五十斤，这么大个肉墩，怕驴吃不住，所以也不大感兴趣。

那个人又问着：“好多钞票？”

王跑只当是问他驴子是多少钱买的。他伸了三个指头，他的驴子是三十块钱买的。谁知道那个人掏出两块光洋塞在他手中说：“两块！两块！我要赶路！”

王跑接住两块光洋，简直高兴疯了。马牧集离寻母口三十里地，最多要五角钱，他居然给了两块。

王跑也不嫌人家胖了，把他扶上驴，小鞭子一扬，那驴就四蹄生风一样小跑起来。王跑在后边跑着跟着也不觉累，他路上一直在想：“天呀！这不跟拾钱一样嘛？”

到了马牧集，已经日头偏西。王跑在街上秤了一斤馒头，买了两碗开水大嚼大咽吃了个饱。又把驴喂了两和草，就赶着驴回寻母口。他本来不想再捎回头脚了。可是刚出马牧集不到半里地光景，只听见前边“叭”的一声，一辆自行车在前边停住了。王跑吓了一跳，他还只当是土匪截路放的枪，后来才发现是前边自行车内胎放炮了。

那辆自行车上带着五匹白猫牌蓝布，两捆棉纱，还有一箱“煮黑”。车子放炮后，那个骑车的人一步也走不得。他叹着气扳着后轮子看着，弄得满头大汗，也没有办法。

王跑赶着驴走过来，他忙打着招呼说：“大哥，捎个脚吧！”王跑说：“不想捎了，我这驴太累了。”那人说：“大哥，咱们都是常在外边跑的人嘛，你放空回去，不是空回去嘛！我多给你点脚钱。”王跑想着:这财神爷怎么今儿个光找我的门！他问:“你给多少钱?”那人说:“六毛!”王跑赶着驴扬长去了。那人喊着说:“你要多少钱嘛?”王跑说:“你推着走吧！我不捎!”那人又说:“你到底要多少钱?”王跑说:“一块二!”那人说:“真敢坑人哪!”他抬起头前后看了看,太阳已经西沉了,路上的行人也稀少了,又找不到另一个赶脚的。他只好喊着:“大哥！大哥！你回来!”王跑也喊着说:“你说清给多少钱？少了我可不去!”那人说:“就给你一块二。”

价钱讲定之后,王跑把驴赶了回来,把布匹、棉纱放在驴子身上驮着。那一箱颜料,他用绳子捆住,自己背在背上,他还是心疼自己的驴子。

两个人一前一后在路上走着,那个人唉声叹气,不住声地喊着倒霉。王跑心里想:“他大约是多花了脚钱不高兴,我得让他高兴高兴。”他对那人说:“今儿个你碰上我这个赶驴的,算你有运气!”那人说:“为什么?”王跑说:“这几天路上可紧了,昨天黄昏时候,还有土匪截路!”那人说:“是么?”王跑说:“你今天跟我一块走不用怕,他有三两个人到不了我跟前！我会拳。”那个人不叫他大哥却改叫他大叔了:“大叔,你会什么拳?”王跑说:“我会少林拳。”那人给了他一支烟说:“反正有两个人结伴走就好得多。”

两个人一边走着一边说着,倒也不觉得孤单,到了寻母口时,河上已经是一片灯火了。

王跑把驴牵到龙王庙下处,大声喊着:“黑蛋他妈！黑蛋他妈！留的饭哩?”老气答应着说:“在锅里!”王跑掀开锅一看,是野菜搅玉米糊,他一面向碗里盛着一面嘟哝着说:“吃这种饭,连人家猪食都不如!”老气说:“街上有的是烧饼油条,就是没钱!”王跑走过去,一只手从腰里掏出两块光洋、一张钞票往席上一撂说:“这是啥?”

徐秋斋正和春义在说话。他说:“跑,今天生意咋样?”王跑端着碗走过来。他说:“只要出去,还能空着手回来!可不是我说嘴的,我挤着眼出去一圈,也得弄够几天吃的。”接着他把揽的两宗生意说了说,大伙都很羡慕,徐秋斋说他运气好。

春义因为还没有找下活干,徐秋斋正在劝他学算卦。他接着劝春义说:“你别看我这点小把戏,你只要学会,到哪里都饿不着。再说这不用花本钱。”

春义说:“我学不会。”徐秋斋说:“好学嘛,我说它好学就好学。人的生辰八字是死的。你先背会五行、天干、地支,‘五行’是金木水火土,‘天干’是十个字,甲乙丙丁戊己庚辛壬癸,‘地支’是十二个字,子丑寅卯辰巳午未……”

春义说:“那你怎么知道人家弟兄几个,父母在不在?”徐秋斋说:“嗐!傻孩子,算卦的哪能知道?这都是叫他自己说的。比如说,有人来算卦,不管问财、问运、问病、问事,都有‘四大簧’。‘簧’就是锁簧的‘簧’,算卦的就是要开他的‘簧’,头一件就是要听话因,要抓‘簧’。比如给小孩算卦,你就说按他这个八字,应该是父母双全,可是他相克,要认一个‘干大’,这一说,他家大人自己就赶快说了。他要不说,你还要套他说。说得不对了,还可以拐回来。比如说你说他父母双全,他说他娘死了,你就说你生的时辰没有报对,农村又没钟表,他也说不清楚。”

春义笑着说:“这不全是骗人嘛!”

徐秋斋说:“这也不能说全是骗人,有钱人家赚他几个钱,穷人家给他解个心焦,除个心病。比如问病,你就给他说个活络话,千万别说太清楚。一般给小孩问病,你就说这个小孩病走在‘内’,‘眼不睁,啼哭多,饭少吃来又发热。’小孩们的病,大体上就这几样。另外人都喜欢奉承,顺气丸谁都爱吃,要贴气。比如老婆们来算卦,你就说,按你这八字呀,你是个性子刚强的直心人,不爱占人家的小便宜,借平还满,总爱吃个亏;任凭自己受苦,可对人总是大方。这一说,她就会说,先生啊,你咋说得这么投心呢!下边就好说了。还有些人是‘硬簧’!比如国民党军队中当官的,有的他是故意来‘卡’你,说不定还要砸卦摊子!你就先奉承他再骂他,这种人是非赚他俩钱不行!比如他一报八字,你就说:‘文曲武曲两相连,南杀北战多少年,单等丙寅有火起,不当团长当校官。’他一听就高兴,你再说你爹压你的官运,你命太硬,你要当上校官,就克住你爹了!不过也有个破法,这时候,他就害怕了!……”

徐秋斋正说得有劲,凤英在席棚里叫着春义说:“三星都正南了,你也不睡觉?人家都累了一天了,你还在那里扯不完。”春义这时披上衣服走了。徐秋斋叹了口气说:“唉!学会抬轿能压着人,学会点武艺还能压着人!”说罢歪在草窝里,盖上个破被子,呼呼入睡了。

第十一章　闹盐行

牛瘦角不瘦

——民　歌

一

天亮到船上以后，每天帮着艄公们撑船摆渡，慢慢地和码头上的人都混熟了。经他和脚行里的人说合央求，把长松、春义、裴旺几个介绍到码头上搬运零货，虽然不算脚行里的正式搬运工人，每天也能赚几个钱糊嘴。

蓝五没有小车，身体又比较弱，天亮给他借了一张小方桌，买了八个茶杯，每天在河沿上摆个茶摊卖茶。

入冬以后，寻母口逃荒来的各县难民，渐渐多了起来。有些人是因为黄河来回滚道，麦子没有种上，看着庄稼没有指望，就准备西逃。还有些人是听说西安、洛阳设立了难民舍饭场，都想逃到这些城市去吃舍饭。

才开始一天进几十口子，后来一天进几百口子。寻母口渡口运送难民，仍然是三天开、两头闭，不到两个月时间，龙王庙沿河那一片，一下子聚集了几千口难民。有些家有点底子，就向渡口管理处使钱，后来涨到运送一口人要使三块光洋。对那些穷人家来说，过不去河，只好困在寻母口要饭。

各地难民向这里涌着，梁晴随着逃荒的人也来在寻母口。自从在黄河上天亮泅水逃走以后，梁恩老汉当时就被打死在船上了。

几个鬼子兵把梁恩老汉的尸首撂在黄河里,又把船上的棉花包掀扔在河里,把船抢到北岸。这时鬼子兵的大队正在忙着渡河,他们把马匹、辎重往抢来的几十条船上牵着搬着。就在这忙乱的时候,梁晴乘机跑到大堤下的一块高粱地里。她在高粱地里一直藏了一天一夜,后来听着河岸上没有人喊马叫的声音了,才跑出来。她在大堤上一看,只见遍地都是马粪、纸烟盒子,日本鬼子已经渡过黄河了。

梁晴在河岸上坐了一清早。半晌时候,碰上一条到河南岸割麦子的农船。她和船上的农民说了说,搭上了船。到南岸后,她就打算去赤杨岗找李麦和天亮。

梁恩老汉的钱,平常由女儿带着。梁晴这时身上还剩有几个钱,就一路走一路问着。走了没两天,就听说黄河扒开口子了,赤杨岗那一带农村全淹了。梁晴听到这个消息以后,觉得走投无路了。她不知道天亮和李麦的死活,自己也无处去了。后来她想了想,李潭镇有她一个表姑,就往李潭镇找她表姑。到了李潭镇,黄河水也到了这个村子,她表姑家也没一点办法。后来她表姑和村里一群妇女去商丘背盐贩盐,梁晴就跟着她们去背盐。当时陇海铁路被切断,豫西、陕南一带吃的海盐,全由人背转运。男人们在路上怕抓兵抓伕,就由妇女们去背。每天大路上都有一股股背盐的人群。黄泛区的各个集镇码头上都开有盐行、盐栈。梁晴跟着她表姑,背了两次盐,手中也落了几个钱。又一次,她从商丘背盐回来,路上碰到几个寻母口背盐的妇女。她由这几个妇女嘴里得知赤杨岗一带的难民,大多逃到寻母口了。梁晴就和表姑说了说,背着六十斤盐,和那几个妇女一道来寻母口找李麦和天亮。

天擦黑时候,梁晴来到寻母口。这天正是阴天,飘着鹅毛似的大雪片,马牧集离寻母口三十里,全是黄河水淤过的黄胶泥地。走起路来脚下一步一粘,走不了几步,两只鞋就粘上两大块泥。梁晴背着六十斤盐走着,走几步用小棍刮刮鞋子,累得她把个破棉袄都汗湿透了。梁晴虽然累得气喘吁吁,心里却热乎乎的。她刮着鞋子说着泥巴:“你们见我就这么亲!老想抱住我的脚,走开!”当她看到寻母口一片灯火时,她觉得每一盏灯都像是天亮的温暖眼睛。

寻母口有十几家盐行,门口都像旅店那样挂一个四方白纸糊的灯笼,上边写着字号。梁晴和那几个妇女来在一家叫做“福兴盐行”的门口。一个长着鱼眼蛤蟆嘴的中年人见了她们就喊着:“大嫂们,住到我们行里吧,住到我们行里吧!我们这儿明天就开秤。”他说着拦住为首的一个妇女,热情地去接她肩头上的盐口袋。这几个妇女出门不多,一个个累得要死,商量了一下,就住在这个盐行里。梁晴也跟着她们一道住下了。

睡到半夜,忽然听见有人喊:“有贼了!有贼了!门被撬开了!”接着是一阵吵吵嚷嚷的声音。停了一会儿,盐行掌柜来到窗户下叫这几个妇女了。他说:“大嫂们,起来吧,出事了!”

这几个妇女听说出事了,吓得浑身像筛糠一样。她们开始都不吭声。那个掌柜的又叫了一阵,她们才问:“出了什么事?”掌柜的说:“被盗了!你们的盐被偷走了!”妇女们听说盐被偷走,都齐喊乱嚷起来。她们到放盐的临街房看了看,只见一扇门倒在地上,她们的盐全被背跑了。盐行掌柜还哭丧着脸说:“这贼逮住就得把他撂到黄河里,连我们一根大秤也偷走了。”

几个妇女看着盐被盗了,也不会说话了,都“哇”的一声哭起来。她们有的是借来的钱作本,有的是变卖衣服弄来的本钱,还有的是卖自己小孩弄来的钱。

几个妇女在屋子里互相哭着,诉说着自己本钱的来由,梁晴在一旁低着头一声不吭。她们问着:“这个小妮,你这盐钱从哪来的?”梁晴说:“不知道!”

“你准备到哪儿去哩?”

“不知道!”

“你家是哪儿的?”

“我没有家。”

一个年纪大一点的妇女说:“吓蒙了!这小妮吓蒙了。她连她家在哪儿都不知道了。”

几个妇女一直说到天明。她们对那个长着蛤蟆嘴的掌柜说:“我们都是穷人,如今盐丢了,也没盘缠了,是不是您行行好,给我们几个盘缠钱,叫俺回到家里。”那个掌柜却说:“我们穷行户哪里有钱。”几个妇女没办法,只得去街上转了。

二

这天大雪初霁,天气晴朗。大街上的泥泞还结着芝麻花纹似的冰冻。徐秋斋已经摆开他的卦摊了。老头这两天又添了个新招牌。这招牌是个白帘,上边墨笔写着:“颍州徐半仙,诸葛神卦,六爻神课。”下边写着:“专解行旅疑难,预知吉凶祸福。”

前几天,天气冷了。徐秋斋卦摊摆在街上坐不住人,算卦的渐渐稀少了。有时他坐一天冷板凳,连个烧饼也混不上。这时李麦就对他说:“大叔,我看你那个卦摊就别摆了,瞎嘴胡圪嚓,也赚不来钱,何必受那冻。”

徐秋斋说:“你也别以为我是专门骗人,如今大灾大难,兵荒马乱,给人分解分解忧愁,开导开导疑难,也是办个好事。我也不光是赚钱。赚钱也是看人的,比如那些大商人、大客官、汉奸队那些歪戴帽子斜抽烟的东西,你不赚他几个钱还有罪哩!再说,我肩不能挑,手不能提,年纪这么大了,总得有个营生。”

李麦说:“大叔,我们倒给你想了个营生。在旅店门口卖洗脸水。我看人家有些老头老婆在那儿卖,还不错。咱几家都有个铜盆,买几条新毛巾就行了。”

徐秋斋说:“天亮他娘,你们别出点子了。我就是要饭也不去卖洗脸水。我们这读书人,落魄了三条路:教学、行医、算卦。叫我去拧着热手巾喊着卖,我干不了! 就说我这老脸不要,我还得顾顾圣人的脸哩!”

李麦说:“那有啥? 在此处,说此处。吕蒙正还要过饭哩!”徐秋斋说:“那是要饭。”他又说:“你别管我,你别管我,你要嫌每天给我送饭不好看,叫王跑家黑旦给我提来就行了。”

李麦看拗不过他,只好由他。徐秋斋为了赌一口气,就把个破被单撕了半截,洗了洗,写成招牌挂出去。常言说:“不识字看招牌”,“卖啥吆喝啥”,就这一块破单一挂,徐秋斋的生意果然又稠起来。

徐秋斋刚把卦摊摆开,一只长尾巴喜鹊在他对面一棵秃柳树上“喳喳喳”地叫起来。这几声喜鹊叫,把徐秋斋叫得心花怒放。他想:看起来今天兴许能喝上一碗羊肉汤了! 老头想着,不觉得嘴里津液横生。

正在这时候,一个十六七岁的姑娘走到卦摊前。这个姑娘身材苗条,面皮红润,双颊上有两个深酒窝。就是衣服褴褛,头发散乱,两只大眼睛里含着泪,呆呆地看着那个布帘招牌。

徐秋斋看她脚上穿的鞋子,粘满黄胶泥巴,知道她是远道而来;又看她那神情和年纪,想到不是和家里大人失散,就是才从水窝里逃出来的。

他问:“这个小妮,你算卦吗?”

那个姑娘说:“算一卦要多少钱?”

徐秋斋说:“这没有准儿,有钱了多给点,没钱了少给点,有的还不要钱。”

那个小妮说:“我还有两毛钱,能算一卦不能?”说着伸开手露出一张握得发热的角票。

徐秋斋说:“钱你先拿上。你说说问什么事吧！是问病的？是找人的？你家是哪里的？”

那姑娘忽然流下两行泪说:“大爷,我没有家。我的盐丢了！昨天夜里在盐行里被盗了。大爷,我就凭这点盐过活哩！我身上就剩这两毛钱了。大爷,你看我这盐能找着不能？往哪儿找？”

这个姑娘就是梁晴。早晨出来到街上,她哭得像个泪人似的,有个卖豆腐的老头告诉她:十字街有个算卦的老徐先生,算得最灵,你去找他。

徐秋斋看着这个小妮哭得这么伤心,又“大爷、大爷”地叫着,心中着实可怜。他又问:“你的盐在谁家行里被盗了？”梁晴说:“叫个‘福兴盐行’,掌柜的长着大蛤蟆嘴的那一家。”

徐秋斋一听是“福兴盐行”,“唔”了一声,因为前几天,这个盐行就说是被盗了,坑过一群背盐妇女,想不到今天又演这一出戏了。徐秋斋又问:“盐行掌柜他怎么说的？”梁晴说:“他说他也没办法,叫我们赶快走！”徐秋斋一听大声说:“他放屁！走罢,妞！这卦你也别算了,我跟你去找盐！”这时黑旦已经把一罐饭提来,徐秋斋也顾不上吃,叫黑旦看着摊。他领着梁晴,直奔“福兴盐行”。

到了“福兴盐行”门口,那几个丢盐的妇女,还在哭哭啼啼央求着向盐行掌柜要盘缠钱。盐行掌柜拍着手说:“我也被盗了,锁也撬开了。我有啥法哩？”

徐秋斋来到门口大声问:“谁是掌柜的？”那个蛤蟆嘴掌柜一看来个老头:山羊胡子刀条脸,一个大长鼻子,两只明亮好斗的眼睛,戴个旧的黑绒瓜皮帽,还穿着翠蓝布破长大褂,扣子上还系了个鲨鱼皮旧眼镜盒,眼镜盒下边还搭拉个黄穗子。看他不像农,不像工,不像商,不像兵,不像财主,却也不像穷人。他心里有点纳闷,就走过来壮着胆说:“老先生,我就是。”徐秋斋指着梁晴说:“这闺女的盐,是在你这行里放吧?”掌柜的说:“是啊! 昨天夜里被盗了。你看,我这门轴都撬断了。”徐秋斋说:“我不看! 我问你,这盐是在街上丢的?”

“不是。”

“是在路上丢的?”

“也不是。”

徐秋斋说:“一没有丢在街上,二没有丢在路上,货已经进到你的行里,丢了你赔!”

那个蛤蟆嘴掌柜瞪着眼说:“老先生! 恐怕不能这么说吧? 我也丢了东西!”

徐秋斋说:“你丢东西活该! 你懂得开行的规矩不懂? 货只要进到你的大门里,你就得负责。光叫你挣佣钱哩。你这行里还放了这么多盐都没有丢,偏偏丢了这几个娘们的盐?”给徐秋斋这一吵,几个妇女也胆大了,她们也跟着嚷起来。一会儿工夫,盐行的门口聚了一大群人。

正吵得厉害,一个细长脖子的盐行伙计,拉着徐秋斋说:“老先生,走! 走! 走! 有话到里边说,有话到里边说。”徐秋斋看他是怕众人知道,就故意大声说:“我不进去! 我进去还怕我这人被盗了呢。你们开这个行是啥行? 以后还有人敢住没有?”

那个长脖子伙计又小声说:“是这样,老先生,我们认倒霉。赔他们一半盐价。都是逃荒的穷人!”

那几个丢盐妇女正要答应,徐秋斋忙说:“丢多少赔多少,少一两也不行!”看热闹的人有的知道这家盐行平常专门坑骗背盐的难民,就跟着喊:“老先生说得对! 少一两也不行,叫他们赔!”

人越来越多,徐秋斋今天精神好,嗓门也越来越大。那个盐行掌柜心里骂着:“今天碰上这个杂面老头,看起来这头还不好剃哩!”他又想着越吵人越多,以后生意不好做了,就走过去装出一副可怜相说:“老先生,你别嚷了好不好? 我赔他们,这三两百斤盐还能穷了我。这贼非追不行! 我要到镇里报案。”徐秋斋看他已经答应赔盐,就改换口气说:“你早应该去报案,说不定这贼还在你这行里没有跑出去哩!”他说罢,大家“哄”的一声笑了。

盐行伙计将斤作价,算了算账,把钱赔偿给几个妇女和梁晴。那几个妇女感动得直想跪下给徐秋斋叩头。她们说:“大爷,今儿个要不是您,我们都回不去家了。我们太感谢您了。”徐秋斋说:“别说这话了,以后出门要多加小心。”

那几个妇女走了以后,梁晴还在他身边站着。徐秋斋说:“走吧,妞! 还有啥东西没有?”梁晴说:“还有一个盐袋子,咱不要吧!”徐秋斋说:“不行,不能便宜这些坑人诈骗的东西。”他又回到盐行里说:“这小妮还有个盐袋子。”蛤蟆嘴掌柜就地上拿起个盐袋说:“给吧! 给吧! 该去哪儿去哪儿吧! 出去看好路走,别栽倒了。”徐秋斋说:“我这眼睛倒好着哩! 我劝你倒是别太急发财了! 急发财要栽大跟斗!”

出了盐行门,徐秋斋才感到肚子里确实有点饿了。他把盐袋子交给梁晴说:“给吧,他赔你一个盐袋子。我也该去吃饭了。你也走吧。”谁知梁晴这时一下子抓出一张一块钱钞票塞在他手中说:“大爷,你把这钱拿去吧!”徐秋斋看着她眼里憋着泪,就说:“闺女,我要为你这钱,就不来替你吵架了。情理不顺,气死旁人。钱你拿上,我一分钱也不要。”说着就走。

梁晴却跟着他说:“大爷,我求求你,我再算一卦!”徐秋斋心里说:“这小妮今天像是一张黄香膏药一样,要贴住我了。”他说:“你的盐不是要回来了,还算什么卦?”梁晴说:“我要找个人!”徐秋斋说:“我肚子饿了,等我吃了饭再说。”

徐秋斋回到摊子前,打开罐子一看,是玉米糁子熬红芋叶糊糊。老头饿了,抱住罐子就喝了两口。他没注意,这工夫梁晴不见了。老头抱着罐子喝了两口粥,才把它倒在碗里。这时梁晴拿了四五根热油条跑来了。她说:“大爷,你吃这个,油条还是焦的。”徐秋斋忙说:“我不要!我不要!”可是梁晴已经把两根油条丢在他的粥碗里。

三

徐秋斋吃罢饭,擦了擦胡子向梁晴说:“你要找什么人?”梁晴说:“找我一个亲戚。”徐秋斋问:“你的啥亲戚?是男是女?”梁晴低下头半天说不出话来。停了一会儿她说:“我有个婶子,还有个哥哥。”徐秋斋又问:“你这个婶子是属啥哩?生辰八字你知道不知道?”梁晴说:“我不知道。”她又抬起头,眼里闪着光亮说:“她是个半老不老的老婆,说话响亮,还是大脚,眉毛上边有个痣。她孩子个子高高的,方脸盘,对了,还是双眼皮!……”

没等她说完,徐秋斋笑起来了。徐秋斋说:“妞,算卦的不问单眼皮双眼皮,算卦的只要生辰八字就行了。看起来今天你这卦也难算。咱两人是驴唇不对马嘴,你说了半天把我也说糊涂了,又是婶子哩,又是半老不老的老婆哩。我看就这样吧,你就说说是你啥亲戚?是咋失散的?”

梁晴噘着嘴看了老头一眼说:“反正是俺亲戚。”

徐秋斋见多识广,本是熟透人情世故的人,问到这里已经猜透了八九分。他又换个说法儿问道:“你这个亲戚是哪乡哪村的?”梁晴说:“大爷,有个赤杨岗你知道不知道?”

“赤杨岗?”老头听了一愣说,“赤杨岗,我太清楚了。你问谁家吧?”梁晴忙说:“大爷!海天亮家。你知道吧?”

徐秋斋“忽”的一下站起来说:“原来你是找天亮啊!他就在这儿,他妈也在这儿。”

梁晴听说天亮和他妈都在这里,激动地抓住徐秋斋的手说:“大爷,他……他……他们在哪里?他们在哪里?……”就在这一刹那间,这个小姑娘忽然口吃了,眼泪像小河似的往脸上流着。

徐秋斋说:“妞!我现在就领你去。叫我把摊子收了,我领你去。”说罢去掉布帘,包起历书,梁晴给他提着小板凳,两个人一道向龙王庙走来。

四

吃罢早饭,李麦和杨杏、凤英等正在拆洗被子。地上铺着几条大席,她们每人拿一根线锥子,坐在地上正拆得有劲。徐秋斋领着梁晴走进来。他喊着:

“天亮他娘!你看这是谁?”

李麦抬头一看,忽然觉得眼花缭乱,一下呆住了。

梁晴满眶眼泪叫了一声:“婶子!”

李麦猛然“啊”了一声,大喊着:“晴!”丢下线锥子跑了过来,一把抱住梁晴说:“闺女!我的苦命的乖乖!……”说罢眼泪扑簌簌地掉下来。梁晴往地上一跪,喊了声:“婶子!……”像个小孩子一样,紧紧地抱住李麦两条腿,伤心地哭起来。

两个人越哭越伤心,李麦拉起她来说:“乖乖,你咋会摸到这儿了?”梁晴说:“我找你们找了几个月了。”她又哭着说,“婶子,我没有家了!我就跟着你吧,你收下我吧。”李麦眼泪又涌了出来说:“闺女,我既然见着你了,还能叫你走?就是死,咱娘俩也死到一块。你放心,饿不死婶子,就饿不死你!”梁晴又把兜里卖盐的钱都掏出来,递给李麦说:“这是我背盐卖来的钱,都给你!你拿着吧!”李麦掉着泪说:“咦!傻闺女,我还叫你给我拿钱哩!我就是你的亲妈。”

两个人说了一阵子话，凤英把李麦两只鞋拿过来说："婶子，你穿上鞋。"李麦这时才发现自己没穿鞋。她解嘲地穿着鞋说："唉，我也慌迷了。"徐秋斋说："唉，都别哭了。能逃出来就算不错。你娘俩总算见面了。"杨杏说："婶子，给晴做点饭吃罢，她恐怕还没吃饭。"李麦说："我去做。"

梁晴扇着风箱，烧着火，李麦做着饭。梁晴问："婶子，咱的家在哪儿哩？"李麦说："乖乖，逃荒出来哪儿有家呢！这一口锅就是咱的家。夜里就在这破庙卷棚地下睡。人多，挤着也不冷。这一片都是咱村的人。"

梁晴吃罢饭，李麦安排她去睡一会儿，自己仍去拆洗被子。杨杏说："婶子，多好个闺女啊，叫人一见就喜欢她，可怜啊！"老气说："这个妞是个喜相人，你没见她脸上笑眯眯的，没有什么心事。"李麦说："还是个孩子，别看长个傻个儿，十六七了，一身孩子气。"凤英说："我看着她说话那个味儿，倒真有点像婶子。"李麦说："要说命咿，俺俩倒是真有点儿像。苦瓜对着苦葫芦，我们算苦到一块了。不过总算找着她了。我心里这块石头，总算落到地上了。这几个月我做了不知道有多少个梦，没有一个好的。不是梦见她漂在河里，就是梦见她淤在泥里。那些天我也不敢说。谁想到今天见面，比哪个梦都好。"

徐秋斋在他的破席棚里躺着说："就这样，还不叫我摆卦摊哩！要不是我摆这个卦摊，哼，这闺女咋会能找着？"李麦说："大叔，今天叫天亮给你买碗羊肉汤。"徐秋斋说："他要是买去，叫他再捎两个包子。"李麦说："好！还再捎一棵大葱。"

下午，李麦还只当梁晴在睡，走到卷棚下看了看，见她已起来了。梁晴问："婶子，有把木梳没有？"李麦说："有。"从席子下拿了把半截木梳给她。梁晴梳起头来。

李麦在套被子，梁晴梳好辫子出来。她叫着说："婶子，俺天亮哥那个码头在哪儿?”李麦说:“就在十字街西头,下个坡,有一片船的地方。天黑他就回来。”梁晴说:“我想去看看。”李麦说:“你去吧。记住咱住这个地方。”

梁晴出去后,王跑家老气说:“你看这闺女多开通!大大方方的,一点也不羞羞答答。”李麦说:“她从小没有娘,在黄河上长大,和咱在村里长大的孩子们不一样。不过这样也好,省得像个童养媳妇一样,连个立站地也没有,我就把她当成闺女领。”凤英这时颇有同感地说:“其实这样最好了。婶子!”

五

黄河水向南滚滚地流着。那金色的波浪在冬天的夕阳下,变成了橘红颜色。一层层水流的波纹在河面上交织着,分散着,时而卷起一堆堆雪白浪花,时而闪烁出点点耀眼的金星。她流得还是那么快那么猛烈,不过咆哮的声音没有那么大了。在这陌生的平原上,她好像有点胆怯,不敢放声嚎叫了,而是变作呜呜咽咽的哭泣声音。

梁晴顺着河边走着,她第一次看到这向南流的黄河。她是在黄河上长大的,黄河水里有她们一家人的汗珠和眼泪,也有她爹的鲜血。黄河看着她,好像看见亲人一样,拍打着堤岸,向她打着招呼。可是她看着黄河,却有点陌生。太阳不再是从河里浴波升起,又落在金波万顷的河面上。黄河变得小了,不过它还是黄河。梁晴像一个长大了的孩子,看着当年自己的摇篮一样,望着黄河。

梁晴来到码头上,去寻找着停泊在岸上的几条船。没有找着天亮。她想着:莫不是他回去了?我在路上没有碰到他。她又想着:不会,艄公们都还在这里。就在这时候,河西岸又撑过来三条大船。她喜出望外,瞪大着眼睛向西岸的三条船上看着。河面有一里多宽,梁晴却数出来三条船上一共十七个人。就在这十七个小黑点中,她发现天亮在第三条船上,而且身上穿的棉袄还没有扣扣子。

三条大船驶近码头,梁晴的心突突地跳起来。她把身子藏在一棵大柳树后面。她害怕天亮发现她后,不小心船会出事,因为船快靠码头时,最容易出事情。她斜眼看着码头,等天亮把船拢好,走下船,在一个茶摊前正要喝水时,她才飞也似的跑了过去。

"天亮哥!"她也不知是哭还是笑地叫着。

天亮张着大嘴"啊"了一声,嘴合不住了。他不敢相信自己的眼睛。这太突然了!他好像又有点不认识她了。他觉得这半年来,梁晴变化太大了。她变瘦了,也长高了,脸也变长了,眼睛中那种带点促狭的顽皮表情,现在却变成了温柔而愁苦的泪水的源泉。不过这还是她!这就是她!

"你什么时候来到这儿了?"

"夜儿个。"梁晴低着头说。

"师傅哩?"

"叫日本鬼子打死了。咱的船也叫鬼子抢走了。"

天亮觉得眼前一阵黑。他停了停,一把拉住梁晴的手说:"走,咱到那边去!"

在码头下边的黄河岸上,两个年轻人在走着说着话。暮色笼罩了河岸,夜风送来了刺脸的寒潮。可是他们忘记了冷,忘记了饿,忘记了天上已经露出几颗明亮的星星。梁晴说着:"……我要真找不到你,我就想跳到黄河里死了,我一个人太难了。可是我又想到会找着你……我老想着俺爹死得太苦了,连个尸身也没落下。俺爹一辈子办了啥亏心事?"天亮说:"这不是办亏心事不办亏心事。日本鬼子在南京杀了十九万人,现在又听说在郑州把几百人埋在地里，用钉耙往人头上耙！难道说这几十万人都办亏心事了？这些畜生他们就是要杀人！他们把咱中国人就不当人。晴，我真想当兵去！我就不信我换不了两个小日本鬼！你看着，你爹这仇，我这一辈子非报不行！我不亲手宰两个日本鬼子，我就不姓海！”

梁晴说：“那你要去当兵了。我怎么办？”

天亮说：“你就跟着咱妈！怕什么，咱妈最有办法了，还能饿着你！”

大约是天亮太激动了，他第一次脱口说出“咱妈”这两个字。他说后自己没有什么感觉，可是梁晴却兴奋得浑身发颤了。她从这两个字中，找到了一个“家”，又找到了一个“妈”。

第十二章　王跑的驴子

小鸡娃，唧嘹嘹，
要吃天上饿老雕，
地里兔子会撵狗，
家里老鼠会捉猫，
扫帚顶上结樱桃，
你看奇巧不奇巧。
——儿　歌

一

过罢旧历年，黄河水渐渐开冻了。河边的几棵老柳树，虽然被大水冲得露着老根，偃卧在地上。可是它们在悄悄地传送着春天的信息。人们从那渐渐泛出金黄颜色的柳枝上，看到了寻母口可怜的春天。

整个“节下”半个月，没有下雪雨。大路上一直是天干路裂，来往行人都像霜打的一样稀稀落落。商行、盐栈、旅馆还没有开市，饭铺都还没有立火。跑行商的人都回家过年了。另外还有个原因，就是寻母口镇上开来了一队汉奸队。

这个汉奸队名义上叫做“豫东治安团”，实际上是土匪队。团长名叫褚元海，是开封道尹汉奸贾孝骞的内弟。这个贾孝骞本来是清朝末年的一个“拔贡”，后来做了几年北洋军阀段祺瑞的幕僚。国民党的刘峙到河南任省主席时，他曾到“铨叙处”铨叙了两次，没有被录用,此后就在开封当律师。日本鬼子占领开封后,就把他这个老古董请出来当道尹。褚元海本来是贾孝骞姨太太的兄弟,又当过贾孝骞的马弁,后来在开封开旅社。贾孝骞当了道尹后,就委派他当治安团长。这个汉奸队说是一个团,实际上不到二百人。营连排长一大堆,就是缺少当兵的。

褚元海把汉奸队开到寻母口有两个原因:一是这里难民多,他想扩充点人;二是他听说寻母口如今变成了热闹码头,来往客商不断,商行货栈林立,又是个毒品走私的渡口。这块肥肉,他早垂涎三尺了。

褚元海把团部驻扎在寻母口,把自己的公馆却放在马牧集。又在河沿成立个"缉私队"。这叫"狡兔三窟",有什么情况,跑起来方便,收赃纳贿也有个利落地方。

"好事不出门,坏事传千里"。缉私队这一群地痞流氓、鸡头鱼翅,来到寻母口不到半月,路上的行人客商已被他们勒索得路断人稀了。

正月十六这天,王跑把他的驴子牵到东大路口。这些天来,赶脚的生意大不如年里,有时候一天也遇不到个雇主。十六这天,按风俗说是"老驴老马歇十六"。牲口辛辛苦苦干了一年,总得歇这一天。有些家还要给牲口做一顿面条吃。这叫做:"打一千,骂一万,正月十六吃顿面"。

王跑这天倒也给他的毛驴倒了一碗稀面条。不过他想:这正月十六人都歇哩,路上赶脚的少了,说不定还能碰上一宗好生意。

他把驴子背好鞍子,戴上嚼子,提着鞭子来到东大路上了。没等上一袋烟工夫,果然有人大声喊:"赶驴的,过来!"

王跑抬头一看,只见一男一女,女的穿着闪花缎子棉旗袍,绿棉裤,大襟扣子上还系着一条花手绢,脸上擦的粉太厚了,好像要掉下块儿来。那个男的有二十来岁,戴了个三块瓦帽子,穿了个长排扣黑棉袄，下边穿个黄马裤，屁股上还挎了支手枪。王跑看着这两个人的打扮，心里就打起鼓来，他想着："这今儿个碰到的，不知道是财神呢，还是瘟神？"

他慢腾腾地牵着驴子走过来。那个男的喊着："你快点嘛！把路上的蚂蚁都踩死完了！"

王跑把驴子牵过来后问："你们到哪儿去？长官！"那个男的说："马牧集。"说着，已经把那个女人扶上驴背。王跑拉住驴缰绳说："长官，咱们把丑话说到前边，你们给多少钱？"那个男人说："你要多少钱？"王跑说："天这么冷，草料也涨价了，你给八毛钱。"那个男的说："行，走吧！"

驴子在前边走着，王跑和那个挎枪的人在后边跟着。

那个人说："老乡，你这条毛驴个儿不大，跑得还怪欢！"王跑说："我这驴口轻啊！才四个牙。另外它长相好，身子骨都长到一块了。"那个挎枪的人说："驴子还有长好长丑的？"王跑说："驴跟人一样，长相都有丑俊。比如我这个驴吧，粉鼻子粉眼圈粉嘴唇，下边四只小银蹄，毛色一锭墨黑，席圈身子四蹄两行。它长得周正，长得苗条。要是长个草包肚子，不光看着难看，干活也没力，跟有些酸胖人一样，一跑路就喘气。"

挎枪的说："嗬！驴还有这么多讲究！"

王跑说："不读哪家书，不识哪家字。我们庄稼人一眼就看出来了。就像我这条驴，你别看个子小，牵到行里，最少能卖五十块钱。"

挎枪人说："就这小蚂蚱驴，能卖五十块钱？"

王跑说："五十块他们还得抢！"

那个人说："没想到，没想到！一头毛驴五十块钱！"两个人边走边说，小晌午时，已经到了马牧集。到了村北一个铁丝网大门前，门口有个兵站着岗。那个挎枪的人和站岗的兵咕哝了两句，就回来对王跑说:“你在这儿坐一会儿!我等会儿把驴子给你送出来。”王跑说:“这不到你们营房门口了吗?”那个人说:“我们这营房大得很,太太在里边住。你不好进去,等会儿我把驴给你送出来。”说着把毛驴屁股拍了一下跑进营房里了。

王跑掂个鞭子,蹲在大门口等着,等了足足有吃一顿饭的工夫,也不见有人出来。

王跑就问那个站岗的说:“老总,我的驴他怎么还没有送出来?”站岗的说:“什么驴啊?我没有见。”

王跑这一惊非同小可。他大喊着:“啊!刚才一个挎手枪的送一个太太进去,还和你说了几句话。你怎么说没有见?”站岗的说:“你这个人只怕是喝酒喝醉了吧!什么时候有个驴进来了?”

两个人说着就吵起来。王跑拼着命往里闯。他说:“大白天你们抢我的驴,我这条命不要了!你们不还我驴,我今天就不走。”

他往里边闯着,那个站岗的往外边推着。最后一下子把他推蹲在地上。王跑从地下起来哭着喊着:“不讲理了!不讲理了!”

这时街对面也有几个看热闹的。他们不敢到跟前来,只是远远地看着。王跑跑过去对他们说:“街坊们,你们都看见了吧!刚才他们把我的驴子赶进他这个大院里,现在不承当了!咱们这里老少爷们,你们要给我当见证。”

王跑喊着说着,看热闹的那些人,心里都同情他,嘴里却不敢吭声。有的人怕惹麻烦,还扭头走了。

这时有个掌鞋的老头小声叫着他说:“赶脚的,你过来。”王跑过去哀求着说:“老叔,那个挎手枪的小伙把我的驴子赶进营房,你可是亲眼看到了。我要告他,你可要说句公道话。”掌鞋的老头说:“老弟,你上哪儿告?这是褚元海吃干队的兵营。刚才那个挎手枪的小伙子是他的护兵,那个太太就是褚元海的小老婆。这一帮人专门坑骗拐诈,无恶不作。叫我说,你等一会儿,直接找褚元海。

‘阎王好见，小鬼难缠。’你和他说说，碰上他高兴了，兴许还能找到你的驴。”

王跑说：“老叔，我进不去他的营房门啊！”

掌鞋的老头说：“寻人不如等人。你就在门口等。褚元海今天在这里，他每天在饭馆吃包饭，到晌午就出来了。是个大胖子，戴个灰礼帽。”

王跑听他交代后，就又回到营房门口等着。到了晌午时分，忽然听见一阵破锣似的笑声，从营房里走出几个人来。一个是大胖子，肚子凸出足有二尺来高，圆脑袋，紫膛脸，宽短鼻子红圆嘴，上眼皮的肉有一指多厚，耷拉下来几乎遮住了眼睛。另一个人穿了件灰丝线春棉袍，戴了顶礼帽，却是海骡子。他们后边跟着两个马弁，牵着一匹红马和一匹大黑骡子。

王跑看见海骡子，忙抢上一步叫着：“南亭！”海骡子把脸仰得高高的，装着似乎认得又不认得的样子“啊”了两声，又把脸扭在一边。王跑看着他那六亲不认的脸，知道他不想惹麻烦，就转过身来，拦住了褚元海。

王跑说：“长官，你是褚团长吧，我求求你老人家，我有个事要找你！”

褚元海满脸堆笑说：“啊！啊！坐！坐！坐！”

褚元海说话有个口头语，就是“坐，坐，坐”。他这个人只要碰到人说话，不管是在路上，或是街上，甚至在澡塘子里洗着澡，总要说一句：“坐，坐，坐。”这大约是他多年开旅馆的习惯口语，如今当了团长，还没有改过来。不过他这三个“坐”字，却给他博来一点好名声。特别是农民，很少见官，又很怕见官，一听到这“坐，坐，坐”的热情招呼，尽管身边没有椅子、凳子，心里觉得热乎乎的。还有的人说：“别看褚元海是个团长，说话却没有架子。”

王跑听了“坐，坐，坐”这个招呼，猛地一愣，他回过身来看了看，并没有什么东西可坐。他又赶忙上前说："褚团长，你的弟兄们刚才把我一头驴抢走了。你老人家开开恩，叫他们给我送出来。"

褚元海说："啊！抢你一条鱼啊，没关系，我给你钱！"他说着就去掏钱。王跑说："长官，是抢了我的驴！"褚元海说："抢鱼给鱼钱，以后谁要再抢你的鱼，你给我抓住他，送来我揍他的屁股。一条鱼，两毛钱够了吧？"他说着把一张角票递在王跑面前。

王跑说："褚团长，不是一条鱼，是我一头驴！"

褚元海这时把眼皮一翻说："我看你这个老乡是个疯子吧！怎么一条鱼忽然变成一头驴了？等会儿你要变成一架飞机，我还得到东洋去给你买哩！"

王跑又跑过去对海骡子说："南亭，你说句话，就是我那个小黑驴，叫他的护兵抢走了！"

海骡子也绷着脸说："什么！什么！我没听清……"接着又是咳嗽，又是擤鼻涕。也没说成个话。

王跑又到褚元海跟前拦住他说："长官，这头驴就是我一家人的命啊！你们一定得还我！"

褚元海叉着腰说："我看你是个刁民！无理取闹！"他对站岗的当兵喊着："把他撵走！什么东西！"说着把两角钱往地下一扔。他骑上红马，海骡子骑上大黑骡子走了。

王跑正要赶上去要驴，却被那个站岗的伪兵，从后边用枪托猛地捣了他后腿窝一下。王跑"咕咚"一声，像一捆柴似的倒在地上。……

二

寻母口十字街口有家饭馆，名字叫"又一邨"。这家饭馆是姓王的俩兄弟开的。这两个兄弟原都是开封城大饭馆"又一新"家的伙计。哥哥在面案，兄弟在菜案。日本鬼子飞机轰炸开封时，“又一新”关了一段门，把人员裁了一半。这两个兄弟被裁减后，来在寻母口，开始他们赁了一间街面西房，卖牛肉拉面，后来寻母口成了行路客商来往云集的码头，他们就把饭铺扩大做饭馆，挂出了招牌。招牌上他们没有敢明写“又一新”，改了个字叫“又一邨”。据说这个“又一邨”饭馆做菜的味道，却是和开封城里“又一新”的一模一样。

中午十二点左右，褚元海和海骡子来到寻母口。褚元海下了马，海骡子下了骡子，把牲口交给马弁，牵到街上车行喂上，两个人来到“又一邨”后客厅。

这时筵席桌子已经摆开，几个荤素冷菜和几瓶酒已经摆在桌子上。在客厅右边，一张红漆罗圈椅子上，坐着个穿着西服，三十多岁的日本人。

海骡子领着褚元海走进来后，向褚元海介绍着说：“这是西田先生，东亚株式会社华中分公司的经理。”他又向西田介绍着：“这就是褚团长。”还没等西田开口，褚元海就大声说着：“坐！坐！坐！”把西田让在首席椅子上。

原来海骡子自从黄河发水全家逃到县城后，不到半个月，县城里也进了水。他兄弟海香亭跟着国民党的县政府，迁到河西逍遥镇。他带着自己的家眷细软，跑到开封找他叔父。在开封住了一段，也没找到什么职业，就到天津去贩运毒品。在天津他认识了“东亚株式会社”的西田。这时西田正想向黄河南岸开设子公司，就伙同他来在寻母口，打算在这里设立个收购转运公司，专门采购从河西运来的粮食、棉花和烟叶之类的货物。

海骡子到这里后，打听着褚元海的治安团在这里驻扎，就托熟人给褚元海送了一份礼，表示要在这里开设转运公司，要他们多帮忙。前天西田从开封来在寻母口，愿意亲自见见褚元海。因此他们就备了桌酒席,把褚元海请了来。

西田说着一口流利的东北话。上菜之前喝了几杯酒,西田就向褚元海介绍来意。他拿出来个名片递给褚元海说:“我们东亚株式会社总社在东三省。天津、石家庄都有子公司。现在想在开封设立个子公司,由鄙人负责筹办。我们经营业务主要是收购粮食、棉花、烟叶等。在这寻母口我们想开设个收购转运公司,由海先生任经理。知道褚先生的军队在这里驻扎,今后一定请你帮忙了。”

褚元海说:“哪里,哪里!太欢迎你们来了。以后有用到我们的地方,尽管说。咱们是东亚共荣!一家人不说两家话。把你们东亚株式会社的大牌子挂出来,我负责你们的安全。”

西田说:“我们在这里想以商行名义出现。名字暂时叫做‘福昌洋行’。”海骡子接着说:“西田先生还准备在这里建个棉花打包厂,河西运来的棉花,就由这里榨成包。”褚元海说:“好嘛!将来我要把这公路修通,一直修到开封。现在这条路破破烂烂,太不像话了。这里的旅馆没有一个像样的,我要开几个大旅馆。”

海骡子向西田说:“褚先生原先在开封开过大旅馆。”褚元海说:“就在相国寺西街,有八十个房间。现在把房子家具全部顶给你们的‘汴京料理馆’了,那个老板叫吉田魁,是你的本家!”

西田说:“我姓西田。那个吉田魁老板我认识。严格说来,他还不能算个商人。”他说着轻蔑地笑了笑。褚元海忙说:“是啊!是啊!你们是搞实业的,实业家。”

西田又向褚元海说:“我们这个东亚株式会社,主要是经营矿山采掘。在辽宁经营了铁矿,还有煤矿。现在经营范围扩大,深感人力不足。因此我们还有一事相求,就是褚团长能不能帮一下忙,我们在这里招募五千名华工。我想现在这里黄泛区的难民这么多,也是个机会。”

褚元海听说他要招募华工,想敲他一下竹杠,就故作为难地说:“贵公司如果要在这里开洋行、办工厂,我们一定鼎力协助。就是这个招工不好办。老实说,我这个团想补充点人,还招不起来。难民虽说不少,都是流民。这寻母口有户口的,只有百来户人家。不好办哪。”

海骡子说:“褚团长,我倒有个办法。你们颁发‘良民证’嘛,按户口发良民证。凡是有户口领到良民证的,按居民对待。凡是没有户口的,不发给良民证,按流民处理。该赶走的赶走,该抓的抓起来。这样我们就好办了。”

褚元海听海骡子这么说,心里想,这倒真是个好主意。不过他嘴里却说:“这不好办。良民证还得到开封石印馆去印。我们又没有经费。还得登记,清查……”

西田笑了笑说:“褚先生,我们公司对于热心给我们协助的朋友,报酬一向是从优的。”他说着从皮包里掏出两叠钞票放在桌上说:“这是两千元储备票,请先收下。将来贵团军饷、武器弹药有什么困难,我们还可以帮忙。”

褚元海看到钞票,眼睛笑得眯成了一条线。他大笑着说着:“西田先生,你太客气了!你太客气了!……”他说着自己拿起酒壶,满倒了三杯酒说:“来,来,来,咱们喝酒,今天要喝个痛快。先喝个‘桃园三结义’!……”他说着自己先端起一杯,像往老鼠洞里灌水一样,一饮而尽。他又让着西田和海骡子说:“喝起!喝起!一人三杯。”就在西田和海骡子端起酒杯喝酒的时候,桌子上的两叠钞票已经跳到褚元海的口袋里。海骡子看得清楚,他心里想着:别看这个胖子动作呆笨,手倒很灵便利索。

三

正月十六这天本来是“开市”日。按照习惯,街上的商行、盐栈,都应该挂出灯笼,点放鞭炮开始营业了。

李麦和杨杏到街上转了一圈，想到几家旅社联系联系，还给他们拆洗被子。可是跑了几家，都还关着门，有几家门上贴着"迁往界首"的字条。有两三家虽然开了门，但是人家说生意不好，暂时不拆洗被子。

李麦说："看起来这个码头快不行了。都叫汉奸队来闹坏了。这里本来是个'三不管'的地方，他们一来，明抢暗夺，谁也不敢从这里过了。"杨杏说："咱要是这样下去，揽不住活干，可要把人困死在这里。"李麦说："真不行了，再推着小车走，有啥办法。"

她们回到龙王庙里，老清婶和凤英她们看着她俩空手回来，知道在街上没有揽住活。大家都发了愁。

正在这时候，王跑掂着根鞭子回来了。他走过来，把鞭子往地下一撂，一屁股坐在一个破筐上，抱住头一声不吭。

大家吃了一惊。老气赶快问："驴呢？驴你怎么没有牵回来？"王跑也不答话，忽然"呜呜呜"地大哭起来。

他这一哭不要紧，老气急着喊着说："驴呢？驴呢？驴到底弄到哪儿了？"王跑却只是哭。

李麦走过来说："跑！究竟是咋回事？你说呀！"

王跑哭着说："婶子，活不成了！我的驴叫治安团的孬孙们抢走了！还打了我一顿。唉！老天爷不长眼了！大天白日抢驴！……"

王跑刚说到这里，老气像疯了似的喊着："完了！完了！这一下可把俺一家人杀了！"李麦劝着她说："黑旦他妈，你先别喊，叫他说完。"

王跑接着把驴子被抢的情形说了一遍。大家听了，都气得咬牙切齿。老清婶说："跑，你去牲口行等着，他总要去卖！他卖的时候，你牵住就走！"杨杏说："去维持会那里告他！他们这算啥军队？不是跟土匪一样嘛！"老气这时说："我去马牧集向他当官的要，他不给我就骂，我看他们能把我女人家怎么发落。”

李麦听着大家你一句、我一句说着，她知道这些办法全不济事。可是又想不出更好办法。她叹了口气说：“叫我说也别告了，也别论了，维持会要能给百姓做主，它也不叫维持会了。人怕没脸，树怕没皮，汉奸队这号东西，他娘养他时，就忘记给他一张脸皮！他要是怕丢人，也不会办这种事。黑旦他妈也别去找了，你去找他们，说轻了他们要无赖，说重了他们要野蛮，叫我说，咱们从长核计一下，看今后怎么安排，我咋看这寻母口，咱们是住不下去了。”

老气听李麦说的没有指望要回驴，实在气不过，就跑出去坐在大殿墙角下，一个人伤心地哭起来。大家听着她哭，也都暗暗掉泪。

半后晌时候，徐秋斋从街上回来。他看见老气在口口声声哭驴，还以为驴得了什么重病了。徐秋斋自幼看过“牛马经”，牲口有个什么小病，他也能治。他就叫着王跑问：“驴有病了？”王跑说：“哪里有病！叫汉奸队抢走了！”接着就把驴子被抢的事情，又和他说了说。

徐秋斋听了以后，气得两眼发红，手脚发凉。过了一会儿，他把王跑拉到庙门外墙角里说：“跑！你有胆没有？”

王跑说：“大叔，只要能把驴要回来，你就是叫我上天摸响雷，我也敢去！”

徐秋斋说：“你只要有胆，今天咱这口气就能出！驴要不回来，驴价能给你要回来！”

王跑说：“大叔，你到底是用什么方法，你就说吧！”他有点半信半疑。徐秋斋说：“是这样，刚才我在街上看见那个褚元海来寻母口了，和咱村海骡子一道。他们去‘又一邨’馆子里喝酒了，他骑的马喂在十字口南，一个空车院里。两个护兵等会儿就该去吃饭了，等着他们两个去‘又一邨’吃饭，我给你逮个蛐蛐，你藏在袖子里，到车行你把蛐蛐往他那匹马耳朵里一放，你就走，余下的事情，你就不要管了，我给你办，准能把你的驴价要回来！”

王跑听他这么说，觉得有点玄乎。他人有点胆小，就说：“大叔，到底是怎么要驴价？我已经挨了一顿打了。再说，他骑的那匹马个子那么高，谁知道能到跟前不能？”

徐秋斋说：“你要是没这个胆量，那你就自认倒霉吧！再大的牲口，总是个牲口，怕什么？猫狗还识温存，别说是一匹大马了。你喂了一辈子牲口，难道说这点本事还没有？你喂它把草就行了嘛！”

王跑说：“到底驴价能要回来不能？”

徐秋斋说：“我六十多岁的人了，难道说我给你说着玩哩？我也是气不过。要不就算拉倒。”

王跑想了想说：“大叔！你就逮蛐蛐吧！”

原来徐秋斋平常最爱听蛐蛐叫。农村迷信说法：听到蛐蛐叫就能发财赚钱。在他睡的地铺草窝里，他就养着两只蛐蛐。徐秋斋去到庙里，掀起铺草，捉了一只，悄悄拿出来交给王跑。王跑藏在袖子里上街去了。

到了车院门口，王跑探头看了看，只见槽上拴着一匹枣红马，一头黑骡子，那两个喂马的护兵却不在里边。王跑从门口过了两三个来回，也没有见个人影儿，他还不放心，不敢直接进去，就装着解手，先踅到车院厕所里，在厕所里待了一会儿，见仍没有人，才大着胆子出来，走到那匹大红马跟前。那匹马见他走过来，把头晃了晃，轻轻地叫了两声，把王跑吓得心跳起来。他又回头看了一下，见仍没有人进来，就又大着胆子从口袋里拿出半块馍把手伸过去喂马。就在马低着头吃他手中的半块馍时候，王跑把那个蛐蛐塞在马耳朵里。

王跑把蛐蛐塞进马耳朵后，扭头就走。等他跑回龙王庙时，才发现自己的棉袄都被汗浸湿了。

徐秋斋问他:“你没有把蛐蛐捏死吧?”

王跑说:“没有！在我手里还老想跳呢!”

徐秋斋说:“你不要管了，等着领驴价吧!”他说着背起破褡裢，拿起破竹杖上街去了。

四

一直到日头偏西，褚元海还躺在“又一邨”饭馆的床上，挥着拳乱伸指头，他喝酒喝醉了。海骡子和日本人西田，因第二天还要赶回开封，就提前走了。褚元海两个护兵被“又一邨”的掌柜叫了来，给他们端上两盘烧卖，烩了两碗杂烩菜，又把半瓶剩酒拿了来，两个人喝了个底朝天。

天快黑时候，褚元海才清醒过来。他问着:“马在哪里?”护兵说:“在车院。”他说:“走！到那里备马。”三个人来在车院，只见那匹马一会儿站起来，一会儿卧倒，脖子一会仰，一会儿低，两眼发红，头在槽上乱碰，蹄子在地下乱扒。

褚元海见这状况，大吃一惊。他问着:“刚才你们遛马了吧?”两个护兵说:“遛了。”褚元海说:“这马是有急病了！赶快去街上请个兽医来。”

护兵们到街上跑了半天，也没请到个兽医。这时街上看热闹的人更多了，褚元海暴跳如雷，骂着两个护兵，两个护兵像旋风似的前后跑着，就是不敢到褚元海跟前，他们怕挨打。

褚元海急得满头大汗，他向看热闹的人喊着:“喂！你们有人懂牲口的病没有？有人会治没有?”众人面面相觑，都不敢答应。

褚元海骂着:“嗨！出了神了！说得病就得病!”

就在这时候，从人群里闪出来个老汉。戴个破黑布风帽，苏州铜架眼镜，拿着根竹杖，从容地走到褚元海跟前说："长官，你这马是有病了。"

褚元海打量了他一下说："老先生，这马是什么病？"

老头说："这叫'走马猴'！是个急症。马身子里边有个会跑的小肉瘤，跑到哪里，肉就坏到哪里。现在这肉瘤跑到马头上了。要钻到脑子里，你这马就伸腿完了。"

褚元海听他说得这样厉害，就忙说："老先生，这个病能治吧？"老头说："能治是能治，就是治不起。得好药大剂。还得连夜守着用针扎艾灸。"

褚元海说："这匹马是我心爱的好马。花多少钱我不在乎。你说吧！只要能治好。"

老头说："这样吧！马我牵走，两天以后治好给你送去。这药钱你先留三十块，多退少补。光麝香得二两。"

褚元海说："要这么多麝香？"

老头说："你得把这肉猴化掉了！没有好药还行。"

褚元海说："好。随你。"说着掏了三十块钱给了老头。他又问："老先生，你在哪里住？"

老头说："我就在河边龙王庙下坡住。我姓徐，叫徐秋斋。"

看热闹的人都说："这是算卦的老徐先生，没有错。"

褚元海又看了他一眼说："啊！算卦的。"

徐秋斋说："我家祖传三代兽医。现在是流落这里了。"褚元海说："好，好，好。你可别把我这匹马治死了！两千块钱。"

徐秋斋说："那你把马牵走，我赔不起。"

褚元海说："呔！你就治吧！我听人家说过这'走马猴'的厉害！反正死马当作活马医。"

徐秋斋说："长官，没有金刚钻，也不敢揽你这细瓷器。你放心吧!”

褚元海拍了一下他的肩膀说:“老先生,我有眼力,我知道你行!”

说罢,叫两个护兵备好大黑骡子,骑着骡子回马牧集了。

褚元海走后,徐秋斋把那匹马牵到龙王庙。王跑忙迎上来说:“大叔,吓死我了。现在怎么办?”

徐秋斋说:“提壶凉水!”

王跑去庙里提了壶凉水,徐秋斋捉住马耳朵就往里灌水。那马因为耳朵里痒,一动也不动地让人给他灌。灌了一会儿,把那只蛐蛐冲出来了。那匹马这时也不踢了,也不跳了。第二天,徐秋斋找了些草根、树皮、锅底灰拌在一块,用石头捣了捣,找了块白布摊上,糊在马耳朵后边。到了下午,褚元海两个护兵来看马了。这时马已治好。徐秋斋把糊的“药”取了下来。又收了他五块钱药钱,并且交代三天内不能饮凉水。那两个护兵千恩万谢地把马牵走了。

两个护兵走了以后,徐秋斋把三十五块钱交给王跑说:“给吧,你的驴价!”

王跑感动得又想哭又想笑。他说:“大叔,我只要三十块,这五块钱你去买几顿好饭吃吧!”

徐秋斋说:“我不图这个!”说罢只拿了一块钱说:“这就够我喝两顿羊肉汤了。”说罢他又交代王跑说:“不要给天亮他娘讲,黑旦他妈也不要讲!”

王跑说:“大叔!我知道,你放心。”

第十三章　黑色的春天

太阳出来红彤彤，
为穷为苦当矿工。
三年干得两毛钱，
腰杆累成一张弓。
——民　歌

一

九尽春来，天气渐渐暖和起来。杨花落地了，杏花开放了，柳枝在温暖的春风里飘舞着。黄河水淹没过的荒村野滩上，土地开始变得松软起来，长出来的不是庄稼，而是一棵棵像箭似的芦苇嫩尖芽子。这里成了芦苇的世界。它占据了几乎所有的荒野水滩。偶尔有几株红蓼和青蒿，长在破落的荒村断垣残壁下，把这些荒村点缀得更加荒芜、凄凉。

去年秋天，有些村子没有逃荒出来的农民，他们恋着家乡，恋着土地。黄河水落下去的时候，荒野里露出一片片乌黑的土地，他们就拼命开垦着这些荒滩，把像生命一样宝贵的麦种，撒播在龟裂的土地上。麦苗出来了，麦苗盘根了。然而就在今年的三月，黄河“桃花汛”下来了，一场黄色泥汤冲下来，麦子被淹没在地里。农民们播种着麦子，播种着希望，收获着叹息，收获着眼泪。

没有气象预报，也没有汛情预报。农民们不认识黄河，不知道她的脾气和性格。他们辛辛苦苦地向在土地里种着庄稼，又茫然地看着不知从什么地方冲来的黄水。他们只悲叹着:“龙王爷又在这里跑马了!”

“桃花汛”过后,逃荒的人更多了。麦子被淹了,人们断绝了最后一线希望。寻母口天天涌进大批的逃荒人群,河堤上全住满了衣着破烂的难民。饥饿像旋风似的袭击着这个渡口。树皮被剥光了,雪白光滑的树干站立在路旁,像没有穿裤子一样,害羞地瑟缩着。树叶被捋光了,树枝像过错了季节一样,从春天又回到了冬天。

最惨的是那些掉在黄河淤泥里的人。

解冻以后,黄河滩里一块块酱红色的淤泥开始发软了。这些淤泥滩上硬下软,有的三四米深,脚踩上去好像踩在橡胶上一样,可是只要一脚陷进去,就别想拔出来。越挣扎越往里陷,越陷越深。有的人陷进去全身没顶,有的人陷进去只露个头活活被憋死。

寻母口南边的乱流河滩里,这些天来已经摆着一片人头。这些人有的是逃荒过路的,有的是去挖芦根的,他们被陷在泥滩里,发出凄惨的呼叫。可是谁也无法到跟前去救。他们呼喊着自己亲人的名字,交代着自己死前要嘱托的话……

成群的老鸦在天空盘旋着,时而飞下啄食着这些尸体的眼珠和耳朵。偶尔有几条饿得发疯的野狗,也向泥滩里跑去,想和那些老鸦争夺“食物”。可是这些野狗没有翅膀,它们也被陷在淤泥里。狗的尸体对着人的尸体,构成了一幅幅惨绝人寰的图画。

这些事情就发生在文明的二十世纪四十年代。这时候天上已经飞着双引擎的飞机,地上跑着舒适的小轿车,电视机已经在前一年进入了人们的家庭。而帝国主义发动的侵略战争,却把这里变成了原始社会。这些凄惨的景象,对人类文明是一个莫大的讽刺,这是整个人类的耻辱!

二

在寻母口一所砖房院子里,大门口挂了个招牌,上边写着“福昌洋行”四个字。这就是“东亚株式会社”设在寻母口的分支机构。海骡子是这个洋行的经理。

吃罢早饭,王尾巴到柜房对海骡子说:“老陆来了,在门外。”海骡子说:“啊,请他进来。”不一会儿,王尾巴领着个三十多岁的人进来了。他瘦刮骨脸,八字眉,长鼻子,嘴巴向外凸出着,脸上还有几颗浅麻子。这个人乍一看去很温厚善良,两只眼睛却亮得瘆人,眼珠子骨碌碌地转动着,不时露出一股凶残的光芒。不过他好像自知这种凶相不宜外露,经常把眼皮抹搭着,一般人看不出来。

这个人就是陆胡理。是赤杨岗一个外来户。他爹原是老二区局子里的一个局丁,后来被海骡子他爹雇到他家做看庄稼的庄户头,民国九年大旱灾,乘机买了十几亩地,就在赤杨岗落了户。后来因为铸造假铜元,被逮捕下到监狱里,一直住了十几年,后来病死在监狱里。

陆胡理自小精明能干,读了几年私塾,又学会了织袜子的手艺。每天挑个织袜子机器,串乡走村。他爹被下到狱中后,他跑着送饭送衣裳,递呈子写状子,渐渐和衙门里的人混得挺熟。他虽然没有把他爹保释出来,却通过衙门里的熟人,弄了个在镇上收屠宰牛羊税的差事。

陆胡理不像他爹一说话两瞪眼,三句话不投机就想打架。他为人勤快,说话和气,又爱给人跑个小腿,所以在赤杨岗比他爹混得还响。前年他通过请客送东西,把土地勘丈员弄在手里,赤杨岗几家地主就对他另眼看待起来。农民们也和他来往,因为他这人说话和气,又没架子,小大人都看得见,腿快嘴勤,说不定遇到什么事还得央助他。

发水以后,陆胡理跑到县里。表面上是逃荒,实际上他另有主意。大水冲到县城那一夜,商店里的人都跑到城墙上去了。他连夜撬开了七家商店的大门。

头一家是个金银首饰楼。陆胡理撬开大门进去以后,只见银匠用的砧子、锤子摆在柜台上,玻璃首饰盒里空空的什么也没有挂。他翻箱倒柜,掀床摸墙,半盒火柴划空了,也没有找到什么首饰。最后只得把一杆白铜水烟袋曳在腰里跑了出来。

第二家是个京货店,陆胡理将门拨开进去以后,只见大件东西都收拾起来了,只剩下些拆开的袜子、毛巾、颜料和两包绣花的丝线还摆在货架上边。陆胡理拿着颜料筒摇了一遍,挑了十几桶值钱的颜料,用包袱包起来,连同两包袱丝线绑在身上,溜出来送到自己住处。

他一连吃了两个烧饼,喝了一大碗凉水,听着鸡子还没有叫,就又下夜走了。他一连又撬开几家商店的门,也没找到什么贵重东西。最后他翻墙跳到一家叫做"吕家漆店"的大院子里。这"吕家漆店"本是县里有名的一家大行,专门从山里采购生漆往上海一带运销。陆胡理想着:砍倒大树有柴烧,纵然没有别的东西,扛走两桶漆也值几十元。陆胡理翻墙进去以后,直奔柜房屋,谁知道还没有走上两步,从堂屋下边柱子旁,忽地蹿出一条大黄狗来。这条狗一色黄毛,三尺多长的身子,嘴叉子张开有半尺来长,看去就像一个牛犊子,看到陆胡理就拼命扑过来,陆胡理猛地吃了一惊,没有想到这家漆店还养着一条大黄狗。他想从地下摸块砖头砸它,这时院子里已经是半尺深的黄水,连个土坷垃也找不到。他一边倒退着,一边脱了小褂向狗抡打着,谁想那条狗凶猛异常并不害怕,仍然扑上扑下向他咬着,把个小褂也撕破了。

陆胡理想:真倒霉,遇上这个龟孙东西。偷鸡不成蚀把米,把个小褂也撕破了。陆胡理想走，那条狗截住他拼命咬着也走不了。陆胡理用两只手擢着地下的水，向那条狗脸上擢，那条狗野性发作，冲着飞溅的水花，向他更凶猛地跳着咬着。

正在这时候，陆胡理却猛地想出一个办法来。这是他爹从前教他的。他爹从前当局丁、当庄户头，经常下夜捕人，又偷鸡摸狗。对付狗他有一套经验。陆胡理站起来将身子贴着墙，解掉裤腰带，将裤子往下一褪，趴在地上，屁股朝着狗，猛地跳着往后退着，直向那条狗逼来。那条狗正在狂吠，忽然看到长着一个大白头两条长腿的东西向它跳来。它不知道这是什么野兽，吓得唧咛一声，夹着尾巴向后院子里跑了。

陆胡理穿上衣服，系好腰带，却不敢久恋，他害怕这条狗再跑回来，只得又纵身上墙，跑到街上。

到了一家绸缎庄的门口，陆胡理贼心不死，他又走不动了。这家绸缎庄大门没有上锁，是从里边倒插着门。他从下边踹了几下，门便踹开了。他到里边看了看。货架上已经没有什么东西，却发现一个木楼梯，就悄悄地摸着梯子爬上楼去。

陆胡理爬到楼上后，发现楼上放的都是还没有解捆的布匹和绸缎大包。他抱了一捆试了试，分量太重他扛不动。他又往前边摸，发现两个白布包袱，里边都是剪开的零匹绸缎。他想着：就把这些零的背走吧！他刚往前跨了一步，脚下边踩住个软烘烘的东西。就在这时候，他的一条腿被抱住了。

原来这家绸缎庄的人并没走完，还剩下个老伙计在楼上睡着看门。那老头抱住他的腿就喊："有贼了！有贼了！"陆胡理一听有人，拔腿就想跑，那老头拦腰从后边将他抱住，死活不放。陆胡理甩了几下子，没有把老头甩开，老头还在拼命地喊叫，这时他就一低头，把那个老头的手背上咬下一块肉来。老头"唉哟"了一声，一松手，他就抓了个包袱，顺着楼梯滑下来跑了。

当天夜里天不亮,陆胡理就把这些抢来的东西,塞在风箱里和一个破麻袋里,装扮成逃荒的样子,挑着两个筐、一口锅上开封城去了。他准备把这些东西拿到开封相国寺变卖了,就在开封找个营生。可是还没走到开封,刚到朱仙镇南门外,却被汉奸队发现盘查住了,东西全部被抢走还不算,又挨了一顿柳木棍。开封没有去成,他就又折回来,来到寻母口鬼混。不过他这些经过,对谁也没有说过。他这个人有个本领,就是“守口如瓶”。多少年前的事,他能沤烂在肚子里,也决不说出去,包括他的老婆孩子在内。

海骡子的日本洋行开办起来以后,就先替西田张罗着招募华工。他在渡口上又搭了一座大货栈,每天收购粮食、烟叶、棉花。人手不够,海骡子就想起了陆胡理。他派人四处打听他,后来王尾巴在饭铺里遇上陆胡理,就把他领了来。

陆胡理来到后客房,看见海骡子穿着一身藏青毛呢大夹袄,戴了个黑兔皮帽子,大鼻子上架着一幅宽边茶色眼镜,嘴里叼着一根雪茄烟,手里还拿着一根花杆自来水笔,看去俨然像个阔少爷,就满脸堆笑地说:“南亭,你如今混得可真像个样子了,要是在路上我遇到你呀,可真不敢认你了。”海骡子满意地笑了笑说:“老陆啊,俗话说‘官大不压乡邻’,我干的事儿再大,还敢忘了咱们乡亲。”说着递给他一支雪茄,陆胡理故意接在手里问:“这是啥东西?”海骡子说:“烟哪!”陆胡理忙说:“咦!这东西我可不敢抽,说不定得多少钱一根呢!”说罢,又规规矩矩放在桌子上。

坐下后,海骡子问他:“发水以后,一直也没见你,你忙什么了?”陆胡理苦笑着说:“我能做什么!做生意没本钱,下力气没力气,还不是要饭。”海骡子说:“我不信。你是个有名的钱串儿,还能两手闲着?”

陆胡理亲热地叫着说:“南亭!我真是没有啥营生。”海骡子说:“要是真没什么事干,我想给你找个事儿。我有个日本朋友叫西田,是日本国一个大资本家。在东三省开的有矿山,有工厂,他们公司想在咱这里招几千名华工,就在难民里招。可是告示贴出去几天了,也没人来报名。咱们这儿老百姓都没出过远门,胆小怕离家,我想托你经办这个事,将来工人招齐,由你监送到辽宁。反正钱不会亏你,只要把人送到,一个苦力手续费是十元钱。”陆胡理听了这话以后,心里盘算着:“怪不得海骡子这么阔气,原来他和东洋人拉上了关系。人不发外财不富,马不吃夜草不肥!送一个苦力十块钱,送一百个就是一千块。这些论数字的买卖,是最肥的肥肉。”他心里这么想,嘴里却说:“南亭,你知道我这个人拙嘴笨舌,也没见过大场面。你要叫我给你跑个腿,买个东西,我能给你办。押送招募苦力,恐怕干不了。再说和东洋人打交道,咱不是那个料。不像你念过学堂,家里也有名望。”

海骡子说:“这很简单。咱和日本人订的有合同。”他说着从抽屉里取出了一张合同叫陆胡理看,“老陆啊!你就不要推辞了,话咱们说明白,这手续费十块钱里边,咱俩个是二一添作五,你就放心干吧。你要现在用钱,就到我们柜上去支。我看你就从咱村来的难民中间去招。人都爱随大流,有几个村的人开个头,其他的就跟着去了。到咱村的难民中去说合,还非你不可,像尾巴、四圈他们都不行。”

陆胡理想了想说:“南亭,这样吧!既然要把这个事办妥,你先别让我以招工的头脸出现,我也到龙王庙。……”

还没等陆胡理说完,海骡子就说:“这样好,这样好!你当个‘人诱子’!”他又拍着陆胡理肩膀说,“老陆,还是你能办事。比尾巴他们强得多。”

陆胡理说:“要不是给你办事,我说什么也不这样办。你知道,常言说:兔子还不吃窝边草哩。”

三

第二天，李麦和杨杏等几个妇女提着篮子，正准备去地里挖荠荠菜，长松、蓝五和春义几个人，垂头丧气地从渡口上回来了。

李麦忙问："今儿个怎么回来这么早？"

长松说："活干不成了。渡口脚行接到治安团的通知，不是本街户口的人，一律不准在脚行里干活。听说要发什么'良民证'！"杨杏说："你们不会也去领个'良民证'？"春义说："人家'良民证'是只发给寻母口有户口的，外来逃荒的不发。"李麦说："这些龟孙东西，又想点子设法治人哩！渡口不让过，活又不让干，不是把人往死处逼嘛！"王跑说："婶子，你不用发愁，你家天亮已经把'良民证'领到手了。是船行给他办的。他们离不开他，今天早上去就发给他了。我看见了，烟盒大一片纸，还得贴相片。您天亮还得去照个相哩！"

徐秋斋叹了口气说："咳！什么'良民证'！还不是巧立名目，敲诈老百姓的钱！真是阎王爷不嫌鬼瘦。人饿死的饿死，淹死的淹死，就这样还要把骨头搓成扣！这个汉奸队呀！……"

徐秋斋刚说到这里，陆胡理忽然背着个破麻袋从庙门走进来。他一看见大伙就哭丧着脸说："嗨！村里人都在这儿，叫我找得好苦！"他又环视着众人说，"徐大爷，麦婶子，长松，你们都在。我可真操你们的心哩！"

李麦忙问："老陆，你从哪儿来？"陆胡理说："我从县里来，县里也混不成了。文庙里饿死的人，抬都抬不及。"李麦又问："你金生他妈哩？"陆胡理说："发水后就跑到老汝州她娘家去了，金生也去了。几个月连个信也没有。后来他们有信劝我也去，我烦住亲戚家！串房檐这味道我尝过，自己在外边能要饭也不去看人家那个脸!”

王跑说:“一点也不错。老陆,你准备咋办?你是有办法的人!”陆胡理说:“咳!我有啥办法,反正咱们大伙凑到一块总好点。”

李麦说:“老陆,我们如今也连一点也办法也没有了。生意做不成,也找不到活干。大伙正发愁哩!你消息灵通,能帮大伙想想办法。暂时就在咱这破庙里住下吧!”陆胡理说:“婶子,我就是来投奔咱村里人的。不管逃荒也好,要饭也好,咱们一路走,互相有个帮扶。”

陆胡理就这样在龙王庙里住了下来。他和王跑住在一个草窝里,两个人唧唧咕咕地说着话,一直说到深夜。他还给了王跑两个烧饼。王跑在被窝里悄悄地嚼了嚼,咽在肚里。

第二天大清早,海骡子带着王尾巴忽然来到龙王庙里。王尾巴打着招呼说:“长松哥!老蓝!南亭看你们来了!”大伙一见海骡子来了,都慌着跑过来,连徐秋斋也披着衣服,拄着棍子走过来说:“骡子,听说你来到寻母口了,就是见不着。”

海骡子脸上堆着笑说:“大叔,我近来忙啊,你们怎么不去找我?”说话间,王跑推过一辆独轮小车说:“南亭!南亭!你坐下,坐到这上边。咱这儿连个凳子也没有!”说罢又吹了吹车子上的灰土,让海骡子坐下。

海骡子说:“别客气!别客气!都是自己的爷儿们。”他坐下以后又说:“这么大的灾,真是天蹋砸大家!我也是整天惦记着咱们村里的人哪!看起来大家的日子怪困难吧?”

长松苦笑着说:“已经揭不开锅了。见天都是挖点野菜煮煮吃,你没看,眼睛都吃红了。”

海骡子叹了口气说:“可真是叫大家受委屈了。我今天来,就是给咱村爷们想个办法。我认识个日本朋友,他在东三省开办了个铁矿。现在要招一批人去开矿。到那里嘛,吃的是大米洋面,住的是洋楼热炕,每年发两套衣服,一双大皮鞋,月月开支钱,还能顾个家。可就是人家招收这些人,得要可靠的老实百姓。还得有个殷实铺保!我想这机会不多,来给大伙捎这个信。至于具保嘛,凡是咱们赤杨岗的人,我一律打保。你们看都是谁去,就报个名。我这里带来了表,你们填一填。”

海骡子这么一说,大伙先是一阵沉默。长松思索了一阵问:“他叫带家眷不叫?”

海骡子说:“家眷眼下不能带。将来在那里安住身了,当然能带,再说到东三省日子比咱这儿好混多了。反正你只要到那里,一干活就是钱。如今邮路也通了,你就往家寄呗!”

陆胡理装着不知道的样子问:“南亭,这你也是给咱村里人办好事,我们就太感谢你了。就是他那个活重不重?”海骡子说:“不重。论钟头上班,比咱庄稼活轻多了。”陆胡理又问:“他让回来不让?”海骡子说:“怎么不让回来!干他一两年,一个人赚上几百块钱,您想到哪儿就去哪儿!”

王跑又问:“他们要木匠不要?”

海骡子说:“人家是大矿山。什么匠人都要,有技术的还能多拿钱。像春义这些年轻人去,还可以学开汽车。学会开汽车,赚钱才多哩!”

陆胡理说:“怪不得人家要铺保。原来还学开汽车!”海骡子说:“就是嘛!人家日本朋友托我就是信得过我。”陆胡理说:“那可真的,不是人家还不让去呢!你要把人家汽车开跑怎么办?”

海骡子说:“大伙合计合计看怎么样?要去一两天就走,这是第一批。”

陆胡理说:“叫我说要去咱都去。到那里能结成个帮,省得受欺侮。”他说着眼瞟着王跑和长松,长松耷拉着头,不敢吭声。

陆胡理看大家没人应声,就对海骡子说:“南亭,你把那表给我一张,我去!反正总比在这儿要饭强。”

海骡子给了他一张表,王跑就赶忙说:“老陆,给我填一张,我也去!”裴旺也接着说:“给我也填一张吧!”长松站起来说:“我也去!给咱填一张。”

转眼工夫,海骡子已经发了七八张表。就在这时候,李麦从龙王庙的破大殿里走了出来。她和杨杏、凤英、梁晴都坐在大殿里的席子上听着,本来不想见海骡子,这时,看到已经叫大家填表了,只得走了出来。

李麦向海骡子打着招呼说:“你来了,海保长!”

海骡子看到是李麦,两家本来不说话,又听她喊他“保长”,心里更是老大不高兴。他就故意拿着架子说:“啊!天亮他娘!我来看看爷儿们,给大伙想个办法。我在日本国有个好朋友,开了大工厂、大矿山,我想给乡亲们推荐推荐,到他那里去当工人。”

李麦说:“可真叫保长操心了!如今大伙……”

李麦话还没有说完。王尾巴就喊着说:“如今南亭不当保长了,他现在是日本人办的福昌洋行经理!这是什么地方?保长、保长的叫!”

李麦故意说:“尾巴,你说这是啥地方?骡子当了几年保长了,你说叫我喊他个啥?”

王尾巴说:“这是日本人的地方!你那么叫,就不觉得背时吗?”

李麦听他这么说,就生起气来。她说:“尾巴,谁告诉你这是日本人的地方?”她顺手抓起地下一把土说:“这是中国的土?还是日本国的土?你爹你爷是在中国土地上长大的,还是在日本国长大的?你王尾巴如今是中国人,还是日本人?”

陆胡理忙圆着场说:“算了!算了!何必闲磨牙哩。南亭是来给村里人办好事来了。何必为这闲事争吵呢!”

海骡子这时也冷笑着说:“天亮他娘,我们姓海的总是一个字掰不开。我不能看着我的族下乡亲们冻死饿死。我不能对不起我们的先人。我要是见死不救,我就无脸进咱姓海的老坟地。”

海骡子说着,自己眼圈也红了,好像他自己真的变成了慈悲心肠,连长松几个在听这话时候,也暗暗地点点头。李麦大约和他是多年的冤家,却一点也不感动。俗话说:“仇人见面,分外眼红”也“分外眼明”。她看着他那装腔作势的样子,和他爹当年那个假善人样子一模一样,心里就更加恼火。她故意说:“骡子!你要是想积阴德,现在正是时候。什么时候咱见过这么大的灾?听天亮说你们那个洋行货栈里存了几千包粮食,你要是能拿出来个十石、二十石,发给这些穷难民,你看大家说你好不说?这时候谁吃你一碗粮食,将来一辈子也忘不了你。转转好年景,大伙不给你立碑,也要给挂匾!”

海骡子听她这么一说,脸上一赤一白,半天说不出话来。他支吾着说:“那是人家日本东家的粮食,我们洋行只负责转运。转运就是负责给人家运走。这你们不懂。咱不说这个吧!老陆,你们看是不是把表填了我先带走。”

陆胡理说:“这好填。把你的自来水笔我用用。”陆胡理正要填表,李麦却说:“慢着。这现在都是逃荒在外,不比在家里,谁家都是大大小小一小窝!男人们都走了,剩下这女人小孩们怎么办!……”陆胡理说:“到那里就寄回来钱了!”李麦说:“这眼下就过不去呀!你们能不能一个人先发几十斤粮食叫安安家?”

海骡子说:“再商量,再商量。我可以和日本朋友提一提。”李麦说:“你们商量,我们也得商量,就这样把家撂下,拔起腿就走了,这还行?”

海骡子无奈,只得说:“也好吧,你们各家都商量一下,我明天候个信。反正咱自己村里爷们,我尽量给大伙解决困难。”说罢,眼睛恨恨地瞪了李麦一眼,带着王尾巴走了。

四

海骡子走了以后,大家都议论起来。

杨杏走出来说长松:“我可不愿意啊!你要去先把你这一大群孩子安排个地方。你都给我留下,我可管不了。只顾你们去吃大米洋面,我们在这儿怎么办?”

蓝五说:“我咋看这大米洋面不那么好吃哩。”

李麦说:“海骡子平常明夺暗算,欺负咱们穷人一辈子,今儿个忽然变成大慈大悲的菩萨了!他这个人油锅里的钱都敢抓,他要是不得点什么好处,就这么给咱用心办事,我不信。我咋看今儿个他来这一趟,是黄鼠狼给鸡拜年,没有安什么好心!”

陆胡理微笑着说:“婶子,这一场大水,他也弄得没家没业了。‘美不美,泉中水,亲不亲,是乡邻!’人都长个心,到这个时候,他遇着机会,想给村里爷们找个生活出路,也合情合理。”

王跑说:“他也该给咱村里穷人们办点事了!”他又说:“我看骡子有点变好了,过去见咱们说话,脸仰到天上,如今说话也和气了,也没个架子了。人一干大事就变好了。”

李麦说:“我咋看他变得更刁了。他现在干这个事算什么?就是当汉奸!平常骂这个是汉奸,骂那个是暗探,结果日本人一来,他们倒先当起汉奸来了。人能当上日本人汉奸,就是不要脸了!指望着不要脸的人给咱办事,我看靠不住。”

徐秋斋一直没说话。他平常本来是个爱说话的人,今儿个却一直躺在席上闭着眼养神。李麦知道他有个毛病,只要海骡子在场,他决不正面顶撞。这会儿,海骡子走了,他却仍然不吭声。李麦这时就叫着他说:“大叔,你是识字人,跑过的地方也多,你给大家拿拿主意。”

徐秋斋说:“我老糊涂了。如今日本人这事情,咱也说不清。我看这事啊,也不必取齐,谁想去谁去。有大米洋面吃着是比这里强。反正我是不去,人家也不要我。逃荒在外,能搭上帮更好,不能搭上帮,各走各的路。我准备过河上洛阳,我看这寻母口是待不住了。”

李麦说:“我们天亮也不去。就是要饭也不去。闯关东,过去我们娘家那村子,有十几家也闯过。说是到黑龙江开荒哩,结果荒也没开成,饿死几十口子。……”

陆胡理忙打断她的话说:“婶子,你们家天亮当然不会去啊!他有个撑船的手艺,‘良民证’也领了。只要这寻母口的渡口有生意,还能没有你们家的饭吃!可我们这些家不同,眼看就要饿坏人。再说,现在去干的是工厂,和那时候去黑龙江开荒不同了。”

王跑也说:“谁想去呀!到哪儿也不是老娘舅家!不是走投无路了嘛!我要会撑船,我也不去!”

李麦听着陆胡理和王跑这么说,气得脸“刷”的一下白了。她说:“老陆,王跑,咱们一块逃荒出来,就是和一家人一样。我可没有想到只顾自己。谁愿意去谁就去,咱们也不必拉扯人。……”

正说着,天亮从码头上回来了。天亮一回来,大家都不吭声了。天亮看大伙都在院子里,好像商量什么事似的,可是又都不吭声,就笑着说:“日本洋行想招收华工往东三省送,告示贴出来几天了,连一个报名的都没有。大家就是对日本鬼子不相信。”

陆胡理说:“天亮,听说你领来‘良民证’了?”

天亮说:“船行给我领了一个。咳,什么‘良民证’,纸烟盒大一张纸,卖五块钱!”陆胡理说:“我看看,我看看。”天亮掏出来给了他,陆胡理拿着“良民证”说:“咳!只要有这个,还怕什么!”

李麦说:“天亮,拿来我看看你的‘良民证’?”天亮从陆胡理手中接过来送给他妈。谁知道李麦接住“良民证”以后,看也没看,“哧啦!哧啦!”撕得粉碎,扔在地上。

天亮吃了一惊,忙说:“妈,你怎么撕了?”

李麦激动地说:“孩子!咱不当日本鬼子的良民!明天咱们就逃荒过河走。不在这寻母口了。死跟大家死到一块,活跟大家活到一块。”

李麦把天亮的“良民证”撕掉,大家都愣住了。可是心里都知道她为什么。徐秋斋这时也从铺上站起来了,他说:“撕得好。叫我说咱早就应该想办法离开这个混账地方了。伯夷、叔齐宁可饿死也不吃周武王的一颗粮食,咱们中国人就不能给日本人干活。我现在把话说到明处,我劝大家不要去东三省了,闯关东,我闯过。那年路过奉天,我亲眼看见,光一个坑里,埋了几千中国工人。下井挖煤,别说吃大米洋面,橡子面都吃不饱。那地方是好进难出,我劝大家别上当!”

李麦也说:“徐大叔说了,大家该明白了吧。日本鬼子要是把咱中国人当人看,他也不会侵略咱中国了。天亮,咱可不去,你要敢去,我打断你的腿!”

天亮说:“我才不去!”

春义也说:“老陆,你把这张表给海骡子带回去吧,我不去了。”

蓝五也说:“我也不去了。”

陆胡理看见大伙把表纷纷交了回来,就忙说:“你们既然不去,就不应该接人家这表,我没法给人家南亭回话!”李麦说:“这他能讹住人吗?可见这里边有鬼!”

王跑也拿着表说:“老陆,我看我也不去了!”陆胡理把眼一瞪说:“你怎么也下软蛋了!”接着他又把王跑一拉说,“走,走,咱们到外边商量。”说着两个人出去了。

陆胡理和王跑出去以后,徐秋斋赶到庙门口看了看说:“哎呀!这陆胡理是个大白脸呀!刚才我为啥不说话?怕他这个‘肉电报’,他肯定要去对海骡子说。”

李麦寻思着说:“我说他怎么这么下劲儿替海骡子张罗,说不定他们是串通的。”

海长松说:“老陆他也是个穷人,他为啥呀?咱们不能心眼太多了,对谁都不相信。”

蓝五说:“相信也好,不相信也好,反正这日本人的苦力,咱们不能去。”

李麦说:“我看咱们赶快离开这里吧。海骡子他们既然打定了主意,在他的眼皮下没好处。天亮,这两天有难民船没有?”

天亮说:“这两天船正忙哩,从周口镇往这里送粮食,渡口上就没有船了。”

李麦问:“运的什么粮食?”

天亮说:“都是麦子。海骡子的‘福昌洋行’给日本人收的,由这儿往开封转运。”

蓝五说:“海骡子说得好听,他收购那么多粮食,就舍不得给逃荒的难民发点,还是善财难舍。”

天亮说:“他还怕难民抢他的。前天我们接了几船粮食,每条船上都有汉奸队的人押着粮食,一个人背一条枪,可厉害了。”

李麦听天亮说海骡子怕难民抢他的粮食,心里猛地一动。就在这时候,她想起了个主意,可是这个主意太冒险,她不知道能行通不能。她想着又不敢说出口,心里兴奋得突突跳起来,她咬着自己的下嘴唇,把嘴唇都咬紫了。

她故意说:“海骡子还怕难民去抢他的粮食?他也是过于小心了,他是给日本人开的洋行,谁敢去抢他的粮食!”

长松说:“兔子不急不咬人!那也说不定。”

蓝五说："大家真要破上命，真能把他的粮食哄了！"

春义说："他才有几个人！难民们比他的人多得多！"

徐秋斋说："咳！现在这些年轻人都是胆小鬼。要是我年轻时候，见天吃芦根，煮野菜？我才不受这洋罪哩！他给日本人运粮食，这是不义之财！……咳！不说了！如今这些年轻人太胆小了。"

大家鸡一嘴、鸭一嘴地议论着，李麦听着大家的口气，知道大家的心事都在那个"抢"字上，可是谁也不敢说出口。她就又问天亮说："天亮，这几天到的有粮食没有？"

天亮说："今天没有。不过晚两天可能到六七船粮食。从周口镇运来的，全是小麦。"

"他们一个船上有几个押粮的？"李麦又问。

"一个船上一个。背的都是土造枪。有的还没有子弹。吓唬人哧！"

李麦主意已定，就站起来说："长松、老蓝，我看反正咱们各家都不安业了，饿死也是死，还不如豁出来算了！咱们替海骡子'放放赈'怎么样？"

"抢！"大家几乎是同声地喊着。

徐秋斋忙说："这事情啊，千万可别让老陆知道。"

"王跑也不能让他知道，他的嘴松。"长松说。

蓝五说："这个事啊，全凭天亮兄弟。他在船行，艄公们都是他的朋友。"

天亮笑着说："我已经想了几天了。要抢他的粮食，咱们不能在码头上抢。我想了一个地方，在葫芦湾！那里地僻人稀树多，两岸都是柳棵。咱们人到那里，截住了他的船，把粮食一灌，就过河往西走。要抢粮就趁早，这几天是月黑头。"

天亮从容不迫地说着他的想法。把个徐秋斋老头喜欢得眉飞色舞。他跑到天亮跟前看着他的脸说:“哎呀！好孩子！你大爷平常只当你是个大铜元,谁知道你还有个心眼儿!”他又拍着他的脊梁说,“咳,有才！有才!”

李麦说:“有吃才！一顿两大碗。”

长松说:“婶子,天亮想得周到。你叫我,还真想不出来。好!咱就这么办。”长松说罢,大家也都说这个办法好。

李麦说:“咱们还得好好合计合计,葫芦湾那个地方好过河不好过？到哪里截他的船？另外总还得多串联几家,光咱这十户八户不行。”

大家商量了一会儿,就决定分头串连,准备这几天夜里动手抢船分粮。

第十四章　蒙蒙春雨

春暖草自青。

——民　谚

一

傍晚时候，牛毛细雨下起来了。群众叫“箩面雨”。那雨像丝线一样细，像面粉一样轻，随着轻柔的春风，在天空中飘洒着、扬落着。有时候细起来像一阵薄雾，笼罩在柳林中、河面上、苇棵里。

天快黑下来时候，李麦把天亮叫到大殿里，商量着怎样和艄公们说通抢粮这件事。按李麦的想法，最好不要和他们讲。到时候把船截住，和他们讲明不伤害他们，把粮食分了就算了。天亮说还是给人家打个招呼好。到时候只要他们配合，就好办得多。再说艄公们都是附近的人，大部分都有亲戚朋友在难民中。有的爹娘兄弟也逃荒在这里，只要说通，他们决不会去报告。李麦听他说得有把握，就嘱咐他一定要注意分清好坏人，别把事情泄露了出去。

天亮和他妈说话时候，梁晴在一边聚精会神地听着。她两只眼睛不住地看着天亮，天亮却没有注意。天亮刚走出庙门，梁晴忽然从席子上拿起块破油布说：“妈，外边下雨了，我把这块油布给他送去吧！”李麦说：“你送去吧！”梁晴拿起油布，走出殿门，就飞跑起来。

天亮在前边大步走着，猛不防谁在他背上拍了一巴掌。他急忙站住扭回头一看，只见两个又黑又亮的眼珠，透过夜里灰色的雨雾，深情地看着他。

“你来干什么？”

“我给你送油布，雨下大了。”

天亮这时又仔细地看了看梁晴，只见她的头发上挂满了细小透明的雨珠，像戴着满头珠翠，乌黑的两绺刘海儿，被雨水粘贴在雪白的前额上，似湿非湿的衣服，紧贴在身上，微微鼓起的胸脯，显示出她青春的健美。

“晴！……”天亮轻轻地叫了一声。他的心“怦怦怦”地跳了起来，他被这个可怜姑娘感动得眼睛潮湿了。

梁晴把头低下来，头发几乎擦着他的胸膛。她激动得浑身发烧，雨珠子洒落在她的脸上。

两个人默默地站了一阵。天亮抽着她胳膊下夹着的油布说：“雨下紧了，你赶快回去吧，看衣裳都淋透了。”

他抽了两下油布，梁晴使劲夹在胳膊下，他没有抽出来。

“我到葫芦湾去。十多里地呢！”

“我也去。我跟你一道去。”梁晴调皮地看着他。

“和咱妈说了吗？”

“……”梁晴点点头。

天亮犹豫了一下，他看着梁晴在雨地里站着，像一枝带雨的梨花一样，又可怜，又可爱。

“傻妞！”

“你才傻呢！”

天亮一把把油布拿过来，随风抖开，先包住梁晴，然后把自己高大的身躯也裹在那块又大又破的油布里。

梁晴不知道是兴奋，还是害怕，她好像在嘤嘤地哭，又好像在激动地笑。……

多少天来，梁晴和天亮没有谈心了。一个破大殿里住了十几家，男人们都睡在殿门外卷棚下，女人们挤在殿角里。初开始，梁晴好像不懂事的女孩子，她大声叫着天亮，和他打闹着。但是，到了春天，她变化了，青春几乎把美丽和羞涩同时送到少女的身上。她变得更出众了，同时也变得更温柔了。她从凤英和春义的关系上，体会到了男人和女人的“规矩”，她不敢再大声喊叫“天亮哥”了，渐渐地却学会了用眼睛代替嘴巴。初上来，她觉得很别扭，可是当天亮的眼睛有了反应以后，她觉得眼睛比嘴巴更会说话，而且说得更深刻，更甜蜜。有时候天亮和他妈说话时候，她听得出来是故意说给她听的，她就故意瞅天亮一眼，天亮只是若无其事地憨厚地笑笑。有时候锅里只剩一碗饭，天亮还准备去盛，她就用眼角指指李麦，因为她吃得慢，还没有回碗，天亮就会意地把碗放下。她开始觉得这种无声的命令很好玩，她甚至觉得语言几乎是多余了。

青春有一种不可思议的伟大力量。她催发着青年人的躯体，启迪着他们的智慧。同时她也灌输着热烈的感情和坚强的理智。青春是公平的。她把她的乳汁不光滴在放着猪排的盘子里，同时也挤在煮着野菜汤的铁锅里。她可能更偏袒后者，以致使我们这些穷孩子们变得如此纯洁、善良和多情。

他们向葫芦湾河湾子里走着。天慢慢地更黑了。无声的春雨还在悄悄地下着。大地上送来一阵阵清新的芳香。这种芳香气味里有湿润的泥土香味，还有柳梗和青草混合着的香味，有时还飘来一股蒲公英花的清甜香味。这些香味随着雨丝风片，向人脸上扑过来，沁人心脾，简直令人如醉如痴。

天亮和梁晴并肩走着。多少天来，他们两个都攒了一肚子的话要说。现在却又不知道从何说起。倒是殷勤的春雨，好像了解他们的心事，它在油布上沥沥淅淅地响着，代替了这两个人的窃窃私语。

又走了一会儿，雨住了。天上的云彩也渐渐散开。天亮拿下了雨布。梁晴说:“天亮哥,咱们说说话呗!”

“说什么?”

“你说什么我都想听。有时候连你出气的声音我都想听。你们在大殿外边地下睡,我就能听出来你睡熟后出气的声音。”

天亮笑着说:“你别弄错了,打呼噜的是王跑,不是我!”梁晴撇着嘴睃了他一眼说:“我知道。我就那么笨?”她又说:“你出气比较均匀,另外就是夜里从码头上回来,一躺倒就睡着了。”天亮叹了口气说:“晴,我太累了!一天来回摆六七次渡,胳膊腿就像累零散了一样。可是就这样,很多人还挤着想干。还不是一天为那几斤麦。”梁晴心疼地说:“天亮哥,我也看出来了。你每天回来,我看着腿都不想抬了。又没吃饱过一顿饭。我真想去替你。”天亮说:“算了吧,码头上乱得像鳖翻潭一样,什么人都有!汉奸队过来过去,你去不方便。”

梁晴听他这么说,知道他是有心保护自己,心中暗暗高兴。她又说:“天亮哥,我看你这些天有点变了!”天亮说:“怎么变了?”

“不大爱笑了。整天老皱着眉头。”

“你也太爱笑了!”

梁晴说:“笑怕什么?是自己脸上带的,又不是借人家的。另外人家说,一天笑几回,能顶上吃个馍。”天亮说:“真的吗?你听谁说的?”梁晴笑着说:“我自己体验的。每天快黑时候,肚子饿得咕咕叫,看见你回来就不叫了。”天亮也笑了。他说:“那你就整天看!鬼丫头,我看你也变了,变得话多起来了。”

“我还有一火车话呢!”梁晴故意说着。天亮说:“那你最好别都说出来,我只有一条船,载不动你那一火车话!”梁晴听他这么说,高兴得用头发擦住他的胸脯说:“你能!你能!……”

到了葫芦湾,天亮和梁晴观察着地形。这葫芦湾本来是贾鲁河上一个小河湾子,如今黄河水顺着贾鲁河的河道往南流,从这里又向东南湾去。由于河道弯曲，在这里弯了好几个小湾，像个葫芦形，所以人们叫它“葫芦湾”。

这里地僻人稀，水深流急。有些地方河面只有两三丈宽，两岸尽都是柳棵苇林，黑压压的一眼看不到边。天亮看着这河湾子，盘算着说：“就在这里。把日本人的粮船，都截在这个湾子里，把粮食一分，再把难民们用船送到河西。我看再好也没有了。”

梁晴问：“他们有几条粮船？”天亮说：“大约是七条。”梁晴又问：“他们在船上押运粮食的有多少兵？”天亮说：“什么兵？还不就是汉奸队那些人。王尾巴是带班的。反正不怕他们。打就打，既然拼上命还怕死？”梁晴说：“那样不好。他们带着枪，一打枪，寻母口住着汉奸队不全开来了？到那时候，不但要伤人，咱们难民也走不利索。”

天亮想了想说：“要说也是。”梁晴接着说：“叫我说呗，不要把七条船都截在这一个河湾子里，把船的距离拉开，最好能让每条船相隔一二里地远，到时候，大伙动手，抢他最后一条船，他前后不能照顾，那就好办了。”

天亮高兴地说：“这倒是个办法。他一条船上也不过一两个人。咱们人多好对付他。说不定让他不响一枪就把他的船截了。”梁晴说：“就是嘛。只要汉奸队的大队人马不知道，大伙的行动再利索点，粮食一到手就马上过河上岸，上了岸马上散开。等汉奸队发觉了，派人来追，大伙儿早走远了……”天亮说：“这个主意好，回去和大伙商量商量。”

回去的路上，天亮有些兴奋。他说：“晴，想不到你这个小心眼里，还有这么些见识。”梁晴说：“这有什么稀罕！俺爹在黄河上行了几十年船，最忌讳的就是孤舟夜行。有时候在一个码头上等两三天，也要搭几条船做伴同行。刀客们专门在夜里截孤船。”天亮说：“我在船上也两三年了，怎么没有听你爹讲过。”梁晴说：“那谁知道。我们家的事,也不一定什么都对你讲。”天亮说:“大概是我到船上以后,个子大,力气壮,你爹不怕刀客了!”梁晴撇了撇嘴。

走到一条小河沟前,梁晴故意说:“我害怕,我不敢过!”天亮说:“这水连脚脖子都淹不住。你怕什么?”梁晴说:“远怕水,近怕鬼。我不知道它多深多浅!”天亮说:“你来时怎么过哩?”梁晴说:“来时我就不记得有这条小河!”说罢咬着下嘴唇调皮地看着天亮说:“你不是力气大吗?”

“你这个丫头啊,真是学坏了!”天亮说罢一把将梁晴抱起,蹚过河去。梁晴使劲地搂着他脖子,一面笑着,一面流出了幸福的眼泪。

……

二

这天下午,陆胡理回到龙王庙里,继续和大伙说着去东北当华工的好处。大家都冷冰冰地,也不说去,也不说不去。都推脱着说:晚几天再说,和家里人再商量商量。他找到长松,悄悄地对长松说:“兄弟,你可别错了主意。凭你这一身力气,到矿上干活,银子钱像流水一样,养几口人跟玩的一样。要去咱俩一块去。明年把家接去,咱俩家搁邻居。”长松说:“我是没有啥说的,就是家里娘们扯着腿。我也不能把他们撂下就走。”陆胡理说:“你要去,可以先给你发点安家费!不过你可别声张出去。”长松说:“这样不好吧!都是老邻老舍的,厚一家,薄一家,以后传出去,我不叫人家戳脊梁骨吗?”

陆胡理说:“你咋这么实心眼儿?就光咱俩个知道嘛!”长松说:“蜢虫飞过去还有影儿,谁还不知道谁家瓦罐里有多少米?我不能收你们这安家费。”

陆胡理说:“话咱们别说死,你再和玉兰她妈商量商量,我也是为你想。”长松说:“这事不用商量,我们坚决不要。”

陆胡理碰了个软钉子,就又去找蓝五。他说:“老蓝,你一人一口,一个人吃饱一家人不饥。何必在这儿苦熬。到那里吃现成饭,干现成活,有啥不好哩!”

蓝五说:“日本人那个钱我挣不了。我决定上陕西,你也不用替我操心了。”

陆胡理看他们几个都说不转,心想这个事儿肯定有人在里边下了“簧”。他就连忙去找海骡子。

“福昌洋行”的后堂屋里,海骡子、褚元海和镇维持会两个人正在打麻将牌。

四圈在一旁侍候着,一会儿冲茶,一会儿拧手巾把子,一会儿又弯着腰替海骡子看牌当“参谋”。

褚元海揭了一张牌,龇牙咧嘴地使劲摸着。手上青筋隆起,骨节乱响。他吼了一声看也不看地把一张“白板”扔了出来,随即骂着说:“今天夜里我这手这么不顺!准是你这房子有毛病!”海骡子坐在他的下手,他也揭着牌说:“房子是方的不是圆的,打下来这四圈你换换位!”他说着揭到一张“二条”,正要打出去。四圈在一边忙说:“留住!留住!”他又小声说:“这样做‘一条龙’!”说着帮他把张“二万”打了出去。又轮到褚元海拿牌,他揭了张“一条”,他又骂着:“什么屌牌!”刚一撂出来,四圈说:“行了!放倒吧。”海骡子刚把牌放倒,褚元海恼了,脸憋得像猪肝一样。他把牌“哗”地一扔说:“你们这是打的什么屌牌!”海骡子也瞪着眼说:“你说什么屌牌!怎么,输不起了?”褚元海说:“你放屁!你打牌还带着‘肉电报’!”四圈是个结巴嘴,他一急更结巴了,他忙说:“褚……褚……褚团长!我……我……我可没看你的牌!”褚元海“啪”的一声,一个耳光打过去,指着四圈的鼻子骂着:“妈那个×!把你的舌头伸出来,我看你的舌头有二尺长没有?”四圈捂着脸哭了。他哭着说:“我……我……我要看你的牌,叫……叫……叫我眼瞎了!我……要……没看你的牌,谁打我,叫……他手上长……长疔疮!”海骡子也瞪着眼说:“姓褚的!你也别欺人太甚了!打狗也得看看主人面。我见过你这五号长枪手!呸!”他说着向褚元海脸上唾着。褚元海也向他脸上唾着。两个人骂着唾着,弄得满屋唾沫飞溅。两个维持会的人拉着劝着,也没劝下。正在这时候,陆胡理来了。他一看这局面,拉住海骡子就往外边走,拉到前边屋里。陆胡理说:“你和他吵什么?”海骡子气咻咻地说:“什么费油盐的东西我都见过,还没见过他这个褚王八。他想在我跟前耍厉害,不行!他抱着粗腿,我抱的也不是麻秆!”陆胡理说:“算了!算了!他是一官,咱是一商。磕不着碰着,这些带爪带牙的人,像狗一样,你得罪他干什么?你就全输给他能输几个钱?”海骡子听他这么说,“哼”了一声没吭声。过了一会儿他问:“那个事办得怎么样,长松他们到底是去不去?”陆胡理说:“这事难办了。李大脚和徐秋斋给他出主意了,连王跑也把表退回来了。”海骡子说:“这个李大脚是存心跟我作对,我早晚得收拾她!”陆胡理说:“我看这个事儿,只有一个办法,叫褚元海的治安团下手抓吧!不来硬的不行。”海骡子沉吟了一会儿说:“那还得跟这个老鼋下话!”陆胡理说:“嗨呀,南亭,你整天在外边跑哩,怎么连这点三回九转都没有?这个脸变不过来还行。”两个人商量了一会儿,又到后客房来了。褚元海这时还在叽里嘟噜地胡骂着:“打了四圈牌,一次壶也没开。老是我还没有挺哩,他就放倒牌了!我说是怎么回事,原来是‘二仙传道’!……”

他正说着,海骡子和陆胡理进来了。褚元海故意喊着:“我的人哩!备牲口。”海骡子皮笑肉不笑地张着嘴龇着牙,媚声媚气地说:“褚团长,我说你这四圈打得好!”褚元海说:“好个屁!”海骡子说:“你这一次也算教训教训他,叫他懂点规矩。”

褚元海说:“什么? ……”他话还没说完,陆胡理忽然哈哈哈哈大笑起来。他笑着说着:“褚团长,你们两个说两岔了,你说的是打四圈牌,海经理说的是你打伙计四圈打得好!”他说罢,又扬声大笑着说:“太有意思了!”

褚元海还没弄清楚,他说:“我不懂。”海骡子这时也故意大声笑起来。他笑着说:“老褚! 你刚才打我那个伙计叫四圈!”褚元海这时才弄懂,他说:“啊! 裤裆放屁,两岔了!”说罢忽然亮开嗓子,像敲破锣似的扬声大笑起来。

屋子里顿时扬起一阵可怕的笑声。各种丑态和丑脸在表演着。海骡子笑着用手绢擦着眼泪,陆胡理用手拍着桌子角抖动着身体,褚元海捧着大肚子仰脸笑着,维持会两人,一个蹲在墙角,抱着头笑着,一个用手捶着腰摇着头像岔了气。

笑罢,海骡子说:“褚团长,再打四圈吧?”褚元海笑着说:“算了,算了。”他收拾着桌子上的钞票。海骡子走过去趁势将桌子上四面放的大小钞票,扑拢在一块,一齐放进褚元海的皮包里。

褚元海说:“这何必哩!”海骡子说:“今天晚上本来该你赢!”那两个镇维持会的人也说:“这是你赢定的钱。”

桌子收拾后,维持会的两个人告辞走了。海骡子才拉住褚元海的袖子说:“褚团长,我有件事一定要请您帮忙。”接着他把招华工,老百姓不想去的事情说了一遍。褚元海说:“这有什么关系?我替你抓。渡口闸住,路口把住,等于罩里的鱼,你早取早得,晚取晚得。”

海骡子说:“我想明天夜里就动手!”

褚元海说:“明天夜里就明天夜里。干这个事,我那些弟兄们是手到擒来。跑不了他们。肥的瘦的一锅煮!”

海骡子说:“咱们总得有个说道?”

褚元海说:“就说他们是共产党!”

陆胡理说:“人太多。不如说查‘良民证’。”褚元海点着头说:“这也好,这也好。”他说着眯着眼看着陆胡理说:“你就是我刚才打的那个四圈?”海骡子忙说:“不是他,那是个光知道吃饭的浑小子,他姓陆,叫陆胡理。”

褚元海说:“唔,我说看着不像嘛,那个小子比你脸上肉多。”陆胡理堆着笑说:“就是,就是……”

三

当海骡子和褚元海在屋子里骂着四圈的时候,四圈并没有走,他在窗子外听着。他听着海骡子说褚元海打他“打得好”,又骂他是“浑小子”,心里憋着一肚子窝囊气。他暗暗骂着海骡子:“给你看了半天牌,挨了一顿鳖爪子打。不给我出气,又去舔人家屁股!给你干活,干个屌!”说罢披上衣服上街了。

四圈挨的这一顿打,确实有点窝囊。他并没有看褚元海的牌,原来这四圈虽然是个浑人,麻将牌他倒是很精通。这里有个原因:四圈也姓海,是赤杨岗一个破落户子弟。他爹叫个海崇礼,外号叫“大虫”。这海大虫吃喝嫖赌无所不干,本来有百十亩地都叫他踢腾干净了。后来就开赌场,四圈从两三岁时候,就坐在他爹怀里看打牌。就连他这个名字,也是从打牌上来的。当他刚生下来的时候,海大虫正在打牌。家里人告诉他,他老婆生小孩了,叫他赶快回家。他说再打四圈回去!家里人叫他起个名字,他说就叫“四圈”吧。四圈这个名字,就这样叫了起来。

后来海大虫连赌带抽鸦片,日子越来越不行了。初上来是卖地,地卖完卖房,房子卖得剩了两间小屋,还偷着椽子卖了买烟泡。后来实在没有什么卖了,就偷老婆的衣服去卖,今天偷一件单衣,明天偷一件棉袄,老婆整天在街上喊着骂着:“海大虫,你不要脸!

你不是人，你是吃草料的畜牲！”尽管老婆这样骂，这大虫一口老瘾仍无法改。后来有一次偷他老婆衣服卖，竟至使他老婆起不了床，出不了屋门。这次老婆实在伤透了心，就决计要改嫁不跟他。海大虫也乐得来个顺水推船，敲了对方几十块钱。在人契上画了押算是把个老婆也卖了。

四圈就是在这个家庭里长大的。小时候戴着银麒麟牌子，穿着绸缎衣服，也当过几年“小少爷”。十岁以后就不行了，卖一次地，吃几天好的，又是牛肉、又是烧饼。可是过一段又不行了。不是跟着他爹半夜去偷人家的老玉米，就是几天不开锅。这四圈从小锻炼得能吃能饿，他一次吃烧饼能吃二十个，吃面条能吃两瓦盆。饿起来，两三天不吃饭也没什么事。开始，他爹和他妈打架，总是他爹把他妈和他一齐打，临后来，他长大了，他就帮着他妈打他爹。他妈嫁人以后，他本来跟去了。他的后爹姓冯是城里一个卖江米甜酒的。城里人秤米买面，嫌他吃得多，只要他端起碗，就皱着眉头看着他的嘴。过了不到一年，四圈实在过不惯。他想着：在农村庄稼熟的时候，就是偷个玉米，扒个红薯也能吃几顿饱饭，在这城里，烧红薯也卖两角钱一斤。后来有一次，他后爹叫他去挑炭，他拿着钱一去不回来了。

四圈离开城里，仍然回到赤杨岗。这时海大虫已经在冬天冻死了。四圈一个人又不会做饭，就每天帮这家打几天坯，帮那家烧几天砖窑。后来就踅到海骡子家打短工，因为他个子大，有一把力气，海骡子就雇他当了长工。这四圈是个从小受惯气了的人，有个好脾气，不管别人怎么要笑他，讽刺他，他只是咧嘴笑笑。他在海骡子家里，就是个“受气筒”。海骡子经常骂他是“吃饭不知道饥饱，睡觉不知道颠倒”的“浑人”，还给他起了个外号叫“菜蟒”，意思说他个子大，手脚笨，吃得多，干活又不利索。四圈也不理会这些，只要有碗现成饭能填饱肚子就行，管他叫什么“菜蟒”、“菜龙”的。

在赤杨岗,四圈最敬重的只有两个人。一个是李麦,一个是海老清。李麦向来没有叫过他“菜蟒”,总是把他当个人看待。有一次,四圈去赶会,在一家卖水煎包子摊子前,他一连要了三十个包子。吃完后,他掏不出钱来给人家,和人家要赖,卖包子的捣着他的脸骂他、数落他,四圈低着头只是不吭声。最后,卖包子的要脱他的衣服,他挣着不让脱。就在这时候,李麦走过来了。她刚卖了一只老母鸡。李麦当时就把卖鸡的钱拿出来,替他打发了包子钱,人家才放他走了。四圈本来想着这件事要传遍全村,可是李麦回去对谁也没有说。四圈心里暗暗感激。

还有一次,四圈他妈从城里来看四圈,她给四圈拿来一条旧棉裤。她不想进村,因为在那些年月里,改嫁是丢人的事。她在村外沙岗下等着。叫割草的小孩到村里去叫四圈。一方面把棉裤给他,一方面也想见见四圈和他说说话。四圈却不去,他对割草小孩说:“你对那老婆说,叫她把棉裤给我放在石碑楼前,叫她走吧!”割草小孩又去沙岗上对他妈说了,他妈含着泪把棉裤放在石碑楼前,用块石头压住。正准备要走,正好碰见李麦在放羊。李麦问明了情由,一把把他妈拉在自己家里,先做了顿饭吃了吃,又把四圈喊来,让他娘儿俩见了见面说了说话。四圈他妈千恩万谢地走了以后,李麦数落四圈说:“她是你妈哩!你怎么能不见她?人家跑了几十里地来给送棉裤,你怎么能连面都不见。”四圈低着头说:“他……他……他们光……光骂我!”李麦说:“他们骂你是他们没见识,他们也不是石头缝里蹦出来的!他们也有娘。你妈走这一步没有啥丢人。她日子过不成了嘛!”四圈说:“婶……婶子!都……都要像你这样……就……就好了!”说罢,擦着眼泪夹着棉裤走了。通过这些事情,四圈的简单头脑里,认为李麦是“第一个大好人”;虽然他也讲不出什么道理来。

四圈敬重海老清，是因为海老清为人正直，干庄稼活精通。四圈才从城里跑回来时，什么活也不会干。他爹平常吃鸦片烟，自己什么农活都不会干，别说教他了。倒是海老清认真教过他几次。教他拿锨的架势，教他锄地的方法，还教会他打砖坯使牲口。海老清常说："他来世上一个人，都不管他，他就要变成小偷。好歹教会他几样本事，他就能顾个嘴。"

黄河发水以后，四圈在赤杨岗海骡子家的老宅里，看了一段门。后来水淹了村，房子泡塌了，他又跑到城里，跟着海香亭当了两个月跑差的。国民党流亡县政府迁到了河西，海香亭跟着县政府走时，想把他带走。海骡子不让带。说他在筹办福昌洋行，需要人手，后来就又把他带到这寻母口，在洋行里当一个打杂的伙计。

四圈披着衣服，在街上转悠。他走到一家饭铺的炉子前，看了一会儿烙烧饼。四圈这个人一不爱看戏，二不爱听说书，他唯一的兴趣就是爱看人家做饭。饭铺的伙计们打烧饼、拉面条、削面、炸油饼，他都有兴趣。一方面他看着那些雪白面块，怎样变成吃食；另一方面不但能看，还能闻到各种各样的香味；闻味道又不要钱。

四圈正在看人家烙烧饼，忽然背后有人喊着："菜蟒！"四圈扭头一看是王跑。王跑走过来说："菜蟒！听说你现在混阔了？"四圈说："混……混什么阔！"王跑说："抱住粗腿了。在日本洋行当上伙计了。该穿上皮底鞋了。"四圈说："毬！"他又看打烧饼。

王跑又把他拉到一边说："菜蟒，问你个事儿，我也想给日本人干点活。老陆说叫我去东三省。可我又嫌远。你说还是去好，不去好？"

四圈看王跑来向他请教，心里有几分得意。他说："恐怕你……你不去不行吧?"王跑说："怎么不行？我又没拿他什么。"四圈说："你……你……没拿人家什么，也……也不行。"

王跑说："我不去他能把我扛起来转三圈？这招工的事，是周瑜打黄盖,一家愿打一家愿挨。我不情愿去……”四圈笑了笑说:“那……那你厉害!”说罢扭头就走。

王跑说:“莱蟒,你说清楚嘛,怎么说个半截话!”四圈说:“我……我有事!”说罢又到一个炸油条的摊子前,看人家炸油条了。

王跑本来是个精灵的人,看他说话吞吞吐吐,有些狐疑。走到河堤上,正好碰上李麦从一片难民棚里出来。王跑把见四圈的情况说了一遍。李麦忙问:“他现在哪里?”王跑说:“我看他在一个炸油条的摊子前蹲着。”李麦说:“我去找找他。”

李麦来到卖油条摊子前,看见四圈正在替人家拉风箱。李麦说:“那不是四圈吗?”四圈说:“婶子!你好啊!”李麦故意说:“你如今卖油条了?”四圈说:“我……我给人家帮忙哩!”说着把风箱交还给人家卖油条的。又走过来说:“婶子!你买……买油条?”李麦说:“我不买油条。想打听一下渡口的船。我们想到洛阳去。在这儿混不下去了。”四圈看了她一眼,又咽了口唾沫说:“要走,赶……赶……快走!”李麦看他话里有话,又故意说:“我还没有和你天亮兄弟商量通哩!这孩子他一心想去东三省当工人,听说那里挺好!”四圈说:“去……去……干啥!要去洛……洛……洛阳,就赶快走吧!”李麦说:“说走也不那么容易。虽然不是家,也七东八西,光收拾就得几天。”四圈说:“有啥收拾哩!再不走,渡……渡……渡口就闸住了!”李麦忙问:“四圈,出啥事了吗?”

“没……没……没啥事!”四圈说着就想走。李麦上前一步说:“四圈,你可不能把婶子当外人哪!出了什么事,你对我说说怕什么?我还能给你说出去。”

四圈又伸着脖子咽了口唾沫才说:“婶子!你……你千万……千万可……可不能说出去!”

“你放心!”李麦痛快地说着。

四圈看了一下四周,小声说:“要……要抓人了!”

“抓什么人?”

“抓……抓苦力。他们说:招……招……招不来就抓!”

“什么时候?”

“今……明个黑。”四圈说罢又说,“婶子,你……和俺天亮兄弟说……说,叫他跑……跑……了算了! 别人咱……咱不管他们。”

李麦点了点头。

第十五章　葫芦湾抢船

鸟靠林,树靠根,
打仗要靠新四军。
——民　歌

一

春天的天空是晴朗的。

蔚蓝色的天空上飘飞着几缕白云,它显得那么广阔、纯净、安谧而又明媚。对黄河泛区饥饿的人们来说,他们是不看这样美丽的天空的。他们感觉到她太干净了,干净得像他们的瓷碗一样,里边一无所有。天空中不会掉下馒头来,白雪也不会变成面粉。过去天空曾经赐予过他们的阳光和雨露,现在对他们已经没有用了,因为他们已经失去了自己的母亲——土地。

这些天来,人们却又仰起脸看天空了。他们不是望云霓和彩虹,而是望着云端里的群群雁阵。黄泛区的土地自从被水淹没以后,这里变成了一眼看不到头的芦苇滩。春天来了,每天有上千群的北飞的大雁在这里投宿。这些雁群在南方土地上吃了青嫩的麦苗,夜里拉在苇滩里。想不到这些雁粪居然成了难民们赖以生存的“粮食”。前些天,不知谁在苇滩里捡了些大雁粪回来,用清水淘了淘,再拌些芦根煮着吃。不到两天,这个消息在难民中传开了。“大雁屎能吃。”“煮煮吃和麦苗味道一样。”就这样,女人、小孩提着篮子,成群结队地向芦苇滩里捡着雁粪。傍晚时候,当一群群大雁排着一字形或人字形飞向芦苇滩的时候,人们用满含希望的眼光看着它们,看着这些运送"食物"的大自然机群。

李麦从街上向龙王庙走着,到了庙门口,碰上长松家的小闺女小响和王跑家的黑旦几个孩子从地里回来。他们每人挎了个篮子,篮子里放着捡来的大雁粪。

小响看到李麦,跑到她跟前对她说:"奶奶,你看,我捡了半篮子! 黑旦没有我捡得多。"李麦说:"好孩子! 明天再去捡。"小响又从篮子里拿出一块芦根说:"奶奶,你看,这么大一块! 你吃吧。"李麦说:"好乖乖! 奶奶不饿,你拿回去吃吧!"小响说着:"不! 你吃,你吃。"她说着踮着脚把那块芦根向李麦嘴里塞着,李麦咬了一口,故意嚼得很响,孩子天真地笑了。李麦却鼻子一酸,滚下几滴眼泪。

"唉! 老天爷! 这么聪明的小孩子,你放在天上算了,叫她们来这世界上干什么?"

李麦和孩子们回到庙里,把长松、春义、蓝五等都叫了来,把海骡子要抓人的事向他们说了说,大家都慌了。

长松说:"婶子,你听谁说的?"李麦说:"一个亲戚说的。咱们别管谁说的,这个信儿肯定假不了。"蓝五说:"要真是这样,还是赶快离开这寻母口。他们既然要抓人,可见去东三省不是什么好吃的果子。要不他为啥抓人哩? 我看在这儿待着是祸不是福。"春义说:"渡口肯定不让过人了。要跑往东边跑,先离开这寻母口再说。"

长松叹了口气说:"人都饿成麻秆了,还要抓去当苦力,怎么跑哩,一把粮食没有,小车推不动,担子挑不动,老老小小十几口,咳,我看还不如一家子死在一块算了。整天煮大雁屎吃,脸都吃肿了,活着有啥意思?"他说罢叹了口气,低着头,眼睛里掉下两滴苦涩的泪珠。

李麦看着大家低头不语，自己心里也觉得难受。她知道现在全凭一个精神。精神架散了，只有躺下来等死了。她叹息着说：“长松，咱不能说这个话。关天关地一个人来在世上，就得刚强地活下去！天不转地转，山不转路转，光景总有转变的时候。人一辈子长着哩，日子比树叶还稠，总有转好年景的时候。我看这日本鬼子在咱中国长不了。赶走日本鬼子，把黄河口子打住，地还是咱的地，房还是咱的房，到那时候还是欢欢乐乐一家人。特别是你，五六个孩子，你要有啥好歹，那算把五六个孩子全杀了。我这一辈子，要说死，十条命也死过去了，可是我不死！死，太容易了！可那是寻短见。投河上吊，都是没有志气人干的。人就是要活着！再困难也要活下去！”

他们正在说话，王跑忽然慌慌张张地从庙外跑回来说：“哎呀！出事了！出事了！”李麦说：“出什么事了？慌得跟大车掉沟里一样。”王跑说：“汉奸队把各个路口都把住了！一个路口三四道岗！人只准进不准出，渡口上也站上岗了！”

蓝五说：“八成是他们要动手了！”王跑说：“听说是要查良民证？”长松说：“不是查良民证，是要抓苦力往东三省运！”王跑说：“要抓人哪！那么咱们还不赶快跑！”春义说：“你往哪儿跑？”王跑说：“那也不能瞪着眼叫人家来绑啊！龙王爷神像后边也能藏个人！”他说着跑过去看着龙王爷神像的后边。李麦说：“大家不要慌。咱们还是赶快收拾东西，他紧抓慢抓也得半天工夫，只要天黑下来，咱们还到葫芦湾去抢船。跑得了就跑，跑不了就豁出去拼！”

长松说：“就这么办。收拾车子、锅碗吧。”

大伙正要去收拾东西，从庙门口忽然进来个年轻媳妇。她有二十来岁年纪，穿了件蓝底白花褂子，黑蓝颜色的大布裤子，头上搭着一条半旧的草绿色毛巾，后边梳着一个黑油油的发髻。她走到庙院子里，徐秋斋正坐在铁香炉旁晒暖。她问：“大爷，赤杨岗村难民在这儿住吧?”徐秋斋眼睛有些昏花,他瞅了瞅说:“在这儿。你找谁呀?”

李麦在殿里正和大家说话,猛一听这口音好熟。她从破木格子窗户往外看了看,只见一个瓜子脸、大眼睛,非常俊秀的小媳妇站在院子里,胳膊上还挎了个竹篮子,竹篮子里还放了几个红萝卜。

她瞅着这个年轻媳妇,猛地想起她就是宋敏。她还没有喊出来,宋敏已经走进大殿里来,宋敏朝着她喊着:“大婶!还认识我嘛?”李麦兴奋地喊着:“宋敏!你咋会来了!……”宋敏笑着说:“来看你呀!”李麦上前亲热地拉住宋敏的手,高兴得直想掉泪。

王跑看来了个生人,觉得有点蹊跷,自己先溜了。长松和春义几个看着宋敏不太熟,也慢慢借故离开。宋敏还一直说着:“你们不要走,一块说说话嘛。”李麦却没有留他们,剩下她们两个人时候,李麦才一把抓住宋敏的胳膊问:“宋敏,咱们的军队哩?”宋敏笑着说:“回来了!”李麦看了她穿的一身衣服和打扮说:“打哗啦了?”宋敏说:“没有打哗啦,现在人更多了。”李麦又问:“你怎么穿这一身衣服?”宋敏笑着说:“大婶,你看我像个农村的小媳妇吗?”李麦说:“太像了。还像个半新不旧的新媳妇哩!可就是没有那股羞涩味儿,脸仰得那么高,说话又那么快。”宋敏笑着说:“大婶,你要是在路口站岗,我准进不来这寻母口。”接着她又说:“大婶,我这是化装来的。咱们部队就在附近。这十几个月,我们转了一大圈子,从你们县开到杞县,和日本鬼子打了两仗。以后又开到亳州,现在我们这个支队又开回黄泛区来了,就在这个地方建立根据地。”李麦忙问:“不走了?”宋敏说:“不走了。就在这儿打游击。”李麦又问:“闺女,你怎么知道我们在这儿住?”宋敏说:“打听呗,我们这一次来寻母口不光我一个人,来了好多人。”李麦小声说:“你们是打算来摸汉奸队的吧?”宋敏点点头。她接着又说:“大婶,有个事你们知道不知道?”李麦说:“什么事?”宋敏说:“日本人和汉奸队准备在难民中抓华工?”李麦看了看她说:“你们也知道?”宋敏说:“我们就是为这个事儿来的。领导上给我们的任务,就是把寻母口的难民转移到河西,不让日本人在难民中抓走一个华工。据我们了解,他们在别的地方抓走的华工,用船全载到他们日本本土去,死的可多了。我们来这里,就是向难民同胞们,宣传揭露这个事情。”李麦说:“咦,你看多险。我们赤杨岗这一群小伙子,差点上当跟着人家走!”接着她向殿外叫着:“跑,长松,你们都来听听。”王跑在殿外说:“婶子,我们听着哩。”宋敏说:“叫大家都来吧,咱们一块商量商量,都是难民弟兄,这有什么关系。”李麦说:“都进来吧,大男子汉,别都在外边听墙根了。”

这时长松、春义、王跑、蓝五等走进来,围着宋敏坐下。李麦把他们在葫芦湾截船抢粮的计划说了说,宋敏高兴地说:“这太好了。我们也是计划来这里抢几条大船把难民送过河去,可是没有想到连船带粮一齐抢。我回去汇报一下,这个办法好。”李麦说:“要是有咱们军队来帮助,那就太好了!”宋敏说:“上级给我们的任务,就是要把寻母口的难民全部运过河。现在我们已经来了几十个人,到各个难民点上动员了。”

她们正说话间,天亮从外边回来。他在院子里就喊着:“妈!妈!”李麦答应着说:“在这儿。”天亮走进来后,气吁吁地说:“今天夜里有七条载粮食的大船过葫芦湾。北风住了,还叫我们背上纤绳去接船,这机会太好了,咋办吧?”

李麦说:“咱们大伙商量商量,怎么样?干吧!”长松说:“我看干吧!叫他们抓走也是死,拼上命能逃到河西,说不定还能逃个活命。”

宋敏这时笑吟吟地看着天亮,她问李麦:“大婶,这就是俺天亮兄弟?”李麦说:“我也忘记说了,这就是我那个蚂蚱!”她又对天亮说:“这是新四军你那个姓宋的宋敏姐,我对你说过的那个。”

天亮这时才发现人群里坐着个年轻媳妇,他看了宋敏一眼,忙把脸扭过去,他一时叫不出口。宋敏落落大方,她亲切地说:“天亮兄弟,要是在葫芦湾把他的七条粮船都截住怎么样?”天亮说:“咱没有那么多人哪!”宋敏说:“我们有人,还有枪。”天亮说:“那恐怕得找些小划子,葫芦湾有些地方大船靠不住岸。”宋敏说:“我们有小划子。”她又说:“这样吧,你跟我去见见我们秦队长和徐指导员,咱们再研究一下。你地理熟,又认识艄公们,看怎么行动。”天亮低着头说:“叫我妈去吧,我不会说。”长松说:“婶子也去,你也去。”宋敏说:“这样也好。”

李麦说:“你们队长在什么地方?”

宋敏说:“就在这街里。我领你们去。”

二

在寻母口北街临河一家小旅店里,李麦和天亮见到了新四军水东地区游击队队长秦云飞。

秦云飞有二十六七岁年纪。高个子,白净脸,高鼻梁,两只眼睛锐利有神,看去很沉着、韵秀,还带着几分女性温柔,但是眉宇间却流露出一股果断和英俊的气质。

他穿着一身便服,李麦初见他,几乎把他当成一个教书先生了。这个小旅店是水东地委在寻母口设的一个联络点,秦云飞是从前天就化装成商人,和几十个战士干部来在这里的。

宋敏向他介绍李麦和天亮以后,他笑着说:“大婶,这一回咱们上到一条船上了。”李麦凄然地说:“秦队长,我们整天打听咱们的军队,可就是打听不着下落。如今我们家没有家,房没有房。天不收、地不留,真是没一点办法了。”秦云飞说:“蒋介石扒黄河,说的是以水代兵，其实什么作用也没有起。淹了河南、安徽、江苏的四十四个县哪，咱们这里淹得最重，死的人也最多。我们这次回来的任务，就是帮助难民同胞们，保证把大家送到河西去。国民党不管的事我们要管。因为咱们新四军、八路军都是人民的军队……”李麦感激地说：“这太好了。听说洛阳设了舍饭场，能到洛阳就好办了。”秦云飞说：“你们到洛阳也不要多停，能搭上火车，就上西安。到西安后，你们再想办法去陕北。我们党中央、毛主席就在陕北。到那里能开荒种地，住的地方也好办，有窑洞。咱们这几个县的难民去的不少了。耀县、铜川我们都设了接待站，到那里就好办多了。”

李麦说：“这两天我们愁得没法子，要是能到陕北，我们都能干活。我们不怕吃苦，都是庄稼人，能开一耙宽的地，也就能保住命了。”

接着，宋敏把赤杨岗的难民打算在葫芦湾抢船的计划说了说，秦云飞沉吟了一会儿说：“这个办法好。连船带粮一齐截。群众过河上路，没有点粮食不行。这样对难民也好发动。不过要是这一千多口子难民，携家带眷，还要分了粮食过河，想完全不暴露恐怕不可能。”

宋敏说：“那怎么办呢？要不不截他们粮食，就在渡口抢几条船，把难民送过河算了。”

秦云飞想了想说：“不！粮食还要截！把粮食从葫芦湾运到河西岸，就在河西岸分给难民。这样大家积极性就高了，各村各户都会想办法。咱们在这寻母口还要打一仗！这里住着一个缉私队，一共二十多个人，先收拾他们这个缉私队。还得防备从马牧集派来的援兵。马牧集驻扎着汉奸队一个营，另外还有日本鬼子一个小队。我们要去点人到那里缠住他。日本人一共十三个，夜里他们是不敢出来的。这样，只要他们天明以前来不了寻母口，我们就能把难民送到河西了。”

他们正说话间，从外边来了个农民打扮的中年人。他有三十来岁年纪，蓝布裤褂，袖子挽得老高。圆脸、浓眉、卷头发，一双热情的大眼睛，个子不高，看去很结实矫健。

来的这个人叫徐中玉，是豫东抗日支队的教导员。秦云飞向他介绍李麦和天亮。徐中玉说：“我认识。”

秦云飞说：“你怎么认识？”徐中玉对李麦说：“你忘了吗？我就是在您村街上和小宋演戏，演老头的那个，敲锣的！”李麦这时才认出了他。她拍着手说：“哎呀！我说这么面熟，好像在哪儿见过。”徐中玉说：“不光见过，你还夺过我的鞭子！”说着大家笑起来。

徐中玉对秦云飞又说：“刚才褚元海骑着马，带了五六个人回马牧集了。我看咱们今天夜里动手吧！各个难民点都串连了，只等着咱们弄来船就过河。”秦云飞把李麦等在葫芦湾截粮的计划说了说。徐中玉说：“这就更好了。咱们替这些汉奸们放放赈吧！”秦云飞说：“褚元海走了，到夜里他会不会回来？现在重要的是要在马牧集缠住他，叫他们两下不能相顾，这里就好办了。我看最好还是你去。”徐中玉说：“叫我去我就去。不就是放空枪吓唬他们吗？”秦云飞说：“你看带几个人？”徐中玉说：“我看有两三个人就行了。绕着马牧集镇子周围放枪，只要跑得快就行。”秦云飞说：“还是带一个班吧！万一他们窜出来，还要截击一阵子。”

商量定后，秦云飞叫宋敏去苇川里通知游击队的同志，天黑以后，到寻母口河堤柳林子里集合待命，准备截粮抢船。叫天亮和宋敏一块去，给大家讲讲葫芦湾的地理形势。等到秦云飞送走徐中玉、宋敏和天亮以后，屋子里只剩下李麦。秦云飞笑着说：“大婶，你看我们这样安排行不行？”李麦说：“太好了。就是那个缉私队，他们有几十号人，又有枪，他们手里也不是端着豆腐，怎么样能把他们收拾干净？”秦云飞说：“有办法。”接着他又问：“大婶，你有胆量没有?”李麦说:“有! 除了上天摸响雷,我什么都敢!”过了一会儿,她又问:“可我这个要饭老婆子有什么用处?”秦云飞说:“今天夜里还就用得着你。”他说着站起来说:“走,大婶,咱们到河堤上,和我们的那些同志见见面,咱们商量一下。”说罢领着李麦上河堤上去了。

三

漆黑的夜幕,慢慢地笼罩了大地。东风呼啸着,河水呜咽着。就在这时候,一大群黑魆魆的人流,悄悄地从河滩里向葫芦湾移动着。这是难民们的人流。人们挑着锅碗,抱着孩子,推着独轮木车,向葫芦湾渡口走着,每一队人流前边,都有一个胳膊上扎着白毛巾的领队,他们是新四军的游击队战士们。

龙王庙里赤杨岗的十几家难民,也随着人群走着。天亮领着他们,梁晴挑着担子,嫦娥拉着申奶奶的手,高一脚低一脚地走着。王跑推着小车走着,忽然“通”的一声,一件东西掉在地上了,他把车子襻放下在地上摸着。蓝五小声说:“赶快走,摸什么?”王跑说:“我的一个墨斗掉在地上了。”“算了吧!”不知道谁说了一句。“不行,我那是水牛角做的。”徐秋斋叹了口气说:“唉,就他的事多。”

长松家一家在最后边走着,杨杏抱着自己的小女儿小响。小响没有睡,她瞪着小眼珠小声问妈妈:“人家不叫大声说话?”杨杏说:“哎。”小响又说:“妈,你再问问我是哪里人?”杨杏问着:“这个小妮,你是哪里人?”

“赤杨岗的。”小响敏捷地回答着。

“你叫啥名字?”

“我叫海小响。”

“你爹叫啥名字?”

“我爹叫海长松。”

“你家是哪个县的?”

“河南县的。”

杨杏纠正她说:“不是河南县,是河南省太华县。”

小响背诵着:“河南省太华县。……”

四

就在难民们开始往葫芦湾转移的同时,李麦和一个农村打扮的年轻媳妇,来在了缉私队的大门口。

缉私队住在一座关爷庙里。二十几个人住在东厢房里。大殿的门经常锁着,这是他们关押抓来客商的地方。这一群鸡头鱼翅平常睡得极晚,打牌压宝,吵吵嚷嚷总要到十二点才睡觉。这天因为后半夜要起来查良民证抓人,所以早早就睡了,只剩下一个站岗的在大门口石阶上站着,不时地看着大门框上插着那一根燃着的香,准备换岗。

李麦和那个农村媳妇站在庙门口,听见那个站岗的自言自语地说:“嘿!好冷!”接着他抱着枪,跺着脚来回踱着步子唱着小调:“清早起来去放马,一放放到白草凹,脱下破鞋我睡下,马儿跑到丈人家,大舅子推,二舅子拉,推推拉拉到他家。……”

李麦挎了个竹篮子向这个站岗的走过来。

站岗的伪兵忙喝着:“干什么的?”

李麦说:“逃荒的。”伪兵故意把枪栓拉了一下说:“逃荒的走开!”李麦说:“老乡,有一双袜子你要不要?饿得不行了,随便你给一斤馍钱就行。”她说着走上了石阶。那个伪兵又问:“后边是什么人?”李麦说:“俺的儿媳妇。”她说着从篮子里拿出一双新布袜子说:“这是一双新袜子,还没有蹚过脚。”

伪兵划了一根火柴,先看了看袜子,又划了一根火柴看了看李麦身后那个年轻媳妇,那个年轻媳妇害羞地低下头。

伪兵说:“她做的吧? 咳,手艺不错。”

李麦说:“老乡,您试试,穿不上您不要。”

伪兵说:“试试就试试。”他说着坐在台阶上,脱下鞋子在试穿着袜子。穿上一只袜子后,他嬉皮笑脸地说着:“咳,大闺女抱着孩子进庙——看神! ……”他一句话还没有说完,李麦身后那个农村打扮的年轻媳妇,忽然掏出手枪,顶着他的脑门说:“举起手! 你敢吭声我打死你!”吓得那个伪兵大张着嘴巴慌忙举起双手。这时从房坡上跳下来十几个人,为首的是秦云飞,他们扑上去将那个伪兵捆住,李麦趁势将一只袜子塞在他的嘴里。

这时那个农村媳妇拿掉了头上的毛巾,原来她是宋敏。秦云飞把那个站岗的伪兵绑在庙门口的柏树上,让宋敏和李麦在庙门口看着。自己带着二十几个游击队战士,向东厢房摸进去。

这群汉奸队的住房里没有床,他们睡在麦秸打的地铺上。房梁上吊着一盏大磁鳖灯,灯捻子上的焦头往下掉着,屋里满是乌黑的油烟。汉奸队在横七竖八地睡着,烟头、抽毒品的锡纸片扔了一地,每个人脚头放着一个包袱,包袱里包着抢来的袜子、香皂、颜料筒和胶鞋等物品。每个人身边还放着一条绳子,这大约是后半夜准备查户口抓人用的。

这个汉奸队有十几条土造长枪,有的挂在墙上,有的靠在房里木柱上。秦云飞带着同志们闯进屋里以后,他们还在呼呼大睡。

秦云飞和战士们先悄悄地把他们的枪收了起来。然后一个人把着一个,站在他们的头跟前。

秦云飞用脚踢着一个汉奸队员的头说:“起来! 起来!”那个伪兵发着呓语说:“别乱! 别乱! 还早哩。”秦云飞大喊着:“起来!”那个伪兵一睁眼“啊!”了一声,光着身子跳起来就想跑,被秦云飞抓住胳膊捺在地上。

这时,汉奸队的人全惊醒了。他们像夜惊一样直着嗓子嗷嗷直叫,有的想去跳窗户,被窗外的新四军战士喝了回来,有的从枕头下刚拿出手枪,被战士们踩住手夺了过来。秦云飞大喝着:“都在被窝里不许动! 把手举起来。”汉奸队员们本来是些街上的地痞流氓,平常也没有什么训练,大多数都光着脊梁坐在被子里举起双手,有两个胆小的,使劲用被子蒙着头,在被窝里筛起糠来。

秦云飞清点着人数,发现屋子里只有二十一个,连同站岗的那个伪兵,也只有二十二个,少了一个汉奸队员,秦云飞有些吃惊。他询问缉私队长王振兴。王振兴说:“开晚饭时,把人都叫回来了,反正就在这屋里。”秦云飞等人搜寻着屋子里,却不见那个人的踪影。

李麦和宋敏正在庙门外放哨把守,忽然听见“咕咚”一声,一个人影子从庙的西北角围墙里跳了出来。李麦说:“有人!”宋敏说:“咱们去看看。”她们向围墙角走去,却不见动静。她们又往前走了几步,宋敏眼尖,她发现一个黑魆魆的暗影,正贴着墙站在黑角落里。宋敏大喊了一声:“不许动!”那个黑影撒开腿就跑。

李麦说:“别叫这个杂种跑了!”说着跟着就去撵,宋敏害怕李麦一个人吃亏,也跟着撵了过去。

等秦云飞查清楚那个逃走的汉奸队员,是去厕所里解手跳墙逃跑时,他们又发现李麦和宋敏都不见了。他估计宋敏和李麦可能是去追那个汉奸队员了。这时马牧集的枪声已经隐约地响了起来。才开始是几声冷枪,渐渐地枪声稠密起来。接着,日本鬼子的重机枪声也响起来。秦云飞知道徐中玉在马牧集已经打响了。

随着马牧集的枪声,南边葫芦湾河上也响起了两声枪声。这时难民也大部分集中在葫芦湾河岸。秦云飞挂记着截船抢粮,就把这些汉奸一个个捆起来,每个人给他们披着一条被子,连同大门外柏树上捆的那个伪兵，一同关进关爷庙的大殿里。

秦云飞留了四个战士看守着关爷庙，又派了两个人去寻母口街上找宋敏和李麦。自己带着十几个战士一路小跑，一直向葫芦湾奔来。

从周家口驶来的七条粮船，在黄昏时候已经进了葫芦湾。天亮和几个来接船的艄公，驾着小划子带着纤绳来在第一条船上。他们和几个老艄公悄悄关照了一下，说明今天夜里新四军要在这里截船放粮。有的艄公赞成，有的却有点害怕。天亮说："新四军游击队是为咱们穷老百姓办事，咱们都是黄泛区人，不能看着老百姓饿死在寻母口。再说，人家新四军已经布置好了，咱们别落个敬酒不吃吃罚酒。"几个艄公思摸了一会儿，一个老年艄公头说："天亮，这样吧，既然新四军把这粮食要放给咱这一带难民，我们不能昧良心。新四军的队伍上船来，我们也决不阻拦。不过上船以后，请他们松松地给我们捆一绳，将来我们好交代……"天亮说："这个好办。新四军讲好了，决不伤害咱们船家。"大家商量了以后，天亮和这个老艄公驾上划子，分别通知后边几条船。就在起更时分，七条粮船分别在葫芦湾抛了锚。

王尾巴和三个汉奸队员押着粮船。他们都聚在第二条船上的小舱房里玩纸牌。忽然，他们看到后边的几条船都依次地下了锚，就走出舱房来查看。就在这时候，天亮带了五六个年轻小伙子，从一个小划子上跳到船上来。

王尾巴忙问："天亮！你怎么来了？"天亮说："来接船。你没看，顶头风。"王尾巴又看着后边说："那几条船怎么不动了？"天亮说："河湾子里水浅，大约是搁浅了。"王尾巴又看看天亮身后的几个人说："他们是哪里的？怎么往舱房里乱跑？"天亮说："拉纤的。"王尾巴用手电灯照了照说："拉纤的？船行的人我都认识，怎么没见过！"天亮说："你没见过的人多哩！"王尾巴正要说话，天亮身后猛地闪过来一个人，上前先给王尾巴打了几个耳光喊着说：“站好！”王尾巴正要掏手枪，后边几个新四军战士早掏出手枪逼住了他。

其余的三个押船伪军，两个吓得跪在船上求饶，一个跳到河水里，准备逃走。一个新四军战士朝着河里打了两枪，那个伪军身子一翻，挣扎了两下，尸体顺着黄河波浪冲走了。

天亮和新四军的同志们把王尾巴和其余两个伪军捆了个“老王看瓜”，撂在船舱里，他们吹了声哨子，河岸芦苇里隐蔽的新四军战士一齐涌出，驾着小划子分别截住了这几条粮船。

等到秦云飞来到葫芦湾的时候，难民们已经全过了河，在西岸分起粮食来。

秦云飞乘船来到西岸，看到难民们高兴地喊着妈叫着孩子，有的用口袋，有的用筐装着黄澄澄的麦子，还有的用裤子作口袋装着麦子，有的小孩子抓着麦子往嘴里吃着，心里不觉一阵热乎乎的，感动得直想掉泪。

鸡子叫头遍时候，难民们已经把粮食装好，准备起程向洛阳一带逃去。秦云飞把大家招呼到一块，向他们讲话。他环顾了一下四周的人群，感情有些激动。他说：“大伯大爷们！大娘大婶们！嫂子兄弟们，姐姐妹妹们，小侄小侄女们！……”他只是这么依次地喊了一遍，逃荒的难民为这个亲切的声音，都感动得低下了头。

秦云飞说：“你们受苦了！我代表我们共产党领导的新四军豫东抗日支队，向大家表示亲切慰问。我们共产党领导的八路军、新四军，是咱们穷人们自己的军队，是坚决抗日的军队。我们对国民党扒开黄河、淹老百姓的所谓‘以水代兵’的混账办法，是坚决反对的。你们的房屋被冲毁，田地被淹没，现在又吃没有吃，喝没有喝，大批人饿死在外边。对这种悲惨境遇，我们表示万分同情。我们将尽一切力量来帮助大家！今天，咱们大家截了汉奸的一点粮食，你们可以向西边走了。有了粮食就有了腿了。现在咱们要分别了,你们放心地走吧!我们豫东抗日支队要在这里坚持下去。等赶走日本鬼子以后,我们等着你们回家乡来!到那时候,咱们再见面,再叙叙家常,再重建咱们的家园。……”

秦云飞用激昂的声音向难民们讲着,好多老年人都感动得在暗暗擦泪。他们有许多人是第一次看到新四军,他们依依不舍地看着留在自己家乡的这支小小游击队。

秦云飞讲完话以后,天已经麻麻亮,难民开始推着小车,挑着担子陆续启程上路。赤杨岗的十几户难民也开始顺着土路向西走了,河边只剩下天亮、梁晴、小嫦娥和徐秋斋。

梁晴对徐秋斋说:“大爷,你先走吧,我们等会儿赶你。”徐秋斋说:“不。我跟你们一块走。”梁晴又对天亮说:“咱妈怎么回事!还不见来?”

天亮说:“很可能她还没过来河。”

梁晴又问:“你什么时候和她分手的?”天亮说:“昨天夜里就分开了。她跟着宋敏姐,这里也看不到宋敏姐。”

正说着,秦云飞和几个战士走过来了。天亮忙上前问:“俺妈哩?”秦云飞看了他和嫦娥一眼,有点负疚地说:“她大约还在寻母口。”他又安慰天亮说:“天亮,她和宋敏在一块。我们已经派两个同志去找他们了。现在我们再回寻母口找。只要见她,就马上派船把她送过河来。”

梁晴走过来插话说:“叫天亮哥过河去找她吧!他又会撑船。一块找不快一点?”秦云飞说:“你们还是在这儿等吧!这里光剩下老的老、小的小不行。”

梁晴说:“这有什么,反正也过来河了。要不我过河东去找?”天亮说:“我去!”徐秋斋说:“找人不如等人,她知道咱们在这里,还能不来。”

梁晴说:“还是去。能隔千山,不隔一水。在这不也是等吗?”

秦云飞看梁晴那么果断,又那么急切,就说:“也好,叫天亮和我们一块去吧。”

天亮正要跟着秦云飞走,梁晴忙拿起他的破夹袄说:“你的夹袄!五更头冷。”就在天亮接夹袄时,梁晴两只眼看着他的脸小声说了一句:“快点回来,我们等着你!”天亮没有说话,却看了他妹妹一眼,扭头走了。

几条空船离开西岸向河东驶去,天亮不时回头看着,只见小嫦娥偎着梁晴站着,一动也不动地像石头一样站在河岸上。

天空出现了几片橘红色的朝霞,河面上晨雾消散了。因为河岸上的粮食,难民们没有分完,附近村子里的农民在天明以后,也都成群结队地来弄粮食。正在这时候,河东寻母口东北角上响起了一片枪声。接着寻母口街上也响起了枪声。

不知道谁喊了一声:“鬼子来了!”只见远远的大路上尘土飞扬,一队日本鬼子骑兵和汉奸队正向葫芦湾冲来。枪声在天空呼啸着,弄粮食的农民们,像放羊一样都背着口袋跑了。梁晴心里焦急得像一盆火,小嫦娥吓得抱着她的腿哭起来。徐秋斋忙说:“晴,赶快走!日本人来报仇了!”

梁晴像麻木了一样,还在伫立着,遥望着寻母口。

徐秋斋拿起小车襻说:“晴,你要不走,我跟小嫦娥走!”说罢,就推着车子要走,梁晴这时才接过来小车襻,推起车子,小嫦娥在前边拉着,走上了黄土大路。

鬼子的枪声越来越近了。梁晴却像完全没有听见。她嘴里默默地念着三个字:“寻母口!……”

第十六章　黄河之夜

天不转地转，
山不转路转。
——民　谚

一

宋敏和李麦追赶着那个伪军，离开关爷庙后，那个家伙一直向着寻母口街上跑着。宋敏在后边喊着："站住！不站住我可要开枪了！"那个伪军却像没听到一样，撂着两条光腿只管跑。

跑到南大街，正巧有一群难民往葫芦湾集合，李麦喊着："截住！截住！汉奸队！"难民也都喊着："截住他！截住他！"那家伙看势头不对，掉转头又往东跑。

他跑到一个厕所里，悄悄蹲了下来。宋敏巡视着说："跑到哪里了？"李麦说："八成就在这个茅厕里！娘那脚，我进去！"说罢搬了一个树根圪垯，"通！"的一声撂了进去，那个伪军只当是人跳进来了，"忽"的一下从里边蹿了出来。他这时不敢向街里跑了，却顺着河堤向村外跑起来。宋敏和李麦紧追不舍。他跑到一个麦场上，绕着麦秸垛转了两圈，宋敏把枪栓拉得哗哗响说："我开枪了！"李麦又从这边一截，一把揪住了他的大衣袖子，那家伙慌得把大衣一松，光着身子跑进麦秸垛边一个炕烟叶的炕房里。

这种烟叶炕房从外边看去像个小炮楼，里边除几个土坑以外，什么也没有。那个伪军跑进炕房后，"忽通"一下忙把两扇门上住，李麦上前推了推,宋敏却摆摆手,她迅速地把门从外边插上了闩。

把门插上闩后,宋敏附在李麦耳朵上说:“大婶,咱们主要是不让他跑到马牧集给鬼子送信,只要他跑不了就行。咱们就把他关到这里边。”李麦说着:“要是这样,咱们把门插闩弄结实点!”她说罢到场角一个石磙的磙框上解下来一截铁丝,又把门插扭住。就在扭铁丝的时候,那个伪军却在里边喊着:“我投降!我投降!”宋敏说:“你投降也不行!就在里边待着吧。”

这个烟叶炕房,四面都是土墙,上边却有几个窗洞。李麦问宋敏说:“这里还离不开人吧!上边有窗户,万一他爬上去跑出来咋办?”宋敏说:“咱们先在这儿看住。等会儿再说。”

她们一直等到后半夜,听到寻母口街上的难民都走完了,还不见有人来。一直等天快亮,忽然听到马牧集那边枪声近了。宋敏说:“大婶,走,咱们到街上看看。”李麦指了指炕房大门。宋敏说:“不管他,现在难民大约都过去河了。”她们走到寻母口东门外,正碰上秦云飞和天亮一群人,秦云飞高兴地说:“可找到你们了!刚才天亮都哭了。”李麦和宋敏把追赶伪军的情况说了说。秦云飞说:“不管他,咱们赶快走,看来马牧集的敌人窜出来了。”正说着,徐中玉带着五六个人跑过来。他说:“赶快撤!县里日本鬼子开着两条汽船来了。马牧集的汉奸队和日本鬼子那个小队也赶来了。”

秦云飞说:“集合人!马上下苇川。”

李麦问秦云飞:“秦队长,我……我们……”

秦云飞忙说:“你们现在也不能去葫芦湾了,鬼子的汽船会开到那里。你那两个女孩子她们肯定会跑走。走吧,先跟我们一块下苇川!”

说罢,领着同志们,由河堤边跑进柳林,然后钻到一望无际的苇棵林里。

二

在离寻母口北边有四十多里地的一个大水荡子里，停泊着几条大船，这里有个村庄叫田旺营，已经被大水冲毁，只剩下十几间破房，周围全是密密实实的苇林，新四军的豫东抗日支队，就住在这个大水荡子里。

黄昏时候，一轮皎洁的明月从湖面上升起，水面闪着像鱼鳞似的银光，夜显得更静了。微风从芦苇中漏出来，引起一阵犹如私语的萧瑟。

田旺营的一段老寨墙泡在水里，几条木船就停泊在寨墙根前。这是葫芦湾截粮三天后的一个晚上，秦云飞、徐中玉、宋敏和李麦，他们在一条船的甲板上坐着，谈着织网捕鱼的事。

秦云飞说："人家常说：'手里没网看鱼跳'，咱们现在可真遇到这个事了。尺把长的黄河鲤鱼，干看着捉不住。真得赶快弄几面网。"

李麦说："这个容易，只要买来线，要不了几天就织成了。真弄不来线，弄点棉花也行。我看这村里还有几辆破纺花车，锭子都现成的。大家动手纺，一天就纺一二斤。"徐中玉笑着说："大婶啊，我说你不要急，在我们这儿多住些天，咱们这游击队也像一家人，还真离不了你这个当家的老婆婆。"李麦说："我不急。在你们这儿多热闹，比干什么都好。"

宋敏说："今天中午大婶一个人擀了四大剂面，衣服都叫汗湿透了。要不咱们能吃上面条?"李麦说："我一点也不累。年轻时候，我在海骡子家做过一段饭。麦天时候，我一个人供三十个短工吃饭，还吃的捞面条。那时候家伙得劲，案板比咱们这个大得多。"

秦云飞问："大婶，这个海骡子到底跟你家是什么仇？昨天听从寻母口回来的同志们说:海骡子在寻母口扬言说,抢船是你把我们新四军叫去的。又说什么要下油锅！要活剥皮!"

李麦冷笑了一声说:"叫他把油锅支起来等着吧！我就知道他会这么说。反正我跟海骡子这个孽,是越结越深了。他现在当了汉奸,靠住日本人,还不是想把我们一家斩尽杀绝。他欠我两条人命了！……"李麦说着气得浑身颤抖起来。

秦云飞说:"大婶,你慢慢说。"

李麦停了一会儿说:"我提起来这些事,手脚就发凉,浑身上下肉都直颤。我爹是个瞎子,在他家当牲口使唤,给他家推了六七年磨,活活累死在他家磨道里。……这老一辈人的事就不说了。我们天亮他爹也是死在他手里的。天亮他爹是个最本分老实的人了,我到他家时,家里只有一辆小车,一口二号锅,一个破风箱。我们为了不想在海骡子眼皮底下过日月,在外边整整漂流了四年。后来从俺天亮他爹口里得知,俺家原有四亩七分老业地,在海骡子家手里典着。我想着既然有这四亩多地,赎回来种着,不比在外边漂流强。那时天亮他爹在黄河上帮梁大哥撑船,手里也攒了几个钱,就回到了赤杨岗。才回来头一年,央人和他说,他推脱说记不清了,将来看看地契再说。到了第二年麦罢,麦子他也收过了,我们就又央人问他,他把地契拿出来了。他说原来就是死契,不是活契。地原初是卖给他家的,不是典给他家的。我们天亮他爹是个噙着冰凌不倒水的人,当场就气晕在大街上。后来徐大叔,就是前天你们在河沿看到的那个拄棍老头,他对我说:'海骡子造了假地契了！你们要找原来的中人海柿树,只要他不改口,这地还能赎回来。'我就去问海柿树,海柿树说的还好。他说:'啥时候卖给他家了,明明是典给他家,写得清清楚楚。他是想讹人哩。'我说:'柿树叔,只要你有这句,我要去开封府告他！县里他买通了,府里他买不通!'海柿树说:'你告我做证人!'就这样,我一个人抱着俺嫦娥去开封告状了，那时候俺闺女才六个月。十冬腊月天，下着大雪，我在开封请人写呈子、跑法院，见天也不知道饿，慌得把小嫦娥棉鞋也丢了，把孩子脚也冻烂了。唉！……”李麦说到这里，痛苦地摇了摇头。

徐中玉说：“打官司也不行吧？”

李麦说：“我那个时候傻啊！我咋会知道挂那么大牌子的法院，也是老财们养的狗！整整跑了一个多月，算是过堂了。谁知道人家海骡子根本没到场。派了个伙计来。海柿树呢，也不知道是用了人家的钱，还是不敢得罪海骡子，当堂变卦，他说当时就是卖契，不是典契！我一下气得眼前一片漆黑。我说：‘海柿树！你也算是赤杨岗三老四少一个有头脸人哩，你枉披了张人皮！你当中人，我们家的四盘菜是叫狗吃了！’可是骂有什么用，地还是判给人家了。从那时我才知道衙门官，都是他们地主的。开封府的包青天是唱戏唱的，根本没那回事。”她说罢凄然地笑了笑。

秦云飞说：“前几年我在开封上学，一到麦罢，农民们背着钱褡都来打官司。相国寺右边几个旅馆，住的全是打官司的人。其实都是给法院里送钱去了。有的还到相国寺算算卦，看官司能打赢不能？算卦的再一说，打得才有劲哩！有的把地都卖干了，还是跳不出地主老财们的手心！”

李麦说：“我从那一次以后，就再也不打官司了。可是我也不服！这口气出不了，能把人憋死。我就又想了个办法。”她说着羞涩地笑了笑说：“那时候啊，我还迷信，什么神都信，信得还诚。我想着开封法院告不赢他，我到老天爷那里去告他。那时候我们下徐州推盐，赚几个钱舍不得吃，舍不得花。天亮长到十来岁，连块梨膏糖也没给他买过。可是买香、买黄表却成刀成封的买。我每天烧两刀黄表，祷念着说：‘老天爷，你替俺申申冤吧！叫海骡子这龟孙不得好死！叫他家倒霉破财！’可是黄表我也不知道烧了多少刀，海骡子家该发财照样发财，该买地照样买地。那个黄烧饼脸越吃越胖，那一嘴黄狗牙又换成了一嘴金牙。以后黄表我不烧了！神我也不敬了，我才知道老天爷这个老龟孙也是个眼皮朝上翻的东西！"她说罢如释重负地笑起来。

宋敏说："你就是从那以后不敬神了？"李麦说："是啊！你在我家看到，灶王爷我也没请，土地爷泥胎我摔了！老天爷的牌位我盖面瓦罐了。从那以后，我心里还不解气，我就又换了个办法跟他斗！"

秦云飞有兴趣地问："什么办法？"

"我骂他！"李麦接着说，"地主老财们这些杂种爱讲排场，逢他家过红白大事时候，什么县长、区长，都来吊孝贺喜，还有什么大姑爷，二姑爷，媳妇娘家，儿子舅家，七大姑八大姨，一来就是几大轿车，我就趁着这时候在街上骂他！"

徐中玉说："你怎么骂他的？他能跟你拉倒？"

李麦说："我又不提他的名！他叫骡子我骂驴，或者我骂吃草料的东西！他家娶媳妇过红事，我哭俺爹死得苦。他家过白事，殡埋他爹，一群孝子哭爹，我哭我殇的那个孩子。这乡间农村的骂法多得很，你们没有见过，反正把他气得直咬牙，可他拿我也没办法。"

她说罢，秦云飞、徐中玉和宋敏都笑起来。宋敏说："大婶，你啥时候再骂他，我们还真想看看，准比看戏还好看。"

李麦凄然地笑了笑说："这也是被逼得没有法子了。海骡子这个人是个黑蝎子，我是跟他打过多年交道了。他们治不了我，就在俺天亮他爹身上打主意。民国二十五年，天亮他爹从中牟黄河渡口摸黑回家，在路上拾了一条口袋。他进来大门就对我说：'刚才在路上拾了条口袋，准是拉粮车掉的，你看还是新的。'他又看了看，口袋上还写着太康县'庆余堂'几个字。口袋拾不得，我有经验。俺爹从前就说，有字的口袋咱不拾，最容易遭官司口舌。俺舅就是因为在路上拾了一个空邮包，叫人家讹走了一条牛。我立即说：‘这口袋拾不得，还送到大路上吧！’我们天亮他爹说：‘好。’正准备送出去，门‘哗’的一声被踹开了。海骡子带着局丁闯了进来。他们说太康县的大户‘庆余堂’被盗，天亮他爹是通土匪的！不由分说就五花大绑将我的人绑走，到县里只预审了一次，就诬良为盗，把他砸上大镣，关进文庙南边的监狱里！我明知道这是大圈套，可是有啥法子哩，到哪里去说理呢？不管倾家荡产，还是救人要紧，等我钻窟窿打洞，变卖东西，连揭带借，把他爹从监狱里扒出来时，人，已经只剩下一口气了！……”李麦说着扑簌簌的热泪像线条似的滚落下来，她接着说：“在监狱门口，我去接他。我花了一块钱的开镣钱，那个看监的还不错，说你去搀他一下。我进了监狱门，看见他我就不敢认了。身子瘦得像麻秆似的，脸变成像刀条一样，三十多岁的人满脸胡子，像个六七十岁的老头！他扶着墙喘着气，监狱门口有个台阶，只半尺高，他却上不去！……”

李麦擦着眼泪忽然大声地说：“我把他背起来背出监狱！等到抬到家里，人一散劲，起不来床了。没有半个月，老头就屈死了，撇下我们娘仨走了。临咽气时，他脸朝里，不看我，嘴里说着：‘天亮他娘！这是咱的命，我服了！……’我说：‘不！……我不服！……’”

李麦说着像疯了似的站起来。她对着那湛蓝的夜空，对着那一弯镰刀似的月牙，对着那滔滔的黄河水，像是在询问，在呼号，在愤怒地控诉。……

一阵飒飒的夜风吹过，千万片苇叶，发出窸窸窣窣的声音。月亮渐渐地浸沉在河面上了，她想用河水洗去她满脸的泪痕。

三

一阵欸乃的橹声,一条小船从芦苇里摇过来。

秦云飞喊着:“口令?”船上答着:“水红花!”李麦忙说:“是天亮回来了。”

天亮是昨天到寻母口葫芦湾一带去找梁晴等人的下落。他把小船摇过来上了大船,秦云飞着急地询问着:“找到了没有?”

天亮说:“没有。”李麦问:“你到了葫芦湾了?”天亮说:“到了。我夜儿个天快明时就到了。日本人到那里只乱放了一阵枪,也没打死人。听说是难民们全都向西跑了。日本人走了以后,国民党一个什么兵站去把剩的粮食全弄走了。反正那里难民们是一个也没有了。”

李麦说:“你没有到附近村里问问,一个老头两个闺女,穿的什么衣裳,看人家看见没有?”

天亮说:“问了。都没注意。那天早上,附近村里老百姓也去弄粮食,都分不清了。”

李麦叹了一口气,大家都不吭声了。

秦云飞心里有点惭愧,他觉得自己没有考虑周到,没有及时把李麦送过河,结果让人家一家人失散了。他说:“李麦大婶,这都怨我们考虑不周,工作做得不细致,让你们一家失散了。现在弄得母东女西,父南子北,我自己感到很惭愧。不过你放心,这一次截粮抢船,你和天亮都出了大力。我们这个抗日支队,一定帮助你们一家团圆。不管到哪里找,我们拿盘缠。我们同志去许昌、洛阳帮你们找,非找到这两个女孩子和那位老先生不可。”

李麦听秦云飞这么说,心中非常感激。她说:“秦队长,你说的哪里话!我可是把咱们新四军当成一家人了。截来的粮食,都运到你们的家了吗?抢来的船,你们自己用了吗?还不都是为老百姓。你们把命都拼上了,还不是为了救这一千多口子难民。秦队长,咱们说话少,别看我是个挎了半辈子要饭篮子的穷老婆子,我们穷人家老坟里不长弯腰树,就是磨扇压在身上也不会弯腰。你不用替我操心,我这个人是苦水里泡大的,是经过九蒸九晒的人,什么苦也吃过,什么罪也受过,什么心也操过,什么气也装过!这算不了什么!我不会向你们要人!"

徐中玉说:"大婶,你就在咱们这里先住下,有我们吃的就有你吃的,有我们穿的就有你穿的。"

李麦说:"我还有个请求哩。"

秦云飞说:"什么请求?"

李麦指着天亮说:"我这个孩子,今年十八岁了。眼不瞎,腿不瘸,要是你们不嫌弃,能不能在你们这队伍里吃粮当兵打日本?这个事,我想了几天了。"

秦云飞说:"大婶,我们太欢迎了。天亮这样的青年我们太需要了。"徐中玉也说:"大婶,我们早想把他留下,还怕你舍不得!"

李麦说:"这有什么舍不得!这不就叫做'参加革命'嘛!"

秦云飞说:"大婶,谁教你这些新名词?"

李麦指着宋敏说:"我这个闺女:宋敏。"

第十七章　洛阳城里

不当和尚不晓得头冷，
不逃荒不知道出门难。
——民　谚

一

海长松、春义和王跑几家难民，自从离开寻母口后，一路上风尘仆仆，晓行夜宿，逢庙住庙，逢庵住庵。路过小禹州，又拾了一季秋庄稼。到了深秋时候，才来到古都洛阳。

这洛阳旧称“九朝都会”。周、汉、魏、晋都曾建过都城，是当时中国的政治文化中心。唐宋时期，仍然是居住着几十万人口的大都市。只是到了元明以后，连遭兵燹，才逐渐衰落下来。洛阳城坐落在一个盆地里，北边北邙山靠着黄河，东边有虎牢关、黑石关等险要关隘，西边有崤山作屏嶂，南边是个天然门户——龙门。在过去兵器不发达的时代，因为它环山抱水，四周有险可据，常常是“兵家必争之地”。淞沪事变时，国民党为了逃避日本，曾一度将“国民政府”迁来过几天，把洛阳定名为“行都”。这个破烂不堪的城市，一时华盖云集，车水马龙。可是那些国民党大员来到洛阳后，一看无雨三尺尘土，有雨一街泥泞，吃饭没有个像样的饭店，住旅馆没有个抽水马桶，并不像他们在书本上读的“洛阳无限红楼女”“春风锦灿洛阳街”那么美妙，因此就大骂“迁都洛阳”是上了当。过了没多天，他们又跑回南京、上海享受“抽水马桶”了。这个“昙花一现”

的“行都”，连同扬州迁来的几家妓女馆，一同又迁走了。在洛阳市内有些街巷里，有几家门上还贴着“考试院”“监察院”“财政部”等旧纸条，这大概是这个“行都”留下来的唯一陈迹了。用农民的话来说：“是发了一阵‘羊痫风’！”

抗日战争爆发后，华北、华东相继沦陷，洛阳这个古城就又成了战略要地。国民党把“第一战区司令长官部”放在这里。周围驻着几十万军队。从平、津、宁、沪流亡过来的大批政客、寓公、商人和知识界人士，也都蜂拥而来，住到这里。随着他们来的是那些为他们服务的各种行业，“老正兴”“新雅酒楼”“冠生园”等菜馆招牌挂起来了，“卫生池”“大观园”“华清池”等澡塘建起来了，甚至于连理发馆、美容院、旅馆、赌场和臭虫也都一齐搬到了这个古老的城市。

洛阳像个乡村姑娘一样，一夜之间变成了满头珠翠的贵妇人，同时她也变成了一个“魔窟”。这个地处抗日前线的城市，变成了走私商品的转运站，贪污舞弊的交易所。同时，它也是黄泛区难民云集的“饥饿走廊”。

揭开这个城市的另一角，洛阳车站和附近的几条街上，成千上万的难民，露宿在车站站台上和附近几条街上。他们都是从鄢陵、扶沟、中牟、尉氏、太康和西华一带逃难过来的，准备搭难民车上西安、宝鸡和黄龙山一带。可是车少人多，加上陕州到阌底镇一段火车路，因为日本在黄河北岸打炮，白天不能通行，洛阳的难民聚集的就更多起来。当时洛阳也不过二十来万人口，聚集在这里的难民却有五六万人。到处都摆的是小车、扁担、风箱和铁锅，到处都是端着碗要饭的人群。

二

长松等一行过了龙门，又过了洛河大桥，傍晚时分，来到了洛阳南关。他们几个人都没有来过城市。杨杏、凤英和小孩子们更是连电灯也没有见过。他们望着城里的大街上,人们像赶会一样在路两旁挤着走着,带着红绿颜色的霓虹灯忽明忽亮,他们也不知道是啥东西。街上的自行车、黄包车像流水一样跑着,捺着喇叭和铃铛,几部黑颜色的小汽车,嘟嘟地叫着,屁股上冒着烟,从川流不息的人群中冲过去。

长松看着这个繁华社会,又看自己身上的尘土和孩子们身上穿的破烂衣服,他有点犹豫,他不敢走进这个光怪陆离的世界。

孩子们看得眼花缭乱,大瞪着眼睛看着他们没有见过的东西。小响指着电灯问杨杏:“他这个灯怎么点着的?”杨杏说:“捺着的。”小响又指着小汽车问:“他那个车怎么自己会跑?”杨杏说:“里边有机关。”接着她又说,“妈也不知道,你别问。”

王跑家的小儿子黑旦,在街上看到一段扔着的甘蔗头,他问王跑:“爹,这叫咱拾不叫?”王跑在他头上拍了一巴掌说:“学主贵点!”

他们刚走进南门,忽然闪过来两个穿黑衣的警察。警察问:“你们是干什么的?”长松忙回答:“我们是黄泛区的难民。”王跑忙补着说:“老总,我们是到火车站去。”警察向东边一条马路一指说:“绕东关。难民不准进城。”长松说:“我们不知道怎么走啊!”警察却走开不理他们了。王跑说:“咱只管往里走。大街不是叫人走的?走路总不能要税。”杨杏说:“算了吧,那么多汽车,万一辗住咱怎么办?咱就绕城外走吧,是路通北京,鼻子下边就是路,咱长的有嘴不会问!”

他们一路走着问着,绕到东关,又过了一道大石桥,等到了车站时候,已经是后半夜了。长松看着车站附近到处都躺着难民,有的盖个麻袋片,有的盖个破棉袄,还有的什么也没盖,孩子大人就躺在大街的泥地上。他叹了口气对王跑说:“在这城市地方,人是更不值钱了!”因为赶了一天一夜路,小孩们走着直想栽倒,大家也顾不得肚子饿,就在一家盐栈门口地上,横七竖八地躺下睡了。

第二天天亮,他们被一阵吵吵嚷嚷的声音惊醒了。他们忙起来看了看,原来是铁路上的护路队警察,和一群难民们在撕捶抡打。几百名难民向新开过来的一列火车跑着冲着。警察们在拉着赶着,不让他们上车。

忽然间,一排铁丝网被推开了,难民们像潮水一样涌向火车。只一会儿工夫,这列货车的每一节车厢上、车顶上都堆满了人。人们像石榴籽一样,紧紧地挤在车篷上,小车、箩筐摆满了一地,喊爹的,叫娘的,吵嚷成一片。

王跑说:“我看咱也扒扒试试,万一扒上去了,不比在这里等着强。”长松说:“等两天再说吧,咱刚到,还不摸情况。”王跑说:“出来门就得眼疾手快,这洛阳有个啥恋头,叫我说能走就走。”

正说着,这列火车开走了。王跑后悔地直跺脚。他说:“要真破上命扒,也早走了。出来门就怕跟那些慢脾气的人搭上帮!”长松知道他是说自己,也没有吭声。

在车站上又等了两天,把王跑气坏了。在这个地方,不要说吃饭,连吃水也成问题。车站上没有自来水,街上有几眼水井,打水不但要排队,还得掏钱。每个水井上都有当地人在看着,打一桶水二分钱,难民对这一点极不习惯。王跑一辈子吃水没掏过钱,过了两天他实在过不下去,决计第二天要扒火车走。杨杏、凤英和老清婶两个女儿也吵着赶快离开这里,因为妇女们解手都没有个地方。大家商量定主意,就决定明天扒火车。他们连夜把家具行李往靠近站台的地方挪了挪,鹄候了一夜,到第二天吃罢早饭时,开进来一列闷罐车。

闷罐车里边装的是粮食和弹药。车刚一停,难民就像一窝蜂似的往车篷上拥。春义和凤英都是年轻人,他们两个先扒上去了,接着他们把申奶奶也拉了上去。裴旺家和蓝五扒上了另一节车。春义在帮着老清婶,她两个闺女雁雁和爱爱先扒上去了,老清婶却死活扒不上去。老清婶在下边哭着喊着,春义没办法,只得叫雁雁和爱爱又跳了下去。

王跑一家因为带的东西多,跑到火车跟前时,各节车顶上都挤满了人,王跑连扒带抓上到车顶,他老婆老气因为拿着一个牛腰一样粗的包袱怎么扒也扒不上去。王跑骂着:“你咋这么杀才哩,你就不会再吃点劲?”老气埋怨着:“这么大个包袱,我有多大气力?只管你跑得快。”说罢把包袱扔在地上,赌气地坐着不动了。

王跑知道老气是个犟脾气,另外站台上放的小独轮车,黑蛋和毛蛋还没有招呼过来,急得王跑又从车顶上跳下来。他说着:“我算真服了你们了!吃饭一个顶两个,干活两个不顶一个。你先上去!”说罢就把老气往车顶上推。还没推上去,这列火车就开动了!吓得老气又赶快跳下来,多亏王跑接住她,还算没有摔伤。

长松领着杨杏和五个孩子,刚把行李担到火车跟前,车就开动了。他一家也没有上去。

到了夜里,车站上又来了两列火车。一列停在二股道,一列停在三股道。王跑在站台上睡,一觉醒来,看见有人扒火车,就赶快推醒老气,拉起两个孩子,背着行李就往火车跟前跑。老气说:“不招呼长松家和老清婶子一声?”王跑说:“你快走你的吧,一会儿又上不去车了。”王跑把行李、小车搬上了火车,又把老气和两个孩子拉了上去,这才松了口气说:“唉!总算坐上了不掏钱火车!明天就到西安了。”

夜里两点时候,这两列火车几乎是同时开动了。王跑正在打瞌睡,忽然被车上齐哭乱叫的声音惊醒,原来那列火车向西开了,王跑一家子坐的这列火车却向东开去。

因为车少人多,火车一停,难民们便蜂拥而上。他们原想着这都是向西去的火车,所以有的一家人,儿子挤在这列火车上,父亲却扒上了那列火车。还有的母女分别挤上两列火车,更有的是两口子你扒上这列火车,他扒上那列火车。大家看到火车一开动,却是向相反的方向开去,两个列车上的人都张着手臂,呼天抢地,大喊大叫起来。有个小伙子从车上跳下来摔断了腿,有个老婆因为女儿女婿在另一列火车上,就不顾死活往下边“出溜”,出溜下来后,一条腿被火车轧断了。

王跑本来也想往火车下跳的,他感觉火车好像跑得并不快,比牛车快不了多少。可是一看见火车下边轧坏了人,吓得他也不敢动了,只好叹着气让火车把他往郑州方向拉去。

赤杨岗逃出来的几户难民,除了梁晴和徐秋斋还没有来到,洛阳车站上只剩下海长松和老清婶两家人了。

天明以后,被火车轧掉腿的老婆,因为流血过多死了。杨杏去看了看,吓得她脸都发白了,回到站台上,说什么也不扒火车了。她对长松说:“咱要死一家人死在一块!”长松又听说火车闯潼关那一段时,日本鬼子从河北岸打炮,打死了火车上好多难民,心里就更加犹豫起来。老清婶因为老清叔还没有下落,她也不想带着两个闺女,远走到陕西去。两家人商量了一下,就离开车站,在城北邙山脚下一个叫做烧窑沟的地方,找了两个破窑洞,暂时住了下来。

三

初到洛阳,长松一家从寻母口带来的粮食,还没有吃完,暂时还能开锅。可是一家子七口人,就是每天熬野菜糊糊,两顿饭也得半升粮食。杨杏每天像数着粮食粒一样来吃,口袋还是渐渐地空起来。长松想着:这样过下去,怎么活得了?总得找个营生。

烧窑沟离城里只有二三里地，离车站更近，他到城里转了几次，因为人生地不熟，还是找不到活干。后来听说难民救济所在车站附近办起了几处粥场，他就领着孩子们去吃舍饭。到了粥场去登记，人家说领一张饭证要挑三挑水，长松是个不怕下力的人，他把全家人领来，登了记，领了七张饭证，每天上午来粥场打二十多挑水。

粥场里的水桶是铁皮做的，不算大，可是水井却有十几丈深。一个大辘轳井绳绕三圈半才能打着水，搅上来一桶水，已经是汗流浃背，一上午搅四十多桶水，累得长松头蒙眼黑。每次领回粥来，杨杏心疼他，总把自己那一份让他吃，自己把剩下的粥，再掺些菜叶子，煮煮和孩子们一块喝喝。

杨杏初到洛阳，不敢单独出门。一来怕失迷了路，二来怕孩子们跑丢了。两个男孩却怎么拴也拴不到窑洞里，小建已经十二三岁，小强也十来岁了。他们装着说去菜市上拾菜叶子，天一明弟兄俩就跑出去了。头些天果然拾回来一点菜叶子，有毛白菜，红萝卜，有时候还有点黄豆芽和碎豆腐块。

杨杏拣着篮子里的菜，问小建说："小建，这豆腐哪里来的?"小建说："这都是菜市上人家不要的!"杨杏说："我不信，这豆腐人家能不要?"小建说："你没有去看，安仁里后边，那个菜市大着哩，几百家菜摊子！一到晌午收摊时候，这些碎豆腐人家就不要了。"

杨杏说："只要是人家不要，咱拾回来不犯法，可千万不敢去偷人家，咱们家是庄稼人，老几辈都正正经经的人。饿死也不能去偷人家东西。"小建说："俺知道!"

过了些天，有一次小建对小强说："小强，咱到东北运动场去看看吧，人家说那里最好看了。有说书的，有唱戏的，还有拉洋片的。"小强说："我怕走丢了。"小建说："傻蛋！就在菜市南边，大坡上边就是。走吧，我知道路，我领你去!"说着哥儿俩朝东北运动场走去。

这个东北运动场,坐落在洛阳城里东北角上。当年,这里本来是吴佩孚阅兵的地方,后来改作了运动场,还建了一个不伦不类、不中不西的检阅台。抗战爆发后,洛阳忽然繁华起来,市场、商店、娱乐场所不够用,这个运动场就变成了个闹市。因为从京、沪逃过来的人多,这里最醒目的是旧货摊子:一二里长的一道旧城墙上,摆的全是旧衣服、旧皮箱、旧皮鞋,拆开的旧毛线,搭在绳子上,随风飘荡着,厚厚的俄国毛毯摆在地上,招惹着第一战区军官太太们的眼睛。

除了旧货摊子外,这里还有卖膏药的,卖大力丸的,算卦的,相面的,治花柳病的,还有从北平、天津跑过来的过路艺人,在这里搭起地摊,说起京韵大鼓和相声来。

小建和小强来到东北运动场,看着那些穿旗袍的和那些戴眼镜的人,听不清他们说的什么话。他们对那些旧货摊子不感兴趣,就一头钻到游艺场子里,看一个卖大力丸的,在用拳头砸砖头,看了一阵砸砖头,又跑过去看一个耍把戏的吃电灯泡。那个耍把戏的把一个电灯泡弄碎了咽在肚子里,接着就大喊大叫拿着小筐子收钱。小建看见收钱,拉着小强从人缝中钻出来跑了。后来他们去看拉洋片,人家也要钱,他们对那些能够坐在凳子上,眼对着小窗洞往里边看的人十分羡慕,但是他们没钱,只得没精打采地走了。

转了大半天,肚子有点饿了,小建就拉着小强去看那些饭摊子。这里的饭摊子和寻母口乡下不同,卖的花样好多,小建和小强从来没有见过:有洒着鸡丝、紫菜的馄饨,有炸得又焦又黄的春卷,还有雪白的小包子、再放在平锅里煎黄的生煎馒头。这些小吃也都是从平、津和上海一带跑过来的人经营的,两个孩子叫不出名字来,口袋里又没有一文钱,只好看着别人大吃大嚼。

来到城市以后，孩子们第一次感到钱的重要。他们在农村时候，只知道割草放羊、采枣子、摘甜瓜，从来不知道钱有多中用。现在来到城市，干什么都得要钱！有了钱什么都能买，他们开始找寻弄钱的门路。

小建和小强去运动场玩了几趟，发现了一个可以挣钱的地方。车站通往运动场路上有一个大坡，每天大批黄包车从车站拉着人上来，要经过这个大坡。这个坡又陡又长，有好多拉车的拉不上去。再加上近年来流亡来的人多，都是随身带着大批箱笼行李，上这个坡就更加困难。后来这里就出现了一种职业叫“推坡”。“推坡”的多是些半大孩子，他们从坡下帮着拉车的把黄包车推到坡上，拉车的付给他们一角钱。有的坐车的也给他们些零钱，多少不等全靠碰运气。

小建和小强发现这个门路以后，头一天没有敢去推。他们以为推车的和拉车的是一家人。后来发现这些孩子和拉车的并没有关系，他们两个就勇敢地加入了“推坡”的行列。

这哥俩第一次把一辆黄包车推上坡后，拉车的给了他们一角钱。小建接住了这一角钱，小手颤抖起来了。他发狂似的想着，他和弟弟会赚钱了。妈妈有了钱也可以到面摊去秤斤绿豆面条，煮一大锅，大家嘭噜嘭噜地吃着。……

就在这时候，一个十五六岁的大孩子走过来。他歪戴着帽子，披了一件破军袄，眼上还戴着一副眼镜，眼镜大约是破碎了，上边粘满了胶皮条。

他说：“我看你这个票子是真的是假的？”

小建犹豫了一下，把钞票从口袋里拿了出来，那个孩子一把抓了过去说：“滚蛋！”

小建一下恼了，他说：“你为啥拿我的钱？”

那个孩子说：“你上税了没有？”小建说：“上什么税？”那个孩子

冷笑着说："看你那个土行孙样子！告诉你，'推坡'得上税！"小建说："没听说！你也不是官，你还我钱！"他说着就上去拉住那个孩子的衣服。

那个孩子说："嗬！你是想打架啊？你想头朝东躺，还是头朝西躺吧？"小建红着眼说："你还我钱！"那个孩子说："嘿！这小土杂种还有个劲！来，咱们摔跤。我们城里人摔跤可跟你们乡里人不一样。咱们喊一二三开始，你能把我摔倒，把头捺得挨着地，我喊你十声老爷，还你一毛钱，你摔不倒我，趁早滚蛋！"他又指着小强说："兵对兵，将对将，这个小土鳖不准上仗。"

"摔就摔！"小建瞪着眼说着，小强在一边吓哭了。他说："二哥，咱走吧！咱回家吧！"小建嚷着他说："你别怕！"说罢扑过去就要摔。那个孩子说："你别慌！"他先把眼镜摘下来，在小建脸前晃着说："二十块！弄破了你赔不起。"说着，把眼镜放在地上，又把破军袄脱下来放在地上，然后束了束腰带，喊着："一、二、三！开始！"说罢猛扑过去将小建抱住。小建虽然不会摔跤，却会"放跌"。他也不示弱地拦腰将他抱住。两个人扭在一起，像拔桩似的来回拱着、捺着、顶着，用脚使着绊儿，那个孩子忽然趁势将腿一摽，将小建绊倒在地上。小建虽然年纪比他小，个子比他矮，可是从小在农村参加劳动，却有一圪垯气力。那个孩子只想他倒了，就去捺他的头，猛不防小建就地打了个滚，像小豹子一样往他胯下一蹿，扳住他的两条腿，把他扳了个"仰八叉"。他又趁势上去骑在那个孩子的身上，使劲地捺住他的头，在地下狠碰起来。

那个孩子喊着："行了！行了！一下就行了。"小建说："你还我钱！"那个孩子说："你掏，在我口袋里。"小建往他上衣口袋去摸，那个孩子喊着："在裤子口袋。"小建找不着裤子口袋，那个孩子说："真是乡下佬！连裤子口袋也找不到！"他说着把小建推起来，掏出了钱给小建说："给！拿回去买膏药贴吧。"小建也不理他，接过钱来，领着小强就走，那个孩子忽然从后边喊着：“戴夜壶帽的，你站住！”小建站住了，那个孩子走到他跟前说：“你们不‘推坡’了？”小建低着头没吭声。

那个孩子伸出了右手，把小拇指头钩着伸在他的脸前，小建懂得这是和好的意思，也把小拇指头伸出和他的小拇指头钩在一起。那个孩子说：“我叫马蚁头，有事找我！”小建点了点头。

打了这一场架后，小建和小强就在这里“推坡”了。头两天，赚的钱不多，他们没有拿回家。小建对小强说：“小强，咱们把这钱攒住，晚两天换成大票子，拿回家叫咱妈高兴高兴。”小强说：“好。”他们又推了几天，已经攒了五六块钱，那时候大钞票兴“贴水”，四块七八角钱，就可以换成一张五元钞票。两个孩子就到钱摊上换成一张大钞票，拿着回家了。

这些天，杨杏看他两个回来得很晚，饭吃的也少，心里思忖着：“八成是在外边要饭吃了。”又想着：“这年头，要饭也不丢人，只要孩子们能填饱肚子，管他呢！”这些天，玉兰和秀兰两个闺女，看着小建和小强每天向城里跑着，她们也想往城里去找点活干干。杨杏说：“他们是男孩子，你们是女孩子，这城市地大人杂。再说你们那么高了，还能去要饭。”玉兰说：“这城市里可干的活多着哩！就你胆小。要是俺麦奶奶在这儿，早给我们领出去了。就会叫我们到地里挖野菜。现在红薯叶子霜打了，大秋地人家都犁过了，还有什么野菜挖！”

杨杏说：“晚两天再说。叫你爹去看看，看能找点什么活干。”

傍晚时候，小建和小强回到窑洞里来了。一进窑门，两个人就同时喊着：“妈！我们会给你赚钱了！”杨杏说：“会吃！你们要会赚钱，咱家也不受罪了。”小建说：“你不信？”说罢从口袋里掏出一张五元钞票和两张一元钞票说：“给，妈，你拿去买面吧！”杨杏看到孩子们拿来的钱，又是喜又是惊，忙问：“你们在哪儿弄这些钱？”小强正要说，小建挤挤眼，他说："我们两个找到事干了。……"杨杏不信地说："两个小鳖羔子，你们能找到什么事？"秀兰在一边接着说："准是偷人家的！"小建说："你才是偷人家的。"接着他们把这几天"推坡"的事说了说，杨杏听了半信半疑。

正说话间，长松从粥场回来了。他看见风箱上放的这几张钞票，就问："这是哪里来的钱？"杨杏说："小建和小强给人推东洋车挣的。"长松说："在哪里推东洋车就赚这么多钱？"杨杏把他们在运动场下边"推坡"的事情说了一遍，长松却不信。他说："两个蚂蚱大一样孩子，他两个会去'推坡'？"小建在一旁不服地说："不信你明天去看看。"长松说："'推坡'一天就能赚七块钱！"小建说："我们推了五六天了。"长松说："五六天怎么拿回来一张大票子？"小建说："我们在老刘的钱摊上换的。"长松说："什么老刘钱摊！我还不知道钱摊在哪儿，你们就知道钱摊？说不定就是在钱摊上偷人家的钱！"

两个孩子满心想让爹妈高兴高兴，却想不到他爹也这样说。两个人受了委屈，小建噘着个嘴不吭声了，小强鼻子一酸，扑簌簌地掉起泪来。

杨杏埋怨着长松说："你也问清楚再说，万一是他们推东洋车挣来的钱，不委屈他们了吗？这城市地方，用人的地方多，也许真是他们赚来的钱。"

长松说："万二也不会！叫他们在城市学流荡了，将来怎么回去种地？明天都给我拾柴禾去，敢再往城里跑，我把你们腿打断。"

杨杏看他越说越气，就说："算了吧！算了吧！累了一天了，也搁不住生这么大的气。都吃饭吧。"说罢给小建和小强先盛了两碗稀面条，还给他们加了两块热红芋。

到了夜里，两个孩子呼呼地睡了。长松却怎么也睡不着。他想着:“难道说这两个小东西真的是推车赚的钱? 要是真的,多少也算有点办法了。”他把那几张钞票握在手里,觉得湿漉漉的,好像有孩子们身上的汗珠味。

第二天一早,他披上衣服走了。小建和小强醒来,揉着眼问:“妈,我们今天还去‘推坡’不去了?”

杨杏有点为难:叫他们去吧,恐怕长松发脾气,再说他们两个到底在外边干的什么,自己也弄不清;可是不叫他们去吧,听他们说一天能挣一块多,称米买面,差不多够一家人吃了! 她想了想,把小强拉到窑洞外一棵柿树下说:“小强,你是妈的好孩子,你说实话,这钱到底是在哪里弄的?”

小强说:“就是俺两个给人家推洋车挣的,一回一毛钱。你看我这手!”说罢伸出两只小黑手,杨杏看看他两只小手的手掌上,磨出的两个大水泡已经破了! 她忍不住掉了两滴眼泪,回到窑洞里对小建说:“你们只管去吧!”

两个孩子又高高兴兴地去了。

长松到粥场打了两大锅水,他有点放心不下,就拐到大坡上来。他走到坡下边,就看见小建和小强已经在那里,他急忙蹲在一个岗楼后边,想看看这两个孩子到底在那里干什么?

就在这个时候,从车站路上来了一辆黄包车。车上边坐了个烫头发的妇女,腿前边放了两个大红皮箱,箱子上还放了两捆书。

黄包车刚来到坡前,小建和小强就飞快地跑过来了。他们挽着袖子向手上吐着唾沫,喊着向拉车的说:“推吧?”拉车的说:“推!挂点劲啊!”四只小手在后边推住车斗,向大坡上爬起来了。拉车的在前边喊着:“挂劲! 挂劲!”小建和小强在后边喊着:“加油! 加油! ……”

长松看到这个情景,眼睛潮湿了。

在这辆黄包车快爬到坡顶上时,小建和小强已经累得满头大汗了。就在这时候,两只大手忽然出现在车斗上,小建猛地回头一看,原来是他爹长松。爷仨谁也没说话。他们的汗珠和泪珠在尘土飞扬的大坡上洒着。……

第十八章　爱爱姑娘

女大自巧，狗大自咬。

——民　谚

一

洛阳的窑洞，在抗日战争期间，是相当有名的。

据有人统计，抗战八年中，日本鬼子在洛阳市投下炸弹的总吨数，相当于美国投在日本的两个原子弹。可是洛阳人民的伤亡，却要比广岛少得多。其原因之一就是多亏了那些窑洞和坚固的防空洞。

在洛阳北邙山一带，居民大多数居住在窑洞里。这种居住条件，乍一看，很像穴居的原始人，其实到了窑洞里边，还是别有洞天。这一带地处我国的黄土高原上，土质黏性大，含沙量小，坚硬异常。当地群众叫“立土”。再加上水位低，一般水井都有五六丈深，这都是挖窑洞的好条件。

老百姓住的窑洞大体上有两种：一种叫“出水窑院”，就是在沟两旁的崖头上，竖切一个面，在面上挖窑洞。这种窑洞，天下雨可以流出去，像长松家和老清婶家在烧窑沟住的窑洞，就是这种式样。不过他们住的这窑洞，无门无窗，再加上多年烟熏火燎，看上去像两个黑窟窿。

另外一种窑洞叫“天地窑院”，这种窑院是在平地上开挖一个大方坑，这种方坑一般要有二三百平方米大，挖十几米深。然后再在方坑的四面壁上挖窑洞,有的一面挖三孔洞,有的挖两孔洞不等。至于人畜的出进上下,是从远处再挖一条窑道通往下边。因为这种窑院雨水流不出去,全凭在院中再挖几个“渗坑”来盛雨水。

洛阳烧窑沟大约是很早一个陶瓷场的遗址。当时大批烧瓷工人在这里做活,因为盖不起房子,就挖窑洞住。后来瓷场被兵燹破坏了,人散窑空,这里就留下了几十眼破窑洞。

老清婶在黄泛区家乡没有见过窑洞。初来时,她天天担惊害怕,总怕这没梁没柱的窑洞会塌下来。白天烧饭做活坐在窑外边,到夜里就麻烦了,她大睁着两只眼不敢睡觉。特别是窑顶上老鼠一跑,沙沙地掉下两粒灰尘,她就把被子一撂,大喊大叫地跑了出来。

人本来就虚弱,再加上成夜睡不成觉,没有住上几天就生病了。两个闺女虽然不小了,可毕竟还是孩子,不知道该怎么办。有一天,长松和杨杏过来看她,老婆婆躺在床上长吁短叹。她对杨杏说:“玉兰她妈,我的命咋这么苦哩!他爹拉差车出去,到现在也没下落!两个死妮子啥也不会干。我前世造了什么孽!我真想拿条绳挂在门口那棵枣树上,吊死还能落个囫囵尸首,比砸死在这窑洞里好受些。”她说着忍不住伤心地哭起来。

杨杏说:“婶子,你可不能这样想,老清叔迟早会找着咱们的。再说,爱爱和雁雁都这么大了,这城市地方只要人勤,还是能顾个嘴的。你要是寻个短见,撇下她两个闺女,才没法过哩!一家子不零散了嘛?老清叔要是回来,看着家没家、人没人,心里啥味?”

老清婶说:“唉!我也是这么想,‘好死不如赖活着’。可这个窑洞我就受不了,见天夜里不能合眼。”

长松说:“婶子,你不用害怕,这窑洞结实着哩。就咱住这破窑洞,少说也有几百年了!没有见一眼塌下来的。我问了问此地老乡，人家说，人家都是人老几辈住，从没听说过塌顶砸坏人。这里土和咱们那里土不一样，你没看打的土坯，干了和砖头一样。”

经长松这么一批解，老清婶心里略觉宽慰了一些。杨杏听说酸枣仁能治睡不着觉，这是老年人传下来的一个偏方。烧窑沟崖头上很多酸枣棵，现在霜打叶落，一颗颗红酸枣像玛瑙一样挂满了崖头。杨杏就叫小响提个篮子去采。采了两天，采了大半篮子，杨杏和小响剥了剥，砸了砸，把枣仁取出来。她送给爱爱，叫爱爱给她妈熬了几次喝了喝，老清婶果然能睡觉了。

入冬以后，老清婶的病渐渐好起来。这天她在门口坐，长松扛了两捆秫秸秆回来。长松问：“好点了，婶子？”老清婶说：“好多了。”长松说：“过了九月九，大夫高了手。米汤萝卜丝儿，吃了去病根！天冷了，很多病就好了。”老清婶说：“我这病只要是能睡着觉就好了。”她又问：“捡这秫秸秆烧锅的？”长松说：“烧锅我看可惜了，想扎个门。天冷了，这窑洞大张着口，有个秫秸秆门，总能挡点风。”老清婶说：“好多哩！……”她说着看看自家窑洞门口上吊的那个破麻袋片，不禁触动心事。她想着要是老清在这里，也能扎个柴门，要是爱爱和雁雁有一个是男孩子，也不至于挂这麻袋片。想到这里，就不禁暗暗擦泪。

杨杏在自家窑门口看得清楚。她小声对长松说：“先给老清婶家扎门吧。她家没个男人，老清婶又有病。另外，两个闺女都那么大了，好歹有个门，就有个遮挡。咱家这么大一家子，晚几天弄来秫秸再说。”

长松说：“说的是。我倒忽略了！”说罢把秫秸背了过去，找了些碎麻，由爱爱和雁雁帮着，不到半天工夫，就给老清婶扎起个门来。

二

这年冬天,日本鬼子的飞机开始对洛阳狂轰滥炸起来。差不多每天都拉警报。每天八九点钟,警报就呜呜地响起来,接着天空上就出现三架一个队形的飞机群。洛阳的防空司令部,虽然也有几十门高射炮和高射机枪,但很少听说他们打下鬼子飞机来,整个城市的唯一防空办法,就是到城郊跑警报。

烧窑沟离城里只二三里地,沟两边又有很多破窑洞,这些天来,这条荒崖野沟,顿时人多起来。

每天吃罢早饭,大群的商人、学生、公务员和东车站妓院里的妓女,都向这里跑来,一直到下午两三点钟,警报解除才纷纷离去。

有一天有个老头来寻水喝,他对老清婶说:"你们在这里住,怎么不摆个茶摊卖茶呢?"老清婶说:"俺是逃荒出来的,缺柴少煤的,再说连个家具也没有。"老头说:"这个容易,我是在车站煤厂里管账的,你们要煤,就去推一车。没有现钱赊账也可以,在这儿能有个茶摊,大家方便,你们也有个营生。"老头说罢又把地址说了说走了。爱爱和雁雁两个姑娘就怂恿着她妈,一定要摆个茶摊卖茶。老清婶说:"这钱咱赚不了。"爱爱说:"怎么赚不了?"老清婶说:"咱家没有人。"爱爱说:"我和俺妹不是人?"老清婶说:"傻闺女,这卖茶得吆喝哩!"雁雁说:"我吆喝:'喝茶吧,大碗茶'!"雁雁学着卖茶的声音喊着,把老清婶也逗笑了。

老清婶拗她们不过,只得由她们。再说,粥场的稀粥越来越稀,从葫芦湾带来的粮食也吃完了,大小有个进钱的门路总活便些。

爱爱和雁雁去车站那个煤厂赊了一车煤推回来,叫长松给她们盘了个灶,又去拾了些霜桑叶,买了十几个黑瓷碗,茶摊就摆起来了。

茶摊摆起来后，果然生意不错，一天总能卖一两块钱，有时候还多一些。卖了一段茶，两个姑娘胆大起来，她们又要卖绿豆面丸子汤。老清婶说:“那不是说着玩的，卖饭得下本钱，就这样卖个茶算了。”爱爱说:“妈，我们都合计了，不要多少本钱。锅、灶都现成哩，再添些碗筷。绿豆面街上能秤，萝卜菜市上有卖的。就是油，夜儿个我们打听了，米家沟有个油坊，卖的菜籽油，就是贵一点。管他贵不贵，咱一天能用多少油?”老清婶说:“和你长松哥商量商量再说。”

晚上，老清婶到长松的窑洞里来。她把爱爱们想摆绿豆面丸子汤锅的事儿说了说，长松想了想说:“也行。反正在咱家门口，你也好照顾。香油的事儿，我给你们想办法。我这些天给一家山货行挖防空洞，他们那里有成篓的香油，我说说先赊几斤。”

第二天，长松从街上提回来五斤香油，高兴得爱爱和雁雁两人半夜里还没睡着觉。她们商量着怎样放锅、怎样放碗、怎样放案板，连放酱油、醋和辣椒的家伙都想了，第二天一早，两人就和面炸起丸子来。

丸子汤锅摆出来以后，跑警报的人都来光顾了。他们有的人带着干馒头出来，有的人带着烙饼出来，能喝上一碗丸子汤，中午这顿饭就算很满意地解决了。再加上爱爱和雁雁爱干净，碗筷洗的清清爽爽，丸子汤里再放一些葱花、香菜、辣椒油。虽然是最普通的饭食，在这荒岭野沟里，却散发着一股新鲜的香味。

卖丸子汤要比卖茶赚钱多得多，只半月光景，还清油账煤账，还赚了一袋面粉和五六斤香油。老清婶这时也有精神了，夜里炸丸子，起五更带着两个闺女去一里多地以外的沟里抬水。虽然累得腰酸腿疼，总算顾住了个嘴。

爱爱和雁雁两个穿得也干净了。门口枣树上挂个小破镜子，姊妹两个每天早上,总要对着镜子把头梳一梳。爱爱喜欢摆弄这些事。她在货郎担上买了一丈多红绒头绳,把她和雁雁的辫子根梢都用新头绳扎起来。连长松家的小响,她只要见她,总要捺住她给她梳梳头,还把剩下的一段红头绳,扎在小响两个小牛角辫子上。

近来长松给商店和机关里挖防空洞。杨杏提个篮子,带着秀兰、玉兰到街上给人家上袜底。小响有时在家,没事就跑到爱爱家的丸子摊前玩。爱爱为人大方,又喜欢小孩,小响每次来,她总要给她盛两个丸子,舀半碗汤喝喝。

有一次被杨杏发现了,杨杏赶快把小响叫了回去。回到窑洞里,杨杏交代说:"响,以后可别去吃人家的丸子汤了。人家是卖钱的,你吃了,人家就不能卖钱了。"小响说:"俺爱爱姑要给我吃!"杨杏说:"她再给你,你就摆摆手说:俺不吃。"小响学着摆手的动作说:"用这个手摆!"杨杏说:"对了。"

第二天,小响不敢去玩了。爱爱却喊着她:"小响,来!给你逮个蚂蚱!"小响跑了过来。爱爱问:"你吃饭了没有?"小响摇摇头。爱爱拿起碗又给她盛了半碗丸子汤。小响摆着手说:"俺不吃。"爱爱奇怪地说:"呀!这小响学会摆手了,谁教你的?"小响说:"俺妈。俺妈说丸子是卖钱的,不叫我吃。叫我这样摆手。"爱爱故意逗她说:"你妈叫你用这只手摆手,你用那一只手接住就不说你了。"小响果然用另一只手接住碗吃起来,逗得两个姑娘"格格格"地笑起来。

爱爱性格活泼,又爱说爱笑,再加上身材苗条,脸也长得聪明俊秀,在这黄土沟里,就显得有点惹人注目。那些跑警报的人中有些浮浪子弟,没事找事,没话找话,总要搭讪着来说几句话。有的买一碗丸子汤,要吃上一个钟头。慢条斯理,细嚼慢咽,一会儿要添盐,一会儿要加醋,挤眉弄眼,丑态百出。

雁雁每逢看到这种人，就噘着个嘴瞪着眼，恨不得打他一耳光！爱爱却不理会这些，她只装作没看见，总是大大方方，笑眯眯地做着生意，任他们甩头发，晃脑袋，却不理他们。

洛阳车站直接税局有个稽查员叫杨书兴，他本来是个街痞子。曾在宪兵队里干过一段文书，后来又混到直接税局里当稽查。他有三十多岁年纪，烧饼脸，眯缝眼，一嘴稀稀拉拉的黄牙。他近来跑警报也常来烧窑沟。有一天小雪初晴，城里拉警报，他又来在烧窑沟。那时地上积雪未消，爱爱和雁雁正在生火洗菜，两个人的手冻得像红萝卜一样。杨书兴穿了件黑呢大衣，脑袋紧紧地缩在竖起来的大衣领子里，他忽然发现眼前两个姑娘脸红得像桃花一样。特别是爱爱，穿着一件浅蓝布衫、紫红裤子，在雪地里站着，就像一枝鲜艳的红梅。

杨书兴暗暗说："想不到这个破沟崖下倒落着两只俊鸟哩!"他看着看着，浑身酥软，两条腿也走不动了。他拐到爱爱的摊子前坐下来。要了一碗丸子汤，却不吃。涎着脸没完没了地问着爱爱："你们是哪里人?"爱爱说："黄泛区的。""你家里几口人?""四口人。"他又轻声轻气地问："你多大了?"爱爱不好意思地说："十七了。"他又笑着问："你叫什么名字?"爱爱有些生气，但还是回答了："我叫爱爱。"他嬉皮笑脸地说："嗬！名字不错。"接着他又问雁雁："你叫什么名字?"雁雁一开始就讨厌他，大衣领子里露着两只小眯缝眼，滴溜溜地来回瞟着，后来又见他像审贼似的问爱爱，心里早恼了。现在他又来问自己，就窝着一肚子火回答说："我叫狗来问!"

她刚说罢，杨书兴对这个回答还没听清楚，他点着头说："也不错，也不错。"

爱爱这时忍不住低着头笑起来。他才慢慢地回过味来。气得他脸上一阵黄一阵白的，他窝着一肚子火，却无法发作。一碗丸子汤早冷了,他还在那里坐着。

爱爱说:“已经冷了,你倒是吃不吃?”杨书兴端起碗“哗”地往雪地里一泼说:“我不吃!”雁雁把碗一夺说:“不吃拉倒! 给钱。”

杨书兴把脸一变说:“给钱? 你想钱钱可不想你!”接着他把大衣扣子一解,故意露出胸前的圆证章说:“你们买执照了没有?”爱爱说:“什么执照?”“营业执照! 饭摊是随随便便摆的?”爱爱说:“一个执照多少钱?”杨书兴说:“二十块!”爱爱说:“我们买不起执照。不摆了!”杨书兴说:“不摆了? 你们摆了多少天了? 还有所得税。另外,你们前一段没有买牌照就开业,还要罚款……”他气势汹汹地说着,老清婶听说要罚款也慌慌张张地跑了出来。

这时已经围过来几个人。有的说:“算了吧! 她们这是逃难出来的,这也不能算个啥生意!”有的说:“叫她买个营业执照算了,所得税就别说了。她们能赚几个钱?”

这时有个头上缠着黑纱头帕的老婆走了过来。这个老婆大约有五十来岁,白净面皮,戴着一副豆芽式金耳环,穿着一件黑缎子面子狐狸皮短皮袄,脚上穿着一双雪白的袜子和黑平绒皮底棉鞋。

她大约认识这个杨书兴。她过来替爱爱说情:“杨稽查,算了吧! 凭这个小摊子,你们能轧出多少油水来。你高高手,她们这逃荒在外的人就过去了。”

杨书兴是个“人来疯”,一听见有人喊他“杨稽查”,嗓门却更高了,他从大衣口袋里掏出税单,煞有介事地搬起半京不京的官话说着:“不行! 今天她非补税不行! 谁说也不行。”

这几句话把那个老婆惹恼了。她说:“杨稽查,既然这个税你一定要让补,我替这两个小妮补了。你算吧,一共多少税钱?”

杨书兴听她这么一说,猛地一愣。他注视着这个老婆说:“咱俩怎么这样面熟哩?”那个老婆说:“有啥面熟! 我这脸上一没有贴金,二没有贴银。你们赵局长还给我留点面子,你这稽查我是求不起啊。”

杨书兴看她说话有来头，忙赔着笑说：“大婶，我这记性赖，你是……”老婆说：“我是‘春华书场’的。我姓徐。春凤是我的闺女。”杨书兴一听，忙喊着说：“哎呀，徐大妈！我真该死，我这眼睛吃到肚子里了。……”说着不住地讨情告饶，露出一身奴颜媚骨来。

原来这个老婆姓徐，叫徐韵秋。早年是开封相国寺里有名的唱河南坠子书的艺人。这些年来年纪大了，嗓子也倒了，就教了一班女孩子自家领着串码头。她有个女儿叫徐春凤，是当时洛阳名噪一时的红角，长官部一个副司令长官经常邀她去唱“堂书”，税局的局长，车站的站长，都是她的着迷“捧家”。徐韵秋把牌子撂出来以后，杨书兴就赶快把话收回来，生怕自己的饭碗被这个老婆踢了。

徐韵秋说：“杨稽查，咱们还不熟，我不怪你。这税款怎么办，你还收不收？”杨书兴说：“算了吧！大妈既然说了，我还能叫你拿这个钱！下一季度再说吧！”说罢点着头哈着腰走了。走了十几步还回头喊着说：“徐大妈，赵局长那里多关照点啊！”

杨书兴走后，老清婶对徐韵秋说：“太太，你今天算是救了俺一家子了，俺一辈子也忘不了你的大恩。”徐韵秋却拉住她的手说：“走，咱老姐妹说说话。”她又指着窑洞说：“这就是你的家吧！”说罢拉着老清婶走进窑洞。

徐韵秋坐下说：“大姐，咱客气话可不要说，我在外边跑了一辈子了，还能不知道出门作难。多聪明的两个闺女，你怎么叫她们在这儿摆饭摊呢？”

老清婶在乡下，一辈子也没见过穿得这样好的女人和自己这么亲热，就感动地说：“有啥法子哩！过去我们在家都是种地的，谁来过这城市地方？我命苦啊，就这两个闺女，没个男孩子。”徐韵秋说:“大姐,我和你一样,也没个男孩子,现在闺女也一样。只要教她们学点武艺,有个赚钱职业,一辈子吃喝穿戴就不发愁了。我有个闺女,从小就教她学书说书,现在一场书说下来,最少能撇二三十块钱。叫我看哪,你这两个闺女还不如送去学说书。”老清婶看了她一眼,低着头说:“我们不学那说书。”徐韵秋说:“大姐,别听外人传说,说书唱戏名声不好,那也是看人哩。像我那个闺女,她不管到哪里,我都要跟着。我是个直性子人,我们是卖艺不卖身!”

老清婶说:“我们商量商量再说吧。”徐韵秋说:“也好。你娘儿们商量商量。实话对你说吧,大姐!我是可惜这俩闺女。要不是那个料,就是送到我门上我也不收。教个徒弟不是容易哩,你这两个闺女我看了两三天了,身材、模样都行,听她们吆喝卖丸子的声音,嗓子还不错。你要真把闺女交给我,你放心,我会像亲闺女一样待她们。决不会让她们流荡了。她们只要下劲学,一二年就是你的‘摇钱树’。干我们这一行,风刮不着,雨打不着,心里也快乐。”徐韵秋说得天花乱坠,说的老清婶也没有主意了。

徐韵秋走后,老清婶把这个事儿和爱爱、雁雁说了说。爱爱脸都羞红了。雁雁却不同意。她说:“我不去。站到台子上叫人家看哩!我看这个老婆不像好人,城里边没好人!”老清婶说:“你也不能这么说。人家也是好意。咱愿意就去,不愿意拉倒。”

爱爱没有说话,可是她心里想了许多。她听这个老婆说她长得漂亮,嗓子好,心中有几分得意。自从逃荒出来以后,人比柴火棍还不值钱,城市的人全没有把她们当个人看待,真要是能找个职业,也出一口气!

过了两天,徐韵秋又来了一次。这次来带了些包子、烧饼、酱牛肉和香肠一类吃食东西。晚上又约她们去听说书。那天晚上听的是《偷石榴》《宝玉哭黛玉》《杨家将》几个段子,老清婶在乡下从没有听过这么有趣的说书,一下子听得入迷了。爱爱看着那些唱书的姑娘，穿着旗袍，擦着胭脂，那么神气地站在台上，连拿着檀板的手上都擦着粉，不由得悄悄低了头，看了看自己一双冻皲的手。

又过了一段，城里不大拉警报了。爱爱家的丸子摊从早上摆出去，一直到天黑也卖不了三两碗。生意做不成，一点积蓄很快吃光了。到腊月间，又下了一场雪，全家整整断了三天炊。老清婶看着实在无法子生活下去，第二天冒着大雪，领着爱爱来找徐韵秋，把爱爱留在“春华书场”的说书班子里。徐韵秋给了老清婶三十块钱，让她买点米背回家去。临走时爱爱把妈妈送到书场门口，含着泪叮嘱她多来看她。老清婶只是点头，却不敢看闺女的脸。

雪越下越大了，老清婶背着半袋米往家走着。她像是犯了罪似的不敢看路上的行人。到了长松家窑洞口，她本来想拐进去说说话，可是她站了一会儿，又拐回来了。她想着：“任凭别人怎么说吧！反正顾命要紧。”

三

这些天来，因为日本鬼子的飞机不常来，洛阳城里的商店又都改作白天营业了。大街上又恢复了平常的热闹景象。运动场的旧货摊子和杂耍又都摆了出来。

小建、小强和马蚁头一群孩子们，又来车站下大坡前“推坡”了。有一次，他们推着一辆黄包车往坡上爬着，小建看着那个拉车的高个子，四方脸，很像赤杨岗的四圈，他就在车子后边对小强说：“小强，这个拉车的像四圈叔！”小强说：“不像。四圈叔怎么会戴个礼帽？”小建说：“人家混阔了嘛，礼帽谁也兴戴。”

到了坡上，那个拉车的掏出来一毛钱说：“给……给……给你一毛钱！”他这一口吃，小建认准了。他喊着：“四圈叔！”四圈一愣，忙问：“你是谁？”小建说：“我是小建。你不认识了？”

四圈这时才认出来是小建,叹息着说:“哎呀!原来是……是你兄弟俩!你……你爹哩?”小建说:“在烧窑沟,俺家,老清奶奶家都在烧窑沟住。”四圈说:“啊!对你……爹说,我……我明天去……去看他们!”

小建说:“你知道烧窑沟这地方吗?”四圈说:“拉洋车的,什……什么地方不知道!”说罢,拉起车子赶快走了。

第二天一大早,四圈果然来了。乍一进窑洞门,长松和杨杏都不敢认他了。他头上戴着一顶灰礼帽,脚下穿着一双牛皮底黑礼服呢圆口布鞋,下身穿着黑丝布裤子,用两条海蓝色新腿带扎着裤角,上身穿一个深灰色的棉袄,不过扣子都没有扣住,敝着怀,还是老习惯。

长松问他:“你啥时候来到洛阳了?”四圈说:“我来了一……一年多了。”杨杏说:“四圈,看你这一身打扮,像是找到个好差事了?”四圈高兴地看着自己的衣服说:“啥……啥好差事,还不是拉……拉车。”他接着说:“我是跟……跟……跟着香亭来的,咱县……县政府迁……迁到洛阳,他就……把……把我带来了。如今香亭可……可混得阔了,才升难……难民救济所主任!我……我就是给他拉包车的。人家又……又娶了个姨太太,才二十一岁,是咱们县刘……刘大庄的。香亭如今经手的钱多……多着哩!发财了!发大财了!光……光买……买一身皮袄,……八百块!吃……吃饭,顿顿八……八个盘子!吃的绿豆芽,掐……掐……掐头去尾,就……就……就要中间那一段。”

长松说:“他们都有面子,有连首。当官的向着当官的,跑到洛阳还是官。”四圈摆着手说:“还……还……还是钱买的。有钱能……能买鬼推磨,他这个主……主任,就花了三千块!不过人家能干,能……能赚回来。”

接着四圈又问长松现在怎么生活。长松叹了口气说:“才来时候,就是到粥场吃舍饭。后来舍饭越来越稀了,养不住人,就给人家挖防空洞,一天赚几斤麦子。”他说着又叹了口气说:“在家里房子地叫黄水淹了!逃到这里,还是没人管。洛阳这地下几千个防空洞,都是咱黄泛区的难民来挖的,可是这风雪冷冻天气,大部分难民还在街上住着。风打头,雪打脸,冻死的冻死,饿死的饿死。有啥理可说的。”

四圈说:“你别挖……挖防空洞了!干那个活是埋了没死。我给你想个办法,你……你拉洋车!”长松说:“一辆车子几百块,我能买得起?再说,我这脑子笨,记不住街道。也不识字,看见街牌也不知道是哪儿。”

四圈说:“车子容易。西……西关有车行。可以租辆车,就是得……得……要个保人,我……我给你找。街道嘛!也……也好记。你……你……你只要先记住四条大街,还有到西工去长官部那条路,这就管……管跑车了。大部分都是大街上的商号,长官部当……当官的才坐车,去僻街小……小巷子的很少;另外,你……你……不识字,坐……坐车的识字,你用他的眼。再说,你还长……长的有……有嘴嘛!咳,不上半月,你就全熟了。比你耩地,扬……扬……扬场容易得多。”

经四圈三说两说,长松心有点活动了。杨杏也说:“挖防空洞这个活太累了。每天钻在黑洞里挖,累死累活也赚不了几斤麦子!要不就赁辆车拉几天试试。”小建说:“爹!我给你领路!我能记住街名。”四圈说:“就是,还有小建。他……他还识字!一个瞎子带个睁眼的,准……准行。”

四圈和长松商量定以后,第二天就一同到西关车行,赁了一辆双蝶牌黄包车。车子拉出来后,四圈又教他怎样过警察岗楼,怎样靠右边走,怎样刹车,怎样超车。讲了半天,长松记不住。四圈走了以后,他就叫小建和小强坐到车子上,慢慢拉着在街上演习,整整演习了三天,才开始到车站去拉顾客,当第一个顾客问他:“到南关贴廓巷要多少钱?”他说:“拉到你随便给!”

长松不习惯讨价还价,他总觉得干这种活,不如回家种地。土地对于他来说,是不要什么语言的,但是给他的报酬和快乐,要比这城市丰厚得多。

第十九章　牛　铃

牛死了，车卖了，
掂个牛铃回来了！
——民　谣

一

海老清的牛车，被国民党军队抓走以后，由那个姓崔的副官押着，来在村头小学校的营部里，他们把一箱箱子弹往车上装着，又把两捆步枪往车上抬。

老清老汉对崔副官说："长官，不能再装了。这都是铁做的物件，太重了。"那个崔副官说："怕什么，你这么大个牛。"老清说："长官，你别看这个牛个儿大，口太嫩，它还是个牛犊子，不能装载太多。"崔副官说："不装了！不装了！"可是嘴里说着不装了，又抬上来两个大柳条箱子和一个大竹网篮。网篮里上边放着炊具，下边放着大约是抢来的一副白铜香案。

每装上一件东西，老清的心就往下沉一下。他的这辆车的车体是去年用一棵白槐树新打的，刚用桐油油过，现在被压得吱吱乱响，老清觉得格外心疼。他又端了端车杆，看来最少有七八百斤重了，可是从门里又走出来个营长太太坐在车上，老清看着她那丰满肥胖的身体，又看了看自己的牛，不由得轻轻叹了口气。

老清轻轻地把牛梭头放正在牛项上，像哄小孩似的用手拍着牛的脊梁，嘴里喊着：哒，哒！那牛猛地一伸脖子，牛车开始走动了，崔副官像猴子一样已经跳到车上，和那个女人挤在一起。

跟着这辆牛车的还有个勤务兵小齐，牛车刚走出村，他也悄悄爬上车，脸朝后坐在车后尾上。

崔副官喊着老清说："老头，你怎么不坐上？来来，坐上来嘛！"老清说："我不坐。我们庄稼人有个规矩，不坐重载车。"崔副官从鼻子里哼了一声说："乡巴佬，太小气了。"

老清老汉只装没听见，不过他下决心不再说什么了。车子在尘土飞扬的黄土大路上走着，路上的国民党溃兵像一股流水似的向西撤退着：他们歪戴着帽子，倒背着枪，有的担着铁锅、油桶蹒跚地走着，有的像麻秆一样细的腿上打的裹腿带子，已经松散在脚上，骑马的军官们在旁边吆喝着，催促着。

大约是这些军官嫌军队撤退走得太慢，他们忽然在后边放起枪来。"砰砰"的枪声在后边响起来，军官们大喊着："老日追过来了，赶快跑！""跑步，后边赶上！"随着枪声，大路上的尘土更加浓起来，溃兵们像羊群一样开始跑起来。

崔副官喊着："老头，你这牛不会跑吗？"老清说："它会飞，可惜没有给它长两只翅膀。能拉千斤，不拉肉礅！你没有看见，牛身上已经出汗了。"

崔副官被老清抢白了一顿，心中老大不高兴。走了一程，路边有几棵小柳树，崔副官便跳下车，折断了一棵，跳上车，去掉枝杈，狠狠地朝着小牡牛屁股上抽起来。

这个小牡牛从来还没有挨过棍子，打了两棍，就瞪着铜铃似的眼睛，伸长着脖子拼命跑起来！老清在后边跑着喊着："不敢打！不敢打！"那个崔副官却一棍跟着一棍打着，足足跑了有十来里地远，牛身上的汗像从水里捞出来一样，老清老汉拼着命跑上前抓住牛鼻角说："长官，你这是干什么，你还叫我这牛活不活了？"崔副官说："你不能耽误我的公事！日本鬼子要是追上我们，你负责？！"老清老汉说:“那你怎么不坐汽车,不坐飞机?”崔副官说:“我今天非教训教训你这老家伙不行!”说着拿着柳棍就要往车下跳,那个营长太太拉住他说:“老崔,算了,算了,到许昌还得走几天哩,老生气还行。”她又对老清说着,“老乡!走吧。咱们坐在一个车上,就好比是一家人了,有事多商量。”

路过一个池塘边,老清用桶打了一桶水,掂过来饮牛,那牛大概是渴得狠了,“咕咚,咕咚”,一下子把一桶水喝完。这头牛从来没有喝过这么多的水,可是这次喝完水后,两只眼睛仍然看着老清,舌头舔着上唇,好像还没有喝够的样子。老清又给它掂来半桶水,它又喝光了。

晚上,车赶到五里店,天黑下来了。崔副官找了一间店房,把营长太太安顿住下,老清开始喂牛。就在他卸车的时候,才发现牛脖颈上,磨破了像巴掌大那么一块皮,鲜红的嫩肉影着血,把个老清心疼得饭都吃不下去了。

他烧了一把火纸灰撒在伤处,小牛像感激似的舔着他的手。老清说着:“好好歇歇,明天还得上路!我不能替你,我要是能替你该多好。”

喂了两和草,牛卧在车杆旁,老清吸了两袋烟,想合上眼睡一会儿,可是尽管跑了一天,却睡不着,因为牛还没有倒沫。

老清平常睡觉,总是在牛开始倒沫的时候。夜里,牛铃叮当叮当均匀地响起来,牛倒沫了,老清就在这牛铃均匀的响声中开始睡觉了。可是今天夜里牛铃却不响了,老清瞪着带红血丝的眼睛,烦躁地等待着。

“怎么还不倒沫?”老清说着走过去摸了摸牛的鼻子,牛鼻子有些发凉,上边还有些细小的水珠。

“伤水了!”老清痛苦地说着,可是这里什么药也没有。不但平常用的中草药苏叶没有,连一块姜也难找到。

一直等到后半夜，牛仍然没有倒沫。它一会儿站起来，一会儿又卧倒在地下，鼻子里喘着气，老清没有别的办法，把自己一件破棉袄搭在它的身上。

天快亮时候，老清打听着附近黑龙潭村有个兽医，他想把牛牵去看看病。他到小店里去找崔副官，想和他说一下。他找到了他住的小房间，推了推门，门从里边上着。门一旁有个木格子窗户，窗户上半扇是活的，可以推开。他推开了上半扇窗子，正准备喊："崔……"却忽然发现床上睡着两个人。营长太太那件蓝颜色旗袍搭在椅子上，吓得他急忙关住了窗子。

房里边崔副官喊着："那谁？那谁！干什么？"老清老汉慌得三脚两步跑出小店，到了牛跟前，他向地下吐了口唾沫，骂着："他娘的，真晦气！这些人……"

崔副官大约是受了点惊，起床后脾气特别大。他把勤务员小齐踢了两脚，又把街上一条狗打了一石头。当老清向他说牛有病时候，他两手叉着腰说："我不管你牛有病没病，今天下午我必须得走到临颍县。赶不到我枪毙你！"老清老汉瞪着眼看了看他，只得把一口气咽到肚子里。

套车的时候，那头牛就是不往车辕里去。崔副官从一支枪上拔下一根探条，准备去打牛。老清挡住说："长官，它是不会说话的东西，你不能随便乱打！"说着把自己腰带上挂的手巾解下来，包住牛梭头，那牛好像懂事似的叹了口长气，无可奈何地退进辕里。

上路以后，牛的脚步蹒跚起来，恰巧遇上一个大坡，老清向车上央求着说："长官，你们能下来跑几步不能！牛实在拉不动了。"勤务兵小齐不好意思地跳下车来了，那个崔副官用大衣蒙着头，只管打鼾，却不应声。

老清看着他那装死的样子，就不再叫他了。他把一条粗麻绳拴在车辕上，自己在牛前边弯着腰背上绳，拼命向坡上边拉着。勤务兵小齐害怕推车,钻到庄稼棵里装着解手去了。

车上边嬉笑的声音开始了。崔副官和那个营长太太在车上,一会儿你拧我一下,一会儿我掐你一下,忽然又把一根黄瓜撂在路上。老清在前拉着套绳听着,他感到恶心,他真想抽他们一顿鞭子!

快晌午时候,路上黄土都晒得冒起烟来。后边又响起了枪声。听过来的人说:后边是逃荒的难民在抢一些散兵的枪支。崔副官听了,就又用柳棍子抽起牛来。那牛忍着痛像发疯似的跑了一阵,大约又跑了五六里,就在一个小土坡前,前腿一跪,一头栽在地下。

老清老汉赶过来急忙把牛脖下边的仰绳割断,拼命抬着车杆让牛站起来,可是牛瞪着眼伸着腿,不管人怎么踢打喊叫,再也起不来了。

老清无奈只得把牛肚带解开,把车推在大路旁边。崔副官害怕天热,和营长太太到前边村子里找饭吃去了。勤务兵小齐趁机到附近田地里偷来个西瓜。他用拳头把西瓜砸开,掰了一块给老清说:"吃一块,大叔,花边子的,怪甜呢。"老清摇摇头说:"你吃吧。"小齐硬塞给他一块说:"吃一块,天多热哪!"老清接住这块瓜,送到小牡牛嘴边,小牡牛睁开眼看了看,喘了两口气,又闭上眼睛。

老清的眼圈红了。他把自己的草帽放在牛的头上,找了一棵荆梢,给牛赶着蝇子。

一直等到天黑,牛还是捯着气儿起不来。崔副官来催了两次,看着没办法,又去村子里抓差车去了,小齐在车上已经睡熟。

老清累了一天,靠着路旁一棵柿树睡着了。到了后半夜,他醒来了,他感觉到身边一个肉乎乎的东西!急忙看了看,却原来是那头牛!那头牛不知道什么时候,从路上爬到他身边来,偎着他的身子卧下来,而且已经断气了。老清急忙用火镰燃着火纸察看,牛的眼睛闭上了,大眼角还挂着两大滴眼泪。

老清“哗”的一下眼泪流出来了，他使劲地捂着眼睛，泪水从指头缝里向外边流着。他想起了这头牛刚买回来时的情景，他每天去锄地，小牛跟在后边，有时候故意淘气地去擦他一下，有时候偷偷地把他腰带上的毛巾衔掉。他又想起来第一次拉犁时的情景，它简直像一只老虎，跑起来几乎使老清扶不稳犁，一到地头就自动地拐回来，不偏不倚地站在垄沟里。……

这头牛曾经给老清老汉带来了兴奋和愉快，现在给他带来的痛苦却也是如此沉重。就在这时候，他发现附近有两条狗在等待着，狗的眼睛发出绿色的光芒，在对准着这条死牛。

“啊，原来是两条狗把它吓唬到这里！这两条狗欺负它，它才爬到我身边！”他胸中燃起一股不可遏止的怒火！他悄悄地走到车前，拿起了鞭子。就在那两条狗挪着步子快走近牛的时候，他从后边“哗”的一鞭子，把一条狗抽翻在地上，另一条狗夹着尾巴扭头就跑，被他赶上又是一鞭子，抽得它掂着一条伤腿狂叫着跑了。

老清老汉的鞭子是有名的，他可以在夜间用鞭子打灭一根点燃着的火香头，他还可以用鞭子往树上抽掉一个柿子而不带叶子。可是这些有什么用呢！……

天明时候，崔副官从前边村子里来了。

他喊着：“老头，牛怎么样？好了吧。”

“……”老清老汉没有吭声。

崔副官看了看牛，他又说：“怎么，牛死了？太娇嫩了。”

“……”老清老汉还没有吭声。

“赶快去找个杀坊卖给人家吧，这头牛这么肥，口又年轻，卖不少钱呢。”崔副官用安慰老清的口气说着。

老清这时说话了，他说：“长官，你去卖吧！不管卖多少钱你花吧！在你看来，它是畜生，你是人，在我看来，它却是人！你们知道我们做庄稼人的心吗？你们知道不知道我们把牛是当作一口人的？你们要粮，我们出粮，你们要款，我们出款，你们要差车，我们出差车，可是你们干些什么？日本鬼子来，你们一枪不还，只顾往西跑！还嫌我的牛跑得慢。结果，你把它累死了！……你手里有枪，我手里只有鞭子，我打不过你。可是我心里不服你！我永远不服！”

老清说着瞪着红血丝的眼睛，浑身颤抖着，倒把个崔副官镇住了。他嘴里说着：“这老头疯了！这老头疯了！”

二

半月以后，老清老汉掂着个牛铃回到老家赤杨岗时候，村子里的房屋已经完全倒塌在黄河水里，只剩下两株大杨树了。他打听着逃荒的人群都跑到洛阳一带了，到洛阳车站找了两次，仍然没有找到赤杨岗的人。后来他就在龙门南伊川县找了一家地主，给人家扛长工。当了一年多长工，已经是腊尽春回了。

除夕这天晚上，掌柜家全家吃团圆饭。在外边上学的儿子回来了，做生意的侄子也回来了。掌柜的叫老清到堂屋席前喝几杯酒，老清喝了一杯酒，他没有动筷子吃菜，就推说头疼回到牲口屋里来了。

他回到牲口屋躺在床上，用被子蒙着头，眼泪不住地流。他想着人家一家子团团圆圆吃酒过年，可是自己的一家子却连个下落也没有。他想着往年过年时候，不管手里再没钱，也要给两个闺女爱爱和雁雁买两双袜子，买两条毛巾，有时候碰上好年景，还要给两个闺女买几尺细丝布做两件布衫。家里虽然没有大酒大肉，可是萝卜肉馅饺子，除夕晚上还是包一筐箩的。那种菜疙瘩萝卜馅饺子肉不多，他却吃着可口。老清婶知道他吃得多，初一五更总是用个盆子给他盛一盆子，端给他随他吃。

他一辈子没有休息过，可是到过春节时候，他总要破一天工夫，给两个闺女扎两个灯笼。有时候扎“鱼灯”，有时候扎个“西瓜灯”。他记得有一年还扎了个“羊抵头灯”，两个闺女穿着新衣服、新袜子、新布鞋子，在门口玩着“羊抵头灯”愉快地笑着，老清老汉坐在院子里抽着烟袋听着，平常不大有笑容的脸上，这时也泛出几丝笑意。……

老清老汉一夜没有睡好觉，他开始想家了。

初一这天早上，地主家儿子给他端来两碗白面饺子。他吃了一碗，也吃不出什么味道，只觉得饺子上也有股眼泪的苦咸味道。

过了“破五”，掌柜家的亲戚走得差不多了。他向掌柜提出来想到洛阳转几天。老清本来是个做庄稼活下力，喂牲口负责的人，地主怕他走了不回来，就把他的几件破衣留下，临行时，又给拿了半袋蒸馍做干粮。

正月十三这天，老清过来龙门往洛阳走着，恰巧碰上关帝庙大庙会。关帝庙离洛阳十五里地，本是汉朝关羽头颅埋葬的地方。到了金、元、明、清几代，关羽被神化，庙宇殿廊就不断扩大起来。从正月十三这天起，这里有个传统大庙会。一会半月，方圆左近百十里地方的村镇，都来这里迎神赛社。一般年景总是有几百道社，有狮子，有龙灯，有高跷、旱船、排鼓。还要唱几台大戏，正月十三这天晚上照例还要由洛阳商会放一场焰火。

老清从来没有赶过这么大的庙会，几万人围在一块，又是敲锣鼓，又是放鞭炮。各种神社故事一道接一道在人流中穿越着，呼喊着，卖熟食的摊子，卖豆沙糕、卖甘蔗和卖炒花生的小贩使劲地吆喝着。

老清心中有事，他是来洛阳找寻他一家人的，对这些故事也没有心思观看。他只觉得庙周围这几百亩麦苗，被践踏得这么厉害实在可惜了。

他快走到关帝庙庙门口时,见人们像潮水似的向庙里涌着。人们喊着:“交犁耙的,交犁耙的!”“看看交犁耙去!”老清听着“交犁耙”这个词怪新鲜,就随着人流挤到庙里。

原来这关帝庙庙会有个风俗,凡是遇上天灾歉收年景,农民们交不起粮,完不起税,就串通一些村子的人扛着犁、扛着耙到关帝庙来,因为这天官府的官员们都要来上香拜关羽,农民就用这个机会,把犁耙扛来摆在殿前,表示他们把犁耙交给当官的,不给他种地了,以此来要求减税减粮。

这种古老的“罢农”方式,好多年已经不见了。这次又出现这种方式,是因为国民党近来的差税太重,附近几个村子的自耕农民,又听说专员刘稻村要来赶会参观,就扛着犁耙向他交犁耙。

老清挤到大殿前,只见几百个农民都光着膀子束着腰带,他们把扛着的犁耙放在大殿前,刘稻村乘坐的小汽车被围在犁耙中间。

只见一个光着膀子的人,手里握着一墩大红纸炮站到台阶上,他用火香把纸炮点着,纸炮在他的手中爆炸着,裂响着,他却面不改色地握在手中。

这大约是他们表示决心的一种动作。纸炮放完后,他问着大家:“咱们今天来干什么?”

大家回答着:“交犁耙!”

“为什么要交犁耙?”

“差事太重了,地没法种了!”大家又回答着。

“把犁耙交给谁?”

“交给专员!”

“请专员出来!”“叫刘稻村出来!”接着下边就乱喊起来了。大家喊了一阵,刘稻村也没有出来。后来听说他从后角门跑了!看到这里,老清又随着一群人挤出庙门来。离开关帝庙时候,老清一路上想着:毕竟洛阳是个大地方,人开化得多了,把专员都吓跑了,可见人多算话。

三

到洛阳后,天已经快黑了。老清找了一个卖豆腐汤的摊子,要了一碗豆腐汤,拿出两个蒸馍来,泡在汤里吃了。他问了几家小客店,价钱都要得比较贵,最后就到东关牛行街,和买卖牲口的挤在一块睡了一夜。第二天,他先到车站难民舍饭场,挨家看着来领舍饭的难民。

一直看到快晌午,没有看到老清婶和长松们,也没有看到一个赤杨岗的人。他向难民们打问着,有人说:“那一片黄水来得早,恐怕都逃到陕西了!”还有人说:“反正你们赤杨岗那一片还有人在洛阳,就是在哪儿住不知道。”下午,他又到车站打问,把所有的小脚行、摆饭摊的都问遍了,仍然没有下落。

他在街上一直转到天黑,找不到一个熟人,也找不到一个住的地方。再往东关牛行去吧,也记不清路了。后来他找到一个席棚子,他想着就在这席棚下蹲一夜算了,这里还背点风。

蹲了一会儿,席棚后的一扇窗户慢慢打开了。从窗子里露出一张胖女人的脸。这女人有四十多岁年纪,睡眼惺忪,嘴里叼了根烟。她用沙哑的嗓音问着:“那谁在外边哩?”老清还只当她问别人,没有回答。那个女人用手指着他说:“我就问你!”

老清忙说:“我,逃荒的。在这儿蹲一会儿,避避风。”那个女人打了个呵欠说:“那你给两毛钱吧!”

“给两角钱?”老清有点奇怪。那个女人说:“我们这个席棚不能白蹲啊,再说,你也蹲了这半天了。”

老清说:“啊,这蹲一会儿也要钱?”那个女人说:“这有什么稀罕,你站一会儿也得给钱,搭个席棚是容易哩,还得买席买竹竿。”

老清听她这么说,几乎恶心得想吐出来,他掏出来两毛钱递给那个女人,头也不回地站起来走了。

他想着这城市地方真是不能住。要是在农村遇到过路投宿的,总要给人家领到个草屋住住,第二天早上不说管饭,也要送盆洗脸水。谁也不会向人家要钱!可是在城里,在谁家门口蹲一会儿就要钱。也能张开口,也能伸出手!真是钱比爹娘还要亲。

老清一路想着,一路在街上转悠着,他索性什么地方也不睡了,就在街上转到天明算了。刚转过一个街口,被大街上一个警察叫住了。老清只得走到那个警察跟前,警察问着:“你是干什么的?”老清说着:“逃荒的,找家里人的,俺一家失散了。”警察说:“十二点净街,你不知道?!”老清说:“我不知道净街。”警察说:“你不知道!先蹲到这里!”警察指了指一家商店门口。

就在这时候,前边一条街口忽然有一辆黄包车一闪,拐到巷子里边了。这个警察马上喊着:“站住!”接着撂开两条腿就赶起来,那辆黄包车在前边跑着,警察在后边追着,追了没多远追上了,警察把黄包车上的垫子掂起来就走。那个拉车的跟着警察乞求着说:“老总,垫子还给我吧!我家里小孩多,夜里出来想多拉一宗生意。”

警察说:“垫子给你!到警察局去给你!你跑什么!要不是我跑得快你早溜了。一双新鞋都给我跑烂了。”

拉车的说:“老总,我以后决不再犯。”警察说:“说得好听,拿了违章罚款再说。”他又指着那家商店门口,“车子放下,也蹲到那儿去。”

老清在墙根前蹲着,听着这个拉车人的声音,酷似他村里的长松!可是他再也没想到在这里会碰见长松。长松快走到他跟前时,他猛地站起来抓住长松的手说:

“你是长松不是?”

“你是谁?”长松吓了一跳。

“我是你老清叔!”

“老清叔！哎呀,你怎么在这儿?”

老清激动地说:“我就是来找你们的。我找了两天了。”两个人见面,又是掉眼泪又是高兴。那个警察过来说:“嘿,你们俩在这儿倒是搭上亲戚啦!”长松忙从腰里掏出五毛钱说:“老总,这点小意思你收下,吃饭不饱,喝酒不醉,就买盒烟吧。”警察把五毛钱接住了,他又对老清说:“还有你哩!”长松说:“这就是我们两个人的意思。”警察说:“你拉过车没有?”长松因为急着要领老清回家,就又给他掏了五毛钱,这个警察马上笑容满面地说:“你们走吧。你们从这小巷子出去,顺着城墙走,那里没岗。”

进了小巷子,老清说:“这城里人怎么都是这样？穿戴的郎帽金圈,五毛钱都打发住了。”长松说:“警察都是这样。‘黄狗变黑狗,没钱查户口’。他们就是凭净街查户口弄几个钱。”

到了顺城马路上,长松把车放下说:“叔,你坐上,离家还远着哩。”老清像蝎子蜇了他一下似的说:“我不坐。”长松说:“你坐上吧,坐上我反而跑得快。”老清说:“我不坐！这不是咱们庄稼人坐的车。”

到了烧窑沟,天已经大亮了。这天正是正月十五。路上赶集的人,扯群大流,附近街上,有往“百子桥”上上供的,有在广场上打秋千的。卖琉璃喇叭的背着大竹篓子,嘴里吹着琉璃喇叭,后边跟着一群小孩,卖糖葫芦的挎着篮子,沿街叫卖。

老清顾不得看街上的景致,只是一路小跑跟着长松走着,到了窑门口,长松说:“俺婶就在这孔窑里住,我在北边那孔窑里住。”他说罢喊着,“婶子,婶子,俺叔回来了!”

秫秸门开开了,先跑出来的是雁雁,她大声喊着:“爹！……”又向窑里喊着:“俺爹！俺爹……”老清婶喊着:“哎呀！老天爷呀,你可是真灵验啊！我昨天夜里才许下个猪头。”

老清老汉站在破窑洞门，他呆住了。他一句话也说不出来，眼前这个窑洞就是他的家，他对这个“家”是多么陌生啊！他看了看雁雁，几乎把她当成爱爱，雁雁又长高了半头。他看了看老清婶，老清婶的头发已经花白了，他感到这一年多，人都老得多了。

长松坐了一会走了。老清婶急切地问着：

“你是从哪里回来的，把人心快操碎了。”

老清说：“从伊川县，我在那里给人家扛长工。”

“咱的牛哩？”

“早死了。”

“车哩？”

“车卖了。”

“只要人平安！东西都是人置的。”老清婶劝着老清，自己却忍不住擦起眼泪来。

老清看着窑洞里放的锅碗、风箱、几条被子，还有老家的那个箱子，就问：“你们怎么把这些东西弄出来的？”老清婶说：“还不是两个闺女挑出来的，两个丫头都学会挑担子了。”接着她把如何从村里逃荒出来以后又到寻母口的情形说了一遍，老清问：“爱爱哩？”

老清婶打了个顿儿说：“人家在城里给她找了个事，明天就回来了。”

“找了个什么事？”老清又问。

老清婶说：“还不是顾个嘴，给人家缝缝补补。”

中午，老清婶还到街上买了半斤肉，给老头做了一顿面条吃了吃，杨杏又送来了两个玉米面枣糕。杨杏和老清说了一会儿就走了，老清躺在地下铺的麦秸草铺上微笑说：“哎，好赖总算是个家！”他把昨天夜里蹲人家席棚，还出了两毛钱的事说了说，没有说完已经睡熟了。

四

第二天一早,老清老汉就按着老习惯起来了。他找了把破扫帚把窑洞门口扫了扫,又捡了些碎砖头和坯头,准备垒个小厕所。

他正捡着砖头,抬头见一个青年妇女向窑洞这边走来。这个青年妇女穿了件阴丹士林布的蓝旗袍,里边穿了件粉红色棉袍,穿着一条紫红色棉绒裤,外边没有套裤子,脚上穿着一双肉色袜子和湖绿色花鞋。

她向这边走着,老清没有留意,他只当是过路的。谁知道那个青年妇女老远就喊着:“爹!爹”一路小跑过来,老清还只当喊别人,谁知道那个青年妇女跑过来一把抓着他的胳膊说:“爹,我是爱爱!”

“爱爱!”老清猛地吃了一惊,捡在手里的半截砖头,也差点砸在脚背上。眼前站的这个姑娘,烫着头,搽着粉,嘴上抹着口红,就在一刹那间,老清老汉一切都明白了。

爱爱哭着说:“爹,你没有认出来是我吗?”

“我!……我!……”老清叔用枯干的手背擦着眼泪,一句话也说不出来。

回到窑洞里,一家子不知道什么原因,全都哭起来。

最后还是老清婶先说话。她说:“吃饭!人只要活着,有啥哭哩。”

爱爱这时把带回来的提兜解开,拿出来一块肉,一包元宵,半斤粉条,还有一大堆碎馍块。她说:“这都是我平常吃剩的馍。”她又说,“早知道俺爹回来,我就买一斤酱牛肉带回来,五味斋的酱牛肉烘得可烂了。”

爱爱在掏着东西说着，老清老汉却一直不敢看女儿的脸。他脑子里嗡嗡响着，好像要炸开一样。他也不敢到门外去垒厕所了，他觉得自己好像变成了一个偷人家东西的贼。

过了一会儿，爱爱和雁雁到长松家去了。爱爱在城里给小响买了个橡皮薄膜做的“洋茄子”，她们给小响送去。

两个闺女刚走出门，老清走到老婆跟前，瞪着两只血丝的眼睛问：“你把爱爱卖到哪里了？！”

老清婶看着他那像疯了的样子，急忙闪在一边说：“什么卖了！人家在城里给她找个事儿。”

“什么事儿？”老清逼着问。

“学说书！没办法。人嘴不能绑起来！……”

老婆话还没有说完，老清“啪”的一巴掌打在老伴脸上。大约打得太重了，把老婆打坐在地上，嘴也打流血了。

老清的手颤抖得厉害。他指着老清婶骂着说：“你……你……给我领的好家！你算个人不算！”他说着又拿起擀面杖。

老清婶也是犟脾气，她跑过去一把抱着他的胳膊，用头顶着老清的胸膛说：“你把我打死吧！你把我打死吧！这一年多你去哪里死了！你一进门就打人！……”

这边一哭一吵，长松、杨杏和爱爱、雁雁都跑过来了。她们急忙拉开老清婶，夺掉了老清手中的擀面杖。

老清婶气不过，坐在地上放大悲声哭起来。她哭着说着：“这一年多你知道我们怎么过的不知道？你有本事你咋不养活我们！你该死了！你光知道打人，就不知道人还要吃饭！……”

老清听她骂着，自己气不过，用拳头打着自己的头说：“怨我！谁叫你跟我海老清哩！……”

长松看他气得那个样子，就连拉带拖把他拖到自己窑洞里。

长松劝着他说：“老清叔，蒋介石扒开黄河，这一场灾太大了。

人都是死几死，活几活。俺婶子和俺两个妹妹，又都是女的，她们这一年多苦水也喝够了。你就是再恼，也得忍忍。”

老清流着泪说：“长松，我死后不能进咱姓海的老坟了。我这一辈子并没有办亏心事，怎么老天爷对我这么狠呢！”长松说：“那都是老迷信话。爱爱她在车站学说书，也不一定就流荡了。咱现在连饭都没有吃的，还管她‘下九流’不‘下九流’。”

劝了一会儿，老清老汉不哭了，那边老清婶也不哭了，到了快晌午时候，爱爱过来了，她脸变得惨白，眼睛也哭红了。她说：“爹，回去吃饭吧！”

老清老汉低着头没吭声。长松说：“吃饭吧！吃罢饭再商量，你不愿意叫爱爱去，可以叫她回来。”

老清叹了口气回到自己窑洞里了。老伴虽然和他吵了架，心里还是心疼老头。她给他一个人包了一大碗饺子，自己和两个闺女还是吃的野菜面条。

老清自己吃不下，他给爱爱和雁雁拨了半碗，雁雁吃了，爱爱一碗饭却在那里放着。

吃罢饭，爱爱擦着眼泪过来了。她先跪下给老清磕了个头说：“爹，我先给你磕个头，我今年过年还没有给你磕头哩！”她接着说，“爹，你也不用生气，也不用打俺妈。学说书是我自己愿意去的，不是俺妈的主意。我没给你丢什么人！”她说着眼泪像小河似的在脸上流着，“你把我养活大了是不错，可是我也得活下去！你要嫌我这闺女丢人，我可以不姓海！”她说罢，站起来扭头走了。

老清婶急忙赶到窑外边喊着：“爱爱！爱爱！你爹老了！你别跟他一样！”可是爱爱头也没回，向着城里走了。

夜里，惨白的月亮挂在冰冷的天穹上。几颗流星像她洒下的泪珠一样在闪烁着。老清老汉一个人在窑外崖头上站着，他仰望着天空，悲痛地问着天：“老天爷，你为什么不长个眼睛！难道是我错了嘛!”

正月十七这天,老清老汉提着个小包袱又离开烧窑沟走了!长松劝了半天,他还是执意要走。他说:“长松,我是个庄稼人,这种日子我过不了,我眼不见,心不烦!”说罢提着包袱走了。

第二十章　石头梦

官大自险，树大招风。

——民　谚

一

王跑一家错坐了向东去的火车，到天明时候，火车在白马寺车站停了下来。王跑看车一停，就赶忙从车篷上跳下来，先把小车、行李、锅碗递了下来，又把黑蛋和毛蛋抱了下来，最后又把老婆老气从车篷上接了下来。

到了这个人地两生的地方，王跑感到孤独了。他想着一辈子头一回坐火车，往西行却坐了个头朝东的车。这里离洛阳有多远？他不知道。看起来这一回是老水牛掉到井里边——无法动弹了。

一家子离开车站，在一条黄土路上走着，也不知道去什么地方好。走了一阵，太阳慢慢升起来了，附近村子几条炊烟袅袅娜娜地向天空中飞升着。毛蛋蹲在路上不走了，他喊着："妈，我饿！"其实王跑自己肚子也早饿了，只好把车子停在路旁。

老气说："咋办，要不我到村子里要点吧！你们在这儿等着。"王跑说："把他俩也领着，能要来点稀饭喝喝就好了。省的他们在这儿闹。"

老气领着两个孩子进村要饭去了。王跑靠着一个土圪塄半躺下来。他听着自己的肚子"咕噜噜，咕噜噜"地响着，心里说：真是肚子里唱起洋戏来了！什么声音都比这个声音好听，什么味也没有挨饿这个味难受。人发明这,发明那,发明飞机会飞,发明火车会跑,就不会发明人不吃饭能活着!

他抬了抬腰,想放个屁,却没有放出来。他叹了口气说:“唉,人家常说,饿得连个屁都放不出来了,如今我算知道了。”他觉得一阵晕困,头靠在土圪塄上。……

隐隐约约地听见一阵狗叫,他知道老气进村里了,嘴里慢慢地湿润起来,他开始站起来在地里走着。他忽然发现这是一块红薯地,红薯出过了,地还没有犁。他又发现就在他眼前的地上露出一颗红薯笼头,秧子割掉了,红薯还没有出,镰割过的茬上还流着粉汁。“好大一颗红薯!”他说着蹲在地上扒起来。扒开以后,这棵红薯大得惊人!像牛头罐子那么大的红薯块,三四块挤在一起露出鲜红的颜色。“这么大的红薯!一块就够一家人吃了!”他拼命扒着,可是怎么扒也扒不出来,累得他满头大汗,肚子里叫得更厉害了。……就在这时候,老气在他背后喊着说:“别扒那个红薯了!你吃这个吧。”王跑扭头一看,只见老气笑嘻嘻地端了个红漆食盒,她把食盒放在地上,把盖子一打开,只见里边放着热气腾腾四大碗荤菜:一个是红烧长条肉,那枣红颜色的肉块足有四寸长,半寸宽,晃晃颤颤地放在那里;另外一个是黄焖肉,因为碗装得太满,还掉在食盒上两块。王跑觉得可惜了,就用手先去捡那两块黄焖肉,可是捡来捡去,那两块方肉却滑得像泥鳅一样,怎么也捏不到嘴里。老气说:“你先吃那条鱼吧!”王跑看着食盒中放着一个大盘子,盘子里放着一条红烧鲤鱼。那条鱼新鲜得像活的一样躺在盘子里,背上洒着木耳、姜丝、肉汁。王跑拿起一双筷子就去夹,刚把筷子挨着鱼身上,那条鱼忽然在盘子里睁开一只眼来!……吓得王跑“哎呀!”一声,急忙睁开眼,却是一个梦。

这时老气和孩子们已经要饭回来了,给他捎回来半块玉米面饼子和两块细得像指头一样大的小红芋,王跑一面吃着一面掉着泪。

老气问他："你刚才哎呀一声，是肚子疼？"王跑把刚才做的梦说了说，又说："今天肯定要有气生！人家说做梦吃肉要生气。"老气说："梦是心头想，你饿晕了。再说肉你也没有吃到嘴里。"王跑说："就是。反正说破不灵，好在能转个好运气吧。"

吃完了红芋，老气说："咱得先找个地方落脚住下，天这么冷了，没有个存身地方不行。"王跑说："还找庙住。这么大个庄子，它能没个土地堂。"说罢推起车子向一丛树林走着，就在这时候，黑蛋指着前边一片房子说："那不是个庙。"王跑看了看，只见前边柏树林中，红墙黄瓦，殿宇层叠，确是一座大庙。

他们来在这座庙门口。只见两扇朱漆山门大开着，山门下扫得干干净净，门楹上挂着个大匾，上写着："敕赐白马寺"。迎大门有一座石碑，碑上刻着"中国佛教之源"几个字。王跑虽然识得"白马寺"三个字，意思却不懂得。他扒在石碑上探头朝里望了望，只见大殿里香烟缭绕，还隐隐听得有和尚在念经。

老气说："这是个啥庙，这么大？"王跑说："管他什么庙，只管进去。"说罢推起小车就往里走，刚走到院子里，大殿里走出个小和尚，约有二十来岁年纪，穿个黑袈裟，长筒白布袜子，见了王跑忙挡住问："你们是哪里的？干什么？"王跑虽然多年没见过和尚了，却也懂得点称呼。他说："小师父，我们是黄泛区逃荒的，坐错车了，流落在这里，想在这庙里住两天。"那个小和尚说："我们这是寺院，不是庙。这里不能住，你们到别处去看看吧。"王跑说："小师父，我们在外边要能找下住的地方，决不会来麻烦你们这寺院。常言说，在家千日好，出门一时难。你们出家人爱行善，好赖找个避风的地方就行。"小和尚没有他嘴会说，只说着："那不行，我们这是寺院。"正说话间，从殿里又走出来个老和尚，他有六七十岁年纪，长眉毛，深眼窝，尖下巴，看去面貌清癯，说话却声音响亮。他说："这里不能住啊！这里是佛教重地，你们到村子里看看找个地方吧。”王跑看这老和尚的穿戴神气，像个当家的和尚，就抢上前一步说：“老师父，你就行行好吧，我们是逃难的难民，只住一晚上，给孩子们烧碗茶喝。明天就走。”老和尚看撵不走他，就对小和尚说：“给他们领到后菜园住一宿吧！”说罢，叫小和尚领着王跑一家到后菜园去了。

原来这白马寺是洛阳一个有名的寺院。据传说是东汉明帝时候，有两个印度和尚，用白马驮着佛经来中国传教。走到这里，白马死了，他们就在这个地方开始传起教来。现在这个寺里，还有埋着这两个印度和尚的坟，因为有这个传说，历代洛阳遭过多次兵燹，这个大寺却一直保存了下来。不过这里只是个古迹，香火一直不算很盛。到清朝末年，殿宇房屋倒塌得很厉害，寺里原来有一顷多地产，也陆续被当地豪绅们霸占了。后来“一二·八”淞沪战争时，国民党政府迁都洛阳一段，几个院长来这里逛了一趟，老和尚告状，才算把地要回来二十多亩。后来又批了一笔修缮款，可是钱批的太少，再加上当地官员贪污挪用，除了把那几个院长的题字刻成石碑外，剩下的只够修整了一下山门，里边还是破烂不堪。

这里只剩下两个和尚。老和尚叫智能，小和尚叫圆通，他们是师徒二人。寺里的二十多亩地，由附近村里几家农户租种着，每年秋罢缴点粮食到寺里，供他们生活，寺后边还有大院子，老和尚在那里开了一片菜地，种了点萝卜白菜。

王跑一家当夜就住在这个菜园的两间破房里。

第二天清早，王跑找了一把破竹扫帚，把菜园门口扫了扫，又把些碎砖头拾了拾，就在这时候，老和尚转过来了。王跑说：“老师父，你起来得早啊！”接着他又指着菜地说：“你这白菜这样种不行，这样长到啥时候还是扑棱棱，都下过霜了，得用红芋秧子把它捆住。一捆住就长成净心了。另外，你这红萝卜得剔苗；你看都长得像指头一样粗，我在家种的红萝卜，长得和棒槌一样，一个二三斤。”老和尚看着他说:“你会种菜?”王跑说:“嗨!不光会种菜,还会种细菜。像你这个园子,我步了,最少有三亩多地,要是摆弄好,种几畦葱、韭菜、芹菜,栽半亩蒜,吃不完的菜,还能卖钱。”老和尚说:“我们出家人不吃葱、韭、蒜、芥。这在三十戒里边。”王跑说:“这没有关系,种半亩西瓜,种几畦黄瓜、甜瓜。这不戒吧?”

王跑一时说得天花乱坠,把个老和尚说得迷住了。老和尚说:“阿弥陀佛,要是像你说的这样,我们寺里可就不用赶集了。”他又看着王跑带着木匠家具,就问:“你还会木匠手艺?”王跑说:“俺家是祖传三辈的木匠,粗细木作都会点。”老和尚说:“我有一段柏木料,想做一张腿低一点的床,行不行?”王跑说:“你要啥样子的都行。”

王跑在寺里做了一阵木匠活,渐渐地和智能老和尚混熟了。智能看他人长得五短三粗,一身力气,说话也随和,手也勤快,就有意留下他在后园里边种菜园。后来讲定,一年工价是三石谷子,一石荞麦,一石五斗绿豆,菜园子里的菜除吃以外,到集上卖的钱和寺里四六分。寺里用水由他挑。

王跑得了这二三亩菜园地,把命都拼上了。到了开春,他和老气商量着要打一眼水井。他说:“青菜是水布袋,种菜园没井不行。有一眼井,一亩园能顶十亩田!黄瓜、韭菜这些细菜也能种了。”老气说:“你到下边打,我和孩子们在上边给你绞土。打起来也容易。”王跑又和智能老和尚说了说,智能说:“只要你会打,你就打吧。寺里也早想打一眼井了。就是咱们这里水井深一些,最少得四五丈。”

王跑舍不得白天的工夫,白天翻地整地下菜苗,夜里打井。挖了两个黄昏,就挖了丈把深。第三天,王跑吃罢晚饭,下到井下正在往下挖时,忽然“咣啷”一声,镐头碰着个硬东西。王跑一惊,心里想:“莫非挖着一罐子银元宝!”他就把镐放下,用小锹慢慢在这个东西四面掏土,慢慢地那个东西能晃动了。王跑又摸了摸,像是一块大石头，可是这块石头面是平的。王跑心里想：管你是妖是怪，先弄上去看看再说。就用一条绳子把这块石头系住，自己先爬上井来，和老气慢慢地用辘轳绞了上来。

王跑看了看四周无人，就和老气悄悄抬到屋里，点了盏灯仔细看了看，却是一段六楞的青石石柱子。王跑用镰把敲了敲，看它里边是不是空的，结果敲了半天，里边还是石头。老气说："还用敲！抬着那么沉，里边还能是空的！净在那儿瞎想。"王跑又用镰刀在上边划了划，还是一块青石。老气说："真是财迷转向了，眼看是石头，还能是一块金子。"王跑说："你懂得什么，万一是一块玉石呢。"

王跑又翻腾着看了半天，用脚蹬，用鼻子闻，还没有发现什么特别的地方。老气说："算了吧！别闻了，再闻也是石头。明天我涮涮，当个捶布石头用！"王跑叹了口气说："唉！外财不发命穷人！耽误我少挖几篮子土。"

第二天天刚亮，王跑就起来了，他舀了几盆水把这块石头洗了洗，却发现石头的六个面上，都刻着密密麻麻的字。王跑虽然也识得几个字，可是这石头上的字，有的是篆写，有的是正写，他也识不清。王跑说："这带字的东西都金贵，别磨镰刀了。"他把石头摆在屋里，每天吃饭坐坐当个石礅用。

过了两个月，王跑的井也打成了，菜园也浇上水了，黄瓜已经开花坐胎。这一天有个戴眼镜的老先生来寺里游玩，他看着寺里的十几座石碑，看看这个碑摇摇头，看看那个碑叹口气。最后转到寺院后边菜园里，见王跑在割头茬韭菜，就蛮有兴趣地说："嗬，'夜雨剪春韭'，新鲜韭菜可下来了。"王跑说："老先生，你拿点回去吃。"那个老先生说："你要卖我就买一点，吃个新鲜。"说罢掏了两角钱，王跑给他抓了一大把。王跑说："我给你找根绳子捆住。"就来在屋里找绳子，他前边走，老头后边走，到屋里，那个老头却发现墙边放的那块石头！

那老头也不顾得脏,用衣袖掸了掸石头上的灰尘,趴在石头上看着,嘴里不住地说着:“哎呀!哎呀!这难道是真的吗?”他又仔细地翻着看着,弄得满头大汗,脸都兴奋得发红了。后来他问王跑:“这是寺里的东西?”

王跑是个精细之人,看他稀罕的样子,就猜着这块石头有点来头,他装得漫不经心地说:“不是。这是我们家祖传的东西。我老爷是个文举,当年在京城里买的。”

王跑在瞎胡编着,那个老头却信以为真,赞叹着说:“我说呢!还是有根源的人家嘛。”王跑说:“前几天有人来看,给我出十块钱银元,我不卖。”那老头说:“一百块你也别卖。”老气在一边插嘴说:“老先生,你要不要?”王跑给她踢了一脚,不让她说话。

那个老先生说:“我要不起呀,我是个穷教员。”

王跑又说:“俺老爷买的时候,就花了三百两银子。”老头说:“值!这东西没有价钱。”

王跑听他这么说,高兴得心里像吃了蜜一样,可是他还憋着。他想问问这个老先生,到底这块石头是个啥东西?王跑说:“老先生,听俺爷爷说,这是北京金銮殿一根半截柱子。”那个老先生说:“不是!这是蔡中郎写的‘两体石经’。”王跑说:“对了。这个姓蔡的和俺爷爷是换帖弟兄。……”老先生摆着手说:“更错了。这个蔡中郎的名字叫蔡邕,是一千七百年前的人。”他说着,指着石头上的一行字说:“你看,这上边写的‘熹平四年’。‘熹平’就是东汉汉灵帝的年号。汉灵帝你知道吧?”

王跑不敢再瞎吹,就老实地说:“不知道。”

“蔡文姬你知道不知道?”王跑说:“不知道。”老先生又问:“曹操你知道不知道?”

王跑说:“曹操我知道。大白脸嘛!俺小孩他大舅外号就叫曹操。”老先生说:“哎,就是。这块石头就是那个时候的东西。当时熹平年间，订正《六经》，皇帝就让蔡中郎他们几个把《六经》刻在石头上，立在都城太学门外，让天下的读书人观摩对照订正。蔡中郎自己写的《尚书篇》，是用楷、隶两体写的，所以这石头叫‘两体石经’，当时的都城就在洛阳，想不到在这里发现了它。咱们全中国只发现过两块，都还没有这一块上的字多！”他说着，又拉着王跑蹲在地上看着说：“你看，蔡中郎这字写得太好了！真是‘骨气洞达，爽爽有神’，多有力气啊！”

王跑也随着说：“是啊，这一顿饭要不能吃十个馒头，就写不出这个字！”

老头又赞叹了一番，王跑问他说：“老先生，你姓啥？”老头说：“我姓陈，耳东陈，我叫陈侃。”

王跑说：“陈大叔，实不瞒你说，我是逃黄水出来的，我把家里缎子被子、狐皮袄都扔了，没舍得把这块石头扔了。”陈侃说：“好嘛，应该。”王跑说：“可是现在呢，生活实在有困难。你老先生能不能给我找个家，把这块石头卖了。”

陈侃老头沉吟了一下说：“最好是不要卖。这是你家的传家宝，不过我可以给打问一下。”

陈侃老头拿着韭菜告别走了。王跑晃着老气的肩膀喊着说：“黑蛋他妈！发财了，要发大财了！我说这种带字的东西金贵，你还不信！现在你信了吧。”

二

洛阳地处抗日前线，虽然是个中小城市，却有几份报纸。主要的报纸有：《行都日报》《阵中日报》《大捷日报》等报纸。有一天，在《阵中日报》的副刊上刊登了一篇文章，题目叫做：《熹平石经的发现》，署名陈侃。这篇文章详细地介绍了作者到洛阳城东白马寺去游玩，怎么在一个菜园中发现这块石头。把石头多大，大约有多少字作了介绍，并且又把蔡邕的书法赞叹了一番。

这篇文章发表后，很快地在人们中间传开了。这洛阳本是个倒卖古董的地方，光是古董行就有两三家。龙门山的浮雕佛像大小有十几万个，大部分佛像的头，都被他们用高价收购盗卖到美国和香港去。另外，洛阳地下文物古董繁多。周、汉、魏、唐的墓葬，在邙山地下边，几乎到处都是。农民传说是“邙山岭上没有卧下牛的地方”，这是说墓葬群的密集众多。由于不断发现名贵文物，洛阳县大多数农村里，都有发掘古董的行帮。青铜器、汉石刻、唐俑、唐马各村都有。至于秦砖汉瓦，各村地上到处皆是，有的垒厕所，有的做台阶。

白马寺附近村里有个地主叫郭万有，他本来是贩卖古董的，他听说“熹平石经”这个消息，就来白马寺菜园里找王跑。王跑已经把这块石头藏起来了。

郭万有说：“南乡逃荒的老兄，你说吧，你要多少钱？我决不还价。”

王跑看着这人长一双露眼睛、大肚子，相貌凶恶，就说：“我没有这东西，别听瞎传。我是个种地人，我哪里有这东西！”郭万有说：“报上说得清清楚楚，是这样，你是种地人，我不给你钱，我给你地！我给你二十亩水浇地！你要是答应，咱们今天就写契丈地。地就在洛河沿楝树坪。”

王跑家人老几辈在家只种着十几亩沙土地，现在听说他一下子给二十亩水浇地，高兴得心都快从嘴里跳出来了，可是他的脸还绷着，老气在门外给他招手，他却装没看见。他思摸了一会儿，对郭万有说：“这样吧，石头么，是有这东西。可是没在我这里放，我们家老几辈都没舍得卖，如今是逃荒在外，你要真见爱，就卖给你。我看你也是个痛快人，二十亩水地，你再外加一犋牛。你愿意，我就去取石头。”

郭万有冷笑着说:“老乡,我看你也是贪心不足蛇吞象,二十亩水地你还不换,那你就留着吧。”说罢走了。

郭万有走后,老气捣着王跑的脸说:“你呀!是吃迷药了,还是喝酒喝醉了!二十亩水地你还不换!你到底要卖多少钱?”

王跑说:“你懂得什么!他只要想要,两个牛在他们这些家算什么!光有地,没有牛怎么种!”

老气说:“我跟孩子们给你拉犁拉耙!万物土里生,只要有地,将来还愁没有牛!”

王跑说:“二十亩地,你拉犁拉耙给你累死!我说你这个人哪,真是井里蛤蟆没见过碗大的天!只知道黄菜叶子好吃,就不知道大肉香。咱真的要有二十亩水地,大小也算是个户了,还能叫你去拉耙拉犁!到时候,要是叫你坐到堂屋里,给你觅个做饭的,恐怕你也不会使唤。”老气说:“我就不要做饭的,我一辈子不要。我有手有脚,我自己会动弹。”

两个人说到半夜,才觉得肚子有点饿了。王跑说:“烙个油饼吃,肚子饿了。”老气瞪着眼说:“你发疯了,就剩一碗白面,我还留着端阳节擀顿面条吃,见谁家一个逃荒要饭的烙油饼吃。”

王跑忽然大声说:“我不是逃荒要饭的!我是王跑!我是王掌柜。以后谁再叫我老王,我唾他一脸,我踢他的屁股叫他不敢吭声!……”王跑忽然像发神经似的说着。老气忙说:“算了,算了,给你烙。”说罢,和了一小块面,只烙了一个油饼。王跑吃着油饼说:“你怎么只烙一个,你不吃了?”老气说:“我不吃。”王跑叹了口气说:“你呀!糠菜奴!生就的穷命,没办法。”

睡下以后,王跑却翻来覆去兴奋得睡不着,他听着老气和孩子们睡熟了,就悄悄爬起来,披上衣服穿上鞋,一直向着洛河沿楝树坪跑去。

月亮已经偏西了，旷野里一片银亮。洛河水“哗哗”地流着，好像纵声畅快欢笑，又像呜咽悲伤哭泣。

王跑跑到那二十亩地跟前，地里种的小麦已经吐穗了。密密实实，扑垅盖地。王跑想着，我要收了这二十亩麦子，几千斤粮食，我往哪里盛啊！哎，车到山前自有路，买得起马还能买不起鞍！

这块地边有一部水车井，井上架着一部挂木斗的铁水车。他想着：地给我，这部水车当然随地走，也是我的了。他想着走着，由不得走到井台上推起水车。才开始慢慢推着，水潺潺地向地里流着，他越推越快，后来简直像疯似的飞跑起来。

鸡子叫了头遍，月亮落在洛河白茫茫的水波里。王跑这时才发现天快亮了。他往家走着，田埂上，一棵麦子被踩倒在地上，他仔细地扶起那棵麦子，并且还用手培了点土。

三

王跑等着郭万有来送牛，等了两天，却不见他来。

王跑心里有点嘀咕，他想着：“莫非真的攀脱缰了！”他很想去对郭万有说说：“我只要地，不要牛了！”可是又怕一去找他，连地也不给了。

第三天，白马寺大门外来了一部小汽车。王跑正在往黄瓜畦里浇水，一个穿黑制服带着徽章的人来找他说：“你姓王吧？”王跑说：“是。”那个人说：“我是专员公署的，我们刘专员在前边禅房里，请你去。”

王跑听说专员请他，先吓了一跳。他想着：常言说，见官三分灾！他请我干啥？“左眼跳财，右眼跳挨”，右眼跳了两天了，莫非还要挨打？

他跟着那个穿黑制服的人去了，在路上，他随地拾了根小麦秸棍,用唾沫粘在右眼皮上,这是个“破法”。

禅房里坐着个圆光头,八字胡,穿着纺绸大褂的白胖子,智能老和尚正在给他端茶,王跑看着他像是专员。

这个专员姓刘,叫刘稻村。他看见王跑进来,问:“你姓什么?”“我姓王。”“叫什么名字?”“我叫王跑。”

“哪个跑啊!”

“就是跑路的跑,俺娘跑反时生我的,所以叫跑。”

刘稻村又问:“你祖上是读书人家?”王跑说:“哎,读过几本书。”刘稻村给了他一支纸烟说:“你请坐下。听说你家祖传有一块‘熹平石经’?”

王跑前天夜里已经把那块石头埋起来了,他说:“长官大人,这都是瞎传的,我没有什么石头。”

刘稻村说:“听说你想卖么,我也想看看。只要是真的,我给你一部小汽车怎么样?”

王跑说:“大人,我不要小汽车,我不会开,我也没有用!”刘稻村哈哈大笑起来。他又说:“钱也可以嘛!你要多少钱?”王跑说:“大人,真是没有这东西。”

刘稻村又逼问了一阵,王跑只是说:没有这块石头。刘稻村最后冷笑了笑说:“哼!此地无银三百两!你请回去吧。”

中午,刘稻村坐着小汽车回城里去了,没隔上三天,从城里忽然来了六个警察,他们把王跑的菜园小屋围住,在里边搜查了半天,又在地上挖了半天,因为没有挖出来东西,把王跑五花大绑捆起来拉着进城了。

在路上,王跑向一个带班的说:“老总,我到底是犯了啥罪?就是死,我也弄个清楚明白!”那个带班的说:“你自己清楚!你私通共产党。”

王跑说:“我私通什么共产党?我连见过共产党都没有。”那个带班的说:“别装洋蒜了,一个姓蔡的给你写了什么东西!”

一个月后,老气才打听着王跑的下落。他被押在洛阳第二监狱里。老气看见他的时候,已经快不认识了。头发一寸多长,胡子长得快把嘴唇盖住了。脚上戴着镣,去时穿的一件破棉袄,已经被扯得一缕一缕的满身飘着。

老气说:“黑蛋他爹,到底咱犯了什么罪?我就是把毛蛋卖了,也得把你从这监狱里扒出来。”

王跑掉着泪说:“不用扒了。如今我清楚了,说我是共产党,说我是嫌疑犯,都是编的圈,还是为那块石头!我告诉你,我是拼上了,任死不给他们。我有啥能耐,将来出去还不是逃荒要饭。”他又小声说:“那块石头,就在庙后边沟里那棵弯腰柿树下埋着,我这条命,没有那块石头值钱,将来你们扒出来,换点地,你就和两个孩子过吧。我王跑扒杈了半辈子,还是一个篮子,这就是我给孩子们留的一家业!……”

老气哭着说:“他爹,别说这种绝命话,我总要想办法把你救出来。……”

老气回到家里没有几天,那个地主郭万有来了。他说:“监狱里通知说,老王交个保就能出来,这是刘专员亲自给他减罪的。不过,那块石头刘专员喜爱,你们是不是给他送这份礼。皇帝老子还不能白用人,别说咱是个逃荒的。你是清楚人,恐怕石头不拿去,人出不来。”

老气这时已经全部清楚。她说:“什么都别说了,你们把手续拿来!”

郭万有写个保状,上边写着:

“具保状人郭万有,今因本乡邻里王跑,确系白马寺中一名种菜菜农,平素恭谨务农,行为端正,经调查与共产党并无来往,确系守法良民。民愿具保出结,恳求恩准其出狱获释。”

上边还批的有:“准于保释”,下边有刘稻村的签名。

夜里,那辆小汽车又开来了。老气从老柿树下把那块石头扒出来,交给了刘稻村的秘书和郭万有。第二天,老气就到城里把王跑从狱中接了出来。

王跑出狱后,头一句话就问老气:“那块石头哩?”

老气说:“到家再说。”王跑又喘着气瞪着眼问:

“那块石头哩?”

老气掉着泪说:“黑蛋他爹,我要人!咱就是一块去要饭,也总要活下去!”

王跑听了,只觉得眼前一黑,倒在地上。

第二十一章　姑　嫂

苦竹鞭头出好笋。

——民　谚

一

葫芦湾抢粮以后，梁晴、嫦娥和徐秋斋三个人，并没有立刻上西边走。他们在河西一个村子里住着。梁晴每天到黄河岸往河东看着，却看不到天亮和李麦的人影。那几天因为难民们刚抢过粮食，河上戒严，连条船的踪影也看不到。后来国民党联保处的人又到各村搜粮食。他们说凡是在河边背走的粮食，都要交到联保处，如果不交，查出来一斗罚二斗。过路的难民也不例外。

徐秋斋看着刚分到手的这点粮食也保不住，就和梁晴说："晴，咱赶快离开这里走吧，天亮他们又不是小孩子，总有一天会找到他们。"梁晴无奈，只得连夜推起小车，由嫦娥拉着，离开了寻母口黄河岸。

麦子快熟的时候，到了洛阳车站。恰巧遇上那两天难民们闹风潮，抢着上火车；车站的护路队警察不让上，难民们把两个护路队警察打伤了。后来调来了宪兵队第三团，开枪打死了七个难民，难民们更加气愤，几千人涌进站房，拿着扁担、砖头，把站房的窗子玻璃全砸碎了。洛阳的城防司令部没有办法，才答应一天向西开一列难民车。梁晴和徐秋斋、嫦娥三个人就挤上第二天开往西安的难民列车。

难民车全是闷罐车，里边挤得像沙丁鱼罐头一样腿都拔不出来。车篷上照例是挤满了人，梁晴他们几个就坐在车篷上边。

列车下午开动了。到了渑池就开始钻洞。就在过渑池站西一个山洞时，梁晴的小车本来在车上竖着，因为洞顶低，“咔嚓”一声，把小车绊倒，正砸在徐秋斋老汉的头上。他喊叫了一声，梁晴手疾眼快，猛地抓住他的胳膊，结果一辆小车掉在火车下边摔碎了，徐秋斋算是没掉下车，不过他的头被砸流血了。

洞里全是浓烟，车篷上的难民都呛得咳嗽，梁晴没办法，只得抓过来一条破被子，把徐秋斋蒙在被子里边。

出来洞后，血还不住地流。徐秋斋对梁晴说：“别害怕。你把被子里的棉套撕一块，用火柴点着烧成灰，捺到伤口上就行了。”梁晴掏出一块棉套，在碗里烧了烧，把灰捺在徐秋斋头上，又把自己的布衫撕了一条替他扎住。

车过了阌帝镇车站，已是后半夜，该“闯关”了。原来潼关这一段铁路，白天日本鬼子在黄河北打炮，不能通过，到了夜里才悄悄“闯关”。车走得很慢，车上所有的灯都关闭了。这天夜里天又特别黑，日本鬼子算是没有发觉。车过了潼关后才听见从河北岸打过来的炮声。

火车过了华阴车站，天开始亮了。可是天空铅块般的乌云，像万马奔腾似的向南跑着，华山的陡峭山峰全被乌云笼罩住了，原野里都是灰蒙蒙的雨雾。

徐秋斋强忍着头上伤口的疼痛，安慰梁晴和嫦娥说：“清早下雨一天晴。这雨下不起来。”没等吸一袋烟工夫，瓢泼似的大雨却下起来了。天越来越黑，雨越下越急，车到渭南时候，不但衣服像从水里捞出来一样，连被子也能拧下水来了。

火车到了西安，已经是半下午了。梁晴和嫦娥挑着锅碗、背着行李，搀扶着徐秋斋下来火车，随着难民群出了车站，来到中正门前放下行李,却不知道该到什么地方去。

徐秋斋虽然是六十多岁的人了,但是他也没见过这样大的城市。他看着车站的站房,水磨砖墙,绿色琉璃瓦房顶,斗拱飞檐,活像庙里一座大殿。再看看西安的城墙,都是大青砖砌成,足有两三丈高,城垛还整整齐齐,心里想,怪不得人家说“西京长安”,果然名不虚传。就在那高大的城墙下,搭满了各种窝棚和草庵,远远看去就像蜂窝一样。徐秋斋对梁晴说:“晴,你看这么多草庵,准是咱那里逃荒来的人住的。你去打问打问,看有咱村的人没有。”

梁晴来到摆着一行篮子纳袜底的妇女们跟前,问一个老婆:“大娘,这里住的都是河南来的人吧?”老婆说:“是哩!全是从黄水窝里逃出来的难民。”梁晴说:“我打问个事,你知道这里有赤杨岗的人没有?”那个老婆笑着说:“闺女,你大约是今天才下车吧,这西安光难民住了十几万,你问哪个县还差不多,你问哪个村谁也不知道。我们都是尉氏县的。”

梁晴打问了半天,也没有问着下落,却看见一个老头在城墙跟前拆一个席棚,忙走过去问:“大爷,你把席棚拆了干啥?”老头说:“俺家搬到王曲了,在那里卖个水煎包子,不在这里住了。”梁晴想:在这种大城市里找个住处最难,能叫他把这个席棚出让了,就好办了。她说:“大爷,听你的口音,咱都是老乡哩。你这席棚别拆了,卖给俺算了。”老头看了看她说:“逃荒才来到吧?”梁晴说:“刚下车。”老头说:“唉,咱都是一样。这样吧,你把这几条席钱拿出来算了。这几根棍棒、竹竿,都是我捡来的,就不算钱了。”梁晴说:“太感谢你了,大爷。”说罢,把衣服里边缝着的最后剩的几块钱拿了出来,交给了老头,老头又对她说:“在这里住,也有方便的地方,烧的好解决,可以到车站去捡煤,你看,那就是火车卸煤的地方,拉警报时候,车站人一离开,你们去弄几篮子就够一个月烧了。”梁晴感激地说:“谢谢你,大爷。”

老头走后，梁晴把徐秋斋、嫦娥领过来，又把行李搬了进来，徐秋斋看有了个窝棚，高兴得点着头说："不赖，不赖！来到地方就有个窝住，太不容易了。"

三个人把窝棚的席顶修理了一下，地下平了平，把淋湿的被子晾了晾，又垒了个地灶，算是安住了摊儿。晚上把带来的面，拌了点面汤喝了喝。徐秋斋先睡了。梁晴和嫦娥却想到街上看电灯。徐秋斋说："你们别摸迷了路，到近处看看就回来。"

梁晴和嫦娥进了城门，顺着一条大街向西走着。这时西安刚开夜市。因为白天有时有警报，到了黄昏时候，街上格外热闹。大街上的电灯不远一个，发出雪白的亮光，大街两旁的人行道上，人们像赶大会一样，摩肩撞膀地走着，商店一家挨一家，绸缎庄、服装店、南货店、西药房里，摆着各种各样的货物，有好多货物梁晴和嫦娥都没有见过，有些商店她们还不知道里边是干什么的，她们把理发店当成医院，把照相馆当成卖相片的。

一直走到一个大街口，两个姑娘把眼睛看酸了，脖子也扭疼了。她们又往西边看了看，只见有一条大街更加热闹。房子都是三四层楼，门口挂着红绿黄紫颜色的灯，又会跑又会跳，人多得简直像地里的麦穗一样，都只露个头。嫦娥说："晴姐，咱去看看吧？"梁晴说："算了吧，人那么多，万一挤丢了怎么办？"可是嫦娥还没有看够，梁晴就领她去街角上看一家卖腊羊肉。卖腊羊肉的老师傅，站在一个有两张桌子高的高台上，切着肉大声唱着，把一个黄铜秤盘，撂得上下翻飞，嫦娥看着笑着，可是她们也听不懂人家嘴里唱的什么。

到了一家大饭馆前，嫦娥扒着玻璃向里边看了看，只见里边一个大厅，摆了几十张桌子，桌子旁坐满了人。有的猜拳，有的喝酒，嫦娥说："晴姐，这一家是娶花媳妇的吧，那么多人在喝酒！"梁晴说："不会是，门口没有贴红对联。"嫦娥拉着她说："走！咱进去看看。”

她们刚走进门,一个年轻堂倌出来说:“哎,要饭的,怎么跑到里边来啦?”梁晴说:“俺不是要饭的!”那堂倌忙说:“啊,对不起,对不起,里边请。”接着他就用又尖又亮的嗓子喊着:“两位——”里边马上有人答应着:“请——”两个小姑娘听他这么一喊,扭头就跑出来,跑到街上,两个人还起劲地笑着,嫦娥还学着那个堂倌的样子:“对不起! 对不起!”

回来路上,她忽然碰上一群背着鼓,提着锣,掂着胡琴唢呐的人。其中有一个人穿着一身黑绸子衫裤,手里端着一个大搪瓷茶杯,胳膊上挎着一支银碗唢呐。嫦娥猛地一拉梁晴说:“是蓝五叔?”梁晴忙看了看,相貌长得确实有点像蓝五,只是稍微胖了点,也显得年轻了点,身上穿的衣服又那么好,她们不敢去认。

两个姑娘跟了一段路,这一群人忽然拐到一个大席棚子里去了。她们看着大席棚的门口,电灯雪亮,人们拿着个小纸条往里边拥着,还有人把着门。

梁晴说:“嫦娥,咱们也进去看看,万一是蓝五叔呢。”她们刚走到门口,把门的人喊着:“票!”梁晴一愣,把门的把她们一推:“靠边! 靠边!”梁晴的脸马上红了,她急忙离开门口要走,可是又记挂着那人是不是蓝五。后来她看电灯下挂了个小黑板,黑板上写了几个粉白大字,梁晴认不得这几个字,就问身边一个学生说:“这上面是什么字?”那个学生说:“桃花庵”。梁晴拖着嫦娥说:“走吧,咱只要记住他这个地方名字,过两天再来找。”

二

两个姑娘回到窝棚里,因为跑得太累,躺在席子上就睡着了。第二天,她们醒来时,已经八九点钟了。徐秋斋仍未起来。梁晴过去喊了喊他，只见他摆了摆头出着粗气，梁晴摸了摸他的额头，热得像火炭一样，原来他发病了。

梁晴喊着说："大爷，你病了。烧得可厉害。"

徐秋斋喘着气说："我知道，昨天那一场冷猛雨淋的了。晴，我给你们找麻烦太大了！这一路上要不是你，我这老骨头早叫狼拉狗啃了。到这里，又生病！唉，太拖累你们了……"他说着难受地叹着气。

梁晴说："大爷，你别这么说。出来门，咱就是一家人。我想办法给你找个大夫看看。"

徐秋斋说："傻孩子，咱穷要饭的，上哪里请大夫。我的病我知道，你们出去能给我找一把谷子，我喃下去出出汗就好了。我自己会治。"

梁晴出去向邻近的草庵里的难民寻谷子，问了十来家，都说没有。后来找到大北门外一个农村里，才算要来了一把谷子。徐秋斋把谷子用开水吞下去，当晚就出了一身大汗，第二天烧是退了，但是身体太虚弱，起不来铺。

梁晴每天给他拌点面汤，渐渐地面没有了，钱也没有了。徐秋斋是清楚人，他交代说："赶快出去找个事吧。日子比树叶还稠，没个营生不行。不要怕羞，多打问，看看人家都是干什么的？"

梁晴出去问了几个逃荒来的妇女，有的是给火柴厂装火柴，有的给帽店缝草帽，不过揽这活都得有熟人，大部分还是在车站街上摆个做活篮子，给人家补袜子，上袜底。梁晴没办法，只得也收拾个做活篮子摆在车站大街上。人多活少，有时一天能赚几毛钱，有时坐一天，一个钱也赚不到手。

就在这时候，嫦娥有一次去车站捡煤块，在煤堆上捡了几块煤，被一个看煤的逮住了。那个看煤的不但把她的篮子夺走，撂在火车下边碾碎了，还踢了她两脚。嫦娥哭了，骂了他两句，他就把嫦娥绑在一节停着的火车上,用一根柳条往她身上抽打。

有两个拾煤小妮跑回来对梁晴说:“你妹子叫人家逮住,拴在火车上正打哩!”梁晴一听,撂下手中的活,忙往车站里跑,她在路上就听见嫦娥在哭在骂,等到她跑到跟前时,那个看煤的已经打足打够,把柳条扔在地上走了,嫦娥还在火车上绑着,脸上、胳膊上全是青肿紫块,褂子被撕破了,一只鞋还掉在煤堆旁。

梁晴看到这个情景,气得头“轰”的一下充血了。她恨自己来迟了,而且没有把剪刀带来!

嫦娥看见梁晴,哭得更伤心了。梁晴把她胳膊上的绳子解开,鞋子找来给她穿上,领着她回家去。嫦娥一路走一路哭着说:“姐!我不在这儿了。我要回咱老家,我去找俺妈,找俺哥,叫俺哥来狠打他个孬孙!”梁晴听着嫦娥的话,心里像刀子割一样。她想着这一年多来,爹被日本鬼子打死了,和天亮、李麦一家又失散了,带着这一老一少,千行百里跑到这里,整天饿肚子不说,还得受欺侮。看着这西安市里有些和自己一般大的姑娘,穿着蓝制服,背着书包每天还上学哩,可是自己呢,要凭两只手养活三口人!她想着,我的命怎么这样苦哩!我是个肉人,我不是个铁打的人,我真有点扛不住了!……

她本来想找话安慰嫦娥,可是一生气,什么话都说不出来了。回到窝棚里,她和嫦娥抱住头,伤心地哭起来。

徐秋斋生病躺在地铺上。他问明了缘由以后,劝着两个姑娘说:“那些人都是狗!狗吃了他主人的饭,就得替他主人咬人。你们就别把他当作人看,把他当作四条腿的狗就不生气了。哪有人跟狗生气的?”

徐秋斋讲了半天狗,把两个闺女讲得心里略略舒展一些。嫦娥说:“我认得他,我要把小刀子磨磨,再见他非捅他一刀子不可。”徐秋斋又劝着说:“算了吧,你捅他一刀子能当吃,还是能当喝?以后别再去捡煤了。拾点菜叶子,咱回来也能煮煮吃。”

徐秋斋劝着两个姑娘,自己心里却感到非常内疚。他想着自己把这两个小妮从河南领到陕西,满想着到这里找点事情,养活这三口人,谁知道一来就害了病!叫这两个女孩子挨打受气给自己弄吃弄喝,心里实在过意不去。第二天,梁晴和嫦娥出去以后,他就勉强地爬起来,拄了根棍,拿了个碗,晃晃摇摇地向城里走着。到了一个杂货铺,三分钱买了一张毛头纸,借了笔墨,在纸上写了几行字。他写着:“家乡水淹,一片汪洋,儿女失散,老妻身亡。我患重病,家中断粮,过路君子,恳求相帮。”

他把写好的这张纸铺在中正门前,碗放在纸上,从口袋里找出两个分钱,先放在里边,意思是给一分两分就行。然后他伏在地上,把头叩在纸上。

徐秋斋这个方法,对那些识几个字的人,还起了点作用。商店里的伙计,机关里的职员和一些学生,不少人看了看纸上写的字,向碗里丢一两分钱走了,也有些妇女看他瘦骨嶙峋贫病衰老的样子,也向碗里丢一两分钱。到了晌午时候,徐秋斋向碗里看了看,只见里边已经放了二十几个分钱,另外还有两块馒头和半截子油条。

梁晴提着做活篮子回到窝棚,不见了徐秋斋。她问住在隔壁茅庵里一个刘大妈。刘大妈说:“看见他拄根棍拿个碗出去了,八成是去要饭了。”

梁晴听说徐秋斋带着病上街要饭,心里有些不忍,她就到街上找。在一些小饭摊前找了一遍,也没找到,后来就到城里去找,刚走到中正门前,就见他在地下跪着,头伏在地上,梁晴的眼泪马上滚了出来。

梁晴走过去喊:“大爷,大爷!”

徐秋斋听见是梁晴,慢慢坐起来,叹了口气,低着头却不吭声。

梁晴把他从地下拉起来,又弯腰把那张写着字的纸从地下揭起,拿在手中一撕两半。徐秋斋忙说:“你们别管我!我不能坐在家里清吃。”梁晴说:“要饭,我们会去要。还没有到饿死的时候。”说着端起碗把徐秋斋搀着回家。一路上徐秋斋又是叹气,又是擦眼泪,他说着:“晴,人落泊到这种地步,还说什么脸哩。真是瘸子腿用棍科!一来就害病,要不怎么找个什么事干干,也能顾住我这一张嘴。如今叫你们两个女孩子抛头露面来养活我,我心里真难受啊。”

夜里,嫦娥拾菜叶回来,梁晴和她说了说徐秋斋出外要饭的事。嫦娥说:“晴姐,要不你们把我卖了算了,我看端履门人市上,像我这么大的闺女,能卖二三十块钱,有二三十块钱,你们就能做个小本生意,咱不能都饿死在这里。”梁晴忙说:“这是谁教你的?”嫦娥说:“我自己心里想的。跟我一块捡菜叶子的竹叶就卖了。”梁晴说:“嫦娥,再别这么说了。你还不懂事。要是把你卖了,我见咱妈,见你哥我怎么交代哩!”

嫦娥说:“那有啥关系,你就说我自己愿意,你是俺哥的媳妇哩,把我卖了,俺哥还能有个媳妇,要是你走了,俺哥就一辈子难找个媳妇了。”

小嫦娥不紧不慢地说着,把梁晴心疼得鼻子都发酸了。她没有料到在嫦娥这个小孩子心里,居然想了这么多事。这些话她听着又亲切,又难受,她把嫦娥的发辫解开梳着说:“嫦娥,别再说傻话了。咱们想办法,总能找到点活干。你要走了,我就不活着了。”

过了两天,梁晴打听着有个棉花打包厂雇一些妇女去缝棉花包皮布,一天可以赚四毛五分钱,她就领着嫦娥去了。到了打包厂,由一个姓崔的账房先生看了看,他问嫦娥:“你今年多大了?”嫦娥说:“十三了。”姓崔的说:“不行,年纪太小了,最少得十五岁以上。”梁晴说:“不就是缭个包嘛,她保证能干下来这个活就是了。”

账房说:“这是我们厂里的规定。”

第二天,梁晴去打包厂上班了,嫦娥噘着嘴只得还去捡菜叶。有一次嫦娥路过大华路,只见排了一队人,有男的,有女的,大多都是难民。她跑过去看了看,只见两个穿着黄咔叽制服的人,坐在一张桌子前,一个在用笔填表,一个在挨个问着排队的人。

嫦娥问一个姑娘:“大姐,这是干什么的?”

那个姑娘说:“招工的,宝鸡的工业合作社招织袜子、织毛巾的工人。”嫦娥说:“大姐,你会织吗?”那个姑娘说:“不会到那里人家教。”排队的另一个小伙子说:“这是一个叫斯诺的美国人办的工业合作社,下边有好几十个小工场哩,还有做铜扣子的。”嫦娥看了看排队的人,都比自己大,她想了想,管他要不要,先排上队再说。

排队轮到嫦娥了。她害怕人家嫌她个子低,就悄悄地在桌子跟前踮起脚来。

那个问的人看了看她说:“你今年几岁了?”

“十六了。”嫦娥壮着胆撒了个谎。

“十六岁这么矮!”

“俺个子就矮。我什么都会干,纺花织布我都会。”

“要到宝鸡去啊!”

“到哪里都行,我不怕。不是坐火车嘛!”

那个人又看看她,点点头说:“填个表,明天早上到车站门口找我们,找我们这个旗子。”嫦娥看了看那面旗,白布上缝了“工合”两个字,她不懂得什么意思。

嫦娥叫另外一个人给她填了表,几乎是跳着回家了。她见了梁晴就说:“晴姐!我找下事干了!我当工人了!”

接着她把报名的经过说了说,梁晴心里也很高兴,就是觉得宝鸡太远,也不知道那里到底怎么样,叫人不放心。可是嫦娥却坚持要去,她说:“你这次不让我去,我就偷跑。”

梁晴和徐秋斋商量,徐秋斋说:“宝鸡如今通火车了,也不算远,找个吃饭地方不容易,就让她去吧。我给她写个地址,叫她到那里给咱打封信,咱将来好找她。”

夜里,嫦娥躺下睡着了。梁晴把自己一个棉袄补了补,又把自己一个新蓝印花布褂子套在上边,把一条破被子也补了补,这些都准备让她带走。

早晨,嫦娥老早就醒了。梁晴让她带上棉袄,嫦娥死活不带。梁晴说:“我还有个破夹袄,晚两天在厂里拾点旧棉花,套套就行了。你到那里没有办法,自己也不会弄。”说着把棉袄、被子包在一条旧灰毯子里,背着去送嫦娥上车站。

到了车站,人已经来了不少了。又停了一会儿,那两个招工的人也来了,每个人还发给他们一张火车票。嫦娥没见过火车票,高兴地拿着对梁晴说:“晴姐,我要想你了,就拿着这张火车票坐上火车回来看你!”她又说,“晴姐,我要挣钱多了,买一块花布,咱俩做两件布衫,一齐穿着上街。”

梁晴看她那高兴的样子,嘴上笑着,眼泪却止不住偷偷往下掉。她把嫦娥送上火车,嫦娥还从火车窗子里探出头对她说:“晴姐,这里边跟个小房子一样!还有长板凳能坐。”她说着高兴得脸都发红了。

梁晴喊着说:“好好坐那儿吧,别乱跑。”

火车开动了,嫦娥身子摇晃了一下,脸忽然变得惨白了。火车开快了,她忽然又把头探出来朝梁晴大声喊着:“嫂子!嫂子……”

梁晴飞快地追着火车喊着:“嫦娥!嫦娥!”她一直跑到站台尽头,被一个铁路警察拦住了,她隐隐约约地听到嫦娥喊的声音:“嫂子!嫂子!……”

出来站房门儿,徐秋斋拄着棍赶来了。

梁晴说:“大爷,你怎么也来了?”

徐秋斋拿着一张纸条说:“我写的这个地址嫦娥忘记带了！你们走得太慌张了。”

梁晴看着那张地址,“啊呀”了一声,她觉得两眼一黑,几乎晕倒在地上。她忽然感到她们两个从此难见面了。……

第二十二章　长安街头

人穷情义不穷

——谚　语

一

打罢春以后，徐秋斋的病渐渐好了起来。整整一个冬天，又是发烧，又是气喘，多亏梁晴在打包厂里，隔些天给他买几斤小米，买一篮红薯，慢慢调养着总算捡了一条老命。徐秋斋是个生活能力比较强的人，只要能爬动，他就要找点活干干。才开始捡点柴火，拾点煤渣，给梁晴早晚烧两顿饭，使她从工厂回来能吃个热饭。慢慢地精神好起来，他还想到街上去摆卦摊。他把一件旧翠蓝土布破大褂洗了洗，又把从垃圾箱里捡来的一双破袜子让梁晴给他洗了洗补了补，第二天穿上就到大街去了。

徐秋斋到街上转转，主要是想摸摸人情，看看风俗，看自己学的这一套算卦本领，在这陕西地方对路不对路。原来这走江湖算卦占课的，共分四路八经。四路有南路、北路、平路、汉路，八经是：瞎子经、马虎经、拉骆驼经、黑嘴子经、鹌鹑叼卦经、占课经、平经、光经。徐秋斋学的是"马虎经"，全凭一本《万年历》，按十二属相，天干、地支、五行，给农民合个八字，掐个时辰来哄几个钱用。大城市他没有来过，特别是陕西这地方，到底吃哪一路，他还不摸底细。所以他想先来街上看看，按行话说，这叫"入乡问俗"。

他先来在东大街，转了半天，看街两边都是大商店。后来转到开元寺胡同口，见有两扇玻璃门，上边写着："大悲居士，揣骨相面"。他隔着玻璃门往里看了看，只见里边坐着一个五十多岁的人，戴着礼帽，穿着长袍马褂，手里端着个小茶壶在喝茶。

徐秋斋想着：这城市地方干什么都得凭衣裳，走江湖的也得打扮得和袁世凯他老太爷一样，光一顶礼帽得几十块，我也置买不起。

他又转到钟楼前，见钟楼西拐角地方，像是一家算卦的。不过他那个招牌写得奇怪，上边写着："哲学家关步云，解析疑难、预知祸福。"按他的招牌，徐秋斋知道他也是"马虎经"，可"哲学家"是什么东西，他弄不清。后来他想着既然来了，先进去摸摸行情，就推门进去了。到了里边，却见一个留着仁丹胡子，穿着西装的胖子坐在桌子旁。他打量了一下徐秋斋问："你找谁呀，老先生？"徐秋斋说："我来算算卦。"那个人打了个呵欠说："你到南院门去算吧，那里有摆地摊的。"

徐秋斋说："你不是做生意的嘛，我小大也是个顾主啊！"那人说："老先生，我有事。胡司令的老太太请我去，我现在没工夫。"说着连推带搡地把他推在门外。

徐秋斋照着门上吐了口唾沫，骂着说："呸！穿上一身洋人衣服，就狗眼看人！'画匠不给神磕头'！你那一套也不过是骗人。要叫你串乡走店，饿死你个杂种。还'哲学家'哩！"

回到家里，他把情形和梁晴说了说，梁晴说："大爷，那你就别去算卦了，你不是会看病嘛，你就给人家看个病。他好歹也得管顿饭吃。"徐秋斋说："傻孩子，这城市地方凭干什么都得有一股虚气。看病当'坐堂先生'，得靠个中药店，中药铺咱一个也不认识。要是自己挂牌行医，别说赁房子，就是这一套衣服咱也置买不起，谁跑到咱这破窝棚里来看病！唉，这城市地方，一天能卖十担甲(假)，十天卖不了一担针(真)。看来都穿得耀眼锃光，其实没有真本事。

我能背五百个汤头，可我得要饭！有人就会看个脚气病，牌子挂得像一张床那么大！这城市就是招牌。”

梁晴说：“大爷，我倒给你想了个办法。自由路邮政局门口，我见有给人家代写书信的。你会写字，又能写信，还不如到邮局门口帮人写信，倒也是个营生。”

徐秋斋说：“嗯，这倒是个门路。”他想了想又说，“写信也得有一张桌子啊！不能放在膝盖上写啊！咳，天无绝人之路，我再出去转转，卦摊能摆我还是摆卦摊，东西都现成哩。”

徐秋斋出去找了两天，倒是找了个地方。这个地方就是南门外慈恩寺的大门口。这慈恩寺本是唐朝建的一个寺院，寺里有个大雁塔，已经有一千二百多年，再加上塔里有一座唐朝的大臣、书法家褚遂良写的“圣教序”碑，还有很多砖刻浮雕，来看景致的闲人每天不少。另外，慈恩寺香火也很盛，每天来烧香拜佛的人络绎不绝。烧香的人都爱算卦，这是徐秋斋的经验，所以他就把他那半截破被单做的招牌，挂在慈恩寺门口的墙上，搬了两块破城墙砖当作凳子，凑凑合合算是把卦摊摆了出来。

卦摊摆出来以后，果然围过来不少人。看热闹的人看着这个老头鹤发长眉，深眼窝高鼻梁，下巴上留个山羊大胡子，鼻梁上架个大白铜苏腿眼镜，虽然穿得破一些，看着却有几分道行，很快地就有两个老婆过来算卦。

这两个老婆是附近长支县边家村的，来慈恩寺烧香，顺便来算算卦。头一个老婆是问病的，初开始徐秋斋不懂陕西话，又是“哦娃”，又是“言传”，把徐秋斋听得满头大汗。徐秋斋心里想：“真是口语不对，少吃四两豆腐！”问了好半天，才弄清楚她是给小孙子问病的。这老婆说了小孙子的时辰八字，徐秋斋就说：“你这小孙子命硬啊！按他的八字是父母双全，聪明伶俐，又会笑又会说。”那老婆高兴得张个大嘴笑着说：“说得对！我娃可聪明咧！”徐秋斋又说:“可就是你这孙孙三到五岁有灾。他这个病走在内的?还是走在外的?”老婆说:“就是肚胀。”徐秋斋说:“是啊,你这个小孙子是:肚子胀,啼哭多,饭少吃来又发热。叫他吃饭他撒泼,每天闹到日头落。”

徐秋斋把这个曲儿一念,老婆拍着腿说:“老先生,你算得太透了!”

后来徐秋斋告诉她,第一要给小孩认个姓王的干大;第二,这小孩要少吃零食。说了一会儿,把个老婆说得一天云彩都散了。老婆为了感谢,给了他一毛钱,还给他留了两个熟鸡蛋。

算了这一卦,徐秋斋又向另一个胖老婆说:“老斋公,你也算一卦吧?”胖老婆说:“我不算。我想给我的闺女算一卦,我明天领着她来吧。”徐秋斋说:“也成。明天我还在这个地方。”说罢两个老婆高高兴兴地走了。

到了下午,徐秋斋又算了两卦。头一天摆出摊子,总算没白来,弄了三四毛钱,还有两个鸡蛋。老头到南大街吃了一碗葫芦头泡馍,把鸡蛋给梁晴捎回去了。

第二天,他刚把摊子摆开,却见一个掂着个红包袱的年轻媳妇面带愁容,脸有泪痕,在大路边站了一会儿,就拐到他的卦摊前。她低着头说:“老先生,你是算卦的吧!我想算一卦。”徐秋斋说:“你坐下。”徐秋斋打量了她一下,又看了看她的穿戴,像是农村的,徐秋斋就问:“你是问什么的?是问病,是问事,还是问时运?”

那个年轻媳妇脸一红说:“我想问问俺外头人。他叫赵连生。”她说着从口袋里掏出个信封,信封上写着“赵连生”字样。徐秋斋说:“我们这算卦不问姓名,只说说生辰年月就行了。”那个媳妇说:“说他的,说我的?”徐秋斋说:“说谁的都行。”那个媳妇把她丈夫的八字说了以后,徐秋斋念了一阵子丑寅卯,就说:“看他这八字,他有三年灾运。他现在不在家吧?”那个媳妇说:“走了两年了,才出去没有信，后来到耀县才来了封信。”

徐秋斋就进一步说：“你丈夫是当兵的！”那媳妇吃惊地说：“是啊！你怎么知道？”徐秋斋又说：“是叫抓壮丁抓走的？”那个媳妇眼中含着泪说：“老大爷，你可真是神了，就是叫抓壮丁抓走的。”

徐秋斋接着就念起他的“玄官条子”来。他说：“一对鲜花落水中，你的丈夫去当兵，白天想他吃不下饭，夜里想他点不住灯，三更半夜做了个梦，梦到他回来到家中，又是喜，又是惊，全家忙得一阵风，正要洗脸去吃饭，保长又带人来抓逃兵！……”徐秋斋念着，那个妇女两行泪已经流到了嘴边。她说：“老大爷，你可算得真投，我做了好几回这个梦了。”

徐秋斋安慰她说：“你也别太操心了。看他这八字，到三年头上，他兴许能跑回家来，不过跑回家，你们千万别叫他在家里住，或亲戚或朋友，出去躲一段时间，能在外边找个活干干更好。那些保长和国民党当官的龟孙们，都是凭抓逃兵发财哩！”

那个妇女听着他的批解，从心眼里佩服。她拿出了五毛钱要叫徐秋斋收下，徐秋斋说：“我只能收你一毛钱，多一分钱也不要，何况你们妇道人家，弄个钱不容易。你要是过意不去，你给我传个名算了。”

那个媳妇说：“大爷，我一定给你传个名，算的真投。”说着千恩万谢地走了。

其实徐秋斋这一套还是瞎胡编的，不过徐秋斋这个人熟悉人情世态，又见多识广。再加上他爱说爱打听，到西安时间不长，却对这里的城乡民俗、生活状况有一个粗略了解。他见到这个妇女时，打量着她像农村一般小户人家的媳妇。再加上他知道这里的农民，很少出外，大多在家种地，凡是外出的年轻男人，大多是被抓壮丁的。他又观察那妇女的表情，听她的口气说是：“才出去没有信，后来到耀县才来了个信。”才走时没有信是刚被抓走，还在司管区受训不能写信；到耀县才带回来信，说明他这职业是到处开拔流动的。耀县又驻了很多国民党的部队，因此他就敢断定她丈夫是抓壮丁被抓走的。

另外，他敢于这样肯定，是那个妇女自己“露了簧”。她拿出信封时，徐秋斋虽然只瞟了一眼，却看到有“耀县三十四师”字样，当然就更敢说肯定话。他抓住了这一点，至于下边做梦，保长抓逃兵，全是按照人情世事编的现成的联儿，对谁都能用。

徐秋斋算了这一卦，把周围几个看的人算是稀罕住了。他们互相说着：“这老头真不简单，真成来人不用问了！”也有人说：“他肯定认识这个媳妇，故意叫人看的，要不他怎么会知道得那么清楚。”

就在这一群看热闹的人中，有一个国民党王曲军校的学生，他听着徐秋斋在算卦时，又骂保长又骂国民党军官，心里早窝着一肚子火。他本来是军官坯子，想着将来当军官挎上武装带多么荣耀，想不到被这个算卦老头如此小看谩骂。他又听着众人在夸奖徐秋斋，心里更不服气。他拨开众人，叉着腰往卦摊前一站说：“老头，我也算一卦！”

徐秋斋抬头一看，只见他穿着一身灰棉军服，打着绑腿，胸前戴个黄边布徽章，帽子戴得周吴郑王，官不像官，兵不像兵，一脸傲气，两眼凶光。一看便知道是个专门来找事的，心里说：“又碰上个烧不熟、煮不烂、费油盐的家伙！”

要说徐秋斋碰到这种人也多了，可是“物出乡贵，人出乡贱”，逃荒要饭来到这生地方，不敢多惹事，就满脸赔笑说：“老总，我这只能算个巧要饭，你先生要忙就忙去吧！”那个军校学生说：“我不管你要饭不要饭！算对了我出钱，算不对我砸你的摊子！”

徐秋斋又赔情说：“长官，无君子不养艺人。我是逃黄水出来的，今年快七十了，我这算卦事实上是给人解个心焦！”

“别啰嗦,你给我算!”

徐秋斋看着说好的不行,就只得忍着气说:“那你就报八字吧!”那个军校学生报了八字,徐秋斋说:“你问什么哩!”军校学生说:“你先说说我家里都有什么人?”

徐秋斋说:“你爹死了!”

“嗯,你往下说吧!”

“按你这八字,你是弟兄三个!”

那个军校学生把眼一瞪说:“不对,我弟兄两个!”

徐秋斋说:“你别慌嘛!你是生在辰时,又是个南方丙丁火命,这就注定你妈还要改嫁,到时候还要给你领个小兄弟!”

这个军校学生“通”的一下,照着徐秋斋胸前打了一拳,他骂着说:“他妈的,老家伙!……”

徐秋斋也恼了,他喊着说:“你干吗打人?你是来算卦的不是?”

那个军校学生又把他墙上挂的布招牌一扯,抓住徐秋斋的衣襟说:“跟我走!”

看热闹的几个流亡学生不愿意了。他们走过来说:“你凭什么带人!你是哪一部分的?”

“摆卦摊犯法吗?犯哪一条法律?”

军校学生气吼如牛地说:“他骂保长,骂我们军官!骂军官就是骂蒋委员长!我们军官都是蒋校长培养出来的。”他说到“蒋委员长”和“蒋校长”时,两腿一并,“叭”地立一下正,表示他是军官学校的学生,对蒋介石无限崇拜。

那几个流亡学生中有一个年纪大一点的,他看着这个王曲军校的学生,是被“领袖至上”这一套法西斯教育浸透了的家伙,就对另几个同学悄悄说:“叫我来治他!”

他对那个军校学生说:“你是军官,看起来道理比我们懂得多,我问你:蒋委员长怎么训练你哩!就是叫你打难民吗?蒋委员长啥时候不让算卦？蒋委员长命令你来撕人家招牌吗？……”

他故意说一句话带一句“蒋委员长”，那个军校学生就得“叭”地立一下正，他越说越快，那个军校学生立正就立得越快，最后弄得满头大汗，不得不大喊：“你们这群学生是干什么？”

学生们逗了他一会儿，那个军校学生看着看热闹的人都不向着他，就抽身想走，那个大一点的流亡学生拉住他说：“你把这招牌撕了，你得赔人家！”最后经大家说合，由他赔徐秋斋一块钱，才放他走了。

二

惹了这场风波以后，徐秋斋不算卦了。

他想着这城市地方，怪不得每个商店里都贴个纸条“莫谈国事”，原来不能随便说话。另外有些规矩他也不懂，说到蒋介石还得站起来立正！自己是个算卦的，整天得说话，不定哪句话说走了嘴，还得挨打吃官司。另外，他也觉得这算卦没有多大意思，自己也不相信，整天磨嘴皮子，也赚不了几个钱，还不如到邮政局门口代人写信。

他又跑了两天，倒是看见了一张桌子，离邮局不远，有个摆青菜摊子的，他有一张白木单桌。他每天起五更来卖菜，八九点钟就收摊子去郊区推菜，邮局正好是八点钟上班，两下借着用，倒是“弯刀对住瓢切菜”，两不耽误。

徐秋斋和那个卖菜的说了说，卖菜的也是河南逃荒来的，就满口答应了。至此，徐秋斋就在邮局门口代写起书信来。徐秋斋代人写信有个长处，他能问得清楚，写得明白。除了一般款式用文言外，正文大多用白话。比如给人家写家信，他就写上：“父母亲大人膝下敬禀者……”下边就用日常白话。所以写后给人家读一遍，人家就很满意,他规定写一封信五分钱,有时人家还多给他几个。

过端午节那天,徐秋斋用一毛钱买了两个灵宝大枣粽子。自己吃了一个,一个舍不得吃,给梁晴捎回家来。他想着孩子整年整月在打包厂缝包,见天就是红薯熬稀饭。节不是节,年不是年,吃个粽子也总算知道过五月节了。

回到窝棚里,却见一个人在里边坐着。这人有三十四五岁年纪,白净面皮,留个分发头,穿着银灰色线春夹袄,黑绸面裤子,手上戴着个金戒指。身边放着一个篮子,篮子里放了几十个粽子,还有炸糖糕、油条一类吃食。

梁晴看见徐秋斋回来,就笑着说:"这就是俺徐大爷!"那个人也忙有礼貌地叫着:"徐大爷。"徐秋斋赶忙把手里提的那只粽子藏在袄袖里,招呼着他坐下问:"是哪里客?"梁晴说:"这是俺厂里的崔会计。现在是崔课长。"那个人说:"我姓崔。"接着他说:"早就说来看看你老人家,没有空。听小晴说你人可好了。"他又说:"小晴在我们厂干得可好了,大家都喜欢她,聪明,肯干,也不偷不拿,手脚干净。我和刘经理说了,准备叫她当'里工'。能当上'里工',就有个可靠饭碗了,一个月至少能开三十多块钱。"

他说着,徐秋斋哼着。梁晴还插嘴说:"老崔说还能在黄金庙街附近给咱找一间房子!"徐秋斋说:"这太叫崔课长费心了。"他又问:"崔课长你贵府是哪里人?"

姓崔的说:"大爷,你就叫我天成吧。我是南阳人。说起来咱算是老乡呢。"

徐秋斋说:"看你这年纪,你也该是成了家了。跟前有几个孩子了?"崔天成支支吾吾地说:"老家两年都没有信了。日本人占了南阳以后,谁知道家里人死活。"

他们又说了一会儿话,崔天成把篮子里的粽子往外边拿着说:"过五月节的,别的没什么买,给你们送几个粽子、糖糕吃吃。"徐秋斋上去拦住说:“你千万别放。咱们是初见面,你还是带着。”崔天成说:“哎呀,老大爷,你怎么这么客气,几个粽子算什么?”

徐秋斋说:“不,我们无功不能受禄! 这礼不能收。”崔天成说:“老先生,你看你这话说到哪里去了! 小晴是我们厂里的工人,我留下给她吃!”

他这么一说,徐秋斋无话可说了,只得让他留下。

崔天成走了以后,徐秋斋问梁晴说:“晴,这个人怎么给你送这么一份重礼?”梁晴说:“他这个人爱花钱,在厂里经常给我们女工买糖吃。他在厂里一个月拿一百多,又没个家,他不花干什么!”

徐秋斋正色说:“不能这么看。俗话说:‘没利不早起’。哪有无缘无故过节跑来送一份重礼的? 我再说一句不中听的话,咱们都是清清白白的庄稼人,虽说出来逃难,这小便宜可千万占不得! 你年纪还小……”他说到这里,摇摇头说不下去了。

梁晴说:“他这个人就是个大摊泥,要不我明天带去还他。”徐秋斋说:“还他也不必。那反而越描越丑了,也显得咱们不大方。有机会了,咱还他一份礼,由我出面。重要的是咱自己心里要有个数。”

这天夜里,徐秋斋翻来覆去睡不着觉,到后半夜又咳嗽起来。他想着这话真是不好说出口。梁晴虽然跟着自己,可毕竟不是自己的孩子。说轻了恐怕她听不懂意思,说重了又担心她不高兴,自己多管闲事。他凭经验观察,看出来那个姓崔的不地道,想在她身上打主意。可是梁晴到底怎么想哩? 一个孤女,无依无靠,年纪也大了。虽说和天亮有那么点说道,一没有结婚,二没有换契,真有好人家,人家嫁了,谁能管得着? 那个人要是把这闺女糟蹋了,又不娶她,可苦了这孩子了! ……想到这里,他心里说着:“该说我还得说! 就是把她得罪了,我也得说! 人老了,不就是多一点经验嘛! 连这点经验也不传给后人,不管她嫁给谁,只管跟着喝喜酒,那就不算个人了!”

早上起来,梁晴说:“大爷,昨天夜里我听着你老咳嗽,是病又犯了?”徐秋斋说:“天阴了,咳嗽两声。天晴就好了。”他说着看了看梁晴,她仍然是高高兴兴的。徐秋斋嘴张了几张,想和她摊开来谈一谈,可是看她那高兴劲儿,暂时不忍心和她谈。早上她又忙着去厂里,也就把想好的那些话,暂时压在心底。

梁晴从小在黄河波浪上长大,每天和朝霞说话,和落日谈心,对于家常理道、人情世事是根本不了解的。她对天亮的爱情,是天真的,纯挚的。到了寻母口后,她开始进入一个男女众多的人群中,但这群人都是纯朴的农民,虽然是在流浪的生活中,大家却严格地遵守着农村固有的伦理道德。比她年纪大的人,都像长辈一样关怀她、喜欢她,比她年纪小的人,都很自然地把她当作一个姐姐,一个大家庭的成员。她从小跟着梁老汉长大,梁老汉把自己全部的爱,倾注在这个独生女儿身上。在这种环境里,培养出她非常重感情的性格。但是她又是天真的、纯洁的,她把所有人都当作像赤杨岗那群农民一样好,她不了解那个社会的另一面——黑暗与罪恶。

在初开始进厂时,她对崔天成的印象并不好,她几乎每次看到他时,就把嘴噘起来。她觉得一个大男子汉,到人跟前一股雪花膏味,另外眼珠子转得太活了,农民中很少有这样的眼睛。几个月过后,她渐渐地和他熟了,最初的印象却渐渐地淡薄了,模糊了。

人们的最初印象,有时候是荒谬的,但有时候也是非常准确的。因为每个人都是拿着自己全部生活经历的镜子,映照出初次接触的事物,这就是对事物的新鲜感;新鲜感总是有一定的敏锐性和准确性的,而习惯熟了却像一把沙土,往往会把一盆清水搅浑。

崔天成每次见她总叫她“小晴”。发线的时候,总要给她多发一点,收活的时候,总要给她多算一点。天冷的时候,总要摸摸她手,说:“你应该买一副手套。”天热的时候,他拿着扇子在工棚里转,走到她跟前时,总要往她身上扇几扇子。这些小小的爱抚,使梁晴在几十个女工中,产生一点神秘的感觉和满足的心情。

崔天成爱和女工们打闹,有一次打赌,崔天成输了,大家要他买芝麻糖,崔天成不买,大家就故意逗他,把他的帽子在工棚下来回传着撂。后来崔天成发脾气了,他把门口卖芝麻糖的叫来,叫大家随便拿。后来每个人拿了两根,崔天成面不改色地把钱拿出来了。这件事给梁晴印象很深,虽然她只拿了一根糖,但是对崔天成那股不在乎的派头却暗暗佩服。

生活的书本是很厚很厚的,梁晴却只是翻了它的前几页。她对崔天成的印象渐渐好起来,觉得这个人没有什么心事,又比较灵活、聪明,就连他那颗令人讨厌的金牙,现在看去,配上两片经常笑着的嘴唇,也不难看。

梁晴开始有个感觉,他觉得崔天成应该有个妻子,把他管住,不让他那么随便乱花钱,而且她觉得崔天成这个人是能管住的,是好管的,但她却万万没有想到要管的人是她自己,因为她一直把崔天成当作长辈。在农村,三十多岁的人当然是叔辈,而她自己才十八岁。

这天到了厂里,崔天成去发活时,瞪着眼去看她的脸,好像在她脸上要寻找什么东西。梁晴没有介意,领了活照样有说有笑地干着。到了下午放工时候,梁晴去交活,崔天成小声地对她说:“小晴,你先别走,我有话跟你说。”

梁晴只当是把她收作“里工”的事有了希望,就说:“我先到门口转一圈,等会儿再回来。”

崔天成点了点头。

女工们都走了以后,梁晴又回到工棚,崔天成也不看她的脸说:“到后边,我的屋里。”说罢从前边走,梁晴跟着去了。

到了崔天成的屋里，崔天成随即把门关上，屋子里这时更暗了。梁晴说："这屋子多暗，你也不开灯！"崔天成说："灯泡坏了。"说着自己坐在床上，让梁晴坐在他跟前的凳子上。

崔天成说："你家那个姓徐的老头看上去怪厉害的！"

梁晴说："他不厉害，人可好了。虽然我们不一姓一家，可待我像亲孙女一样。"

崔天成没吭声。接着他又笑着说："小晴，你今天太漂亮了。你看咱们工棚几十个女的，跟你一比，全成猪粪了。"梁晴说："是嘛，我这个破印花布褂子，肩头都破了，我们来西安逃荒路上，扁担磨的。"

崔天成说："你要是把头发烫烫，穿上旗袍才漂亮呢！"

梁晴说："我不喜欢烫头发，也没有钱。"

崔天成说："我给你钱。"他说着抓住了梁晴的手。

梁晴有些胆怯，她想把手从他的手里抽出来，可是他抓得紧，抽不出来。

崔天成这时又把身子偎到她跟前说："小晴，我要钱干什么？我全给你！……"

梁晴说："不！不！……你有家，你应该寄给家里。"崔天成上前一把将她抱住说："小晴，我没有家！我就要你！你嫁给我吧！我叫你当太太，给你赁一所房子！……"他说着眼中露出野兽般的凶光。

就在这一刹那间，梁晴突然神志清醒了，也就是在这一刹那间，她对这几个月来的事情完全明白了！理智产生了勇敢，勇敢又产生了力量。她使劲把崔天成推开，嘴里喊着："你干什么！"崔天成又拉住她的胳膊说："咱们再谈谈，咱们再谈谈，我在厂里有股份，我有钱，你现在太可怜了！"

梁晴把胳膊一甩，把崔天成推倒在床上说："我不叫你可怜我！

我不稀罕你的臭钱!”她说着把门一开,飞也似的跑出了工厂大门。

她一口气跑到了家门口,屋子里还点着一盏小煤油灯,徐秋斋在看着一张旧报纸还没有睡。她推开板门,跑过去跪在徐秋斋面前,呜呜咽咽地痛哭起来。

徐秋斋当然估计到了事情的发展,他后悔自己早上没有把话和她讲出来,他咬着牙用颤抖的手拍着自己的头,真想用手在自己老脸上打两掌!

徐秋斋把她扶起来坐在地上,含着泪问:“他……有人欺侮你吗?……”

梁晴哭得更伤心了。徐秋斋说:“你说!你对爷爷说!我没有刀我有笔!我写状子到法院告他。告不上我也要给你出气,他也是一条命!”

梁晴却只是哭,一句话也说不出口来。

哭到半夜,梁晴不哭了。徐秋斋问她说:“晴,是谁欺侮你了?是那个姓崔的不是?我是你爷爷,不要怕丑,他糟蹋你了没有?”

梁晴擦着眼泪说:“没有。我把他推开了。大爷,我不想去打包厂上班了,就是要饭,我也不去那个地方了。”说着眼泪又“哗哗”地流下来。

徐秋斋忍不住说了一声:“好孩子!我有脸见你妈和天亮了。”

梁晴说:“大爷,你放心,我不会变心!姓崔的就是用钱把我埋起来,我也不会嫁给他。我等天亮,一年等不来等两年,两年等不来等十年!”

徐秋斋说:“天亮是个好孩子,是可靠的。你们也会团圆的,将来咱们攒几个盘缠钱,我去找他。就是跑一万里,我也要把他给你找回来。晴,人过一辈子,就要这样!我们人穷情义不穷。人不同于畜生,就在这一点。什么叫夫妻情?用这报纸上的新名词来说,夫妻情就是互相牺牲!你放上一块瓦,我放上一块砖,你放上一根檩,我放上一根梁!你放上一腔血,我放上一个头!有情有义的房子,就是这样盖起来的。……”

梁晴瞪着大黑眼睛听着这个老人讲的话,老人兴奋得眼中闪出锐利的光芒。他又苦笑了笑说:“我四十三岁那年,你奶奶就离开我死了。怎么死的,民国九年大荒年,饿死了。当时我不在家,回来时候她已经不会说话,只剩下一口气了。她给我指指炕底下就断气了。……”徐秋斋擦了擦鼻子上的泪水继续说:“后来我把炕扒开了,炕下边瓦罐里埋着一斗麦!原来是她怕我回来饿死,把一斗麦给我留着,她自己倒饿死了!这一斗麦……”徐秋斋说着痛苦地摇着头,说不下去了。

“过罢年景,”徐秋斋又接着说,“多少人跟我说,徐先生,续个弦吧,你还年轻着哩!我说我的弦就没有断。快三十年了,我没有再娶。我觉得我这一辈子够了。我这颗心已经放到一个地方了。唉!可惜那时候咱乡下没有照相,一张相片也没有留。不过我心里有一张像,不是照相馆照的,是我自己在心上刻的。……”接着他又说:“什么叫良心?良心就是一个人的德行,一个人的胆气,一个人的脖筋和脊梁骨,人有良心就活得仗义,活得痛快,什么都不怕,他没有亏心!……”

徐秋斋大声地说着,就在这个破茅屋里,他把中国人民的道德火把,交到一个十八岁女孩子的手里。

第二十三章　桃花庵

美不美，泉中水，
亲不亲，是乡邻。
——民　谚

一

自从这件事发生以后，梁晴不想去打包厂上班了。

徐秋斋老头劝她说："你还是去上班，这也没有什么。你干你的活，他当他的会计。他提出的要求咱不答应，我看他也不能把你扛起来转三圈。在这城市地方，人多嘴多，谅他也不敢逼亲抢人。不过以后咱自家要注意一点，不占他们的小便宜，不跟他们打闹，不管对什么人，心中要留几分神就是了。"

话虽这么说，梁晴还是不想去打包厂。通过这件事，这个天真纯洁的姑娘，好像一下子大了好几岁。她回想起好多事情自己太傻了，太不懂事了。过去她把什么人都当作好人，现在她懂得了人的各种目光，为什么走在街上有些小流氓总要撞她一下；为什么有些国民党兵总要找她问路；为什么警察局的户籍员老来她家喝水……她发现自己头上那条又粗又长的辫子，是最惹人注意和引起一些不怀好意的目光原因之一。她恨自己这条又粗又长的发辫。

一天早上，她用木梳梳头，就下决心把辫子盘起来。她梳了个髻。当她把髻盘好，对着一面破镜子照了照，自己先脸红了。她想到天亮,想到李麦大婶,想到自己这十八年在苦难中长大的岁月。这个髻到底是为谁盘的?自己还没有结婚,还没有丈夫,只是为了吃饭,就得把辫子盘起来,辫子到底犯了什么罪?想到这里她忍不住伤心得掉下泪来。……

晌午时候,徐秋斋从邮局门口回来,看见她头上盘了个髻,先吃了一惊。他说:"怎么把辫子盘起来了?这辫子不是随便盘的呀!"

梁晴低着头说:"大爷,以后你就喊我'天亮家'吧!这样盘上髻,省得惹麻烦。……我和天亮,只要俺两个不死,我就是他海家的一个人了。哪怕是海枯石头烂,猴笑柏叶落,我也不会变心了!"她说着又掉下两滴泪珠。

徐秋斋这才理解她的心事,他叹了口气说:"也好!也好!"

二

梁晴在家里住了两天,把旧棉衣、被子拆洗了洗。没有活干渐渐又心慌起来。后来徐秋斋听说北关有个新开办的裕华纱厂正在招收女工,他就跑去打听。到那里问了以后,知道这家工厂要人是要人,就是进厂得找两家铺保。头半年只管饭不给工钱,叫"试用期",试用不行还得赔他的饭钱。另外,还听说那纱厂里边活重得很,一天干十二个小时。徐秋斋和梁晴商量,梁晴决计要去。她说:"活再重总比在家里强,我不怕吃苦,就是这铺保咱不好找。"

徐秋斋想了一会儿问:"你说有一次看到一个人好像咱村蓝五,究竟是在哪里看到的?"

梁晴说:"才来西安那一天,我和嫦娥到街上转时看到的。当时也不知道东西南北,什么街道也不知道,光记得有个人的后影好像是蓝五叔,他走进去的那个门口,有个牌子,上边写着'桃花庵'

三个字。”

徐秋斋想着说:“这西安市咱也住得这么久了,有慈恩寺、开元寺、地藏庵、吕祖庵,哪有这个桃花庵?”他又问:“你记得大门是什么样子?是不是红墙朱漆大门?……”梁晴说:“不是。是个大席棚子,门口还有个木栅栏。”徐秋斋说:“那是个货栈吧?”梁晴说:“也不像。”徐秋斋忽然猛省地说:“该不是戏院子吧?《桃花庵》是一出戏的名字,就是《卖衣收子》。你看见‘桃花庵’那几个字在哪写着?”

梁晴说:“在一块小黑板上,写的白字。”

徐秋斋说:“就是戏院子。这倒好找了。说不定蓝五搭上戏班子了。西安就这十几家戏院,我明天去挨家找。一个‘桃花庵’把我弄糊涂了。”

第二天,徐秋斋就到街上去打听蓝五。他先问了两家秦腔和郿鄠剧团,人家都说没有个姓蓝的。他又到“民乐剧场”找到一个烧茶的老头。老头说:“要是《桃花庵》这出戏,八成是河南梆子剧团。秦腔里没有这出戏。我给你说两个地方你去找找,一个是‘黄河剧社’,一个是‘醒狮剧团’。这两班子都是河南来的大班,你先去找找看。”

徐秋斋就先到“黄河剧社”问,人家说:“我们这场面上没有个姓蓝的,有个吹唢呐的姓许,年纪也不对。”

徐秋斋越问越近,他想着既然这剧团里有吹唢呐的,他八成也会在剧团。“秤锤秤杆,相离不远。”我就再到“醒狮剧团”问问。

路过富强路,已经是小黄昏时候,街上电灯已经亮了。就在这时候,他发现了一块小黑板上写着《桃花庵》三个字,下边还写着“准带坐轿”四个字。

徐秋斋忙问了问门口的人,说这是“新声剧院”。今天夜里,“醒狮剧团”在这里演出《桃花庵》。

徐秋斋忙问门口收戏票的:“有个姓蓝的没有?”

把门的说:“我们是剧院的,他们是剧团的,等会儿你到剧团打问,现在快开演了。”

徐秋斋心里热乎乎的,像热锅上的蚂蚁一样,一会儿蹲在路边,一会儿跑到门口张望,就是不见蓝五。

看戏的都拿着票陆续进场了。里边锣鼓家伙敲打了起来,戏已经开演了。

徐秋斋去门口又问了问:“你们这戏票多少钱一张?”把门的说:“坐票四毛。”徐秋斋口袋里倒是有四毛钱,可是他想着四毛钱得写八封信,能秤一斤多面,买张戏票看戏太不值得了,就又蹲在戏院门口等着,他想着他要是在,散戏他总得出来。

又停了一会儿,里边唢呐声响起来。徐秋斋听着这唢呐声音好熟悉,就又跑过去对那两个把门的说:“有便宜一点的票没有?我是找人的。”把门的说:“你买个站票吧!一毛钱。”徐秋斋说:“也罢!给你一毛。”

徐秋斋挤到戏院里后,只见黑压压的全是人。一排排大长木靠椅前,放着茶壶、茶杯,几个卖瓜子和卖糖的在人行里转着。还有几个茶房用盘子端了一盘雪白的热毛巾,在前边几排的人头上来回撂着、传递着。那一块块毛巾像玩飞碟似的在人们头上转着飞着,徐秋斋开始不知道是干什么,后来才知道是叫人擦汗。徐秋斋感叹地想:真是有钱能买鬼推磨,看个戏也摆这么大排场,人真是太繁华了。

舞台上演的戏正是《桃花庵》。戏正演到张才妻杜氏去“桃花庵”进香寻夫,舞台上出现了抬轿子的舞蹈场面。抬轿和坐轿都是模拟动作,演杜氏的是个年轻演员,身材苗条,体态轻盈,坐轿子的舞蹈不时博得掌声。四个轿伕更是卖力,浑身扭动着各种抬轿姿势,特别是后一个,斜着身子,腿抬得老高,做各种劳累状,引起台下一阵阵掌声和笑声。

配合这个舞蹈的主要乐器，就是一杆唢呐。那热烈奔放的旋律，配合着轿子起伏的节奏，使整个舞台化在音乐的旋律中。

徐秋斋是来找蓝五的。他只嫌轿伕走得太慢，特别是后边那一个轿伕，一会儿进去了，一会儿又退出来扭两下，下边响起一片掌声，徐秋斋却不耐烦地骂着："身上虼蚤都擞掉完了，还不进去！哎，真是吃饱了。"

看了一会儿戏，舞台上又出现了坐轿的场面。这次是双坐轿。杜氏带着"桃花庵"的小尼姑回府，两个人并排坐在一顶轿子里，表演着一样的舞蹈动作。四个抬轿的更是擦汗喘气，做出各种逗笑姿势。徐秋斋看得不耐烦，看台子边有个小门，就挤着走了进去。

摸了几十步黑路，才看见亮光，原来摸到了后台。只见里边闹哄哄的，有的把胡子挂在玉带上在抽烟，有的把帽子端在手里在扇扇子。徐秋斋蹲下来小声地问一个穿号褂跑龙套的小伙子："你们这里边有姓蓝的没有？"

跑龙套的小伙子说："我不是这里的，我不知道。"

徐秋斋说："你不是这剧团的？"跑龙套的说："我是卖咸驴肉的，夜里临时雇到这儿的。"徐秋斋点点头。

停了一会儿，前台轿子坐完了。徐秋斋正想找个门出去，这时忽然走过来一个人，一把抓住他说："徐大叔！你怎么在这里！"徐秋斋一看，正是蓝五。他说："咳！我找你几天了！……"

蓝五说："你先停一停。"他说罢向掌鼓板的交代了一声，就一把拉着徐秋斋，走出边门，来在街上。

蓝五问："大叔，你几时来到这里的？"

徐秋斋说："来了一年多了，就是找不到你。晴和嫦娥去年看到你一面，以后就是找不着地方。"

蓝五说："晴和嫦娥也在这儿？"徐秋斋说："嫦娥去宝鸡做工

了,晴和我在这儿。”

蓝五又问:“天亮和他妈哩?”

徐秋斋说:“都在寻母口失散了,他们可能就没有过来河。”接着徐秋斋把来到这里一年多的情形,简单向蓝五说了说。蓝五说:

“早知道您们在这儿,凭什么也得想想办法。叫你们受这种罪,太亏了。”

徐秋斋说:“就这样今天还能见面,就算不错了。”

两个人说说话话向北关走着。这时西安的“夜市”已上,一街两行都是卖小吃的、卖粽糕的、卖凉粉的、卖饸饹面的,还有卖烧鸡和酱牛肉的,也有河南人卖水煎包子和油旋饼的,最显眼的是卖醪糟的,那几个醪糟挑子都在自己的风箱和灶上画着“戏画”:有的是画着《三国演义》,有的是画着《薛仁贵征东》,还有的画着《水浒传》和《西游记》里的人物。

这卖醪糟的并不吆喝叫卖,凭的就是他那风箱招徕顾客。他挑的醪糟挑子灶上有个长嘴,烧的是义马煤矿的硬炭。灶上放的铜锅,锅里煮的醪糟。他只把那个小风箱一拉,风箱乒乒乓乓响着,灶里“呼呼”地叫着,特别是夜里,火苗从灶嘴里喷出二三尺远,惹得那些逛夜市的人,都要停步看几眼。

蓝五和徐秋斋在夜市上走着,到了醪糟挑子跟前,蓝五说:“大叔,咱们喝碗醪糟吧!”

徐秋斋说:“算了! 这种不耐饥的东西,白花钱!”

蓝五说:“喝碗避避寒气。给你加俩鸡蛋。”

说着两个人坐在摊子前的小板凳上,买了两碗醪糟吃着。蓝五先吃完,又到附近摊子上买了一只烧鸡、两斤牛肉、十个牛舌头烧饼。徐秋斋看他从口袋里掏出来的都是拾元一张的新钞票,花钱又那么大方,心里想着:“莫非蓝五混得不错? 一个吹响器的能有多大进项?”他心里这么想,可也不好问出口。

两个人到了车站城墙跟前窝棚的门口，见里边还点着灯。徐秋斋就喊着："晴，我从'桃花庵'把你蓝五叔找来了！"

梁晴从窝棚里慌忙跑出来。看见蓝五喊着说："蓝五叔，你果真就在这西安呀！"

蓝五说："不光在西安，还就在'新声剧院'。离这儿也就两三站路。"徐秋斋说："这才真叫做'踏破铁鞋无觅处，找来全不费工夫'，早知道你在戏院子里，看一回戏不就找到了？"

蓝五弯腰进了窝棚，只见地上放着一条席，席下边铺了点麦秸，席上边放着一条蓝印花被子，就像鸡子叼的一样，到处露着棉花套子。席头上放着一个三块小木板钉的凳子，脑油已经把它浸成黑红颜色，大约是当枕头用的。这个小窝棚还分着里外间，隔扇是几根木棍钉成，上边钉的全是水泥袋子，水泥袋子虽然是破的，可是每个袋子上印的字却没有一个是颠倒的，看了还给人一种整齐的感觉。

蓝五看了看屋里这些东西，不由得叹了口气说："这就是咱这逃荒人的家。让你们受这罪，真是！……"他说着摇了摇头，眼睛有些潮湿了。

坐下来以后，徐秋斋问起和他同行的那几户人家的情况。蓝五告诉他说："前年我们在洛阳和长松他们分了手，和春义家、裴旺家来在西安。那时候城墙附近还没有这些窝棚，就在车站露天住着。后来听说黄龙山能开荒地，裴旺家一家子跟着尉氏县几十家难民，到黄龙山开荒去了。春义一心想上陕北，后来他两口子就跟着两辆洛阳的胶皮轮大车走了。他们打算先到耀县，然后再到陕北去。可是他们走了没有两天，就听说中央军把耀县的大路闸住了，不准难民们到陕北去。可也没见他们回来，也没有回来个信。"

徐秋斋叹了口气说："唉！真是大灾大难啊！咱这黄泛区的人，家破人亡，妻离子散，逃荒到哪里的都有。有人逃到新疆、甘肃,也有人逃到青海、宁夏。就这一个西安市,逃来十几万人。七十二行,干什么的都有。你看这大街上、饭店里,要饭的还不都是咱黄泛区的人。你这还算不错,到了戏班子里,总算有个营生。”

蓝五说:“我才来不也是要饭?挨门吹,挨门乞讨。反正有这一杆唢呐,不用张嘴喊爷叫奶奶。后来碰到我一个师兄,他领了个鼓乐班子,我就到他那里。去年夏天才由他介绍到这‘醒狮剧团’。”

徐秋斋说:“我看那么多人看戏,还能分几个钱吧?”

蓝五说:“卖钱是不少。千把个座位,天天都是满满的,就是开销太大。娱乐捐哩,所得税哩,再加上几个名角账要分得高一些。轮到俺这场面乐队上,也就剩仨核桃俩枣了。不过都是咱河南过来的人,都要叫过得去。我又是一人一口。有时候我也到俺师兄那里帮帮忙。这不明天裕华纱厂经理家的三少爷结婚,要订两盘鼓乐,我师兄这一个班也去。到时候我也得去帮忙。”

说到裕华纱厂,徐秋斋就把梁晴想去做工,又找不来铺保的事说了说。蓝五说:“裕华纱厂我也不认识人,回头我打听打听。眼下倒有个事,你们可以干干。剧团里缺个写‘海报’的,有个管账先生识不了几个字,写个‘海报’差三落四,字又写得难看,掌班的说了多次了,想请个写‘海报’的。大叔你教过多年学,赤杨岗的春联都是你写的,我想这个事你能干。”

徐秋斋问:“不就是往你们那小黑板上写个戏报吗?”蓝五说:“不光往黑板上写,还要用黄纸写上红绿字,一天要写三四十张,还得到大街小巷去贴‘海报’,哪里热闹往哪里贴。”

徐秋斋说:“写字容易。叫我写嘛,至少字给他写不错,不管他是汉碑唐帖,写出来还不能太难看。就是这贴‘海报’我有点犯愁,西安城这么大,跑一天就把我跑垮了!”

梁晴说:“大爷,你写,我去贴,我不怕跑路。”

蓝五说:“贴‘海报’也得识字,不能贴颠倒了。”

徐秋斋说:“这闺女心灵,我已经教她认得些字了。这样也好。一个吹笛,一个捏眼,反正将就着混碗饭再说。”

三个人商量了半夜,蓝五又给他们留了点钱,叫他们秤点面买点米。最后约定让他们后天到剧院去找他。因为明天他一大早就要去裕华纱厂经理家办喜事,到天黑才能回来。

送走了蓝五以后,徐秋斋心里挺高兴。他端起了墨水瓶做的小煤油灯看了看,油快熬干了。他不想马上睡觉,却找了一张破纸,戴上老花镜,在灯下写起戏的名字来。他写着:《铡美案》《蝴蝶杯》《南阳关》《对花枪》,一直写了二三十出戏的名字,才把笔合上去睡觉。

三

裕华纱厂的经理姓秦,他的公馆在南院门附近的梁家牌楼。他的三儿子结婚这天,半条街都被小卧车、黄包车塞满了。常言说:“穷在大街没人问,富在深山有远亲”。这裕华纱厂本是西安头一家大工厂,里边还有一些下野的老寓公、老政客的股份,再加上这秦经理担任着西安商会的会长,所以西安市的军警工商各界,凡是有头脸的人,都来贺喜送礼。

本来说定结婚仪式和喜宴在有名的饭店“曲红楼”举办,秦经理他老太太爱热闹,非让在自己家里举办不行,一来要表现一下陕西本地的菜肴风味,二来要叫两盘响器鼓乐班子来,吹打着吃着,以便为猜拳行令助兴。

蓝五和他师兄的响器班子一大早就来了。后来听说新郎新娘坐的是小卧车不是花轿,响器班子不跟轿,他们只好在院子里等着。一直到中午,一切仪式举行完毕,前后院子里几十桌酒席摆开以后，管执事的才给他们抬了张桌子放在院里，准备开宴后笙吹细打。

这秦家住的是老式前后五进院子。客厅、堂屋、过厅、对厦和耳房都摆满了酒席。前两进院子都是男宾，屏风以后的两进院子都是女宾。后上房堂屋里也摆了三桌酒席，秦经理的母亲秦老太太和一些通家至亲的女眷都在堂屋里。

环佩丁零，衣服窸窣，随着一股浓郁的香风，一大群穿着艳丽衣服的女人，由秦老太太领着由东院新房里向堂屋里走着。蓝五对这些富丽场面没有多大兴趣，只抱着一个茶杯在低头喝着。只听见有个清脆柔媚的声音说：

"秦妈妈，你慢点，这个台阶高。"

蓝五一听这个声音好熟！他急忙抬起头来看时，只见人群前边一个修长苗条的少妇背影，搀扶着一个米黄色横罗的老太太走进堂屋，那个少妇穿着一件天蓝色毛凡尔丁旗袍，上边套着一件白颜色薄毛线织的短袖"马甲"。两只雪白光滑的胳膊，简直和白毛线衣袖子分不出两样颜色。

女宾们鱼贯地走进堂屋，蓝五不敢再向堂屋里张望了。他听着刚才那个少妇的声音，酷似雪梅。可是他想着十多年了，就像石沉大海一样连个影信也没有，她怎么会能来在这里？再说这些人中间，不是阔太太，就是贵小姐，雪梅怎么能来到这些人中间？他又想着自己可能是耳朵听错了，多少年来他曾多次听到过这样说话的声音，但又不是真正他所要找到的那个声音。

话虽这么说，这个声音却给他带来了希望和痛苦。他把手中茶杯里的茶，悄悄泼在地上，又悄悄把桌上酒壶里的酒倒了大半杯，一个人痛苦地喝着。……

堂屋里女宾们让好座位坐定以后，由两个婆姨分别斟酒。在正中的那一桌上，让了三巡酒后，秦老太太对桌前的女宾们说："你们能喝多喝点,这是从凤翔送来的头粬。是泥池发的酵,别看有点浑,味道醇。”

坐在一旁的警备司令的老婆胡太太说:“老太太!你今天要多喝几杯,娶了这么个漂亮的孙子媳妇,听说还是西北工学院毕业的大学生,真是人有人才,文有文才,你们秦家尽娶漂亮媳妇。”

秦老太太喝了一杯酒说:“这是最后一个了,给他们办完事我就心静了。我们这个小三子刁啊!早年我说我给他订一个,他说:‘奶奶,你可别管我的事!我爸爸还不管呢。现在兴自由恋爱,我自己找。’今年一毕业就领回来了!要说这姑娘条个儿、脸盘儿都不错,就是太瘦弱了,本来南方人嘛,生个孩子就会好一些。再说学校里伙食太坏,我说叫他们带个厨师,他们又不带。”

直接税局局长的老婆王太太说:“伯母,你不懂,现在这种瘦条个儿最时髦了。你没有看新娘子穿上旗袍,腰只有一把粗,哪像我们这样,像个水桶似的,腰就不知道长在什么地方。”

王太太一句话把大家说得“哄”的一声笑了。秦老太太解嘲地说:“你们要是水桶,我就成了个酒篓子了!”

王太太说:“所以你今天得多喝一杯!一个酒篓子怎么也能装七八十斤酒。”说罢端起来一杯酒给秦老太太。

秦老太太说:“你倒在这儿等着我呢!怪不得人家说你这张嘴比刀子还快。来,咱俩同喝一杯!”喝干了杯中酒,秦老太太乘着酒兴说:“年轻人如今自由谈恋爱,我们这老一套算是悖时了。”她指着右边坐的那个穿天蓝色旗袍白马甲的少妇说:“我就喜欢孙太太这样体态。不高不低,不胖不瘦。按相书上说,这叫胖不露肉,瘦不露骨,瓜子脸,流水肩,什么衣服穿上都可体。人家腰不粗,可脸上却带着一股福泽味儿。在西安市要数上头一份。”

那个少妇看去有二十八九岁年纪,她红着脸说:“秦妈妈,你又夸我了,我啥也不懂。……”

正说话间，院子里唢呐响起来了。一开始吹的《上轿调》，那欢快热烈的旋律，像小河流水，像深林莺啼，头一段便把人吹得心花怒放，脸泛红潮。

秦老太太说："我就爱听这个《上轿调》，一辈子听了多少遍也听不烦。来！大家再喝一杯。"说罢大家端起杯来喝酒，那个穿天蓝色的少妇却如醉如痴地在谛听着。她觉得这唢呐声音是如此熟悉，如此亲切，甚至这声音还杂有一股麦子将熟的香味送过来，她被带到了故乡的土地上。

秦老太太看着她连酒也忘记了喝，就说：

"孙太太，你也喜欢这唢呐？"

"我喜欢！我……我从小就喜欢！这唢呐和我们家乡的一样。"

"就是河南来的班子！河南梆子我初上来听不惯，听了几次我就上瘾了。听说他们还要吹戏，大约就是河南梆子。"

年轻的孙太太说："秦妈妈，他们会吹很多出戏，还有河南坠子、曲子、河北梆子，就是唢呐的本调也很多：《百鸟朝凤》《十面埋伏》《千秋岁》。"

秦老太太说："想不到这里倒有个行家，等会儿你点两个曲子。"

"秦妈妈，还是你点。再说我记的这些曲牌，都是我小时候在乡下听的，也不知道他这个班子会不会。"那个少妇说着，鼻子尖上冒了两粒汗珠，脸也兴奋得发红了。

秦老太太说："等会儿把掌班的叫进来问问就是了。"说话间，头一道"宴菜"已经端上来，照这里风俗，上了头道"宴菜"，新郎新娘要向客人"拜宴"。这"宴菜"是个大海碗，里边炖的鱼翅、鸡丝、海米、洋粉，拜宴时还要跟着鼓乐响器。

堂屋里老太太爱热闹，又是长辈，新郎新娘就先来堂屋门口拜。地下铺着红毡,新郎新娘却没有跪下叩头,只向堂屋里鞠了三个躬。

那个孙太太无心看新郎新娘拜宴,在人群后悄悄踮着脚,一个劲儿往鼓乐班子里看。当她看清楚吹唢呐的那个男人就是蓝五的时候,只觉得眼前一片缭乱颜色,几乎要晕倒。

上了两道菜,秦老太太要点戏了。传话出去后,一个执事领着蓝五走进堂屋。蓝五低着头走进来,先给秦老太太作个揖说:"给老太太道喜!"

秦老太太说:"你会吹河南戏吧?"

"学过几出,吹得不好。"

秦老太太对那个穿天蓝色旗袍的少妇说:"你点,拣那热闹的,欢乐的。"

"你会不会吹《小二姐做梦》?"

蓝五这才抬起头来,朝着声音的方向看去,却看见两道像电似的目光射在他脸上,就在这一刹那间,他认出了这个少妇就是雪梅。

也就在这一刹那间,蓝五似乎什么也看不见了。他只感到眼前有两个大黑眼珠子,像星星一样亮,像海一样深,而且这海里的水,好像要倾溢出来。

执事看他发呆的样子,喊着说:"问你会不会吹《小二姐做梦》?"

蓝五忙说:"我会!我会!"

秦老太太阴着脸说:"叫他自己随便拣着吹吧!"

执事把蓝五领出去以后,秦老太太嘟哝着说:"这号江湖艺人,还是上不得排场地方!"她又回头看着雪梅的脸说,"孙太太,你眼上怎么有两点泪呢?"

雪梅忙低下头说:"这鱼香鸡丝太辣了,我刚才吃了一口。"

一道大菜跟着上着,雪梅失魂落魄地胡乱夹着。她什么味道也没有吃出来。院子里的唢呐声配着鼓乐笙箫汇成一股巨大的音流向她冲击着。她心里模模糊糊地只想着一件事:我要和他见面。可是在什么地方?又怎么见他却想不出来。

在大菜快要上齐时候,她终于鼓足勇气推说头疼到耳房休息一下。一个婆姨扶着她送到耳房。她急忙找了一块纸,写了几个字用一张钞票叠住,又要了一块小红纸包好交给婆姨说:

“你送去给那个吹唢呐的,这是我的赏钱!”

婆姨拿着赏钱出来,走到唢呐桌子前放在蓝五跟前说:“这是孙太太给你封的赏钱!”

蓝五急忙接住装在口袋里,等到办完喜事,已是满街灯火。蓝五推说还要到剧院里去,顾不得撤账就和师兄分了手。转过一个街口,他急忙在一个路灯下边,打开红纸喜封,从钞票里发现一张纸条,他急忙看了看,上边写着:

“延秋门巷36号。”

第二十四章　重　逢

要分离除非天做了地，
要分离除非东做了西。……

——民　歌

一

这天夜里，蓝五的心里像塞了一团乱麻，一个人在街上孤独地转悠着。他不想回到自己住的地方，因为剧场后边赁的一间小屋子，住着乐队六七个人，打牌的，喝酒的，吵吵嚷嚷，无法休息。他倒不是急于睡觉，而是想找一个安静地方想想心事。

多少年来，他的脑子里就像一个没有开过锁的箱子。这箱子里放着他多少眼泪、多少叹息和多少痛苦。就像一大堆债券堆在里边一样，他没有勇气去翻看，没有勇气去整理，好像钥匙丢失了一样。

这时正是农历七月天气，一天炎热，到了夜静更深，凉风习习，才觉得凉快一些。他转到小南门一段大城墙下，城墙里的大砖都被扒掉了，里边露着黄土。蓝五看了看，上边有脚窝，就踩着脚窝爬到城墙上去。

他在城墙上找了一块青草地，脸朝着天躺在地上。来西安两三年了，他第一次看到这皎洁的“长安一片月”。

一丝丝流云在天空飘动着，它像一条条轻纱，一会儿遮住了月亮的面孔，一会儿又慢慢把她揭开，天空是蓝的，那安静的蓝颜色衬托着白云,使他又想起今天他看到的那件衣裳。

“这一回不是梦吧?”

他从口袋里掏出那张写着地址的小字条,噙在嘴上,回忆着白天那一幕幕情景。

“她没有死!……她现在变成阔太太了。她好像没有忘掉我?……她眼中有泪水!……她嫁给什么人了?肯定是个大官儿……”他想到这里,心里突然像刀子割着一样难受。

当嫉恨的火苗在心中开始燃烧的时候,爱情的火焰也开始复燃起来。自从多年前蓝五走出卢氏县监狱以后,他的眼睛就失去了光芒。他的眼睛里看到的只是人而不是女人,他的心里既没有爱也没有恨。在他的心里只有一个女人,好像已经死掉了,所以他自己也不成为一个男人了!

今天,命运又把他拉回到男人和女人的世界上来了。他的心里又燃起了男性的火焰。他觉得他的肌体和感情突然在变化,他想大声说话,他想大声狂叫,他想哭,他又想笑,他想复仇,他想争夺,他想咬断脖子下边的命运枷锁,他甚至想杀人!……

两滴眼泪顺着小眼角向耳朵上流着,又从耳朵唇上滴在地下的青草地上。他又想着:“我是吹鼓手!是个穷流浪艺人!……她是个贵妇人,是个戴着金壳手表的太太!……听人家说,这些阔太太每天要用牛奶洗澡的,而我每天早上连豆浆也喝不起。……钱是会改变一个人的,钞票这把刀子会把人的良心割成一块块碎片。……世界上有没有比钱更可怕的东西?……”

他忽然看到天空上那一道茫茫的天河。前几天剧团里才演出《七夕泪》这出戏,他熟悉这个爱情故事,他看着天河两岸的牛郎星和织女星,他好像看到几千只喜鹊在天河上搭的“鹊桥”,他又好像看到织女星在掉着眼泪,织女星的眼泪在眼睛中滚动着,眼睫毛全湿了,但是没有流出来,他忽然又意识到这不是织女星的眼泪,这是今天雪梅眼中的那两眶眼泪。

“她为什么眼中有眼泪？……她为什么又想尽方法偷偷给我这个地址？……她不会忘掉我，因为我没有忘掉她！……她不会随便变心的，我们的感情太深了！……”

眼泪像一把钥匙，打开了他那个封锁多年的箱子。为了判断今天的枝叶和花朵，他回忆着当年播种下的种子和根苗。……

他记得他们从沙河老家“私奔”出来的头一天晚上，两个人顺着沙河大堤向西走着。“路”在他们的面前展开了，幸福和自由的花朵，开始在他们的心里开放了。

雪梅是那么高兴，那么愉快。他们飞快地走着，有时简直是在跑。

“咱们走了几十里了？”雪梅问。

“大约有四五十里了。你累了，咱们休息休息吧。”蓝五看着雪梅累的样子。

“不累！我还能再跑十里，我怕他们追来。”

“他们追不上了。看见山了，咱们下堤向山里小路走。”蓝五说着领她走下大堤，向着一片山麓里走着。

又跑了十来里，他们走进了浅山沟里。山坡上的小村里鸡子叫了，雪梅也实在走不动了。蓝五扶着她的胳膊说：“咱们歇会儿吧，这山里僻静。你得睡一会儿。”

雪梅点着头，她累得话也说不成了。

“就到这麦田里，麦子都黄梢了，能遮住人了。”

他们找了一块深麦田，把包袱放下。蓝五说：“你睡吧，就躺在麦棵上睡吧，你不用怕了，他们不会追到这里来。我坐着，有动静我叫你。”

雪梅又点点头，躺下来把头枕在他的腿上，睡了。

蓝五的心突突跳起来，这个穷汉子长这么大没有接触过女人。他不知道女人的头发这么柔软，他也没看见过女人睡下时，胸脯起伏得这么厉害。月光下,他看着雪梅睡着的脸上泛着笑意,像一个婴儿似的嘴角上,几个小酒窝一会儿出现,一会儿又消失。他可怜这个姑娘,他把脸扭在一边,害怕自己的眼泪掉在她的脸上。

雪梅睡了一会儿,睁开惺忪的睡眼问:"蓝五哥,你不睡!"

蓝五说:"我不困。你睡吧!"

雪梅说:"你把手给我!"

蓝五把手递了过去,雪梅抓在手里,紧紧地握着。她又把手拉过来偎依在自己的脸上,热泪向蓝五的手背上流着。她喃喃地说:

"蓝五哥,我的命不苦了!……我如今就是死了也情愿,也高兴。你不会把我撂下一个人走吧?"

"雪梅,我不会。要死咱俩个死在一起!"

雪梅忽然坐起来,用两只手搂着他的脖子,疯狂地喊着:"蓝五哥!你好!……你把我救出火坑了!我有一个男人了……你是我的亲男人。"她喊着兴奋得嘤嘤地哭起来。……

当太阳把她温暖的阳光,投射在睡熟的两个年轻人的身上时,雪梅醒来了。她睁开了眼睛,又赶快闭上了眼睛。又停了一会儿,她把蓝五拱醒了。

"蓝五哥!你醒醒,咱们说说话儿。"

蓝五醒了。他忙问:"什么时候了?"

雪梅说:"快晌午了。"

"我得给你去找点东西吃!"

雪梅却捺着他的身子说:"我不饿,就这样躺着,咱们两个好好说说。反正咱们到哪儿也没有家。天也别想管咱们!咱们管他白天黑夜、晌午、早晨,又不叫你去套牛犁地!咱们什么都不要了,就要咱们俩在一块。"

蓝五苦笑着说:"你倒蛮会说。"

雪梅说:"我好容易拼上性命,找到这个男人,我不和他说说话太亏。”

蓝五感动地说:“雪梅,一辈子长着哩!”

“蓝五哥,咱们俩能过一辈子吗?”

“那有什么不能。只要你不嫌弃我穷,不嫌我这吹鼓手下贱,我是决不会丢掉你的。我这样一个人,能配上你,我是很满意了,即使将来你嫌跟着受苦,不要我,离开我,我也感激你,我也不会恨你。我配不上你,我知道。”

雪梅摇晃着他说:“蓝五哥,你不要这么说!你放心,我决不会变心,什么时候我也不会变心。这一个多月来,你走到哪里,我悄悄跟到哪里,难道你还看不到我这颗心吗?跟着你就是酒盅子量米,清水里煮野菜我也情愿。我总算跳出傻子家那个火坑了。是你救了我。你为我背井离乡,你为我家也永回不去了。蓝五哥,我不会对不起你,我不会叫你伤心 。我要变心,日头落,我也落!……”

蓝五在城墙上躺着,回忆着这些情景,这些话就像昨天才说过的一样,现在又清楚地响在他的耳边。……

蓝五又想起在路上的一个情景:

那是他们逃出来大约五六天后。平常他们在路上住店、吃饭,都是兄妹相称。人家问起来,蓝五总是说:“送我这个妹妹上陕西,妹夫在宝鸡做银匠活。”

这天投宿瓦店镇。早上起来上路,渐渐走到伏牛山的深山里。他们顺着一条山路向西走着。

雪梅说:“昨天夜里我看也有两口子住在一个店房里。那个张罗的不就是两口子。”

“……”蓝五没有吭声。

“怕什么!”雪梅看了他一眼。

“小心没大错。”蓝五嗫嚅着说。

雪梅说:“敢吃三斤姜,敢挡三条枪!既然敢跑出来,就不怕刀山火海,谁想盘问咱,咱就理直气壮地跟他讲:我们是夫妻!”

两个人又走了一阵,天忽然下起雨来了。一阵雨下来,山坡上打柴的,锄地的,还有放羊割草的,都背起家伙向家里跑了。路上只剩下他们两个人。雪梅高兴起来,她说:“蓝五哥,这条路现在成咱们两个的路了。我真讨厌路上这些人的眼睛!”

蓝五说:“你不是敢吃三斤姜吗,还怕人的眼睛!”

雪梅笑了。她忽然唱起来。这些天,雪梅忽然像换了个人。她变得活泼了,变得爱笑了。特别是只要一上路,她就心花怒放。她会唱很多戏,还会唱很多歌曲。这都是从留声机上学来的。有些歌曲蓝五还没有听过。在姓刘的财主家里时,她像个童养媳,连小声哼也不敢哼,现在在这深山荒径上,她敢唱了。蓝五是在音乐中陶冶长大的孩子,雪梅唱的歌他都能深刻理解。他觉得雪梅确实有一种融化和表现音乐的才能。在这条路上,他自己没有带唢呐,雪梅却好像变成了他的一杆唢呐,一杆会说会笑的唢呐。

又走了一段路,雨下大了。路上的泥巴已经沾起脚来了。蓝五说:“不行了,咱们得避避雨。”他看了看,前边有一条小河,小河岸上长着十几棵合抱的大柳树。蓝五就拉着雪梅跑到柳树下边。

老柳树像一座伞盖,树底下的青草还没有淋湿。他们并排在树下坐下来。山涧的水哗哗地流着,雨点哗哗地下着,山峰被雨雾笼罩住了。雪梅把头钻在蓝五的衣裳襟下,静静地听着雨声。

一会儿雨停了,云彩像跑马似的向山后奔跑着,空中露出了一片蓝天。

雪梅用柳枝编了个柳枝花冠,她采了些野花插在上边,戴在自己头上。

蓝五笑着说:“像个新媳妇了。”

雪梅不吭声,又用柳条编了个帽子,戴在蓝五头上。

她说:“蓝五哥,咱们现在结婚吧!”

蓝五说:“怎么结婚呀?”

雪梅说:“咱们拜天地。人家说不拜过天地,不算真夫妻。”

蓝五说:“在这野地里怎么拜?连个天地桌也没有。”

雪梅指着蓝天说:“那不是天!那一块天就够咱们用了。地,咱们这脚下就是。”

蓝五看着她那高兴的样子,不想打落她的兴头。几天来,她对生活充满着新鲜感。她想着各种办法,各种点子来充分享受她拿到手里的这一点“自由”。虽然这点“自由”是可怜的,但他们却更珍视它。就像刚从笼子里飞出来的鸟儿一样,在天空中飞舞着、盘旋着、鸣叫着,它不为任何目的,只是想试验一下自己身上长的翅膀。对鸟儿来说,翅膀就是它的自由。

蓝五理解她的心情,有意任她摆布。就说:“随你!你说初一,我就磕头了!”

“那你跪下呀!”雪梅先跪在地上。

蓝五和她并排跪在地上,雪梅和他共同向天空叩了一个头。这个姑娘忽然对天说话了。

她说:“老天爷!可怜可怜我们这两个苦命人吧!我们也是个人,不是骡子马,你要公平对待。从今后,蓝五哥就是我的丈夫,我就是他的妻子。我们两个活,活在一块,死,死在一起!海枯石烂,决不变心。谁要是变心……”雪梅庄严地说着,她说到这里说不下去了。两行眼泪从她的两腮上流下来。蓝五这时被强烈地感动了,这个平常不大爱说话的男子汉,忽然大声喊着:

“天打五雷轰!……”

大约是蓝五的声音太大了,对面山谷里引起了一个回声:“天打五雷轰!”

两个年轻人紧紧地拥抱在一起了。蓝五第一次疯狂地吻着他自己的“妻子”。……

二

两个柳枝编的花冠顺着小河水漂走了。他们又开始了他们的"私奔"旅程。傍晚时候,阵雨又下起来了,山里边村子稀,看着有几处炊烟,要翻过沟去投宿,最少还得跑五六里。正在这时候,他们忽然听到两声狗吠。

雪梅吓了一跳。她说:"这里怎么还有狗?"

蓝五说:"有狗就有人家!"他们顺着狗叫的声音向山坡上走着。转过一片竹林,果然发现一个破庙。

庙已经倒塌得不像样子了。庙前的石碑倒着,老松树在地下卧着,山门已经没门楼,门框上边还残存着"香积寺"三个字。

蓝五叫了叫门,随着狗咬声,出来个老尼姑。老尼姑已经六七十岁了,头上缠了一条破黑手帕,她一边喘着气,一边开了门。看了蓝五一眼说:"问路的?"

蓝五说:"师父,我们是过路的,赶不上店了,天也下雨了,我们想在这里借宿一夜。"

"这儿没有地方。"老尼姑说着就要关门。

雪梅忙过来说:"大娘,你行行好吧! 我实在跑不动了,天也黑了,你收下我们这点小意思。"她说着把一块银洋放在老尼姑手里。

老尼姑看了看是一块雪白的银洋,脸上露出一丝笑容。她说:"你们跟着我来吧!"

领到一个小屋里,墙角上放着一套简单的锅灶。

老尼姑说:"你们是一家人吧?"

雪梅说:"是的,我们到陕西去。这庙里就你一个?"老尼姑说:"我师父死了,徒弟跑了。唉,……你们今夜就住到这个屋子里吧。你们还没有吃饭吧?"

蓝五说："我们带的有干粮，有烧饼。"

老尼姑说："光吃干粮还行？我给你们烧碗茶。"老尼姑说着拉起风箱给他们烧了半锅茶，还从一个破罐子里，给他们夹出来一碟子淹竹笋菜。

吃罢干粮，老尼姑说："你们歇吧！门从里边能插住。"

雪梅说："师父，你到哪里住？"

老尼姑说："我好将就。大殿旁边还有个柴房。"

雪梅说："我们送你去。"到了柴房屋里，只见放着半屋麦秸，大概是老尼姑平常捡来当柴烧的，麦秸上还铺了一张破席子，席子中间有两个大洞。

雪梅看了看蓝五小声说："咱们住这儿吧！人家师父老了，怪可怜的。"蓝五就向老尼姑说："师父，我们住这里吧！你还去住你的房子。"老尼姑说："不行，那不像话，我收你们的钱，能这么委屈你们？"

雪梅说："我们就住这里！我们是年轻人，不怕冷，你还回你自己屋子吧。"拉扯了半天，老尼姑争不过他们，只好自己回去了。临走她交代说："这两扇门从里边能插上闩。另外，吸烟时小心点，这都是柴火。"

蓝五说："我不吸烟，你放心吧。"

蓝五刚把门关住，老尼姑又回来了。蓝五开开门，老尼姑却把一条被子塞进来。蓝五说："不用，不用！"老尼姑已经回身走了。

蓝五把柴火平了平，席子铺了铺，又把那条被子抻了抻。他说："睡吧！今天夜里没有查户口的，也不怕狼，可以安安生生睡了。"他说着起来插好了门。回过头来看雪梅时，却看见她在席上坐着，脸色惨白得像一张纸，瞪着两只惊恐的眼睛。

蓝五过来安抚着她问："你怎么了？"

"不知道……"雪梅细声低说着，闭上了眼睛倒在他的怀里。

"你是不是有病了?"蓝五怜惜地看着她。

"……"雪梅摇摇头。她把蓝五的手拉了过来,放在自己的胸前,蓝五这时感觉到他手掌下的那颗心,像擂鼓似的要跳到他的手里来。……

夜雨,又沥沥淅淅地下起来了。初开始是在屋顶上沙沙作响,清新的雨味夹杂着山上松枝的芳香,向着屋子里飘送着。接着,檐前滴水了,它是那么均匀而有节奏地滴在空阶上。一阵闷热之后,天上忽然雷电交加,一道道雪亮的闪电,一阵阵隆隆的雷声,接着是瓢泼的大雨,向山峰、向树林、向这座大庙倾泻着,一座座山峰突然像披上几十条飘带一样,挂上了奔泻的雪白瀑布。整个大地都像在战颤着,喘息着,在暴风雨中,它呈现着从来不曾有过的壮丽奇景。

三

一阵清脆悦耳的鸟声把蓝五吵醒。他睁开眼睛看了看窗外,雨住了,天晴了,太阳把灿烂的光线投射在夜雨洗过的松盖上,发出耀眼的青翠颜色。雪梅还在睡着,他把被子给她轻轻盖了盖。刚坐起来,雪梅也醒了。

她闭着眼睛轻声问着:"天晴了?"蓝五说:"晴了,天上连一片云彩也没了。"

"咱们就在这儿住几天吧,我不想马上走。"

蓝五到前边屋子里和老尼姑说了说,希望在这儿留几天,并且又给了她两块银洋。老尼姑高兴地把他们留了下来。上午,老尼姑到附近马嘴口集上买油秤盐,雪梅就在家里做起饭来。

她先擀了两剂面条,又炒了些老尼姑泡的酸菜。

蓝五笑着说:"想不到你做饭还做得这么好!"

雪梅微笑着说:“你当你娶了个请吃坐穿的媳妇吗?告诉你,我什么饭都会做。不光会做饭,织布、纺花、种地都会。我爹原来是个读书人,后来抽上鸦片什么活都不做。我们家十几亩地就全凭我这个大女儿哩。锄地,割麦子,打场,连牛都是我喂的。以后牛卖了,我还自己拉犁。”

蓝五说:“我可没有想到。就你那只白嫩的手也不像。”雪梅说:“手是这几年在刘家养的了。到将来你就知道你这个媳妇没有白娶。”

蓝五嘿嘿地笑着,他不会说笑话,他也不敢说。

雪梅烧着灶火,火焰把她的脸映得鲜红。她又深情地说:“蓝五哥,咱们跑到新疆,把姓名改了。用咱们的钱买十几亩地。再买头牛,盖两间草房。每年种一季麦子,再种点豌豆、菜豆、棉花。菜豆地里带几行芝麻,棉花地里种几棵南瓜。咱们两个一块下地干活,一块回来做饭。咱们不分……”雪梅在想着说着,好像他们已经住到了那两间新草房里,已经在他们的土地上干着活,说着话。

他们在这个破庙里整整住了七天。在这七天中,蓝五百般体贴地爱抚着她,安慰着她。蓝五也好像变了,他变得温柔了,聪明了,会轻声说话了,会观察雪梅的心事了。他总是顺着她,又仔细地驾驭着她。雪梅对他这种突飞猛进的变化也感到吃惊,她更感到蓝五可爱了。

爱情本来就是一所伟大的学校。它陶冶着人的性情,启迪着人的智慧。这个学校的课本是不尽相同的,但是效果却是相同的,只要人们正确地对待它。

四

蓝五回忆着这些情景,觉得又幸福又痛苦。他看着西安市的万家灯火,也不知道雪梅在哪一个楼里,哪一盏灯下,更不知道她和一个什么人在一起……

第二天,他换了身衣服 ,准备去找延秋门巷 36 号。他问了好几个人,才找到延秋门巷,等他挨着门牌数到 36 号时,他犹豫地停住了脚步。这是一所五间临街的水磨砖大房子,两扇黑漆大门,门前边有四级青石台阶。

蓝五上了两层台阶,他的心突突跳起来,他不敢去叫这个森严的大门。

他转回身来,却没有走,他在这条街上来回转悠着。后来他怕街上的人看到他犯疑虑,就到对面一家小饭铺里要了两碗合罗面吃起来。他一边吃着面,一边隔着玻璃看着这个黑漆大门,两碗面用最慢的速度吃完了,那两扇大门还是紧紧关闭着没有开过。

他想着:“不等了。先回去和徐秋斋大叔商量商量,把过去的事全对他讲讲,他见多识广,看怎么办。”

他想着,低头走出那家小饭馆,最后又回头望了望那两扇门,就大着步走了。刚走到街口,迎面忽然来了一辆大黑漆方斗包车,拉车人跑得飞快,车上小锣叮当、叮当地响着,车上边坐着两个人,一个男的,有五十多岁年纪,花白头发高鼻梁,两只眼睛向外凸出着,嘴巴很宽,一口金牙露在外边,他穿了一身浅灰颜色的纺绸大褂,一根黑漆手杖靠在腿边。和他并排挨肩坐着的是一个艳丽的少妇,穿着藕荷色旗袍,套了一件重枣红色细羊毛衫,这个女人正是雪梅。

这辆包车虽然是在蓝五面前一晃而过,他还是看清了车上那个女人就是雪梅。他掉转头跟着车子喊着:

“雪梅!雪梅!”

包车停住了。他跑了过去又喊着:“雪梅!……”

就在这时候,他听见雪梅喊着:“哎呀,表哥!你什么时候来了？……”

蓝五愣住了。“我……我……”他一句话没说出来，却感到有一双男人的锐利目光盯在他的脸上。蓝五觉得脑子里嗡嗡乱响，可是他终于抬起头看了那个男人一眼，雪梅发现他的眼眶和白眼球全变成红的了。

“这是你表哥？”那个男人问。

“是啊，我姑家的老大。”

“请到家里！”那个人说着摆了摆手，车子慢慢地拉到门口，蓝五在后边跟着，他真想扭回头走掉，可是那边雪梅又在叫他了。

拉车的捺了捺门铃，从里边走出来个四十多岁的妇女，她笑迎着说：“先生回来了！”那个男人用大拇指向背后捣了一下说：“有客人，太太的亲戚。”说罢头也不回掂着手杖先走进大门。

趁着拉车的往一个小车库里放车，蓝五小声地对雪梅说：“雪梅，我不进去了！我走了。”

雪梅着急地小声说：“你怎么能走？别怕！跟着我。你记好，你是我表哥！”

蓝五无可奈何地点了点头，他感到自己没有力气跨上那几层台阶。

这是一所中式四合院独院房子。客厅两边有四间耳房，中间有六扇朱漆洒金屏风，屏风后边是后院。

进了客厅，雪梅喊着：“徐妈，泡两杯茶！”

接着她把蓝五让到一张沙发上坐下。那个男的正在脱掉长衫换衣服。雪梅又故意用支使的口气说：“你把电扇开一下嘛！这么热。”那个男人说：“好。”雪梅又撒娇地说：“你给我倒一杯凉开水，我不想喝茶。”

“好。我的太太！”

在客厅里，雪梅竭力暗示出她是这个房子的女主人的样子，想让蓝五看出这个老头子得听她的，得由她摆布，可是蓝五这时候什么也没有听见。他只是呆呆地坐着，他感到自己那颗心，好像被人放在煎饼锅上煎熬着。

“听说你们家乡被黄河淹了？”那个男人和他谈话了。

“是啊！淹了几十个县，难民几百万。洛阳、陕州、潼关沿路都是。饿死的人可多了。如今光来到西安的难民就有几万，干什么的都有。拉洋车，当装卸工，进纱厂，卖菜，捡煤渣。……”蓝五忽然变得能说了。他滔滔不绝地说着逃荒，说着水灾，几乎不给对方插话的机会。但是他又不和那个老头子的目光相遇。老是把脸朝着雪梅讲着，他说了很多话，自己却不知道在说些什么。

吃午饭时候，菜很多，蓝五胡乱吃着，什么味道也没有吃出来。吃罢饭，蓝五要走了，他觉得在这个地方再待上两个钟头就要晕倒。

雪梅也没有强留他。她和自己的丈夫把蓝五送到大门口，忽然说：“你不是回北关嘛？坐公共汽车走吧。”

“不用，我走着回去。我走惯了。”

雪梅说：“好远呢！坐车吧。我送你到公共汽车站。”她回头又对那个老头说，“一点了，你也该睡会儿午觉了。”

她的丈夫说：“好。我不远送了。”

“砰”的一声，当两扇大门从他们背后关上之后，雪梅的眼泪再也忍不住了，强装出来的笑容已经完全隐没了。他们并排在大街上走着。他们反而噎住了，谁也没有说一句话。

快走到街口时候，蓝五问：“刚才那是你男人？”

“……”雪梅点点头，又好像没有听见他的话。

蓝五嗫嚅着说：“雪梅……我想……咱们见这一面算了！你现在吃穿不会发愁了，我还是个穷艺人！以前的事情都别再去想它了。……”

蓝五痛苦地说着,雪梅的眼泪止不住地向脸上流着。她说:“蓝五哥,他们骗我了,在卢氏县我等了你半年,他们不让我见你,后来说你……死在监狱里了!……我要知道你还活在世上,我说什么也不会走这一步!”

蓝五说:“雪梅,你就只当我在卢氏县监狱死过了!那时候,咱们都太年轻,我把你从老家领出来,我对不起你……”

“是我对不起你!”雪梅又擦着眼泪说,“蓝五哥,你为我差点把命送掉。可是你知道我为你也受了好多苦啊。蓝五哥,我还有好多话要对你说,你住在什么地方,我去找你。”

蓝五说:“算了吧!你别管我。”

“不,咱们一定得把话说透!”

“要不,车站附近城墙下有一个窝棚,就到那儿去?……”

“好,明天……明天上午你到中正门下等我。你可千万要去。”

蓝五黯然地点了点头,眼圈又红了。两个人默默无声地流着眼泪,等着汽车,两趟汽车走过,蓝五还没有上去,他们还在无声地对泣着,一直到第三趟汽车又来了,蓝五咬了咬牙,跳上了汽车,他透过车窗向车站看了看,只见雪梅还在抽噎着擦着眼泪,他忽然感到自己心里一阵隐隐作痛。……

第二十五章　古城墙下

南山有乌，北山张罗，
乌自高飞，罗当奈何？
——古代民歌

一

雪梅自从在秦家遇到蓝五以后，她的心就像在一井死水里突然投进一块石头，又掀起了汹涌的波浪。这些波浪虽然埋藏在地层深处，但却像火红的岩浆，重新燃烧起这个少妇对生命、对爱情和良知的追求。

她约定第二天和蓝五在中正门见面。由于失魂落魄，吃晚饭时，竟把一瓶白酒当作醋，倒在一盘鸡丝拌粉皮的冷菜里。徐妈包的烧卖本来只有杏核那么大，她用筷子往嘴里填时，却是那么艰难。她觉得喉咙好像忽然细了许多，每咽一口菜就像吞锯末一样难受。要不是她丈夫孙楚庭坐在对面，她早把碗推在一边了。女人是天生的演员，她不让自己脸上写出任何透露底蕴的文字，男人却是一个敏感的观众，在观察破绽方面，再笨的人也是天才。

孙楚庭今天食欲好像特别好，吃烧卖时候，他嚼得特别响，两颗包金的牙，在电灯光下闪闪发光。雪梅忽然感到那一排发亮的牙齿好像一架金属机械，它在咀嚼的不是食物，而是她年轻的生命。

好容易等到上床睡觉以后，雪梅瞪着眼睛看着那在夜色中的天花板。她故意呼吸得很均匀,慢慢拣出脑子中积存着很多记忆的一团乱麻。回忆也需要环境。在这一张狭窄的床上,她无法将那么多凌乱的思绪,整理得有条有序。人的掌管记忆部分的大脑,却又是一个碰不得的闸门,一经触动,它便不绝如缕地重新涌现出来。唢呐的凄婉旋律,麦田地里略带甜味的泥土味道,香积寺嘈嘈的夜间急雨,蓝五两绺粘在额头上的长发……这些形象、声音、气味一齐向着她的耳、眼、鼻、口袭来。它们不但历历在目,而且比原来更加细腻而鲜明地展现出来。

她记得和蓝五最后一面是在卢氏县的监狱木栅栏前。那好像不是一座监狱,而是一条把门堵死了的走廊,上边钉了几根粗大木条。蓝五看到她时好像在笑又好像在哭,后来的表情她记不清了,因为眼泪模糊了她的视线。

"他们审问过你了没有?"雪梅急切地问。

"过了一堂了。他们说我是'拐带',拐骗良家妇女。"

"我要上堂说清楚,不是你'拐带'我,是我'拐带'你!"雪梅大声说着,她也不知道"拐带"是什么意思。

蓝五低下头沉默了好大一会儿说:"算了吧,雪梅,我们原来想的都太容易了。地上铺着条条大路,就是没有我们走的。你该去什么地方就去什么地方吧,能远走高飞就赶快远走高飞吧,我,你不要管了!……"蓝五说着掉下泪来。

"不!我要请人写状子和他们打官司辩理,难道说我一辈子就应当嫁给那个傻子?"

蓝五不说话了,只是默默地在流泪,他无法回答雪梅提出的这个问题。

两天后,雪梅从县府前街一家小店被叫到警察局,也被看押起来了。据说是要通知项城县她的婆婆家来"赎人"。两天后,她的公公刘书经,带着她姑家的表哥从项城县果然来了。最使雪梅难堪的是她见到她公公那一天。

她从看押的班房被叫出来，院子里站了很多人，她低着头走着。首先映入她眼帘的是一双千层底布鞋。这双鞋子是她亲手做的，鞋底鞋帮上每一个针脚她都熟悉。她吃了一惊，猛抬起头一看，却是公公刘书经！大约是由于关在班房里的恐惧和孤单，加上他们总算在一个锅里吃了几年饭，见了公公，她忍不住下意识地叫了一声："爹！"

刘书经把脸一板说："你还有脸叫我！"

就在这时候，跟着来的那个表哥跳过来，在她脸上打了两个耳光。

一阵羞愧和愤怒使她麻木了，她眼里冒出了金星，她觉得她面前又张起了一面大网，一张遮天盖地无边无际的网……

县警察局长指着雪梅问刘书经：

"这是您家的人吧？"

"是的，长官，她跑出来已经一个多月了。"刘书经不住地点着头说。

"为您这个案子，我们局子里的兄弟，可没少费力啊！忙了几天几夜！"

刘书经忙说："是的，是的，让老总们费心了。"

警察局长说："人您可以领走，不过盘查这案子的费用你要拿出来。"

刘书经说："是的，皇帝老子也不能白用人，这我清楚。"他看了雪梅一眼，"咱们……到屋里说吧……"

刘书经到屋子里不知道和县警察局长咕哝了些什么，只见出来的时候，县警察局长的眼睛和嘴变成了三条横线。他说着："不客气！不客气！"还拍了拍刘书经背上的灰尘。

她的那个表哥走到她跟前，故作威严地喊道："走！"

“我不跟你们走!”雪梅大声喊着。

那个表哥挽着袖子又要来打耳光,刘书经走过来温存地说:“雪梅,回去,回咱家,回去不打你!你在这里算个啥名堂,跟我回去吧!”

刘书经劝着,雪梅眼中流出了泪,她开始挪动了脚步,她的眼中又出现了她屋子里那些箱子、柜子、盆架、镜架,还有那一张漆得发亮的顶子床。床围板上透花刻的那一只卧在松树下的小鹿,似乎又向她睁开了眼睛……

他们在大街上走着,这天正是县里逢双集日。卢氏县出产的山里红,一个山里红有核桃那么大,红里透紫,皮薄肉厚,街两旁摆的都是卖山里红的摊子,看去耀眼锃光,像鲜血染成一样。大约红的颜色给人有一种兴奋的感觉,雪梅感到又产生了勇气。就在这时候,她发现大街上丢着一只黑圆口旧布鞋!

她一下怔住了。这是蓝五前天被送到警察局时,挤掉的一只鞋!她顿时想起蓝五在监狱里赤着一只脚走路的样子,她又想起蓝五站在监狱木栏后的那张凄楚的脸……她的心在“怦怦”地跳,她血管中的鲜血好像要迸射出来,她突然像一头野鹿一样,飞跑过去捡起地上那只鞋,撒开腿撞挤着人群向城外奔去……

待她清醒过来时,她又被绳子捆住了。

刘书经和他的外甥捺着雪梅使劲地往一辆架子车上缚,雪梅挣扎着,弹腾着,嘴里喊着:“我不走!我不跟你们走!……救人啊!救人啊!……”

赶集的人围得里三层外三层,没有一个人过来劝解,他们在旁边议论着:

“‘娶来的媳妇买来的马,任人家骑来任人家打’!你有什么办法。”一个老头叹息着说。

“他们把这女人带不走!男‘拐带’还在监狱里。”一个客店掌柜见惯不惊地说着。

“怎么不打呀！十个耳光就把她的杨花水性打过来了！”一个大脑袋的屠户说。

“打过了。”又有人说。

……

雪梅仍在嚎叫着，挣扎着，就在这个时候，孙楚庭从西头走过来了。他戴着一副金丝眼镜，穿着一身米黄色杭纺裤褂，手里拿着一支紫竹镶玉笛子，头上还戴着一顶全县仅见的银灰色博士帽。

卢氏县的各商号都认识这个四十多岁阔绰的陕西人，他是国民党交通部潼关段缉私处长，来卢氏县已经半年。

他听到一个女人在呼叫，继而看到一头散乱的长发和一个修长苗条的身躯。他分开众人走进人群，挡住刘书经问：

“你怎么这么野蛮！光天化日之下，把一个人往车上捆。”

刘书经说：“她是我的儿媳妇！她是跟人私奔出来的！”

“你也不能这样来捆她呀！她为什么私奔，和你儿子打架了？”

“他儿子是个傻子！”雪梅大声哭喊着说。孙楚庭看了雪梅一眼，对刘书经说：“啊，要是这样，你更不能把她绑走！”

经孙楚庭这么一拦，看热闹的人都说起话来了，有的说：“老先生，算了吧，你把她的人绑回去，你把她的心绑不回去，她的心已经变了，她是个活人，你能整年捆住她？”也有的说：“捆绑不能做夫妻，你儿子要真的不傻不呆，你可以再娶一个。”

还有的附在他的耳朵上说：“老先生，你眼头活一点，这个陕西人是个大官，连县长都得巴结他！”

大家你一句我一句地说着劝着，刘书经也没了主意，他拍着胸膛大声喊着说：“我花的是钱哪！为娶她我花了八十块现洋，四大石小麦！……”雪梅挣着绳子喊着说：“我还你！我这一辈子就是当牛当马也要还你这笔账！我到你家时才十七岁，我那时不懂事！……”

她说着又抽泣起来。

孙楚庭拉着刘书经说:“你不就是为这八十块钱嘛?”刘书经说:“是啊,还有四石小麦,我不能人财两空啊!”

“我替她赎了!”孙楚庭说着,围看的人群中响起一片啧啧声。

雪梅这时才看清这个戴着金丝腿眼镜的人,吃惊和感激的心情驱使她向孙楚庭跪下来,她觉得她得救了,她从看过的戏曲和鼓书中,常常听到人到难处,往往会遇见“贵人”搭救,她大约也是遇到“贵人”了,不过这个人又不大像戏上那些“贵人”,他为什么老看自己……

孙楚庭在一个饭店里和刘书经办完了人契手续,刘书经解着雪梅身上的绳子对她说:

“我走了,从今以后,你再别提我刘家的一个字!”

“……”雪梅咬着牙没有吭声。不管怎么说,身上的绳子总算解开了,至于前途,是江是海也只好以后再说了。

二

早上,孙楚庭坐上包车到南院门去上班后,雪梅赶快打开箱子换衣服,她要去车站附近那些难民窝棚。她没有敢穿旗袍,也没有穿高跟皮鞋。她换了一身当时流行的海昌蓝布做的学生制服,她对着镜子淡淡地搽擦了点胭脂,却没有敢抹口红。

她对徐妈说:“我到王太太家去,有点事。”说着在箱子里抓了一沓钞票塞在口袋里,一路小跑着出了大门。

在延秋门胡同口叫了一辆黄包车,跳上车后,她看了看表,刚八点十分。

西安的初秋是爽朗的,湛蓝的天空像扫帚扫过一样,没有一丝云彩,从西边黄土高原上刮来的风,已经发出飒飒的声音,它悄悄染着路旁杨树的叶子,桐树的叶子。柳树依然浓绿成荫,千条万条低垂着,摆动着,好像在显示着她倔强的生命。

在抗日战争中,西安像雪梅自己一样,几乎每天都在赶着时髦,改换着服装、发型。街上的小汽车多起来了,夜里的霓虹灯把钟楼四周映照得五彩缤纷。服装店橱窗里第一次出现了穿着西服梳着飞机头的模特,冷饮店在门前挂的"冰"字旗上加上了英文。

靠近城墙的街道上开始出现了工厂,有摇鼓风机的铁工厂,有木机改装的毛毯厂,大部分是制造军需产品,也有为这个人口骤增的城市服务的,最有代表性的是轧面条机和弹棉花机。

西安又像一个顽固的乡下老人,高大的青砖城墙,巍峨的钟楼、鼓楼和城楼,这是它结构的主体,不管在它身上换上什么胸章、领带,它还是一座中国古城。

雪梅来这里已经三年多了。自从在灵宝县金城旅馆那一个使她惊惧的夜晚之后,她成了孙楚庭的姨太太。抗日战争后,他们搬来西安,城市的纸醉金迷生活,使她逐渐麻木起来,她学会了打麻将牌,学会到大菜馆里点菜。每逢她从开元寺经过,看到霓虹灯下站着的那些涂着口红的妓女时,她暗自感到优越。在端履门人市上,看到那些头上插着草标,被出卖的那些逃荒难民姑娘时,她又感觉到庆幸。每逢在这种心情时,她对孙楚庭是温柔的、体贴的,她让他恣意地享受着自己的青春,同时也打捞着她自己的青春。但是有时候她又是惆怅的,她觉得自己已经失去了自身的重量,像一丝幽魂,又像别人一个影子,从刘家那个鸟笼子飞出来以后,她并没有在天空自由飞翔,而是被装进另一个笼子!尽管这个笼子要比那个笼子华丽得多,但笼子还是笼子!

尽管现在是锦衣玉食,她对和蓝五共同出奔的那两个多月生活,仍然无限怀念,不管再接触多少男人,她总觉得她的身躯,她的灵魂是属于蓝五的,她虽然和蓝五在一块生活过两个多月,但她感觉上那一段却是一辈子。感情的火种只要没有变成灰烬,哪怕只剩一点火星,它仍然要燃起熊熊大火。

黄包车到了中正门,她下了车付了钱,四下张望起来。她后悔没有和蓝五讲清楚在什么地方等,她又想到自己这一身打扮,说不定蓝五会把她当成个男的。

她忽然意识到自己脸上还带了个口罩。她刚去掉口罩时,从城门洞旁跑过来个人紧紧地把她的胳膊抓住。

她扭头一看是蓝五,忙问:“有地方没有?”

“你真的来了!”蓝五感动得要哭。

“先别说!……”

三

徐秋斋没有见过雪梅,不过他听蓝五讲过她的事。这两天他看到蓝五又兴奋又沮丧和失魂落魄的样子,他心里暗暗捏着一把汗。老头儿凭着他的经验阅历,知道“奸近杀、赌近盗”。大凡男女私情,争风夺艳,弄不好就要出人命!至于爱赌博的人,十有七八最后沦为溜门撬锁,割包偷钱的盗贼。

昨天夜里,他曾经劝过蓝五说:

“算了吧,能死了这条心就死了吧!她在十八层天上,咱在十八层地下。你沾惹不起!再说,真情真义的女子天下能有几个?大多像贪嘴的猫儿。”

“雪梅可不是那种女人!”蓝五分辩着说。

“人会变啊!”

“她不会变。”蓝五执拗地说。

“你怎么知道她不会变心?”

“我没有变,她就不会变。……”

徐秋斋再往下说，蓝五不回答了。他像泥胎似的坐在那里，瞪着那双血红眼睛，徐秋斋说什么话，他根本没有听见。

徐秋斋看到他这个样子，又可怜起来他了。他知道人的感情的热度，“色胆大似天”，人在这种热烈感情驱使下，可以投海，可以跳崖，可以放火，可以长街杀人！蓝五是个痴心汉子，这些年来，虽然是个孤身独条子，在赤杨岗村里住了几年，没有任何闲话。来到西安大城市后，也是庄重处世，向来没有到不正当的地方去过。

夜里，蓝五痛苦地呻吟起来了。徐秋斋人老瞌睡少，听得清清楚楚。老头子虽然是个读“四书”“五经”出身的孔门弟子，这时也动了恻隐之心。他想到蓝五这些年闷声不响，心里总好像包着一包东西，眉宇间总有一种苦楚的表情。现在他明白了。可是这事情太危险了！蓝五这时又说起梦话来。徐秋斋又想到蒲松龄的《聊斋》上写了那么多貌美情重的狐狸仙，如果现在能有个狐狸仙变成雪梅来安慰安慰蓝五也好。唉！人活在世上，罪孽太深重了。……

早上，徐秋斋收拾纸墨笔砚，准备到邮局门口，摆开桌子给老乡们代写书信，蓝五兴奋地红着脸回来了。徐秋斋忙问：

“怎么，她没有来？”

“不，就在门外，”他说着向门外喊着，“进来吧！徐大叔起来了。”

雪梅环顾了一下四周，快步进到了窝棚里，当她看到屋里这个留着山羊胡子的老头时，脸上突然飞起了一阵红晕，连耳朵唇和雪白的脖子也变成了绯红颜色。

她低着头轻声说着：“徐大叔，您好！”

“好！好！”徐秋斋连忙答着，就在这一刹那间，徐秋斋感到这个破旧的窝棚，四周壁上忽然产生了一种异样的光辉，好像进来的不是一个人，而是喷薄着霞光的朝阳。

囿于“非礼勿视”的读书人规矩，徐秋斋只向雪梅瞥了一眼。可是就在这一瞥中，老头子已经看清楚了。这是一个身材苗条的少妇，像杏花颜色的脸上，长着一双顾盼流动的星眼，有点像男人的高鼻梁，显出一股英俊神气，嘴巴略有点宽，但配在这张圆脸上恰到好处而且更显得大方。

“怪不得……”徐秋斋心里想着：“巧笑倩兮，美目盼兮”，过去只在书上读过，原来世界上真有这样的人！

徐秋斋是个知趣的人，他说：“你们说话，我今天得去南关看个乡亲。”

雪梅不好意思地说：“大叔，你就坐着吧，咱们都是乡亲，一块说话吧，不妨事。”

徐秋斋说：“不！我们约好的，他在等着我。”说着走出门去，又回头把门关好。他走了几步，寻思着：这一个窝棚，墙像纸糊的一样，一无里间，二无后门，万一有什么人闯进来，岂不吓坏了这两个苦命的年轻人！“今天不去邮局摆摊子了！”他绕过门口，在路旁一棵大榆树下坐下，眼睛瞧着自家门儿，替他们“放着哨”，任一片片黄叶向自己身上飘落。

四

徐秋斋走后，雪梅伏在门缝上看他渐渐走远，心中有些疚意地说：

“这老头儿挺有意思！”

“……”

她又下意识地用手指头摸着铁门锴儿说：“你们这个门全是缝！”她捏了捏门锴儿又放下来。她不敢往门扣上扣。

雪梅说了两句话蓝五没有回答，雪梅还只当他在收拾东西没有听见，她回过头来，却见蓝五直挺挺地在席子上坐着，两只眼睛痴呆呆地看着她在傻笑！

雪梅觉得有些不对，她含嗔地逗他说：

“你把我忘干净了吧？”

“……”蓝五没有回答，还在看着她傻笑。

雪梅又深情地看着他说：

“总算看到你了！看到我的亲男人了！”

“……”蓝五仍然没有回答，脸仍在傻笑。眼中却潮湿了。

雪梅这时才发现他眼睛发直，傻过去了。她大吃一惊，急忙跑过去跪在蓝五的面前，用两手抱住他的头摇晃着喊：

“蓝五哥，你怎么了？你……蓝五哥，我是雪梅！你怎么了？……”

两颗大的泪珠从蓝五眼中滚出来，他浑身激烈地抽动着，忽然“哇”的一声哭起来。他咳嗽着，抽噎着，好像要把这些年咽在肚子里的泪水，一下子倾倒出来。

雪梅还没有见过蓝五这样难受地哭过，她自己心里像刀子割一样地痛，也不顾蓝五脸上的眼泪鼻涕，她一把把他的头紧紧搂在自己的胸脯上，在他的头发上擦着自己的眼泪！

眼泪是一剂清醒剂，它会调整人们的感情。如果人类没有眼泪，恐怕要有一些人变成白痴。眼泪又是疏导感情的渠道，它可以把积郁、痛楚、悲伤，顺着一条条小溪流排遣出去，使人感到轻舒，感到徐缓，感到宣泄后的宁静，感到激动后的平缓。眼泪也是一种语言，这种语言有它自身的节奏和旋律，有它自己的音符和形象。“执手相看泪眼，竟无语凝噎”是一种语言；“酒入诗肠，化作相思泪”又是一种语言；“念天地之悠悠，独怆然而涕下”是壮怀激越的语言；“泪飞顿作倾盆雨”，则是浩瀚苍茫的歌声。

蓝五哭了一阵之后，收住了泪，低着头长吁短叹，默默不语。

雪梅说：

“蓝五哥，你打我两巴掌吧，或者咬我两口！”蓝五摇摇头，却还是不做声。

雪梅替他擦着脸上的眼泪说着：“在卢氏县我整整等了你一个冬天，到监狱去打听过几次，他们说你和一些犯人都被送到南山里去烧木炭了。我又等到春天。就在二月初二那天，县里派人送来了一包血衣！我打开看了看，有你那个带条的小褂，还有你那一条翠蓝布夹裤，褂子和裤子上全是血，我问他们这是怎么回事，他们说你在南山砍老栗木时候，从树上掉下来滚到深崖里了！……我当时两只眼睛什么也看不到了，一下子晕倒在床上。”雪梅说着扑簌簌地掉下眼泪，“那天夜里我喝了半瓶煤油，谁知道煤油没有把人毒死！……”

“那时候你在谁家？”蓝五问。

“就在老孙家。那时候他是潼关段的缉私处长，还做着收购生漆、桐油生意，他在卢氏县有个临时公馆。”接着雪梅把孙楚庭怎样替她赎身的情况说了一遍，蓝五叹了口气说：

“我全清楚了！”

雪梅寻根究底地问：“蓝五哥，你到底是怎么回事？你是怎么活下来了？”

蓝五说：“不说这些吧！”

雪梅说：“不！我好容易找到你了，你要对我讲清楚，我什么话都对你讲。”

蓝五有些不好意思，他只低着头问：“在你接到那一包血衣以前，那个姓孙的找过你的……麻烦没有？”

雪梅“刷”的一下脸红了。她诚实地、不假思索地说：“当时他公馆里还有个做饭的老妈子，我平常和那个老妈子在一个屋子住。……他这个人平常爱动手动脚，不过我那时不懂，我想着他是大官。后来他叫徐妈——就是那个做饭的老妈子向我提出来了，说他在天水老家的太太整年有病，也不会生育，他要娶我当姨太太，我当时就回绝了他！我说除了蓝五我谁也不嫁，我等一辈子也要等他！……”

蓝五说：“大约就是你这一句话，差点儿害了我的性命！”

雪梅忙说：“我没有害你性命啊！”

蓝五说：“雪梅，你当然不会，可是有人要害死我。不错！我被送到南大山去烧木炭，可只去了两个多月，县里来了两个法警解我回县。说是项城县来了原告的代表，叫我到县对质。回来路上，这两个法警不知道是和我混熟了，还是听我吹唢呐听服了，他们对我说了实话。说是一个姓孙的使了钱，叫在路上把我弄死！他们两个不想为三十块钱害一条命，才叫我换了身衣服把我放跑了！……”

雪梅大瞪着眼睛问：“真的吗？”

蓝五激动地说：“卢氏县那两个法警一个叫刘田，一个叫殷磁耐，你可以去打听。”

听蓝五这么一说，雪梅一下子像热身子掉在冰窖里一样，浑身发冷，手脚冰凉。她的脑子里立刻浮现出孙楚庭很多面影，这些面影埋在她记忆里大多是笑脸，而这种笑脸今天却突然变得狰狞起来：红发长舌，青面獠牙，……

几年来遮在雪梅眼前的帷幕总算拉开了。她一直觉得孙楚庭这个人虽然有些令人讨厌的地方，但他的心好，没有想到他还敢谋杀人！而且几年来一直把她蒙在鼓里。

“人面兽心！”她重复地说着，“我欠他的这笔债算是还清了。”

蓝五知道她说的话是什么意思，却没有吭声。他不想涉及雪梅的“家事”，只苦笑着说：

“从卢氏县跑到咱老家，才知道我师傅也被刘书经逼死了！

我怕你公公再找我要人，就到处流浪，后来在赤杨岗给人打短工顾嘴，在赤杨岗住了两年多，黄河被扒开口子，咱们家乡几十个县全淹了。从洛阳随着难民逃荒到灵宝县阌帝镇，火车不开了。我打问了一下，那里离卢氏县只百十里，就偷偷跑到卢氏县。到卢氏县又找到咱们住过的那家小店，店掌柜已经死了，剩下个老婆在卖大碗茶。经打问她，才知道你们早搬到西安几年了。我又连夜赶旱路跑到西安。在西安，我什么营生也没有找，也没心思干。就拿着我一支唢呐要饭。整整要了一年多，西安城几百条街我都串遍了，几万家的门口我都吹着唢呐乞讨过，就是没有到过你这延秋门36号！……后来，我遇见了一个师兄，他把我介绍进了'醒狮剧团'吹唢呐，日子才好过了点。不过，一有空，我还是满街串，我想，总有一天会碰上你的……谁想到会在秦家办喜事的宴席上碰上了你……"

蓝五痛苦地叙述着，惨笑着掉着泪。雪梅感动得身上每条血管都好像要爆开一样，她的心剧烈地跳动着，脸颊热得烫人，她可怜蓝五，她感激蓝五！她无法用语言来表达这种激情和爱怜，却像疯了似的把头拱在蓝五怀里，嘴里不住喊着："好哥哥！亲哥哥！有良心的好哥哥！……"

蓝五透过模糊的泪眼，看着自己胸前像波浪一样摆动着的这一头黑发。他好像醉了，多少年干枯了的心灵上，忽然被洒上倾盆大雨，他感到了满足，他感到了幸福。他把自己的脸往下俯着，可是就是在这一刹那间，一股陌生的异香钻进了他的鼻子。

这是雪梅的头发上进口香水的味道，这股香味像一条深沟似的在蓝五脚下裂开！

"这是雪梅吗?"他这时又听着雪梅亲昵的喊声，觉得这些语言也是陌生的。雪梅不会这样叫他……

生活的烙印对人是如此敏感，以致使他本来张开的双臂，又软瘫地放了下来……

五

十月的天是太短了。

徐秋斋在路旁榆树下坐了一个上午,又坐了一个下午,一直到车站的路灯亮了,还不见自己窝棚的小门闪开。他想着:“能说几火车话,年轻人?咳!……”他担心雪梅回去晚了会出什么事,就抖了抖满身的黄叶,放重着脚步来到窝棚门前,先咳嗽了两声,向屋里喊着说:

“蓝五,把火柴给我。”

窝棚门开了。雪梅先走出来,她低着头,可是徐秋斋还是看到她哭得红肿的眼睛。……

第二十六章　卷葹草

楚有卷葹草，
拔心犹不死。
——古　诗

一

雪梅和蓝五，在徐秋斋的窝棚里会过一次面后，这个泥墙席顶的破旧茅棚，成了雪梅心灵上的圣殿。她老是想念着这座窝棚，回忆着这座窝棚。这里重新点燃起她对生命和幸福的强烈追求，这里存放着她多年干枯、现在又复萌的爱情种子。比之在延秋门巷住的青堂瓦舍，她更爱这座窝棚。茅屋也有四堵墙。人类开始建造房子，除了躲避风雨和野兽之外，还要存放他们的爱情。房子和墙壁创造了家庭，房子和墙壁也发展了人类的爱情。

雪梅向这个窝棚里来得更勤了。她知道白天蓝五经常到这里来休息。所以不管是上街买东西或是逛商店，只要还有一个钟头的空儿，她就要拐到这里来。有时候她会撞上门锁，徐秋斋不在家，蓝五也没有来。门上锁着一把冷冰冰的铁锁。即使是这样，她摸一下门锁，在门口站上三五分钟，也觉得舒服和宽慰。有时她怕徐秋斋老头不高兴，下决心以后不来这里，但这种决心最多只能坚持三天，到第四天她就管不住自己的两条腿了。通往车站的那条大街，就是满路泥泞，在她眼里，也好像是洒满了鲜花。

为了不使徐秋斋厌烦，她每次去都带些吃食。周济老家来的贫苦难民,这也是她经常来走动的理由之一。有一次蓝五没有在,她送来半袋馒头。她对徐秋斋说:“徐大叔,以后你自己不要蒸馍了。一个老人家能吃多少,我们家有专门做饭的老妈子,吃完我再给你送,现在天气凉,也坏不了。”

徐秋斋说:“雪梅,以后别这样费心了,我们能过得去。小晴如今在毛毯厂,歇班时回来,还能帮我料理料理。你们也是一家人,来得太多了……不好。”

雪梅说:“没关系。谁没有三亲六故?我在这里连个亲人也没有。你们就是我的亲人。”她说着眼圈湿了。

雪梅走后,徐秋斋把半袋馒头倒出来往篮子里拾。发现口袋里还有个纸包。纸包用一根毛线捆着。徐秋斋打开纸包看时,里边包着五十元崭新的钞票。

徐秋斋看着这些钱,被雪梅的一片痴心感动了。这些天来,雪梅像丢了魂似的往这里跑,她好像在寻找一个失去的梦。那个梦大约是给她的印象太强烈、太深刻了。所以她希望把那个梦再捡回来。

徐秋斋窥察着,雪梅是个将近三十岁的少妇了,现在又过着锦衣玉食的优越生活,本来像她这样的年纪和经历,已经不是女孩子的徇情私奔的年龄了。可是雪梅却不然。她身上依然蕴蓄着那样炽烈的爱情。她拼命地爱着蓝五。她好像决不服从老天爷给她安排的命运。

“他们会有啥结局呢?”徐秋斋长长地叹了口气,他预感到,这件事不会有什么好结局。他后悔自己不该搅到这团乱麻中。可是他又可怜雪梅这个痴心女子。他叹息着他对这两个青年的“恻隐之心”,是有点过分浓烈了。

过了两天,蓝五来了。徐秋斋对蓝五说:“前天雪梅来了。送来了半口袋馒头,里边还放了五十元钱,这不。”他说着把钱放在蓝五面前。

蓝五说:“徐大叔,这是她送给你的。”

“我不要。”徐秋斋说,“君子无功不受禄,我不能花人家的钱。一方砚台,一枝秃笔,就顾住我的吃喝了。”接着他又劝蓝五说,“蜢虫飞过去还有影子,何况是个人?‘常在河边走,哪能不湿鞋’。我真怕你招祸。”

蓝五愤愤地说:“雪梅是被他骗去的。他也不是明媒正娶。人是他从我手里夺去的,他也不过凭着他有钱有势。”

徐秋斋说:“话虽这么说,一碗水已经泼到地上了,你还想收起来?”

蓝五说:“衣服扣子扣错了,可以解开重新扣扣,别说一个人要过一辈子。”

徐秋斋没有想到蓝五这么执着,他看了他一眼说:“人的婚事毕竟不是衣服扣子。要像衣服扣子那样简单,人世上也没有那么多痴男怨女了,另外,你也不能野地烤火一面热,雪梅她怎么打算?她能吃得了苦吗?她能抛掉那‘饭来张口,衣来伸手’的享受吗?……”

他们正说话间,屋门“吱扭”一声被推开了。门口站着雪梅,她穿着一身湖青色线春做的夹袄夹裤,脚上穿着一双布鞋,看上去素雅大方。她先看了蓝五一眼,又笑吟吟地面朝着徐秋斋走进屋里,她手里提着一大包蛋糕,蛋糕上的油把纸全渍透了。

徐秋斋说:“雪梅,以后你来别再花钱买这些东西了。庄稼人粗茶淡饭吃饱就不错了。整天吃点心,心里还觉得造孽哩!”

雪梅解着点心包说:“你没有牙,这鸡蛋糕好嚼。”说着挑了两块递给了他,又悄悄捏了两块塞在蓝五手里。

徐秋斋吃着蛋糕,雪梅又从提袋里取出一块布料说:“徐大叔,这是我给你买的一丈四尺黑布料子。你那个旧袍子面该换换了。

上上下下都是洞。像鸡子啄过一样,穿上也不暖和了。”

徐秋斋说:“其实补补还能穿一年。人老了,还讲究个啥。”话虽这么说,他心里却极为感激。老头儿正在发愁入冬怎么换季,因为邮政局的门口是冲风口,他确实需要一件挡风的棉袍。

三个人正在说着话,都是些没有盐味的淡话。雪梅的两只眼睛,左右顾盼,却总离不开蓝五的脸。她对徐秋斋说着话,眼睛却瞟着蓝五说:

“本来我昨天就要来了。这两天老出不来。老孙家的两个侄子来西安了,要报考力行中学,还得每天招待他们,今天早上才把他们送走。”她说罢把两只水葡萄似的眸子收转回来,又看看徐秋斋。

徐秋斋人虽然老了,脑子却像镜子一样清亮。他明知道雪梅这话是说给蓝五听的,自己还得陪着点头。雪梅这次来,他本来打算自己就在屋子里坐着不动,不再给他们行方便。可是现在看到两个人,你看我,我看你,好像都有一肚子的话要说,自己又动了恻隐之心,他顺手提起个酒瓶子说:

“你们坐,我去北关打点酒,晌午回来。”说着走出门外,将门掩上。这时他摸了摸口袋,口袋里却没有装一文钱。他回过头来看了看门,又不好意思走进屋里去。没奈何,只好提着空瓶子,一晃一晃地在街上转悠起来。

二

“以后这里不能来了。”蓝五抚摸着雪梅的头发说。

“为什么?”雪梅问。

“徐大叔不高兴。”

“……”雪梅低头不吭声了。

蓝五叹了口气说:“徐大叔是怕招惹是非。另外,也为我们操心。小晴晚两天要从厂里搬回来住,我是她一个长辈,在孩子们的面前,我不想让她看出咱们的关系。”

“那么,以后怎么办?”雪梅问。

“慢慢淡了……算了。”蓝五答。

“我……淡不了!”雪梅说着低下头,使劲咽着眼泪。她又说着,“蓝五哥,我最怕你说这一句话,你不要说好不好?这些天来,你没有看出来,我是多高兴啊!我一来到这个小茅屋里,心里就像一朵花,扑拉拉地全开开了。我觉得自由!我觉得痛快!我可以和你交心说话,和你什么都谈。我就想着,恐怕真正的夫妻也没有咱们这么亲吧?我也不知道为什么。我离不开你。不是为了别的,我要有一个说知心话的人,要有一个朋友。可是……我找不到。”她说着痛苦地摇着自己的头。

对于雪梅这种心情,蓝五是非常理解的。雪梅从小被刘家买去当儿媳妇,丈夫是个白痴。她没有同伴,没有同学,没有姐妹,没有亲人,她没有一个可以说话谈心的人。她的一张嘴巴只是为了吃饭,而不是为了说话。两个人从刘家“私奔”逃出来后,雪梅的嘴整天闲不住。有时候夜里还要把蓝五叫起来说话。她好像第一次认识这个世界。她要把一切感受都要讲给蓝五听。大约是当时的印象太深了,分离了这几年,两个人的年龄和经历都有了变化,但他们对这种幸福的留恋都保存在记忆里。对雪梅来说,蓝五既是她的朋友,又像她的父亲,是她的兄长,又是她的孩子。总之所有男性的爱,她在他身上都能感觉到、享受到。而雪梅对蓝五来说,她像一支精巧的唢呐。蓝五把它拿在手里,很快就能找到它的音阶,他对它的音色、音量是如此熟悉,他能够把他的喜怒哀乐,全部通过这支唢呐表现出来,他能够用这支唢呐来倾诉他的喜悦、悲哀、思念和希望……

对眼前这种局面和发展，雪梅还没有来得及仔细去想。她还沉湎在两个人的重逢的欢乐中，她只想和蓝五多见面、多相会，别的什么也没有想。

停了一会儿，她抬起头说："蓝五哥，你到我家住吧。"

"那怎么行？"蓝五摇了摇头。

"有什么不行的？你是我的'表哥'，逃难到这里，住亲戚家是理所当然的。你在家里帮徐妈干点活：扫扫地，打打水，到冬天烧烧炉子，我们家也正缺这样一个人，东厢房正好有一间小屋空着。昨天来客，床还没有拆。你就住在那里。"雪梅信心十足地飞快说着，她好像早已安排好了。其实，这是她刚才忽然间涌出来的想法。对于这么做的后果，她想得并不多。她毕竟还太年轻了！蓝五却还有些犹豫。他说："那么戏班上我还去不去？"

雪梅说："干脆辞掉算了。一个月分那三核桃俩枣的，有什么用？我养得起你。"

蓝五说："人家不是傻子！"

雪梅说："哎呀，你不知道，他这个人从来不怀疑我。在我们这一群太太里，我的名声是最好听的。他早上上班，到晚上才回来，你不愿和他多说话，就待在屋里，见面别太不自然就是了。"

蓝五本来极不愿到她家住，可是雪梅左劝右说，好像到那里是万无一失的。他也受不了思念的痛苦，想和她每天多见上几次面，就依了她。

搬去的这一天，蓝五把前后院子都打扫了一遍，还把一条砖头铺的甬道，又重新平整了一遍。雪梅这天特别高兴，她像一只小麻雀，满院子飞着叫着。一会儿给蓝五端茶，一会儿给蓝五拿烟，有时还帮蓝五搬砖头。连做饭的徐妈也感到，太太从来没有这么高兴过。

晚上，孙楚庭从南院门回来，雪梅指着蹲在院子里正干活的蓝五说：

“我表哥今天搬来了。你看，来就不闲着，把咱们这条甬路铺了一遍。”

蓝五扭回头向孙楚庭点点头，又继续干活。孙楚庭说：“不用忙，先休息两天嘛。”说着自己进屋子里洗脸去了。

吃罢晚饭，蓝五在他们住的堂屋里坐了一会儿。孙楚庭问：

“住的地方安排好了吧？”

雪梅说：“徐妈给他收拾好了，就住在东厢那间小屋里。”

孙楚庭说：“明天你去给表兄报个户口，咱们这儿的警察虽然不来查户口，但报个户口总好一点。”他说着便脱掉鞋子和袜子洗起脚来。

蓝五嗫嚅着，不知说什么好了。

孙楚庭很快地洗好了脚。他把雪梅拉到旁边的一条小板凳上，把两只光脚放在雪梅的大腿上，嘴里还嘻嘻地笑着：“来！给擦擦脚吧！”

雪梅的脸上飞起一阵红晕。她推开孙楚庭伸来的光脚站了起来：“别这样……”

孙楚庭也嬉笑着站了起来。

“都是一家人……你表兄也不是外人嘛……”

雪梅的脸色变了又变，她的心怦怦地直跳。她不知道此刻该怎么办，她迟疑地想离开堂屋，却不料孙楚庭突然搂住了她，喷着烟味和酒味的嘴巴，在她绯红的脸蛋上亲吻着……

蓝五实在看不下去了，连他自己都不知道是怎么从堂屋走出来的，他只觉得浑身的血液都往头上涌，他几乎要摔倒，他用手扶住墙角，他的心在“咚咚”地跳着。刚才在堂屋里，他亲眼看到孙楚庭把两只光脚放在雪梅腿上，当着他的面，搂抱着雪梅亲吻，他隐隐约约地感到，雪梅似乎还媚笑了一下。这个笑容虽然有点勉强，却像一把刀子在搅动蓝五的心扉……

堂屋的窗帘拉上了。蓝五却觉得眼前一黑。灯光映照着人影在窗帘上走动着，随着人影晃动，还传来堂屋里的说话声和谈笑声。蓝五关了灯躺在床上，本来想捂住耳朵不去听，可是，不知道一股什么样的心情，驱使他悄悄地坐了起来。在黑暗中，他大瞪着两只眼睛，看着堂屋的窗帘。窗帘被微风吹动着，上边什么也没有。两个人好像还在说话。说什么他听不清楚。他只听到了雪梅的声音，她好像在笑。又好像在嘤嘤地哭。过了一会儿，什么声音都没有了。他摸着床头的烟盒，拿了一根烟抽起来。烟味是苦的。他像咽着苦水似的把一口一口烟吞到肚里。

窗帘上出现了一个人的头影：长长的脖子，戴着眼镜。这是孙楚庭。灯光把这个头影拉得很长，活像个牛头马面的妖魔。后来，这个头影不动了，面前遮着一张浅淡的纸，好像是在看报纸……接着，屋子里又响起小的搅动的声音。几只蟋蟀在台阶前拼命地叫着。他听不清楚屋子里在干什么。停了一会儿，另一个人影儿在窗帘上出现了，影子是那么大，那么修长。他看不到头部和腿，只有胸部和腰身。他从这个影子的曲线上，分辨出这是雪梅。那个男人的头影突然站了起来。他渐渐地逼近那个有曲线的身影。两个影子又搅在一起了……

蓝五忽然出了一身冷汗。他的身体变得麻木了。他用大拇指掐了掐食指，似乎根本没有疼痛的感觉。接着他听到了上门的声音，旧式门插闩“咣当”一声被插上了。蓝五觉得那根木插闩，好像插在自己的心里。

堂屋的灯忽然熄灭了。蓝五像疯了似的跑到院子里。这时他好像听到屋子里响起了窸窸窣窣的声音。他的脑子里嗡嗡乱响，好像要炸开一样。他看到一把铁锨在墙上靠着。这把铁锨是他在白天铺甬道时用过的，锨刃在月光下发出寒光。他拿起了这把锋利的铁锨。刚走了两步,两只蝙蝠从屋檐下被惊飞了起来。蓝五吃了一惊,他的腿软了,一步也挪不动。他叹了口气,拉着锨把回到屋里,一头栽倒在床上。

夜已经深了,蟋蟀也停止了它们的演奏。蓝五还在床上坐着。他感到,胸脯上好像压了块石头似的喘不出气来。他一支接着一支抽着那些发出苦涩味道的烟。他觉得这些烟吸到肚子里后,几乎无力把它喷出来。

在这极端痛苦的折磨下,他的面前出现了一个女人的面影。这是他死去的母亲的面影。他的母亲眼中含着泪,在怜惜地看着他,可是又无法走近他。他从床上慢慢地挪下来跪在地上,他向那个面影喊着:

“妈,我难受!……”说着,他痛哭了起来。

三

雪梅早晨起来,看蓝五住的东厢房屋门还关着,一直到吃早饭时候,门还没开。雪梅在院子里来回走了几趟,故意大声说话、刷牙、咳嗽、泼水,大声呼唤徐妈,屋里却没有纹丝动静。碍着徐妈的眼睛,雪梅几次想拍他的门,却又不好意思去。

孙楚庭上班走后,徐妈也上街买菜去了。雪梅对着镜子又淡淡地搽了一遍胭脂,咬着嘴唇跑到厢房门口,轻轻地敲着门说:

“哎!河南的客人,该起来了!”

屋里没有应声。雪梅推了一下门,门被推开了。她急切地跨到屋子里一看,只见床空着,床头地下扔了一地烟头,那个白布小包袱也不见了!……

雪梅的嘴唇颤抖起来,地下的烟蒂有短有长,好像摆了一地逗号、问号和感叹号的标点符号。雪梅看着这些烟蒂,想到了蓝五昨天夜里的痛楚样子。她感到心疼,她感到内疚,眼泪慢慢从她的眼睛里向腮上流着。一股气味飘到她的鼻子里来,这是蓝五身上的气味。她把头伏在他的床上,用手拍打着那条不会说话的被子。

“蓝五哥！你叫我怎么办？你叫我怎么办？……”说着伏在枕头上哭了起来。

院子里响起了脚步声,孙楚庭去上班中途又折回来。

原来,孙楚庭对雪梅最近的反常行为产生了狐疑。雪梅平常心情忧郁,沉默寡言。这些天来却变了样,说起话来清脆悦耳,嘴角上总是挂着笑,有时甚至还给他做个鬼脸,话语中还带出一种撒娇和幽默味道。这使孙楚庭大为惊异。他从来没有看到过雪梅这么活泼可爱的样子。初开始,他以为是雪梅交了几个知识分子的年轻太太朋友的缘故。她在和她们的交往中,学了她们那些谑浪习惯。后来仔细观察,却又不像,因为她和这些太太们来往并不多。另外,虽然她表面上多了些脂气媚态,而心里却是冷冰冰的,总像在逢场作戏。她好像很忙,心里却像在经营着一件见不得人的勾当。有时候大声说笑,有时候却又失魂落魄,言语恍惚。

有一次,孙楚庭到车站去迎接从重庆来的交通部处长。他乘了辆小轿车。刚出了中正门,忽然瞥见一个熟悉的身影。这不是雪梅吗？他心里很纳闷,“她来车站干什么？”他让司机把车停在马路旁边,暗暗用眼睛跟踪着。这时他才发现,雪梅身边还有一个男子。这个男子正是她领到家里去过的那个表哥。他们手里提着几包东西,走得很快,雪梅步态轻盈,满脸都是愉快亲昵的样子。她好像每根头发里都迸发出欢乐的笑声。

“莫非是蓝五？”孙楚庭下意识地悟到了那个男子的身份。他虽然没有见过蓝五,而且听卢氏县两个法警说过,已把蓝五弄死了。可是眼前这个男子,他凭感觉判断,觉得这个人就是没有死的蓝五。……

晚上,孙楚庭下班回来,他发现雪梅的眼眶下边有一丝暗影,神情也好像很疲惫。他问着:

“今天出去了?”

雪梅愣了一下,笑着回答说:“到东大街蚨源绸缎庄去转了转。那里新到了一种花乔其纱,漂亮极了,就是要等到明年夏天才能穿,我没买。”

孙楚庭心里已明白了八九分。他也故意笑着说:“我今天到车站,在马路上看到一个女人,背影可像你了!身材像你这么苗条,臀部也像你这么丰满。”

雪梅先做了个鬼脸说:“你们男人最坏了。走在街上,眼睛总像裁缝的尺子,专门量人的身体!”

她说着故意媚笑着,但眼神里却透出一丝惊恐的表情。

孙楚庭把话岔开了。此后他又做了多次观察和跟踪,而且还发现了他们相会的地方——徐秋斋那座破茅棚。

当雪梅提出她的“表哥”要搬到家里来住的时候,孙楚庭满口答应了。他的用心是很深的。这些年来,他一直想把蓝五这个形象在雪梅心中抹掉,可是总做不到。现在蓝五意外地出现在他的面前,他的心怦怦直跳:好呀!送上门来的“情敌”,他能轻易放过吗?他不动声色地盘算着。小小的蓝五,当然绝不是他的对手,他只要动动嘴巴,蓝五就会“祸从天降”……不过,他心里很清楚,人的感情用刀子是割不断的,但嫉妒的锯子却能把它锯断。他要这个“送上门来”的蓝五,自动锯断和雪梅的感情。他似乎已经看透了蓝五心里的那种传统的道德观念。昨天晚上,他精心设计了一出好戏:当着蓝五的面,他把他的光脚,放在雪梅的大腿上,当着蓝五的面,他搂抱着雪梅亲吻……

早上起来,孙楚庭对着镜子梳着头发。他发现自己的白发已经染遍了鬓角,抬头纹也显得更深了。雪梅给他穿夹大衣时,他从镜子里看到她那张依然是那样粉嫩、水灵的脸。相比之下，自己简直像一个蔫了的冬瓜。

孙楚庭坐在黄包车上，看着满街飘落的黄叶，心里产生了一股悲怆的感觉。他想着：人既然老了，就要落叶归根，不必留恋枝头。他想到在前几年，当他把雪梅弄到手时候，曾引起多少同事的惊羡和嫉妒。他们佩服他的眼力，甚至相信他会“骨相学”，要不怎么会把一个风尘中的蓬首垢面的乡村女孩子，变成一个漂亮丰丽的少妇？现在要他“开笼放鸟”了。他能宽宏人道地放出这只鸟儿吗？他自己也不相信自己能做到这一点。多少年来，孙楚庭享受着那种被人艳羡的愉快。这种愉快满足了他内心深处的占有欲望。在他看来，占有就是快乐，快乐就是占有。孙楚庭对雪梅身上的美，是能够充分欣赏的。他常说雪梅是个“天生尤物”，但是这个“尤物”必须属于他自己。他不能让她去自由翱翔天空。他必须牢牢地占有她的一切。

包车走到鼓楼跟前，他想到徐妈每天要到街上买菜。他又想到雪梅和蓝五可能要发生的事情……他的内心焚烧起来。他叫车伕往回转。他说他忘记带了一份电报。当他走到院子里时候，他听到蓝五的房子里有人在嘤嘤地哭。他一脚跨了进去。伏在床上哭泣的却是雪梅。

“怎么在这里哭起来。太太？”

雪梅听到声音，像被蛇咬了一下似的站了起来。她没有看他的脸。她低着头，浑身哆嗦着，恨恨地喊了一句：

“我就是想哭！……”

孙楚庭这时也看到了满地烟蒂，他有些得意。他故作镇定地问着：

“你这个‘表哥’到底是谁？”

“他是谁你清楚！”雪梅大声地说。

“他是蓝五吧!?”孙楚庭阴沉着脸说。

雪梅抬起满是泪痕的脸,直盯着他说:

“蓝五不是死了吗?你不是说蓝五是在伏牛山里烧炭,掉在山崖下摔死了吗?你!……你欺骗我!你谋害人命!你拆散我们夫妻,你霸占了我的身体!孙楚庭!你的心到底在哪儿长着?我……我恨死你了!……”

孙楚庭上去捂住她的嘴说:“你别嚷!”

雪梅挣扎着说:“我……我就是要嚷!”

“你再嚷我就掐死你!”孙楚庭眼里露出了凶光。

门“吱呀”一声被推开了,徐妈走了进来。她小心翼翼问着:“太太怎么了?是不是有病了?”

孙楚庭说:“她的头疼病又犯了,你照看她一下。”说罢转身走了出去。

徐妈拧了条热毛巾,替雪梅擦着脸。雪梅的眼泪却止不住往外流着。徐妈劝慰她说:“太太,您要想得开一些。把身子弄坏,还不是自己受罪?什么事都是命里注定的。叫我看,孙先生对您不错,凑凑合合过日子算了。”

雪梅看了她一眼,摇着头说:“我不能凑合!我就是不能和他凑合!”

徐妈说:“您也是太傻了。怎么能把真情实话都对他说了?常言说,‘夫妻面前不说真,说了真,打单身’。”

雪梅斩钉截铁地说:“随他,反正撕破脸了!”

四

早上,满地白霜。徐秋斋还没有起床,蓝五就在门外叫门。徐秋斋披上衣服给他开了门。只见他手里提了个包袱,眼里布满血

丝,一副悲凄难受的样子。徐秋斋忙问道:

“你怎么回来了?”

蓝五把包袱往床一撂说:“我不能在她家住。徐大叔,我想马上离开西安。这西安我一天也不想待了!”说着低下头,掉下两滴泪来。

徐秋斋看他那个表情,心里全明白了。他想着这蓝五看起来腼腆,其实脾性还不小。就又问:“你回来,雪梅知道吗?”

蓝五摇摇头说:“我和她没有什么话好说了!她当她的官太太,我当我的流浪汉,我眼不见,心不烦。我的心已经伤透了。”

徐秋斋说:“前天她要你搬到她家住,我就说,一个槽上拴不住两头叫驴,去她家不是个办法。结果呢,你装着一肚子气回来了。你也不用埋怨雪梅。她有什么办法?她是人家娶下的小老婆。她能对你怎么样?依我看,这事情还没有完。雪梅是个直性子,搁不住那个姓孙的三盘两问,她肯定要把真情倒出来。孙楚庭要是知道你蓝五还活在人世!他绝不会善罢甘休的。”

蓝五说:“我也不想善罢甘休!我今天就想到南院门法院去告他谋害人命。这儿是西安市,不是卢氏县。”

徐秋斋摇了摇头说:“你以为西安市的法院都是青天大老爷?卢氏县法院姓钱,这里法院也姓钱!这里还有一种人叫‘律师’专门‘编筐捏篓’,颠倒黑白,只要你有钱,他能把死蛤蟆说成活的,活蛤蟆说成死的。一张传票下来就得要几块钱酒钱。你有钱吗?要我说:‘三十六计,走为上计’。你赶快走开。陈柱子和春义他们都在咸阳,你就先到咸阳躲几天再说。俗话说,‘光棍不吃眼前亏’,姓孙的前几年能害你,就说明他决非善良之辈。现在,谁知道他心里的鬼名堂?”

蓝五听徐秋斋这么说,心中也有些害怕。但叫他真的离开西安,真的离开雪梅,他的心头不知为什么涌出了一股异常复杂的滋味,他后悔走得太莽撞了。雪梅今天早上发现自己走了,她会怎么想?她会不会大哭一场?她会不会自杀?他又担心自己走后,会给徐秋斋带来麻烦,让一个孤苦伶仃的老人受牵连,实在过意不去。

徐秋斋看他默默不语,劝他说:

“你今天就走吧!我给陈柱子写封信。”

蓝五眼中含着泪说:“徐大叔,我怕他们也来找你的事。你是不是……也到外边去躲一躲。咱们一道去咸阳吧!”

徐秋斋呵呵大笑说:“我什么也不怕。常言说,‘至死无大难’。我已经七十多岁了,我穷得身上连个肥虱子也捉不住,他就是把我扛起来转三圈,放下来还得管我饭吃。”接着,他又交代蓝五说:“到咸阳能找个职业就混下去。实在混不下去,你就走到哪儿算哪儿,就是不要再回西安……”

徐秋斋把蓝五送到了车站。蓝五含着泪水朝徐秋斋鞠了一躬,反身踏上了去咸阳的汽车。……

第二十七章　十八扯

堂堂青天不可欺，
张飞喝断坝陵桥。
——戏　文

一

果然不出徐秋斋所料，蓝五离开西安逃往咸阳的第二天，有两个穿着打扮得不三不四的汉子来找蓝五。

他们在徐秋斋的茅屋外转悠了好大一阵子：伸头探脑，使眉弄眼，歪脸撇嘴，扭股别膀，什么怪样子都出了。最后才走近徐秋斋的门口。其中一个问：

“一个姓蓝的叫蓝五的可在这里住？”徐秋斋看着这两个人一脸奸诈，就知道来者决非善良之人。他把他们让到屋子里说：

“他搬到延秋门巷一家姓孙的公馆里去住了。我也正要找他。他把我一个夹袄穿走了。两三天了也不送来。这几天秋风凉，我冻得不行。”

其中一个戴礼帽的长着连腮胡子的汉子问：“你和蓝五是什么关系？”

徐秋斋说：“什么关系也不是。老蒋扒开黄河，逃难来在西安。他会吹响器，我会治个小病。就这样跄蹴在一块了。”

这个方脸汉子眼睛转着，上下打量着屋子里的东西，又故意问徐秋斋：“老先生，你说是国民党好，还是共产党好？”

徐秋斋看他的眼珠子骨碌碌打着转，言语蹊跷，心里提防着。他也故意装糊涂说："都好都不好啊！"

"怎么都好都不好？"那个汉子问。

徐秋斋眯着眼说："国民党的首领不是孙文、黄兴吗？他们都是好样的。孙文外号叫'孙大炮'。他会放隔山炮。听说他在汉口放了一炮，炮弹打在北京城门的门索上，城门'哗哗'的一下就开了！就是因为这一炮，宣统皇帝才退了位。他要不退位，再一炮就撂到他的金銮殿上。可惜孙文死得太早了。要是他活着，日本人敢侵略咱中国？吓死他也不敢哪！……"

"老先生，你别说得那么远了。你说这三民主义好不好？"那个黑脸汉子又问。

"好啊！"徐秋斋大声地说："'主意'还能有坏'主意'？比如说：现在你给我出个'主意'叫我明天卖烤红薯，我就觉得这是好主意。为啥呢？常言说：'过了九月九，大夫高了手，米饭萝卜丝儿，吃了去病根儿。'看病的生意不行了，红薯才下来，城里人都爱吃个新鲜烤红薯。夜个儿我就看到一个姓马的回回，一天就卖了二百多斤烤红薯。唉！就是没有煤。老弟，你们能给我帮忙买点煤不能？"

那个黑汉子摇头说："我们不管煤。"接着他又问："你说延安好不好？"

徐秋斋说："好啊！不是延安府吗？"

黑汉子忙说："对，就是延安府。你去过？"

徐秋斋说："我没有去过。王进去过。王进投奔延安府，王进是个孝子啊……"

另一个长脸汉子问："这个王进是干什么的？"

徐秋斋说："王进你们不知道啊？有出戏不是叫《王进夜走延安府》吗？《水浒传》开宗明义第一回，说的就是这个王进嘛！开封府的八十万禁军教头……”

那个长脸汉子对连腮胡子汉子使了使眼色小声说:“走吧! 别跟他扯葫芦倒秧子,瞎扯淡了!”

那个连腮胡子汉子,却对徐秋斋发生了兴趣。他又问:

“老先生,你都能看什么病?”

徐秋斋说:“神农尝百草,黄帝写内经。就是要救人济世。天下没有不能治的病!”

“好大的口气。老先生,你看我有什么病?”连腮胡子汉子笑着问。

“你呀!”徐秋斋看了他一眼说:“毛发下移,头发都变成胡子了。你是个秃顶,不信你把你的礼帽拿掉看看。”

那个连腮胡子的把帽子拿掉,果然是个大秃顶。他笑着说:“这病能治吗?”

“我说过,是病都能治。你不光有这个病,你还经常害眼、烂嘴角。”

“对,对。”秃顶汉子不住点头说着,“老先生,你看我这病能治吗?”

徐秋斋心里想:“这两个鸡头鱼翅,平素不知做了多少坏事,不整治整治他,实在对不起乡里。”他想好了主意,便从容地说:“其实也容易。你这个病,医道行家叫‘血热’。熬点树枝水,每天把头插进去洗两遍。一边洗着一边拍打头皮,每次要打七七四十九下。要不了半年,先出黄头发,然后出黑头发!”

“就这么简单?”秃顶汉子高兴地说。

“偏方治大病。要紧的就是不能间断。拍的时候要记好数,不能多了也不能少了。”

长脸汉子看他说得这么神,也坐下来问:“老头儿,你看我有病没有?”

徐秋斋在他脸上瞅了瞅说:“您没有什么大病,就是鼻子歪了。要说这也不算什么大病,可是长到男子脸上,按相书上说,到四十岁以后要压点运。你没有听书上说:方面大耳,鼻直口方。鼻子不直,当然也是忌讳啰。”

“我的鼻子歪吗?”

徐秋斋从墙上取下半块破镜子说:“你自己看看。”

那个人照了照镜子说:“好像是有点歪,向右边歪。”

秃顶汉子笑着说:“歪得还不少呢!”

歪鼻子汉子说:“这没有办法治吧?”

徐秋斋说:“是病都能治。这个病嘛,用药无法治。人上有五官,内有五脏。鼻属心,心正则鼻直,所以人要存心公道。……下边的话我就不好说了。话说回来,你也别泄气,有个矫正的办法。您以后擤鼻涕,不要用手捏着鼻头擤,要用指头捺住左边鼻孔,用右边的鼻孔擤,越使劲越好。时间久了,它自然就矫正过来了。”

歪鼻子的人红着脸没有吭声。……

两个家伙告别的时候,刚走出屋子没有几步,徐秋斋就看见那个歪鼻子人,捂着一个鼻孔狠狠擤起来。徐秋斋看着他那个样子,又想着那个秃顶人拍打光头的怪样子,不觉哑然失笑。他心里骂着:

“两个杂种!就这样还要当包探?给我提鞋子我都不要。……”

二

蓝五从雪梅家走后不几天,雪梅病倒了。

她每天发着低烧,精神恍惚还整夜失眠。饭吃不进,药也吃不下。每天躺在床上,用泪水洗面,也不和任何人说话。

孙楚庭这次和雪梅生气以后,倒是一反常态。他神态自若,和颜悦色,好像家里根本没有发生什么事情。每天从机关回来,总要先问徐妈:“太太吃饭了没有?”或者询问一下吃药的情况。然后走到雪梅床前,摸摸额头,拉拉手,再低声细语地劝慰几句,方才走开。

初开始,雪梅根本不理他。只要他走到床前,雪梅就闭上眼睛。她已经不能和孙楚庭和平相处了。她觉得他的笑声是假的,说话的声音是假的,连脚步声也是假的。她已经看透了:孙楚庭是个十足的伪君子!

尽管雪梅的表情冷若冰霜,看见孙楚庭像看到仇人一样。孙楚庭却像例行公事,每天照旧问寒问暖,不管对方理睬不理睬。

有一天,孙楚庭带了几张戏票回来。他问徐妈:“太太下午吃点饭没有?”徐妈说:“吃了一小碗挂面,熬的参汤也喝了。”孙楚庭又走到雪梅跟前说:

“雪梅,晚上能去看戏不能?从天津流亡过来一个评剧团,今天夜里在‘天声剧院’演出《贫女泪》,是出时装戏。主角唱得好极了。你去听听吧,有车。”他说着把两张戏票放在雪梅跟前。

雪梅披着衣服在床上坐着。她没有看戏票,也没有看孙楚庭。她冷冷地问:

“你是不是想要我回心转意?”

“我没有想。”孙楚庭说。

雪梅忽然激动地说:“孙楚庭!你为什么要这样?……我告诉你,我和你过不到一块了!你就是杀了我、宰了我,我也不怕!我跟你完了!”她说着把两张戏票撕得粉碎,扔在地上,自己伏在被子上呜呜咽咽地哭起来。

孙楚庭说着:“不去算了!不去算了!何必发这么大脾气?”他看着雪梅痛苦伤心的样子,自己眼睛也湿了。

到了半夜,雪梅蒙蒙眬眬想入睡。孙楚庭来到雪梅跟前,他拉过一把椅子坐下来说:“雪梅,我想跟你谈谈。”

雪梅的睡意全跑了。她瞪着两只木木的眼睛看着孙楚庭。好像在听宣判。

孙楚庭从容地说:“雪梅,我看你也挺难过,我想和你谈谈。好夫妻也罢,歹夫妻也罢,咱们两个总算在一块过了好几年。我……感谢你。如今姓蓝的来了,我可以撒手!我也懂得‘捆绑不能成夫妻’,当年在卢氏县我把你赎出来,就是这个道理。你愿意跟蓝五走,我不阻拦。现在是文明时代,人契的事就不必说了。对我来说……我是舍不得让你走的。这你心里也清楚。不过,再过下去也没有什么意思了。雪梅,我再说一遍,咱们总算夫妻一场,以后你早晚生活若有困难,回来找我,我的大门决不关上。”

雪梅一下子听呆了。她不敢相信这就是孙楚庭说的话。“我这不是在做梦吧?”她定睛看了看孙楚庭的脸。他的脸上出现了一种从未有过的悲凉神情。雪梅一下子被感动了。她含着满眶热泪问孙楚庭:

“你真的放我走?”

“放你走。我说话是算数的。”

“我那张人契,你……不要了?”

“现在不兴这个了。你看!”孙楚庭拿出人契让她看了一眼,抓住撕成碎片。

雪梅一下子从床上跳下来。跪在孙楚庭面前,抓住他的腿哭着说:“我……我感谢你一辈子……不管到什么时候,我都忘不了你。……你百年以后,我给你披麻戴孝,我给你扫墓上坟!我……我对不起你!……”

孙楚庭红着眼睛说:“你对得起我。……”说罢把雪梅的手拿开,自己走了。

是不是孙楚庭天良发现,回心转意了呢?当然不是。他有他自己的算盘。因为蓝五没有被害死，活着来到了西安，他在雪梅心目中的形象，一下子被撕得粉碎。

他恨透了蓝五。蓝五成了他的眼中钉、肉中刺。在疯狂的嫉妒心的驱使下，他曾经想雇人把蓝五干掉。然而，等他冷静下来以后，便马上否定了自己的想法。这个愚蠢的行动，只能把雪梅推得更远，雪梅会恨他一辈子，也许要永远失掉雪梅。他不能干这赔本的买卖。就在他绞尽脑汁的当口，他突然想起了蓝五床前那满地的烟蒂。他的心头一亮，这满地烟蒂说明这个“泥腿子”出身的流浪汉，有着强烈的嫉妒心理。既然不能“饮鸩止渴”，何不来个“釜底抽薪”？既然不能把蓝五的形象在雪梅心中抹掉，何不让蓝五心中把雪梅的形象抹掉？不是可以达到同样的效果吗？好！孙楚庭舒了一口气。对雪梅，他开始改变策略，对雪梅表现了极大的宽容和大度，目的是想重新修补自己被撕碎了的形象。

三

秋风凉了，梁晴从厂里回到家里。她要把旧棉衣拆洗一遍，还要给徐秋斋掉换那件新棉袍的面子。

梁晴先把旧棉套送去弹了弹，把里子拆洗干净又补了补。她自己不敢裁袍子面子，就请在车站补袜底的谭二婶来帮她裁。谭二婶也是黄泛区逃来的难民。她一边裁着衣服一边问梁晴：

“您婆子家姓什么？”

“姓海。”梁晴红着脸回答。

“你是逃黄水那年就上头了？”谭二婶看着她头上梳的髻问。

“嗯。”梁晴低着头，脸更红了。事实上她并没有结婚，只是为了避免麻烦，才把辫子盘成了髻髻。

“你女婿没有跟你一块逃出来？”

“他……没有。……”梁晴说不下去了。徐秋斋在一边却接过来说:“留在老家打日本了。她是属鸡的,今年二十二岁了。唉,离开老家三四年了。”

谭二婶也说:“可不。四年还多啦。这日月可真难熬啊。来西安时候,俺那个小三子还抱在怀里,如今都会去车站捡煤核了。孩子们就是这样在难民棚里熬大的。”

袍子面裁好后,谭二婶走了。梁晴拉过来一条破席铺在地上,准备套上棉花套,就在这时候,屋外有人轻轻敲门。

“徐大叔! 徐大叔!”

叫门的声音很低微,是个女人的声音。

徐秋斋在屋里说:“你推,门没有上。”

门被推开了,走进来的是雪梅。徐秋斋看她面容憔悴,身体瘦弱,大约是跑了点路,额头上冒着汗珠,嘴里还微微喘着气,徐秋斋急忙扶她进屋坐下。

雪梅向徐秋斋说着:“徐大叔,前两天我就说要来您这里,可是总忙……今个儿雇了辆车……”

徐秋斋看着她的脸色问:“你病了?”

“……”雪梅摇摇头,嘴角露出一丝惨淡的微笑。她好像要说什么,可是欲说又止。她问梁晴:

“你就是小晴吧?”

梁晴天真地对她嫣然一笑,又微微向她点了点头。这个笑容使雪梅心中得到很大安慰。她觉得梁晴那么纯洁,那么善良。而且充满着信任和同情,怜悯和理解。就在梁晴这一笑中,雪梅被感动得几乎流下眼泪。

停了一会儿,雪梅问徐秋斋:“徐大叔,蓝五哥在哪里? 我有要紧事和他说。”

徐秋斋皱着眉头说:“好多天没有见他了! 他不是在你家吗?”

雪梅心里一急，忙说："他在我那里就住了一天就走了！这个实心眼的人，他会不会寻短见？"

徐秋斋安慰她说："不会，蓝五从小什么苦都吃过，什么气都受过，他不会那么轻生。"

"他会到什么地方去？徐大叔，请您告诉我。"雪梅央求着说。

徐秋斋摇了摇头不动声色地说："真的不知道他到哪里去了。会不会去剧社？"

"我去问了。他没有去过剧社。"

徐秋斋说："他们这一行人，云游惯了，可能乡下有什么红白喜事，他跟着朋友们去乡下玩了。"

"他不会。"雪梅自言自语地说，"他现下没有那个闲心。都怨我。……是我不好，我扎痛了他的心啦……"

"婶婶，你找俺蓝五叔有什么事？"

梁晴在一边听着，她实在忍不住了。这个热心肠的年轻姑娘，早已知道雪梅和蓝五的关系，她同情雪梅。雪梅和蓝五"私奔"，这个农村姑娘不但不歧视，反而产生了几分仰慕的心情。特别是这次她看到雪梅。雪梅长得那样漂亮俊秀，又那样痴情善良，这满足了她平常的一点浪漫气息的想象。她真想把蓝五的去向告诉雪梅。可是她不能。因为徐秋斋是那样守口如瓶。她不理解这个心地善良的老爷爷，今天为什么这么狠心？

"你们是不是生气了？"徐秋斋问。

雪梅说："不是。徐大叔，我这次来找他是有个大事，是我们终身大事。我自由了。老孙人不错，他答应让我走了。我毕竟侍候他几年了，他还算有良心。他不阻拦我和蓝五破镜重圆。他知道我的心上没有他了，也知道强扭的瓜不甜，现在我得赶快找到蓝五哥，我要……对他说说。"

饱经风霜的徐秋斋吃了一惊。他没有想到事情竟会这样演变。多少年来的经验使他知道，世上“与虎谋皮”的事情是办不到的。孙楚庭这样慷慨大方地成全蓝五和雪梅，使他大惑不解。

“你……你听错了吧？”

“没错。昨天晚上，老孙亲口对我说的。”

“你当年的人契呢？”

“昨天晚上，老孙当着我的面，已经把人契撕了。”

徐秋斋沉吟了半晌。他觉得孙楚庭像是在玩花样。不过，眼前这个单纯的、浑身发热的女人，当然不会看透老孙的用心……他得劝劝她，让她冷静下来：

“蓝五是个光身条子。在这里，瓦无一片，椽无一根，连自己的生活都顾不住。你们两个人出来怎么过？”

雪梅说：“我的首饰还值好几百元钱。孙楚庭说，这些首饰让我带走，他不要了，他送给我，算是他这几年的……”

徐秋斋还是摇了摇头：“俗话说：坐吃山空。这几个钱是花得完的……”

“徐大叔！我们还有两只手……我跟着他，就是……就是酒盅子量米，清水里煮野菜，我也心甘情愿……”

徐秋斋心里一热，他默默地点了点头说：“对你，我当然是相信的……不过，对你这个孙楚庭……太好了，好得有点不近情理了……”

雪梅说：“大叔！您想想，我侍候了他好几年，他总该有点良心吧！”

徐秋斋叹口气说：“雪梅，要我说，你还是跟着孙楚庭过算了。你和蓝五这件事，我思忖着不管将来怎样发展，对你、对他都没有好处。能割舍就割舍了吧。”

雪梅听他这么说，眼泪扑簌簌地滚下来了。她说：“徐大叔，您老人家怎么这样说？我舍生忘死，盼星星，盼月亮，盼的就是这一天,如今好容易盼到了。我就是拼上命也要走出这一步。大叔,您不知道我这个人的脾气,我虽然和蓝五在一块只两三个月,可是我总觉得……我是他的人!一辈子都是他的人。别人……都不算……”她说着,忽然双膝跪在地上说,“徐大叔!您准知道蓝五的下落,您告诉我吧,我去找他。我要对他说清楚。”

徐秋斋的心里,确实可怜起来这个可怜的女子了。可是他仍然不告诉她。他把雪梅从地上搀起来,安慰着她:“我真的不知道他去哪里了。不过以后总会见到他的。如果见到他,一定叫他去找你。”

雪梅看徐秋斋说话这样滴水不漏,情知很难从他口中打探到蓝五的消息。她隐隐约约地感到蓝五好像对他说了什么话。临走时,雪梅擦着腮上的泪说:

“徐大叔,我走了。要是见到蓝五,请您对他说:我雪梅没有对不起他的地方。我……没有办法,我只能这样……请他原谅我吧!”说罢掉头走了。

雪梅走后,坐在地上做棉袍的梁晴早忍不住了。这一大会儿,她一针也没有做,她甚至于也掉了两滴同情的眼泪。雪梅一走出门,她就瞪着两只杏眼,气鼓鼓地问徐秋斋:

“爷爷,您的心怎么这么狠呢?为啥不告诉雪梅蓝五叔的地址?人家雪梅还不够可怜啊!我觉得雪梅这人太好了。她走这一步多难啊。像这样的有良心的人,您就不应该骗人家!”

徐秋斋说:“小晴,你还不懂事。世上有良心的人多哩!可是没良心的人更多哩!有良心的人总是要吃没良心人的亏。和蓝五,咱是乡亲,和雪梅呢,又远着一层了。孙楚庭这人葫芦里到底卖的什么药?我还估摸不透。我不能叫蓝五贸然往他们的圈子里跳。”

梁晴说:“雪梅对蓝五叔,把心都扒出来了。对她有怀疑,也未免太小心了!”

徐秋斋说:“不是我过于小心。俗话说:‘一步近,两步远’‘害人之心不可有,防人之心不可无’,雪梅是个热心肠人,她对蓝五好,我相信。可是她把孙楚庭说得那么好,我就不能相信了。”

“那么你为什么不对她讲清楚?”

“因为他们现在还是夫妻!”徐秋斋又说,“天上下雨地下流,小两口打架不记仇。谁知道将来怎样变化?像雪梅这样心地善良的人,经不起人家三句好话一哄,就会把仇人当恩人了。哎,女人家终究是‘头发长,见识短’啊……”

四

夜里,梁晴一直没有睡好觉。雪梅的眼泪把她的侠肝义胆燃烧起来了。这件事情给她带来了新奇和义愤,也激起了她极大的同情心。第二天,她上班早走了几分钟,不知道为什么却来到了延秋门巷。她找到了36号,大胆地拍了几下铁门环。

徐妈走出来了。她看着梁晴问:

“你找谁?”

“俺……一个姑姑,她叫雪梅。”

“你找她有什么事?”

“给她送个信。……”正说话间,忽然听到一阵急骤的脚步声,雪梅从院子里跑了出来。她一见梁晴,就跑过去抓住她的手说:“哎呀,小晴,你怎么来了,赶快到家里坐。”梁晴说:“我不进去了,我还得到工厂去上班。姑姑,咱们就在这街上说几句话吧!”她说着把雪梅拉到临街房的屋檐下,急切地说:

“雪梅姑姑,我告诉你个信儿,蓝五叔有下落了。”

“在哪儿?”雪梅急不可耐地问。

“在咸阳。咸阳东大街，有个叫陈柱子的开了个牛肉面馆子，也是咱们老乡，蓝五叔就住在他那里。”

雪梅听到了蓝五的消息，感动得眼圈都红了。她紧紧地握住梁晴的手说：“小晴，我……太感谢你了，我怎么报答你！”

梁晴说：“姑姑，我不要你报答，我可怜你，不……我佩服你，我喜欢你。”

雪梅从心里也喜欢梁晴。她顺手从手腕上脱掉一只镀金扭丝镯子，拿着就往梁晴手腕上戴，梁晴死活挣脱着不要。雪梅说：

“小晴，这是我一点心意。你还没有戴过镯子呢！”梁晴说：“我不要，你留着吧，你们以后过日子还用得着。”她说着挣开雪梅的手跑了。跑了几步，她又回头对雪梅说：

“您记住，咸阳东大街，陈柱子的饭铺……”

五

雪梅和孙楚庭分开居住已经一个多月了。自从两个人说定离开以后，孙楚庭很少在家里住宿。他几乎天天晚上都在外边打牌、喝酒、找女人，有时住在朋友家里，有时住在甜水井街一家旅店包房里。……

要在往常，雪梅对他每次外宿回来总要盘问一番，有时还要撒个小娇，啐他几句。但也仅此而已。照雪梅看来，人家是男人，是一家之主。钱是人家挣的，人家想怎么花就怎么花。还有更重要的一层是，雪梅始终没有把孙楚庭看作是自己终身的丈夫。正像她对蓝五说：“不知道为什么，不管我和他过多久，可是从我的心上，我总觉得我是你的妻子，我一辈子是你的人。”

这天晚上雪梅正在收拾行李，准备到咸阳去找蓝五。孙楚庭坐着包车回来了。据他说是一家转运公司请他们在“曲红楼”吃了酒,回来后还带着几分醉意。他看到雪梅在收拾东西,就问:“你到哪里去?”

“我去咸阳。”雪梅仍在整理着东西。

“到咸阳干什么?”孙楚庭非常敏感,“蓝五在咸阳?”

“……”雪梅没有正面回答,她委婉地对着他凄然一笑。

孙楚庭熟悉这个嘴角有两个小坑的笑容。他忽然感到雪梅今天很有风致。他说:

“你没有出过门,路上又那么乱。汽车票买到了吗?”

雪梅说:“我搭马车去。我问了,起点早,一天也到了。”

孙楚庭带着血丝的眼睛,在她脸上扫了一圈。他闷声不响,心中却燃起了一股强烈的醋意。他走过去抚摸着雪梅的肩膀说:

“雪梅!我真担心你出去受苦。你能受得了吗?”

雪梅低着头说:“我什么都想了,我能受苦。原来我在老家也是种田人。”

孙楚庭又抓起她的手说:“雪梅,你这一身体态、长相,雪白粉嫩,简直是公主,不!是皇后!你应该知道你的身价。你应该成为有人侍候的阔太太,你不应该到他们那些下等人中间去。”他说着把雪梅的手握得更紧了。

雪梅摇了摇头说:“你说过多少回了,可我就是个‘皇后的长相丫鬟的命’。我愿意这样。我现在只有这一条路了。”她说着,慢慢地抽着自己的手。

孙楚庭却紧握着不放。他看着雪梅说:“雪梅,你比她们都好……”

雪梅抽着手说:“‘她们’是谁?你又把我和谁比了?是外面那些……女人吗?我不管,你去找她们好了……”

孙楚庭岔开了话题:“雪梅,你一定要走?”

“一定要走。”

“能不能再晚几天,”孙楚庭还想拖延时间,“明天我给你买车票……”

“不。”

“你就这么绝情?”孙楚庭恼火了,“你那个下九流有什么好的!你别以为我好欺侮!……”

雪梅瞪大了眼睛,这是孙楚庭说出来的话?上个月,孙楚庭亲口跟她说,“捆绑不能成夫妻”,他要成全她和蓝五的事,可如今他忽然换了副面孔……她想起了蓝五在卢氏县的遭遇,她想起了徐秋斋的话,她开始明白孙楚庭的居心了。

“孙楚庭!你还受欺侮?”雪梅的眼里喷着怒火,“你快把人害死了,还说受欺侮?!你想干什么你就干什么吧!要杀要宰都由你,反正你是大官……”

孙楚庭的脸色由白变成了红,又由红变成了青。

“雪梅,你不要后悔!”

“我决不后悔。”

“那好吧!从今以后,你走你的阳关道,我走我的独木桥。咱们就各走各的道吧!”

孙楚庭气呼呼地走了出去。

占有就是快乐。眼看着自己占有的“天生尤物”要飞了,孙楚庭能不苦恼吗?眼看着“釜底抽薪”的策略付诸流水,孙楚庭能不气恨吗?他对雪梅已经绝望了。苦恼,绝望,仇恨,填满了他的胸怀。“不能便宜了这个下九流!”他心里叫骂着,眼里闪过了一丝凶光……

旁边屋子里的雪梅,却是另一种情绪。她木呆呆地躺在床上,眼泪扑簌簌地往下掉着。时间过得真快啊!她在这里待了好几年了。如今她就要离开这华丽的陈设,堂皇的家具了,要离开这富有的精巧的“鸟笼子”了。明天,明天她就要自由自在地展翅飞翔了。不知道她的“翅膀”还能不能承受风雨的压力?在她的面前,似乎又出现了一条五彩的“路”。

她没有丝毫的睡意，她静静地眺望着天际，等待着东方的曙光……

第二十八章　沣河岸边

哪里黄土不埋人?

——民　谚

一

夜里刮了一夜北风。天快亮时又落了一阵小雪,天气格外寒冷。吃罢早饭时候,天却放晴了。徐秋斋看了看,街上的行人渐渐多了起来,就穿上梁晴给他新缝制的棉袍,带上纸墨笔砚,慢腾腾地走到邮局门口,准备给人代写书信。

他来到邮局门口,摆好桌子,刚刚摆好纸墨笔砚,忽然听见一群卖报的孩子在邮局门口喊着:“卖报!卖报!《西京日报》!易俗社举行劳军义演!咸阳道上发现无名女尸!……”

徐秋斋听到这则消息,忽然心里一动。他从口袋里摸出两个分币,买了一份报纸,戴上花镜仔细看起来。只见这张小报第二版上,印了一张照片,因为纸张粗劣,印刷也差,模糊一片,他咋看也看不清楚。照片旁边的字,他却能看得清楚。上边印着:

> 本市北三十里,咸阳公路的沣河岸边,发现一具无名女尸。死者约有二十八九岁年纪,农村少妇打扮。上身着阴丹士林布小袄,下身穿深灰色线春夹裤。头上用的是高级发蜡及进口香水。系被人从背后用手枪击毙。据云:很可能是某公馆少妇携带细软出走,路遇匪徒抢劫被害。……

徐秋斋看了这则消息,心中顿时不安起来。因为前天雪梅去咸阳以前,曾经来找过他。好像记得雪梅穿的就是一件阴丹士林蓝丝布褂子。他又寻思,如今兵荒马乱,盗匪如毛,也可能不是雪梅。……不管什么事情,疑窦一生,各种情由物相,便从脑子中翻腾起来。他在邮局门口坐不住了,就把砚台里的墨汁倒掉,信纸信封收拾起来,径直到黄金庙街毛毯厂来找梁晴。

梁晴看了报纸上的照片,浑身都吓软了。她说:"脸看不清楚,身材倒有些像,也是长胳膊长腿。"

徐秋斋又问:"你记得雪梅穿啥衣衫?"

梁晴想了想说:"雪梅是穿了条灰线春夹裤……"

徐秋斋听她这么说,心中已明白了八八九九。他对梁晴说:"晴,是不是雪梅,咱们跑一趟吧。她和孙家也生分了,孤身飘零,连一个亲人都没有!咱们还是去看看放心。走吧,咱们现在就去。"

日头偏西时候,徐秋斋和梁晴来到沣河岸边。那具无名女尸就在沣河南岸柳树下放着,当地联保处派了一个打更的老头在看守着。尸体上盖了一张破席。

徐秋斋和梁晴走到尸体跟前,只见一只胳膊在席子外边伸着。梁晴看见这条胳膊,就哭了起来。

"大爷,就是她!就是她!我认得她手上戴的这只镯子。"

徐秋斋的心"怦怦"直跳。他紧走了几步,掀开席片,只见雪梅花容委地,香消玉残。一张惨白的脸,面对着无言无语的苍穹,好像睡去了。

徐秋斋轻轻盖上了席片,擦了擦昏花眼睛里的泪水。梁晴坐在河边芦苇丛旁,呜呜地失声痛哭着。她胆子小,不敢去看尸体,可是对雪梅的死,她感到深深内疚。因为是她让雪梅来咸阳的。

这时,看守尸体的老头走过来问徐秋斋:

“大哥，你是她家里人？”他指着尸体。

徐秋斋说：“不是，我们是她的乡亲。”

打更老头有些失望，说：“我已经看了两天两夜了。保长说一天给两斤麦子，可是给我的全都是沤麦。”

徐秋斋立即从口袋里掏出两元钱说：“太感谢您了！给你，吃饭不饱，喝酒不醉，买盒烟吸吧。”

打更老头接住钱后，又小声地对徐秋斋说：“你们放心，我一定看好。”他又指着雪梅的手腕说，“这首饰……保丁们都来……几回了，有我在，哼！……人不能坏良心。”

徐秋斋问：“这两天有人来认尸没有？”

打更老头说：“没有。联保主任说，明天再没人来领，就要埋了。”

徐秋斋说：“先别埋。”

打更老头说：“怎么？她还有亲人？”

徐秋斋说：“有。麻烦你再候一天。我们马上去找她的亲人。”

打更老头说：“好吧！可得快点。”

徐秋斋马上吩咐梁晴去咸阳城里把蓝五找来，自己却气冲冲地折回了西安。

徐秋斋是个饱经风霜的人。他知道雪梅这次去咸阳的前因后果。凭他几十年的经验，他几乎可以肯定，这是那个姓孙的家伙干的，看了雪梅的尸体，他更加肯定了这个看法……情理不顺，气死旁人，他得为雪梅和蓝五说几句公道话。不过，当他走进延秋门巷，他的心里却嘀咕了起来。俗话说，捉贼要捉赃、抓奸要抓双，你说姓孙的干了坏事，你有什么把柄？无赃无证，你又能干什么？他心里犯了犹豫，脚步马上慢了下来……难道就这样便宜了姓孙的混蛋？当然不能，总不能白白便宜了这个家伙吧！

深夜时分，徐秋斋叫开了孙楚庭的大门。

孙楚庭这几天感冒了。他披了件银灰鼠皮袄出来见徐秋斋。

徐秋斋说了自己的姓名，孙楚庭点着头瓮声瓮气地说：“知道，知道。听雪梅说过。徐妈——沏茶！”

徐秋斋摇了摇头：“不用了。孙处长，雪梅出事了，你知道吗？”

“出、出了什么事？”孙楚庭的眼睛里闪过了一道异常复杂的神情：是高兴？是惋惜？还是幸灾乐祸？也许，这几方面都有点吧！

徐秋斋说：“她在咸阳路上沣河岸边叫人打死了。”

孙楚庭大喊一声：“哎呀！她走的那天，我就劝她说，那条路太荒僻，土匪多得很……她准是叫劫路的抢劫了！啊呀！……”

徐秋斋这时却异常地冷静：

“孙处长，我看不是土匪抢劫！”

孙楚庭一愣：“为什么？”

“土匪抢劫，为的是财物。雪梅手上一副镀金镯子、耳朵上一副翡翠耳环，都还戴着。土匪要谋财害命，这些首饰还能留在她身上？”

“那是什么原因呢？”

“孙处长！你不清楚？”

“我怎么清楚？”孙楚庭板起了脸。

徐秋斋说：“在她离家以前，你们是不是吵架了？”

孙楚庭皱着眉头：“老先生！我和雪梅已经一刀两断了。她走以前，我们已经办清楚了手续……不过，她和我总算在一起生活这么多年了。我们俩一直没有伤和气。这件事情嘛，我不能这样拉倒。我要替她伸冤。地方法院里我有朋友。”

徐秋斋笑了笑说：“那好，那好。孙处长，常言说，‘冤有头，债有主’，‘有放陈的粮食，没有放陈的官司’。雪梅死得这么惨，你不伸冤，我们乡亲也要替她伸冤。不知孙处长什么时候去法院？我老头跟着你跑一趟法院。雪梅去咸阳前，跟我说了她的事……”

“这……”孙楚庭的心里一跳，心里暗暗骂道，“这个老杂毛想干啥?”不过,他的脸上还是那样的平静,“这几天我……病了。过这几天吧……”

“也好,也好。”徐秋斋点了点头,“不过,雪梅如今暴尸荒野,无人收殓。人是从你家出去的,总不能老等着吧? ……”

孙楚庭沉吟了一阵,他已经明白了徐秋斋的来意。他故意悲切切地说:

“按法律上说,我和她已经没有关系了。不过这个装殓费用,我替她拿出来。”他说着取出了二百块钱交给徐秋斋,“老先生,这件事情就拜托你去办吧。我们已经不是夫妻了……我也不便到现场去。我不忍心看见她那惨死的样子。”说着用手绢捂着眼睛,在那里假哭起来。

徐秋斋看他那神情,也不想和他纠缠,接过了钱说:“那就这样吧,我去给她办置去了,咱们后会有期。”

二

蓝五到了咸阳以后,住在陈柱子的饭铺里。他和陈柱子、老白两口子的关系一直很好。第二天,他又去看了凤英和春义。大家多年没有见面,互相诉说了逃荒出来后的经历,心里都感到有些安慰。他们又说着各家的下落和消息。春义听说徐秋斋就在西安,恨不得马上就去西安见他一面。

蓝五在咸阳,有时在陈柱子的家里住几天,有时又被春义叫去住几天。他别的活不会干,只守着一副水桶替两家担水。老白希望他长住下去,几次拿出几十块钱给他,让他做个本钱,就在街上摆个纸烟摊儿,可是蓝五都推辞了。他说:“我这拙嘴笨舌,做生意不行。”

其实蓝五也不是完全不会做点小本生意,主要是他无心做。

他还没有心思在这里安家立业，他的心还留在西安的延秋门巷。

离开雪梅以后，蓝五本想把雪梅这个形象从自己的脑子里抹掉，永远不去想她。可是到了咸阳的这些天，雪梅的音容笑貌，却无时无刻不在他脑子里萦回……他想到那天夜里自己离开雪梅家后，第二天早上雪梅肯定要去看他，可是他走了，雪梅会怎样吃惊，又会怎样流泪……他好像都亲眼看到了。

有时候，他的心里忽然产生一种小小的莫名其妙的安慰，这是对一个人进行报复后的安慰。"当你的官太太吧！""去给他笑吧！""我决不吃刷锅水！"他默默地想着这些话。可是又觉得心中非常怅惘，无限哀愁。他经常一个人跑到南关外，呆呆地独坐在渭河岸边，看着河岸树木上飘落下来的红叶、黄叶，随着清凌凌的流水向东逝去。他朦胧地感到这些流水中的落叶，很像他此时的心情。

人的思念有时候会产生一种感觉。这种感觉对事情的判断往往非常准确。不知道为什么，蓝五这两天忽然预感到雪梅要来咸阳。他每天看着咸阳街上的来往行人，特别是从车站方向过来的旅客，每一个青年妇女的背影，都像和雪梅有几分相似。每一个面孔都使他感到既熟悉又陌生。

这天晚上，陈柱子的饭铺已经封了煤火，上了门。蓝五正在洗刷碗筷和桌子，忽然听见有个妇女的声音在叫门。她拍着木板门喊着：

"这里是陈柱子的饭铺吗？这是陈柱子家吗？"

是河南口音。蓝五听到这声音，就跑着去开门。他刚打开大门，一个走路一瘸一拐的少女就扑了进来："请问！这儿是陈柱子的家吗？……"话还没有说完，她已看清面前就是蓝五，就"哇"的一声大哭了起来。来的这个姑娘就是梁晴。

蓝五惊叫着："晴！怎么啦？……出……出了什么事了？"

"雪梅……被人打死了，在沣河……"

像是一个晴天霹雳，蓝五惨叫了一声，跌倒在椅子上，他的眼前一下子全黑了，两条腿不知不觉地跪到了地上。消息来得太突然了。他被打蒙了，一句话也没有说出来，一滴泪也没有流出来。

当陈柱子问明雪梅被害的情由以后，蓝五连夜要到沣河岸去。梁晴一天跑了几十里路，脚上打了好几个血泡。她实在走不动了，老白要她休息一夜，明天一早再同蓝五去认领尸体。可是蓝五执意不肯，他让梁晴休息，自己披了件破棉袄出东门走了。

三

小雪初霁，夜寒似水。白天地上还没有消融完的积雪，在清冷的月光下，闪现出一片片像鱼鳞似的白光，路上极少行人，在这条充满冻泥和水渍的黄土路上，只有蓝五和他的影子在晃动着。

蓝五本来是个胆子较小的人。平常他一个人走这种荒凉夜路，总有点胆怯。可是今天夜里，他的胆子却格外大起来，他什么也不怕了。不管是狼虫虎豹，还是鬼魑魍魉。他曾经害怕死。但是在今天夜里，对他来说，死好像并不那么阴森可怕了。

农民们都有点迷信。他们总觉得有两个“家”：一个是阳世这个家，一个是阴间还有个“家”。他们把自己住的房屋叫“阳宅”，把族坟叫“阴宅”。“清明节”上坟时，他们要烧些象征钱财的锡箔。在“十月一”寒衣节时，他们要给自己的祖先烧些纸张剪成的小衣服，好让他们在那个世界里添衣御寒。千百年来，中国农民不相信有天堂，他们也不敢奢望死后能进天堂。却相信有地狱，还有十八层地狱，民间流传的《目莲救母》，就是这种地狱里的故事。他们牢固的伦理观念，只是想到人的归宿是死后不要进地狱，而是回到阴间那一个“家”里去。

蓝五在一路上想的是：“我到那个世界不孤单了。那个世界有我一个亲人了。”他一路上默默地想着，悄悄地掉着眼泪。他想到他早死的父亲。他父亲在他两岁时就死了，他记不清他的面貌。母亲死时他却记得清楚，当时他已经十三四岁了，在他的故乡小镇上，母亲每天都扫土粮食。那些粮食坊子的小伙计们，经常把她的篮子踢翻。可是到散集时，她的篮子里总还有一小袋带土的杂粮，他的母亲把这些扫来的土粮食淘干净，再磨成面粉，蓝五就是吃这种混合杂粮的糊糊长大的。他熟悉各种杂粮混合在一起发出的香味。

民国十九年大灾荒时，镇上的粮行都关了门。他的母亲无处去扫土粮食了，张着大嘴的空篮子里再也看不到一粒玉米和高粱。蓝五家的生命线被切断了。就在这年冬天，他的母亲去世了，给他留下的仍是一只空着的篮子。就是这一年，蓝五开始流浪要饭。后来他被一个响器班子收留，变成了一个流浪艺人。

漂泊的生活使蓝五变得孤独了。他把他的苦恼、哀愁、悲愤和忧伤，通过唢呐宣泄出来。可是这一次，他已经没有力量宣泄自己的感情了。雪梅的死使他觉得更加孤单了，在这个痛苦、悲惨的世界上，只有他孑然一身，而在另一个世界中，却有他的一批亲人。……

沣河水在朦胧的月光下静静地流着，在万籁俱寂的寒夜里，还可以听出它如泣如诉的呜咽声音。蓝五的心紧缩起来，步子也加快了。梁晴告诉他雪梅的尸体停放在南岸一棵大柳树下，他三脚两步走过木桥，也不寻找路径，从堤岸的灌木丛中，向着一棵大柳树奔去。

“谁？”从一堆干枯的秫秸堆里，忽然钻出一个人来。

“我……我姓蓝。来认领尸首的……”蓝五浑身发抖地说着。

那个人就是看尸的打更老头，他看了看蓝五惊恐和哀愁的脸，又同情地叹了口气：

“你是她什么人?”

“我……是她男人,是她的丈夫。”蓝五说着,两行眼泪从面颊上淌了下来。

老汉被这个男人的眼泪感动了。他叹着气说:“唉!她总算还有个亲人。”说罢又对蓝五说,“天太冷,夜里你也看不清楚,你就和我挤在秫秸窝里暖和一会儿,等到天明再说吧!现在已经四更天了。”

蓝五说:“大爷,我既然来了,还能不先去看她一眼?……”他说着把头低下来,不想让老头看到他脸上的两行眼泪。

老头犹豫了一下说:“你跟我来!”说罢,领着蓝五向大柳树下走去,走到秫秸堆前,他站住说:“这样吧,你既然来了,我回村里去一趟。天太冷,我得回去喝口热水。”

蓝五忽然“扑通”一声给他跪下叩了个头说:“大爷,叫你……受这几天冷,我替她给你叩个头……”

老汉忙把他搀起来说:“唉!你们是苦主,够伤心了……”他说着指了指柳树下的席子说:“就在那里,赶快把她殓埋了,入土为安。……唉!”说罢,从秫秸堆里取出个旧锡酒壶塞在怀里,向堤南岸的村子走去了。

蓝五踉踉跄跄地跑到大柳树下。席子被风刮在一边了。雪梅的尸体躺在一片枯草中。

在月光下,雪梅的脸是那样惨白。两条眉毛紧紧蹙在一起,嘴唇还微微歪着,好像在诉说着无穷的哀愁。蓝五的眼泪“哗”的一下从眼睛中夺眶而出。他扑在地上,抱住雪梅的头大喊着:“雪梅!……雪梅!……我来了!我来了!……雪梅,你别害怕!我跟你做伴儿!……雪梅!我……我不埋怨你了,我……对不起你!……”他像疯了似的哭着说着,又拼命地向雪梅的尸体叩着头。他想以此来表示他的忏悔。

几丝流云从夜空中缓缓飞过,月亮显得更黯淡了。蓝五仍旧呆呆地坐在草地上。雪梅的头枕在他的腿上安详地躺着。蓝五已经没有眼泪了。他回忆起在他们第一次从家乡逃出来时,在麦田里,雪梅就是这样枕着他的腿睡在地上的。那个时候,雪梅是那样的清秀和恬静,她的心是那样活泼地跳动着,可是现在这颗心已经停止了跳动。那个时候,他们俩也是在这样一棵大柳树下"拜了天地",他们用柳枝编的花冠戴在头上,蓝五清楚地记得,雪梅对天说的话:"老天爷!可怜可怜我们这两个苦命人吧!我们也是人……你要公平对待!……蓝五哥就是我的丈夫,我就是他的妻子。我们两个活,要活一块,死,就死在一起!……"可是,老天爷!你为什么那么不公道?!你为什么偏偏要欺侮我们这一对苦命人啊?!……

蓝五呆呆地望着雪梅的脸。雪梅的脸似乎不像刚才那么难受了。她似乎有了一点微笑,和平常的微笑一样,嘴角上还露出两个小圆坑……

"在这个世界上,还有什么值得我留恋的?没有了……"蓝五默默地想着。天快亮了,这个世界又快恢复活动了:杀人、抢劫、欺骗、争斗、逃亡、饥饿、要饭、妻离子散、家破人亡……

"人活到一百岁,不也是死吗!"也不知道是从旧戏上,还是从鼓词上,蓝五记起了这句话。这句话此刻却是如此具有魅力。就在几分钟前,蓝五还想到另一句话,那就是:"你们要活的人,我要死的。"他曾经想到要给雪梅买一口棺材,把她埋葬在这沣河岸上,他每年清明节要来给她扫墓上坟,他要把最好的唢呐曲子吹给她听。……可是当熹微的晨光照在雪梅的脸上时,他看到雪梅的表情可怜极了。眼泪又从蓝五的眼睛中滚落下来。他用绝望的语气喃喃说着:"雪梅!你……别害怕,我……我们一道走!……"

他轻轻地把雪梅的头放在地上,又用席子盖住她的身躯。然后他飞快地解下自己的腿带子,把它系在老柳树的一根大枝杈上,他搬来两大块土疙瘩,双脚踩了上去,把头伸进绳套,用力踢开了土块……

四

月亮沉没了,晨雾收起了。沣河岸的树林还是像往常那样冷清、安静。

最先来到沣河岸边的是梁晴、春义和陈柱子。他们一大早从咸阳赶来。梁晴眼尖,首先发现老柳树上吊着一个人。她喊着:

“柱子叔,老柳树上吊着一个人!”

陈柱子定睛一看,拔起腿就向柳树跑去。他们用小刀割断腿带子,把蓝五卸下放在地上。他们活动着他的头和胸脯,希望他能够恢复呼吸,可是为时已经太晚了。……

徐秋斋雇了一辆架子车,拉着一口棺材也赶来了。当他看到两具尸体并排躺在老柳树下时,他用拳头捶着自己的头喊着说:“唉哟!我少交代一句话!我少交代一句话啊!……”

中午时分,陈柱子从附近镇上买来一口棺材。又从村里找来几个帮忙的青年农民。徐秋斋、陈柱子和春义把雪梅、蓝五的头发梳了梳,脸洗了洗,又替他们俩整了整容,然后,几个人扛着抬着,把他们俩放进两口棺材里。按照徐秋斋的意思,他们在河堤的朝南坡上挖了一个双人坟墓,把两口棺材并排合葬在一个墓穴里。

“大爷!你等等!这是蓝五叔的唢呐……”梁晴胆子小,她不敢给尸体整容,她躲在一边悲切地低着头。就在她低头抹泪的时候,她突然想起了她从咸阳带来的这把唢呐。昨天晚上,蓝五走后,她在蓝五睡的地铺上躺了一会儿。当她睁开眼睛,首先映入眼帘的，就是墙上挂着的蓝五的这把唢呐。她想，雪梅已经死了，何不让蓝五叔给雪梅吹一曲《送葬调》？也不枉他们相好了一场。今早赶路，她就顺手拿了这把唢呐……

徐秋斋接过这把唢呐。这是一把跟随蓝五年多的五眼唢呐。蓝五通过这把唢呐，吹奏了多少个激动人心的曲子啊：悲凉苍劲的《林冲发配》、清新明快的《小二姐做梦》、热情奔放的《三上轿》……就是这把唢呐，把蓝五和雪梅的心连了起来，它是他们定情的“媒介”，私奔的“见证”和重逢的“桥梁”……可如今一切都烟消云散了，就像做了一场梦，主人已经离去，它也已经完成了使命……

徐秋斋两眼滚动着泪花，他用颤抖的手把这把唢呐摆在两口棺材中间。唢呐又一次把两口棺材连在了一起。

徐秋斋默默地祝祷着：

“雪梅、蓝五！你们就安息吧！……你们，生，不能在一块，死，却合到了一起……你们可怜的心愿……总算达到了……”

墓穴里的土慢慢地填满了。唢呐被埋住了，两口棺木也被埋住了。徐秋斋、陈柱子和春义的心里感到空落落的。他们呆呆地望着越堆越高的墓穴。

没有祭祀，没有葬礼，没有戴孝的人。徐秋斋把哭得像泪人似的梁晴叫了过来，让她在这座新坟前叩了三个头。

临走时，徐秋斋还像有什么心事。他绕着新坟转了两圈，最后，他在那个大柳树下停住了脚步。他撅了两根柳枝，插在新坟前，算是留了个纪念……

没有想到，到了第二年春天，这两棵柳枝居然活了。在沣河岸上所有树木都还没有发芽的时候，这两棵柳枝却吐出了茁壮的紫色嫩芽。……

第二十九章　咸阳饭铺

月亮走，我也走，
我给月亮赶牲口。
——儿　歌

一

办完了雪梅和蓝五的丧事，春义和陈柱子因为走时没有和凤英说好，怕凤英着急，就只好在沣河岸边和徐秋斋、梁晴简单地叙述了别离情后，匆匆分了手。

傍晚时分，春义和陈柱子就回到了咸阳。

没有到过咸阳的人，总以为咸阳是关中的通都大邑。一定是个楼房栉比，人烟繁盛的城市。其实在抗日战争中的一九四二年，咸阳只不过是个三四万人口的小城。

这个小城和陕西很多县城一样，她们都有着烜赫一时的名气。在历史书籍上，在很多诗歌名篇里，都曾多次出现过。这些印象在人们的头脑里，构成了一幅幅幻想的海市蜃楼。但真正到了咸阳的人，却感到有些失望。因为他们既看不到"五步一楼，十步一阁"，绵延三百余里的殿宇，也看不到"廊腰缦回，檐牙高啄"，重叠交错的宫室。不过咸阳也还有他浑厚朴实的本色：兀突的黄土高原依然保持着它俯视长安的雄姿，静静的渭河水，几千年来依旧在它的脚下流着。"丹阁碧楼皆时事，惟有江山古到今"。对放羊的孩子们来说，他们不认识秦始皇，也不认识汉武帝。他们在倒在荒草丛中的石马石人身上磨着镰刀，他们只认识脚下的土地。

春义和凤英来到咸阳已经两年多了。自从在洛阳东车站他们扒上向西行的难民火车，到了灵宝县的阌帝镇，他们乘的这一列车被甩了下来。日本鬼子在黄河北岸每天晚上向潼关城里打炮，阌帝镇到东泉店的一段火车不通了。有一种载运着食盐和各种货物的“闯关”车，每天夜里缓慢地、闭着气向西爬行，通过打炮区。载运难民的火车到了这里却不开了，难民们自己起旱路“闯关”西行。

春义和凤英夜里来在阌帝镇，由于夜间天黑，和同行的人挤散了。春义从火车上跳下来时，头一脚就踩住个软烘烘的东西，他弯下腰用手摸了摸，是一个人冰冷的鼻子和胡子，他吓了一跳。他把凤英从车上接下来，抱着她走了好几步，他不愿意让自己这个还扎红头绳的新媳妇，踩住地下这个不吉利的尸体。

阌帝镇车站附近搭满了席棚，席棚周围聚集着上万的难民。卖熟食的摊子在灯影下冒着热气，这些热气和味道，清理着难民们口袋里剩下不多的钞票。

春义把挑子两头归并在一处，让凤英坐上看着行李。他想去买些食物。两天两夜的火车顶上生活，使他的腿和胳膊好像粘在一起了。他们互相抱着、拉着、抓着、咬着，变成了一个整体。他们忘记了哪是自己的胳膊，哪是自己的腿，他们只有一个念头：不要掉下车去。

爬下火车以后，春义才感到真正饿了。他走到几家摊子前看了看，有卖绿豆丸子的，有卖灵宝大枣粽子的，还有卖蒸馍和卖锅盔的。这些摊子都摆在一个破席棚下。一般摊子前都站着两个人：一个扶秤收钱叫卖，一个拿着一条木棍，虎视眈眈地转悠着，监护着。

他们监护的不光是摊子上的食物怕人抓走，还监护他们用于遮风盖雨的破席棚。因为一不留心，那些席片和木棍就会被人偷走当柴烧。阌帝镇方圆左近的每一棵小树，每一片野草都被烧光了。连地上的树叶子，也被难民用铅丝一片片插起来送进锅底。阌帝镇庙里的泥胎神像也没有保住。因为他们的身躯里有几块木头，因此他们被改为“火葬”，人到这种境地他们都不怕神了。

春义看了看那些大枣粽子，米少枣多，包得又小，他想这些不耐饥的东西不是难民能吃得起的；又看了看绿豆丸子汤，觉得也是稀汤拉水，最后他还是买了两个馒头。馒头虽然凉一些，但这毕竟是真正的粮食。

春义把馒头拿到凤英面前，带着一点男人的爽朗口气说：“给，吃吧，高棒子馒头！”

凤英微笑着正要伸手去接，却被黑影里伸出的一只脏手抓起馒头抢跑了。凤英一怔，看见那个人向难民群中跑了。春义在后边紧跟不舍地追起来。春义看清楚抓走馒头的是个十三四岁的半大孩子，这增加了他的信心。那个孩子边跑边咬着馒头，跑到人群中又拐向铁路，跨着一根根枕木向前飞跑着。春义也跨着枕木一步步追赶着。在一个铁路道岔前边，春义追上他了，抓住他的头发。他正举手要打，忽然眼前闪出两道微弱的绿光。这是那个孩子的眼睛。他带着恐惧和乞求跪在春义面前，口里喊着：“大爷，你饶了我吧！我快饿死了！大爷！你饶了我吧！……”

这个瘦削得像骷髅似的面孔，使春义的手软了下来，他松开了那个男孩的头发。他匍匐在地上还在啃着馒头，弓起脊背准备迎接春义的拳头。

春义没有打他，他暗暗地叹了口气，扭头就走。他迈着沉重的脚步，在一根根枕木上走着，他吃惊自己怎么跑了这么远。

凤英看到他垂头丧气地空着手回来，说：“没有追上？”

“追上了。……”春义叹了口气。

“别追他了，咱们就在这儿坐一会儿，天快亮了，等到天明再说。”凤英在安慰他。

春义说:“我再去给你买一个馍。”

凤英拉了他一下说:“别去了,我这一阵子又不饿了。我背上有点冷,咱们靠住坐。”

这一对年轻夫妻背靠着背,在行李上坐了下来,这是他们的“蜜月”。这天夜里,月色特别皎洁,月亮依然从天空洒下她的银辉,卖弄着她的光彩。但是难民们无心去欣赏它。难民们的梦不是希望月亮变作小船,而是希望月亮变作烧饼。可是月亮又变不成烧饼。

夜渐渐安静下来。两个人都没有睡,他们凭着互相靠近的一点体温抵御着夜风的寒冷。他们想起了故乡,想起了故乡的土地,想起了故乡的庄稼,想起了庄稼收打后做成的各种食物。饥肠咕咕噜噜地响起来了。它的响声竟是那么大,春义以为这种响声是来自凤英腹内,凤英又觉得是春义肚子里的响声。其实他们俩腹内都在咕咕地响着,互相可怜和关心的错觉,使他们分不清是谁的辘辘的饥肠声了。

二

天快明的时候,月亮沉没了。夜色忽然又变得浓起来,群众叫做“天明黑一阵儿”。就在这个时候,一个女人的尖厉声音喊着:

“狼来了! 狼把孩子叼跑了!”

“狼把孩子叼跑了!”难民们跟着惊呼起来。

“打狼啊! 打狼啊!”人们呼喊着,却很少有人站起来。

凤英紧紧地抓着春义,吓得她浑身直打哆嗦。

大家喊了一阵之后,又渐渐平息下来。只剩下黄土崖头下一个女人嘤嘤的哭声。

阌帝镇这一带往年是很少见到狼的,也很少有狼吃人的记录。近来狼却多起来。据说是南山上的狼群下来了,由于这里饿殍遍地,狼也在改换着它们的“食谱”。

太阳还是从东方的鱼肚白色中露出来了。春义看着地上躺着、坐着的难民群,简直像一堆堆破布片。天明以后,他们才知道这里不但没有柴烧,没有粮食,连喝碗凉水也要掏一角钱。凤英急着离开这个地方,就催着春义上路。

三

从阌帝镇到东泉店的黄土大路上,已经挤满了黑压压的人群。它像一条黑色的河流,缓慢地、艰难地向西流动着。扁担撞着扁担,小手推车撞着小手推车。由于好多天没有下雨,黄土大路上的浮土,足有四五寸深,车轮子在坑坑洼洼的路上走着,不时陷入盖着浮土的深坑。农民们的小车轴都是上好的枣木心做的,但是在这条路上,走不了多远就折断了。有的一家人守着自己的破小车子在哭泣,有的干脆把它破成柴,用三块石头支起锅,烧一顿饭吃。

凤英在路上走着,不敢向路两旁看。她没有见过那么多死尸,特别是走到潼关的时候,在一棵树下放着四五个哇哇哭叫的小孩。这些小孩的妈妈把婴儿遗弃在这里,不知道到哪里去了。也可能她们还藏在附近什么地方,偷看着她们的孩子,她们希望有个人把她们的孩子抱走。但是她们又怕夜里被狼吃掉。人在最困难的时候,对“人”还是信任的,所以“人”是庄严的。

在中国历史上,有过多次大灾难和大迁徙,而且有几次也是走的这同一条路。秦始皇就曾迁徙过山东大姓十万户来填关中。但是哪一次也没有这次因黄河大决口而迁徙的人口多。哪一次也没有一个政府对她的人民这样不负责任。

从阌帝镇到东泉店车站，本来只有一天的路程，春义和凤英却整整走了两天。东泉店归华阴县管，已经到了陕西境地。春义和凤英在东泉店车站露宿了三四天，总算扒上了到西安的火车。等到他们到西安时，已经是白露变霜、落叶纷飞的深秋季节了。

春义和凤英走出车站，只见北关这一带，马路两旁全都挤满了逃荒的难民。他们有些茫然了。这里聚集的难民足有二三十万人，比洛阳还要多。不要说找活干，就是连支锅烧顿饭的地方也难找到。

他们在街上挑着行李到处转着，最后在一个卖烤白薯的棚子前放下了行李。先买了几块白薯吃了吃，慢慢和卖烤白薯的老头搭讪起来。

凤英嘴甜手勤快，她先帮着那个老头洗白薯，又一句“大爷”跟着一句“大爷”地叫着。老头的眉头慢慢地展开了，允许他们把行李暂时在自己的棚子下放一会儿。下午，老头告诉春义说，端履门有个人市，那里经常有人招募小工。春义扛着一条扁担带着两条绳子去了。到了人市上，看到那里已经蹲着几百个拿着扁担的待雇人。春义找了个空地蹲了下来。就在这一刹那间，他忽然感到自己好像变成一头牲口，被拴在等待出卖的集市上。

一直等到太阳偏西，没有人来招募苦力。最后来了个雇脚力挑盐的，声明每人挑两袋盐，路上只管饭吃不给钱。春义本来想去，可是听人家说一来一回要五天。他想凤英还在卖烤白薯棚子下一个人等着，自己不能把她单独撂在这里，他没有敢去。

晚上，他又回到卖烤白薯的棚下，老头儿已经收摊子回家了。烤白薯炉子里还剩下了几块余炭没有烧完。凤英赶快把自己的锅放在炉子上，两个人连吹带煽，总算熬了一顿稀饭。

晚上，他们两个就露宿在这个卖烤白薯的棚子下面。凤英还埋怨着春义说:“你应该去挑盐,好歹是个营生。再说一回生,两回熟,路跑熟了,门路就多了。常言说:要做官到朝里,要挣钱到市上,咱们光死坐在这里,钱会飞着来找你?”

凤英他爹是马鸣寺街上一个牛经纪,为人会说会跑。凤英虽然是个女孩子,因为在这个家庭里耳濡目染,却比一般农村妇女开通得多。

春义听着她的话,心里暗暗佩服,自己却说不出什么话来。这个青年在赤杨岗村子里,是出名的手巧心灵的人。但是一张嘴却像个没锯开的葫芦,一句话也倒不出来。他只读过四年小学,却写得一笔好字。他只学了一个月算盘,却能把加减乘除练得精熟。他用高粱秆子扎的蝈蝈笼,样子是仿一座关帝庙扎的,不但有三间正殿,还有廊房山门。他能在一个金瓜上刻画出“八仙过海”,他能把一捆麦秆编成五棚楼的天坛型草帽。可是这些精巧的手艺,这些惊人的聪明,现在对他来说却没有一点用处了。

第二天,凤英又催着春义到人市上去了。他到了那里,碰巧有一个建筑公司招募三十个力工运砖块,一天干十二个小时给八毛钱。因为八毛钱还可以买斤馒头,人“轰”的一声都围上去了。这个招募小工的工头却是个厉害人。他说:“大家都不要吵,我得挑!”

接着他就像买牲口一样,一个一个地看着身板牙口挑起来。轮到春义时,他先打量了他一眼,接着重重地在他肩上拍了一掌。最后说:“你跑几步我看看。”

春义跑了几步,脸已经红到耳朵后了。

“你大概两天没吃饭了吧?”工头问。

春义低着头没有回答。

“嗯,像个姑娘!”工头又睃了他一眼说,“肩膀还不窄。”说着他像推一头牲口一样,把他推到被招雇的行列里。

春义干的活是在一家砖窑前,向胶轮大车上装砖。十八辆胶轮大车川流不息地跑着。他们不住气地向车上装着。从清早到天黑,一直不停地装着。中午只休息了半个钟头,啃了两个馒头,到了下午,他的十个指头上,全磨出了鲜血。他痛恨自己这个庄稼人,皮肉长得太细嫩了。

西安市里满街华灯明亮的时候,春义才晃着快要零散的身体去找凤英。他口袋里已经装了八毛钱角票,他不时向口袋里摸着,生怕被街上的小偷偷去。他正走到中正门大街,忽然从后边走过来一个留着乱蓬蓬头发的年轻人,手里拿着一副眼镜在春义的眼前晃着说:"喂! 老乡,要眼镜不要? 真正的茶色水晶镜。便宜货!"

"我不要!"春义说着往前走着。

那个青年又跳到他面前说:"看看嘛! 你看这镜片、镜架! 便宜得很哪!"

春义没有停步仍然走着说:"我不要,看它干吗!"

正说着,那副眼镜忽然掉在地上了。那个青年拉住他说:"你别走! 你怎么把我的眼镜弄掉在地上了?"

春义一急说:"我根本没有碰你的眼镜,是你自己弄掉的。"

那青年说:"你说什么? 我把镜子交给你,你掉在地上,还想要赖? 你不能走! 你要赔我的眼镜。"他一边说着一边拉着春义的衣襟。

春义这个平日非常腼腆的人,这时也恼了。他说:"怎么,你想讹人啊!"他挽起了袖子。

这时围过来一些看热闹的人。又一个青年推着他说:"别发火,别发火,有理讲理嘛。先把眼镜拾起来看看,看摔坏了没有?"

那个青年从地上拾起眼镜,看了看,眼镜没有摔坏。原先那个青年却故意对着电灯照着说:

“摔破了！有一道纹。”

春义愤愤地说：“我不管你摔破没摔破！我根本没有摸你眼镜。”说罢挣着就走，那个青年还要上前去拉他，另一个青年却使了个眼色说：“穷光蛋！放他走吧！”接着是一阵怪笑。

春义觉得这两个人有点恶心，心里说：“这也算个人！”他想着自己还算庆幸，眼镜真要摔破了，他们还真要说麻瘩！他又想起刚才吵架时，他应该向大家说：“我两只手在口袋里一直没有拿出来，怎么接住他的眼镜？”这句话最能说明他没有碰过眼镜，可惜当时没有想起来，自己的嘴太笨了。

回到北关，凤英在锅盖上切着白菜叶子，她兴奋地对春义说：“街口南边卖机器轧的杂面条，两角五分钱一斤。杂面条煮起来涨锅，买一斤就够咱俩吃啦。”

春义笑着说：“买一斤半。我今天有点饿了。”他说着就往口袋里掏钱，手伸到口袋里一摸，钱却没有了。他吃了一惊，又赶快摸另一个口袋。可是不管怎么掏，两个口袋里连一个小纸片也没有。他的眼睛忽然一黑，马上想起那两个街痞子在吵架时挤着他的样子，他又想起他们两个挤眉弄眼的表情。他全明白了：“钱被他们掏跑了！”

夜里，他躺在地上睡不着觉。十个指头疼得像刀子割一样，但更使他心疼的是，一天的工钱被小流氓偷去了。他有点害羞，觉得自己太没有能耐。他想到这个城市地方，就是人吃人的生活。在农村，人是向土地要东西，在城市，人是向人身上榨取、勒索甚至偷盗东西。

他看了看凤英，凤英裹着一条被子睡在地上铺的麻袋片上，睡得很香。天快亮了，凤英的头发上凝结了一层白霜。他心里引起了一阵强烈的自疚。他和凤英结婚几个月了，他们没有吃过一顿饱饭，住过一间房子，甚至没有在一张床睡过一夜。自己是她的丈夫,丈夫是要对妻子的幸福和生活负责的。他觉得自己太不中用了。……

天亮了,春义还准备去装砖。城墙上响起了警报。警报“呜——！呜！——”地叫着。日本鬼子的飞机要来西安轰炸了。因为各个街口都已戒严,春义无法通过。一直到中午十二点警报才解除。据说日寇的飞机是飞到重庆投炸弹去了。就在这时候,他在车站看到一张“告示”。“告示”上号召难民到黄龙山去开荒,到那里每人可以发二百斤小麦安家粮,还发镢头等工具。春义看到这个消息,心里觉得一阵兴奋。他气喘吁吁地跑回北关和凤英商量说:

“咱们干脆去黄龙山开荒吧！还是种地可靠。不在这城市混了,我真住不惯这城市。到黄龙山,咱们今年冬天能开出几亩地,明年一年就不发愁了。”

凤英有些犹豫。她说:“谁知道是真的假的？到那里这一冬天吃什么？住什么地方？城市的活路总要多一些,这么多人,他们能生活下来,我们也能生活下来。昨天我问一个大嫂,她在戏院门前卖瓜子,一天就赚两元多钱。”

春义劝她说:“人家是当地人。咱们是初来乍到,人地两生,连个遮风避雨的地方都没有,还说做什么生意?”他又哀求凤英说,“凤英,这城市就是遍地是钱,我也拾不了。在这儿净受欺侮,我这个人,不是这个材料。”他说着低下了头。凤英想起他昨天被偷的事,又想起他那十个露着红肉的手指头,心里着实可怜。她说:“你看吧,嫁鸡随鸡,嫁狗随狗。反正你是男子汉,你到哪里我就跟到哪里。我就怕到那里荒天野地,他们要是不发粮食,才叫天天都不应哩!”

春义说:“这是政府出的‘告示’上说的。他们不能随便说话。”

凤英说:“‘告示’是什么？‘告示’是一张纸。今天说了,明天又不算数的事多得很。凡是出‘告示’,都是想方设法骗人的。”

话虽如此说,凤英还是把行李捆了捆,跟着春义上路了。

上黄龙山开荒的难民确实也不少。大都是些只会种庄稼的老实人。他们渴望着看到土地,他们只有在土地上才有笑容,才有生气,才能活泼起来。他们在土地这个舞台上,才能施展出一切本领和智慧。

咸阳离西安四十里。春义挑着担子,凤英背着行李在西安往咸阳的大道上走着。路旁高大杨树上的叶子,在萧萧的秋风中飘落着,地里庄稼已经收割完毕了。土地像脱光了衣服一样,露出它健美宽阔的胸膛,在黄色太阳光下面,闪发出诱人的紫红颜色。偶尔有几块剩着的棉柴还长在地里,一片片殷红色的棉叶上,留着严霜的痕迹。

春义看着路旁的土地,心里舒坦了许多。他从那些瑟瑟作响的肥厚棉花叶子上,看得出这里土地是相当肥沃的。他想着黄龙山的荒地,土质如果也有这么好,他就可以建立起他的新家园。一对喜鹊从他的头上掠过,落在一棵光秃秃的柿树上时,还“喳喳”地叫了两声,这增加了春义的信心,他不知道他脚下走着的路,就是两千年前阿房宫的大甬道。对农民来说,土地就是他的阿房宫。

日头偏西时候,他们来到咸阳南关。这里的难民少多了,街上都是说陕西话的声音。凤英看着街上的行人,不但没有个熟人,连个熟脸也没有。她开始感到真正到了异乡。

春义在街上走着,他想找一家饭铺先吃饭。一个蓝布白字的酒帘在风里飘舞着,上边写着“牛肉面”三个字。春义正在盘算着是不是进去吃两碗牛肉面,却听到了一声悦耳的熟悉声音:

“牛肉面!大碗牛肉面!里边请。”

春义紧走了几步。只见临街的灶台前站着一个系着白围裙的男人。他正在熟练地炒着菜。春义的眼睛一亮,这不是陈柱子吗?

他忍不住叫了声:“柱子哥!”

那人正是陈柱子。他看着面前站着这个挑着行李的人,半天才喊出来:

“你是春义?”

“是啊!我们从西安来。”

陈柱子“哗”的一声,向炒锅里添了一大瓢水,匆忙跑出来接住春义的挑子说:“先到铺子里!怎么你们也来到这里了。”他又向里边喊着,“老白,春义来了!……”

“白菜心”正在抹桌子收拾碗筷,她一看到春义,就抓住他的手说:

“哎哟!你怎么也一担两筐出来了!”

春义苦笑了笑,却说不出话来。柱子看到店铺外还有一个年轻妇女,掂着包袱,低头站着。他不认得凤英,因为他在赤杨岗时,凤英还不曾和春义结婚。不过他从年龄、打扮,特别是梳的髻上还有一段红头绳,心里也估摸个八八九九,忙问春义:

“春义,这是?……”

春义红着脸:“我……”了半天,没说出个名堂。凤英却满脸笑容地走过来叫着:“大哥!……”

四

原来陈柱子离开家乡早一些,黄水刚一进村,他就来到陕西咸阳了。那时咸阳铁路已经通车,外地修路工人和国民党几个机关搬来这里,咸阳突然增加了一万多人口,做生意日子好混。陈柱子自幼学的饭店手艺,面案、菜案都能拿得下来,再加上“白菜心”长得干净鲜亮,嘴甜腿快,很快就在咸阳站住了脚。

初开始时,他们盘个露天煤火,卖水煎包子。陈柱子做的包子，不但馅大皮薄，火色还焦黄均匀，香脆透亮。他专门定做了一把细嘴白铁油壶，凡是当地熟人来吃，总要用锅铲把包子捣开，在每个包子里再加上一些麻油，虽然从油壶细嘴里流出的麻油像线一样细，可是惹得顾主们个个高兴。其实陈柱子一天卖三十锅包子，外加的香油不到一斤。用陈柱子的话说："我每天就凭这一斤香油，要在这咸阳闯开门面！"

两口子省吃俭用卖了一年水煎包子，果然积蓄了些钱。恰巧南关有一家土靛染坊歇业，两间临街门面房出租，陈柱子咬咬牙，租下这两间门面，因为是外乡人，害怕露财遭祸，陈柱子还假装租不起，托保贷款，花了二百块钱。

有了这两间门面房，陈柱子就好像有了个舞台，他想自己是外乡人，当地人不能雇，全靠两口子四只手干活。因此在经营上还要靠"一招鲜"。他看当地人喜欢吃牛肉面，就决定专卖牛肉面。南关附近就有两家宰牛的杀坊，陈柱子把这两家的牛骨全都包购起来，每天煮一锅牛肉鲜汤下面。陈柱子是开封大馆子的学徒出身，会用作料调味，每天一锅汤里，他总要加上四两花椒、二两茴香，另外，他还会加点山珍海味的零碎。烩面时，除了放些木耳、黄花菜，还要抓一把发好的嫩青豆。这一把嫩青豆和他卖包子时的细嘴油壶一样，开张不到两个月，就门庭若市，赢得了顾客们的好评。

陈柱子把春义两口子留在店里，给他们烩了一大锅面吃了吃，让他们休息一下，自己还忙着做生意。到了晚上上好店门以后，他才端过来一盏牛油灯，同他们说话。

当春义说了要到黄龙山开荒的缘由后，老白抢着劝他们说："别去，千万别去。扶沟县去了好多难民，都又回来了。到那里不光没有房子住。连一眼吃水的井都没有。说的是每人发五十元钱安家费，叫自己挖窑洞，咱们谁会挖窑洞？再说连个门也没有，怎么过冬？有的人挖了窑洞刚住进去，没有多少天窑洞塌了，把人也砸死了。”

春义说：“窑洞塌的还不多。我们在洛阳也见过人家住的窑洞。头一年去也不过受点苦，公家总还给二百斤粮食哩。”

凤英插话说：“他就记着公家那二百斤粮食！”

春义说：“不是老说这二百斤粮食，别的实在没有办法！政府扒开黄河把咱们家乡淹了，不靠政府靠谁？”

月莲说：“我的傻兄弟，那二百斤粮食吃不到你嘴里。这些救济粮，在西安是小麦，到咸阳就变成玉米，说不定到黄龙山就变成麸皮了。靠天靠地，不如靠自己。叫我说就在这咸阳混，凭力气干个什么还顾不住个嘴？咱们出门来就是一家人。一碗粥，两家喝，一个馒头，掰开吃。有我们活的，就有你们活的。”

她说着用眼睛看着柱子，希望柱子说话。柱子只是微笑着不言语。他说：“春义和弟妹跑了一天，也累了，先休息，明天再说。”他说着搬过来两捆草，打了个地铺，让他们两个睡下，自己却打夜作和面去了。

躺在地铺上，凤英大睁着两眼睡不着觉。由于自己和陈柱子两口子不熟，加上自己是个新媳妇，在他们说话时，自己不便多插话。可是，她这个年轻妇女的眼睛却像天平，能够察看事物的分量。她喜欢陈柱子这样有生活本事的人，她也喜欢白月莲这样爱说爱笑的痛快人。她知道老白说黄龙山开荒的那些情况，并不完全是吓唬他们。她知道“市场”这个魔鬼的威力。陈柱子的经营使她羡慕，使她向往。她深知道要生活下去，就不能放掉眼前这个大好机会。春义可能还执拗地想去种地，可是不能跟着他再去瞎摸了。常言说，“过去这个村，没有这个店”，这是她父亲常说的。“我一定得拿定主意，就是生一场气，也不能失掉这个机会。”她决定这样做，她把被子给春义裹了裹，自己悄悄地爬了起来。

她打开煤火烧了大半锅热水，又用刷子和抹布刷起桌子来。她把六张饭桌刷得雪白，露出了木纹，连桌子腿也刷洗得一干二净。她把地下彻底扫了一遍，有些泥皮还用锨铲了铲。她听到鸡子才叫头遍，又抱过来一捆菠菜用手择着。……

鸡子叫二遍时候，陈柱子起床了。他要打火添锅煮肉。当他发现凤英在择菠菜，满意地说："你怎么起得这么早？天明择，不耽误。"凤英苦笑着说："你们多睡会儿，我年轻力壮，干点活累不着。"

天亮时候，陈柱子才发现他的桌子板凳全部刷了一遍，那些桌子闪耀出雪白的亮光。地上也露出一块块清洁的青砖，像新铺的地面一样。陈柱子看着低头择菜的凤英，心头一阵高兴。

大约是勤快的人最喜欢勤快的人。勤快人也能看出勤快人的勤快。陈柱子看着凤英两只利索的手，好像从他自己身上又长出两只手来。他拿过塞在桌头的一瓶二锅头酒，深深地呷了一口，打算把春义叫醒和他谈谈。……

第三十章　陈柱子的哲学

卖菜不使水，
买菜噘着嘴。
——民　谚

一

清早起来，陈柱子叫老白熬了一锅小米粥，又在笼上馏了十几个馒头，还特意炒了一盘萝卜丝热菜。

陈柱子有个规矩，他自己虽然是菜案和面案的行手——饭馆师傅，但他每天吃的三顿饭，却必须由老白来做。他把这一点分得很清楚。他认为自己每天掌锅做菜，这是做生意。家里的饭一定得由老婆来做，老婆就是“做饭的”。如果老婆不做饭，那就是不吉利了。

吃早饭时候，陈柱子把春义两口子叫来一块吃。他吃着饭对春义说：

“春义，我看你们不要去黄龙山开荒了。‘打生不如望熟’，好歹我在这儿有这一家饭铺。俗话说‘三年饿不死火头’，干这饭店生意，虽然不是一本万利，可是饿不坏人。再说，你们两个还年轻，此地人又欺生，你们就留在咸阳和我蹲在一块，互相总有个照应。你们看怎么样？”

春义叹了口气说：“柱子哥，你知道我是个‘百拙无一能’的人，除了种地，什么能耐也没有。你们这也是小本生意，恐怕给你们添麻烦。”

陈柱子说：“不怕。是鸡都长两只爪，是人都有两只手。谁有能耐谁没能耐？都是逼出来的。‘不受苦中苦，难当人上人’。一勤天下无难事。我十三岁那年到开封第一楼饭庄当学徒，一天和三百斤面、挑四十担水，还要打夜作洗碗刷碟子。就那样我咬住牙干了。冬天刷碗水冷，手背上裂的冻疮口子，像蛤蟆嘴那么大，我没有向掌柜张嘴要过一张膏药。人家说，‘徒弟，徒弟，三年奴隶，吃不完的剩饭，受不完的窝囊气’，我想着，咱来不是为学点手艺吗？反正别人吃不了的苦我要吃，别人不想干的脏活重活我要干。民国十八年过年馑，饭庄生意不好，掌柜裁人，十六个伙计裁减了十四个，掌柜把我留下了。为什么？他离不了我。钱，这东西也好赚也不好赚。钱袋里的钱都是花的，就看你能叫他掏出来不能！”

老白是个热肠子人，当年在赤杨岗时，对春义这小伙子印象就不坏，又看他带着这个小媳妇，干活利索，一说两笑，也有心把他们留下，就插嘴说：

“春义，这一点你可得跟你柱子哥学。你柱子哥满眼都是钱。别人看不到的钱，他都能看到。我们初到咸阳，还不是两手握空拳，一个子儿也没有。捡了人家四个破蒲草包，借了五升绿豆，发豆芽卖豆芽菜，就这样在咸阳住下了。叫我说，你们只管留下。”

凤英本来就有意留下，可是她是个新媳妇，又知道春义脾气执拗，自己不敢插嘴。她仔细听着陈柱子的处世经验，暗暗记在心里。跑前跑后给陈柱子和老白盛饭拿馍，忙得像在自己家里一样。

春义看他们两口子这样热心，自己也很感动。他苦笑着说：“我能干什么？连个面也不会揉。”

柱子看他有点活动的意思，就胸有成竹地说：“兄弟，我已经替你们想好了。你呢，有一根扁担两个筐子，就在街上摆个菜摊。王桥镇离这里二十里，那里有几家菜园，粗菜、细菜都有。每天起个小五更，去王桥挑一担菜，回来不耽误赶集。一天能卖一担青菜，顾住你的嘴就绰绰有余了。弟妹呢，就在我这饭铺里，帮你嫂子一块打个下杂。无非是端饭洗碗，择菜剥葱，这活谁也能干得了。我也不白用人，咱们丑话说在前头，弟妹在我这里，吃饭不要饭钱，你们俩打个地铺住在我的店里，也不给你们算店钱。另外，一个月再补她十元钱。你们也买双袜子鞋穿。”

还没等春义说话，凤英就忍不住感激地说：“大哥，我们不要钱。只要能有个窝住，有一碗饭吃，我们什么都不要。”

柱子却说：“不。‘亲是亲，财帛分’。这叫先丑后俊，省得以后心里别扭，又说不出口。要是行，就先说定一年。”

春义没有想到陈柱子这么大方，又看到凤英那么有兴趣，自己也不好再说什么。“反正比大街要饭强”，在这种年月里，他不敢有什么挑拣了。

二

王桥镇临着渭河岸，这里土地肥沃，古渠纵横。几百年来，当地农民就有种菜的习惯。俗话说，“一亩园，十亩田”，菜农的收入要比种大田的农民收入高得多。这里流行一句话是：“王桥农民不种田，两畦黄瓜吃半年。”不过这些年王桥菜农却也不那么自在。他们最怕过兵。只要中央军从这里过一次，不但菜卖不到钱，连黄瓜、韭菜等菜畦，也被糟蹋得不成样子。另外，他们也很少拉着大车到咸阳卖菜了。平常去卖一次，不但腰中大钱袋里塞满了钞票，还能在街上饭馆里吃一顿，喝二两。现在他们不敢去了。因为官路上国民党军队到处抓车，还专抓他们菜农的车，因为他们有钱好敲竹杠。如今他们把青菜贩给“菜贩子”，虽然钱少赚一些，倒落得个安全。

春义头一天去挑菜,倒也顺利。因为是老陈的牛肉面馆介绍来的。菜农一下子就给他装了三十斤萝卜,二十斤白菜,还给他加了一捆大葱,十斤菠菜和两捆香菜,好叫他搭配着卖。

春义把菜挑到街上,却不摆在陈柱子的店门口,他摆在西门里一家煤行门前。他不想让凤英看到他卖菜的样子。摊子摆开后,他不会叫卖,所以一直摆到小晌午,只卖了两堆萝卜。头一堆给人家称萝卜时,因为不会使秤,盘子里放的萝卜太多,秤锤脱落,秤杆还把买菜的那人戴的苏州白铜腿眼镜打落在地上,幸好眼镜掉在白菜上,没有打碎,惹得那个买萝卜的人说:“我说你这个‘河南蛋’,不像个‘河南蛋’,你倒像个教书先生!”

春义脸红得像块红布一样,不敢回人家的话。只好给人家添了个萝卜。

一直到晌午,太阳偏西了,凤英没有见春义回来。晌午是饭店生意忙的时候,她也不敢脱身出去到街上找他,一直到吃面的人渐渐稀少,她才向陈柱子说:“大哥,他不会迷路吧?”

陈柱子说:“王桥镇离这里二十里,一条笔直官马大道,闭着眼也能摸回来。不慌,等会儿我去街上找找他。”话虽这么说,陈柱子心里也有点打鼓。他倒不是怕春义丢了,而是怕国民党兵抓壮丁、拉小伕,春义又是老实人,如果真的被抓壮丁抓走了,还真无法向赤杨岗乡亲们交代。

他看着集上的人渐渐散去,就把炉火上压了两锨煤,去掉围裙,口袋里塞了半盒“大喜来”香烟,去找春义。

找到煤行,看见两筐菜在那里摆着,却不见春义,他正在稀罕,才看见春义从墙角下抄着手走过来。柱子看着那抄着手走路的慢条斯理样子,又看他摆那个菜摊,不禁苦笑起来。

“这一担菜你还没有卖完啊?”

“没有。问也没几个人问,大约是此地人不爱吃菜。”春义答。

柱子笑起来，他说："不是这里人不爱吃菜，是你菜摊子摆得太稀罕了。你弄两筐放在这儿，蹲得八丈远，人家还只当是你买的菜，在这儿歇脚哩。"

春义说："我有秤摆在这儿。"

柱子说："秤又不会说话啊，你也真选了个好地方，摆在煤行门口。你看看，你这白菜快成黑菜了，卖东西也得有个眼色，你卖的吃食东西，这边一大堆煤，人家谁还要买你这青菜？另外，你看看你这一捆菠菜，快蔫成干茄棵了。'卖菜不使水，买菜噘着嘴'，卖青菜全凭一个干净鲜嫩。你不放水，他占了便宜还不高兴，你把菜透透洒上水，赚了钱他还舒坦。卖菜、开饭店都是'水里求财'，全凭一杓水。我的'善人'兄弟呀，你这心眼怎么这样不透气呢？"

春义听他说得头头是道，自己也认输了，只好哭丧着脸说："要不明天再来卖？"

陈柱子掂了掂他的菜筐说："还有四十多斤菜。这样吧，大街上赶集的人都走光了，串小巷子卖吧。明天还有明天事。"说着，他见一个老汉在城墙边的井台上用辘轳打水，就走了过去。他先喊了一声："大爷，打水啊！来，我替你打。"说罢挽起袖子，把桶在井绳上扣好，一只手噜噜放起辘轳，接着一只手吱哇吱哇绞上来。他把一桶水打上来放在老汉面前，又打了一桶。然后对老汉说："我这桶水去饮饮菜！"老汉笑着点点头，他提起水桶到菜摊前，先把两捆菠菜抱起，头朝下在水里饮了饮，又向几捆香菜上洒了些水，剩下的半桶水，全都泼在了白菜上。

最后，他又提起空水桶替老汉打满了一桶水，并拿起扁担，要替老汉把水送到家里。老汉执意不肯。他又亲自扶着钩担放在老汉肩上，才转了回来。

真像陈柱子说的，卖菜是"水里求财"的行业。就这一桶水使上后，转眼工夫，一担菜马上鲜嫩活泼起来。几捆菠菜红根绿叶，就像才从畦里割下来一样，两捆香菜鲜绿带翠，支支棱棱香气扑鼻，就连那洗了澡的大棵白菜，也变得水灵灵、白嫩可爱了。

陈柱子拿起秤说："你挑上，我陪你去转巷子去。"

春义把地上摆的菠菜、香菜放进筐里，挑起担子说："哎哟，还怪沉哩！"柱子说："都是钱！这就叫半桶水也要当菜卖！"

三

走进一条巷子口，陈柱子看见几个妇女在围着一个香油挑子打香油，就对春义说："吆喝！把他那几个买主诱过来！"

春义为难说："怎么吆喝？"

"卖菜呀！你卖什么得吆喝什么。"

春义嘴张了几张，还是喊不出来。

陈柱子说："兄弟：走此处说此处。你怎么连喊一声也不会？使劲喊！"

春义被他逼得无奈，只得眼睛一闭：

"卖菜啊！……"

大约是声音太大，又喊得生硬，把柱子吓了一跳。他心里说："这一声可真要超过常香玉！"他看了看春义，春义已经憋得满头大汗，又对他可怜起来。他鼓励春义说："行！就这么吆喝！不过号头还不清楚，你光喊卖菜，人家不知道你卖的什么菜。你要喊清道明，让人家在家里都听得清楚，谁家缺什么菜，自然就来买了。另外，腔调要脆和一点，高兴一点，有个精神，叫买菜的想过来买。你要是喊得像哭二舅爷一样，谁还想来答理你。"

柱子说着，春义却低着头不吭声。柱子仔细看看，春义面颊上却有两行眼泪，陈柱子叹口气说："兄弟，不是你哥哥我逼你，日子比树叶还稠，人不能把嘴拴住。这是个营生啊！"说罢他又说，"今天我替你吆喝吧,你仔细听听,记在心里,要是换作旁人,哥哥我还不教他哩!”

柱了说罢,就朝着几个妇女吆喝起来。他喊着:“谁要这白萝卜、大白菜、嫩菠菜、香菜、葱——哇!”

陈柱子不但嗓音洪亮,还节奏分明,特别后边那个“葱”字,行腔远送,听起来清脆悦耳。只喊了两声,不但把那几个买香油的妇女喊了过来,好几家门户乒乓乱响,霎时间一圈篮子围住了他们的菜挑子,一担菜没有串两三个巷子,就卖完了。

回来路上,陈柱子交代春义说:“在巷子里卖菜,秤一定要给足给够,城里的人买菜不比乡下,家家户户差不多都有杆秤,买回家去还要再称称。卖菜也是卖熟买主,不是一锤子买卖。所以宁可叫他们占点便宜,不要缺斤少两,不论干什么,都要讲个名誉。名誉就是钱。另外,你最好有个‘招牌’!我说的招牌就是幌子。比如说你买一个白毡帽戴上,这几条胡同里的人只要记住戴白毡帽卖菜的菜好秤足,以后你卖一担菜就和玩的一样了。”

陈柱子把这些市场学问向春义传授着,无非是要他能生活下去。可是春义却听不到心里去。他总觉得自己好像一个看魔术的观众,突然被叫到舞台上配合表演一样。他老觉得那么别扭,那么陌生。他同土地、庄稼和牛打过交道,它们都是不会说话的东西,可是他理解它们,能看出它们的饥饱寒热,能观察它们的感情。他自己从理智上也知道流入城市以后,要适应这个环境才能生活下去,但是这等于要他脱胎换骨。……

四

陈柱子的牛肉面店,到黄昏时候本来还有一阵生意,远途赶牲口驮子的脚伕,走乡串村的小贩,还有那些渭河上的船家,卖炭的,打壶的，卖腿带子挑花杆的，背丝线包袱的，在他们晚上回到咸阳打尖住店以前，还要来吃两碗牛肉面，有时碰巧了，一个晚饭时间也能卖三五十碗面片儿。

这天大约风大，到太阳偏西时候，也不见个买主进来，老白和凤英看陈柱子没有回来，就拉起话来。

凤英看着街上的行人说："这咸阳的女人怎么比男人都穿得好？你看，男人们都穿个撅肚小袄，女人们都穿着绒衣，戴着握头，有的脸上还搽着粉。要是放在咱们老家，不把人羞死？"

老白笑着说："你还没见娶媳妇时的排场哩！女客都穿着拖地裙子，大云肩，小披风，戴的耳环耷拉到肩膀上，四五十岁的老婆子头上还戴着花儿。男人们呢，连个穿大褂的都没有。这地方呀，男多女少，女人主贵，女人一年到头坐在炕上，男人们什么都得干。所以女人们在家里都养得细皮嫩肉的，男人们成年风吹日晒，都黑得像个煤黑子，没有一个好看的。"

凤英说："那还是人长得黑，猪在猪圈里捂不白，羊在山坡上晒不黑。我看这里有些男人长得也怪漂亮。"

老白打了个哈欠说："有是有，就是少。……"

正说话间，城关联保处的勤务员秦喜推了辆自行车，从街上走了过来。这时候咸阳城的自行车，总共也不过几十辆，秦喜推着车子，背着手电筒，留着个分发头，穿着一双皮底鞋，袜子腿拉在裤子外边，还吊了两只一寸多宽的花吊带儿。老白认识秦喜。她喊着说：

"小喜子，回家啊？又想你嫂子了！"

秦喜粗鲁地说："我想你哩！"说着又瞅着街上说，"今儿个这卖菜的都跑到哪个老鼠窝里了？想买斤葱也找不到。"

老白说："别找了，在我们这儿拿几棵算了！"秦喜笑嘻嘻地说："我就等着你说这句话！"说罢把车子支在门口，捋了一下头发，皮底鞋“咯吱、咯吱”响着走进店来。

“你掌柜哩?”秦喜跳在板凳上蹲着问。

“上街了。”老白说着从里间拿出一把水烟袋递给秦喜说,“吸袋这吧!烟卷你柱子哥带出去了。”

秦喜一推说:“我不吸这屎水烟。”说罢从口袋里掏出一盒纸烟,撕开个小口,用手一摇,纸烟跳出了一支,用嘴接住。

老白对凤英说:“拿火!”

凤英忙到灶上拿过一盒火柴,划了一支没有划着,又急忙划了一支,就在这时,秦喜才看清站在他面前的这个年轻女人。她弯弯的眉毛,薄薄的嘴唇,一个微微向上翘的小圆鼻子,两只黑而透亮的眼睛,被盖在长长的睫毛下边。

秦喜吸着了烟,却不敢抬头,因为他下巴上有一块红疤。这块红疤的颜色又慢慢扩大,他的脸竟然红了起来。

老白没有察觉,她打趣着问:

“小喜,听说你要娶媳妇了?”

“谁说的?”秦喜仍低着头。

“街上都传遍了。卖酿皮子郭祥家的二闺女。人家说你早就相好了,当我不知道!”

秦喜说:“我吃得起他酿的皮子,娶不起他的闺女。他要八石小麦,我上哪里给他找?”他说着瞟了凤英一眼。凤英笑吟吟地、大方地站在那里听他们说话,并不介意。

老白又笑着说:“恐怕还是你嫂子不愿意吧!她不点头,你不敢结婚。”

秦喜装得正色说:“别打俚嬉了,我又不吃她、不喝她的,我娶老婆自己养活,她管得了我?”说罢,他催着说,“葱呢?我得走了!”

老白抱了一小捆葱,放在他车子的后架上,又交代说:“小喜子,你催催税所的老刘,我们第四季的牌照还没有发下来。”

秦喜回头又看了一眼凤英说:“这你就别管了,保准三天内你拿到牌照!”说罢踢开支架,跳上自行车,虽然街上已没有行人,他却把车铃捺得像报火警一样飞跑而去。

秦喜走了以后,凤英笑着问:

“这个人是干啥的?”

“联保处一个公务人员。”

“那你敢和人家开玩笑?”

“……”老白微笑着没有回答。

五

老白把水烟袋忘记在桌子上。这把水烟袋却又引进一个人来。

这人姓王,叫个王蛤蟆,有六十多岁年纪,漫圆脸,小个子,经常戴着一副钉了四五个铜卡子的破茶色眼镜。他一辈子游手好闲,没有正经职业。他还有个比较费解的外号,叫个“烟袋兽”。

原来在咸阳城里有个风俗,街上各家商号店铺,门口都有四条板凳,桌子上摆着一把水烟袋。这水烟袋有很多种,大的商店,像粮行、南货店、京货铺、布匹绸缎商店,都要摆一把苏州白铜烟袋,这种烟袋是“自来吹”,吸一袋烟后,只消把装了烟的烟袋哨稍稍一提,轻轻一吹,烟灰便飘落地上,再装第二袋烟吸。第二种是本地铜匠打的黄铜烟袋,这种烟袋不能自来吹,要把烟袋哨拔掉放在嘴里吹,才能吹掉烟灰装第二袋烟。这种烟袋大多是棉花行、杂货店、药材行、染坊、醋坊招待顾客所用。虽然吸后满嘴苦水,只要能过过烟瘾就行。像陈柱子开的小饭铺这一类小买卖,本来是不必备水烟袋的,可是陈柱子是外乡人,当地街坊邻居,三老四少有人来串个门,吃碗面,没有把烟袋总觉得无法应酬。陈柱子自己虽然不吸烟,却也在旧货摊子上买了把烟袋。这烟袋本来是把白铜烟袋，烟袋嘴断了一截，又焊上了一截黄铜管子，盛烟丝的烟盒子也没有了，焊上半截炮弹壳子。这把烟袋虽然难看，陈柱子却把它擦得耀眼锃光，仍然显出金属本色。他这把烟袋平时不在外边放，只是在遇到该让烟的客人来时，才把它捧出来。

王蛤蟆的烟瘾是大得惊人的。据说他一口气能吸两个钟头不住嘴。他这么大的烟瘾，却没有钱买烟丝。全凭每天在街上走东家串西家，混各家商店的烟吸。因为他天天混烟吸，屁股又沉得像灌了铅，很多家商店都讨厌他，有的看见他来时，赶快把烟袋藏起来，有的把火香折断，只剩一寸长，好让他吸两袋就走。

不过王蛤蟆这人也知趣，碰到人家生意忙时，决不去打扰，凑着人家讨价还价时，他还要帮几句腔替商店揽生意。冲着这家商店这天生意好，掌柜心里高兴，他就要坐下来大过老瘾，起码要吸它一个钟头。他这个诨号就是由他这宗烟瘾所得。这个“烟袋兽”的兽，不是野兽的兽，而是他说像瓦房脊上两头安的瓦兽，这种兽头每天稳坐不动，也颇有几分像王蛤蟆蹲在商店板凳上的样子。

王蛤蟆平日不大到陈柱子的牛肉店里来串门。第一，他觉得到饭铺里坐，自己又不买饭吃，看着人家吃饭，肚饥眼馋不好受；第二，他知道陈柱子有一把烟袋，但经常不拿出来，光来磨闲嘴皮子也没意思。今天他从门口过，忽然发现烟袋摆在桌子上，眼睛一亮，两条腿就拐进店里。

“今儿个生意不错啊！”他向老白打着招呼，顺势先抓住烟袋，然后才脱掉鞋子，蹲在板凳上。

“平常。”老白不冷不热地回答。

王蛤蟆装着烟说：“昨儿个晌午，有几个卖生姜的，问我哪里有饭铺，我说你们到南关，陈掌柜家的牛肉面，碗大汤肥分量足，你们一定要到那里去吃。他们来了吧？”

老白说：“一天那么多买饭的，谁记得住。也可能来了。”

王蛤蟆看她不来点火香，就又说："卖饭全凭干净。你们陈掌柜，不论做个什么菜，就是干净，不像十字街老汤家那个羊肉泡馍馆，把一条抹桌子的抹布煮在汤锅里。"他说着加了一句说，"我亲眼看见的，我见谁都说！……"没等他说完，老白赶快拿过来火柴给他点着火香，她知道老头这张嘴是个"肉广告"，谁知道他明天会不会对谁说老陈家的锅里也煮了抹布？

老汉吸了两袋烟，高兴起来。他对老白说："这还是兰州烟丝啊！"老白说："是啊！上月老陈托人在西安捎回来两斤。"她又揶揄地说，"王大爷，人家说你一口气能吸二百袋烟，真的吗？"王蛤蟆说："哪有这个事！别听他们嘛闲传，这是他们糟蹋我。当然，这吸烟也有吸烟的意思。我破个谜儿你们猜猜。"说着他念了起来，"'弯弯曲曲一条龙，脑顶门上一点红，光打呼雷不下雨，一阵云彩一阵风！'你们说这是个啥东西？"

凤英小声对白月莲说："烟袋。他吸的水烟袋。"老白大声说："那不是你吸的水烟袋吗！"老汉笑了。他用火香捣着老白说："你可真聪明，卖水的王二夯猜了三天没猜出来。"

王蛤蟆为了多吸两袋水烟，就尽量讨这两个媳妇的喜欢。他看着凤英说："没有见过面，你也是逃黄水出来的吧？"

老白说："我们一个村子的，家里房舍田产都淹了。"王蛤蟆叹了口气说："大劫数啊！不过你们逃到咸阳算逃到好地方了。我咸阳南门外就是渭河。几千年来，渭河水再大，也淹不了咸阳城。西大街有个张爷庙，张爷庙有一条赶水的铜鞭。渭河发水时候，只要把张爷的铜鞭抬出来，一敲鼓打锣放鞭炮，渭河水不敢进城，哗哗哗地就跑了！"

老白说："有这么灵吗？"

王蛤蟆吸着烟袋说："这就叫人杰地灵。陕西省九十六个州县，我咸阳数第一州。秦始皇看上这个地方，就在这里建过都城。

别看西安现在繁华，当年他还得归咸阳管。姜子牙就在这渭河上钓过鱼。周文王请他当军师，他说：‘我老了，走不动了。’周文王说：‘你坐在车上，我拉着你。’周文王给他拉车拉了八百零八步，到咸阳就停住了。姜子牙说：‘你拉我八百零八步，我保你子孙江山八百零八年。’结果周朝坐了八百零八年，气数就尽了。周文王的坟墓就埋在这北塬上。他儿子武王、孙子成王和重孙康王的坟也埋在北塬。汉刘邦的坟墓也埋在咸阳。光朝廷的坟墓，这里就埋着好几十个。不过他们都不是圣人，只有周文王是圣人。所以他的坟墓和别的皇帝坟墓不同，他的坟叫‘背子包孙’，儿子武王的坟在他的坟上边埋着，孙子成王、重孙康王的坟在脚下边埋着，这就叫‘背着儿子抱着孙子’。孔夫子那么讲究礼数，来咸阳看了文王的坟，连忙说：‘合礼！合礼！’秦始皇那么霸道，他不敢把自己的坟埋在咸阳。因为他虽然是皇帝，可不是圣人！武则天把她娘的坟硬埋到咸阳，想冒充圣人，结果服不住咸阳的风脉，只坐了几天朝廷，气数就尽了。武三思这个奸臣把坟也埋在咸阳，结果叫黄巢造反给他的坟平了一半。……”

老白说：“照你说这个圣人，比皇帝还要大？”王蛤蟆说：“那是啊，圣人是皇帝的老师。皇帝有了错，别人不敢打，圣人敢打他！皇帝是争来的，圣人是生来的，几百年才出一个圣人。……”

王蛤蟆吸着烟说着古，看着两个年轻小媳妇听得津津有味。他越说越有劲，老白和凤英也忘记了做生意。

擦黑时候，陈柱子和春义卖完菜回来。陈柱子见煤火没有打开，灯没有点上，两个人围着王蛤蟆听故事，心里一阵恼火。

陈柱子平生不爱听戏，不爱听说评书，尤其讨厌游手好闲坐在那里穷聊天。他把每一分钟时间都安排在赚钱上。他认为时间就是钱。便没好气地说老白：“怎么现在还没上灯？”

老白说：“也没个人来买饭。”

陈柱子说:“啊！你冷锅凉灶,人家怎么知道你卖饭?”

王蛤蟆这种没趣吃得多了,知道人家一和老婆吵,就是要“撵客”。他还准备再吸一袋就走,陈柱子却拿了笤帚来扫地,把他地上放的鞋子扫了二尺多远。

老汉心里想:我既来了,就不能便宜你。趁着天黑,悄悄把烟盒里剩的兰州烟丝,抠出来一撮,抓在手心,嘴里说着:“你们忙吧,聚永丰的刘掌柜请我喝酒,我得赶快去!”说罢,用脚在桌子底下找着鞋子,又趿拉着鞋走了。

王蛤蟆走后,陈柱子说老白:

“怎么把烟袋也拿出来了?”

“不是给他拿,是给秦喜拿的。他凑过来抓住就吸,我能从他手里夺过来?”

陈柱子又瞪着眼说:“我早说过,‘喝开水,看三国’,那都是财主们的事。咱是个开饭铺的,没有这闲工夫。他把个凳子占住,人家谁还来买饭?”

老白说:“今儿个也就没有什么人!”

陈柱子说:“有事没事常在行！能叫人等客,不叫客等人。凭你们这样做生意……”正说着,门口有船上水手大声问:

“喂！掌柜的,还有面没有?”

陈柱子大声喊着:“有,请到里边坐。”

那人又说:“我们十几个人哪,还等着赶下水,能快点不能?”

陈柱子掂起火钎子说:“不耽误！二十分钟吃面。”他说罢用火钎子先捅了捅火,又搬过风箱,对准火道,“砰——啪,砰——啪”地拉起来。转眼工夫,牛肉面店里热气蒸腾,香味四溢,冷清清的店堂顿时喧腾起来。

第三十一章　人往高处走

人往高处走，
水往低处流。
——民　谚

一

光阴似箭，腊尽春回。凤英在陈柱子饭铺面案上干活，已经半年多了。她摸清陈柱子的脾气是喜欢勤快的人以后，每天起早摸黑，拼上性命去干活。冬天腊月集时，四乡赶集的人多。陈柱子的饭铺每天要卖五六十斤面的面片，这五六十斤面全由凤英和成面块，再擀薄切成面片。几十斤重的面块放在案板上，先用压杆压，再用擀杠擀，两块面擀下来，凤英全身都是汗水了。白天再忙一天，到了夜里，浑身的骨架就像散了一样。可是凤英没有叫过苦，不管再累再苦，第二天见人总是满脸笑容。她也不是没有伤心的时候。比如说和春义就经常生气。春义冬天卖了一冬青菜，赚的钱并不多，有时一担菜要卖两三天，但他决不串小巷子叫卖。

有时候凤英劝他："这有什么难的，你就磨炼着喊叫几声，还能小了你?"

春义不吭声。凤英说得多了，他就冷冷地说："我嗓子有毛病，不能大声喊叫。"

凤英说："明天我跟你一道去卖菜，我替你吆喝!"

"你去叫卖我就走。"春义吼着。

“你干吗发那么大火?”

“我见不得丢人败俗!”春义仍大声嚷着,凤英委屈地说:“我给你丢了什么人了?”

春义回答不出,气呼呼地走了。就因为这点口角,春义竟至两天不和她说话。凤英几次笑着和他搭讪,春义却冷冰冰地不理她。

凤英心里委屈,有时在夜里悄悄蒙着被子哭一场。她觉得吃好吃坏、干活轻重都无所谓,两口子每天不说一句话,真要把人别扭死。不过她毕竟能拿得起放得下。晚上不管再别扭,早上眼泪一擦就是笑容。陈柱子的板扇店门只要一下掉,顾客们像潮水似的向里边涌着,这时就又响起她银铃般的笑声。

到了春二三月,新菜没有上来,白菜萝卜之类的冬菜也都下市了,正是卖菜的淡季。春义到菜园子里贩不来菜,赚不来钱,只好歇着。不过他也自觉,凤英在店里吃饭,他自己烧饭吃,平常吃三顿饭,现在吃两顿饭。凤英看他人已经瘦下来,脸像个刀条一样窄,心里着实疼他,有时候趁陈柱子和老白不注意,狠狠心把饭铺里的馒头,偷偷拿一个塞在春义口袋里。春义却掏出来,正经地说:“给人家送回去!你这样叫人家怎么信得过?”

凤英看他那么固执,恨恨地啐着他说:

“饿死你,我也不心疼!”她说着,自己却落了眼泪。不过她还是心疼春义,她听人家说香油最养人,一口油能顶得上一斤面的营养。有一天晚上,她悄悄把灶上炒菜的香油噙了一口,装着和春义玩,吐在他的嘴里。春义不知道是什么东西,又在躺着,只好咽了下去。

两口子闹别扭,哪能逃过陈柱子的眼睛。凤英每天虽然装得若无其事,可是人后长吁,背地短叹,连老白也看出来了。她和柱子商量说:“如今青菜没下来,春义整天在家蹲着,每天半饥半饱的,得给他想个办法。”

陈柱子叹了口气说:“师傅领进门,修行在个人。我什么都对他说了,可他就是一个不出摊。可见人有几种,天生的秉性不同,凡是大灾大难,饿死的都是这号人。其实只要舍得身份,现在也有钱赚。卖不了地里菜,卖树头上的菜,洋槐花、榆钱儿都下来了。他要是会爬树,每天采几篮子在街上卖,城里人吃个新鲜,照样能变成钱。”

老白说:“这办法不行。他挑青菜还不好意思,去人家树上摘更磨不开了。本地人欺生,他干不了这个。叫我说就叫他也到咱饭铺里来,他能不会挑个水、和个面?”

陈柱子说:“我早想过了,只是乡亲邻居,好进难出。再说他这个人成天拉着脸,好像人家都欠他二斗黄豆钱没还一样,谁还敢来买面吃?这种人不适合跑堂站柜台,只会干点死活。”

老白是个心里盛不住半句话的人,早把陈柱子这些话传给凤英了。凤英听了以后,一方面感激老白,一方面却还不死心。她对春义说:“你看咱们在柱子哥店里住,你不能学得有点眼色?回到店里,看见有什么活就干,人家留咱在这里住,心里也高兴一点。”

春义听她说得在理,也不拗她,只是说:“我插不上手啊!”凤英笑着说:

“扫地你会不会?每天清早那一阵最忙,你就把地扫一遍,也给我们腾点工夫。”

春义说:“扫地当然可以。”

第二天早上,春义下大劲儿去帮陈柱子扫地。可是等他起来,陈柱子已经在打扫了。他走过去说:“柱子哥,叫我扫。”陈柱子说:“不用。我这用不了几下子就扫完了。你赶快准备去挑菜吧。”

凤英看他没有把扫帚抢到手,又好气又好笑。到了晚上,她悄悄地把扫帚藏在春义睡的席子下边,没有等天亮,就把春义叫起来扫地。陈柱子开始没有找到扫帚,后来看春义在扫,也就任他打扫。他情知这是凤英教给他的，心里想：“这媳妇可不是盏省油的灯。”

二

渭河岸上有几座小磨坊。这种磨坊都是在河上垒个堰坎，再开一条小渠，把水引过来，下边装个大木轮，用渠水冲动木轮，木轮上的立轴就带动石磨的下扇转动起来。这种水磨比牲口拉的旱磨功率要大好几倍。水顺时，一天能磨五六百斤粮食。所以咸阳城各家商店、饭铺，以至学校、机关很多家吃的面粉，都是由这些磨坊承包供应的。

陈柱子的饭铺用的面粉，由石桥村的范老四的磨坊供应。陈柱子是用麦子换面。夏天天干，面粉里吃不得水，讲定一百斤小麦，换七十五斤面粉，到了冬天，面粉里含水分多，一百斤小麦要换八十一斤面粉。不过陈柱子有个要求，就是他在粮行里买好麦子，要范老四把这些麦子单淘单磨，保证供给他上好的细白面。因此陈柱子饭铺擀出的面片儿，烩在锅里，不但雪白光滑，软韧不断，放在嘴里还有嚼头。

一天，地里麦子扬花时候，范老四赶着个小毛驴来送面。陈柱子帮他扛下面袋，过了秤，捧过来水烟袋让他吸着问：“今天怎么就你一个人来送面，伙计呢？”

范老四说：“走了。人家卖壮丁走了。看见两千斤小麦眼红了。非去当兵不可，我留也留不住。我就说和你讲讲，麦子也快熟了，我人手少，磨倌也走了，从下月起你另找个面户吧！我也知道你老陈办事公道，可我实在帮不上忙了！”

陈柱子说：“你再雇个人嘛，一盘小打磨，顶上你种八十亩地。现在市上光麸皮就卖两角多钱一斤。叫我说，你这小磨不能不转圈。”

范老四说：“人不好雇啊，别看我这个磨坊，雇的人第一要能下力，第二要老实可靠，因为磨坊在河边野地里，成天胡捣棒槌的人不行。第三还多少会算个账，要不连个秤也不识，还是办不成事。”

陈柱子不慌不忙说：“我给你举荐个人，这三条都行。人是正派老实不过了。还会算账。保准你看得上。”

范老四问：“你们河南人？”

陈柱子说：“是啊。反正你相信我就行了。”范老四忙说：“我知道你陈掌柜说句话，掉到地下砸个坑。不过，最好能当面看看……”

陈柱子说：“这好办。”他打算叫凤英去街上叫春义，却见店门口凤英已经领着春义回来了。

陈柱子说：“这不，就是他。”

范老四看着春义：白净面皮，细高个子，眉清目秀，细腰宽肩，人虽然单薄一些，面相却憨厚实诚。

范老四不先讲雇他当磨倌的事，拍拍他的肩膀说：“喂，小伙子，你帮我算一笔账。一百斤麦子换八十一斤面，我今天给陈掌柜送来一百六十四斤面，合多少麦子？”

春义几乎不假思索地说：“二百零二斤半。”

范老四把手一拍说：“帮肩！行。”说罢就要带春义走。陈柱子说：“范掌柜，最好先把身价讲一下。我们都是外乡人，家里都还有老有小。你起个辙儿，我们决不讨价还价。”

范老四说：“一天三顿饭，我用罐子送到磨坊里，一个月给他一百斤小麦，干得好了，我再外加。”

陈柱子回头问春义。春义红着脸，点了点头。陈柱子拍了一下桌子说：“行。那就一言为定了。外加不外加，那就看他干得怎样了。反正你老范是痛快人。”

春义临走时,陈柱子交代说:"兄弟! 总算给你找着个事儿了。端人家的碗吃饭,不比在自己家里,要能吃得苦,受得气。最重要一条,就是手续要清楚。他就是把钞票扔在地上,咱拾起来也要交还给他。另外,吃人家熟的,拿人家生的,要干就尽力干。活可能重一点,有时还要打夜作,习惯就好了。要不是日本鬼子把咱们家乡占住,咱也不会流落到这一步。你去吧,反正你还来送面,还要经常见面。"陈柱子教育着他,春义感激得说不出话来。

春义和凤英只有一条被子,凤英把那条被子用麻绳捆好,让他背去。春义不肯带,他说:"带个破棉袄夜里盖上就行了。"凤英却执意让他把被子带去。柱子说:"河滩里夜风尖,你还是把被子带上。凤英在店里,怎么都好将就。"春义只好带着被子去了。

到了河岸范老四的磨坊,春义见到一渠清水,几株垂杨,附近地里豌豆花、油菜花一片姹紫金黄,麦田里送来阵阵扑鼻麦香,多少天来他胸中的痛苦和闷气都消融在这宁静的大自然中。麦子的香味是沁人心脾的。他熟悉这种气味,他热爱这种气味,尽管这些土地不是他自己的。

三

春义走了以后,凤英的肩头上像卸下一副重担:"他总算有个吃饭地方了!"同时她又产生了一种孤寂的感觉。一年多来,他们从家乡飘流到洛阳,又从洛阳飘流到西安,最后又来在咸阳。他们像两只失了窝的鸟一样,形影不离地比翼飞着。虽然经常闹些小气,但这些小气没有影响到他们患难与共的感情。现在春义走了,她好像失去了自己身上的影子。人连个影子也没有,是最感到孤单的。

老白平常买些榆皮刨花泡在水里,每天梳头时,向头发上抹一些,头发显得蓬松发亮。她有时也让凤英抹一些,说让头发有点光泽。这几天凤英不抹她的刨花水了。她好像觉得不应该再抹。因为春义走了。这种下意识的“慎独”思想,也没有人教过她。只是受着良心的驱使。在农村长大的女孩子,有一种天然的宿命观念:那就是“嫁鸡随鸡,嫁狗随狗”。

联保处的秦喜来陈柱子的饭铺里更勤了。今天来借个火柴吸烟,明天来打盆热水洗脸。来到店里,屁股就像粘在凳子上,眼睛不住地在凤英身上转。凤英觉察到这一点,她的目光碰到秦喜的目光时,总是赶快眯一下眼睛不看他。她装着不理会,心里却暗暗提防着。

有一次,秦喜来说要找点生姜发汗。正巧陈柱子和老白都出去了。凤英说:

“我不知道在什么地方放,等他们回来你再拿吧!”

秦喜笑嘻嘻地说:“你不知道我知道,就在那个墙角一堆沙子下埋着。”他说着就要动手去扒,凤英怕他拿多了,忙说:“你等一下,我去给你扒一点。”

凤英在弯着腰扒生姜时,秦喜站在她身后。看着凤英的修长身躯,他的头发起热来。凤英转过身,拿着一小块生姜说:“你看这够不够?”她垂着眼睫毛不看他的脸。

秦喜没有吭声,他喘着气,忽然捏住她的手,用沙哑的嗓子嗫嚅着说:“你真漂亮!……”

凤英顿时觉得浑身血液往头上冲,她把手一甩说:“你干什么!”

秦喜松开手,踉跄着脚步跑了,一块生姜落在地上也忘记了拿。他跑出饭铺后,竟碰在卖水二夯的水桶上,凤英忍不住笑起来。就在她笑的时候,觉得心脏跳动得厉害,她使劲地按住胸口,好像生怕一颗心跳出来。她捺着水缸沿,在水缸里照了照自己的脸,脸竟然红得像红布。她又笑了。她不敢看西墙边地下铺着的那个草铺,那里放着春义的一件棉袄。

以后秦喜不大来陈柱子的店里了。有时候从门口经过,也是匆匆而去。有一次老白喊着他说:“秦喜你近来怎么不来玩了?”

秦喜低着头说:“我有事。”

老白说:“是不是我们店拴了个老虎,你害怕?”老白说话本来是句玩笑,秦喜听起来却觉得一定是凤英向她说了那天的事。他没有敢回答,只在嘴里咕噜了两句,赶快走了。

凤英心里清楚却不言语。她微笑着心里想:“陕西人也这么胆小!”

四

夏天时,咸阳铁路上来了一批铁路工人,陈柱子的牛肉面铺生意更加稠起来。为了适应这些铁路职工的口味,陈柱子还加上了炒菜。陈柱子是经过世面的厨师。熘个牛肉丝,炒个鸡丁肉片像玩的一样。炒菜要比牛肉面多卖几倍钱。陈柱子盛钱的大竹竿筒,平常一天只卖半筒钱,现在每天却卖得满满一筒。有时陈柱子还要抓出几把,放在一个小木箱里,怕票子溢出来。

晚上串柜的时候,花花绿绿的钞票从竹筒倒出来有一大筛子。凤英这时才感到一个店铺的威力。他看着陈柱子整好的一沓沓钞票,那些钞票散发出一股油腻的气味,也散发出汗水的气味。一天几十斤面,都是她和出来的、擀出来的。老白干什么?老白不过择择菜、剥剥葱,有时给客人们端端饭菜。夜里,她扳着指头算着:这个饭铺的本钱有什么?也不过是一口将军帽大锅、两个炒锅、一个案板、一个水缸,剩下就是那些碗、碟、刀子等小厨具了。可是就这些东西,每天却能挣那么多钱。她自己每月才挣十元钱,占不到陈柱子一天赚的十分之一。不过她又想到陈柱子的手艺。陈柱子用抹布握着炒锅翻菜的样子，陈柱子勺子放调料的利索姿势。她想着："人家有手艺，所以人家赚的钱多！"可是她又想："手艺不是人学的吗？谁也不是从娘胎里出来就会。"

金钱是个魔鬼。它改变了人的性格，它诱发着人的能量，它粗暴地、无情地破坏着人和人的淳朴关系。

凤英好像又长了一颗心。她干活更卖力了。特别是对陈柱子，不但给他打水洗脸盛饭，每天上午还要给他沏一杯茶。

有一天她问陈柱子："大哥，为什么把空锅放在火上，等着冒烟才放油？"

陈柱子说："热锅凉油炒出来的肉嫩。"说了以后，他又赶快说："肉有几种肉，油有几种油，里脊和臀尖不一样炒法，草头和后腿又是不同炒法，花生油和菜子油不一样用法，豆油和芝麻油也不一样用法。这不是一两句话能说清楚的。"

凤英看柱子不肯细说，也就不敢再多问。原来陈柱子有个规矩，就是"能舍钱一千，不教一招鲜"。他学来这把手艺不容易，又深知在市场竞争上"同行是冤家"，所以对外人，不管再亲再近，总要留着一手。

凤英用嘴问不来的本领，却用眼看来了。每逢陈柱子在菜案上切肉下料，她总用心瞅着，陈柱子怎么样炒菜烧鱼，她也留心看着。世上无难事，只怕有心人。时间久了，她也把炒菜的程序路数记得八八九九，特别是做牛肉面这些容易做的面食，她已经领悟得烂熟了。

有一次，她去石桥磨坊看春义。正巧碰上两个农民在离磨坊不远的地方，刨一棵老皂角树，她就问："你们怎么把这棵皂角树刨了？"

一个农民说："这是棵公皂角树，多年不挂皂角了，想把它刨掉做几张案板卖。"

凤英灵机一动,她知道皂角木案板最好,坚实有韧性又光滑。就问:“你们自己做案板吗?”那个农民说:“实不瞒你说,我们爷儿俩就是鲁班爷门下的木匠。”凤英看了又看这棵皂角树,有五六把粗,主干有一人多高,就说:“要是给我合一张四尺半长、三尺宽的大案板要多少钱?”

那个老木匠说:“你不是春义的屋里人吗?我们和春义都熟。你随便给,自己的皂角树,也不费两个工。”凤英看他们说话诚实,就叫着:“大爷,你还是说个价。我不能亏你。”老木匠想了想说:“你给十块钱吧!反正我们也不知道价。”

凤英听他说只要十块钱,比市上的大案板几乎便宜一半。马上从袜子筒里拿出十块钱递给老木匠说:“大爷,那就算回事了。案板做好,就放在春义的磨坊里,我改日来取。”

老木匠连忙点着头说:“一定,一定。”

她到了磨坊里,春义正在蹬着大木箩箩面,凤英笑着说:“来,让我替你蹬一会儿。”

她蹬着大箩对春义说了说刚才订了一张皂角木案板的事。春义说:“那个老木匠叫范清水,是专门做木锨头、犁底卖的。没有错。”他接着又问,“咱买这么大案板干啥用?”

凤英笑着说:“到时候你就知道了。”

两个月以后,范老四赶着大车进城拉麦子,春义怕做成的新案板在磨坊里丢了,就放在车上拉到了城里。

到了陈柱子店门口,春义把案板往里边搬时,老白说:“春义,你买这么好一块床板啊!”春义正待要说话,凤英急忙跑过去装着帮他抬床板,悄悄向他摆摆手,又扭回头笑着对老白说:“我叫他买的床板,睡在地上有点潮,他能想得起来?”

春义听凤英把面案板说成床板,也不知道原因,不敢再说话了。陈柱子在灶上烩面,也瞟了一眼。见这个板有一寸多厚,四尺半长,做得严丝合缝,刮得起明发亮,心里早清楚了。他暗暗吃了一惊。他早就料到会有这么一天,但没有料到这一天来得这么快。

夜里,陈柱子收拾好碗筷锅灶封上火,往小茶盅里倒了一两白干,照例用食指在酒里蘸了一下弹在地上,表示每天对财神的敬意。然后慢慢放在嘴边呷起来。

老白披着个棉袄,坐在被窝里没有睡。她说:"凤英买了那么好一块床板,两个人都抬不动,真舍得。"

陈柱子慢条斯理地说:"看起来你跟我出来跑了半辈子,你连凤英一半都赶不上。那不是床板,是准备开饭铺的案板。"

老白这时才恍然大悟。她说:"怪不得凤英遮遮藏藏的。她能开起饭铺?"

"她怕钱咬手?"

老白气愤地说:"想不到这个长眼睫毛存了外心了。太没良心了!要不是咱收留她,两口子说不定早倒在哪条大路边了!如今才硬了翅膀,就想飞啦!"

陈柱子呷了一口酒说:"这事情你也不用动那么大的气。跳行立店,这些都是我当年玩剩下的把戏。'房檐滴水照样行',谁也不傻。现在咱一天能进七八十块,她当然能算这个账。人只要看到钱会赚钱,你就是用八根大套绳,也捆不住她。"

老白揉着眼说:"她会不会马上就去开个饭铺?"

陈柱子说:"眼下她还未必能唱这本戏。不过她真要这样干,可苦了咱了!"

"为什么?"

"她比你年轻,比你漂亮!"陈柱子说着吹熄了灯。

里间屋灯熄了。外间地铺上春义和凤英还没有睡。

凤英悄悄地对着春义耳朵说:"我的憨大哥,你怎么今天把案板拉回来了?一块案板能压塌你磨坊的地皮?"

春义说:“我怕在磨坊里被人偷跑了!”

凤英:“小声点! ……”

春义又问:“你到底买这块大案板干什么?”

凤英压低着声音说:“我也准备开饭铺哩! 告诉你,菜刀、炒锅我都买好了。”

春义忙说:“啊哟! 这样不好吧,柱子哥该伤心了。他现在生意忙,正需要人手,咱就给他出几年力,算得了什么。”

凤英娇嗔着说:“我给他出的力够大了。这一年我当牛当马,累得衣裳能拧下来汗水。一个月才赚他十块钱。可他呢,一天就赚七八十元钱。‘人往高处走,水往低处流’。我不想再给他背这包袱了。钱兴他赚,也兴咱赚。八仙过海,各显各的本领。”

话虽这么说,春义总觉得这样做太不仁义。他正色说:“凤英,你要在这里扎根吗? 咱们还不是混两年,等黄河水下去了,还要回家吗! 你要真的这样做,你自己干,我可不干。我觉得这样做对不起人。”

凤英笑着,暗暗地在他的脸上亲了一下说:“死心眼! ……”

夜里,凤英几次醒来,她用手摸着身子下的案板,她生怕把案板压坏了。……

第三十二章　过　年

面子值几个钱一斤？

——民　谚

一

腊月二十三下了一场大雪，咸阳大街上冻冻化化，被四乡来赶集的人踩成一窝泥。人们背着钱褡子，挎着篮子，割肉，打酒，购买着豆腐青菜，置办着箔表香烛，像疯了似的花着口袋里的钱。据说是他们吃"腊八粥"吃糊涂了，他们不再吝惜一年的辛勤劳动，用棉花和粮食换来的钱。平日俭省的农民，忽然变成了挥金如土的"王子"。

到了年三十这天下午，街上赶集的人才逐渐稀落下来。年三十也叫"穷人集"。有钱的人家早把年货购买齐全，准备过年了，只剩下那些衣服褴褛的人，才在这一天挎着破篮子，在街上东瞅西瞅，买半个猪头，或者切两斤豆腐，回家准备"过年"。

一些大的商店在上午就把板扇门扛好，准备回家过年，陈柱子的面铺却像平常一样开门营业。陈柱子对过年没有多大兴趣，因为正月前半月，人们都在家忙着走亲戚过节，他要耽误半个月生意，另外各家各户都要动动腥荤，牛肉面也失去了平常的诱惑力。

日头偏西时候，街上的人散尽了。陈柱子站在门口看了看，只见一街两行的商店门上，都贴满了红红绿绿的春联。这些春联上大都写些想发财的吉利话。最多见的是："生意兴隆通四海，财源茂盛达三江”。也有的写着:“主因信用千金托,客为公平万里投”。还有的附庸风雅地贴着:“马周店内春常在,少伯舟中月正明”。陈柱子不懂得这些春联的意思,他觉得全是白花钱。不过他还是买了一张梅红纸,叫春义给他写了一个财神爷牌位。农村不敬财神,春义不会写。他说:“你就写个供奉财神老爷之神位吧。”牌位写好后,剩了半张纸,他又让春义写了副神联,上联是“晨昏三叩首”,下联是“早晚一炷香”。

财神请上了墙,他又找个旧罐头盒子,剪掉盖子轧了轧,里面装上了沙子,权当作香炉。到了天快黑时候,巷子里各街小巷响起了刀砧和鞭炮声音,人们已经在接神剁饺子馅了。

陈柱子点了三炷香,恭恭敬敬地插在罐头盒子内。又烧了黄表包着的三封纸锞,每个纸锞里包着用金箔做的三个小元金宝。在纸锞燃烧时,他用酒壶浇了些酒。他没有酒杯,照他想来,财神爷既然也喝酒,就和他自己一样,不要什么酒杯了。

陈柱子对着牌位叩了三个头,顿时觉得精神振奋,信心十足。这种信心是莫名其妙的。陈柱子多年来,就凭着这莫名其妙的信心,投入生活竞争的战场的。这个财神爷到底长的什么样子?他没有见过。他听人说财神爷在嘴角边长了个黑痣,黑痣上还长了一撮毛。陈柱子右嘴角下边长了个黑痣,只是没有长出一撮毛。就凭这一点“得天独厚”,他似乎觉得和财神老爷亲近了许多。有时候,他觉得自己也变成了财神老爷,要不怎么会有那么多人来买他的牛肉面吃?

二

晚上,因为是“除夕”,陈柱子亲自炒了四个菜,烫了一壶酒。春义也从磨坊回到店里。他把春义也请上,加上老白、凤英,四个人过了“除夕”。

陈柱子先在碗里倒了半碗酒，捧过来给春义说：“兄弟，你喝！”春义说：“我不会喝酒。”柱子说：“过年哩，不会喝也要少喝一点。”春义看他说得恳切，只好端起碗来呷了一小口。轮到凤英时，凤英端起碗笑嘻嘻地喝了一大口，她喊着：“哎哟，辣死了！”她刚说过，老白就瞪了她一眼，小声说：“今天不准说那个字！”凤英知道她指的是“死”字，悄悄伸了伸舌头。

老白不喝酒，把酒碗推给柱子说：“你喝吧，只要别喝醉就行。”说着就用筷子夹了块最大的五花条子肉放在嘴里，老白最爱吃柱子做的芥菜肉，她早等得不耐烦了。

陈柱子喝了几口酒，说起正经事来。他说：“平常人家都说，年三十夜里，要一家人吃顿团圆饭。咱们这逃难在外的人，父南子北，就说不上团圆了。其实出门到外乡，就是一家人。今年一年，总算天爷照顾，生意还算不错，听说宝鸡逃黄水的河南难民，今年冬天饿坏的不少，咱们总算有吃有喝，也有个窝住。”他说着喝了一口酒，看了一眼凤英说，“弟妹呢，这一年干得确实不错，后半年面案我就没有管。钱嘛，今年赚了一些。不过现在税款、差款太重，再加上房课和各种捐项，也没剩下多少。不过我决不叫你们心里别扭。常言说，同打虎，同吃肉，‘水涨船高’。按往常的规矩，三年学徒是只给个袜子鞋钱，没有工钱的。咱这个小饭铺不论这个。明年嘛，我给凤英吃一份账，也就是店里赚十块钱有你一块钱。要是你们觉着还行，咱两家人还蹲在一块。”

柱子说罢，老白从包袱里取出两条新毛巾，两双新丝光袜子，对凤英说：“给！这是你柱子哥给咱俩买的袜子和毛巾，你挑个颜色鲜的。”凤英没有料到陈柱子来这么一手。她不好正面回答，拿过袜子看着说：“哎哟，这袜子颜色真好看，和肉的颜色一样，这要配一双雪青颜色鞋子才好看呢！”她故意把话岔开，心里却盘算着一和九的比例。

陈柱子看她不回答,就问春义:

“兄弟,你看呢?”

春义感激地说:“柱子哥,我们还有什么话要说的,要不是你和嫂子拉我们这一把,恐怕我们现在还流落在大街上要饭。我不把哥嫂当外人,哥嫂也不要把我们当外人。你们看着办,怎么样都好!你给几个钱,我们就花几个钱。回老家时,只要有个路费盘缠就行。”

陈柱子说:“不!我历来办事情,总要说个牙清口白。收留归收留,那咱们是老乡街坊情谊;身价是身价,不能糊涂一盆。这叫‘情是情,分是分’。既然你答应了,凤英明年就在我们这儿吃一份账了。这就一言为定,时间还是一年。……”

“先定半年吧!”没等柱子说完,凤英就接过来果断地说:“明年下半年,我还有点事,我想到清水县去找我爹,听说他逃荒在那里……”

凤英本来在和老白议论袜子,可是她的耳朵却一直留心听着陈柱子的话。她听着春义答应得那么顺当,心里就埋怨春义太老实了。不过她也想,马上离开陈柱子的店也不行,就干脆利落地答应给他再干半年。

陈柱子听她这么说,心里想:看来她是一定要出去另立炉灶了。这个年轻媳妇嘴上有一套,手也有一套,可不能小看。他就故意把事情挑明说:“凤英,‘鸟大出窝,女大出阁’,这也是人之常情。我在外边跑了半辈子了,什么事也打不过我的眼。既然你有意出去自己干,哥哥我不拦你。鸟都是往高枝上飞的嘛!我就有一点要求:常言说:‘好留不如好散’,咱们都是一个村的人,你要出去开饭店,我支持,就是不要也卖牛肉面,一同行就是冤家。咸阳满共就这么个小地方,咱们两家抢生意叫人家笑话。我给你想好了,你卖水煎包子带胡辣汤怎样？包子锅、油壶、调馅盆我都现成的，我借给你，你们说呢？"

陈柱子说着，春义的脸一阵红一阵白，最后索性把头耷拉在桌子下边，不敢看他了。老白不住用脚踢陈柱子的脚，嫌他把家具借给凤英太大方；凤英却面不改色地给老白头上挽着新毛巾，笑着说："大哥，我们这个八字还没有一撇呢，谁知道能干成不能？大哥真要想给我们再垒个窝，那就到时候再说吧！"

陈柱子看凤英老没有个囫囵话，也只好笑了笑说："那就先在我这儿干着吧。"

晚上，老白数落陈柱子："你怎么那么大方，什么都借给她，你怎么没有把你也借给她？把我借给她？真是糊涂到顶了。"

陈柱子莞尔一笑说："别说混话，我睡着了也比你清楚。该吃的亏非吃不行。事情就是这样子，你不放在十六两上，人家还是要干。唉！春义娶这个媳妇可真够厉害的。十个春义也顶不了她。平常都说我是个'皮笊篱'，滴水不漏。可她简直是个'罐头筒'，不光不漏水，连一点气也不漏。我喜欢这种人。可惜她是个女人。咳！可惜她是个女人！"

陈柱子连声称赞着，老白却无醋意。她知道陈柱子这个人除了酒以外，别的什么也不爱。

三

大年初一这天，咸阳街上张灯结彩，热闹起来。人们穿着用面汁浆过的衣服，戴着瓜皮小帽，露着刚剃过的后脑勺，挨家挨户，贺节拜年。人们在街上相遇时，互相作着揖，拱着手，嘴里喊着"恭喜！恭喜！""发财！发财！"他们三五一群从这家出来又跑到那一家，大家都走得很快，来去匆匆，好像这一天，全城都在开展竞走比赛。

孩子们大多跟在大人屁股后边，他们这一天变得非常温文尔雅，学着大人作揖，学着大人叩头。更重要的是，大人们让他们在这一天熟悉血缘辈数这一张网。中国的辈数学是一门庞杂的学问，有同姓，有同族，有近亲，有远亲，还有干亲，鬼亲。这些纵横交错的关系，都在作揖还是叩头上分别出来。

陈柱子初一没有开门。他觉得自己是外乡人，和这个复杂的网还扯不上一根线。再说自己干的是饭铺生意，在社会上被人瞧不起，年龄又老大不小，倘若人家来拜年叩头，自己不敢当，人家心里也不情愿。要是出去给人家拜年，自己分不清辈数。因此，在年前就把保长和房东的礼物送了送，初一这天，索性关上门睡大觉。到了初二，他可惜节下这十几天的光阴，看到卖琥珀麻糖的生意不错，就到饴房里发五十斤琥珀糖，用担子挑着出城去串乡了。他的目标是小孩子们口袋里的"压岁钱"。

凤英一心要在今年开饭店，这几天特别活跃起来。她想，要想在咸阳站住脚，得先维持几个街面上帮忙的人。她首先想到了王蛤蟆。初二这天，她狠狠心买了两盒点心，叫着春义一道去给王蛤蟆拜年。

春义不认识王蛤蟆，推辞说：

"我和人家人生面不熟，连怎么称呼都不知道，怎么拜年？你一个人去吧。"

凤英说："谁和他们论得那么真！反正见长胡子的你就叩头，没长胡子的就作揖。你跟着我好了。"

到了王蛤蟆家，王蛤蟆正和两个孙子玩"升官图"。凤英进来门就叫着："王大爷，过年好吧！给你拜年了！"说罢跪在地上就叩头，春义也忙随着她跪下叩头。

王蛤蟆拧转"升官图"，刚好转了个"赃"，正要被贬为"驿丞"，忽然看见面前跪着两个人拜年,急忙叠起“升官图”说:“地下脏,快起来,快起来。”

凤英和春义站起来后,他看了看春义,不认识,又看了看凤英,似乎在哪里见过面,但一时又想不起来。

凤英和他拉近乎,问:“王大爷,你去年冬天身体不错吧?”

王蛤蟆说:“不错。就是有点气喘。”

凤英又问:“吃饭还好吧?”

王蛤蟆说:“嗯。有好饭一顿还能吃两大碗。”他仍然想不起来在哪里见过这个媳妇。

凤英没话找话,又说:“老年人全凭饭力,最近你又见姜子牙了吧?”

老头没有听清楚,问:“什么?”

“姜子牙?”凤英大声说着,“你忘了,大爷,那一天你给我们讲,你见姜子牙在渭河上钓鱼。”看见王蛤蟆张着嘴在发怔,凤英赶忙解释说,“我是老陈的饭铺里的,我叫凤英。”说着把两盒点心放在他的面前。

老头儿看见了点心,连忙“啊、啊、啊”了三声,他顾不得向她再解释姜子牙是哪一朝哪一代的人,忙说:“我想起来了,你们店里有一杆二混头烟袋?”

凤英忙说:“对,对。下边还焊了个炮弹壳。”

坐下来寒暄了一阵,凤英才说:“王大爷,我们来托你办个事。我们想在街上赁一间门面房,打算开个小饭铺,西大街、车站都行。你老人家在街面上熟,留心给我打听打听。”

王蛤蟆这才弄清她的来意,他问:“是你们自己开饭铺?”凤英点着头说:“哎!俺们自己想干个营生。”王蛤蟆站起来说:“咳,不是我说的,你早就该出来自己干了。饭铺是一本万利,煮上两棵破白菜帮子放点酱油,就卖几毛钱,你放心大胆干吧。这赁房子的事儿，包在我身上了。可不是我吹的，这咸阳四条大街几百所临街房子，我最摸底细了。”

凤英说：“大爷，要不我们就来找你！”

王蛤蟆说：“没问题！你候我的信吧。你的锅碗瓢勺等家具都置办了？”

凤英说：“正在陆续置办。我想托你买个水缸。”王蛤蟆说：“水缸不用买。我家里有个大水缸，借给你用。另外，不要忘记买一杆小烟袋，这是我们陕西的风俗。”

凤英说：“大爷！太感谢你了，水烟袋一定买。……”

他们正说得热火，从后边屋里走出来个半老半不老的老婆。凤英一见就说：“这是我大娘吧？大娘，给你拜年了！”说罢跪下就叩头，那个老婆慌张地说：“不！不！……”王蛤蟆忙把凤英拉起来说：“不！这是我的一房儿媳妇。”

凤英拍着膝盖上的土，自我解嘲地笑着说：“没关系！给老嫂子也应该叩个头。”

从王蛤蟆家出来后，凤英说春义：

“你怎么没有跪下叩头？”

春义说：“眼看差一二十岁，不是一辈人，我不那么冒失。”

“那你为什么不告诉我？”

“你慌得像抢炮一样，我怎么告诉你。你呀！”春义又说，“我算服你了。不光叩错头，还把姜子牙也拉出来了。你也真不怕丢面子！”

凤英这时才明白自己说错了，却不在乎地说：“管他姜子牙蒜子牙，还不是没话找话嘛！面子值几个钱一斤？”

四

自从陈柱子把事情挑明以后，凤英在陈柱子的饭铺里干活更卖力了。她想反正要离开他这个店,是好是坏也不过是再干半年。“能叫累死牛,不让打住车”,不落他的话把儿。开春以后,天长夜短,陈柱子有时还没起床,她就挑起两个水桶去打水。一连挑四五担水,把水缸倒满,丢下水桶又去和面擀面,在购置她准备开饭店的用具时,也不再背背藏藏了。她每天向集上瞅着,今天买两个扁瓦盆,明天买两个粗瓷碗,陈柱子看见只装没看见,心里却老大不高兴。王蛤蟆近来也来得勤了。他来到饭店也不和陈柱子打招呼,有时把凤英叫到外边说几句话,有时在店里把凤英叫到墙角咕哝一阵。临行时,总要向陈柱子看一眼,晃一下脑袋,意思是“有人帮汉,有人扶楚”,我就是要扶凤英。

五月端阳节时,王蛤蟆把房子跑成了。

这间门面房原来是家银匠楼。这家小店只有银匠老冯一个人。他是小手工业者,专门打制银首饰和铜首饰卖。前些年小孩子们兴戴长命百岁锁、银项圈、麒麟牌子,帽子上也都缀着银虎头、十八罗汉,妇女们要戴个银簪子、手镯、耳环之类的首饰,销路还不错。抗日战争以后,西安繁华起来,时髦风气也影响到咸阳。年轻妇女大多变成剪发头,不再戴银首饰了,小孩子们也开始戴毛线和棉绒织的帽子,旧式银虎头、十八罗汉这一类首饰,渐渐没有人要了。加上近两年物价飞涨,银元银子不好买。没有了原料,银匠老冯天天坐冷板凳。到了年终算账,本钱几乎快吃完了,想停业回家种地开春,他还觉得面子不好看。到了五月,生意更加萧条,他才把砧子、模子、丝杠、锤子收拾起来,正式宣布停业。

银匠老冯停业的消息,早传到王蛤蟆的耳朵里。这间房子的房东,是北门里一个姓金的寡妇,她家有二十多处房子。王蛤蟆跑前跑后,总算把房子给凤英赁成了。因为物价不稳,讲定租金一年十二石小麦。凤英盘算着近年来手中积攒的钱和春义去年挣的五六石小麦,咬咬牙答应下来,在房契上捺了手印。

这间房子坐落在西大街张爷庙旁。这天王蛤蟆兴致勃勃地领着凤英来看房子。他先撕掉冯银匠贴的“停止营业，清理账目”的条子，然后用钥匙开开锁，把两扇门一推说：

“你看，丈二入身九尺宽。多宽绰！”

凤英踏进这间店房时，她的心激动得跳了起来。她看了看，虽然一间房子，倒也宽大，能摆下四张桌子。后边还有一个小套间，可以住人放东西。冯银匠垒的一个破柜台还没有拆。这些碎砖土坯可以砌炉灶用。就是墙黑一些，冯银匠多年没有粉刷，烟熏火燎得像一座土地庙。

她又站在门口看了看，觉得这个地方有点偏僻了，不像车站、北大街那么热闹。她不敢再往西边看，因为再往西就是咸阳的妓女院。她听说过这个罪恶的地方，却不敢看一眼那个地方。

王蛤蟆看她沉吟不语。就问着：

“你看怎么样？”

“地方偏僻一些。”

王蛤蟆向她批解着说：“干饭食生意不怕地方偏僻。常言说，酒好不怕巷子深。只要你东西做得好。鼻子下边就是路，谁也能找得到。”

凤英又向西边看了一眼说：“这个地方不好，离……这么近！”王蛤蟆知道她指的是妓女院，就又怂恿说：“咳！这有什么？他做他的生意，你做你的生意。‘井水不犯河水’。张爷是个神，还不怕和他们做邻居，你是开个饭铺的人，更不必挑拣了。再说，赁价便宜，要是放在北大街，像这样一间门面房，别说一月一石麦子，就是两石麦子也赁不到你手。就这样吧！”说着把钥匙交给凤英，便走了。

接过了钥匙，凤英的心再也无法平静了。她的心“怦怦”地直跳。她感到她的舞台已经搭起来了。在生活的道路上，她现在像个过河的卒子，只能向前杀，不能后退了。

五

秦喜在大街上游逛，路过原来银匠楼的大门口，忽然看到里边尘土飞扬，他好奇地拐到门口探头向里边张望，看见凤英在扫地。他正回头要走，却被凤英发现了。凤英愣了一下，忽然又眉开眼笑地喊着：

“小喜！来来来！我正要找你哩！”

秦喜对她这种亲热称呼，也愣了一下。他伸着脖子问：“你怎么在这儿打扫房子？老陈要搬家吗？”

凤英说：“什么他要搬家，我自己要在这儿开个饭店！”

秦喜一脚跨进门说：“嘿，真想不到！”

凤英说：“怎么想不到？你们这些当官的就看不起咱们这些穷人？”凤英生怕他走掉，又拉住他的袖子说，“来来来，到院子说话，这里灰大。”

秦喜被她这一拉，身上的某些细胞又活跃起来。他嬉皮笑脸地说：“你什么时候开张，我可要给你贺喜！”

凤英撇着嘴说：“这些天连你个影子也看不到，从大门口过，连理都不理。”

秦喜靠着一棵梧桐树说：“我敢理你？你的脸阴得要拧下水来，我不讨那个没趣。”

凤英连忙赔笑说：“那些天我心里烦躁，别和我一般见识。说真的，秦喜哥，这一回别人不帮忙你可得帮忙。我开这饭铺，可就全凭你啦！”

凤英越说越近乎，秦喜觉得浑身痒乎乎的，他用脊背晃着梧桐树说：“帮忙！一定帮忙。你需要我干什么？只要言传一声，我不给你办是小舅子！”

凤英说：“你得先给我买个营业牌照啊。”

秦喜说：“屌！我给你偷一张。税所就在我对门屋里。”

凤英说：“你别偷，该花的钱还是要花，能在这几天给我办到手，就感谢你了。”

秦喜说：“你别管了。来，我帮你扫地。”凤英忙拉住他说：“你别扫了，这个我自己会干。你能给我找点石灰不能？”

“干什么用？”

“我想把这墙刷一下。”

“咳！我今天破一晚上，把你这四面墙全包了。”

凤英笑眯眯地看着他说：

“那我怎么感谢你？”

“你看着办吧！”

到了晚上，秦喜捡了个破桶，到车站偷了半桶石灰，又在隔壁一家纸扎店里借了一根长竹竿、扫帚和刷子。把联保处的一盏马灯提来挂在屋梁上，挽起袖子，连夜给凤英刷起墙来。

第二天早上，凤英记挂着刷墙的事，趁着早上挑水机会，赶快跑到西大街来看。她一推门，只见四面墙全刷好了，刷子和竹竿在地下扔着，马灯待在梁上还亮着，却不见秦喜。她听见有人打鼾，忙跑到里间去看，只见秦喜靠在墙角一堆草上睡着，头发上、脸上、衣服上全是石灰点子，看去就像个马戏团的丑角。

凤英这一会儿倒是真有点感动了。

她跑过去轻轻地晃着他，小声叫着：“小喜哥！小喜哥！”

秦喜打了个哈欠半睁开眼，看了凤英一眼又故意闭上装睡，任她摇晃。

凤英说：“我还得挑水，我要走了。”

秦喜睁开眼说：“哎哟，把我累死了！”

凤英哄着他说:“我请你喝酒。”

“我不爱喝酒。”

“我请你吃水煎包子。我得走了。回去迟了掌柜不高兴。”

秦喜站起来说:“我也得走了。”

凤英指着马灯和刷子说:“这是借谁家的?得给人家送去。”

秦喜不在乎地说:“都是你们的。谁还他们!以后缺什么我给你拿。”说着就往门外走,凤英又拉住他说:“你看你这样子,画匠看见你也得犯愁。这衣服上全是石灰,我给你洗洗吧。”

“行。”秦喜脱下褂子,光着脊梁。

凤英说:“你也不能光着膀子上街啊!”

秦喜拍了一下胸膛,“嗨”了一声说:

“谁敢咬我两口?”说着乒乒乓乓拍着膀子上的肌肉,跑到街上去了。

六

六月底,凤英和陈柱子算清了账,又专门跑了一趟乡下把春义叫回来,连夜盘火立灶、摆案板、刷门窗准备开业。碍着陈柱子的面子,她没有卖牛肉面,也没有借陈柱子的家具卖水煎包。因为她不想再看老白的脸色。近来老白不大搭理她。有时冲着秦喜故意说些风凉话。她心里想:我心里没鬼,不怕喝凉水,难道说这咸阳饭铺的钱只许你一家赚!不管老白怎么讽嘲,她总是忍气吞声地只装没听见。

她决定卖水饺。一是因为西大街还没有一家卖水饺的店铺,二是自己手快,一个人连擀皮带包,一个上午可以包十斤面,三是卖饺子不要那么多家具。一个大锅,一把漏勺,几十个粗瓷碗就行了。她最犯愁的还是春义。春义虽然被她从乡下叫了回来,心里却总是老大不高兴。他整天嚷着:“这个活不是人干的。我得回老家!”

开门的头一天晚上,凤英几乎没有睡觉。她把桌子板凳刷了一遍,和好了面,生着了火,剁肉切菜,盘了一大盆馅。等到天明把门打开,坐到案子前时,眼都快睁不开了。

头一天生意还不错。一个中午就卖了十几斤面的饺子,像水流似的顾客使她精神抖擞,一个个饺子像飞一样从手中跳了出来。春义只看锅煮饺子,却累得满头大汗。一会儿锅溢了,一会儿饺子掉在地上了。凤英看那笨手笨脚的样子,索性自己连包带煮,只让他给客人们端饺子。

天快黑的时候,进来一个赶驴的。他进来后,脚往板凳上一蹲就喊:

“堂倌,先给我来一碗饺子汤!”

春义给他盛了一碗饺子汤。他又喊着:

“堂倌,拿个火来。”

春义给他拿来盒火柴。他吸着烟。又喊着:“喂,堂倌,饺子快一点啊,我要赶路。”春义心里烦了,没有理他。

赶驴的又喊着:“堂倌!堂倌!”

春义没好气地说:“喊什么!你是来吃饭的,还是来喊魂哩!”

赶驴的火了,他问:“你是做生意的不是?”

春义说:“我是做生意的。饺子不熟我让你吃生饺子?”

“饺子不熟你得有句话!”

“话不能当饺子吃。”

赶驴的跳着脚说:“你这个河南蛋见的稀,说话像吃了枪药一样!”

“你像吃了炮弹!”

凤英听着这边吵嚷,急忙跑过来劝那个赶驴的说:“你别和他一般见识，他没有做过生意，性子硬。饺子马上就熟，我这就给你端来！”

“我不吃了。有钱到哪里也能吃饭！”他说着掂着鞭子走了，到门口嘴里还嘟哝着，“今天是遇上我，要是遇上个当兵的，不把你的锅砸了！”

春义还想发作，被凤英制止了。一直到晚上收摊，春义还憋着气，没有说一句话。

“你不应该和那个赶驴的吵，买主什么样的都有，咱们做生意的，光和人家吵架还行？传出去不让老白看笑话？”

“这侍候人的事我干不了！”

凤英劝他说：“你看柱子哥，多精明啊！见人一脸笑，再难侍候的人，都能打发得舒舒服服。你老是哭丧着脸……”

春义把碗一推说：“咱是卖饭的，不是卖笑的！人不会笑，不能用根棍把嘴唇顶开！”

凤英不敢再说了。她轻轻地吁了口气，低着头慢慢地吃起饭来。她吃着饭，觉得心里憋闷。她想自己累死累活，跑前跑后，不但得不到一点安慰，还老得生气。难道这个“家”是我一个人的家？她想到她的父亲，从来没有对自己大声说过一句话，一开口就是“妞啊！妞啊！”地叫着，可春义也是个男人，他怎么比铁打的人还生硬？……她想到这里，眼泪流在脸上了。

吃罢晚饭，春义到街上去转悠。凤英把一天卖的钱从小柜子里倒出来数着。开始，她还叹着气，擦着眼泪，等她整出十几张大钞票时，她的眼睛闪出了光。因为下边剩的钞票全是盈利。她的血液沸腾起来，她身上又充满了精神。她抹去了脸上懦弱的泪痕。……

第三十三章　父女情

手背手心都是肉。

——民　谚

海老清离开洛阳以后，回到伊川县闻鹤村周青臣家扛长工。第二年春天，周青臣被县里一所私立中学请去当校长。他把全家搬到县里住，闻鹤村的三十多亩土地，就交由海老清佃种。

周青臣是清朝最后一科秀才，据说他是十四岁时考中的。当时县试的考官是福建人，听说周青臣是宋朝大儒周敦儒的后代，就特意叫他去参加考试。在考场，别的童生都按经义题目做八股文章，周青臣的考试题目却只是让他背诵“四书”和“五经”。那个考官有意要提携“宿儒后代”，当周青臣背诵《论语》和《孟子》后，考官就不让他再背了。没过多少天，县文庙的科试榜上就有了周青臣的名字。他考中本科县试最后一名秀才。

辛亥革命后，周青臣才十六七岁。但是因为他戴过顶子，穿过蓝衫，便俨然成了一个小绅士。头上的辫子比别人多留了好几年。

周青臣小时候本来是个很淘气很活泼的孩子。因为中了秀才，他的身份地位忽然提高，平常便装出一副“非礼勿视，非礼勿听，非礼勿动”的圣人面孔来。他是从背“四书”“五经”中的秀才。平常在生活中，几乎无处不背诵“四书”“五经”，张口“孔子曰”，闭口“孟子曰”，农民们弄不懂孔孟二位夫子那些语录，不敢和他多谈话，背地里却给送了个不大文明的外号，叫“圣人屌”！

这个外号传到周青臣耳朵里，使他很生了一阵子气。但也改变了他身上不少迂腐气。吴佩孚在河南当十三省巡阅使时，他居然跑到开封上了一段法务学堂。回到村子里，不但穿了一套满身都是纽扣的衣服，还娶了一房姨太太。这一来，农民们不敢再叫他那个外号了。因为他也不大像圣人身上的“零件”了。

抗日战争开始，这里的服兵役办法是实行抽签当壮丁。除独子外，凡十八岁到四十五岁的男子，只要抽中了签，就要送到师管区训练六个月，然后由军队接去入伍当兵。

一些富户怕当兵，想各种办法逃避兵役。后来他们听说中学里的学生不当兵，公立中学有年龄限制不好进，他们就筹办私立中学。周青臣因为是晚清秀才，又上过北洋军阀的学堂，还是全县的“国学耆宿”，一家私立“明道中学”，就请他来做校长。

这所中学只有两班初中一年级学生，大部分是乡下中小地主的子弟，除一部分十二三岁的小学童外，大部分都是来躲壮丁的大汉。这些人年龄大多在二十岁以上，还有三十多岁当了爸爸的胡子学生。他们是来躲避壮丁，根本无心读书。来上学时，有的带着小烟袋，有的带着麻将牌，还有的把“家眷”也带到了县城里。

周青臣明知道这是校董们办的逃避当壮丁的处所，因此也不多管。他请了一个过去在焦作煤矿给英国人当会计的老头教英语，又请了一个小学老教师教史地，他自己每天给学生们讲一堂《论语》和《孟子》。至于物理、化学、动物、植物、生理卫生等课程，一律免掉。照周青臣看来，什么细胞、胚胎、元素、杠杆，这全都是洋鬼子们的邪说。学生们有了充裕时间，夜里打麻将，白天踢皮球，因为没有体育老师教，他们只比赛看谁踢得高。有时玩得发腻了，就调唆小同学打架。周青臣对这些全然不管，任他们去闹腾。他只有两条把握得紧：一条是不招收女学生，另一条是不聘请女教师。因为他的这些“童子军叔叔”年龄实在太大了。

周青臣家里的地由海老清种着。头一年麦季打了八大石小麦，除了粮差、捐税外，按四六分场，周青臣拉走了四石，海老清只落了两石。

收罢小麦，海老清又种了几亩秋庄稼：二亩玉米，三亩谷子和一亩绿豆，还栽了二亩红薯。剩下的地，因为一个人照顾不过来，就留作晒茬旱地，到秋天还种小麦。

海老清种这些秋庄稼，一方面是为自己做饭时有点杂粮搭配着，另一方面是收打以后，给东家送一些秋粮红薯吃个新鲜，让周青臣心里高兴。

农历六月，谷苗锄过三遍时候，海老清想到洛阳看一看自己的老伴和两个闺女，去年一气之下离开洛阳，但她们毕竟是自己的亲骨肉。他也有点后悔。他觉得老伴一个人领着两个女儿，从家乡逃难出来，没有饿死冻死就算不错了。老清婶嘴是啰嗦一点，可是现在一个人跟着影子转，确实感到寂寞。再说洛阳城里，三天两头拉警报，日本鬼子飞机不断轰炸，自己却躲在这里平安地住着，万一出了事，他海老清得后悔一辈子。再说他对爱爱的职业也渐渐想通了。他听人家说过一句话："说书、唱戏是'卖艺不卖身'！"这句话使老汉的头又抬了起来。他想着近年来那些演新剧的剧团，不是也有很多女孩子登上台唱戏吗？那些女孩子们的家庭都还是有身份的人家哩。世事变了，现在不论"下九流"不"下九流"了。想到这里，他就连夜磨了一百多斤好白面，又摘了两个大南瓜，用个小驴驮着去了洛阳。

到了北关烧窑沟，老清找着了老清婶住的窑洞。这个窑洞已经安了一扇新门，老清怕走错了家，就在门外喊着：

"雁雁！雁雁！这是雁雁家吗？"

门开了。老清婶走出来，一看见老清就叫着："哎哟！你怎么摸回来了？你怎么想起来回来了？你还知道你有个家！连封信也不打，爱爱打问了多少人，就是问不到你的踪影。赶快到屋里。哎哟！这死老头子还算有个三回九转，也不知道怎么开了窍了，还想起来我们娘儿们。……”

老清婶一口气地说着。老清任她指天画地数落着，自己却激动得说不出一句话来。他眼中含着泪，笑着把驴子拴在小树上，把两袋面粉往窑洞里提着，最后又把两个大南瓜搬进来放在屋子正中间。

海老清在窑洞里坐定，抬起头来看了看，这个破窑洞大变样了。屋子里放着一张旧八仙桌子，还摆了两把罗圈椅子。桌子上放了个茶盘，茶盘里放着一把画着“福禄寿”图案的白细瓷茶壶和四个茶盅。窑洞墙壁的下半截已经用纸裱糊了。这些纸是公文纸，上边全都印着“第六十四军洛阳留守处”字样。

老清婶的打扮也变了，她穿了件鲁山绸褂子，黑丝布裤子，耳朵上还戴了一副闪闪发光的豆芽式耳环，看去好像是金子。

老清婶拿过来一把布摔掸说：“把你脚上的灰掸掸！”老清接过摔掸没有敢向自己的脚上掸，因为摔掸的布太白了，自己脚上的那双“踢死牛”被灰尘盖满了。他走到窑洞外使劲跺了跺。就在这一刹那间，他感觉到自己放在地上的两个南瓜，和这个“家庭”不怎么协调了。

海老清先问起了小女儿雁雁。老清婶告诉他，雁雁在被服厂给人家锁扣眼，是关处长给她找的事儿。关处长这个人可好了！海老清第一次听到关处长这个名字，他不知道是什么人，他也没有敢多问。

“这一年多，你们日子还能过去吧？”海老清看着床上放的两条印花被子问。

“还不是全凭爱爱。”老清婶说着夸起闺女来，“孩子一天赶两场，有时赶三场。嗓子都唱哑了！不管怎样，总算熬出来了。班子里现在给她吃一分五厘账，还管一顿夜饭。他们现在离不开爱爱了。爱爱如今不光说段子，也会两本‘大书’了。过罢年，光《五女兴唐传》就说了一个月，接着说了《雷公子投亲》，场场客满，一场说下来就是好几十块钱哪。唉！就是钱都叫徐老板分跑了。有啥办法哩，场面、院子都是人家的。爱爱是棵‘摇钱树’，可就是栽在人家家里了！”

海老清听老伴兴奋地说着，自己有些茫然。什么“大书”“小书”？什么叫“段子”“折子”？他不懂这些行话。他只懂得“枣芽发、种棉花”，“立秋十八天、寸草结籽”。他奇怪平常烧火燎灶的老清婶，居然能说出这一大串他听不懂的话来。怪不得她脚上穿着一双雪白的洋袜子。

天快黑时候，雁雁从被服厂下班回来了。她一进门就看到了老清，先惊喜地叫着：

“哎呀，爹！……”

一句话没有说出来，雁雁就跑过去把头拱在老清的怀里，呜呜咽咽地哭起来。

眼泪在雁雁的脸上流着，却向海老清心上滴着。他抚摸着小女儿的头发说：

“雁雁！爹不是回来了吗？”

可是雁雁还在哭着，老清的眼睛模糊了。他感到痛苦，也感到甜蜜，他感到难受，也感到温暖。这是他多少天所期待的眼泪，也是他害怕见到的眼泪。爸爸的泪管和女儿的泪管是相通的，爸爸的眼睛里只要起一片潮，女儿的眼睛里就要下一场雨。

海老清虽然脾气耿直倔强，对待两个女儿爱得却像掌上明珠。每年在老家赶庙会时候，他总是要背一个，扯一个，领她们去赶会。到了会上哪怕自己少买一斤烟叶，也要给两个女儿买点吃食。碰到卖胡辣汤或羊杂碎时，他总是只买两碗给爱爱和雁雁吃，自己从口袋里拿出冷窝窝头，蹲在一旁啃着。……

雁雁八岁那年,天冷得早,过了“小雪”,树上的叶子都落净了,她还没有件棉袄穿。那年老清婶有病,没顾得上给她做,家里也没有棉花,只给爱爱做了件棉袄。雁雁看自己没有棉袄,羊也不放了,坐在家里怄气。老清从地里回来,看她在抹眼泪,就问:

“雁雁,你哭啥哩?”

雁雁擦着泪说:“俺姐有棉袄,我没有棉袄!”

老清听了一声没吭,到地里背回几捆棉柴,一棵一棵地拣着,把上边没有开开的小僵瓣棉桃摘下来,又连夜剥了剥,弹了弹,亲自给爱爱和雁雁套了个棉袄……

雁雁对老清也有一种特殊感情。有一年,一辆装烟叶的大车翻在路旁,赶车的抬起车装好烟叶赶着大车走后,地下剩了一层碎烟叶。雁雁放羊路过这里,就把小布衫脱掉铺在地上,一片一片地把碎烟叶捡起来,给老清带回家里。老清吸着这些香喷喷的烟叶,心里感到一种特别的慰藉。七八岁的小女儿,已经长了个心知道惦记他了。他喷着烟雾笑着想说一句什么,雁雁却捂着他的嘴说:

“爹,你不要说。……”

农民们的天伦之爱是无声的、是质朴的。他们没有动听的语言,没有热烈的表情。但是他们的爱是深厚的,深厚得像地壳里边的岩浆,他们把炽烈的热埋在地层深处,又用这些热量催发着万物,给大地以生命。……

晚上,长松从城里拉车回来,和杨杏一道过来看望老清,他们各自叙述着别离后的见闻和经历。

老清兴奋起来,他说:“……戏在人唱,地在人种,掌柜家这三十多亩地,过去他一年最多收六大石麦子,我今年打了八石多。我种了十亩‘和尚头’小麦,一亩地合三斗半,在他们那个村子里数头一份。他们这里地不像咱们老家是沙土地,它是黏土,在下种前全凭一盘耙。那十亩地下种的时候,我锁了三遍,通了六遍,把它耙得像箩面柜子里边的面粉一样,我不信它不长庄稼。”

长松问着:“你牲口怎么办呢!”

老清老汉说:“犁耙车辆还是掌柜家的。牲口我买了一匹瞎子马、一头小毛驴,样子都不好看,凑合着能种庄稼。俗话说,‘饥不择食,寒不择衣,慌不择路,贫不择妻’,逃荒在外,给人家当佃户不能讲样子。说起来我那匹瞎子马才可笑哩。那一天我到集上看,老远就看见它了。五尺多高像个骆驼,瘦得却像一座骨头架子,屁股上还有个火印洋码号。我断定它是军队上打筛下来的马。我看了看口,牙齿已经发黄,向外龇着,少说也是二十五岁以上的马了。我用手扇了扇眼,外边一只眼的眼睫毛不会动。我心里清楚了,这是一匹瞎马。不过只是瞎了右边一只眼。常言说:‘里瞎外不瞎。’做庄稼拉犁拉耙还不耽误事,就在这时候,那个卖马的过来了。他说:

“‘老汉,我看你是个内行。想要你牵走,给多少钱都行。’

“我看了看这个人穿着黄军装,没有抽皮带,脸上没有挨饿的菜色,还留了个分发头。很像个司务长的样子。我就说:‘老总,你这马的口和眼上的毛病,我就不明说了,因为你是卖的东西,你说一句话吧,我不还价钱!’

“那个当兵的倒也痛快。他说:‘二十块钱,一张马皮价钱!’

“我笑着说:‘老总,我不是杀坊,我不还你价钱。行!就二十块吧!’

“就这样,我把这匹瞎子马牵回来了。头一天夜里,我割了一篓子青草,又拌了一篓子麦糠。没有到天明,它把两篓子草吃光了。我心里说:原来你是个草篓子啊!行,只要你一顿能吃这么多草,我就有办法。老马和老人一样,人老凭饭力,马老凭草力,没喂上两个月,它拉住一张犁一溜风。其实只有半个驴价钱。就是吃得太多,我一天得给它割两篓子青草。……”

海老清兴奋地说着他那匹老马，老清婶早打着盹睡着了。长松听着他说的情形，心里也痒痒的，不过他觉得他现在还不能去乡下当佃户。他的人口太多了，五六个孩子，嘴接在一块有一尺多长，每天都要吃东西。在城市，他们都还有两只手，不管是在车站扫点土粮食，还是捡些菜叶，眼下还能过得去。种庄稼是隔年下种，不能搭锯见米。再说自己哪儿能遇上那匹“瞎子马”？

晚上十点多钟，爱爱从书场里回来了，老清听到她在门外和一个年轻的男人说：

“你回去吧！俺妈和俺妹妹恐怕都睡下了。谢谢你！”

那个人说：“不谢了。明天晚上我还送你。你们这里住得就是太偏僻了。”

老清给爱爱开了门，见一个黑影子打着一盏小灯笼向北关路上走去，爱爱急忙关住了大门。

就在这一刹那间，爱爱的脸红了，她有点心慌意乱，看到爹爹回来，心里又有点激动。两年前，她在老清面前发下誓愿的那个情景，又回到她的眼前。她觉得自己长一百张嘴，也说不清眼前这些心里的话。

“我说谁家的驴拴在咱家大门口。真没有想到是你回来了。”爱爱说着低着头，避开她爹的目光。

老清叹着气说：“唉，我早该回来看看你们了，这年月，父南子北……”

“你不要我们，我们还得要你。我打听了多少人。”接着她又看着老清嘴上的花白胡子，她觉得老清的背也驼了，“爹，你老了，胡子都变白了。”

“我可没有咋觉着。成年也没照过镜子。”

老清婶醒来了，她忙着把晚饭时烙的白饼熥了熥，又炒了一盘绿豆芽端在爱爱面前，让爱爱吃。

爱爱吃着新鲜烙饼,不住口地喊着:“好吃!”雁雁说:“这是咱爹今天从乡里带来的面,驮了两大口袋!”

爱爱说:“我说呢!这么有味。我就爱吃这个面味,乡里自己种的粮食就是好吃。不像城里的洋面,看着怪白的,就是没有面味。”

老清婶说:“是新粮食都好吃。这是你爹磨的新麦面!”

老清一句话没有说,他看着自己的闺女,一口一口地咬着自己种的麦子烙的白饼,感到一种快慰。美中不足的是,他看到爱爱嘴唇上抹的口红染在那雪白的烙饼上,他生怕那口红的味道搅混了他的烙饼味道。

爱爱吃完了烙饼,心绪渐渐平静下来。她说:“爹,你爱吃什么?我明天给你买。‘冠生园’的酱肉,‘福盛斋’的鸡蛋糕,可好吃啦,你不是爱吃甜的吗?”

老清说:“吃什么?什么也不用买,我看到你们,比吃什么都好。甜东西再甜还能甜过红薯?我今年种了一亩多,都是干心掉瓣儿,秋后我给你们驮来两口袋。”

爱爱说:“红薯和点心甜得不一样,我明天一定给你买两斤。”她说着从口袋里掏出来一卷钞票说,“妈,你数数,这是今天分的账。他们说是四块多。”

老清婶一张张地数着钞票,老清没有敢看那些钞票,他只听着老清婶把它数得沙沙作响。

爱爱这时又从口袋里掏出一张小报说:

“爹!你识字,你看看这报上登的……”

海老清认识几个字。他看着她指的地方是一方小广告。上边印着:“春华书场,海爱琴主演《海公大红袍》。”下边还有几行小字,老清眼花看不清楚。

雁雁对老清说:“这个海爱琴就是俺姐的名字。前几天还登了她的相片。”

海老清看了看报纸，也不知道心里是什么滋味。他盯着“海爱琴”三个字，心里真想把那个“海”字抠下来。鉴于上一次回来的教训，他只是说着：“这说书还登报？”

爱爱说：“这是广告，别看那么一小块，登一天五六块钱哩。”

海老清想着说：“啊，你们还说《海公大红袍》啊？”

爱爱问：“爹，这个老海瑞和咱是一个海字不是？”老清说：“怎么不是？过去你爷爷就给我们讲过，咱赤杨岗姓海的这一支，就是海瑞的后代。别的姓海的都是小教不吃大肉，惟有咱这一支海姓是大教，就是老海瑞的后代。老海瑞刚强啊！他常说一句话，‘为官不为民做主，枉吃百姓俸禄恩！’……”

爱爱笑着说：“我们那个唱词里有这两句！”

海老清又说：“老海瑞不怕昏君奸臣，他被贬到江南以后，阎王悄悄派个金甲神暗暗跟着他，只要他有一点行为不端，就用金鞭打死他！有一天，老海瑞洗了脸，他端起盆想泼洗脸水。忽然想到，泼到地上，污了土地爷爷，泼到煤炉下边，污了灶君，泼到水里，污了龙王，因此就想自己喝掉，可是在他端起水盆的时候，才从水影里照出金甲神正在他背后高举着金鞭等着！老海瑞笑了笑说：‘我的行为不亏，你再厉害的金鞭，也打不成我这无罪之人！’……”

爱爱稀罕着说：“爹，你还知道老海瑞这些事儿，我们那大书上没有这一段。”

海老清说：“如今说书都是卖钱的，从前的说书都是劝善的。自然不会有这一段。”说罢，他又叹了口气。

“这都是老古话了。如今世事变了，人的脑筋也得跟着变。比如说，从前不兴女的说书、唱戏，如今我看很多军队和学校演的那些新剧，好多女孩子们都登台，看得多了，也没有人再说什么不好。”

老清这一段话，是在路上早想好的。他想和女儿妥协。他想让女儿知道他的脑筋在改变。但是，“卖艺不卖身”那句话，他没有好意思讲出来。因为在女儿面前，这种猥亵的话是不能讲的。

爱爱早理解他的意思了。她知道这是父亲在和她和解。她也知道像海老清这种农民能够说出这种话来，是经过多么痛苦的思索才产生出来的宽宏。她可怜父亲，低着头说：

“学生们演新剧和我们还是不一样。她们是学生，她们都是有头有脸人家的姑娘。我们还是艺人，凭卖艺吃饭，社会上瞧不起我们这些说书唱戏的人，今天捧你，明天就想害你。不过人还是在自己。‘树直不怕影子歪’，‘你有千条计，我有老主意’，你总不能把我吃了，也不能把我扒个坑埋了！”

爱爱理直气壮地说着，老清连连点着头说：“就是，就是。”

因为天气热，老清拉了条席，睡在窑洞外边院子里。他看着天上的流云和月亮，月光是那么皎洁，像洒在地上的水，又像飘在地上的雪。他沐浴在这洁白的月光里，蒙眬中嘴里说出一句话：

“我自己的闺女，我相信她！”

第三十四章　说书场

笑脸求人，

不如黑脸求土。

——民　谚

一

天麻麻亮，海老清把睡的席子卷了起来，看到窑洞门还关着，就到附近地里给驴子薅几把青草。夜里天气晴朗，早晨草上落了一层白茫茫的露水，那些露珠晶莹透明，颤动在草叶子上，好像绿色翡翠片上缀着颗颗圆润发亮的珠子。空气是那么清新，老清深深地吸了口气。他觉得只有清早这一会儿，城市才又回到了质朴的大自然中。

薅了一捆草回来，看到老清婶在门口刷牙，他觉得怪不是味儿。一个年岁半百的老婆子，还用个牙刷在嘴里乱搅和，嘴角流着白沫，将来要是回到农村老家，岂不被人笑话？

爱爱和雁雁都到城里了。老清婶看他满手是泥水，递给他一条毛巾和一块香皂说："你洗一洗。"老清没有用香皂，也没有用那条雪白的毛巾。他在脸盆里用手捧着水，在脸上抹了两把，从腰带上取下粗布汗巾擦了擦。他闻不惯那股刺鼻的香皂味道。

"夜里蚊子咬吧？"老清婶问道。

"没有啥感觉。"

"五更头露水重，有潮气吧？"老清婶又问。

"也没有感觉。嗨！雪地里都睡过,还怕露水?"老清不在乎地回答。

老清婶解嘲地说:"我说你啊,真是铁打的人。整年铺天盖地,连蝎子蜈蚣都得怕你。昨天晚上我和爱爱说了半夜,打算叫你回来。一个孤老头跑得那么远,我们心里也下不去。回到洛阳干点什么,还能顾不住个嘴?就是找不来活干,爱爱如今也能养活你。"

"我不叫人养活!"海老清最怕听这一句话,"我养活了一辈子人,上老下小。我自己到死也不叫别人养活,真到爬不动的时候再说吧!"

吃早饭时候,他对老清婶说:

"叫我说,咱一家人都到伊川县乡下去,到那里有吃的,有住的,还干咱的庄稼老本行。种庄稼不丢人,也不过费点力气。人来世上就是劳动的。在这里称米买面,每天拿着个小笸箩向人家收钱,唉,我都不敢想……"

老清婶说:"如今说书场是卖票的,不是……"

"卖票也排场不到哪里去。还不就是卖唱吗?俗话说'生意钱,一阵烟,种地钱,万万年',干什么都不如种地!"

老清婶说:"我就知道你这老脑筋还是想不开。世上七十二行,都是人干的。你愿意翻你的土坷垃你还翻去,我可是不能跟你去。这一年多,我得了个膀子疼病,到乡下连张膏药也买不到,我可不能去。再说爱爱好容易熬出师了,叫她去跟你种地?"

老清说:"爱爱愿意在这儿,就让她留在这儿。"

"她一个人在这儿,我不放心。"老清婶说。

两个人正说话间,忽然门外有人小声喊着:

"大婶！大婶在家吗?"

老清婶听到声音,忙开开门喊着说:

"哎哟,关处长,快进来！快进来!"

老清婶高高撩起竹帘子，从窑洞外弯腰进来个矮个子的男人。他有四十多岁年纪，扫帚眉毛，宽鼻子，两片鲜红的圆嘴唇，一双混浊的大眼睛。他穿着一身米色横罗裤褂，脚上穿着一双大眼黑皮鞋，头上没有戴帽子，又粗又黑的卷头发上抹满了凡士林油。

“俺妹妹不在家?”他操着洪亮的山东口音问。

“进城去了。”老清婶笑着说：“等会儿就回来。进来坐，进来坐。”她说着先递给他一把扇子，又给他拧了个毛巾擦汗，接着又端出一盘瓜子，随后又泡上了茶。

这一切动作都是那么熟练和有条不紊，老清这时才明白这个屋子里摆设的用场。

“昨天晚上你又去场子里听书了?”老清婶倒着茶问。

“去了。我还能不去给俺妹妹捧场? 我坐在头一排。”关处长指着自己的嘴说，“你没听出来，我把嗓子都喊哑了。喊好比喊操都费劲，我得吃点‘八卦丹’。”他说着端起茶杯漱了漱口，然后“哗”的一声把一口水吐向墙角，就在这个时候，他才发现墙角坐了个老头。

“婶子，这位是……”

老清婶笑着说：“这就是爱爱他爹呀!”

“唔——!”关处长像拉警报似的喊着说，“原来是大伯呀! 大伯! 你上坐! 你上坐!”说着，他拉海老清往桌子旁的大椅子捺。海老清挣着说：“不，我坐这小凳子舒服。”

关处长却死活拉着他说：“不，大伯，你上坐，你是长辈。”说着又把提来的两匣点心“刷”的一下撕开，拿出一块塞给海老清说：

“你吃，大伯，这是马蹄酥。”

老清忙说：“我不吃，我不吃。”

关处长又拿起一块说：“你吃这个芙蓉糕，放到嘴里就化了。”老清还是推让着说：“我不吃甜东西。”老清婶说：“你别让他了，你大伯就是不吃甜的。”说着自己拣了两块豆沙馅的糕饼，放在嘴里吃起来。

“这月饷发下来了？”老清婶吃着点心问。

“发下来了。”关处长吃着马蹄酥，拍着身上的点心屑说，“长官部军需处的人好磨牙，要来清点人数。一个屌留守处能吃他几个空名？还要清查名额，十三军一个连三十几个兵，领的都是一百多个人的饷。他们怎么不去清点？他们怕武胡子。‘会说浙江话，就把电刀挎’。第一战区长官部这一群龟孙，都是浙江人，他们是一窝老鼠不嫌臊，专找我们老‘西北军’的碴儿。老蒋这一点比我们老冯差得多。他不能一碗水端平，总要有个厚薄。”

老清婶问：“来清点了没有？”

关处长说：“来了！我临时到车站雇了二十个难民，换上军装，打上绑腿，他们来点了点，一个也不少。屁也没放走了。老子不过花二十斤蒸馍钱。饷他们还得照发，搞个鬼、弄玄虚、吃空名这一套，老子搞二十年了！”他说着，忽然两只眼睛一眨巴说，“嗨，下一个月发饷时，叫大伯也去顶个名！”

海老清忙说：“我……我……我不行。我老了。”

“没关系。”关处长指着他的胡子说，“你把胡子一刮就行了。这个事还不是扫帚戴帽——顶个数儿就行了。”

二

关处长叫关相云。他原是山东韩复榘的部下，是“西北军”的旧部。抗日战争开始后，韩复榘在河南设立了一个“中原留守处”。关相云任处长。这个“留守处”名义上是转拨粮秣给养，实际上是韩复榘把一部分武器辎重和十几辆汽车存放在河南，准备将来在河南有个落脚地方。一九三八年春天，日本鬼子占领山东，韩复榘率兵南逃,被蒋介石抓到武汉枪毙了。他的部下被第一战区司令长官部接收。关相云这个“中原留守处”是在接收中漏掉的单位。亏得关相云为人机灵,在官场又有熟人,通过请客送礼,央人说合,把自己这个留守处,变成了六十四军留守处。牌子番号换了以后,趁着交接中的混乱,关相云把十几部汽车扣留下来,悄悄开到宝鸡,成立了一个运输公司。就这样,关相云一面当着他的留守处长,一面当着运输公司经理。半官半商,官运虽然倒了靠山,没有大希望,财运却算亨通。十几辆汽车跑着广元宝鸡线,每个月都有金条从宝鸡带回来。关相云这个处长是个闲差事,他又特别爱听河南坠子书,所以爱爱的说书场,几乎天天必到。关相云原来有个老婆,是他原来军长的妹妹。年龄比他大五六岁,个子比他还高出一头,样子又十分难看。前些年关相云慑于顶头上司的势力,勉强和她凑合。韩复榘倒台后,“树倒猢狲散”,他的部下烟消云散,关相云就趁此机会和那个大个子女人离了婚。

大约是关相云吃了十几年那位性情暴躁的老小姐的苦头,离婚后却不结婚。他要“自由”几年,不想马上成立“家”,让“家”来管束自己。另外,他要仔细挑选。他不喜欢知识分子,他觉得他和她们没有什么话说,什么钢琴啊,跳舞啊,美国电影,巧克力,他全不感兴趣。他喜欢《水浒传》上的英雄好汉,“真不同”的红烩海参。另外就是河南坠子书和养鸽子。

关相云喂了一百多只鸽子。什么“脑纹”“嘴纹”“两头乌”金眼短嘴的名贵鸽子,他都有。他听说鸽子吃豌豆,翅膀根子硬,能飞得远,一次就买了一石豌豆喂鸽子。孟津县有个老头会做鸽子戴的多眼胡哨,他专门把这个老头请来,做了半月胡哨给鸽子戴。

一个人的审美爱好,大约总是自己身上缺少的东西。关相云自己长得又短又粗,却非常喜爱那些洁白秀气的鸽子。他喜欢鸽子羽毛平整的小头和丰满的胸脯,喜欢鸽子像红珊瑚颜色的两只玲珑的脚。特别是鸽子眼睛,给他一种善良、安静、胆怯的味道。他喜欢这种味道。

一年前,关相云在“人”的身上找到了带着这种善良、安静而胆怯的眼睛。那就是爱爱的眼睛。他到说书场去听说书,无意中看到了爱爱。爱爱那天说的段子是《余宽休妻》。《余宽休妻》是《周老汉送女》中的一段。初上来,关相云看台上走出来个姑娘,穿着一身淡青色中式绸子衫裤,梳了两条大辫,衣服袖子有点长,显然是借人家的服装。她低着头走到台前,没有抬头就向观众鞠了一个躬。当她拿起檀板正要打的时候,一块檀板忽然从手中脱落在地上,台下边的人“轰”的一声笑了。关相云开始向台上注意起来。那个姑娘急忙拾起檀板略微镇静了一下,又抬起了头。檀板在她手中有节奏地响起来,声音是那么清脆,明快有力。她雪白的额头上却渗出了汗珠。就在这时候,关相云发现了她那一双善良而又带着胆怯神情的眼睛。

在关相云眼中,爱爱不算漂亮。但她有一种味道在吸引着他。她不像那种雍容华贵的贵妇人,浓妆艳抹,身上几乎能喷出火焰来;也不像那种举止娴雅的古典式美人,叫人看了浑身发寒。她是那样的普通,那样的家常,两条细细的眉毛,一双总是带着笑意的眼睛,特别是两片薄薄的嘴唇,显得既开朗又天真。好像她一辈子也不会说出一句难听的话。

坠子琴奏了一阵清脆悦耳的过门,随着檀板的节奏声音渐渐压低,忽然响起像空谷莺啼的声音,从爱爱的嘴里吐了出来。

“阳春三月柳青青,阳关大道有人行。前边走的是周老汉,他身后紧跟着女儿周秀英。周老汉连连不住把气叹,周秀英低头不语泪双倾……”

关相云在台下,一下子被这凄婉而缠绵的声音把魂儿摄跑了。他张着嘴,瞪着眼,好像从来没有听到过这样美妙的声音。特别是爱爱在表演周秀英被丈夫休出的神情时,俯首低眉,委屈饮泣,楚楚可怜的样子,在关相云的眼中,她简直变成了一只真的鸽子,有时还像一只小羔羊。

会唱曲的“鸽子”毕竟要比只会打咕噜的鸽子可爱得多。关相云确实着迷了。他一连去听了三天。最后一次竟忍不住偷偷跑到后台的席棚外边,把头贴在席子缝上看爱爱卸装。

爱爱的老板徐韵秋是个饱经沧桑的人。她正在后台抽烟,看见外边席缝上有个黑眼珠,她还以为是些街上的半大孩子在淘气,就转到席棚边去赶他们。她刚喊了一声“喂!……”却发现是一个穿着黄呢子军服,领章上带着两根杠两个星的军官,就急忙转身向回缩,关相云慌忙抬起头来,两个人正好打了个照面。

徐韵秋认识关相云。她后悔自己不该在这个不大文雅的场面下看到这位处长。关相云更是尴尬,一张脸红得像猪肝,他咧着嘴笑着,不知道说什么好。

还是徐韵秋有经验。她笑着说:“关处长,你丢了什么东西!”

关相云乘机顺水推舟说:“钥匙,我的钥匙好像掉到这里了。”

徐韵秋故意说:“我帮你来找找。”

她捡了一根小棍,故意拨着地上的碎草破纸,好像很认真地给他找着。关相云也瞅着地上踢踢这儿,扒扒那儿,好像真在找钥匙的样子。

徐韵秋假装问:“你记得是掉在这儿了?”

“记得。刚才我来这儿解小手。不……”说到这里关相云猛地停住了,他觉得自己又说错了话,书场左边明明有个厕所,怎么自己跑到这儿来解小手?他恨自己的脑袋瓜子,今天怎么糊涂得像一盆糨糊?他更感到发窘了。

徐韵秋装着没有听见。她一本正经地说:“关处长,回头我叫烧开水的老吴给你找吧,找着了给你送去,只要掉在这里不会丢的。”

“好啊！好！好。……”

发生这一出小小喜剧后，徐韵秋自认晦气。常言说，“知人隐私者不祥”，这些国民党军官老爷们，又要偷鸡摸狗，又死要面子，真担心他恼羞成怒，借机寻衅闹事，说不定又要摔茶壶茶杯，向台子上撂砖头。粗瓷茶壶，几毛钱一把，摔几把问题也不大，倒是关相云下那么大身份向后台偷看，引起了徐韵秋的担忧。凭经验，她知道这些黄鼠狼不知道又看上哪只鸡了。徐韵秋轻轻叹了口气。她自己一辈子的经历，简直像一团乱麻，无法回忆。这些年来教出来的几茬徒弟，都是刚刚能抬起手赚钱，就被人掐走了。她要下决心保护这些女孩子，也为了保护她自己的“摇钱树”。

关相云却没有来找她，把她这个“门槛”给隔过去了。

关相云慢慢地打听出来爱爱家住在北关烧窑沟，家里还是从黄泛区逃难来的难民，就买了四盒点心、五斤挂面来爱爱家了。

老清婶正在刷碗，看见进来个朗帽金圈的军官，吓得她腿发颤了，她结结巴巴地问：

“你……你找谁？”

关相云笑着说：“大婶，我就来你这儿坐坐。”

爱爱正在梳头，扭头看了一眼，手绾着头发走了过来。老清婶忙用身体把闺女挡住，嘴里嗫嚅着说：

“长官，俺不认识你。你走错门了吧？”

关相云又笑着说：“大婶，我是来看看你们。我是六十四军留守处的。咱们也算是小同乡。”他说着把脖子伸得老长，想让老太太看清他的领章上的两根杠杠和两个花。

老清婶却不向他脖子上看，只糊里糊涂地问着：“你也是逃黄水出来的？”

“不！俺是山东省的。直、鲁、豫三省都是大同乡。……”

爱爱毕竟见过些世面，她把她妈推到一边，问关相云："长官，你有什么事？"

"没有什么事。"关相云涎着脸说，"没有见过窑洞，想看看你们这窑洞。"

"你看吧。"爱爱又梳头去了。关相云抬起头，装着看窑洞的墙壁，眼睛却不住地往爱爱脸上瞟。老清婶不知所措地看着自己的闺女，她觉得女儿的脸太嫩太白了。她恨不得立即抓一把锅底灰抹在女儿脸上。

关相云讨了这一场没趣，却没有走开。他看见门旁边有个小板凳，就一屁股坐在小板凳上。他脸上热辣辣的，心里还有些生气。他想，不识抬举的东西，有什么了不起，台上看着怪漂亮，台下看起来也不怎么样。就说脖子吧，长得像只大雁，长脖子人就不是什么福相。可是他又恨自己的脖子也太短了，老是遮住这个校官领章。

他虽然努力寻找着爱爱脸上的缺点，可是两条腿一步也不想往窑洞外挪。爱爱的一头长发，又在他眼里变得像黑缎子一样的波浪。

"大婶，你这个闺女说书说得真好啊。我就爱听她的书！"关相云用沙哑的嗓子，又向老清婶没话找话说着。

"是啊，长官。俺这闺女太小了，她才二十一岁。"老清婶答非所问地说着，心里直发怵。

关相云又问了几句没有盐的淡话。爱爱听得不耐烦，就提了个篮子对老清婶说：

"妈，我到车站去了！"

"还称一斤杂面条吧！"老清婶交代着。

关相云忙说："大婶，我给您带了五斤挂面。"

爱爱接过来说："长官，咱们素不相识，我们家也不吃挂面！"说着头也不回地走了。

爱爱走了以后，老清婶的心好像踏实了一点。关相云却像木雕泥塑，坐在那里发呆，还是老清婶心软点，她问：

“长官，你今年多大了？”

“四十出头了。”

“几个小孩了？”

“没有小孩。男的女的都没有。”关相云又恢复了他洪亮的嗓音。

“唔！……”老清婶没有说什么。

关相云看到老清婶善良的弱点，就又关心地问：“大婶，你身体怪好啊！”

“不好。”老清婶叹口气说，“肩膀一直疼，天阴下雨时候，疼得连切菜刀都拿不起来，我说是住窑洞受了潮，俺们老家不住窑洞，都是住房子。不管瓦房、草房，都是房子。”

关相云说：“哎呀，你这个病好治，和俺娘害的一样病，我给她请了多少大夫都治不好，最后还是李占标的狗皮膏药治好了。李占标的膏药好着哩，里边有麝香、三七、鹿茸、冰片，贴上就见效。”

“这膏药恐怕价钱很贵吧？”老清婶羡慕地问。

关相云忙说：“大婶，你不用买，我家还剩有几张，反正俺娘病也好了，扔掉还不是白扔掉。”

就从这两张膏药开始，关相云把老清婶这一关闯过去了。他今天送来两张膏药，明天又送来个煤炉子，后天再叫勤务兵抬来两块床板，就这样一来二去，渐渐地和老清婶混熟了，有时候老清婶还能和他聊半天闲话。

初开始，爱爱跺着脚对她妈说：“妈，以后你什么东西都不要收他的！他们这些人都不是好人。”

老清婶却说：“这个老关人还不错，你没看嘴唇那么厚，是个厚道人。”

后来关相云就来得多了。每次来都不空手,不是点心吃食,就是衣料穿戴。爱爱看她妈那样子,知道也禁不住他来,自己却暗暗下了个决心:你拿东西白拿,想讨点什么便宜,瞎了你的眼。有时候,她也和关相云说几句话,因为关相云确实还懂得一点说书的知识,何况关相云又天天给她唱赞歌,这多少满足了一点她在同辈竞争中的虚荣心。

三

海老清看着眼前这个像陀螺似的人,眼睛里射出两道敌意的寒光。他好像绵羊头上要长出两只角来,他希望自己有两只坚硬的角向对方牴过去。他又希望自己身上长出两只翅膀,这两只翅膀能够把他的女儿翼蔽在自己身边。他有一次犁地时,亲眼看见过一只母鸡和一只老鹰搏斗。母鸡领了几只小鸡在地里玩,一只老鹰忽然从天空扎下来捕捉小鸡,那只母鸡急忙张开翅膀把小鸡翼蔽起来,用自己的嘴向老鹰的眼上拼命地啄。老鹰扑了几个回合,抓不住小鸡,就挤着眼睛伸出尖爪,硬往母鸡翅膀下抓。就在这时候,那只勇敢的母鸡把老鹰的一只眼睛啄流血了。老鹰在地上踅了一圈,飞走了。母鸡在拼上性命的情况下,居然能战胜老鹰。但是人呢?人是比老鹰狡猾得多的动物。

快晌午时候,爱爱从城里回来了。她一看到关相云在家里,他爹在对面坐着,脸先白了。

关相云看她回来,就笑着大声喊着说:

"哎哟,大妹妹!成功!成功!"

"什么成功不成功啊?"爱爱不敢看他。

关相云说:"你说的《海公大红袍》太好啦!这一比,连金玉凤也给比下去了。你这个唱有乔清秀的坠子味,还有刘宝全的京韵味，后来我听着还有几句我们山东说武老二的快书味。真好！像吃沙瓤西瓜一样！又清，又脆，又甜！……”

“妈，该添锅做饭了吧！”爱爱打断他的话。

关相云却意犹未尽：“昨天晚上，我给你拍了十几次手。手都拍疼了，嗓子也喊哑了。你没有看见我？”

爱爱没好气地说：“你拍的次数也太多了。该拍的地方拍，不该拍的地方也拍。像失火一样在台下喊着，把我唱的声音都盖住了。人家是听你喊，还是听我唱？”

关相云没想到她今天这么冷，他弄不清楚原因，只咽了口唾沫：“是……是多了一点。”

老清婶看女儿说话这么冷淡，有些不忍心，就对关相云说：“关处长，你别光说爱爱唱得好，你得给她提提，看哪里还有不到的地方，你们听书听多了，见多识广，多多调教她。”

关相云忙说：“我就是要说的嘛。大婶，唱得是真不错，就是念白儿还差一点点儿。有的地方说得快了一点，有的地方吐字吐得不清楚。常言说：‘千斤白，四两唱，说比唱难’。你看人家徐韵秋老板，别看人老了，嗓子倒了，白口还是亮字亮明，清清楚楚。”

关相云在说着，爱爱却好像没有听见。她如坐针毡，看着门外说：

“哎哟，树影都快正了，快晌午了。”

关相云经不起她三番五次催促，只好站起来说：“我走了。”

爱爱顺手掂起他放在桌上的另一个小包袱，送他到窑洞门外。

关相云说：“这是我给你买的一件旗袍料，你怎么拿出来？”

爱爱小声地斩钉截铁地说：

“你赶快拿走！这几天你千万别来。你不知俺爹这个人，他脾气倔得很。我求求你！”

“啊！是……是……我清楚了！我清楚了！”

关相云在回去的路上，心里觉得甜丝丝的。因为他第一次听到爱爱向他吐露苦衷。……

四

海老清本来打算在洛阳多住几天，但他只住了三天就住不下去了。他渐渐觉得他和老伴、女儿中间有一条沟。这条沟在破坏着他们家庭的淳朴关系。从前他们在农村，用鸡蛋换盐，用芝麻换油，用麻绳头和头发换钢针，钱对他们几乎是陌生的。在他们整天的说话中，很少提到钱。现在每天都在说钱，挣多少钱，分多少钱，花多少钱，柴米油盐酱醋茶，吃喝穿戴，无一不是和钱有关系。光他们家里就有三个钱包：老清婶一个，爱爱和雁雁各有一个。老清婶每天还要和女儿算账。老清婶变多了。她每天刷牙，身上还居然穿了件男人们穿的细纱汗衫。特别是吃东西，她自己会拣着点心往嘴里吃，每天吃罢饭还泡一杯茶喝。从前在农村过年时，有的亲戚家也送来过点心，如果不是老清让拿出来大家吃掉，点心能霉在抽屉里，也不会有人去拿一块尝尝。他拿来的两个老南瓜，放在桌子下两天了，谁也不理它。老清觉得有点黯然，他觉得自己就好像这老南瓜，引不起家里人多大兴趣了。

晚上，老清婶和爱爱去说书场了。只有雁雁和老清在家。雁雁问老清：

“爹，街上卖的南瓜，都没有你拿来的这两个大，是不是伊川县的地好？”

老清说：“伊河川的地，土质是不错。光凭土质好也不行，得会种。我种的一棵南瓜比他们种的十棵南瓜都结得多。拿来这两个还不是最大的，大的一个有五六十斤重。”

雁雁说：“上粪多！”

老清说:“也不是光凭上粪。打顶、坐胎、浇水都有规矩。特别是浇水,别看这旱南瓜,浇水多了也不行,浇水少了也不行。人得知道它的饥渴寒暖。我种的南瓜有个绝法。南瓜苗放出四个大叶子,该爬秧子的时候,把它连根带母土挖出来,找些破布破棉套包住根,再挖个大窝把它埋进去。破布和棉套子吸水,在土里又不容易散发,隔几天浇一次水,南瓜根上的土老是湿漉漉的,好像给它嘴上挂个小壶。不缺它吃的,不缺它喝的,它自然长得大。”

雁雁显然对种南瓜发生了兴趣,她问:

“用这个办法种西瓜行不行?”

老清说:“怎么不行。种西瓜、甜瓜都行。我在谷子地里种了十几棵杂皮甜瓜,绿瓤黄籽,比蜜还甜,吃过我的甜瓜的人,再好的西瓜都不想吃了。”

老清和雁雁说了一阵瓜豆桑麻,就试探着问:“雁雁,那个姓关的军官经常来吗?”

雁雁说:“三天两头来。”

老清问:“他来有啥事?”

雁雁说:“有什么事儿,来就坐在椅子上,像焊到上边一样,一坐半天。谁知道他干什么。”

“你妈也不管?”老清又问。

“人家送东西呗。”

老清吁了口气,又问:“你姐对他啥态度?”

雁雁说:“我也不知道!反正有时候不理他,有时候又和人家说说笑笑。”她停了一下又说,“俺姐还认识一个人,我看她和那个人不错,就是俺妈不喜欢。”

“谁?”老清急切地问。

“中华照相馆一个相公,叫彦生。……”说到这里雁雁不说了。她忽然感到自己的嘴太快了。

事情越来越复杂了,海老清没有好意思再问下去。他觉得,他心中的篱笆已经被践踏坏了,他无法保持心中的那一块净土。在这个家里,他觉得惟有雁雁还能够体贴他。他对雁雁说:

“雁雁,我这次来,本来是想把你们都接到伊川县农村去种地。现在看来,你姐不会跟我去了,你妈也不会去了。雁雁,你能不能跟我去?”他又带着乞求的口气说,“雁雁,我老了,一两个月没吃过一顿面条,我不会擀。常言说:‘笑脸求人,不如黑脸求土。’我一辈子能用得着你们几天?”

海老清浑浊的眼里涌出了泪水。雁雁也哭了。她泪眼模糊地看着海老清的肩膀,这个肩膀曾经像一匹马,让她从一岁骑到六岁。她扑在老清的怀里:“爹! 你别难过。我跟你走,我陪着你。我给你擀面条……”

第二天一早,雁雁收拾好了一个包袱,跟着老清要到乡下去了。老清婶也没有阻拦。爱爱却哭得像个泪人似的。

老清鞴好驴鞍,刹紧肚带,把雁雁抱到毛驴背上。回头对爱爱说:

“回去吧,不用送了。我想对你说一句话,常言说,‘拿人家的手短,吃人家的嘴软’! 不是自己用血用汗换来的东西,一根断筷子都不能要。你爹姓海,你也姓海,姓海的老坟地里不长弯腰树。人人要活得干净,活得清白,活得正直,活得有志气!”

老头子说着,硬是憋着泪水没有让流出来。他不愿自己的女儿看见他的眼泪。他转过身去。爱爱流着眼泪点着头,她没有敢看她爹的脸,老清赶着驴走后,爱爱跑到黄土崖头上,一直看到那头驮着雁雁的小驴隐没在邙山脚下一排柳树荫中,她似乎看到她爹还回头望了两次。……

第三十五章　龙门之夜

当街上打脸，
茅厕里赔情。
——民　谚

一

洛河上有两座桥，一座叫天津桥，一座叫林森桥。天津桥这个名字很古了，“天津桥月”本来是洛阳八大景之一。抗日战争开始后，这座桥被日本鬼子飞机炸毁，只剩下下边的一座林森桥。这座桥是北伐后修建的，用国民党元老林森的名字命名。这座桥没有天津桥古雅漂亮，但现在却变成洛阳到豫南的一条咽喉要道。每天南来北往的汽车、胶轮车、运送军粮的卡车，还有黄包车、架子车和手推木轮车，把这一座不到半里长的河桥挤得水泄不通。牛头撞马尾、车轮碰车轴，走一步，挪四指，整个桥上的人畜车马，就像塞在香肠里的碎肉一样。

海老清牵着驴子和雁雁来到桥上时候，才是上午九十点钟时分，可是到了中午，还没有过得桥去。海老清的毛驴本来是在乡下种庄稼的，没有见过这样大的场面，越是人多，它越是拧头掉尾哼唧着尥蹶子。几个开汽车的国民党士兵，看着驴背上骑了个小姑娘，就故意把汽车喇叭揿得哇哇直响来吓唬驴子。气得海老清没法，只是抱着驴子笼头乱抖，却不看那些当兵的一眼。在他的眼里，好像他们不是人，甚至也不是畜生，是一种连畜生都不如的东西。

雁雁从驴背上跳下来，脱下自己身上穿的小布衫顶在头上。她一方面是为了遮太阳，更重要是为了遮断那些从汽车上射过来的贪馋眼神。

到了桥南头时，人群流动开始快了一些。因为多天没有下雨，桥南头的马路被轧得坑坑洼洼，尘土飞扬。人们的嘈杂声和互相叫骂声混合在一起，汽车喇叭声好像是这个乐队的大提琴。不过人们很少在这里停下来打架，因为都要争抢着赶路，骂声在这里只是为了开道显示出来的威风。

走上往龙门去的宽阔柳荫大道，人群渐渐地拉开了。柳树不知道什么时候栽的，这时已长得有合抱粗。千条万条的柳枝，从高高的树干上垂下来，又互相偎依交织在一起，把整个公路上空织成一条浓绿色的网。公路边是“古洛渠”的淙淙流水。人们在这个绿色的走廊里忽然又变得文明了，他们开始点头、打招呼，有时候嘴里还谦和地喊着：“借光！借光！”

海老清和雁雁在公路旁的水渠里洗了把脸，在一个叫做“安乐窝”的村边一家卖凉粉摊子前歇了歇，每人买了一盘凉粉吃了吃。老清让雁雁还骑上驴子，他在后边赶着驴，向龙门口走去。

二

这龙门，又叫伊阙，两边青山对峙，一条清澈的伊河水从中流过，是洛阳有名的名胜地方。东西山上，名刹古寺林立，幽泉奇松掩映，特别是那些石窟内的佛像，大大小小不下十万余尊。从远处看去，西山头上那些石窟佛洞，密密麻麻就像蜂窝一样。东山上的香山寺、琵琶地等几处名胜，红楼回廊，松柏苍翠，也确有仙境的感觉。

海老清到了龙门街上,已是半下午的时候。他盘算着要是赶到家里,还有四五十里路程,还得过一条伊河。俗话说,“能隔千山,不隔一水”,硬着头皮赶二十里夜路是小事,过不了河留在荒滩野渡上,却叫人担心。常听说龙门南这一带土匪多,清朝末年的大土匪老架杆“烂袄片”“张黑子”就出在这里。现在虽然没有那么大的“杆子”了,但劫路的、抢人的,还是经常听说。自己一个人好说,还有雁雁和一头毛驴。他正在犹豫,忽然路旁传来一声亲切的喊声:“进来歇歇吧,后边有槽能喂驴。”

老清扭头看了看,见是一个中年白净汉子,系着白围裙,站在一家饭铺门前向自己打着招呼。

老清有些犹豫,他盘算着如果要在这儿住一夜,最少也得一元多钱。“住店不住店,先吃两碗面”,这是这里的规矩。另外被子钱、席子钱,再加上喂驴的草料……他想到上午在林森桥上的拥挤情景,觉得本来是起早贪黑一天的路程,却被那座桥把时间耽误了。他心里有点懊丧。

“哪里的客?”那个饭铺掌柜又问。

“闻鹤的。”海老清不好意思再不回答。

“赶不到家了!”饭铺掌柜说,“你就是赶到伊川县城也得摸黑。住下吧,这是你女儿吧,领着你这姑娘逛逛龙门。这是天下有名的福境宝地。看看蛤蟆泉、莲花磨,抱抱奉先寺佛爷的粗腿,一辈子有福气。住下吧,老掌柜,有单独住女眷的房间。”

雁雁听他说着,脸都兴奋红了。她在洛阳住这几年,常听人家讲起“游龙门”的故事。对于这个难民的女孩子,她除了熟悉篮子和饭碗以外,别的东西几乎想都没有想过。现在她也来在龙门山下了,而且是骑着驴子来的。饭铺那个掌柜,又向她爸爸一句“老掌柜”跟着一句“老掌柜”喊着,虽然是路上的随便称呼,却使雁雁下意识把腰挺直了一些。她把自己的一条辫子撩向背后,学着姐姐在台上的动作。

太阳的夕照，把龙门两岸的山色换上了一种绮丽神秘的情调。西山已经藏在太阳光的背阴中，山谷变成了含黛的深蓝颜色，山峦变成了滴翠的浅蓝颜色。缭绕在深谷石崖下的岚气，好像湛蓝的海水在流动着。山坡上隐约可见的佛洞古寺，更显得深邃神秘。

一群乌鸦向东山上飞去，乐山上这时由于太阳夕照，变成一片灿烂辉煌。香山寺大殿的屋瓦像镀了一层黄金，玲珑的钟楼上的红色门窗，变成了耀眼的橘红颜色。山峰上的每一个皱褶，山坡上的一棵棵柏树，都看得清清楚楚，好像近在眼前，就连很远的琵琶地上的一棵棵桐树和竹林，也都历历在目。

雁雁被这神话般的奇幻景色吸引住了，她看得有些发痴。这些青山，这些碧水，她从来没有见过，但她又好像在哪里似曾见过。是梦中？她没有做过这样的梦；是画中？她没有看过这样的画。大自然的美是通俗的，大自然这本书谁都可以读得懂，只要他们的心灵像大自然一样美。大自然用美陶冶着人们，人们又用心灵上的美偿还给大自然。美和美是相通的，它不需要介绍人。

“雁雁，咱住下吧？”老清和女儿商量。

雁雁笑吟吟地低着头说：“咱赁他一领席，就在这河边坐一夜。”她怕她爹心疼花钱。

“唉，要住就住下，穷家富路，好店也不过一宿，咱也游游龙门。”他回头又交代饭铺掌柜说，“掌柜的，我这驴先拴到你后院，我们到山上转转，回来再吃面。”

掌柜的接过来驴缰绳说：“不耽误，你们就放心去转吧。”

由伊河岸登上石级，便是向西山去的小路。雁雁高兴地跑在前边，恨不得一步跨到山上。他们先来在一个水泉旁，一泓清澈见底的泉水，被石栏围着，泉水通过水池，又从一个石头雕的蛤蟆嘴里流出。水石中间长着一个石笋，绿茸茸的苔藓长满了一身，峭拔可爱。上边还刻的有字,海老清老汉只识得一个石字,下边那个字他不认得,就领着雁雁继续往山上去。

一阵嘈杂的叫卖声音传过来,原来是在一座石崖下卖碑帖的,地上摆着几个摊子,都是用毛头纸新拓下来的字帖。

"谁要'龙门二十品'!"

"哎,这里有两套'龙门五十品',四十块钱一套,便宜卖!"

"喂!买一张字帖吧,这是陈抟老祖用西瓜皮写的诗:'开张天岸鸟,奇逸人中龙。'你看,写得多有劲。"

卖碑帖的吆喝着,拿着带墨香的一张张字帖在游山的人们脸前乱摇晃,可是真正买的人却很少。他们看着海老清的打扮,知道他不是买主,就撇开他向别人兜售。一个老汉却朝着老清喊着:

"喂,老先生,买一张吧,'一心无私',远看是画,近看是字!你看,这个戴毡帽的老头跑得多欢,其实这是四个字:'一心无私。'一块钱一张!"

海清老汉红着脸说:"我是种地的,不要这个。"

"没关系,买回去贴到墙上避邪!"

海老清又抱歉地说:"老哥,对不住,我还真买不起。"

那个卖字帖老汉说:"没关系,没关系,买卖不成仁义在。"说着又向别人兜售。

雁雁悄悄问:"爹,这一张纸就卖一块钱,怎么这么贵?"

"这都是从石碑上捶下来的字帖,字帖都是圣人写的字,自然卖得要贵。"

"这山上有圣人吗?"雁雁又问。

"圣人早死了,现在是乱世,没有圣人。"海老清说着,又指着石崖下几堆人说。"你看,那不就是拓字帖的。"

他们来到石崖前看了一会儿拓字,只见有人向石刻上蘸着墨,有人贴着白纸,有人拿着粽捺子有节奏地向石头上捶着,石崖边一张小椅子上坐着个老和尚，拓字的人每拓下来一张向他的铜钵里放一毛钱。

又登了一段石级，他们来在一座大佛窟前。

这座石窟宽阔宏大，里边供着三尊佛像，中间盘膝而坐的是释迦牟尼，两边站着他的两个弟子迦叶和阿难。佛像是北魏时期的雕刻，浑厚质朴，粗犷生动。也不知道是石窟里边凉，还是由于敬畏心情，海老清跑得一身热汗，这时顿然消失了。

雁雁没有见过这么大佛像，她看着那大佛细眯的眼睛和丰满的嘴唇，小声问：

“爹，他是女人，还是男人?”

“……”海老清没有回答。

雁雁又装着懂事地说：“爹，我磕头吧!”海清老汉“嗯!”了一声，自己也跪下了。雁雁磕了一个头站了起来，海老清按照“神三鬼四”的规矩，恭恭敬敬磕了三个头。

海老清本来不大信神信鬼，在老家时，除了逢年过节随着大溜敬个天爷、灶爷、门神、土地之外，最多再给祖先牌位摆个香炉，至于平常他决不让巫婆、神汉进门。他对敬神的看法是：“敬神如神在，不敬何妨碍!”他对算卦、看阴阳宅这一套也不大相信。他常说：“算命若有准，世上无穷人。”不过来到这龙门，他还是跪下给菩萨叩了三个头。一来这里是名山古寺，好像这里的佛爷是真佛爷，佛像又那么巍峨庄严，不像巫婆们敬的狗仙狐圣，值得跪下叩几个头；其次是因为这些年逃荒在外，颠沛流离，他主宰不了自己的命运。人在不能掌握自己命运的时候，总希望有个神来保佑。海老清的命运就在今年这一季秋庄稼上。他种的几亩谷子、玉米和绿豆，如果风调雨顺能丰收的话，他在闻鹤村就能站住脚了。这就是他的全部希望，他把这个希望也暗暗告诉了菩萨。

又看了几个佛洞石窟，海老清不再叩头了。因为这里到处都是佛像,抬抬头是佛,扭扭脸又是佛。这龙门山上共有十万多尊佛像,大的几十丈高,小的有落花生那么大。常言说,“佛多不灵,眼大无神”,海老清和雁雁转了半天,把这些佛像只好当作景致看了。

到了奉先寺,海老清和雁雁算是开了眼界。一座大山从中劈开,几十丈高的大佛像就刻在劈开的石崖上。这座释迦牟尼像虽然高大雄伟,却刻得精细传神,宛如活人一般。据传说这是唐朝武则天时候刻的。当时监造佛像的官员,为了逢迎武则天,故意把武则天相貌特征揉化在佛像脸上,想使她借佛化己,受万方香火。所以这座佛像看去,不但平眉细目,眼角含着笑意,就连那丰润的面颊和饱满的嘴唇,也极像一个婉约富丽的贵族女人。

两旁站的迦叶和阿难像,刻得也栩栩如生。迦叶像清癯慈祥,看去就像一个智慧的化身;阿难像浑厚天真,好像代表着生命。

海老清没有见过这么大的佛像,他想着这古时候的人也真有气魄,刻这么大的石佛,得用多少人,得花多少钱!要不是太平世事,哪能兴动这么大的工程。

到了奉先寺,游客们都要抱抱佛爷的粗腿。这个佛爷的粗腿,其实就是左侧一个天王像的粗腿。千百年来流传着能抱住佛爷粗腿有福气的神话。来游山的人,大都要抱一下,日积月累,这座天王像的小腿部分,竟然磨得油光发亮,滑腻如玉。雁雁看着人家都在抱,她也想去抱抱,可是因为自己是个女孩子,不好意思去人群里挤。海老清总是把女孩子和男孩子一样看待,他看出了雁雁的心事,就问雁雁:“雁雁,你想过去抱抱佛爷的粗腿么?”

雁雁微笑着说:“人太多。”

海老清说:“多怕什么,他抱他的,咱抱咱的。走,我领你去!”

海老清领着雁雁分开众人,来到那座佛像腿前,把雁雁抱到佛爷脚上,让她去抱。雁雁努力伸长胳膊抱了一下,两手却不能合拢。海老清又说:“你别慌,头朝下抱。”

雁雁又头朝下伸长胳膊抱了一下,这一次两手合拢起来。因为传说能抱住佛爷腿的人,不但一辈子有饭吃,还福大命大。雁雁兴奋地跳起来,拉着老清的手说:

“爹,你也去抱抱,你也去抱抱。”

老清说:“我已经六十多岁了,一辈子苦日子快过完了,还求什么福。”

雁雁说:“你去抱抱怕什么,又不要钱,人家说老来福才是福哩。”

海老清说:“你有福就是爹的福。”

太阳衔在西山嘴上。橙红色的余晖铺在伊河水面上。山上几座峭拔的山峰倒映在河水里,奉先寺的大石佛也随着石崖倒映在闪着万道金线的波浪里;它们在水里静静坐着,时而又被从优乐山上放下来的竹筏,把影子荡碎,变成一条条起伏的涟漪。

海老清宁静地坐在石凳上吸着旱烟袋,望着女儿高兴的样子,他的心里也乐开了花。忽然传来一片嘈杂的喝叫声音。他回头看了看,只见一群人围着四个穿黑衣服的巡警,巡警用绳子绑着两个人。

雁雁跑过来喊着说:“爹,快去看吧,逮住了两个大烟鬼!在佛爷耳朵里逮住的,他们钻在佛爷耳朵里抽大烟,被警察逮住了。”

海老清走过去看了看,只见巡警吆三喝四驱赶着看热闹的人群;两个抽鸦片的“烟民”,一个耷拉着头,一个却满不在乎地嘴里叼着纸烟跟着他们走着。

一个年轻警察为了耀武扬威,嘴里喊着:

“走快点!”说着用枪托捅了那个叼烟卷“烟民”的屁股一下。不料那个“烟民”反倒恼火了,他把烟卷吐在地上说:“×你娘,耍什么威风!老子吸的这烟土,是从你们王警长家里买来的!……”

那个巡警吼着说:“你混蛋,你胡说!”

那个抽鸦片的却说:“你想跟我到顺城街他家里看看吗?像五花鳖肉一样的烟膏子,还有两罐子!地方我都能给找到。”

另外一个年纪大一点的巡警忙挤过来说:

“哎,有话到局子再说!有话到局子再说!”

那个抽鸦片的却往地上一坐说:“我不走了。我要找你们的王警长……”

“你别装蒜。”巡警说。

“我烟瘾没过透,走不动。”“烟民”说。

那个年轻的巡警把腰中皮带一解,喝叫着说:“我看你是皮子痒了!”说着“啪!啪!”地打了他两皮带。

那个抽鸦片的却趁势往地上一躺说:

“你今天可是打我了!我记着你小子,我治不了你,有人能治你!咱们走着瞧。”说罢闭上了眼睛。

那个年轻巡警又要抬起脚去踢他,却被那个年纪大的巡警拦住了。他对那个抽鸦片的喊着说:“想上厕所是不是?”

那个“烟民”躺在地上不吭声。

那个年纪大的警察向另一个警察使了个眼色说:“走吧,他要上厕所,给他送到厕所解手。”说着两个人架起那个“烟民”,那个“烟民”由他们搀着进到奉先寺附近一个厕所里。

厕所里一阵吆喝,几个解手的慌慌张张地跑了出来。他们有的提着裤子,有的系着腰带,有的小声地嘟哝着:

“嘿!人该倒霉,连解手也选错了时辰!”

巡警和那个抽鸦片的在厕所里不知道咕哝了些什么,停了一阵子从厕所出来了。那个“烟民”嘴上又叼上了烟卷,而且绳子只缚了一只胳膊,得意洋洋地看着那个年轻巡警。

另外一个脸黄得像鬼一样的“烟民”吸着鼻涕说:“老二,给我个‘蚂蚱’。”

吸烟的“烟民”给了他一支烟，又给他点着火，由四个巡警拥着下山去了。

这时，看热闹的人都议论起来了。

有的说：“真会找地方，跑到佛爷耳朵里抽烟！”

有的说：“捕役个个都是贼，这两个抽大烟的准是和警察局通着的，要不他也不敢那么撒泼耍赖。”

“他们到厕所里不知道说了些什么？那个人就顺顺当当地跟着他们走了。”有人问着。

一个人说：“反正没有好话，好话不会拉到茅厕里说。”

老清听着大家议论，没有敢插话。刚才那股高兴的劲头，也一下子全没了。他平素为人谨慎，又来在外乡。常言说：“离家三十里，就是外乡人。”谁的脸上也没有贴帖子，谁知道谁是干什么的。凭多年的经验，在是非场所，他是恪守“只用耳，不用口”。不过他心里清清楚楚，“私盐越禁越好卖”，鸦片烟也是越禁越好卖，民不敢卖官卖！

下山回到龙门街上时，他又看见那几个巡警抓来了两辆洋车，让那俩抽鸦片烟的烟民坐上，拉着去洛阳城了。看到这样情景，他不由得暗暗叹息着：“真是‘贼口出圣旨’！可苦了这两个拉洋车的下力人了。”

三

回到店里，掌柜的已经挂上灯笼，过路的、打尖的、做小买卖串乡的，也都来投宿住店。

掌柜的看他们父女回来，把桌子抹了抹，先端上两碗面来。那盛面的碗倒不小，是禹县神屋烧的大白粗瓷碗。按这里的习俗，饭铺卖的都是麻酱拌捞面条。海老清看着那放在桌子上的两碗面，倒也凸堆暄腾，高出碗沿一大截子，用筷子搅了搅，只见碗下边有一多半是绿豆芽，真正的面条，也不过两大筷子。海老清又尝了尝，说是麻酱面，也闻不到芝麻酱味，倒是青辣椒汁子放得不少。海老清叹了口气吃起面来，他没有说什么，他知道这大路边的买卖人，是哄死人不抵命的！反正“南京到北京，买家没有卖家精”！吃亏上当也就在这一回。

饭铺掌柜又端上两碗面，老清把自己碗里的面条没舍得吃，全都挑给雁雁。他从手巾兜里取出了个干馒头，就着碗里的绿豆芽吃着。吃罢，他足足喝了两大碗煮面条的面汤；因为面汤是不要钱的。

吃罢晚饭，雁雁到后边一间住女客的房间里去了。海老清就留在前边临街的大屋里。这里说是个通铺房间，其实就是在地上铺几领席子。屋子里睡了十几个人，由于蚊子多，大家睡不着觉，就坐起来抽着烟扯闲话。和海老清挨着的是一个四十多岁的新乡县人，长得圆脑壳、尖下巴，再加上头上谢顶，看去活像个倒挂葫芦。登记店簿时候，海老清知道他姓申。这人说话倒和气，见人乱点头，身上好像钻着几个跳蚤，一会儿躺下去，一会儿坐起来，好像浑身上下都是机关。

他身边放着一副挑子。一头是个箱子，一头是个筐子，筐子上趸着十几个楸木罗圈，还竖了一捆竹篾子。海老清看他这个挑子，自然知道他是个张罗的，就和他聊起天来。

“哪里客？”老清问。

“新乡县的。”

“一张铜丝底罗多少钱？”

“现在哪有铜丝底罗！上海路不通，一年多都没有买到铜丝底了。现在就只有丝罗底、马尾罗底，就这还缺货哩。”他说着把屁股底下坐的一个白布包袱，塞进箱子里，一会儿却又拿出来枕在头下，他问老清：

“大叔，这店里不知道有贼没有？”

老清说：“我不是此地人，我也说不清楚。你睡觉操点心就是了。”

那人连忙点着头说：“是的，大叔，是的。”说着又把个包袱抱在怀里。

老清看他瞪着眼不睡觉，估量他是没有出过门的人。心里想：你这么个架势，还不是“此地无银三百两”，“久不通风，店不露白”，真的要有小偷，你自己先把幌子打出来了。他看着他那个难受样子，就劝他说：

“你就把包袱枕在头下算了，别那么抱着。”那个人又千恩万谢地枕在头底下。

海老清问：“你是头一次出门做生意吧？”

那人说：“是的。我是新乡县人。我们家乡起蝗虫了。只两天工夫，把秋庄稼全吃光了。蝗虫飞来时，遮天盖地，高低庄稼一齐吃。眼看就是饿死人的年景，我才跑出来了。”

海老清听说黄河北岸起了蝗虫，忙问：

“这蝗虫是从哪儿来的？”

“从东边。”张罗的说，“有人说是从黄河故道滩里来的，黄河扒开口子，大水向南流后，原来向东流的故道，几百里长全是水滩杂草，你想，蚂蚱在这种地方，还能不繁生！唉，这就苦了俺们那里老百姓了。先来‘皇军’，后来‘蝗虫’，人算没法过了。”

说起来蝗虫，插话的人多了。一个武陟县卖油茶的说：“这是天意！我前天才从家乡出来，我们武陟县一个县的庄稼，全叫蝗虫吃完了。人家说，老天爷本来对蝗虫说：你到下界去吃武陟县的庄稼！蝗虫耳朵聋，它听错了，它把‘武陟’县听作‘五十’县。看起来这蝗虫不吃完五十个县，它是不会走的。”

“这蝗虫群能飞过黄河不能？”老清关心地问。

“这说不定!”卖油茶的说,“这是天意。老天爷要降灾给哪一方人,在劫者难逃。”

大家你一言我一语地议论着,海老清没有再说话,他不相信蝗虫是“神虫”,可是忽然一年工夫生这么多,原因他弄不清楚。他担心着他在闻鹤村种的庄稼,他的眼前出现了一个大蚂蚱……

这个大蚂蚱是从奉先寺大佛的耳朵里飞出来的。身子像他一般大,两只带着酱色斑点的翅膀展开两扇风车,眼睛像两只黑色的大瓷碗扣在头上,两条后腿是草绿颜色,竟然像两根椽子那么粗!特别是那一张嘴,像两片铁犁片一样开合着。

这个大蚂蚱在黑沉沉的天空上转了几圈,后来竟然像日本鬼子的飞机一样插着头向老清身上俯冲过来。老清喊叫着、踢打着,忽然觉得他被这个大蚂蚱拖住了!他感觉到那个大蚂蚱在向他的脸上嘘气,这种气味很像牛吃草时喷出来的那种气味,带着酸苦的青草味道。老清狠命地用脚踢着它,他的脚被蚂蚱像锯齿一样的小腿拉得鲜血淋漓!他又用手去掐它的脖子,却怎么用力也掐不住!他挣扎着大喊了一声,惊醒了!房间里的人都打着鼾声,月亮光照射在窗户的白棉纸上,他摸了摸自己汗津津的额头,才清楚地意识到刚才是在做梦。

老清怎么也睡不着了。这个奇怪的梦好像在他心里塞了半截袜头。伊河水在龙门山下哗哗响着。月亮光还是像水银一样洒在窗户纸上。隐隐约约地他好像听到了一阵从远而近的风声,月亮光忽然昏暗下来了。老清还以为是天快亮了,因为天亮前总是黑暗一阵。可是他觉得又不大像,这种昏暗颜色里闪动着千百万个黑色的影子,而且越压越低。

就在这个时候,窗户纸忽然“吧嗒!吧嗒!”地响起来,好像有什么东西在撞着窗户纸。他急忙坐了起来,响声更大了,也更密了,好像猛雨敲打在荷叶上,他还以为是真的下雨了,可是当他站起来到窗子前看时，窗子上已经落满了密密麻麻一寸多长的黑色影子——这是蝗虫！

“蝗虫飞过来了！蝗虫飞过来了！”他大声喊着，他冲到门前去开门，刚开了一扇门，一群飞蝗像一股风一样，蜂拥地飞进屋里。

屋子里的人都被惊醒了，大家跳着叫着，像夜惊一样乱成一片。海老清这时还清醒，他急忙跑到后女眷房间喊着：

“雁雁，雁雁，快起来！快起来！”

雁雁揉着眼睛出来了，蝗虫群在她头上、身上乱撞，她惊恐地叫着：

“爹！这是啥？”

海老清没有回答，拉起她来就走，到了后院，找着驴子，解开缰绳，鞴上鞍子，把雁雁抱到驴子背上，从地上捡了一根破竹竿，狠命地打着驴子屁股，冲到了向南去的大路上。

第三十六章　蝗　虫

蚂蚱精，蚂蚱精，

蚂蚱本是土里生；

高低庄稼吃一空，

好像来了日本兵。

——抗日时期民谣

一

天色微明，海老清就赶着驴子气喘吁吁地来到了闻鹤村北地。一路上只觉得天空黑一阵、明一阵，遮天盖地全是蝗虫群。路两旁的榆树枝“喀嚓、喀嚓！”被压断了，枝叶向地下落着，每棵树枝上都蜂聚着竹篮子那么大的一堆堆蝗虫！海老清看了看雁雁，只见她头发上、衣服上落满了绿色的碎树叶末子，地上也像下了一层绿雪。

这时伊河川两岸的庄稼地里，已经到处都是人了。有的敲着锣，有的敲着铜脸盆，有的在十字路口扒起一大堆黄土，黄土上插满了香，男女老少跪了一大片，在地上叩着头，烧着黄表，像疯了似的祷告着，乞求老天爷保护他们的庄稼。

海老清不相信蝗虫是神虫，他准备和这些蝗虫拼命。他惦记着他的庄稼。他没有往家里去，就直接赶着驴子来到自己地里。

来到玉米地边，他一下呆住了。四亩玉米全被蝗虫吃光了，只剩下一根根光秃秃的秆子，在风里摇晃着；像飘带一样的宽大肥绿叶子已经没有了，一条条灰色叶筋向下耷拉着，好像破了的伞架；有些玉米棵上已经长出棒子，这些棒子的嫩皮和缨子也被咬光了，像一个个死胎蜷伏在没有生命的母体上。

海老清觉得眼前一阵漆黑。他的腿软了。他无力地蹲在地上，驴子的缰绳从他手中脱落下来。他真想趴在地上大哭一场。

“爹，这是咱的玉米地？”雁雁问。

海老清点点头没有吭声。

驴子吐噜了两下鼻子，把头也低了下来。海老清这时才发现，它浑身被汗水浸透冒着热气，便把嫩玉米棒子掰了一个塞向它的嘴边。驴子也不知道是太累了，还是懂得主人的心情，它只用柔软的舌头舔了舔老清的手，没有吃那个被蝗虫咬过的玉米。

东边天上出现了一片朝霞，太阳好像睡着了迟迟不敢露脸。就在这时，东边天上忽然出现了一大片黑影，朝霞的颜色一下变成了黄色，跟着又变成灰色，天空中响起一阵呼呼的怕人响声。

“雁雁，蚂蚱又来了！”海老清红着眼睛跳了起来，他拉着雁雁跑到一块谷子地边喊着说：“雁雁，这块谷子也是咱家的，谷子还没有被蚂蚱吃坏，咱要保住这块谷子。”

正说着，蝗虫群已经从天空中飞下来了。都是些一寸多长的大蚂蚱，黄肚子，绿大腿，亮着两只黑眼，像骤雨似的向谷地里射来。

老清老汉喊着：“雁雁，赶快打！你去地那头，赶快打！”

海老清脱掉身上的布褂子，光着脊梁抡着衣服，向那些蚂蚱打去。他像疯了似的从地这头跑到地那头，抡着衣服赶着、打着。雁雁也脱掉自己的小褂，学着他爹驱赶着跑着。蝗虫越来越多了，一棵谷子上就落了十几只。它们不顾命似的迅速地吃着谷子叶子，毫不惧怕海老清抡着的衣服。尽管这些蝗虫的尸体纷纷向地下飘落着，它们却仍然死盯着那些谷叶子不放。有的被衣服摔落在地上,翻个身又飞到谷叶子上咬着吃着。它们也在拼命!

老清和雁雁在地里呼叫着,扑打着。老清的声音渐渐嘶哑了,腿也渐渐地跑不动了,等到最后一群飞蝗经过他的谷地上空的时候,它们没有落下来,因为地里的谷子,已经变成像插在土地上的一炷炷火香那样的秃棍了。

二

飞蝗过去以后,又过了一次蝗蝻。这些蝗蝻不会飞,身体像黄豆那么大,一蹦一跳地爬着,成群结队向庄稼田里袭过来。乡公所这一次出了紧急告示,叫挖沟灭蝗。海老清没有去:因为他病了。他地里什么庄稼也没有了,只剩下几个老南瓜。可是他照样交了四十多斤小麦的“灭蝗捐”。

好在雁雁来了,每天端汤端水伺候着他。她给他拌面疙瘩汤,擀白面片吃,老清每次端起碗来总是说:

“这怎么得了!净吃白的。唉,我也不能起床,要是能起床,到集上看看,用麦子换点杂粮。这样全吃白面,那点麦子吃完怎么办!离明年麦收还有十来个月,日子比树叶还稠啊!”

雁雁说:“今年杂粮没有收,杂粮也不便宜,听人家说玉米就三四毛一斤,是从南阳运来的。你有病,不要想那么多,等病好了再说。”

话虽这么说,海老清每次端起碗却仍然叹息着:“庄稼人,在闲天时候吃这么白的细粮,这不造孽吗!配点黑粮食看也好看。”

海老清心疼粮食,雁雁心里比他更心疼粮食。她每磨一套麦子,总是要磨七八遍,把细面收出来供养她爹吃,把带麸皮的粗面拍成锅饼子自己吃。就这样她还舍不得吃饱。她每天只吃两个粗面饼子,实在挨不过时,就煮一锅刺角芽,放点盐喝上两碗菜汤。

海老清的发烧仍然不退,雁雁劝他说:

“爹,请个先生瞧瞧吧,抓两服药吃,花不了几个钱。”

“我不是怕花钱。”老清倔犟地说,“我一辈子不相信吃药!树皮草根能治人的病,我不信。我一向没有叫病扳倒过,这一次叫它扳倒了,我还不服!我只要一顿能吃上两大碗饭,我的病不治自好。我不相信大夫,我相信吃饭。人是铁,饭是钢!”

过了中伏,天下了一场透雨。老清在床上实在躺不住了,他问雁雁:

“有家犁地没有?”

雁雁说:“有几家犁地了,每天都见有几辆拖车从街上过去。”

老清又问:“有家种荞麦没有?”

“不知道,没见有人扛耧上地。”

海老清叹息着说:“这里的人都是懒虫,‘头伏萝卜二伏芥,末伏里头种荞麦’。正是种荞麦的时候,为什么不种荞麦?荞麦,‘巧麦’,荞麦就是巧收一季。现在能种上,八十五天就能收。蚂蚱是百日虫,荞麦生长的时候,它就被霜打死了。咳,‘手里没网看鱼跳’,可真急死人了。”

种荞麦这个计划像火一样点燃着海老清的心,他的眼睛里产生了希望的光芒,他的身上忽然又感觉到长了力气。第二天早上,他居然拄着一根棍子下床了。他要到地里看看,雁雁拉着他死活不放他去,海老清说:

“雁雁,人怕病,病也怕人!我的身体我知道,这一季荞麦要是种不上,我可真要病坏了。我不能老困在这床上啊!”

雁雁说:“你现在走两步还摇摇晃晃,还种什么荞麦!要不我明天请个人先把地犁犁。”

海老清说:“不行!他们不知道荞麦怎么种。唉,这真是急死人了。”

到了黄昏时候,老清叫着雁雁说:“雁雁,你把木头罐里的生谷子给我抓两把!”

雁雁问:“作什么用?”

“我要治我的病,我看还是汗没出透。”

雁雁抓来了半碗谷子,海老清又叫她端来一碗凉水。他抓着谷子就往嘴里填,一面喝着凉水冲着谷子,囫囵地咽着。把两把谷子吃完,便蒙起被子睡了。

这一夜,老清呻吟着,汗水从头上流着,胸前背后和四肢也都渗出了湿漉漉的汗水。雁雁守了他一夜,到了天快明的时候,他睡熟了,一直睡到下午才醒来。雁雁看了看他,人好像又瘦了许多,可是眼睛却炯炯有神,老清的病却真的被这一场生谷子发汗出好了。

老清开始拼命地吃着饭,他一顿要吃一小盆面条。雁雁害怕他吃坏了,劝他说:

“爹,你的病才回头,别吃坏了。”

老清说:“我肚子里有规程,不用怕。只要能种上荞麦,咱不在乎这点粮食。蝗虫夺走这一季粮食,我要叫荞麦还。”

过了五六天,海老清果然能下床走动了,俗话说,“紧持庄稼,消停买卖”,“节令不饶人”。眼看已经立秋,海老清怕误了农时,一夜小雨过后,第二天早上,他就套上老骟马和毛驴,到地里犁地去了。

老清到地里先犁起了一道垧,因为身体毕竟虚弱,累得满头大汗。他又勉强犁了一遭,就觉得两眼发黑扶不稳犁杖。雁雁看着爹的样子,心里又疼又着急,后来她索性对老清说:

“爹,叫我犁!”

“你不会犁。”老清脸看着天。

“我会犁。这老骟马脾性好,我能使。”她说着夺过鞭子,把老清推在一边。

老清叹了口气说:“你试试也行,右手扶犁杖要提着点,眼往前看。只要马走在垧沟里,驴子就跟着走了。”

雁雁扶着犁子,吆喝着牲口开始犁地了。头一趟她扶着犁子,身子像扭秧歌一样,一会儿歪到左边,一会儿歪到右边,犁回来时候还摔了一跤。可是她不气馁,爬起来大声吆喝着牲口继续犁,犁了几遭以后,渐渐地力气便顺了,牲口也听号头了,她心里兴奋得像喝醉了酒。

海老清盘腿在地头坐着,默默地看着女儿的背影,蓝布印花布衫已经被汗水湿透了。头发被汗水粘贴在额头上。可是她仍然“哟! 哟! 喔! 喔!”地吆喝着牲口,像男孩子一样扶着犁杖大踏步地后边走着。一条条黑色的泥浪从发亮的犁面上翻到地上来,一道道泪水也从老清的脸上滴到泥土里去……

三

集上稀稀落落没有几个人,粮行里还是摆出几个笸箩。海老清背着钱褡儿走过去看了看,只见有几份黑豆和黄豆,还有两笸箩东路来的高粱,却不见有荞麦。

“要是没有荞麦种子,地犁了也白搭。”他思忖着,又转到另一家粮行,这家粮行掌柜姓乔,他和海老清认识。这家粮行门前孤零零地只摆了一个笸箩,乔掌柜坐在一个小板凳上看着这个笸箩。笸箩里盛的却正是有角有棱的荞麦。

海老清心里一喜。他想着:“河里没鱼市上看!”毕竟算是找到你了! 我就是砸锅卖铁也得籴两升回去。可是他却装成心不在焉的样子,抓起了一把荞麦看了看说:

“嗬,有荞麦了! 新鲜东西。吃荞麦凉粉啊!”

乔掌柜纹丝不动地板着脸说:“没有人舍得吃凉粉! 一块四一升,比绿豆还贵一倍。”

海老清听说一块四角一升,心里骂着:好狠心的东西! 板着一副囤迟卖快的脸,一斤荞麦,三斤小麦的价! 也真敢要。他想走开可是又舍不得走开,万一集上就这独一份,回头再来买,说不定他还要涨价。

“一块四,价钱太贵了。”他试探着说,“能少点儿不能?”

那个乔掌柜却仍然面色不改地说:

“我也说贵。好不该这东西太缺了。就剩这么多了,要不你再转转看看,反正节令不等人,庄稼早种一天和晚种一天就不一样,这你比我清楚。”原来这些粮行的掌柜,最会往人心窝里说话。他知道像海老清这样的老庄稼筋,又是佃种着人家的地,拼上命也要种一季荞麦。海老清拐过来时,他就知道这宗买卖是做定了,因此他并不慌忙。

海老清仍然舍不得走,他又抓起荞麦看了看说:

“这荞麦没扬净,里边尽是草籽。”

乔掌柜说:“‘褒贬是买主’,这是人家寄卖的,我们也无法除舍耗。”

海老清笑了笑说:“你这是‘张飞卖秤锤,硬人碰硬货!’”

乔掌柜也笑了笑说:“老海,你心里清楚,这叫‘萝卜快了不洗泥’,这场雨下得太是时候了。”

海老清知道和这些干经纪牙行的人,磨破嘴也是白搭,他赚到手上的钱,就是亲老子也不会让一分,心一横说:

“给我籴三升!”

乔掌柜这时笑了。他说:“老海啊! 这叫‘贵人买贵物,穷人买豆腐’。秋后你的荞麦好收了,还到我这里卖。”说罢拿起升子满满地过了三升,倒在海老清的口袋里。

海老清没有吭声，他解开大腰带，在“转腰瓶”里取出一沓钞票，用长满老茧的手笨拙地数了数交给了他。这些钱他本来打算给雁雁买一件布衫，现在他决定不买了。他心里只想着一句话：“穷不惜种！”

四

荞麦长到一拃高放大叶的时候，海老清向地里追了一遍茅粪。上粪后遇上一场小雨，茅粪经过粉化，土地得住力量，那荞麦就像人用手提着一样，一天一个样子，齐刷刷地向上飞长起来。荞麦开花以后，怕雨不怕风。农民们叫做：“风花收，雨花丢！”也是海老清走运，荞麦开花以后，每天都是晌晴天，小西风天天刮着，荞麦花越开越稠，不到半个月，一块地竟变成了密密实实的粉装玉砌世界。

天气已到秋凉，树叶子已经渐渐变黄，开始向地上飘落着。海老清种的荞麦田，却和青霜白露搏斗着，呈现着一片盎然春意。

殷红色的荞麦秆茎互相偎依着。它饱含着水分，闪发出悦人的红珊瑚颜色。它的叶子鲜嫩葱绿，绿得叫人看了简直黯然神伤。最漂亮的还是它那雪团锦簇的花朵，这些密密层层的小白花，汇集成了一个洁白的世界，它比千树万树的梨花更婀娜，它比冬天的雪花有生命，比起油菜花来，她显得更加纯洁、高尚、贞静。

蝴蝶和蜜蜂都飞来了，偶尔还有几只马蜂。白色带黑斑的小蝴蝶和黑色带红斑大凤蝶在花丛中飞舞着，蜜蜂忙碌着采集冬天前最后一次花粉。它们好像懂得海老清的心事，每天传授着花粉，为着他获得这一次丰收奔忙。

海老清正在忙着播种麦子，每到休息时候他总要跑过来看他的荞麦。什么也没有看着这些茁壮的荞麦使他心里更高兴。他盘算着一亩地如果能收四百斤，二亩半地就能收一千斤。一千斤荞麦,虽然补偿不了蝗虫给他造成的损失,可是明年春天总不至于去犯愁了。在精神上他得到的安慰更大,闻鹤村没有几家种荞麦,东头几家种的荞麦还是请他去播种的。人们用钦敬的眼光看着他,同时也用嫉妒的眼光看着他,他们怀疑他和老天爷是儿女亲家,要不他怎么那么清楚老天爷的脾气。

收割时候,海老清和雁雁起了个五更,这种五更叫做“没底五更”,其实是半夜就起来去割荞麦了。父女两个一面割着,一面捆成捆往场里扛。当一大捆荞麦扛在他的肩头上,把他压得几乎喘不过气来的时候,他感觉到心花怒放。从这一捆一捆荞麦的分量中,他已经约摸出了这些荞麦粒的重量。他蹒跚着步子,一捆又一捆地向场里扛着,他希望这些荞麦捆再重一些。

农历九月的太阳已经不毒了,海老清先把湿秆子荞麦碾了一遍,然后又用桑杈把它摊开架起来,每天翻两三遍碾一次。他相信“杈头有火”的说法。太阳没有热量了,他这个人却有热量,勤劳的双手就是他的另一个太阳。

雁雁这些天把胳膊都累肿了,她没有干过这样重的活,天不亮到场里,月亮出来还回不到家里,有时候她拿着桑杈站在场里打盹。她的心情是愉快的,当自己的汗水变成果实的时候,人总是高兴的。

五

下午,海老清正趁风扬场,从村北大路上来了一辆高轮马车。赶车的是个二十多岁的小伙子,身上穿着“童子军”军服。车上还坐着两个穿着草绿色“童子军”衣服的学生,年纪都在二十岁以上。车右边坐着一个戴灰博士帽,穿着长袍的绅士。他是周青臣。

周青臣在县里中学当上校长以后,很少到老家来,不过村子里发生什么事情,他都清清楚楚。蝗虫吃了秋庄稼,他以为今年秋季分不到粮食了,没有想到海老清又种了荞麦,而且荞麦长得格外好。这个消息村子里早有人捎到他的耳朵里。周青臣想:老海这个‘种地户’果然和别人不同,大灾年却能收一季荞麦!他又想到,别看这个老海外表实诚,说不定他也想和我捣鬼!种了一季荞麦,也没有到县里和我说一声,莫非想瞒着我独吞?你种地再巧,还不是我的地好?你把荞麦种到锅台上,再不会给你长出粮食。等着他送来租子不如我亲自去取。粮食只要打到场里,我不说话,我叫升子和斗说话。

他打听着海老清正在打场,就借了一辆大车,在学校里挑了三四个大个子学生,带上算盘和口袋,来闻鹤村和海老清“分场”。

到了村边,周青臣先跳下车。他和村里人打着招呼,“进村不坐车”,这是这位“圣人”家的老规矩。

“爹,来了一辆大车!”雁雁喊着说。

海老清拿下草帽看了看,见掌柜的带着三四个穿黄衣服的人赶着大车走过来,胳膊和手全软了。他拿着木锨又扬了两锨,却怎么也撩不到天空中去。他索性放下木锨,拍了拍身上的荞麦花,垂着手站在场边迎候。

“回来了,大掌柜。”海老清勉强笑着说。

周青臣却是满面春风地问他:

“老海,听说你夏天害了一场病?学校里公事忙,说回来看看你,一直也没个空。”

海老清感激地说:“早好了。这不,今年秋季我又种了点荞麦,明后天我就打算给您送去……”

“不用!不用!”周青臣打断他的话说,“你一个人多忙,又没有大牲口,我叫几个学生来帮我拉回去算了,给你腾点空。”

“这是谁?”他看着雁雁问。

海老清说:“这是我一个妞。我从洛阳把她接来。今年秋天要不是她,我也难活成。”他又扭头对雁雁说,“雁雁,这就是咱的老掌柜,叫大爷!”

雁雁怀着敌意看了这个留着八字胡的老头一眼,嘴唇动了动,没有喊出来。她把脸扭到一边,她感到心里难受。爹爹在她的心目中是神圣的,爹爹从来是直着腰做人,直着腰种地,可是今天爹爹的腰却弯下来了,脸上还勉强堆着笑。她从来没有看到过她爹这样的表情,她的自尊心受到了损伤,她感到一阵愤懑和羞耻。

“校长,牲口该喂了,用这荞麦先把它喂喂吧!”一个马脸“童子军”说。

没等周青臣说话,雁雁却挡住说:“粮食才打下来,人还没有尝,就先喂牲口,不怕造孽!”

那个像马脸的“童子军”学生看了看雁雁说:“嗬! 出来个女掌柜! ……”

老清忙喊住雁雁,又对那个学生说:“牲口不吃荞麦,等会儿牵到家里喂吧。”

“我不信!”那个学生说着用木锨故意把荞麦端了几大锨,放在牲口面前,那两头骡子和那一匹黄马,闻了闻却没有张嘴。

学生们心不死,他们叫着:“来,咱们学扬场!”说罢拿着木锨和扫帚扬起场来,海老清扭过头去,看见只装没看见,由他们在那里闹腾。

“咱种了几亩荞麦?”周青臣问。

“二亩半。”

“嗨,怎么不多种点。”

“我当时有病,”海老清叹着气说,“地都是我这个妞儿犁耙的。再说,荞麦种子也弄不来,用一斗麦才换了三升种子。”

周青臣说:“嗨,你不早说,县里有的是荞麦,粮秣站里多的是。”

海老清说:“咱没那脸气。”

周青臣到老宅里去游转了。几个学生到地里去捉鹌鹑。海老清趁他们不在,急忙把场扬了扬。当一大堆像石榴籽似的荞麦拢起来时,他不敢看周青臣放在地上的一堆口袋。

这几个“童子军”在校长面前干活是很卖力的,他们把场边、垛角的荞麦全都收拾过来,还把碾过的荞麦秸秆又用杈抖擻了一遍。周青臣用手在地上捡着荞麦粒往堆上撂着,嘴里不住说着:“这都是粮食籽啊,可不能糟蹋!辛辛苦苦种出来的,不容易啊。”

海老清还是不吭声,任他们扫着、撮着,自己蹲在场角抽着烟袋木木地看着,好像这场里的粮食和他没有关系。

“童子军”们七手八脚过着荞麦,一共灌了九口袋半,共一千一百四十斤。

周青臣拨着算盘算了算,按四六分场,他分六成,共六百八十四斤,海老清分四成,共四百五十六斤。周青臣又满脸堆着笑说:

“老海,这是头场,你估估,要是再遛遛秸秆,还能遛出多少粮食?”

海老清没好气地说:“你估呗!你说多少就算多少!”

周青臣估着说:“能遛出二百斤?”

海老清说:“一百斤算给你吧!”他又大声地说,“这是荞麦,不是小麦,已经碾了两次了,你看看那些秸秆上还有粮食没有了!剩下这三四百斤荞麦,我还有两口人,两头牲口啊!我还得给你种地啊,人不能把嘴缚住!”

周青臣摆着手说:“算了,算了!清楚不了,糊涂拉倒。我拉走七口袋,剩下这些都是你的。再说就薄气了!明年春天要是实在过不去,你到县里找我。有我吃的,就有你吃的。”

海老清说:“你放心,我不会去麻烦你!”

周青臣说:“这有什么关系,咱们老弟兄俩,分什么东家伙计,我就喜欢你这人实在。常言说,‘吃亏是福’,‘吃亏人常在’。孔老夫子说过,‘过于利而行多愁’,吃得小亏则不至于吃大亏,这是我老爷常说的。”

海老清心里想:他也是读书人,怎么说话不知道个横竖颠倒!这明明是我要说的话,却叫他一股脑儿说了出来,也算稀罕。

周青臣又和他商量说:“老海哥,我想和你商量个事儿,明年咱们不用分场了。明年你作为典种,我赔拿租子,我赔囫囵你赔破,省得每季过秤哩、算账哩,太麻烦了,你看这样行不行?”

海老清通过这次分荞麦,知道他这个“周善人”并不是真“善人”,他的心和海骡子一样,也狠毒着哩!他心里很烦,为着利索就说:

“也行,您看我一年给您交多少租子?”

周青臣假惺惺地说:“没有中人难说话,还真难说。不过,我们周家世代‘耕读传家’,以忍让为宝,决不能叫你们下力人吃亏。不过现在在城里住花销太大,动动得要钱!俗话说,‘蛇大窟窿粗’,大有大的难处……”

海老清听他又是背家训,又是哭穷,啰里啰唆,再没个完,就打断他的话说:

“东家,你说个数目吧,我决不争!”

周青臣看了他一眼说:

“这样吧,去年咱们分场,我分了四石麦子。明年干脆你缴给我四石麦子、两石秋粮,瓜果红薯,你随意,没有我也不争。”

海老清侃快地说:“行。”他刚说过这一句话,好像觉得一扇石磨压在身上,这四石粮食不知道要他付出多少汗水。可是海老清是个硬气人,他对他的老胳膊老腿还充满了信心,另外,还有雁雁,总算多一个帮手了。

“童子军”们把七袋粮食扛上大车,呼叫着牲口,打着闹着坐在车上走了。周青臣答应放他们几个两天假,并且还发还他们一副麻将牌。

海老清看着大车上七条圆滚滚的口袋,心里有一种说不出的难受。雁雁咬着下嘴唇,一直盯着那辆大车,她嘴唇哆嗦着,眼睛里噙着泪水。海老清重重地叹了口气说:

"雁雁,把咱这点儿粮食收拾起来吧!"

雁雁却"哇"的一声哭起来了。

海老清说:"雁雁,别哭了。想开点儿。人家是东家,地是人家的。"

雁雁骂着说:"叫老天爷报应这些孬孙!他吃咱的粮食,叫他光头上长疔疮,疔死他们!"

海老清有气无力地拿起木锨说:

"没有老天爷!即使有,他也是瞎子!"

第三十七章　“女孩子也是孩子!”

灾年谣言多。

——民　谚

一

一九四二年的夏天,天气奇热。从冬天到春天,整整七个月没有下雨。井干了,河枯了。每天阵阵黄风,卷起地上的尘土,变成一条条粗大的黄色烟柱,旋转着飞向天空。农民们看到这种旋风,照例要“呸!呸!”吐几口唾沫,有的还脱下鞋子,向旋风的中心掷着。据说,这种旋风就是旱魃,要用破鞋去赶它。还有人在掷的鞋子里发现过旱魃的血迹。但这都是传说,谁也没有亲眼看见过。

人们每天用手打着遮阳望着天空。天空却总是蓝澄澄的,没有一块阴湿的云彩。有时候早晨偶尔出现一些鱼鳞般的云块,有经验的老农们却摇着头叹息着:“雨又远了!”

骂天的人渐渐多起来了。他们把对天的敬畏的心情变作愤怒,到处可以听到:

“这个该死的老天爷!”

“这个死鬼老天爷!”

“你不会当老天爷你就别当!”

但是不管骂声再多,“老天爷”没有长耳朵,它既无反应,也无表情。

人们看“老天爷”没有反应,就把希望寄托在龙王爷身上。伊川县闻鹤村有一座龙王庙，平常冷落得住满了麻雀，今年春天忽然热闹起来。

龙王的香炉里插满了香，供桌上有时候还摆几碗供食。麦子拔节时候，有一天早上起了火烧云。农民们兴奋起来。他们以为龙王要显神通了，就发起了更大的祭祀活动。

打更的王三在村街上敲着锣喊着："祈雨了！祈雨了！都到龙王庙祈雨……"接着锣鼓响起来，人们像潮水似的向龙王庙涌着。保长、绅士们也都来了。他们赤着脚，戴着柳枝编的帽子，站在人群前边，好像只有他们有资格和龙王说话。

池塘边几棵大柳树倒了霉，几个小伙子爬在树上，折下柳枝向下边扔着，人们抢着、拾着，纷纷编成柳圈帽子戴在头上。他们还给龙王编了个柳条帽子，戴在它的头上。

绅士们摆出一副虔诚的表情，向龙王烧着纸、奠着酒，又恭恭敬敬地叩着头说："龙王爷，你可怜可怜下界苍生吧！庄稼快旱死了。你要能显显灵，在三天内下一场透雨，麦罢给您老人家杀猪烫羊。"

农民们对待龙王不像绅士们那样文明。他们让四个属龙的小伙子抬着龙王"游街"，这也叫"晒龙王"！他们先把龙王的泥胎抬到麦田边，让它看看快要枯焦的麦子；再把它抬到池塘边，让它看看干涸的水塘；接着就把它抬在热毒的太阳下游街晒太阳，意思是要它尝尝这火毒太阳的味道。

游到中午，一点儿云彩却又散了。天空又变成了赤日高挂的蓝天。龙王的头上没有出一滴汗，四个抬着龙王的小伙子，却晒得满头大汗，气喘吁吁。

人们生气地不再抬着龙王游街了，他们滚过来一个碾麦子的石磙竖起来，把龙王放在上边让太阳晒。他们指着龙王的鼻子说着：

“你什么时候下雨，才给你送回庙里去！”

“你不下雨狠晒你！”

龙王脸上毫无表情。只是瞪着它那两只像鸡蛋大的眼珠。

龙王的泥塑是狰狞的、奇特的。它基本上是人脸和龙头的混合变形。深深凹进的眼窝中，突出两个鸡蛋那么大的眼珠，鼻子宽得像个秤砣。下颚像铲子一样向前突出着。就在这个下颚上，张着一张像河马一样宽大的嘴巴。

当年农村画匠们这个构思是想增加龙王的威严。但是威严过分就会变成滑稽。一天两天过去了。十天半月又过去了。龙王依旧蹲在麦场的石磙上。它头上戴的柳枝帽被晒得枯焦了，乌鸦落在它头上“啊！啊！”地叫着。当人们看到它脸上的鸟屎时，才知道它也无能为力。

干热的黄风依旧天天刮着。天上起一片云霞，被黄风吹跑了，再升起几丝流云，又很快被风吹跑了。男人们“晒龙王”的办法失败了。妇女们又悄悄串连着开始了她们的“求雨”活动。洛阳这一带农村的老太婆们，有一种编造故事的“天才”，她们编造出来的“神”，要比男人们想象的更曲折、更富于人情味道。

一个谣言在各个村子流传开了。她们说：老天爷去西天赴王母娘娘宴会，临走时，他对老天奶奶交代说：“要是我十天不回来，你该下就下。”意思是走后让她掌管着下雨。谁知道老天奶奶的耳朵有些聋，她把“我要是十天不回来，你该下就下。”听作“我要是十天不回来，你该嫁就嫁！”到了十天头上，老天爷吃酒还没有回来，老天奶奶果然另找个男人嫁了。老天爷从西天回来后很伤心。这时管风的风姨向他献媚，想做他的填房。老天爷嫌风姨太疯，不想讨她做老婆。风姨就每天故意和他捣乱，不让他调风播雨。老天爷只要播起一阵云要下雨，风姨就用嘴把他的云彩吹散。老天爷再播起一块云，风姨就再把云吹跑。因为这一场恋爱没有结局，半年来天天刮风，却下不来一滴雨。

这个荒唐故事在农村中流传得如此广泛，老太婆们每天望着神秘的天空，盼望着老天爷赶快完婚，或者风姨能够死了那片痴心。因为实在不敢再闹了，地下的庄稼已经快旱死了。

不知道从哪个村子传来了一个说法。她们说：风姨爱纺棉花，只要下界百姓收集点棉花送给她，她就回家坐下来纺棉花，不再和老天爷捣乱，每天刮黄风了。她只要把风停下来，老天爷就能给下界播云下雨了。

由于这个谣言编得如此合情合理，各村的妇女就挨门挨户给风姨收集棉花。妇女们把弹好搓好的雪白棉絮献了出来，这家三条，那家两条，然后捆成一捆，拿到十字街口，大伙跪在地上焚烧起来。

一条条棉絮在火焰中化成灰烬，飞向天空。各村子里都飘着烧焦棉花的煳臭味。可是天上仍不见一丝云彩，黄风每天还在继续刮着。那个痴心的风姨没有听下界老太婆们的"劝告"，她不愿意回家老实坐下来纺棉花，她在继续和老天爷捣乱。……

二

过了"芒种"，天仍然没有落一滴雨。小麦绝收已经成了定局。

海老清每天到地里看着，稀稀落落的麦子长得只有一筷子高，叶子就渐渐变成了枯黄颜色。有的麦子棵上还勉强结出一个小穗儿来，看去有枣核那么大。当海老清剥开这些穗儿看时，里边却是空的。

"就是现在天落下来雨，也不行了！"海老清自言自语地叹息着。

村子里各家小户开始疏散自己家的人口。有的人家把未成年的男孩子送到洛阳当学徒，有的背上木匠家具远去湖北、四川谋生。还有些人家把十几岁的女儿，换上一件干净布衫，送到婆家去当“童养媳”。

“逃荒不如减口”。对于度荒的经验，海老清这一辈子也算经历过十几次了。可是现在他是逃荒在外乡，一无亲戚，二无朋友，要是给雁雁找个人家童养出去，他实在难以割舍。将来落叶归根还要回老家，把女儿寻在外乡，会别扭一辈子。可是实在没有别的办法。去年打的一点荞麦，眼看快吃完了。两头牲口因为没有料喂，也饿成骨头架子了。海老清想着：人不能减，牲口是“张嘴货”，无论如何不能再喂了。他和雁雁商量说：

“雁雁，明天咱把咱的马和驴都牵到集上卖了。咱喂不起了。现在弄点粮食，人还要带皮吃，哪有料喂它们。另外，就是草咱也喂不起了。咱这匹老马一天一篓子草，剩那点麦秸，不够它半月吃，将来饿倒了，抬不起来才不好办。”

雁雁说：“先把马卖了，把驴子剩下。万一天下雨了，咱连一头牲口也没有，秋庄稼怎么种？”

老清长叹了口气说：“我看这个老天爷是瞪住眼了。现在顾人要紧。”

第二天一大早，海老清牵着两头牲口到集上去了。牲口市上的牛、驴、骡、马，拴的不少，买主却没有几个。经纪人过来搭了搭价，海老清吓了一跳，两个月来牲口行情大跌，那头毛驴，据经纪人说，最多能卖上三十块钱。至于那匹老瞎马，只有卖给“杀坊”，最多也不过卖十块八块钱。

小晌午时候，驴子先卖掉了。是界首来的两个驴贩子买去的。他们看了看这头驴的牙口，刚换过六个牙，身板虽然瘦了一点，口还算年轻。他们把价钱出到三十块钱上，再也不添了。经纪人死拉活拖，张罗了半天，算是卖了三十二块钱。除了佣金，海老清净落了三十块钱。

驴子卖了以后，那匹老瞎马却没有人问津，一直等到日头偏西，牲口绳上的牲口渐渐都牵走了，那匹马仍孤单单地垂着头站在那里，看着海老清蹲在地上抽烟。

傍晚时候，海老清牵着那匹老马回家了。黯淡的夕阳把他和马的影子拖得长长的，饥饿的乌鸦在他的头上盘旋着叫着，海老清觉得有些晦气，他向乌鸦吐了一口唾沫。

第二天，海老清又把老马牵到市上来了。

经纪人看见他说：

“又牵来了？”

“可不。”海老清不好意思地说，“百货中百客。要不是天旱，我还真不卖。别看它口老，种庄稼还能拉独犁独耙。”

经纪人说：“老哥，旧皇历不能看了，眼下能下四指雨，你这马就卖二十块钱。可是雨在哪儿哩？叫我说卖给‘杀坊’算了。这一张马皮还能卖四五块钱。”

海老清听他说着马皮，心里有些难受。他说：“给‘杀坊’我不卖。我这匹马给我出过大力，我不能送它去再挨一刀。”他说着眼睛有些红了。

经纪人看着这个老头怪实诚，就对他说：

“你把缰绳拴得高一点，拴得高一点，马就看精神了。像这样耷拉着头闭着眼，像座焰火架子一样，谁也不会要。”

海老清听着他的话，把马缰绳往高处拴了拴，把马头高高吊起，经纪人替他喊叫起来：

“谁要？谁要？就这一匹大灰马，十块钱！眼不瞎，腿不瘸，长套短套，三天水草。谁要？谁要？”

经纪人在高一声低一声地喊着，几个买牲口的贩子转过来看了一眼，连口也不看就又转走了。到了中午，那匹马忽然卧倒在地上，因为缰绳拴得高，把脖子吊得太长，就像上了吊一样。

海老清赶快跑过来,吆喝着让马站起来。经纪人用鞭杆敲着喊着,催它站起来,可是那匹马只是闭着眼睛伸着脖子,任他踢打喊叫,硬是站不起来。

经纪人这时劝着海老清说:

“老海!我看这马你牵不走了。赶快卖给‘杀坊’算了。这年头人的命都还顾不住,你还顾牲口的命?趁现在还有口气,要是没有气的时候,才没法办呢。”

海老清看着马的样子,确实有些危险。他后悔这两天没有喂它一把料,要是能喂一把料,总不至于倒在地上起不来。可是他还不忍心卖给“杀坊”。几年来这匹老马就像他的一个朋友,它是那样忠实,又是那样听话,它是那样落落大方而有德性。平常播种耩地时候,种子就摆在它的嘴边,不管再饿,它从来不去偷吃一嘴。它好像知道这是主人的种子,种子要长出丰收的庄稼。每逢打场碾场的时候,它领着驴子拉石磙,一磙挨着一磙转着圈,根本不用人喊号头招呼。它也从不在麦场里拉屎拉尿,总是等着卸套以后,拉到应该拉的地方。它好像真的通了人性。

如今它老了,其实也还没有真正老,而是饿老了。再把它送到“杀坊”吃一刀,把它的肉拿到秤盘上一两一两地卖出去?海老清觉得自己实在做不出来。他决不能这样做。

“老海,怎么样?”经纪人催着他说:“是舍不得吗?你就是今天牵回家,明天也牵不来了。舍不得叫人家宰,你自己得宰。反正早晚是一刀菜。”

海老清忽然瞪着两只带血丝的眼睛,像乞求又像命令地说:

“老弟,我卖给你!你就买下它吧,我卖给你!”

经纪人不解地说:“你卖给我?”

海老清又颤颤巍巍地说:“是啊,卖给你,你怎么样处置它都行,我不能!……我……我……”他眼中涌满了泪水,话也说不下去了。

经纪人似乎懂得了他的心情,他自言自语地说了一句:“真是‘百人百姓’,世上什么人都有!”他又问着,“我给你多少钱呢?”

海老清说:“随便!你给多少钱都行,我决不争。我只是要把它交个家。”

经纪人嘘了口气,从腰里的皮钱包里取出十块钱说:“你拿去吧!我给你咬的牙印,我还给你这个价钱。佣钱也不收了!你把马笼头取下来。”

海老清模模糊糊地说:“笼头还取下来?”

经纪人说:“是啊,‘卖梨不卖筐,卖马不卖缰’,这是规矩。明年年景转过来,我再帮你买头好牲口。”

海老清说:“谢谢你的吉庆话!”

就在他取掉马笼头时候,那匹马睁开眼了,它用左眼看了海老清一眼,嘴唇翕动了一下。它想用舌头舔舔海老清的手。海老清没有敢让它来舔。他像个罪犯,掂着马笼头默默地走了。

三

过了“夏至”,一场可怕的大灾荒,才真的开始了。

各家小户多年储存的能够吃的东西,几乎全吃完了。晒干了的红薯笼头,虫蛀了的干萝卜缨子,还有发了霉的陈谷糠,拌着柿树上的小柿子,晒干磨成粉,拍成饼子在锅上烙一烙,当作食物往肚子里吞。小孩子们吃着这些干涩的“饼子”,几天拉不出屎来,哇哇哭着趴在地上,让母亲们用头上簪子替他们挖。……

榆树叶子早采光了。柳树叶子、槐树叶子和椿树叶子也所剩无几了。不知道从什么地方传来说,“榆树的第二层表皮晒干后可以磨成面充饥”。两三天里,所有的大小榆树的皮都被剥光了。还有人说：西边山上有一种“观音土”能吃，可是又有人说吃这种土死得快一些，就在临近“观音土”的那个村子里，人已经饿死了一半。

去年秋季庄稼被蝗虫吃掉，有些家多少还收了点粮食，一冬天大家忍饥挨饿，把希望寄托在麦子上，可是麦季又是绝收。两季没有收成，加上眼下秋庄稼又没有种上，一场浩劫降临在人间。

集上的粮价成倍地飞涨起来。海老清卖了两头牲口的钱，他本来打算坚决留着，到秋天下雨时，再买一头小牲口。现在看起来不行了。钞票越放越不值钱了。而且家里那点荞麦早吃光了，每天煮树叶子吃，雁雁的眼泡已经开始浮肿。牲口买不成了。顾命要紧。

他找了一条口袋上集了。走到村西口，看见一个老头靠着一棵老柿树坐着。这老头叫郑四，平常爱说个笑话。他身边放着个篮子，篮子里放着几个从树上落下来的小柿子。他老远就大声喊着：

“赶集啊？老海！”他声音洪亮，身子却动弹不得。海老清说：“是啊，到集上转转。”那个老头拍着自己的口袋神秘地说：

“你给我买个烧饼捎回来。我在这儿等了半天了。”他说着，自己的手却不会掏口袋，手指头已经瘦得像鸡爪子。

海老清替他摸了摸口袋，找到了一毛角票。他对郑四说：

“一毛钱啊？”

郑四老汉点点头，他动了动干枯的嘴唇。又大声喊着说：

“要个咸的。”

海老清说：“好，你好好等着吧。”他看着他肿得发亮的腿，有几分可怜他。

海老清半月未赶集，集上大变样了。买卖商号几乎都关上了门。河里捞出来的杂草摆在街上，论斤称着卖着，煮熟的黄豆用线串起来卖，一串上串十几个豆粒，竟然卖一角一串。

两家饭铺还开着门，烧饼却不摆在外边卖了。他们怕抓馍的抢走吃。海老清因为要给郑四老汉买烧饼，问了问价钱，一个黑面烧饼竟要五角钱。海老清说：

"我要一个。"

"先交钱。"饭铺掌柜半笑不笑地说。

海老清添了四角钱，把一个烧饼揣在怀里。

海老清到了粮食行看了看，粮行的笸箩一个也没有摆，四扇板扇门只开了一扇，门口还站个伙计守着门。

海老清伸着头向里看了看，又看见那个姓乔的掌柜，他的宽脸似乎也变窄了点，表情十分严肃。他和几个籴粮食的小声讲着价钱，好像他卖的不是粮食，而是私货和毒品。

"上街来了，老海！"他向海老清打着招呼，海老清侧着身子挤了进去。他压低着声音说："想籴点粮食。有什么粮食？"

"只有点谷子。"

"我能看看不能？"

"谷子是好谷子。"乔掌柜铁着脸说，"二十块钱一官斗，你要买到后头给你过秤。"

海老清听说谷子二十块钱一斗，简直不敢相信自己的耳朵。一官斗谷子十五斤，两斗谷子三十斤就是四十块钱。这不是在籴粮食，而是在买金珠子。他犹豫着，粮行掌柜的眼神很清楚，那就是：你爱买不买，根本没有活动的余地。可是不买回去怎么办？钞票是一沓纸，不能放在锅里煮了吃。现在还能走得动，再挨两天真饿得走不动了，想再来籴粮食也不行了。人在长期饥饿的情况下，说走不动就走不动。海老清有这个经验。他想到了郑四老汉坐在树下的样子。他很清楚，郑四老汉挨不了多少时候了。他得赶快回去。

他二话没说，数了数四十元钞票，交给了粮行掌柜。乔掌柜叫伙计到后边堂屋粮囤里给他过了两斗谷子。海老清把半袋谷子背在脊梁上时,他有些伤心。这半袋陈谷子就是他的两头牲口价钱!一头驴子和一匹马,全都装在这个小布口袋里了。其实这个口袋里,装的不单是他的两头牲口,还装着他和他的女儿两个人的生命。他盘算着有这三十斤粮食,父女两个人一天吃半斤,就能挨过两个月。两个月以后就到秋天了。天还能不下雨?

回到村口,郑四老汉还在靠着那棵老柿树坐着。海老清喊着说:

"老四!烧饼给你捎回来了。"

郑四没有吭声。海老清以为他睡着了。他把烧饼往他手里塞时,发现他的手僵冷了!他急忙用手在他的鼻子前试了试,呼吸已经停止了。郑四老汉没有等到他买回来这个烧饼。他嘴里还咬着一个发涩的小柿子。

在大的灾荒面前,人就是这么脆弱,脆弱得像纸糊的一样。海老清把烧饼掰了一小块往他嘴里塞着,希望他能吃一口,可是老汉的嘴已经永远不会动了。海老清的眼睛潮湿了。他把烧饼放在他胸前,又替他把扣子扣好。他知道郑四老汉是种了一辈子庄稼的人,临死应该给他个烧饼带着。……

四

村东有一盘石磙。这是全村公用的碾米磙子。傍晚时候,海老清看街上没有人,就悄悄掂着谷子,和雁雁一起来碾米。

他把谷子刚摊到碾盘上,从后街走来两个穿黄衣服当兵的。他们朝他喊着:

"你是海老清吧?"

"是……"海老清留在牙缝里没有说出来。

“我是县保安团的，我姓邹。”一个镶着金牙的当兵的说，“周青臣校长借我们团三百斤军麦，他把这笔军账拨给你了。他说你这儿存着他两石小麦租子。”说罢从口袋里拿出一张条子说，“这是他写的条子。”

海老清认得几个字。他看了看，上边写着：“今收到：佃户海老清交来课子粮三百斤整。”一边又批着：“交由县保安团特务连领取。”下边盖着“明德堂”堂号的红印。还有周青臣的签名。

海老清看了这张条子，双手颤抖起来。他心里全明白了。不知道是村子里哪个坏种给东家送了信，说他籴了粮食。反正外来户好欺侮，瓦罐里有多少米，几百家眼睛都盯着，他气得眼睛直冒金星。

“这租子我不能交。”海老清斩钉截铁地说。

“你欠不欠他租子？”姓邹的问。

海老清说：“我欠他租子。去年荞麦他分走了一多半。今年麦子全旱死了，颗粒未收，他知道不知道？”

姓邹的说：“我不管那么多。你欠他的粮食，他欠我们的粮食，你就得交！”

海老清说：“老天爷没有下雨，地里没有打粮食，我用什么交？”

姓邹的指着碾盘上的谷子说：“这是什么？谷子也行，不一定要小麦。”

海老清后悔不该把谷子拿来碾米。他又央求着说：“老总，咱们没有话说，我欠周青臣的租子，你叫他来，他也是读书人嘛！……”

姓邹的亮着条子说：“照你说，我们是来骗你的？”

“我不敢说你是骗。冤有头，债有主。你叫我东家来。他只要说句话。”

那个姓邹的忽然咆哮着说：

“你放屁！搓！”他指挥着那个当兵的拿着口袋就往碾盘上搓

谷子。海老清这时也恼了，他上前一挡说：

“谁敢动我这谷子，我就跟他拼！”

说着两个人撕扯起来。那个拿口袋的趁他们厮打，拼命抢着往口袋里灌谷子，雁雁眼看谷子要被抢走，急忙跑了过来，用高粱刷子把谷子“擢”在地上，碾子下边都是厚厚的尘土，谷子混搅在尘土中了。

两个当兵的看着碾盘子上的谷子全“擢”在地上，气得骂着娘，背着十来斤谷子走了。

海老清看着他们的背影，脸上一阵青一阵白，说不出一句话来。他狠狠地用拳头捶着自己的胸膛。

雁雁说：“爹，你回家去躺一会儿吧，我把这些谷子收拾起来。这些谷子拿回淘淘还能吃。你不要生气，他们都不是人，是畜生！”

海老清叹了口气，眼泪“哗哗”掉了下来。他看着女儿在用簸箕搓着地上的尘土，拣着尘土里一颗颗黄色的谷子。有两只老鸦飞过来了，它们来回飞着叫着，想啄食地上的谷粒，海老清拾了个石头向它们扔去，乌鸦“嘎、嘎”地叫着飞开了。

五

第二天有人告诉海老清，周青臣昨天从城里回来，也住在村子里，他藏在他一个堂侄家，没有露面。那两个当兵的就是他带来的，他没有好意思出面。不过抢海老清的谷子是他的主意。

听到这个消息，海老清难过起来。他给周家扛了三年长工。三年来他忠心耿耿为周青臣干活、喂牲口、看家。这里有一句俗话，叫做“嵩山戴帽，长工睡觉”；还有一种说法是，“白天下雨夜里晴，气得地主肚子疼”。一般来说，扛长工的都盼着下雨，下了雨进不去地，就可以歇着睡大觉。海老清不是这样。下雨天，他也要找活干,从不出去串门排闲话。到了下雨天,他给周青臣家编笸箩、修簸箕、接套绳、补缝牲口围脖。他从来不让自己闲一会儿。他把大堆的破牲口套绳,一根根地接起来,结成四棱四正的核桃疙瘩,重新挂在车上。每逢这个时候,周青臣便向他讲"朱子家训",什么"一粥一饭,当思来处不易;半丝半缕,恒念物力维艰"。

海老清听不大懂。不过他从心里感到一种安慰。掌柜毕竟是书香人家,连接套绳也都在"书"。海老清对"书"总是有一种敬畏的心情。他听人说,"书"是圣人创造出来的,连一张破字纸掉在地上,他拾起来总要塞在墙缝里,他不敢当手纸用,他觉得那是一种犯罪行为。

周青臣平时也向他讲《论语》《孟子》,有时也讲自己的处世哲学。比如,"君子爱人以德","君子成人之美","君子绝交,不出恶声",等等。好像他自己俨然就是一个"君子"。海老清也认为自己的掌柜是个"君子"。所以当他给周青臣赶着轿车子时,他有一种自豪感,因为轿车子里坐的是"君子",是"读书人",是"圣人的门徒"。

去年分荞麦,海老清对这个"圣人门徒"打了点折扣。不过过后,他还是替周青臣想了想:在城里边住,什么都得要钱,花销大,他多分点就多分点。他是乡绅,不比自己是下力人。三伏天脚上还得穿袜子,乡绅也不好当。

这一次抢谷子,着实伤透了海老清的心。真是"看破世事惊破胆,伤透人情寒透心"。就是这个"圣人门徒",把他倒在碾盘上的一点谷子也扫走了,而且他自己不露面,叫两个当兵的来唱白脸耍赖。

"我给你赶车,我给你种地,我给你下雨打伞,我给你走夜路提灯笼,我瞎了眼! 我侍候了一个黑心的禽兽!"

海老清的精神支柱被摧毁了。他心灰意冷,每天闷声不响。

闻鹤村的老年农民一个接着一个饿死了。初开始,有的还用一副薄皮棺材装殓起来,到后来死了人都是一领芦席一卷,埋在村西的黄土沟里。

海老清渐渐地走不动了,拄根棍挪几步就要发喘。他双脚肿得鞋子都穿不上了,两条腿像发面一样,捺一下一个大坑。海老清知道自己已经不行了,就对雁雁说:

“雁雁,男怕穿靴,女怕戴帽,我脚肿成这样子,看来是回不了老家了。剩那点谷子,以后你自己熬野菜汤喝吧,我喝了也是白搭。反正老天爷要收咱这一方人,在劫者难逃。”

雁雁哭着说:“爹,你怎么这么说!我已经给我姐去信了。咱们回洛阳,你不要说这些短话。你不要紧,你还大声说话,你要等,要等着我姐来,她会来的。”

海老清说话都直喘粗气,他说:“恐怕我未必能等到她了。……”歇了好一阵子他又伤心地说:“我对你姐也……太严了。她有什么罪?我们本来都有家有地,可如今……她没有罪!你妈也没有罪!你要告诉她们,我……我都能体谅她们……”他嘤嘤地哭着,干枯的眼睛里却连一滴泪水都流不出来了。

傍晚,雁雁把仅有的一把谷子拣了拣,吹了吹,在火上熬了一碗稀粥。等到她端到海老清跟前时,海老清已经昏迷不醒了。雁雁把他的头扶正,慢慢地用勺子向他嘴里灌了两勺,米粥都从嘴角流了出来。雁雁害怕得哭了,但她不敢大声喊叫。天渐渐地黑了下来。连个小油灯也没有。雁雁不知道听谁说过,人活着心就跳动。人断了气,心就不跳了。她不知道她爹什么时候要死去,她把自己的双手轻轻地放在海老清胸膛上,在黑沉沉的夜里,等着那个可怕的时刻到来。

鸡子叫头遍时候,海老清身子动了动。雁雁忙喊:“爹!爹!……”

海老清用微弱的声音断断续续地说:“我……我想吃点……

什么……”

雁雁忙说：“这有小米粥，我给你热热。”

雁雁迅速地把那碗小米粥倒在锅里，点着一把柴火热起来。等到她把那碗小米粥热好，端到海老清的嘴边时，海老清的心脏已经停止了跳动。这个种了一辈子庄稼的老农民，到生命的最后时刻没有来得及喝上一勺米粥。

六

第二天中午，从伊河西公路上走来一个穿着一身蓝布衫裤的年轻姑娘。她走进村子，打问着海老清的住址。当她听到雁雁从一间破房里传出来的哭声时，她飞快地闯进这间屋子。她是爱爱。

爱爱一头扑到海老清的尸体上大哭起来。她失声地喊着：“爹！爹！我来晚了！……我没有尽心！……我没有尽孝……我的良心……要落一辈子亏欠啊！……爹！爹！你惩罚我吧！……我无法在人前站啦……”

雁雁让姐姐坐在一条破凳子上，红着眼说：“爹昨天还念叨你一天，后半夜才咽了气。姐！我一个人在这儿……米没面净，我……我实在没办法。……”雁雁说着，伤心地哭了起来。

爱爱说：“你为啥不早点给我捎信？”

雁雁说：“咱爹死活不让我写信。他说能熬过这两个月就行了。”

爱爱埋怨说：“你们真是拿着人命当儿戏。咱爹是当了一辈子老倔头，眼看不行了，还这么倔。……”她说不下去了。

雁雁接着说：“咱爹临咽气前说了，他能原谅你！……他说……他对不起你，对你……太严了！你……没有罪……”

下午，两个姑娘用一领芦席卷起海老清的尸体，又用两条绳子把芦席两头扎紧，爱爱用她带来的十几个烧饼，请人在村东黄土沟里挖了一个墓坑。黄昏时候,墓坑挖好了,两个姑娘把老清尸体抬到一辆小车上,推到了墓地,她们把尸体放进墓道,又把一个铁犁铧放到墓里作为记号。姐妹俩封好坟墓,并排跪下向坟墓叩了三个头。雁雁号啕大哭着,对着坟墓说:

“爹,俺和俺姐走了。只要我们活在人世上,我们一定把你的骨头起出来,背回咱老家!”

第二天一早,爱爱和雁雁回洛阳了。雁雁的脚也肿了,走不了路,爱爱就用那辆小车推着她上了路。闻鹤村那些饿得东倒西歪的人们,看着这两个姑娘这样安葬了海老清,还羡慕地叹着气说:

“唉,女孩子也是孩子!”

第三十八章　桃花运

人吃土一辈，
土吃人一回。
——民　谚

一

一九四三年的春天，接连下了两场春雨。在黄河两岸这一带，一向是“春雨贵似油”。小麦喝饱了雨水，拔节抽穗，把肥嫩的叶子伸向天空，沐浴着温暖的阳光，迅速地生长着。

在一九四二年的大旱灾后，这是少有的一季好庄稼。大自然把代表生命的绿色洒向大地，但是大旱灾的疮痍，却仍然留在人间。

过去在洛阳这一带，都是人烟稠密、物产丰富的农村，现在却变得村落凋零、死寂荒凉。各个村子的榆树、柏树都被剥光了皮，露出白花花的树干。柳树、杨树和槐树，也都被折得只剩下几根老枝杈，像鹿角一样伸向天空。中午时分，几十户人家的村子，只缓缓地飘起十缕八缕炊烟。有一半人家的大门，用土坯从外边封着，断绝了人迹。

“不知灾情大，但觉人烟稀”。过去人来人往的官马大道上，现在很少看到行人。田野里也听不到吆牛喝马的声音。农民们有些是逃荒出去了还没有回来，有些没有逃出去的，他们已经躺在路旁坟岗的黄土里。

几乎每一个村子外边都有一片新坟。这些新坟上已经长出稀稀疏疏的青草。“人吃土一辈,土吃人一回”。在水、旱、蝗、“汤”折磨下的几百万生灵,就是这样被埋进这“吃人”的黄土堆里。

“清明节”刚过,有个别坟头上还挂着几条白纸,在和煦的春风里“哗哗”地响着。它好像告诉人们说,这些埋在黄土里的男女老少,已经永远离开了这个苦难的世界。同时,它也告诉人们,在那个年代里,人活着,还不如一棵小草!

就在这条由洛阳通往许昌的大路上,走着一个大个子、宽肩膀的中年人。他穿了一身丝绸睡衣,头上戴了个汗水渍黄了的龙须草编的细草帽,脚上穿了一双已经破了的牛皮底礼服呢便鞋,像马脸一样长的脸上,还戴了一副墨色眼镜。

他拉着一辆又破又旧的黄包车,两根车杆的油漆已经剥落了,车上既没有灯,又没有铃。两个高大的车轮子已经变了形,轮圈和钢丝辐条锈成了酱红颜色。车斗是几块木板钉成的,活像一把散了架的椅子放在上边。

拉着这辆破车的人就是四圈。黄河水来时,他给赤杨岗的地主海骡子家看守大门。赤杨岗被黄水淹没了,他又跑到县城给海骡子家打杂。四圈是个大肚汉,一顿饭没有五六个馒头,填不饱肚子。海骡子全家在县城里住,粮食也不宽裕,慢慢地就对他讨厌起来。为了打发四圈,海骡子想了个办法,叫他到褚元海的汉奸队里去当兵。四圈曾经挨过褚元海两个耳光,又看不惯汉奸队龇牙咧嘴的样子,就连夜离开县城跑了。

四圈跟随着逃荒的难民们来到了洛阳。他本来想“卖壮丁”,卖几个钱好好吃它几顿饱饭。后来听说海骡子的胞弟海香亭在洛阳混阔气了,便厚着脸皮去找了海香亭。

海香亭本来是县里田赋管理课的课长,到洛阳后,通过上下左右请客送礼,当上了洛阳“难民救济所”的主任。这个救济所虽然衙门不大，经手的钱粮却相当可观。不到两年，海香亭黄咔叽制服穿上了，灰博士帽子也戴上了。他赁了一所四合院作“公馆”，还买了一辆黑漆锃亮的方斗皮篷包车。

四圈管海香亭叫“二掌柜”。他从小就在他家当过“磨倌”。海香亭也知道他。如今他找到海香亭，海香亭正缺个车伕。当时就答应，留下他给自己拉包车。

“挣钱不挣钱，只要落个肚子圆”。四圈找到了个吃饭地方，每天肚子不发愁了。在一九四二年大旱灾时，别的逃荒难民饿得满街躺着，四圈每天热馒头、大碗菜吃着。他很感谢海香亭，因为海香亭没有让他挨饿。

不过好景不长。就在这期间，用四圈自己的话说，他碰到了一场“桃花运”。这场“桃花运”在一夜之间把他的生活改变了，他被海香亭赶了出来。身上穿的那套绸缎睡衣，给他留下了痛苦的回忆。他又流浪在街头。他用最低的价钱买了这辆破车，在洛阳城内，没有人坐他这样破的车子。他只好在城外拉下乡的“长脚”。有时实在找不到顾主，就从登封县往洛阳拉红薯。

四圈拉着这辆破车，走在黄土大路上的时候，他经常唉声叹气。他有些悔恨，恨自己太没有主意，怎么和那个女人勾搭上了？可是他又觉得有些甜蜜，他像做一场梦，过了一段他从来不曾经历过的生活。……

二

海香亭在洛阳当上了“难民救济所”主任，就新娶了个姨太太。这个女人叫刘玉翠，也是从黄泛区逃黄水出来的一个姑娘。她爹是大刘庄一家杠房的“杠头”，家里有一套殡人时用来抬棺材的龙杠和两顶花轿。家里不种田地，平常就凭着出赁花轿和“龙杠”过日子。农民们娶亲殡人,过红白喜事,总离不开他。他身边有一大群靠他吃饭的闲散汉子。因为手里经常有活钱,刘玉翠自小过着颇为优越的生活。日本鬼子来了,她家的花轿和“龙杠”全被烧了,她和她爹逃荒来到洛阳。一个过惯舒服日子的“杠头”,哪能经得起逃荒的折腾?不到一年工夫,她爹就病死了。正在刘玉翠走投无路时,“难民救济所”主任海香亭看上了她。没费很多周折,刘玉翠就心甘情愿地嫁给了他。

刘玉翠初嫁给海香亭时,平常饭来张口、衣来伸手,再加上海香亭特别疼爱她,倒也安乐舒坦。海香亭给她买钻石耳环、打金银首饰,绸缎和毛料的衣服做了几十套,把她打扮得既漂亮又时髦,还给她请了个南阳弹琵琶的老师,教她弹琵琶。后来又请了个老美术教员,教她画国画。可是刘玉翠对这些都不感兴趣。学了几个月琵琶,还没有学会《西宫怨》,学了半年国画,还没学会画牡丹花瓣。

刘玉翠同艺术虽然没有缘分,对经营生意却十分有兴趣。她自己偷偷攒钱,叫人开了一座馆子,又弄了几万斤小麦,叫人开了一座磨坊。刘玉翠虽然没有艺术才能,却精于计算,四五位数的加减账目,只要说一遍,她不用算盘,便能一口气说出来。她喜欢用钱赚钱,她记着她爹的一句话:“人赚钱不如钱赚钱。”

海香亭看她每天忙忙碌碌,就劝她说:

“你真是放着福不会享。你能赚几个钱?整天抛头露面,有什么意思。”

刘玉翠噘着嘴说:“我高兴!我喜欢!自己赚来的钱,我花着心里高兴。你让我高兴高兴不行吗?”

刘玉翠这人爱经营生意,花钱也十分大方。海香亭有些穷亲戚朋友来告借,一给就是几十块钱。她爱做菜,爱让海香亭请朋友来家吃饭。有三五个同事和朋友到家里,她总能摆出十几个精美的不重样的菜来。海香亭也因此维持了一些上级和朋友的关系。

四圈在海香亭家里拉包车。前几年，刘玉翠根本没有把他当成个“人”看待。她每逢出外办事应酬，到大门口喊叫一声：“四圈！”四圈就把车子顺到她跟前。她往车子上一坐，就由他拉着跑起来。在她眼里，四圈就好像一匹马，一头牲口。她只认识他那像案板一样的脊背和后脑勺，他的脸长得什么样子，她总是模糊的，因为她向来没有注意过。

刘玉翠爱吃。家里专门雇了一个男厨师老于。她不爱吃炒菜，却爱吃炸的烩的和蒸的东西。她几乎每隔两天就要吃一次“冰糖肘子”，还爱吃红烩海参和玉兰片。芥菜蒸五花肉，她一次能吃半碗。

刘玉翠的皮肤虽然有点黑，但很细腻，个子不算高，却也匀称，两只眼睛又黑又亮，和她对脸说话的人，几乎都不敢正面看她的眼睛。

不过近两年她有点发胖了，穿着紧身旗袍，就像一个大棉花包。初开始她为自己的迅速发胖犯愁，可是嘴实在忌不了。看到盛在碗里晃颤颤的肘子就垂涎欲滴。后来她索性不管，用她的话来说：“只有吃到自己肚子里才算自己的，谁和她们比细腰？”

安仁里妓院里新来了一批“天津帮”妓女。海香亭和他的朋友们去串了几次，被这些会弹会唱的妓女们迷住了。他开始发现刘玉翠的腰太粗，他甚至于觉得她身上根本没有腰这个部位。海香亭本人是瘦弱的，他面对着自己这个迅速发了福的姨太太，心里有一种说不出来的惆怅。

海香亭总是深夜才回家。有时推说公事忙，还在外边留宿。女人具有特殊的敏感。刘玉翠很快就察觉了海香亭的行踪。她盘问海香亭，海香亭矢口否认。她想跟踪，却不知道海香亭经常落脚在什么地方。

有一天,海香亭晚上没有回来。刘玉翠把四圈叫来盘问:

"四圈,你把主任送到哪儿了?"

四圈说:"在……在……在所里。昨天晚……晚饭,饭……前,我去……去……去接他,他说公事……事忙,不……不……不回来了!"

刘玉翠说:"放屁!你们捣的什么鬼?还想往我眼里揉沙子?告诉你!你今天说实话,你就没事儿,你要不说实话,明天就叫你老和尚卷铺盖——滚蛋!"

"……"四圈木着脸不吭声。

刘玉翠喊着说:"你倒是说话呀?"

"……"四圈还是不吭声。

刘玉翠又说:"你又不是不知道,这个家是我当着的。你这个饭碗也就在我脚下搁着。"

四圈为难地说:"二掌柜交代我,不叫我说,我怎么能说!"

刘玉翠看他那个老实样子,忍不住笑了。她说:"四圈,你对我说说怕什么?我保证不叫你受牵连。四圈,我的话你还不相信?"

四圈点着头。

刘玉翠从柜子里拿出两包红锡包烟,塞到他手里说:"四圈,我不会亏待你。以后有什么花销,你就张口向我要。拉车这活也不是轻活,拿着你的胳膊当我们的腿,别人不心疼你,我还得心疼你!"

四圈被感动了,他居然挤出了两滴眼泪。他看了看四周没有人,突然跑过去,附在刘玉翠的耳朵上小声说:"二掌柜在……安仁里……秦淮书寓!"说罢扭转身就走。

刘玉翠喊着:"你回来!"

四圈站住了。

刘玉翠说:“把车子拉出来!”四圈问:“你……你……你上哪儿?”

“安仁里!”刘玉翠披上一件毛衣。

“太……太……太太,那个……地方你……不能去。”

刘玉翠跺着脚说:“你别管!”

已经是夜里十一点多钟了。四圈拉着刘玉翠去安仁里妓院,到了安仁里巷口,四圈指着一个挂着灯笼的大门说:“那……那就是!我……不能……露……露……脸!”

刘玉翠跳下车,下意识把头发向后掠了掠,就往“秦淮书寓”闯去。

一个中式门进去,里边是个小天井院,两边的屋子全都吊着布帘子。刘玉翠刚跨进门,就被一个男的挡住问:“你找谁?”

刘玉翠说:“海主任!海香亭!”

那个男人说:“海主任没来这儿。”

刘玉翠隔着帘子,看到堂屋里烛火明亮,有一群人在打牌。她好像还听到海香亭的声音:“五条,谁要?”她把那个男的往一边一推,径直向堂屋闯去。那个男的在后边大声喊着:“有位太太找海主任!”

这声音一喊出,堂屋的牌“哗哗啦啦”一响,人影错乱,蜡烛一盏跟着一盏被吹灭了。原来妓院这些提茶壶的茶房,最是精灵,他虽然不认识刘玉翠,一看表情架势,凭经验就知道是来找人闹事的。所以他先喊了一声。

刘玉翠快步走到堂屋门口,一个穿着黑丝绒衣服,手里拿着烟卷的四十多岁女人走了出来。看样子她就是妓院里的老鸨,她不紧不慢地问着:“太太,你找谁?”

“我找海香亭!”

“没有见过这个人。”老鸨说。

“刚才我还听见他说话了。”刘玉翠大声喊着,就冲到屋子里,掀床揭被到处找人。

那个老鸨上前说:"太太,我们这是做生意的,你不能这样乱翻。"

刘玉翠啐了她一下,说:"不要脸!你们把他拴到谁的裤腰带上了?"

那个老鸨仍然毫无表情地说:"太太,要脸还不干这一行呢!这也是朝廷爷封过的,没有我们这一行,还不成世事哩!"

"我要找海香亭说话!"刘玉翠带着醋意,瞪着一个烫着头发、抹着口红的水蛇腰姑娘大声喊。

老鸨说:"你找你到你家里找!你管男人管在三尺门里,还能管到我这里?"

刘玉翠不理睬她,抓住一把白瓷茶壶摔在地上,喊着:"海香亭,你出来!"

那个老鸨对提茶壶的说:"茶壶两块五毛,记上账!"她又对刘玉翠说:"这些东西你拣着摔,反正羊毛要出到羊身上。瓷器店有的是。旧的不去,新的不来!"

刘玉翠气得没法,"哇!"的一声哭了。她狠狠地瞪了那个水蛇腰姑娘一眼,用手绢捂住嘴角,哭着往外边走了。

老鸨在后边从容地说:"给她叫个车儿!"

"我有!"刘玉翠头也不回地说着,快步往大门外走去,就在这时,她身后响起了一串银铃般的笑声,她听见那个水蛇腰的姑娘娇声娇气地说:

"好肥!这么肥!像个酒篓子!……"

刘玉翠回到家里,海香亭仍然没有回来。她把想好的一套话放在嘴边等着,打算等他回来要好好出出气。可是左等右等,一直等到半夜,还是没有敲门声音。她盘算着,大约今天晚上他又住在那个鬼地方了!一股怒气上升到她的鼻子里,酸辣辣地刺激着眼睛,她掉下了两滴眼泪。她对着电灯发痴。她忽然拿起桌子上放的两瓶“十全大补酒”摔在地上，洒在地上的酒味刺激着她，她又从抽屉里找出一盒西洋参，把它折成碎段，扔在地上，又用脚踏了踏。然后倒在床上，呼呼直喘粗气。

大约是老鼠吃了地上的西洋参，这些小动物消受不了这样贵重的补品，它们在天花板上一直追逐闹腾了一夜。刘玉翠心里烦透了。她一夜没有睡好觉，第二天她决心要喂养一只猫，她想以此来排遣她的烦恼和忧虑。

第三十九章　中将梦

人对眼不说丑俊，
瓜好吃不说老嫩。
——民　谚

一

刘玉翠受了这顿气，实在难吞难咽。她不再去“秦淮书寓”闹事了。一来是丢身份，二来是她已经领教了那些老鸨子的厉害了。“人怕没脸，树怕没皮”，“人不要脸鬼都怕”，和她们哭闹不等于把“雪白袜子往泥里踏”吗？

她忍气吞声，假装和颜悦色，像忘了这件事儿一样。海香亭打听到她已消了气，过了两天才怯生生地回到家里。刘玉翠见他回到家里，便把大门一上，先是哭，后是闹，最后关上卧室门，竟要去上吊。海香亭是公务人员，怕惹出人命自己吃罪不起，急得他用脚跺着门，喊叫着：

“玉翠！玉翠！你开开门！你开开门！”

刘玉翠在屋子里拿着一条绳子，坐在床上，咬着牙，不做声。

海香亭急忙喊来四圈，叫他把门扇摘掉。四圈摘了半天，没有把门摘开。最后只好砸开一面镶着云字钩的大窗户，四圈跳了进去把门打开。海香亭急忙进去，只见刘玉翠横躺在地上，闭着眼，咬着牙关，胸脯一起一伏地吐着气，一条断了的绳子还绕在脖子上。

四圈拾起绳子,看着说:“命……大,命……命大! 绳……绳……子压断了。要不是……太太吃……吃……吃得胖,看……看……看多危险!”

海香亭把刘玉翠抱在怀里,喊着说:

“玉翠,玉翠! 你怎么这么烈性子呢? 我以后哪也不去串了,就守着你!”他又哭诉着说,“玉翠,玉翠,你的心怎么这么狠呢! 你想撇下我,一个人走吗? 你要是死了,我也不活了! ……”

海香亭一边诉说着,一边呜呜地哭着,连嗓子也岔了音。刘玉翠“哇”的一声哭出了声,她抱住海香亭的脖子哭着说:“香亭,你还要我吗?”

“我要你! 我就要你一个!”说罢两个人又抱住头哭。四圈站在一旁傻看了一会儿,忽然感到自己在这里有些碍事,就把那条用剪子剪断的绳子悄悄收拾起来,扭转身正要往外走,一只脚忽然踩住一个东西,他趔趄一下,正好摔倒在他们两个身上。

海香亭吓了一跳,喊着:“怎么啦?”

四圈急忙爬起来,往地上一看,原来是砸窗户时弄掉在地上的一个花露水瓶子。

四圈走到门外时叹了口气,他心里想:“×他娘,这吊死鬼也是吃柿子拣软的捏,怎么又想找我的事? ……”

二

刘玉翠和海香亭和好以后,两个人又亲得像一摊泥似的。刘玉翠整天“香亭、香亭”,娇声娇气地喊着,海香亭也“玉翠、玉翠”,软声细气地叫着。两个人鼻子不离腮,一块吃馆子,一块进戏院。刘玉翠的眉毛越画越长,长得像挂在耳朵上的眼镜腿。

洛阳城东北有个“后主坟”,传说是南唐后主李煜的坟墓。李煜晚年囚羁洛阳，后来被宋太宗用“牵机药”毒死，死后就埋在这里。尽管这个皇帝诗人写下了“无言独上西楼。月如钩。”“车如流水马如龙，花月正春风。”“问君能有几多愁，恰似一江春水向东流!”这些清词丽句，但他的坟墓却湮没在荒草野榛中无人理睬。在离他坟墓不远的地方，有一个吕祖庵，一年四季香火鼎盛，热闹非常。传说这个吕祖庵的签最灵验，来问卜的人也就特别多。吕祖庵中敬的是吕洞宾。传说他是一位风流神仙，曾经超度调戏过一个人间女子白牡丹。大概因为他有这样一段风流佳话，天下妓女们特别崇拜他。妓女院敬的祖师爷，虽然是战国时期的管仲，但在妓女们的心理上，总觉得在所有神仙中，只有这位吕洞宾是她们的同情者和知心人。每年三月三吕祖庵庙会，洛阳城中的妓女们大都要来赶会抽签。一方面是想表示一下她们对他的虔诚敬意，另一方面是希望这位富有人情味的神仙，也像他对待白牡丹那样，把她们超度出这个无边的苦海。

李后主不会抽签算卦，也不会超度女人，没有人来给他上坟，也没有人来给他烧香。他不无嫉妒地看着他的邻居门前的“车如流水马如龙”，哀叹着“罗衾不耐五更寒”了。

三月三吕祖庵庙会这一天，洛阳城东的宽阔垂杨道上，赶会的人络绎不绝。刘玉翠近来心情好，也怂恿着海香亭去赶会。清早起来，四圈把车子擦洗了一遍，椭圆形的黑漆座斗擦得一尘不染，车圈和车辐条闪烁着银白色的电光。那两盏黄铜玻璃车灯，更是擦得金光炫目，挂在车杆两边。

刘玉翠这天穿了一身紫罗兰色丝绒旗袍，脚上穿了一双湖绿色绣花圆口牛皮底鞋，大襟扣子上系了一条鹅黄色手绢，像落在身上的一只大黄蝴蝶。

刘玉翠和海香亭款步上车，喇叭呜呜哇地叫着，四圈迈开大步，拉着车子跑了起来。出了大东门，过了大石桥，来在城东官道上。正在这时从安仁里一溜烟跑出三辆单座黄包车。黄包车上坐着三个姑娘:个个打扮得花枝招展。一看便知道是妓女。为首一辆车上,坐了个苗条的姑娘,穿着一身蓝底白花旗袍,一头黑发搭在肩上,头上还系了一条白色缎带。她看去有十八九岁,一副妖娆的神气。坐在车上,顾盼风流,旁若无人。

在洛阳车站这一片,有一些专门拉妓女的黄包车伕,为了多赚钱,总是把车跑得风驰电掣一般。越是街上人多,越是跑得快,在熙熙攘攘的人流中钻缝穿孔,街上有些看热闹的人,还故意为他们拍手叫好。

四圈拉着车子在前边跑着,这三辆黄包车一阵铃响,像飞梭似的超过他的车子,跑到了前边。

刘玉翠眼尖,一看前边车上坐的那个妓女,就是"秦淮书寓"那个水蛇腰姑娘。她推了一下海香亭:"是她吗?"

海香亭点点头,不好意思地把脸扭在一边。刘玉翠又问:"她叫什么?"

"雁红!"海香亭故作讨厌地说,"咱们走慢点,别睬她!"

刘玉翠一股醋意直往上升。她想,这真是冤家路窄,不过我今天坐的是私人包车,你坐的是雇的车子。海香亭和我坐在一起,我们是名正言顺的夫妻,叫你看着干生气。在这些优越感的促使下,她喊着对四圈说:

"四圈,超过前边那三辆车,走到她们前边去!"

四圈"嗯"了一声,刹下腰,放开大步奔跑起来。只一会儿工夫就赶过了那三辆车子。那个叫雁红的姑娘也发现了刘玉翠和海香亭,她觉得好玩,她也不示弱。她扭头向后边车上的两个妓女比画了个大圆桶的样子,对拉车的说:

"赶过前边那辆黑车。我加钱!"

这三辆黄包车像流星一样飞奔起来。车子飞跑着,雁红的苗条身躯在车子上晃动着。有时路不平,车子颠簸起来,把她撂得老高,她格格格地笑着,惹得路旁行人侧目避让。

不一会儿,这三辆黄包车又超过四圈的车子了。雁红还故意把一条手帕拿在手中张着风,表示她赢了。

刘玉翠这时在车子上,急得直跺脚,她对四圈说:“四圈,今天你能跑多快就跑多快!只要能赶过前边那几辆车子,我给你买两双礼服呢鞋。”

海香亭劝阻她说:“干什么啊?有什么意思?咱们坐的是两个人,她们坐的是一个人,有什么赛头?”

刘玉翠说:“你别管!我今天就要她们看看四圈这个‘大洋马’的厉害!”她说着又催着四圈说,“四圈,跑!加劲跑!”

四圈本来对那几个拉单斗车的就不服气,这会刘玉翠的话激励了他,他红着眼把脖子一伸,猛蹿了几步,像一头野马似的狂奔起来。

大约有五六分钟工夫,他便超过了那三辆单斗车。可是那三辆车子又在后边拼命追赶,一直追了十八里,才渐渐缓慢下来了。雁红催那个拉车的快跑,那个拉车的说:“姑娘,吃的东西不一样,他是拉包车的,大鱼大肉尽饱吃;我们要养家顾口,称一斤杂面吃一家,到地方,钱你们随便给吧!多少不计较。”

雁红听了,也不再催促他们。她顺手折了一枝路旁的柳条,放在嘴里,把它一段一段地咬碎。

四圈一口气跑了二十里,到了吕祖庵,他的夹袄已经湿透,裤子都沾在大腿上了。刘玉翠回头望了望,见那三辆车子还没有影子,便趾高气扬地跳下车来对四圈说:

“四圈,我一定给你买鞋。”

四圈说:“鞋不鞋是小事,我得赶快吃点东西!”

刘玉翠从皮包里抓了一把钞票给他,说:

“给！今个儿你出力了。”

四圈接过钱塞在兜里，找个地方把车子放好，拖着两条发麻的腿，在一个卖烙大饼的摊子面前蹲了下来。他买了两斤大饼，又切了三斤酱牛肉，用烙饼卷着牛肉，张开大嘴像铡刀铡青草捆一样大嚼起来。吃完以后，他用帽子盖住脸，坐在车子脚斗上睡着了。他没有去抽签，也没去看热闹，他对这些不感兴趣。

三

海香亭的“难民救济所”一个月要经手上百万斤粮食。俗话说，“水过地皮湿”，能经手发放这么大数字的粮食，自然要捞到不少油水。抗战才开始那几年，他还有点谨慎。他这个机构是难民救济机关，贪污难民的救济口粮，等于喝难民的血。因此，在粮食上他不敢多贪污，只是在运费、栈租上报些假账，有时候收些礼物、贿赂，但还不敢独吞，拣好的东西给上级送一些。

到了抗日战争中期，国民党的各级官僚贪污成风。税收缉私部门，公开贪赃枉法；田赋实业部门，公开营私舞弊；军官们可以把整车皮的军粮，拉到市场上进行投机；重庆政府的大员，可以用军用飞机走私贩运。看着人家一个个都西服革履、包车公馆，海香亭慨叹自己是个救济部门，不能放手贪污，有一个时期，还想辞掉这个职务，谋取一个肥缺。

一九四二年，“难民救济所”收到了一个外国“慈善机构”的一部分捐款。他觉得机会到了，就连夜去找专员刘稻村。见了刘稻村，他把从外国寄来的汇票拿出来说：

“专员！您看，他们函上说，这笔钱可以在‘中央储汇局’直接提取美金，还能到外国购买药品、帐篷、奶油。咱们中国这些难民有一把粮食吃就行了，还打什么针、住什么帐篷。我们想在市场上买粮食，可他们寄来的是美金！我也不懂这一套，是不是您帮忙把它换成中国票子？咱们好在市场籴进粮食。”

刘稻村听说有一大笔美钞，眼睛里早闪出金光。他连声说：“我给你们办，我给你们办！以后再有这种外国捐赠，你们不要自己处理，我帮你们办。”

“是！专员。我们也不会处理。我们那里的会计课连一个认识英文字的都没有！”

刘稻村眯着眼睛说：“啊！那更好。”

海香亭这一出装傻卖呆的戏，演得很成功。他心里明明知道当时的美金黑市价格，却只字不提，使刘稻村凭空攫取了一笔外汇。临走时，刘稻村要喊车子送他。他说：

“不用，我跑惯了。”

刘稻村看他如此恭谨，心里暗暗高兴：

“这倒是个人才。”

海香亭把刘稻村这个路跑通以后，便有一种预感，他的“官运”从此要亨通了。俗话说，“见钱眼开，福至心灵”，官运来了，比福气更厉害，它不但使人心灵，还使人的性格有所改变。

海香亭忽然变得嗓音清晰洪亮了，脸上的表情也丰富了，他可以在几秒钟之内，把发怒的脸变成谦恭的脸。身体也灵活多了，有时躬可以鞠到九十度，迎接上司开汽车门时，可以用轻捷的碎步跑，连四圈看了也感到惊讶。

海香亭的预感是有根据的。没出两个月，刘稻村裁减官员合并机构，把黄泛区“难民救济所”和豫西十县的灾区赈济所，合并成一个“中原赈济处”。这个处长的委任状上，写着海香亭的名字。

“中原赈济处”的场面，比海香亭原来的“难民所”场面大多了。他不但掌握着堆积如山的粮食，源源不断运来的物资，还掌握着几十部汽车，几十个仓库。另外，还专门成立了第四课，负责办理盟国和其他外国慈善机关的捐助和援赠。

海香亭的官越做越大,应酬的场面也越来越大,对刘玉翠也越来越觉得不顺眼。他总觉得她太土、太肥、太刁。一个人怎么能像吹糖人一样膨胀起来?可是他又不敢得罪她,因为刘玉翠掌握着他那些见不得人的、喝难民血的大部分隐私。同时,她手里还攒了一笔数目相当可观的钱。

上次闹气和好以后,没有多长时间,海香亭又厌倦了。初开始,他推说身体不好,住了一段东关教会医院,后来在车站粮食转运处后院收拾了个小独院,天天把雁红叫到那里去鬼混。

刘玉翠哭了几场,闹了几场,渐渐也无济于事了。她想,能看住他的人,也看不住他的心,和他生气也是白搭,人活一世,还不是好吃好穿。钱存在银行里,还不如存在肚子里。从此,她就拼命地挥霍起来。

初上来,她还是吃些大鱼大肉,后来大鱼大肉渐渐吃腻了,就挑着花样儿吃,她吃猴头、吃燕窝、吃海参、吃鱼翅。这还不够,她四处托人采购从青岛私运来的鲜对虾,从重庆贩卖的大熊掌。

这些山珍海味也有吃腻的时候。这些名贵的菜肴都便宜了四圈。四圈胃口好,总是能把它们一扫而光。有一次馆子里送来一个大件"清蒸鲥鱼",她吃了两筷子就不想吃了,她把四圈喊来说:

"四圈,你吃吧!"

四圈看了看她,又看了看那条冒着清香味道的名贵鲥鱼,端起来就往下边屋里走。刘玉翠说:"四圈,你就在这里吃吧!"

四圈擦了一下嘴边的口水说:

"就……就……就在这儿吃?"

"哎!你就坐在这儿吃吧!"

四圈拿起筷子,连鳞带肉往嘴里填起来。

刘玉翠喊着说:"小心刺!"

“没……没……没……”他没有说完，又继续吃起来。刘玉翠看他吃得那么香，笑着说：

“就那么好吃？”

四圈点着头。刘玉翠要过筷子说：“叫我再吃两口。”她吃了两块鱼肉，把筷子还给四圈。四圈不要筷子，用手拿起一条整鱼，像吹口琴那样，把鱼背上的肉往嘴里塞着。刘玉翠笑着说：

“四圈，我就爱看你吃东西。看着你吃东西，我就有了胃口。”

这些高蛋白高营养的食物，在四圈身上发挥了作用。不到半年，他一下子又胖了二十斤，脸也变得白了，而且还闪耀出一种光彩。

四

有一次，四圈送海香亭回来，一个人坐在院子里发呆，刘玉翠梳洗完毕吃罢早饭，从帘子里边看到他闷闷不乐的样子，就问：

“四圈，你不是送主任去上班了吗？”

“送……送……送去了。”

“干吗哭丧着脸，像个周仓似的？他骂你了吗？”她一边说着一边卷着帘子。

四圈没有吭声。

刘玉翠喊着：“四圈，你来帮我卷一下帘子。”

四圈慢腾腾地过去卷着帘子。刘玉翠发现他眼睛红红的，就问：“怎么还哭啦？到底出了什么事？”

四圈靠着门框低着头说：“他……他叫我去送……送……雁红！我……我不去，我……我说太太还要用……用……用车上南门里。那……那个小婊……婊……子非用不……不可，我拉……拉着车……车就走，主……主……主……任过来踢了我……我……一脚！还……还……骂我……我混……混……混账王……

王……王八蛋!”四圈说着眼睛又红了“对……对……着那么多……多人！好赖我……我和他是……是……是一个海字！就说他……他是一主,我……我、我是一仆……他也不能这……这样骂……骂我啊!”

刘玉翠听他这么一说,气得眼里直冒金星,她指天画地地骂着说:“他才是混账王八蛋！雁红成了他亲爹亲娘了,这么孝顺她?”骂了一阵子又说:“踢你哪里了,踢伤了没有?”

四圈挽起裤腿说:“看……一……层皮,不……碍事。”刘玉翠蹲在地上,抚摸着他腿上伤痕说:“狠心贼！他今天穿着皮鞋哩!”她抚摸了一会儿,说:“四圈,你这腿上的肉可真结实,像两条磨棍。”

四圈扭头要走,刘玉翠放下帘子,给他倒了一杯浓茶说:“坐下说说话。”

四圈坐下说:“我……不会说啥,嘿……”

刘玉翠得意地笑着问:“四圈,你为什么不拉雁红?”

四圈说:“我……我……我不想侍候她！我……我是拉包车的！她们算……算……啥人！千……千人骑,万……万人跨!”

刘玉翠听着四圈骂雁红,从心眼里感到高兴。她把凳子挪近了点说:“四圈,你做得对。男子汉就得有点志气！你说海香亭这个老不争气的东西,那些婊子有啥主贵,我真不懂。”

四圈瞪着眼说:“嗯！她……她……她们会……会笑!”

“笑？谁不会笑?”刘玉翠不服气地说。

“她……她们那……那笑,跟别人……不、不一样……她们笑着……眼,眼睛还带钩……钩的……”

刘玉翠沉默了。她第一次感到四圈并不笨。四圈也是个男子汉哩!

四圈起身要走,刘玉翠突然拉住他说:“四圈！再坐一会儿吧！陪我说说话。”

四圈又坐了下来。

刘玉翠半天不言语，忽然眼中滚出两滴泪说："四圈，你说我亏不亏？我十八岁嫁给他，今年才二十五岁！给我闷成这样子，我真难受。"她说着，抬起头看着四圈。四圈生平第一次看到一个女人含着两颗晶莹的泪水的眼睛。他吓得张开了大嘴，不知道该说什么好。

五

刘玉翠对四圈越来越殷勤了，送给他衣服、鞋袜，带他吃冷饮、看戏，每逢听到他的脚步响，她正好掀开帘子。就连叫人的口气也变了，叫四圈时还不知不觉地加了个"哥"字："四圈哥，你回来了？""四圈哥，你陪我出去……"四圈虽然口吃，却也能和她聊天。他们说从前在农村的事儿，说过年过节的风俗，说四圈自己的流浪故事，渐渐地刘玉翠觉得，他这一张结巴嘴，非常会说话，而且有一种特殊的抑扬顿挫的声调，有时候只说半句话，下半句不说，刘玉翠听起来，觉得又含蓄又幽默。刘玉翠没想到这个傻大个还有那么可笑的幽默感。

有一天，刘玉翠想到东北运动场的市场上买点毛线，四圈拉着她去了。这个运动场的市场，大多是从京沪流亡过来的人，出卖衣服、毯子和旧毛线之类东西的地方。当时物资缺乏，这些估衣摊子上倒还有些好东西。四圈陪着刘玉翠转了两圈，转到一个相面摊子前。那个相面的有三十多岁，也长得傻大黑粗，摊子上挂的布帘上写着："你想升官吗？请问余！你想发财吗？请问余！你想恋爱吗？请问余！你想考学吗？请问余！……"

刘玉翠看他这个招牌写得特别，便怂恿四圈去相面。四圈说他不信这个。刘玉翠非要他去相相不可，还塞给他两张钞票。

四圈无奈，只得拿着钱走过去说：

“老……老……先生！给……给……给我相相！”

那个相面的看了他一眼，木着脸不答话。

四圈又说：“老……先生！我……我相相面！”

那人又看他一眼，仍不回答。摆了摆手，意思是让他走开。

四圈很快回来了。刘玉翠奇怪地问：

“他怎么不给你相面？他是个哑巴？”

四圈红着脸说：“×他娘，他……他……他怕我踢……踢他的摊子！”

“为什么？”刘玉翠不解地问。

“他……和……和……我一样！也……也……结巴！”刘玉翠“噗嗤”一声笑了，笑了半天，擦着眼泪说，“我不信！”

四圈说：“不……不……不信，你……去问问。”

刘玉翠果然自己过去了。她往摊子前一站，说：“先生，给我相相面！”

那个相面的果然笑着说话了。他说：“你……你……先请……请……坐！”一句话没有说完，刘玉翠“噗嗤”一下又笑了，她笑得前仰后合，浑身乱抖，笑得碰翻了相面的一个小凳子……

四圈急忙过来扶起刘玉翠，她仍然止不住笑，她指着四圈对相面的说：“你给他相相，你给他相相！”

那个相面的无奈，对四圈说：“老……老……兄，你……你……你别吭声。要不，咱……咱……咱俩这……这生意不……不……不好办！”

四圈顺从地点点头。

相面端详了他一下，郑重地说了起来，他说：“你……你……你这相，是……是好相！三……三……三十五岁当……当……当中将！你……你……你这个眉……眉毛，不好，是是……是扫帚眉……年幼受……受苦！眼睛哩！你是马……马……马眼，黄……黄……黄眼珠，主一辈子劳……劳碌！可……可……可是你……你这个鼻……鼻……鼻子太好了，鼻头更……更……好！这就说是你……你……三十五岁以……以后，要大发迹，你……你这个发迹，和……和别人不同，有个女……女……女贵人，搭救你！你看！你……这鼻窝往下有……有……有两条线！……”

这个相面的结结巴巴，信口开河地说着。四圈半信半疑，抿着嘴没有敢说一句话，只是不住点头。相完后，他给了那个相面的两毛钱，那个相面的说：

“再……再赏几个吧！很……很……很少有……你……你这鼻……鼻……鼻子！”

四圈还没有来得及说话，刘玉翠就“刷”的一下掏出一张新钞票递了过去，她挽着四圈的胳膊走了。好像她自己就是那个“女贵人”似的。

四圈虽然不相信相面，但对这一次相面，他却有几分相信。他买了个小圆镜子，每天偷偷地照着。他不是照他的鼻子，他没有当中将的野心，他主要是观察自己的两只眼睛。他的眼睛确实是黄的，眼睛还是长方形，他对照了一匹马的眼睛，果然很像。他记得“马眼劳碌”这四个字，想着一辈子拉车，老了，拉不动了，会是个啥结局？他开始希望真的有个贵妇人来搭救他。想来想去，才省悟过来，莫非就是玉翠？这些天来，玉翠给他买吃买穿，说话时甜声甜语，他不是没有感觉。可是他心里害怕：害怕海香亭，害怕坐班房。坐班房肯定是吃不饱饭的。另外，他觉得自己不配，她是阔太太，自己是拉车的下人。一个太太怎么会看上一个拉车的？再说自己口吃，人前人后说不出几句囫囵话。刘玉翠平常和他说笑话，拿他开玩笑，甚至于动手动脚，捏他一下，摸他一下。他总以为这是刘玉翠的秉性。城里年轻太太开通，不比乡下人。四圈也多次想过这事。他的结论都是:“不可能。”因为他自己实在没有什么长处。不过,他对玉翠的印象却越来越好,他觉得怪不得她享福,她生就一个福相,脸是圆的,手是圆的,连肩膀、腰身、腿和脚也无不是圆的。刘玉翠整个人就像个软乎乎的大皮球。四圈每逢看见她,总觉得有一股热豆腐脑的味道。

七月间,海香亭去陕州办理一批粮食转运手续,大约要一个月才能回来。做饭的老于头回长垣老家探家去了。还有一个十三四岁的小丫头爱香,刘玉翠叫她回家里住。后院子只有四圈和刘玉翠两个人,刘玉翠眼睛里几乎冒出火来。

吃罢晚饭,两个人在院子里乘凉。玉翠只穿了件汗衫和短裤,眼睛不住地瞟四圈。四圈却呆呆地看着月亮。

刘玉翠说:“今天晚上天气真热。”

四圈说:“热……热……”

刘玉翠轻轻嘘了口气,笑着说:“四圈哥,人家说你常到吉庆里去?”吉庆里是一个下等妓女聚居的地方。刘玉翠在故意逗他。

“我……我……我……没有……”四圈急忙说着,脸都红了。

刘玉翠笑了:“看你急得那个样子!去过也没有关系……哪只猫儿不吃腥?是猫,就爱偷个嘴。不过,那些人都是为了钱,她们不会疼你的,哪像我……”

四圈的心“怦怦”地跳起来,他没有吭声,他不知道说什么好,他低着头,不敢看刘玉翠带电光的眼睛。

两个人沉默了一会儿。

刘玉翠忽然说:“哟!蚊子咬了我一口!”说着,用扇子向脊梁上拍着,接着又喊着说:“四圈来!你替我搔搔,我够不着!”

四圈笨手笨脚地抚摸着她的脊梁,问:

“哪……哪里?”他觉得摸的不是一个人的身体,而是一块滑腻腻的羊脂油。就在这时候,刘玉翠发疯似的抱住了他的脖子:

“四圈哥！我喜欢你……”

四圈已经感觉到了刘玉翠圆鼓鼓、软绵绵的身子，像有一股电流，穿透了他的全身。他浑身发了热。他已经忘记了一切。他张着大嘴，喘着粗气，轻轻地，像抱一个小孩子似的把刘玉翠抱了起来……

……

自此以后，四圈每天夜里都往玉翠屋里去，有时午睡时间也要去一下。刘玉翠迷迷糊糊地一味宠着他。老于头从老家探亲回来，他们也不避讳。两个人明铺夜盖，难分难舍地过了十几天。

有一次，海香亭去南阳开会，汽车开到叶县，一座公路桥被日本鬼子飞机炸断了，一时半会儿桥修复不了，他只好中途折了回来。回到家里时，已经夜里两点多钟。他拍了拍门，没有人开，又拍了一会儿，老于头起来给他开了大门。他问：

“睡觉怎么睡得这么死？四圈呢？”

老于头咕咕哝哝地没有说清楚。

海香亭走到堂屋门前，门虚掩着，他推开门，开亮了电灯，发现床上睡着两个人。床上的两个人都惊醒了。刘玉翠急忙抱住个毛巾被；另一个穿着纺绸睡衣，留着平头，跳下床就要往外跑。海香亭上前一把抓住他，打了个耳光。那人喊着说：“是……是玉翠叫我……”这时海香亭才认出是四圈。他最近不但镶上了两颗金牙，还暗暗留上了平头。不过总是戴着帽子，海香亭始终没有看见过。他的睡衣，就是海香亭那套新纺绸睡衣。

海香亭狠狠地骂着：“是你这个混蛋王八蛋啊！”说着又踢了他两脚。

刘玉翠铁青着脸问海香亭：“你想干什么？”

海香亭跺着脚说：“我要枪崩了他！”

刘玉翠从枕头底下拿出一支八音手枪，往桌子上一撂说：“你有种先崩了我！”她又拍着胸膛大声地喊着，“海香亭，你不是不要这个家吗？你不是成天在外边吃喝嫖赌吗？你怎么不去找那个臭婊子啊！你还有脸回来……”刘玉翠越说越生气，“海香亭！不把我崩了，你就不是人养的！”

海香亭倒被刘玉翠的怒气镇住了。他瞪着两只血红的眼睛，看看枪，又看看刘玉翠，他拍着桌子，口气却软了下来：“你好……你办这些事能见得人吗？”

“见不得人的事多着哩！贪污灾民救济粮见不得人！去天津贩毒品也见不得人！嫖窑子也见不得人！……”刘玉翠两手拃着腰连珠炮地数说着，毫不服输。

这时四圈在墙角蹲着，背朝着他们。海香亭把目光投射到他身上，咆哮着喊：

“你还不滚蛋！”

四圈说：“把鞋子撂给我！”

刘玉翠把鞋撂给了他。他掂起鞋子顾不得穿，又抓起帽子，就往外边跑。后边海香亭咬牙切齿地喊着：

“你今天夜里就不准在我家。以后你永远不许登我的门！”

四圈就这样被赶出来了。他什么也没有带，身上只穿了那一身纺绸睡衣。他不管这睡衣只能在夜里睡觉穿，白天也穿在身上。他在街上游荡着。他想起那个相面的说他三十五岁时要当中将，他狠狠地吐了口唾沫：

“呸！呸！还……还他娘……中将哩……”

第四十章　流浪汉

泥人还有土性子。

——民　谚

一

四圈在大街上游荡着。过去的那一段生活,简直像一场梦。

他无家可归。除了拉洋车,他别的什么手艺也不会。他也不想去找乡亲。他有点爱面子,过去他给海香亭拉包车,俗话说,“官大衙役粗”,谁见了谁抬举。这个托他领个难民证,那个托他买点便宜麸子,只要他能办得到的,他都热心地给办了。大家也都说他是个好人。如今落魄成这样子,他真不好意思去和乡亲们见面。一见面人家肯定要问:“你怎么不给海香亭拉包车了?”“海香亭为什么把你辞了?”他怎么回答?就说他和海香亭的小老婆勾搭上了?他说得出来吗?他实在无法回答。他常听人家说:“过去桃花运,就是骷髅山!”他想着他和玉翠的事儿,肯定是他这一辈子的“桃花运”,那么“骷髅山”是什么呢?他浑身打了个冷颤,他不敢想。他又悔恨起来。他觉得自己太没出息了,好好的一个善事毁在一个娘们身上!不过他还是怀念刘玉翠。他坐在一座破墙下边,把头伏在膝盖上回忆那些情景,心头还是甜丝丝的。

太阳落山了,他的肚子又咕咕噜噜响起来。他叹了口气,心里想着人家说的一句话:“月光再亮,晒不干谷子;女人再好,当不了饭吃!”人,吃饭还是第一等重要事儿。别的全是他娘的瞎扯淡!

他想去长松家看看,混顿饭吃,可是听说长松最近生了病,五六个孩子,一家子七八口,嘴接起来有一尺多长。自己好意思再去混他一顿饭吃?不能去。他又想到海老清家。听说老清婶和闺女爱爱搬到城里住了。也不知道住在什么地方?……

街上的电灯又亮起来了。大饭店挂着红绿彩绸,不知道给哪一位老爷举办结婚的喜庆宴席。

这些大饭店,四圈差不多都去吃过饭。平常,他拉着海香亭和刘玉翠来参加宴会,把他们拉到大门口,一放下车子,就由跑堂的把他招呼进去。他虽然不能坐到宴席上,但总能在厢房里吃上两个好菜,有时是一盘肘子、一大盘馒头,有时是一大盘烧麦加一小盘烩三丝汤。……

四圈此刻从这些馆子门口经过,却不敢抬起头来。他害怕碰见这里认识他的堂倌,他更害怕碰见海香亭!……

他的肚子实在饿了,便悄悄拐进小巷口,两眼瞅着那些垃圾堆。垃圾堆都是些碎纸煤渣,连一片白菜帮子也没有。……

"肚饥想起牙缝菜",就在这时候,四圈忽然想起,他的一件旧棉袄还在"大五条"家放着。这件棉袄是春天时候,他送到"大五条"家里叫她拆洗的。后来没有顾上去取。他想把这件棉袄卖了,说不定还能换两顿吃的。

他向吉庆里的街口走去。临街口有一排低矮土房,门口都挂着破旧的白布门帘。四圈走到一间矮房门口,见里边灯黑着,就站在门口喊:"有……有人吗?"

"谁?"里边一个女人问。

"我,四……四圈。"

"门开着,你进来吧!"里边的女人说。

"你点着灯嘛!"四圈仍然站在门外。

灯点着了。一个三十多岁的女人懒洋洋正在下床。她就是

“大五条”。

四圈看着那盏小煤油灯说:“还没有装电灯啊?”“大五条”叹了口气说:“谁给我装啊。我也拿不起电费。”她习惯地掠了一下头发,笑着说,“怎么又想起到我这里来了!”

四圈说:“我……我今天没钱!”

“大五条”说:“没钱来坐一会儿怕什么?钱也不是亲爹亲娘,人也得有个朋友。给!”她说着从床头抽出两支烟,一支递给四圈,一支自己吸着。

她给四圈点烟。四圈抽了一口又放下说:“饿坏了!皮大姐,你这儿有吃的没有?一天没吃饭了。”

原来这个“大五条”姓皮,叫皮柿花。她老家是江苏扬州人。原先在吉庆里当妓女,因为得罪了老鸨,被妓院筛了出来。她们这些人,是比妓女更悲惨可怜的女人。有时候晚上拉一个客人,从客人身上掏几个钱;有时候拉不来人,给人家拆洗点衣服被褥餬口。

老皮看着四圈头上渗出的汗珠,拿着烟的手直颤,知道他饿得很了,就说:“我这儿可没有好吃的。”说罢,从屋里端过来一个馍筐,里边放了三个半窝窝头。她把馍筐放在四圈面前说:“吃吧!”

四圈的眼里闪出了光。他拿起窝窝头就吃起来。可能是饿得厉害了,他觉得这高粱面窝窝头,比“扬州饭庄”的富春包子还要好吃。

老皮看三个半窝窝头像融雪一样,不一会儿就被他吃光了,便不声不响地给他热了热剩面条。

四圈说:“够了。”

老皮说:“够不够我知道,你就吃吧!”说着她又把热好的半锅剩面条端过来。四圈没用碗,用勺子就着锅喝着。呼噜噜,呼噜噜,像往老鼠窟窿里倒一样,不一会儿又把半锅汤面喝完了。

吃罢饭,四圈有了点精神。他说:“老皮,我那个棉袄能卖掉不能？”

“包车不叫拉了？”老皮看着他问。

四圈点了点头。

老皮又问：

“是偷他了、摸他了？”

四圈红着脸说：“也……也没偷，也……也没摸。×他娘！走……走……走了桃……桃……桃花运了！”

老皮叹了口气，说：“这些龟孙当官的，还要面子！他们那些阔小姐、姨太太是吃得太好了，要找男人；我们这些人是没有吃的，也要找男人！现在妓女有多少？过去就是安仁里的扬州帮、菏泽帮，吉庆里的豫东帮，现在又来了天津帮，还有白潭帮、祁衬帮、扶沟帮，全城都快变成妓女院了。他海香亭不是管救济难民的吗？他要是少贪污点难民救济粮，也不会有这么多姐妹跳到这火坑里！”

她抽了一口烟，又说：“我老家是扬州的。几乎天天都碰到俺老家的大闺女被卖到这里边来。有的管我叫姑，有的管我叫姨。有些十三四岁的小妮，也烫了头发抹上口红，塞到这些不是人活的地方来。过去我被卖到窑子里，我还说这是我命里注定的。上一辈子造了孽，这一辈子才遭了报应，让千人骑、万人跨。如今看来不是那么回事。难道那么多女人，上辈子都造孽了？”

她说着，又从一个破纸箱里拿出瓶酒来，对着瓶口咕嘟咕嘟地喝了一大口，然后递给四圈说：“喝！我这儿好几天没来人了，连那些赶骡子的盐贩子也瞧不起我们了。嗨，人老珠黄不值钱。我们四圈兄弟还是有良心。”

“我……我没有钱！”四圈几乎要哭出来。

老皮又喝了口酒，说：“我不要你钱，四圈，我就是和你说说话，你知道吗，傻子！我心里难受！……”

四圈感动地说：“我……我……我也不会说。”老皮说：“不会说也不叫你说，你会听啊，我总不能对着墙土说话啊！”

二

第二天，“大五条”出去给四圈卖棉袄，转了一圈又夹着回来了。她说：

“别卖了！一件破棉袄，卖去三分不值二分。现在大热天，穷人们‘有钱不置半年闲’，谁现在买棉袄？再说，这两年冬天冷，没有件棉袄，还不把人冻死？常言说，‘穷人三件宝：老手、薄地、破棉袄’。棉袄是离不了的，到时候你要再做，光面子也得一丈布。”

四圈说：“是……是……可……可，可我总……总得找个活干。”

老皮想了想说：“要不你到吉庆里书寓当个茶房？新开的这些书寓，也都是逃荒过来的人。”

四圈摇着头说：“不……不……不干！打人我……我……我下不了手！”

老皮又想了想说：“听说从密县新来个戏班子，还有几个坤角，新近在民乐剧院唱梆子戏，每天晚上都雇人打旗，跑龙套喊‘哇——’，听说一天还能分块把钱哩！”

四圈说：“我……我这个……这个嘴，哪会唱……唱戏哩！”

老皮说：“不是叫你唱，是叫你去跑龙套！打着旗，在台子上边站着，你还不会？”她说罢，掀开帘子向东边邻居叫着，“孬蛋！孬蛋！你来一下！”

一个光着脊梁、留着分头、一只眼的小伙子走了过来。老皮问他：

“孬蛋！密县那个戏班里还要打旗的不要？”

孬蛋用一只眼看了一下四圈说：“要。今天就要。今天晚上唱《双刀劈杨梵》，用人多。”

四圈看着他一只眼，自己也放了心。他说：“我……我……我可是不……不懂戏啊！”孬蛋说：“我也不懂戏。不懂戏就走后头，你看人家前边的人咋走你就咋走，反正跑两天就熟了。”

下午，孬蛋领着四圈去民乐剧院，让班主看了看。班主打量了四圈的身架，点了点头说：“行，晚上来吧。”他又拍了一下他的肩膀说，“多好个个儿，要是扮个窦尔敦，多排场！”

四圈晚上给戏班上打旗跑龙套，白天给戏班伙房挑水，算是勉强混了口饭吃。他一辈子不爱看戏，也看不懂戏，近来看得多了，觉得这戏文里有无穷的奥妙。人家唱《铡美案》，秦香莲拦轿喊冤，唱到悲哀的地方，他竟然泪流满面。人家唱喜剧《老羊山搬兵》，他在一边张着嘴，瞪着眼，几乎要笑出声来。

因为他表情太丰富、个子又大又显眼，经常惹得台下观众指指点点，后来竟给他起了个外号叫“大旗杆”。每逢他一走出台口，下边总是“轰”的一声，一阵嘈杂，观众小声议论着：“大旗杆！大旗杆！”“这货又出来了！”

因为他太夺演员们的戏，便遭到了演员们的反对。他们说：“弄这么个人在台上哄笑话，这戏没法唱啦！”

班主无奈。只好把他叫到一边说：“四圈，你从前没有看过戏？”

四圈说：“没……没有……看过，也……也不看不懂。”

班主说：“画匠不给神磕头，戏文上唱的都是假的呀！你就想流眼泪？”

四圈说：“我……我知道是……是……是假的。就是憋……憋……憋……不住！”

班主叹了口气说：“有你这样的人。四圈，看起来你吃不了这门艺饭。……”

四圈流着泪说：“我……我……我不想走。”

班主看他怪可怜的，人也老实，就说：“你帮着老齐吧。白天还挑水，夜里管管戏箱，把蟒、靠衣服晾晾叠上，帽盔收拾收拾，这点活你能干吧！”

四圈帮老齐管了几天戏箱，总觉得不太过瘾。舞台下那种万头攒动的刺激味道，使他很难忘怀，他仍然找机会想到前台去。他给这个演员倒茶，给那个演员端水，央求着他们给他个机会。

有一次，东关火神庙庙会要唱三天戏。按照往常的规矩，唱正戏的这一天上午，还要戏班唱三出“神戏”。这些“神戏”都是几分钟的小折子戏，走走过场，取个吉利。不过这些戏里必须有“神仙”，其中有一出戏是《敬德打虎》。按传统的迷信说法，敬德被封为“门神”，也算是一个神仙。扮敬德的是豫西有名的老演员，艺名叫“一声雷”。“一声雷”已经五十多岁了，专门演架子花脸。这天他对四圈说：

“四圈，你给我买一盒烟，我今天叫你出出台。”四圈说：“行！不……不……不唱吧？”

“一声雷”说：“我今天要打个大老虎，你就扮演这个老虎。你只要用个蓝衫披在身上，蒙着头，弯下腰装成老虎样子，我打，你跳！听着锣鼓点，鼓停了，你就躺在地下装死。这出戏就完了。”

四圈蛮有兴趣地说：“好……那……那……得在……在下边先……试试吧？”

“一声雷”说：“不用试。就那几式。注意‘老虎’死了，就不能动了。”

戏就在火神庙前的露天广场上演。台子是临时用木头板子搭的，上边是蓝布篷，中间挂着“遮堂”，上下台口挂着两个门帘。戏开演后，“一声雷”先出场，亮了相，摆了几个架势，接着四圈披了个蓝衫扮作老虎蹿了出来。紧锣密鼓。“一声雷”挥拳打着，四圈在地上跳着，扑着。四圈第一次踩着锣鼓节奏蹦跳，兴奋异常，越跳越有劲，竟忘记了要躺在地上“死”去。“一声雷”看着打它不死，急

得一头汗,他小声喊着:

“四圈!你快躺下‘死’啊!你快躺下‘死’啊!”

就在这时候,台下又响起一片掌声。四圈不但没有听见,反而跳得更起劲了,把“一声雷”扮的敬德逼到台子边上。“一声雷”准备向他头上拍一掌提醒他,不料因为挨得太近,被四圈一头拱倒了。他想跳起来,谁知脚被四圈绊了一下,竟然倒在戏台下边了。四圈扯了蒙在身上的蓝衫,露出了头。“敬德”已经躺在台子下边了……

三出“神戏”出了岔子,班主挨了一顿骂不说,戏价还被扣了五斗麦子。“一声雷”头朝下跌在台下,头上碰了个疙瘩,他没敢吭声,因为这是他起的由头。

中午,四圈躲在下处墙角里偷偷端着碗在吃饭。班主过来了,他猛地夺过四圈的饭碗说:“你滚!现在就给我滚!”

四圈分辩说:“我……我……我……”

班主说:“你不用‘我’了,你在我这班子里,我算是倒了血霉了!你赶快走。”

四圈看了看班主,没吭声,站起来就走了。他没说什么,也不想说什么了。

三

四圈在人群中挤着走着。他觉得大家好像都在看他。他的脑子里嗡嗡直响。他讨厌这么多人!他一直跑到东关大石桥下边。前边就是刑场。这些日子有人不断在这里被枪毙。四圈现在却不管这些。他一直跑到桥洞底下,靠着墙坐下,闭上了眼睛。他想心里清静清静。

荒草和砾石沙沙作响。一个人的脚步声也来在桥洞下边。四圈没有睁开眼睛。此时他不想看见任何东西。脚步声一步一步向他走近,到了他跟前不走了。

一阵熟悉的桂花油和香粉的味道,顺着桥洞下的凉风吹进他的鼻子。他的身体颤动了一下,他微微睁开了眼睛,眼前站着一个浓妆艳抹的少妇。这是刘玉翠。

他又使劲闭上了眼睛,两行泪水冲过眼睫,流在面颊上。

一只软烘烘的手背擦着他的面颊:

“傻驴！……”刘玉翠心疼地骂了他一句,自己也抽噎着哭了。

刘玉翠在他身旁坐了下来。她说:

“……你怎么一跑就没个踪影了？我叫老于找,叫馆子里的伙计找,哪里也找不到你这个人。我还亲自到洛河岸看了看,怕你跳河！你只管拔腿跑了,你知道我心里有多难受。藕断丝还连着哩,何况是个人呢！……”

她擦了擦眼泪,又说:“我想着你也太胆小,你就那么怕他？他敢把你怎么样？他敢杀人？他没有那个胆子。我要是没有十分把握,也不敢和你相好！兴他嫖窑子,也就兴我找男人,我不找他的事儿就便宜他了!”

四圈摇着头说:“你……你……别说了。反正我……我……一辈子不……不上那个门了。”

刘玉翠说:“你爱上不上。我给你闯的祸,我心里过意不去。刚才他们在台上踢你打你,我心里可难受了,就是一块土坷垃,也不能那样随便踢,好歹是我的一个人！……”

四圈问:“他……他……他们打我了？”

刘玉翠破涕为笑,打了他一拳头说:“傻子！还是老实得扎一针也不知道！两个人打你,我真想跑上去骂他们一顿,他们就会拿着老实人当鼓擂。不过话又说回来,你今天要不把他拱到台子下边,我还是找不到你。千里姻缘一线牵,人生无处不相逢！这也是天意。火神爷显灵了,故意叫我看看我的苦哥哥。我日后得给他烧几次香。”

四圈回忆着刚才在戏台上的经过,这才感到屁股上隐隐作痛。可能就是有人踢了他。

刘玉翠又问四圈:“你如今在哪儿住?”

四圈说:“‘大五条’家。一个老妓女,我从前和你说过。”

刘玉翠叹了口气说:“我就喜欢你这老实样子,对我没说过一句瞎话。咱们两个在一块,我什么都不避讳,什么都敢说,和他们那些人在一起,说一百句话里边难得有两句真话。哭也得装假,笑也得装假,什么都得装,连奶头都是假的!”她说着亲昵地抓住了四圈的手,舍不得丢开。

四圈说:“你该走了!”

刘玉翠红着眼圈点了点头:“你日后打算怎么过?”

四圈说:“你……我别管我。沟……沟死沟……葬! 路……路死路埋。”他用了《秦香莲》戏里的两句台词。

想不到这两句台词却产生了强烈的戏剧效果。刘玉翠又掉泪了。她摘掉两只金耳环塞给四圈说:

“四圈哥! 我今天没有多带现钱,这副耳环你拿去到金店卖了,先换几个钱花着。‘大五条’那里,想必也困难。你先买两袋面给她。以后有困难,你到我的馆子里找账房老温,我跟他交代清楚。”

四圈接住耳环,看了她一眼,悄悄地问:“你怎么走?”

“我雇个车!”刘玉翠说着,撑开阳伞遮住脸,出桥洞走了。

四圈一直尾随着她,远远看她坐到一辆黄包车上,伞像一面荷叶在风里摇摆着飞快地走了。四圈踮起脚看了看那个拉车的,拉车的是个年轻人,他重重地在自己头上捶了一拳,他第一次感到了嫉妒。……

第四十一章　长松的一家

穷人最怕过四五月

——民　谚

一

四圈到北大街一家金店里，请金店的伙计把那副耳环戥了戥，卖了三十多块钱。他拿着钱向吉庆里"大五条"家走来。他想，有这三十多块钱，就可以到西关车行里租一辆黄包车，城里近来拉车的生意不好，可以到外县去拉远路客人，反正自己有一身力气，只要不怕吃苦，一张嘴总还能顾得住。他想买一袋面扛回去，可是买了面，钱就不够租车的押金了。空着手去"大五条"家，实在也不好意思。想来想去，这三十多块钱还是不敢碰散了。他称了三斤杂面，放在帽子里拿着。他想，只要今天能吃两顿饭，明天就去租车，等拉车赚了钱，再来补"大五条"的情。

他捧着面条走进吉庆里，见一个十六七岁的半大孩子在他前边走着。一会儿伸着头看看这家妓院的院子，一会儿斜着眼瞅瞅那家妓院的门。四圈看他身上穿得破衣褴褛，一双鞋子露着脚后跟。心里想："这个孩子也作精！穿的衣服和鸡子啄过的一样，还想来这种地方浮一浮？八成是个小偷。有些下等窑姐们，专门收拾这些小偷们的钱。"

那个小伙子走到一家叫做"四喜书寓"的门前站住了。他探着头向里边看了看，却不敢走进去。他犹豫着转过身来，靠着门口边的墙蹲了下来,四圈这时才看清他的脸,高颧骨厚嘴唇。这不是长松家的大孩子小建吗?

小建已经长成十七八岁的小伙子了。因为长个子时候,营养不良,个子长得不太高。但脸的轮廓还能辨识出来。四圈认出了他是小建,心里不由得一阵恼火。

四圈和一般农村里的农民一样,他们对待街坊邻居的孩子,就像对待自己的孩子一样。他们共同遵守着一个古训:“养儿养女望上长”,不能让他们学泼皮下流了。他想,我这半辈子,碰上了倒霉的世道,是猪是狗提不起来了。可是应该让下一辈孩子干干净净地做人。农村的故乡,农村的土地,在四圈心中还是一块“圣地”,他不允许这块“圣地”被玷污。他自己没有家室,没有儿女,在原来的农村里,他扮演的可能还是一个丑角,但他不希望邻居的下辈人也变成丑角。他们应该是正正派派的庄稼人,真正勤劳能干的农民。在四圈心中的这座“圣殿”里,存放着他对生活、对未来的一点点可怜的信心和希望。

他看着小建踯躅在这家妓院门口,就大声喊着:“小……小建!”

小建站了起来,还没有等小建答应,四圈就跑过去一把抓住他大声说:“你……你……你跑到这儿干什么?”

小建说:“四圈叔,我找人!”

四圈拉住他就走说:“你找什么人,一个屌毛孩……孩子,还……还……还想作精,你不跟……跟……跟我……我走,我用破鞋抽你!”

小建挣着说:“四圈叔,你别拉我,我是来找俺妹妹……”

四圈心里一惊,把手松开了。他问:

“你找……找……你妹妹?你哪个妹妹?”

小建低着头说:“就是小响。我找了半月了,才找到了这一家。”

四圈忙问:“你妹妹怎……怎么到这儿了?”小建掉泪了。他用手背擦着眼睛说：

“俺妈把她卖给人家了。”

四圈鼻子一酸说：“不就是小响吗？她才多大……”

小建点了点头。

二

原来长松在洛阳城里拉黄包车，到大旱灾那一年，他就把车子退给车行了。雇车的人渐渐稀少起来。拉车的满街都是。拉着空车转半天，遇不上一个顾客。整个农村经济破产了。本地的农民也成群结队地向城里涌来。车租涨了一倍，粮价也跟着飞涨。平常，杨杏不管再困难，自己和孩子们就是喝野菜汤，也总要想法子给他做个馍吃。后来连麸皮饼子也做不出来了。他早上喝两碗稀菜汤，拉着空车转到半晌的时候，就头昏眼花，心跳冒虚汗，两条腿像棉絮一样，再也拉不动了。

“我还是剩口气暖暖肚子吧。”长松想着，眼泪巴巴地把车子退给了车行。前两年，他们一家子靠几张难民证，一天领几碗稀粥。一九四二年大旱灾以后，难民救济所的粥场和当地灾民赈济处合并以后，难民和灾民不分了。领粥的人一下子增加了好几千。有时早上起五更去排队，排到下午还领不到手。粥也变得更稀了，几十个大杀猪锅把粥熬熟以后，几十个人挑着一担一担的冷水往锅里兑，有时一瓢粥里，很难找到几颗米粒。

小建和小强饿得实在受不了，就跑到车站几家大饭店的后门抢泔水喝。这些饭店刷碗洗碟子的泔水只要一挑出来，这些孩子们便蜂拥而上。有的用手抢捞着里边的馍块，残鱼剩菜。有时把泔水桶挤倒了，孩子们便趴在地上，喝着那些飘着红色油花的泔水。

小建和小强在这些地方已经混熟了。过去“推坡”时认识的朋友“蚂蚁头”,有时还能帮他们一点小忙。“蚂蚁头”早已成了这一带的“惯偷”。他常常劝导着小建和小强“和他合伙干”,并保证说,“他们照样能吃香的,喝辣的。”小建和小强当然不干。因为,他们知道长松最反对这种“下三烂”的行径。长松常说:“庄稼人种地是根本。人穷志不能穷,就是饿死,也不能干这种下流勾当。”“蚂蚁头”很仗义,有时也给他们几个零钱,拿来几个馍。可如今,“蚂蚁头”一年多不见了,据说他也没有混下去,因为他让警察盯上了。为了摆脱警察,他自己“卖壮丁”走了。

秀兰和玉兰两个闺女渐渐长大了。因为是女孩子,她们无法去街上抢这些泔水。少女们的饥饿是更为可怜的。她们在家庭里的地位也是最下层的。长松有时候提回来一罐稀粥,小建和小强有时提回来一桶油花花的泔水,她们就放些树叶子和野菜煮了煮。先给爹盛一碗,他是一家之主;然后再给两个弟弟盛,因为他们是男孩子;然后给妹妹盛,因为她最小,还不懂事;最后轮到她们时,锅里只剩了一点点。姐姐看了看妹妹,把碗推给妹妹说,“妹妹!你……你喝吧!”妹妹看了看姐姐,把碗推给了姐姐:“姐姐!我……不饿,你喝吧!”两个人推让着,铁锅刮了又刮,铲了又铲,每人分半碗野菜汤喝。靠着这半碗野菜汤,姐妹俩度过漫长的一天。

小响长到七八岁,也渐渐地懂事了。她看着两个姐姐忍饥挨饿的样子,看着大人们菜黄色的脸,她肚子饿得咕咕直叫,也不敢喊一声“饿”字了。

爱爱喜欢小响。有时逗着她说:“叫姑!”小响叫了声:“姑姑!”爱爱就把一块馍塞到她手里。有时吃面条,爱爱就把她叫到跟前,用小碗盛一碗让她吃。小响吃惯了,每逢吃饭时候,只要爱爱在家,就故意找个借口往爱爱家跑。

长松发现了这件事,心里老大不高兴。可是他又痛苦地说不出嘴来。因为小孩子实在太饿了。这一年多来,长松和老清婶也渐渐地疏远了。长松是个庄稼人。他跟很多农民一样,认为说书唱戏这些行业,是“下九流”的行当,不是正经人家干的事情。城里人是“笑贫不笑娼”,乡下人却是“笑娼不笑贫”。爱爱开始去学说书,他就有些看不惯。可是他也看到,一个老婆子领着两个孤女,日子确实难过,爱爱去学说书,是为了养家餬口,他也就原谅了。但是自从关相云和爱爱认识以后,每天大包小包往爱爱家送吃送喝,爱爱也渐渐穿上旗袍,擦点头油,抹点胭脂,长松就开始对她们撇嘴了。关相云来得越勤,长松就越撇嘴。后来,除了一个关相云,又来了个彦生,长松的眉头越皱越紧了。常在背后跟杨杏数落着:“这叫啥哩?来了个姓关的处长,又来了个照相馆的小白脸……”爱爱越唱越出名,越打扮越漂亮,就连老清婶都戴上了豆芽式金耳环,长松开始对这家人产生了一股厌恶的心理:

“呸!老清叔在乡里受憋,你们倒在城里摆阔,还戴那阔太太的耳环……好意思吗?”

海长松很少去老清婶家串门了。见到爱爱也只当没见到,扭头就走,碰上了老清婶也不喊“婶子”了,只是哼哼哈哈地点点头。

“不要让小响老往她家跑了。”长松吩咐着杨杏,“咱们是穷日子穷过,不要去沾人家……”

杨杏说:“可她还是个孩子啊!我能拴住她的腿?吃她们家一口饭,我看这也没有什么。逃荒在外,相邻相亲的。再说她家也不是什么外人,一个村子的,还上着一个海家的老坟……”

“就是不能去她家!”长松听着“老坟”这两个字更恼火了,“以后小响再敢去她家,我就把她的腿打断。”

杨杏看着他瞪着眼睛的吓人样子,不再说话了。为了避免和丈夫吵架,她悄悄地劝着小响说:“小响,以后别往你爱爱姑家跑了。给你饭也别吃。人家也是一家人,都是过日子哩!记住啊,不要再去了。乖乖!”

小响懂事地点了点头。

后来爱爱家搬到铜驼街去住了。小响的两个眼窝塌得更深了。有时小建和小强把她背到东车站饭馆门前去抢泔水喝。他们捞到一个鸡头,或者抢到一块骨头,就让她啃着吃。有时捞不到这些东西,小强就挤到泔水桶前,喝一口泔水噙在嘴里,吐到小响嘴里,然后再跑去抢着自己喝。

秋天时候,从南阳来了一批人贩子。他们在洛阳城里四处乱窜,他们带着贪馋的眼睛,在难民群里东转西荡着,这里张张,那里望望,他们要在难民群里物色一批“货物”。原来,这南阳一带有个溺女婴的习俗。一般人家只留一个女孩,多了就在生下来时,放在水里溺死。长期以来,南阳这一带男多女少。有的弟兄两三个还娶不到一个媳妇。有的积攒了半辈子钱,到四五十岁时才能娶个女人。大灾荒后,女人不值钱了。人贩子却多起来了。

逃荒的难民们在唉声叹气。他们在骂独夫民贼蒋介石,也在骂杀人的刽子手日本鬼子,他们在骂故意作对的老天爷,也在骂难民救济所的贪官们。每天晚上,都有成批的饿殍倒毙在街头,每天早晨有好几辆收尸的排子车在街头收敛死尸。只有人贩子这一行却空前地旺盛起来。他们从一个地方买了几十个逃荒的年轻女人,然后把她们贩卖到缺少女人的南阳或豫西的山里去。这是一批狼心狗肺的孬种。他们靠着灾荒,发了一笔“昧心财”。

这天上午,住在北关的老白婆,领着一个长驴脸的人贩子,在烧窑沟一带的难民群里转悠着。他们在长松的破窑前转了半天,又盯着秀兰和玉兰察看了半天。好一阵子工夫,人贩子不见了,老白婆却推门进了长松的破窑洞。

老白婆说:“他婶子,我看你这两个闺女快饿倒了。怪可怜的。快叫这两个闺女逃个活命吧!这大灾荒也没个头,也不知啥时候算到了站……”

杨杏抹着泪说:“逃荒在外,俺有啥办法哩!”

老白婆说:“你总不能眼瞧着闺女饿死吧?你这两个闺女,长相还可以,可以多换点粮食。你们家这几口人还能过几个月。唉!挪一步说一步吧!”

长松听了没有吭声,两只手抱住头在暗暗落泪。杨杏哭着说:“俺不!就是死,俺娘们儿几个也要死在一块。”

老白婆又劝着说:“我是可怜你们这两个闺女,她们来世上一遭也不易。活生生的人,看着叫她们活活饿死?还不如叫她们寻个活路。如今倒有个机会,南阳来了个客人。人家说了,孩子跟着他走,保证找个正道人家,决不往那些坏地方卖。你们两个再思摸思摸。要行,一个姑娘八十斤麦子。”

杨杏越哭越厉害。长松还是没有吭声。对一个男子汉来说,没有什么比卖掉自己亲生女儿,更使他痛苦了。他是一家之主。他无力养活自己的女儿。他知道一家人的眼睛全都在盯着他,只等他说一句话。作为一个堂堂男子汉,他能说得出这句话吗?眼泪涌出了眼角。窑洞里的一切全都模糊了:老白婆翕动着的嘴巴,杨杏涕泪纵横的哭脸,小建趴在破桌上的抽泣,小响惊恐迷惑的眼睛……

长松深深地叹了口气,他不敢抬头,他不敢看自己这几个亲人的眼睛,他感到自己犯了弥天大罪,他浑身哆嗦了一下,好像有一根无形的皮鞭,在抽打着他的灵魂。他的两只手把自己的头抱得更紧了,他的整个身体缩得更小了。他感到无地自容。他希望地下能裂开一道缝,自己好钻进去……

起风了。秋风飒飒地响着。窑洞外,几棵剥了皮的白杨树在摇晃着。残存的几片杨树叶子,全都飘落了下来……

窑洞里静得像一座死亡的墓穴。飒飒的秋风,从窑洞的缝隙里吹了进来。好冷啊！长松打了一个寒战……

就在这个时候，谁也没有想到，平常少言寡语的大闺女秀兰姑娘忽然说话了。她走到长松面前，“扑通”一声跪在地上说：

“爹！你让我走吧！我……我愿意去！就是换八十斤小麦，你们也算没有白养活我一场。爹！咱不能都饿死啊！爹！我是个大的，我应该为你分忧。是江是河我去跳！为了俺两个兄弟，爹！你让我走吧！”

小建“哇”的一声哭了，紧接着一家大小全都放声大哭了起来。小响跑过去抱住秀兰的头哭着喊着：“大姐！……大姐！……”玉兰也扑了过去：“大姐……你不能走……你要照看小响，我……我愿意去……”小建用小拳头砸着自己的头，他在埋怨自己太无能，不能为家里分点心。小强忽然眼睛一黑，昏倒在地上了。……

长松身体摇摇晃晃地站了起来。他的眼睛是木的。他茫然地、无目的地在窑洞里走了几步，“老天爷！我该怎么办？我该怎么办啊？”他忽然看见锅台上那一口张着大嘴的铁锅。锅里边什么也没有，只有一瓢清水在冒着热气。他意识到这口铁锅就是全家人的生命线。现在家里连一粒米和一把面也没有了。难道让全家人都饿死？他的眼泪从眼眶中流了出来。他的两条腿发软了。他无力地双膝跪在女儿秀兰面前。

“秀兰！……都怨你爹没能耐，都怨你爹我……没本事！你怎么生到……我这个家来？……你……打我两下吧！打你爹这个没能耐的人吧！我……对不起你啊！……”

秀兰抱住他的头哭着说：“爹！你不要这么说……你养活我这么大……够难了……爹！我……不怨你，我永远不怨恨你。……”

下午，老白婆领着长驴脸人贩子把八十斤麦子背来了。秀兰默默地先给长松跪下叩了个头，又给杨杏叩了个头。她看小建和小强两个兄弟一眼,又看了妹妹玉兰一眼。最后她扑到了小响身上,她使劲地抱住她的头用嘴亲着。小响把头往她怀里拱着。她感到姐姐的一颗颗热泪,在她额头上滴着。

“小响,要听话……”

“姐! 你别走。”

“要照顾好爹妈……”

人贩子在窑洞门外喊着:“快走吧! 晚上还得赶到新安县哩!”

秀兰定了定神,推开抱着她的玉兰和小响,她“忽”地站了起来。她不敢看长松和杨杏一眼,低着头走出了窑洞。但是,刚走出窑洞门外十几步,她又停住了脚步。

“咋啦? 快走啊!”人贩子不耐烦了。

“等一等。”

“还带什么东西?”人贩子问。

秀兰没有吭声,她回身到窑洞里,迅速脱掉身上穿的一件蓝底白花的印花布夹袄,递给杨杏说:

“妈! 这个夹袄我不穿走了,留着给你们拿到街上,给小响换两个烧饼吃!”

小响哭喊着:“不! 姐! 我不要……”

杨杏忙喊着:“秀兰,天凉了,你身上只穿那一件单褂子怎么行? 你穿走吧!”

秀兰没有回答,扭头走了。走到窑门外,又停住了脚步。她对站在窑洞门口的小建说:

“小建! 你长大了可得去找我,我是你亲姐哩! ……俺死了……也是咱海家的一口人! ……”她说着擦着脸上夺眶而出的热泪,跟着人贩子头也不回地走了。她不是不想回头,而是怕回了头,再也没有朝前走的勇气……

半袋麦子在窑洞门口放着。它好像一个矮个子魔鬼蹲在门前。一家人谁也不敢看它,谁也不想看它。它是八十斤粮食。它的重量和秀兰的体重同样重。可是它不会说话,不会哭笑,它不会给小响、玉兰梳头,也不会给小建、小强缝香草布袋。它是那么低矮和丑陋,比起秀兰苗条修长的身材,它简直像一个侏儒。可是,一个含苞欲放的鲜花般的少女,却被这半袋粮食换走了。世界上只要有饥饿,就没有人的价值!这件事情发生在一九四二年。它是在第二次世界大战中一个小小角落里发生的。人们对于这一幕幕悲惨的戏剧,可能知道,也可能根本不知道,还可能知道后随着时间的推移,又渐渐地忘记了。但愿人们永远不要忘记它。

两天后,杨杏在附近村子里借了一盘磨,带着小建和小强把这袋麦子磨了磨。她没有用箩箩,把麸子全都留在里边。做饭时,她抓着这些麸皮面,一把一把地向煮着野菜的锅里洒着,她好像听见这些麸皮面在哭泣。……

三

天渐渐地冷了,大地被凛冽的西北风刮得更加“干净”了。难民们的生活更加困难了。他们赖以充饥的野菜、槐叶、榆叶和红芋梗子也已经吃光了。他们每时每刻面临着寒冬和饥饿的严重威胁。

秀兰走后,玉兰也像变了个人。她好像一下子成熟了。平时,她比沉默寡言的秀兰要活泼得多。她能说,小嘴叽叽喳喳,一说话就没个完,如今全变了。她变得特别懂事了:对长松和杨杏特别亲热,对小建和小强特别关心,对小响也特别好。这一天,她起得特别早,她把破窑洞扫了又扫,从野外拾了一捆柴火,又把水缸里的水挑满了……

“妈!我走了……”

杨杏没有注意玉兰的神色，她还以为玉兰是去街里找吃食，她说："早去早回，找到点吃食就回来……"

玉兰点了点头，看了杨杏和长松一眼，便转身走了出去。

玉兰刚走出半里地，小响追了上来。她吵着要跟玉兰一起去找吃食。玉兰哄骗她说："响！听话。快回去。我找了吃食就回来……"

小响噘着嘴，转身往回走。刚走了几步，玉兰就扑了上来。她使劲地搂着亲着小响。小响感到奇怪：玉兰姐怎么啦？干吗要这么使劲？

"玉兰姐！你咋啦？"

"响，快回去吧！记着，要听爹妈的话。我走了……"说罢，玉兰晃晃悠悠地朝前走了。

天黑了，玉兰还没有回来。

直到这时候，杨杏才察觉了玉兰今天的异常行为，她又哭了起来，对着长松唠叨个没完。"玉兰会不会自寻短见啊？""玉兰会不会一个人饿倒在什么地方了？""玉兰是不是让人拐跑了？"长松有什么办法？他没有搭理杨杏一连串的问话，只是铁青着脸，带着小建和小强在洛阳城里四处寻找着。他们先到东北角的运动场上看了看，那里的旧货市场已经收了摊，只有枯枝败叶在地下旋转着；他们又到人市上转了转，那里也是黑漆漆的，只有墙角落里躺着几个无家可归的难民；他们接着又敲开了铜驼街老清婶家的大门，老清婶摇了摇头，说是有好些日子，没有看见玉兰的身影了……

过了一个多月，长松家忽然收到了从洛宁县寄来的一封挂号信。长松急切地拆开了信封，信下边的落款是玉兰。

玉兰不识几个字，这封信大约是央人写的。信上写着：

父母双亲大人，不孝女儿玉兰敬禀：

离别父母大人，已经一月有余，父母双亲大人一定很着急吧？我也很惦念父母亲大人。很惦念小建、小强和小响。现在我已到了洛宁县。已经找到了一个吃饭的地方。请二老千万放心。我不是被人家拐骗来的，我是“自卖自身”，心甘情愿嫁到这里来的。我很清楚，咱家实在过不下去了。我几次想去寻死，可又舍不得抛开二老，舍不得抛开小建、小强和小响。我寻的这一家人还不赖，老汉待我很好，就是年龄大一点。我也顾不得这些了。他家里还有个大的，不会生养，所以老汉还要找我……这里土地还好，今年不太旱，他家有几十亩水浇地，一年只收一季庄稼。快过年了，随信寄去三十块钱，你们可以买成粮食。这是养育我的报答。你们千万别来看我，这里离你们那里太远了，还要翻几座大山。

你们一定要过下去。不要寻短见。不要往绝路上想。小建、小强和小响，你们一定要好好听父母的话，孝顺父母，帮助家里多干点事！

收到信后，给我回封信。千万！千万！

不孝女儿玉兰跪禀

信里夹了一张绿颜色的汇款邮条，上边工工整整写着“三十元整”几个大字。

海长松的脸色发灰，两只手也哆嗦得厉害，他一下子瘫坐在小凳上。他真想大哭一场。他知道：这不是普通的钱，这是他女儿的卖身钱啊！

杨杏在他耳边说：“咱这一家子算是零散了。这一辈子恐怕难见这两个闺女的面了，她才十七岁哪！十七岁就给人家当小……常言说，能到山里变鸟，不给人家当小。端人家的碗吃饭，还能不受气?”说着，又抽抽泣泣地哭起来。

长松心里烦透了，对着杨杏咆哮起来：

“哭！哭！你就知道哭！哭有屁用！在劫者难逃，这是命里注定的。谁叫她生在咱家……”

杨杏不敢哭了。可是那张三十元钱的汇条,长松却没有立即到邮局去取。隔了半个月,小建告诉他,市上粮价又上涨了一倍,他才赶快到邮局把钱取了出来。在市上籴了六十斤高粱,让小建背到了家里。

第四十二章　在死亡线上

力气是压大的，
胆子是吓大的。
——民　谚

一

秀兰和玉兰走了以后，长松的脾气变得暴戾起来。有时躺在床上睡一天，有时一天也不说一句话，有时呆呆地坐在北邙山的山坡上，看着洛阳城里的高楼大厦发怔。他动不动就发脾气，动不动就打小建和小强。打重了又后悔，又抱着他们痛哭。

他不敢想两个女儿。秀兰被卖在什么地方？他不知道。玉兰这门亲戚，使他觉得蒙受了莫大的耻辱。一个比他还要大的老头儿，竟要管他叫岳父！海长松年轻时候，梦想着当一个正派的农民，当一个干净的农民，当一个清白的农民。现在，他这个梦想破灭了。他觉得自己正在向一个无底的深渊沉下去。他挣扎不出来了。他被命运玷污了。他干净不起来，他清白不起来，他也正派不起来。人，如果只是为了填饱肚子，活着是痛苦的。但是，痛苦也得活着。因为生活还没有放过他，生活的皮鞭，还在不断地抽打着他！……

快到过年的时候，家里又断炊了。他的心似乎麻木了。他对杨杏说："再不行，把小响也寻给人家算了。谁叫她生在这个兵荒马乱的年月啊！"

杨杏破天荒地发了脾气,她愤怒地说:“我不卖,我就剩这一个闺女了!明天我就领着她到街上要饭,一天就是要来半碗汤,我也不卖。”

第二天,杨杏提了个篮子,篮子里放了两个碗,领着小响去城里要饭了。长松望着她们的背影,感到一阵揪心的酸楚。……

小强和小建从车站回来了。他们鬼鬼祟祟地提了一个篮子。篮子沉甸甸的,上边盖了一块破纸箱片。到了窑洞里,他们拿掉纸箱片,露出半篮白花花的食盐。

“这是哪里来的?”长松问。

“……”弟兄俩你看着我,我看着你,谁也没有吭声。

就在这时,长松发现篮子里还放着一个圆形的铁筒:一头还是尖的锋刃。这是逃荒难民的一个“创造”:只要拿起这个铁筒,猛地向盐袋上插去,盐袋里的盐就会顺着铁筒流出来。

长松拿起铁筒问:“你们在哪儿弄来这东西?”

小建说:“在车站道岔边拾的。”

长松说:“你们不想活了?车站那么多站岗的,要是开枪怎么办?”

小强说:“我们扒上火车,当兵的看不见。”小建补充说:“人家都是用这个‘漏子’偷盐的。有人还用这‘漏子’到火车上去偷粮食!把这个‘漏子’往装麦子的麻袋上一捅,麦子就哗哗地往篮子里流,一会儿就是一大篮子。上个月,扶沟的老倔头他们就用这种‘漏子’,偷了两口袋麦子……”他说着用手比画着,两只怯生生的眼睛,滴溜溜地在长松脸上转。他准备接受长松的拳打或者脚踢。

出乎小建和小强意料,长松这一次却没有打他们。他低着头默默不语地看着那个“漏子”,最后说了句:

“人家去偷咱不去。枪子儿没有长眼。”说罢,把那个“漏子”拿走了。

二

夜深了。长松在床上翻来覆去的睡不着。他偷偷地爬了起来,借着微弱的月光,他察看着那把锋利的“漏子”。他的心里,产生了一种异常复杂的变化:新奇的、兴奋的、冒险的和受了耻辱后的报复心理,袭上了他的心头。他看着这把闪着冷光的“漏子”,忽然奇怪起来:这不是犁头,也不是锄头,而是用来偷东西的……是谁发明了这个“漏子”?发明这个“漏子”的人,肯定是一个强者。因为他没有向命运屈服。他要挣扎着活下去。他可能也是个逃荒出来的难民?他原来家里肯定也有土地,也有房屋……他大概不会把自己的妻子儿女卖掉,因为他发明了这个“漏子”。……他算个“贼”吗?他有这么巧的铁匠手艺,为什么还要当“贼”?……如果他要算是贼,那些当官的整车皮地贪污粮食,应该算是“大贼”了。刘稻村贪污了几十万斤难民救济粮,却依然当着洛阳专区的专员。海香亭贪污了几万斤难民口粮,却升了官发了财,还每天花天酒地地挥霍着难民的血汗……偷!是他们逼出来的!他们这一伙贪官,才是真正的盗贼啊!过去多少英雄被逼上梁山做了“贼”,大概就是这样逼出来的。“官逼民反”,“兔子不急不咬人”,长松在这个时候,忽然想起了这两句古话,他感到自己身上产生了勇气,虽然这种勇气带有几分凶猛和恶意。……

他回到窑洞里,看到杨杏已经浮肿了的眼圈,看到小响像鸡爪子一样的瘦骨嶙峋的小手。他感到刻不容缓了。他要从死神手里夺回他的妻儿老小的生命。他豁出来了!他不能再当老老实实的“顺民”了。他不得不铤而走险了!

第二天,他坐在北邙山头上,向洛阳车站的几十列满载着粮食和食盐的火车观察着。黄色的麻袋和灰色的盐袋子在阳光下闪闪发光。车站上的岗警们背着的枪刺,也在阳光下闪闪发光。

长松似乎看到了他们背着步枪的枪口。那是个阴森森、黑黝黝的黑洞。就是这些小黑洞里,可以射出子弹,置人于死地……长松想到这里,他的心又凉了。他说:

“是谁发明的枪炮?没有这些枪炮,人饿死得少一点,有了这些枪炮,饿死得反而越多了!……”

长松无意中发现了一个真理:洛阳车站的粮食,堆得像小山一样,但是就在粮食堆旁不到三百米的地方,成千上万的难民却活活地饿死了。

在中国,两千二百年前,陈胜、吴广可以率领奴隶们揭竿起义。因为他们的“竿”和统治阶级的“矛”只差一个铁矛头。奴隶们用力量和勇敢,战胜和推翻统治阶级的统治。在一千多年前,黄巢可以在中原一带登高一呼,组织起几十万饥民队伍和当时腐败的唐王朝对抗。因为这种刀枪剑戟的铁制武器,农民们也可以打锻铸造。李自成是如此,太平天国也是如此。但近百年来,大规模的农民起义明显地少了。饥荒饿死的人数并没有减少。步枪的发明,机关枪的发明,大炮和飞机的发明,人们被这些长了翅膀的火药捆绑起来了。一百多年前的“义和团”起义,是中国农民的一次幻想。他们幻想着,人可以炼成“刀枪不入”的神。但是他们的幻想失败了,子弹还是可以穿透人的肉体的。这个幻想说明了人们对武器发展的厌恶,也是中国农民最后一曲起义的悲歌。

武器技术的发展,它本来应该推动人类文明的进步,但在反常的情况下,它却破坏着人类文明的前进,成为人类进步的反动。

中国的北洋军阀和国民党政府,都是不惜一切向外国购买武器的。他们只进口武器不进口文明。他们用现代化武器维护着最野蛮的封建统治。老百姓的“木杆”丧失了任何形式的发言权。这是本世纪上半叶中国的悲剧因素之一。

腊月二十三日这天晚上,洛阳城里响起稀稀落落的爆竹声。一些有钱人家按着旧习,又在送灶王爷上天了。在民间传说中,灶王爷是代表上天住在各家的耳目。灶王爷上天去了,人们就可以无所顾忌地干一些无所顾忌的事情了。

长松在北邙山头上向车站上望着。车站上一列列载着粮食的火车,又在他的眼前晃动。他走到一家名叫李锁的难民住的窑洞里。李锁的老婆在春天的时候已经饿死了,撇下了一个男孩子跟着他。

长松说:“老李,咱们得想办法弄点粮食啊。要不,可真过不去年了。”

李锁说:“上哪弄?二十七八,活捉活拿,年跟前更不好办!”

长松说:“粮食有的是,车站火车上全是小麦。就看咱有没有胆量?”

李锁眼中闪出了光:“车站上有当兵的站岗,还有黑狗子的护路队!”

长松说:“撑死胆大的,饿死胆小的。反正饿死也是死,还不如饿死以前弹腾两下子哩!我看了,夜里去,车站上人那么多,他们有枪也不敢乱放。‘命大撞得天鼓响’。逮住也不过挨两下子。”

李锁心动了,他说:“去就去。他们不给咱救济粮,咱自己去弄。”

两个人商量了半天,到了后半夜,长松带着小建和小强,李锁带着他的孩子小板,一同到车站上来了。到了闸口,就有当兵的站岗,周围全是铁丝网,无法进去。

停了一会儿,忽然有一列载着粮食的火车从西边过来。列车快进闸口时,速度减慢下来。长松带着篮子抓住火车上的扶梯,跃上火车,从腰里掏出那个“漏子”,对准一个小麦包猛地插进去。麻袋里的小麦随着车身摇晃,哗哗地向篮子里流起来。长松没有想到这个铁器如此锋利顺畅，心里感到一阵狂喜。

长松把流满麦粒的篮子递给小建，又把小强的篮子接过来，让麦粒向里边流着，不到吸一袋烟工夫，这一篮子也装满了。他轻捷地跳下火车，这时李锁也弄了一篮子麦子，从火车上跳了下来。

有了这两篮子麦子，年总算过去了。他们不敢去借磨磨面，就煮囫囵麦粒吃。长松特别小心，连孩子们拉的屎，他也用土盖好。因为他发现里边有麦粒。

常言说"人胆是吓出来的"。过了年，李锁又来找长松，想再去弄一次麦子。长松和他带着三个孩子去了。这天是正月十五，月亮特别亮。长松说："今天夜里月亮太明，恐怕不好去扒车，还是回去吧。"

李锁说："我家里又断顿了，少弄点。"正说着，一列火车开了过来。李锁先扒上火车，长松也只得纵身跳上去。长松刚弄了一篮麦子，正要递给小建，只听见一声警哨响，一个护路警察喊了起来：

"有小偷！抓贼啊！有人偷粮食！"

警哨此起彼伏地响起来，车站上的站岗士兵也跟着喊叫起来。

长松急忙跳下车，伏在地上，等着火车过去后，却不见李锁。原来李锁在火车上没有跳下来，被火车拉到车站里边去了，小板呜呜大哭了起来。他叫着：

"俺爹哩！俺爹哩！"

长松急忙捂住他的嘴，交代说："别哭，等会儿他就回来了。咱们先回去。"

长松带着孩子们正朝北走，车站里忽然喊着："抓住他！抓住他！"

紧接着是追赶着、脚步声、喊叫声和警哨声混作一团。接着便传来了李锁的惨叫声。

长松的血液沸腾起来。他对小建说："你们在这等我！"说罢转身回去，找了一个铁丝网破口地方，钻了进去，他朝着李锁喊叫的地方狂奔。

他越过两道铁轨，又钻过两列车厢，在朦胧的月光下，看见三个护路队员在扭着李锁踢打。李锁挣扎着，喊叫着，篮子在一边扔着，麦子洒了一地。

长松猛扑过去，抱住一个护路警察，和他厮打起来。李锁趁机挣脱跑了，三个警察扭住长松，用皮带、警棍向他身上头上抽打着。长松拼命和他们厮打了一会儿。最后，他终于被三个警察捺在地上。就在这时候，从一列空车厢下，忽然钻出来两个半大孩子。他们是小建和小强。小建跳过来，抱住一个护路警察的腿就咬，小强也扑过去抱住一个警察的腿，下死劲地拽着。

长松从地上一滚，猛地爬了起来。他用头猛地向一个护路警察的心窝撞去。那个警察"哎哟"了一声，往后退了几步跌坐在地上。长松趁机跑了。小建在后边喊着：

"爹！往西边跑！西边有个口！"

另外两个护路警察想去追赶，却被小建和小强缠住不放。等他们吹着警哨又喊来两个警察时，两个孩子穿过列车下边，跑得无影无踪了。

长松踉踉跄跄地跑到铁丝网前，就再也跑不动了。他倒在土坷垃上，右腿完全麻木了，头上的伤口流着血，他觉得浑身疼痛。他的眼前一阵阵地发黑，他咬紧了牙关没有哼出声来。

天快亮的时候，小建和小强找到了他。他们把他搀到一个铁丝网大洞前扶了出来。这时李锁还蹲在一个土埂上。他把长松背了起来，惭愧地说：

"长松哥，都怨我太笨，连累了你。"

长松在他背上叹着气说："李锁，咱们穷弟兄不要说这种话。谁也没连累谁。同打虎，同吃肉，同倒霉，同爬堂。既然干了这一行，就不能怕挨打。穷人饭，拿命换，只要命还在，就算够本。”

李锁掉着泪说：“你满脸都是血，擦擦再回家。”

长松坐在地上让李锁用衣服给他擦着脸上的血迹。他惨笑着说：

“李锁，过两天，等我身子养好了，咱们再去，你还敢不敢？”

李锁说：“人胆和人胆一般大。你敢去我也敢去。”

三

长松病倒了。头上的伤口化了脓，发起高烧来，一条腿的骨头错了窝，肿得像个小盆子。

杨杏这一次真着急了。看病没有钱，吃药没有钱，她想给病人擀半碗面片汤喝喝，家里连一把面粉都没有。她愁死了。眼看着头发白了起来。“怎么办？总不能等死吧！”忽然，她想起了老清婶一家。这天早晨，她偷偷地跑到了西关铜驼街老清婶的家里。老清婶正在梳头，听了杨杏的叙述，她支吾了半天没有吭声。因为海老清不久前饿死了，爱爱刚从伊川回来，雁雁得了重病，她们家也欠了一屁股账。她正沉吟着，爱爱却毫不犹豫地凑了十元钱交给杨杏，她还热心地帮着请了个姓郭的老太太给长松捏了捏腿，把骨头缝对上了，药钱和请医生的花销，全由爱爱拿出来的。

但是，这十元钱又能花几天？过了一些日子，长松的家仍然是米净面光了。

杨杏也变得心肠硬起来了。她不像从前那样爱掉眼泪了，对孩子也不那么关心和疼爱了。有时小建和小强跑出去几天不回家，她也不管不问。她开始骂人了，骂小建，骂小强，有时也骂小响：

“死妮子！早晚我得把你卖了！”

小响开始听到这句话,吓得直哭。她不敢喊饿,也不敢多吃一口饭。她每天提着篮子去拾柴火,把满满的柴火篮子放在妈妈面前,表示她在这个“家庭”里的作用。

长松的烧退了。整天喊着要吃东西。可是家里什么也没有,杨杏有什么办法?长松喊着说:

“真饿坏人了!我真想把这床腿啃两口!”杨杏听着心里像刀剜一样。但她有啥办法?她只好又一次厚着脸皮到了老清婶家里。老清婶有点不耐烦了,嘴里不好说什么,脸上却显了出来。杨杏也看出来了。她只好叹了口气,搭讪着退了出来。刚走到街口,爱爱追了出来,她把手上的一只银镯子给了杨杏,说了句:“把这只镯子去换几块钱吧!”说罢,转身走了。

银镯子只换了十元钱。十元钱只买了十多斤玉米,吃了五六天又吃光了。俗话说:“上山擒虎易,出门告人难,”杨杏实在无法求告了。实在挨不过来,只好又去找老白婆了,她对老白婆说:“把我那个小的也找个家吧!她爹有病,实在走投无路了。你行行好,帮个忙吧。”

老白婆问:“她几岁了?”

杨杏说:“属羊的,今年整九岁了。你看,童养给人家也行,给人家当个丫头也行。孩子什么都会干。”

老白婆想了想说:“你候着吧!我给你问问看。”

过了两天,老白婆领了一个五十多岁的女人来了。那个女人带了三十斤高粱,哄着小响说:

“走吧!乖乖,我是你姑哩。到我家住几天,等你爹病好了,再送你回来。”

小响看看她妈,她妈不敢看她。她又看着这个陌生女人。她有些胆怯,又有些惶惑。

这个女人拿出一个烧饼给她说:

“给！吃吧。到俺家每天都叫你吃好面。”小响接住了烧饼，递给杨杏说：

“妈，叫俺爹吃！”

杨杏接住烧饼，仍然扭着脸不敢看她。这时小建和小强都不在家。小响找不到别的人了。那个女人说：

“走吧！乖乖。咱走吧！跟我走吧！”

小响无奈，两只眼睛里含着两眶泪水，默默地跟着这两个女人走了。

走到烧窑沟口，杨杏隐约地听见了小响嘶哑的哭喊声：

“哥哥——哥哥——”

第四十三章　寻妹记

愿挨打，不嫌巴掌疼。

——民　谚

一

小建和小强回到家里，不见了小响。小建问杨杏：

“妈，俺妹妹哩？”

杨杏没有回答，用衣襟擦了擦眼泪。

小建心里怀疑，忙又追着问：“妈，俺妹妹去哪儿了？小响上哪儿了？”

杨杏只是在烧锅，仍然没有回答。小建跑到锅台前看了看，只见锅里贴着几个高粱面饼子。他忽然明白了，他大声喊着：

“妈，你把俺妹妹送到哪里了？你快说！你是不是把俺妹妹卖给人家了？”

杨杏哭着说：“我快作难死了。你们知道不知道？你爹在床上躺着不会动，两天水米没打牙。你叫我一个妇道人家怎么办？我实在没有法子啊！小建，你妈实在没有办法啊！”

小建蹲在地上，喊着说：“妈，你太糊涂了，小响才十来岁，你就把她卖了。你为什么不卖我？你们就不要一个女儿了？”他梗着脖子大声说，“不行，我得去找。妈，你把她卖到哪儿了？你快对我说！”

长松在屋里病床上躺着，听见小建又哭又闹，就喘着气说：

“你把她找回来，你养活？”

“我养活！”小建噘着嘴说，“我就养活。你们卖闺女卖得眼红了，把我两个姐姐卖给人家还不够，剩个小响又把她卖了。你们还像个老的不像？”

长松生气了，他挣扎着坐了起来说：“小建！我养活你十七年了，你有能耐，你养活我十七天好不好？你不乐意在我这个破家，你给我滚。谁叫她长在我海长松家里？谁叫她长在水灾、旱灾加兵祸的年月……”

父子俩吵着，杨杏推着小建说：“小建，你就不会少说一句？你爹这两天刚好点儿，你就不怕把他气过去了！”说着，塞给他一个高粱面饼子，把他推到窑洞外边。

小建拿着高粱面饼子，坐在窑顶崖头上，咬了一口饼子却咽不下去。他想，这是小响“卖身”的饼子啊！不知道小响如今在什么地方？小响本来就胆小，说不定现在正在挨打。想到这里，泪水止不住地向脸上和嘴里流着。

黄昏时候，小强叫小建回家。小建对小强说：“小强，我想把咱妹妹找回来，明天咱俩一起去找。好不好？”

小强说：“好。咱们上哪去找？”

小建说：“我想了，小响准是让那个老白婆卖了。咱大姐就是由她卖的，咱明天就去找她。”

第二天一早，弟兄俩找到了老白婆的家。老白婆刚起床，提着个水桶正要去提水，一开大门却见两个孩子，她问：

“你们找谁？”

小建拉了小强一把，给她跪下。小建说：“大娘，你行行好吧，我们是北边烧窑沟逃荒来的老海家的孩子。我来找俺妹妹，俺妈前天把她卖了。大娘，是经你手吧？”

老白婆是个有经验的人。她摇着头说：“我不知道。我没见过你妹妹。”

小强说："俺妈说是你卖了。"

老白婆说："你妈说，叫你妈来呀！冤有头，债有主。红口白牙和人家说过了，又后悔，回去问你妈，一碗水泼到地下，能收起来不能？"

小建听着她话里有因，又忙叩着头说："大娘，你行行好吧，我们不卖了。花人家多少钱，退他多少钱。我们就这一个妹妹，你行行好吧！"

老白婆说："孩子，别说我不知道，就是知道了，已经人钱两清了。往哪里找？"

小建说："只要你说在什么地方，我们不让你作难，我们去找。"

老白婆看他们执意要找，怕惹出麻烦来，就说："孩子，知道了好说，我实在不知道。"说罢"砰"的一声，关上了大门。

小强说："准是在这个老太婆子家里，咱们喊……"

正说着，隔壁一家的木板大门"吱扭"一声开了，门里走出来个老太婆，年纪和老白婆差不多，脸比她黑点儿，就是头上没有裹黑纱包头。她向小建和小强摆着手。

小建和小强走过去，她小声说：

"我都听见了，找你妹妹是不是？"

小建说："是啊，大娘，你知道？"

那个黑脸老婆子小声说："你们从她嘴里掏话，还不是从猴子嘴里掏枣核？这老婆子刁着哩！她家井里的水都不让别家吃，说咱大教人不干净。"她伏在小建耳朵上说，"她是个'人经纪'，专门给人家买小闺女。前些天就给'吉庆里'买了两个……"

她正说着，老白婆忽然又把大门开开了。那个黑脸老婆忙亮着嗓子对小建说：

"俺姓王，俺不知道，你找错门了！"她说着装着若无其事地叫着她的鸡子："咕咕咕，咕咕咕，咕咕……"

老白婆看到这情景,仰起脸就朝着天上骂:“大清早就听见乌鸦叫,你嘴痒痒了?嘴痒就在树上擦一擦!”

黑脸老婆也不示弱。她也朝天骂着:

“啄木鸟得了伤寒病,身子坏了嘴还硬,我看你能硬到几时?”

老白婆又骂着:“说闲话,叫她嘴上长疔疮!”

黑脸老婆也骂着:“坏良心,叫她永远断子绝孙!”

小建看着两个老太婆要干仗,急忙领着小强走开了。

二

总算问到了“吉庆里”这三个字,小建下决心找到妹妹。吉庆里虽然是个破旧的巷子,却住着八百户人家。这里有妓女院,有赌场,还有摆烟摊的小贩,卖熟食的小店。小建每天来这里询问着,查探着,却一直不见小响的踪影。当他知道这里就是人家常说的那种坏地方时,他心里更加着急了。他挨门挨户地打听着,有时,他拿个碗装着要饭的,故意提高嗓子大声喊着:

“给点吃的吧!老太太!”

“大娘,行行好吧,给点吃的吧!”

他希望他的声音能让小响听见,跑出来见他。可是他挨门要了半个月饭,各个“书寓”和住家的门口都喊遍了,还找不见小响的下落。有些人还说:

“来这儿要饭?真稀!”

小建仍然不灰心,他和小强上午帮一家盐栈扛盐袋,下午一有空,就来吉庆里寻找,有时在一家妓院门口一蹲就是半天,仔细地看着出出进进的人,他希望有一天能看到小响。

有一天下午,他来到“四喜书寓”门口,往里边张望着,无意中发现一根长竹竿上,晾了几件衣服。其中有一件蓝底白花的土布褂子,这件褂子是小响平常穿的一件衣服。布是他妈织的,印的是梅花兰草图案。这件衣服秀兰穿过,肩头上还有一块翠蓝布补丁,那块补丁依然补在上边。

小建看见这件褂子,高兴得几乎掉下泪来,他抬脚就往里边闯,刚走了两步,就被一个黑脸汉子拦住了。那个汉子打量了他一下,问:

“你干什么?”

“俺找妹妹!”

“哪里有你妹妹?走走走!”黑脸汉子推着他,小建指着竹竿上的衣服说:

“那是俺妹妹穿的衣服。我要看我妹妹!”小建挣着要往里走,被那汉子连推带搡赶出了门外。

小建不走。他在离大门口不远的地方瞧着,一直等到黄昏。街上的昏暗路灯亮了,“四喜书寓”门口白纸糊的灯笼也亮了。三四个妓女从院子里边走出来,站在大门口。她们穿着蓝布旗袍,绣花鞋子,下边穿着各种颜色的宽裤角绸料裤子,头发都烫得像老鸹窝一样,闪耀着油光水气,黄瘦的脸上搽着厚厚的香粉,嘴唇上涂着像血一样的口红。她们吃着瓜子儿,不时把瓜子壳扔在街上的男人身上。

小建看着这几个妓女,有三十来岁的,有二十多岁的,最小的也有十七八岁。他壮起胆子正想走过去询问,那个黑脸汉子又闪了出来,瞪着眼喊着:

“你这个下流坯,想干什么?我今天要数数你有几根肋巴!”说着,就来拉他,吓得小建撂起腿跑了。

第二天,小建又来到“四喜书寓”的门口。那根长竹竿和那件衣服都不见了。就在这时候,他碰上了四圈。四圈问明了情况以后,叹着气说:

"你……你妈跟你……你爹,怎么这……这……这样糊涂?这不是把……把闺女往火坑里……里推吗?你……你跟我来!"

四圈把他领到"大五条"家里。小建把经过和"大五条"说了说。"大五条"说:

"你记准是'四喜书寓'?"

小建说:"我记得准。他那个灯笼上的字我也认识。那件衣服我二姐还穿过。"

四圈问"大五条":"'四喜'……家你……你熟……熟不熟?"

"大五条"说:"要真是'四喜'家,我当然熟。就是杜家。老板叫个'花鸭子',要说还是我一个干姐哩!"她想了想又说,"也不大好办。她们手里都有几个钱,都想趁这灾年时候,用便宜价钱买几个小闺女,养活个四五年,就能接客赚钱。她们就是凭这吃饭哩。这些小闺女学学唱,学学琴,要不了几年,就成了她们的'摇钱树'。她好容易买到家,如今去找她,恐怕她不会应承。"

小建这时忽然"咕咚"一声跪在她的面前说:

"姑姑,你费费心吧。你搭救搭救俺妹妹吧!只要能把俺妹妹要回来,俺一家一辈子不忘你的恩德。姑姑,你行行好吧!"

"大五条"自幼孤苦伶仃,也没个亲人,看到这个孩子,一直喊她"姑姑",心里也有些酸楚。她说:"乖乖!你站起来,这不是一句话就能要回来的呀!"小建仍然跪在地上不起来,哀求说:"姑姑,你想想办法,我日后长大能挣钱,一定帮助你,养活你。"说着他竟抱着"大五条"的腿,嘤嘤嘤地哭泣起来。

这时四圈说话了。他瞪着眼睛对"大五条"说:"'大……大……大五条',你……你要够交……情,你……你替我海……海四圈跑一趟。这……这个闺女,虽……虽然不是我的闺女,也……也就是我……我的闺女!砸……砸锅卖铁,拼……拼刀子,我……我也得把她扒……扒出来!你……你要把我四……四圈当个人看,你……你帮我这一次忙。要不,咱……咱……咱们屁股后头蹬……蹬……蹬一脚,你东我……我西,一刀两……两断!”

四圈说着,急了一头汗。“大五条”说:

“看你眼瞪得跟鸡蛋一样,孩子是在我家吗!”

四圈说:“我……我知道。”

“一张口,就那么绝情绝义,我啥时候看不起你了?你就是两个胳臂抬个嘴来,我也没有把你关到大门外边,还不都是在刀子刃上过日月的穷人嘛!”

四圈说:“我……我有点急,你……你包……包涵点!”

“大五条”瞪了他一眼,拉起小建说:“咱商量商量。”她又问小建:

“你家花人家多少钱?”

小建说:“三十斤高粱。”

“大五条”说:“三十斤高粱,也值二十来块钱,她们开妓院的人,钱都是鞭子抽出来的!你想赎人得有钱,你家里能退出这钱吗?”

小建为难地还没有说话,四圈“啪”的一声把二十块钞票放在桌子上,这是他准备租车的钱,也就是他那一副金耳环的钱。

他说:“二……二……十块,咱……咱不亏人家。”

“大五条”看四圈拿出这么多钱,忙问:

“四圈,你……你……这钱是?……”

四圈说:“反……反正不是劫路弄来的,你……你去找她,该退多少都退给她。这孩子,我……我……是赎……赎定了!”

“大五条”没吭声,眼睛瞟着桌子上的钱,又用手掀了掀,叹了口气,忽然觉得肚子里咕噜起来。

四圈看出她的意思,是有些舍不得,他也有些可怜她。自己来白吃白喝多少次,好容易弄来这几个钱,又一股脑儿送给人家!可是有什么办法呢？他把草帽里的面条往“大五条”面前一推说：

“‘大五条’，咱……咱下面条吃！”

三个人吃着面条，“大五条”竟掉下眼泪来。四圈小声对她说：

“咱……咱……咱救人要……要救活，杀人要……要杀死！你……你这一辈子，还不够可……可怜吗？不……不……不能叫孩子们再……再受这罪！”

“大五条”含着泪点点头。……

三

黄昏时候，“大五条”从“四喜书寓”回来了。她对四圈和小建说：

“人是找到下落了，我还没有看到。我这个干姐，还算看我点老面子，算是应承了。我对她说，那孩子是我的娘家亲侄女！……”

四圈喊着说：“小……小建，给……你你姑磕头！”

小建忙跪在地上给“大五条”叩着头，“大五条”说：“咱都是自己人，不用这样外气，就是这人价不是三十斤高粱，还有十块钱……”

小建说：“我们家没有花她的现钱！”

“大五条”说：“我也想了，八成是‘人经纪’把这钱使了。这‘人经纪’可不好说了，咱要赎人，她们可不会退给你佣钱，再说已经一个多月了，她要不应承咱也没法子。反正一瓢水倒出一瓢，这钱咱要亏了。我干姐那边，人家答应退人，就算给我天大的面子了，钱不能叫人家吃亏，这也是我给人家说定的。你们看怎么办？”她又问小建：

“你家里能挤兑十块钱不能？”

小建作难了,四圈这时又从口袋里掏出一张剩下的十元钞票说:

“给……给她!……”

“大五条”冲口而出说:“你就不活了,你就把嘴绑住了?”

四圈说:“再……再想法子;愿挨打不……不……不嫌……嫌……巴掌疼。走吧,咱现在就去,省得夜……夜……夜长……梦多!”

三个人来到吉庆里,到了“四喜书寓”大门口。“大五条”不进前门,她领着他们穿过小窄胡同,在一个小偏门前停了下来。敲了三下门,里边一个端着水烟袋的老头开了门。“大五条”笑着说:“我大姐在吧?”

老头看了看他们,说:“在堂屋。”

四圈进门时,因为走得慌张,门框又低,不小心地碰了一下头。他没敢吭声,心里想:进门先碰头,莫非有什么不吉利?他悄悄地吐了口唾沫,算是“破法”。

“花鸭子”有五十多岁年纪,细眉长目,一张松不拉耷的白脸,两片鲜红的圆嘴唇长在嘴窝里,看去像个佛爷;个子不高,臀部肥大,好像要掉下来砸在脚后跟上,走起路来倒真像个鸭子。

“大五条”满脸堆笑说:“大姐,我把他们领来了,”她指着小建说,“这就是她哥,小建,快给大娘磕头!”小建跪下给“花鸭子”磕了个头。

“花鸭子”盘腿坐在炕上,抽着水烟袋说:

“咱们丑话说到前边,钱拿来了没有?”

四圈忙掏出钱放在炕桌上,说:“拿……拿了,你……你过过。”“大五条”接着说:“三十斤高粱作二十块钱,另外,还有这十块现钱。”

“花鸭子”向炕桌上瞥了一眼,慢条斯理地说:“本来嘛,这人契的事儿,就不兴打倒。千锤打锣,一锤定声。人进了我的门儿,就是俺的人儿。是死是活,我们也不能反悔,我这个大妹子下午跑了两趟,哭得鼻子一把泪一把的,还给我下了跪。她也是个苦命人,一辈子叫人家坑了骗了,也没攒住钱。我不看僧面看佛面,不看佛面,我还得看这个老妹子脸面。人,你们领走吧！三条腿的蛤蟆不好买,两条腿的女人有的是。我们再买。"

四圈听她答应叫领人,脱了破帽子,弯着腰说:"谢谢,谢……谢……"

"花鸭子"斜睨了他一眼问:

"你是她什么人?"

她这么突然一问,倒把四圈噎住了。四圈憋了半天说:"我……我……我是她叔哩!"

"大五条"忙说:"这也是我一个娘家兄弟,逃荒来洛阳。"

"花鸭子"对四圈说:"你们既然有这份心意,早就该把这个闺女赎出去!"

四圈点着头没敢再说话,"大五条"眼圈却红了。

"花鸭子"向窗外喊着:"老万,把那个'小杜鹃'领来。"

四圈忙说:"不……不是！……"

"大五条"拉了他一下,小声说:"人家改的花名,你别吭声。"

外边响起了脚步声,只听见小响用微弱的声音向那个老头乞求着说:"二爷,我把碟子全刷完了,水烟袋也擦过了……我害怕,别叫妈打我！……"

小建在里边听出是小响的声音,心里像刀子割一样,他忍着泪,瞪大眼睛看着门口。

帘子掀开了。小建几乎不敢相信自己的眼睛。小响的脸变长了,蓬松的头发梳在后边,成了一个单辫,她穿了一件粉红破缎子小棉袄,看来是拾别人穿过的,袖子太长还向上挽着,就在她进门来那一刹那,小建看得清楚,她的双腿颤抖起来。

小响用呆滞和恐惧的目光看了看“花鸭子”,把眼睛转了过来。就在这时候,她发现了小建。突然大声喊着:

“大哥!……”脸上的表情也不知道是笑还是哭,张开双臂像疯了似的向小建扑去。

小建一把抱着她说:“小响,小响,你别怕,我领你来了。我现在就把你领走。”他说着,眼泪扑簌簌地向小响头上滴着,小响抽噎着,激动得只是“啊!啊!……”地叫着,连一句话都说不出来。

“花鸭子”连看也不看,对四圈说:“还有个事儿,我们养活她一个多月,饭钱我就不说了,这件棉袄是我们的。她来时只穿一件褂子,她得把棉袄留下吧?”

“大五条”说:“大姐,外边冷,这件棉袄我一两天给你送来。”

“花鸭子”发了脾气,她说:“柿花!你怎么这么不懂事哩?……”

她话还没有说完,小响已经解开棉袄扣子,把棉袄放在“花鸭子”脚前,又急忙跑了回来。

“大五条”忙赔着笑说:“大姐,我是个没材料的人,你别和我一样。”

“花鸭子”脸上也堆着笑说:“没有什么,没有什么,赶快走吧!”她喊着:

“老万,送客!”说罢进了里间,也没有看见四圈给她鞠了一个躬。

出了门,四圈脱掉大棉袄,让小建裹住小响,背着她回家了。他看着这兄妹二人的背影,心中有一种说不出来的温暖。

夜里的北风是凛冽的,暗淡的月亮光,把四圈的影子拖在地上。“大五条”今天夜里也有一种说不出的凄楚又舒畅的感情。四圈站在月光里。她觉得四圈变得更高了,比他地上的影子还要高。

她小声说:“四圈,咱回去吧！你穿得太少了!”说罢她叹了口气。

四圈问:“怎……怎么又……又叹气?”

“大五条”说:“我看人家兄妹……多好……”

四圈侃快地说:“咱……咱……咱也是。”

第四十四章　荒　村

走一个荒村，
又一个荒村，
水窝里来了新四军。……

——黄泛区民谣

一九四三年七月，新四军的一个团从山东回到了黄泛区。这支部队原来是从黄泛区出去的。一九三九年转移到淮北，后来又调到山东解放区。这次回来成立了“水东地委”，秦云飞带着一个营来到红柳集，准备在这里建立县政府。天亮就在这个营里。他担任三连二排排长。

几天来，芦苇荡里到处是三三两两的新四军战士。他们寻找着没有逃荒出去的零星住户，向他们宣传抗日政策，给他们发放麦种、镰刀和镢头，安排他们进行生产。

秦云飞带着天亮和几个战士，在芦苇荡里走着。几百里的荒草湖滩，已经找不到一个完整的村子了。有的村子全被黄河淤泥淤住了，有的村子里，房子还露个屋脊，有些没有倒坍的高大瓦房，被黄河水淤了半截，只露出两个窗户和半截门洞，看去就像个怪物：瞪着两只眼睛，张着一张方口，注视着眼前浊波横流的黄河。

有些村子的高岗上还有一两家人家，有些村子的人则全死绝了。他们拨着芦苇走着，隐隐约约看见一所茅屋。茅屋前还开了一片荒地。地里大约是前几年种的麦子，麦秆倒伏在地上，颜色已经变成灰黄色，麦穗都沤在泥里，在每一棵麦穗倒落的地上，又生出一丛丛细小的麦子。这些细小的麦子,也变成枯黄颜色了,没有结出种子。这是这些小麦自生自灭的第二代。

植物也像人一样。它们顽强地生存着,用各种办法传种接代,想把它的生命延续下去。可是在这亘古未有的大灾害面前,有些植物却丧失了竞争能力。小麦太依赖于人了,它不像野草,它不能把它的种子吹向天空。

茅屋的门从里边关着。秦云飞轻轻地敲了敲,屋里没有人应声。天亮指着门前的几棵野苋菜说:“不会有人了。门口草长得这么深,不像有人住。”

他们又使劲推了推,屋门被推开了。太阳光从门洞照到屋子里,眼前的景象使他们惊呆了。

屋里有一个破锅台,锅台上放着一口破锅,破锅里是一些变成黑颜色的干菜叶,锅台旁倒着一架小骷髅,看去像个孩子死在这里,骷髅上还套着一件变成破布败絮的印花布棉袄。

屋子靠墙放着一张破床,破床上还展着一床破棉被,好像有一个人在睡觉。走近看时,被子盖的也是一个骷髅,破枕头上还散落着一束长长的黑色头发。这是个妇女的尸体,只剩下一架骨骼了。

秦云飞看到这个凄惨景象,心里像压了一块铅,沉重得说不出话来。抗日战争刚开始时,他们这支队伍在这一带活动过,那个时候,这里充满了生机,到处都是歌声笑语。然而,现在这儿却变成了一个可怕的死寂世界。中华民族的灾难太深重了。

这屋里的两具骷髅,可能是母子两个。妈妈躺在床上先饿死了。孩子是后死的,他好像在饿死前还挣扎着向锅台上扒着找寻食物……

天亮的心情更是沉重。他还没有见到他妈妈李麦。他急切地想推开所有草庵的门。他看到芦荡里新起的每一缕炊烟都感到亲切、温暖。他盼望妈妈就在那一缕炊烟下边。

秦云飞说:“咱们把这两具尸体埋了吧！放到这儿叫人看着太凄惨了。”

他们在茅屋后边挖了一个土坑,把两具骷髅埋了起来,用土封好。他们又继续向前走着。走了十来里路,忽然看到一棵柳树上挂着一张锄,天亮拿下了锄把说:

“这儿有一张锄!”

他的话还没落地,只见芦苇窠里一溜枝叶晃动着,跑过来一个人。他喊着:

“站住！那是我的锄!”

天亮听着这声音好熟悉,一时又分辨不出是谁。就在这个时候,苇丛里钻出个老头儿,一脸胡子,头发长得披散在肩上,光着脊梁,身上只穿了一件用麻袋片做的短裤,活像个野人。他看到眼前站着几个当兵的,又扭头想往芦苇里跑。秦云飞忙叫着。

“大爷,大爷。你别跑,我们是新四军,我们是共产党的新四军!”

老头儿愣住了。就在他发愣的一刹那,天亮认出了这个老头儿。他跑过去喊着说:

“你不是王跑叔吗?”

“你是谁？……”王跑激动地说。

“我是天亮!”天亮喊着,抓住了他的手。

“你是天亮啊！……”王跑说着伏在天亮的肩上哭起来。

“总算看到咱村的一个人了。”他擦着眼泪说,“走,到屋里坐！到屋里坐!”他又指着秦云飞和战士们说,“这是咱们的弟兄们?”

天亮说:“哎!”

天亮又问他:“跑叔,你什么时候回来了?”

王跑领着他们走向一个草庵子说:“回来两年多了。”

天亮说:“你不是逃到洛阳了吗?”

王跑说:“别提了,在洛阳混了三年多,开头在寺院里种种菜,还算不赖,后来,因为一块石头,叫当官的讹上了,平白无故地吃了几个月官司。从监狱里出来,我是两手空空,什么都没有了。在寺院里是没法待了,我就带着老婆孩子朝西跑了。跑到洛阳西边几十里的千秋镇上,因为我有木匠手艺,就给人箍个木桶,做个搓板,省吃俭用,积攒了两年,好不容易在西街上赁了间小房,开了个木匠铺。一有个铺子事情就来了,每天这税哩,那捐哩,挣俩钱都叫他们要走了。就这还不算,那年三月三日夜里,我那个大孩子黑蛋叫他们抓壮丁抓走了。没过半月,县政府又发来传票叫我去过堂,说我做洗衣搓板的木料是铁路上的枕木,要查我这木料是从哪里弄来的!我这木料明明是我买的两棵桐树解的板,却硬说是枕木,还不是他们画个圈叫我往里跳?要是不给他们送钱,我还得吃官司。监狱的味道,我在洛阳尝过,那不是人蹲的地方。没办法,和你婶子商量了半夜。你婶子说:回老家!就是死也死在老家,在外乡太受欺负了,当天夜里我们就跑了。什么都撂到那里了,木匠家具、小车全丢了,就背回来这张锄。”说着指着自己肩头上的锄头。

到了王跑的茅庵前,一个十三四岁的男孩子站在那里。他全身赤条条,一丝不挂,挽着两只胳膊,看着他们在笑。

王跑说:“这就是你兄弟毛蛋,”他骂着毛蛋,“×你娘,站到那儿跟个傻蛋一样。这是你天亮哥!”

毛蛋意识到自己这么大了,光着屁股不大好看,就扭过脸,把背对着他们,坐在一个老树根上,听他们说话。

屋子里边,王跑的老婆问:

“有人来了?谁呀?”

王跑忙说:“孩他娘,你别出来。天亮回来了,还有新四军几个弟兄。你不用出来了,就在屋里和他们说说话吧。”

王跑回过头叹着气,对大家说:“请你们不要见怪,孩子他娘实在走不出来。……不瞒您们说，她的衣裳实在太破了……"

毕竟是近亲邻居，天亮掉了眼泪。

老气听说是天亮来了，在屋里说："是天亮？我得看看孩子。"说着她把蓬松的头，从破窗户里伸出来，布满皱纹的脸上，漾出可怜的笑容。她说："天亮！你可成了个大人了。见你妈没有？"

天亮忙说："还没有，婶子，我妈在哪儿住？"

老气说："在泥土店。离这里不远，有二十里地。她和一个姓宋的姑娘住在那里。唉！她要知道你回来，又要高兴疯哩！整天念叨你啊！"

王跑接着说："你妈在那里还可以。她们开了几片荒地，还搭了个草庵子。"

天亮问着："你们在这儿怎么过啊！"

王跑说："人总是人。你别看这黄河水遍地横流滚淌，慢慢也摸住了它的脾性。到秋天水枯了，就在河滩淤地的裂缝里洒上小麦种子，经过冬天雨雪粉化，第二年春天麦子就长起来了。只要是黄河大汛来得不太早，麦子还能收到手里，反正是碰运气，去年还收了不少粮食。"

秦云飞蛮有兴趣地问："夏天怎么样？秋庄稼能种不能？"

王跑说："种秋庄稼就跟赌博一样。反正我们每年都种。找一些地势高的地方，种点豇豆，种几棵南瓜，有时黄河水冲了，什么也收不上，有时候水冲不到它，豇豆一嘟噜一嘟噜，结得满地都是。还有南瓜，可能结了，去年收的南瓜一直吃到今年春天。就是缺点盐，有时候就白水煮着吃。"

秦云飞说："这里离开封不远，你们可以到开封弄点盐吃啊！"

"路上不好走啊。"王跑把声音放低了说，"一出去这水荡子，就是海骡子汉奸队的地盘。别说你带点盐，就是身上有根纸烟也要搜走。要说这里有粮食，有鱼，到开封街上换点钱，也能买点东西,就是这条路让这些汉奸队把死了。赖着哩！见什么要什么!”他又对天亮说:“海骡子你也知道,过去是咱们这一片的首户,轿车子来轿车子去,戴着礼帽,穿着一身软缎子,可是日本鬼子一到,他们先去当了汉奸,如今又变成土匪。哼！……”王跑摇着头,没有说下去。

天亮又问:“他们这些汉奸队,平常来不来水荡子里找你们的事?”

王跑说:“怎么不来？过去一到收麦子时候,他们就进苇川里来了。我们都把粮食藏在草窝里、芦荡里。去年秋天,有两个汉奸来要粮食,被打死在西沟河岸上了。也不知道是谁打死的。从那以后,一年多来,这些汉奸队不敢往这苇川里来了!”

中午,王跑执意要留他们吃饭。他说:“到家门口儿,还能不吃饭？粮食有的是,你们别担心。”

大家也实在跑饿了,秦云飞就让大家留下来,吃罢饭再走。王跑给他们煮了一大锅豇豆糊糊,贴了十几个锅饼子,还熬了一锅嫩南瓜。吃着饭,老气又和天亮拉起家常来。她说:“天亮,要是黑蛋能当你们这个兵多好,可惜他被中央军抓壮丁抓走了。他被抓走那一年才十六岁。”

王跑叹了口气说:“咳！别提那些陈谷子烂芝麻的事了。”王跑知道国民党中央军和新四军、八路军两家不和,不想让老气对着秦云飞说黑蛋当国民党兵的事儿。老气却说:“我对天亮说说有什么关系,这都和一家人一样。我不说说心里憋得慌!”接着,她又对天亮说起来了:

“把黑蛋抓走那一天,我跟着去了。到火车站,他们把孩子捆住,塞到一个闷子车里。我也要往车里边去,他们打我、踢我,不让我上车。火车开了,我一直跟着火车跑,一直跑了十几里,我在外边喊着:‘黑蛋！黑蛋!’黑蛋在火车里边喊:‘娘！娘!’后来我听不见他喊了，准是他们把他的嘴捂住了！……”她说着，擦着眼泪，又说，“自从发生这件事以后，我才铁了心，非回老家不行。能在家当个鸟兽虫豸，也不在外边当个人。苦好吃，气难受，其实回来后还真不错。我们开了十几块荒地，粮食撂在草窝里也没人偷，夜里睡个安生觉，再也不怕半夜有人敲门了。……”

王跑这时眼圈也红了。他对秦云飞说：“秦营长，要是你们在这儿长住下来就好了！”秦云飞说：“我们这次来，就是要长住下去，咱们‘水东分区’已经成立了。还要在这里建立县政府、区政府。那些汉奸队，我们要把他们赶跑！”

王跑高兴地说：“只要你们能长住下来就好办。那些汉奸队根本不是你们的对手。他们吸老海、吸小磨，个个都像鬼，风一吹就要倒。背的枪都像破烧火棍子，哪像你们这枪？全是捷克式的！”他指着战士们的枪，脸上表现出得意的神情。

秦云飞又问：“我们在这儿能不能开展生产？”王跑说：“咳！只要有土地，人就能生活，别看这里是黄泛区，粮食收了吃粮食，粮食少了就吃水里的东西。常言说，‘一方水土养一方人’，靠山吃山，靠水吃水，在这儿就得靠鱼鳖虾蟹帮忙。你们来看！”

他说着，掀开一个破半截的缸盖子，里边全是黄鳝，足有几十条，大的有擀面杖那么粗。他说：

“这都是费油盐的东西，水煮了不好吃。要不，今天我就给你们煮些吃了。”

秦云飞是苏北人，最爱吃黄鳝。他说：“好吃，这东西最好吃了。水煮了也好吃。”

王跑笑着说：“你要爱吃这东西，可算来到地方了。在这里你要多少有多少，我一天能给你捉五十斤。”

大家一听说王跑一天能捉五十斤黄鳝，都稀罕起来。问他用的是什么方法，王跑笑着说：

“你们要想看,跟我到下边芦荡子里。刚才你们来的时候,我就在那里抓黄鳝。”

秦云飞说:“好,咱们去看看。”说着跟着王跑下了芦荡。毛蛋更高兴,光着屁股,一蹦三跳地先在前边跑了。

芦苇滩里,到处是一片片沼泽。黄河水每年在这个肥沃的大平原上任意翻滚,每年都留下一个个水波粼粼的湖沼,这些水沼不像黄河水那么混浊,经过沉淀,都变得碧波潋滟。由于这里气候湿润,水荇野花,细荻修苇,长得密不透风。在这些水荡子中,各种淡水鱼类,繁殖得特别快。人被黄河水赶走了,这里却成了鱼类的世界。

他们走到一个苇塘边,毛蛋已经一头扎进水里。王跑骂着他说:“别逞能!”接着,他从地里捡起一个铁钩说:

“你们看,就这一个小钩,放上这么一段蚯蚓,一条黄鳝就拿到手了。”

他说着跳到水里,把钩往一丛水草里一放,不到一分钟,“哗”的一下从水里提出来一条又粗又长的黄鳝。

他把这条黄鳝撂在岸上,装上鱼食,又往水里一放,“哗”的一下又钩出一条大黄鳝。他边走边抓,手到擒来,不到一个钟头,竟抓了四五十条黄鳝。

秦云飞和天亮等几个战士几乎看迷了。天亮高兴地问:

“跑叔,你什么时候学会这一套本领的?”

秦云飞说:“讲讲,讲讲,你到底是怎么拿的?怎么这些黄鳝专往你的钩上咬?”

王跑笑着说:“还不是逼出来的!”他接着叹了口气说,“世上的东西,只有人是最精了。虫鱼鸟兽再能,也能不过人。人想活下来,就得在它们身上打主意。我才回来时,一整天也抓不了几条黄鳝。后来时间长了,慢慢察看它的习性,算是摸到门了。你们看——”他领着大家看一丛水草说,“这水草叶子上有圆洞,这是黄鳝咬的,水草下边就有黄鳝!”他又指着水面上飘的一片树叶沫子说,“这是一片沫子,可是这沫子中间有个小孔,露着清凌凌的水,这下边也有黄鳝。不信你们试试。”说着他在钩上安了一段蚯蚓,递给秦云飞。秦云飞脱了鞋子,挽起裤脚跳到水里,把钩放在那一片沫子中间,果然不到片刻工夫,他觉着有个东西在咬钩。王跑喊着:

“提!”

只听“哗”的一声,一条二尺多长的黄鳝被秦云飞抓在手里。

秦云飞抓住了这条黄鳝,兴奋得哇哇直叫。他拍着王跑的肩膀说:

“王大叔,这一套经验太了不起了。将来应该写成书,失传了太可惜了。”

王跑说:“这还值得写书?不过人家常说‘经验大似学问’,孔夫子会作书,未必会抓黄鳝。这个算稀奇,冬天还能在泥里抓黄鳝,叫你看,是一摊泥,叫我看,我就看见黄鳝在那里藏着,手只要往泥里一摸,就抓出来了。”

秦云飞说:“那你是怎么看?”

王跑说:“蠓虫过去还有影,何况是黄鳝?它拉的有屎。”

秦云飞又问:“它的屎是什么样子?”

王跑笑了笑,却没有说。

正说话间,只见湖面上漂浮起一道涟漪。毛蛋在地上飞快地捡起一柄鱼叉,朝着湖面扔去,只见鱼叉落水,溅起几朵水花,那柄鱼叉忽然在湖里跑起来,毛蛋这时一纵身跳到水里,泅着水直追那柄鱼叉。

王跑满意地骂着说:“他娘的,又逞能哩!”

天亮问着:“是叉住鱼了吧?”

王跑说:“一条鲢子。最少有五斤。”

毛蛋追上那柄鱼叉,抓住柄叉又狠刺了一下,拖着鱼叉柄又游了回来。他上了岸,抹了一下脸,把一条五六斤重的大白鲢子撂在地上。

大家活跃起来。秦云飞觉得实在稀罕,对王跑说:

“你们就是用这个办法逮鱼啊?”

王跑说:“才回来时,没有渔网,只能用这个办法。”

一个战士问:“王大爷,你的眼睛是不是能过水?要不你怎么知道是鲢鱼,还能看出来它有多重?”

王跑说:“这么深的水,人的肉眼怎么能看透到水里?都是凭看水纹的。鱼在水里游,和人走路一样,各有各的架势。鲤鱼、鲢鱼、胖头、鲫鱼游起来都不一样。另外,出来活动的地方不一样,吃的东西也不一样,不光眼睛看,耳朵听也能听出来。”

秦云飞感叹着说:“真是‘行行出状元’!你这一套本领可真了不起。”

王跑说:“人的武艺都是逼出来的。在这种荒凉湖泊地方,别的有什么办法。我们这些做了半辈子庄稼的人,还是想种庄稼。”他拍着毛蛋的头说:“像我这个孩子,整天像只鱼鹰一样。我就担心将来长大了,犁地不会,耙地也不会,只会打鱼摸虾。将来黄水退了,就是有几亩地,也难种好。”

秦云飞说:“这些不用发愁,将来有土地了,自然就学会了。把日本鬼子赶走后,我们要办农场,用机器种地,一部拖拉机一天能犁一二百亩地。毛蛋长大了,可以学开拖拉机嘛!”

王跑第一次听说“拖拉机”,他不敢相信。在他的梦里,只有大黄犍子,他想不出拖拉机是个什么样子。

一阵清风吹过,芦苇发出瑟瑟的声音,天气转凉快了。秦云飞和天亮等要告辞了。他们给王跑留了两块银元,王跑却执意不收。秦云飞说:“王大叔,你要收下,这是我们新四军的规矩,晚些天我们还要给你们发些农具、种子。今年秋天这一季，麦子一定要种好。以后咱们是一家人了，你不用客气。”

王跑要把他们送到泥土店。秦云飞说：“今天天晚了，今晚我们还回红柳集住，你不要去了。”

天亮记挂着老气没有衣服穿，就把自己的军装脱了一件送给王跑，别的战士也给他留下了两件衣服。王跑看到他们这样热情，感动得说不出话来。他找了根草绳子，要把那条大鲢鱼缚住让他们提走。秦云飞不要。他说：“我们还要转很多地方，背着不方便。改天转到你这儿，咱们一块吃吧。我给你做清蒸黄鳝。”

秦云飞等走后，王跑看着他们的背影，感到心里热乎乎的。从他记事起，他见过多少次兵，有皖军，吴佩孚的军队，阎锡山的军队，冯玉祥的西北军，张作霖的奉军，还有蒋介石的中央军。反正只要是军队，没有不抢老百姓的，张口就骂，动手就打。还没见过这个新四军，说话这么和气，喝了几碗豇豆糊糊，还给了两块现洋。

他抱着衣服往家里走去，到了门口，把衣服往屋里一撂说：“给！这是咱天亮给你的衣裳。穿上吧！”

毛蛋跑过来先抢了条裤子穿在身上，剩了一件军装褂子。王跑拍了拍身上的泥土，也穿了起来。

老气穿好了衣服，从屋里走了出来。半老的老太太穿了一身军装，她有点不好意思，红着脸说：

“这像啥？……”

王跑说：“管它像啥，穿上不露肉就行。×他娘，在洛阳的时候，为了讹咱那块石头，说我是共产党，其实那个时候，我还真不知道什么叫共产党哩！老子如今一家人都穿上共产党、新四军的衣服了，你们怎么着我？你们能把我提起来转三圈？”他朝天空喊着，好像他真的成了新四军。

他掏着胸前的小口袋说：

“嗨，人家这军装还真不错，这么多口袋。这个装烟叶，这个装鱼钩。”

老气说：“叫我说，放在污泥里揉一揉，变了颜色再穿。”

毛蛋喊着说：“我不！”

王跑挺着胸脯说：“怕什么，我看这新四军就是能长远。人家心里有咱老百姓。你看，喝了咱几碗糊糊，留给了咱两块现洋，还是船牌的。”

老气说：“我是后悔，屋子里还有点白面，没有给他们烙几张白饼吃。……我倒是想到了，怕你舍不得……”

王跑说：“别说了，别说了，什么赖事都往我身上推。他们还要来的。再来时候，你给他们煎鲤鱼、烙油饼，有你补情的时候。”

这天夜里，王跑点起了一把黄蒿熏着蚊子，三口人坐在门外月亮光下聊天。他们一直聊到半夜。

在这个黑沉沉的夜里，他们似乎已经看到了一线曙光。

第四十五章　李桥战斗

好难好难，
吃饭没盐。
吃水没井，
割麦没镰。……
——黄泛区民歌

一

自从天亮参军跟随部队走后，李麦就留在黄泛区。宋敏和几个有病的老弱同志没有走。他们化装成老百姓，一直坚持在这茫茫无际的水荡子里。

宋敏和李麦住在一起。两个人相依为命，就像亲母女一样共同生活着。几年来，她们搬了多次家。在这里搭个草庵，在那里搭个窝棚。后来她们就住进离泥土店不远一个土地庙里。黄河水虽然年年改换河道，渐渐地，她们也摸出了它的规律：“紧水冲沙，慢水冲淤”。每年河道走慢水的地方，总会留下一片肥沃的淤泥土地。她们就在这块淤地上种庄稼，搭草庵。待到冬天时候，她们就回到高岗上的土地庙里。

部队离开时，徐中玉因为发疟疾也没有走。他和几个老弱病号留在赤杨岗的沙岗上。离李麦住的地方只五六里地远。这些年来，徐中玉几个人主要靠捕鱼为业，到了秋天大水过后，这里的黄河鲤鱼遍地都是。一个个水洼子里，挤满了红尾巴鲤鱼。他们不用网打，不用笊捞，跳到水里一捉就是一大筐，然后把鱼挑到周家口去卖。

这里距离周家口比较近。他们挑一担鱼到周家口，两天能打个来回。初开始，他们没有经验，鱼挑到周家口市上，大多数都死了，卖不上价钱。后来他们发现在路上只要换两次水，不断地摇晃着鱼筐，到周家口市上大多数鱼都还活着。几年来，他们就是这样从周家口换来些日用必需品，艰苦地生活着。

李麦和宋敏住在泥土店，有时候徐中玉给她们送来些食盐、火柴，再从她们这里背走些粮食。有时候因为大水下来了，把他们两家隔在河两岸，李麦她们就只好吃淡饭过日子。

在水荡里过日子是苦寂的，每天只看到日出日落，鸟去鸟还。她们不知道初一，也不知道十五。有时候哪一天过年也不知道。在这个环境里，李麦慢慢学会了唱歌。她唱的歌都是她自己编的。比如到了没有盐吃的时候，她就扯起嗓子唱着：

“好难好难，吃饭没盐。吃水没井，割麦没镰。……”

她唱歌的声音是忧郁的，但脸上表情却是快乐的。她的歌子总带点解嘲味道。有时候她和宋敏吃几天白水煮豇豆，实在熬不下去，她又唱起来了。她唱着：

“桑木弓，牛皮弦，弹一斤花，两毛钱。拿上钱，买汤圆，桂花馅儿鲜，豆沙馅儿甜。老娘不吃你这赖汤圆，有钱去称二斤盐。……”

不知道为什么，宋敏特别爱听这些俚俗的民歌，每一首都使她增加了对生活的信心和勇气，每一句都好像又把她重新放在儿时的摇篮里。

大约是这个苍茫无际的荒野芦荡太寂寞了，人们对一股烟、一点火都感到亲切。她们需要抒发自己的胸臆，需要歌声的抚慰，在这个满是荒榛的大自然怀抱中，人们又好像进入了童话世界。李麦似乎也年轻多了。她不像一个四十多岁的中年妇女。她的智慧光芒又点燃了起来，她那张小巧的嘴里，不断地流泻出像珠玉一般的语言和歌声，使人感到新鲜、痛快、惬意。

她们吃着豇豆麦粥，漫天的柳絮在她们眼前飞舞。李麦叹息着，忽然用筷子敲着碗唱起来：

城里菠菜靠南墙，
乡里老娘不得尝……

她不加思索地唱着。有时候一口气能编几十句。这些朴素的山歌俚句像小河流水一样，滔滔不绝地向外流淌着。宋敏总是笑得流出眼泪来。

有时，李麦还唱些情歌：

哥哥挑担一百三，
磨烂肩头磨烂衫。
磨烂衣衫妹会补，
磨烂肩头妹心酸。

每逢唱这些情歌时，她的眼睛总是望着天空，好像有说不出的惆怅。

“你什么时候学会这么多歌儿？”宋敏有时问。

李麦说：“有的是我自己编的，有的是小时候学的，有时候狼腿拉到狗腿上，都互相串了。你想，我推过十几年磨，又推过十几年盐，不会唱个歌不闷死了。”她问：“你就没有听过这些山歌？”

宋敏说：“没有。”

“你就没有个奶奶教过你？”

宋敏苦笑着说：“我奶奶整天躺在床上抽鸦片，烟瘾过足了，就打麻将牌，她哪有工夫教我们唱歌。我们家是个地主家庭。我几个叔和我爹整天吵架闹事，翻箱倒柜。从我记事，俺家不隔三天，没有不吵架的，一个大院子里，四五桌麻将牌天天打着，就像个赌博场。”

“你妈哩?”李麦问。

“我亲妈在我十四岁那年就死了。”宋敏说着低下头,“她不识字,没有文化,我爹在城里又娶了个姨太太,是南阳简师的学生,从此就不理我妈,他们打过几次架,把穿衣镜都砸了。就是那一年,我妈气疯了,每天披头散发在大街上乱跑,手里拿着一根小棍,见个人就对人家说:‘我识字!我也识字!我会写字。’说罢就在地上乱画。其实画的什么也不是。后来病越来越重,就死了!……”宋敏说着眼圈红了:“我们那个家就不像个家,哪像你们,爹像爹,娘像娘。我恨死了我那个家,我就是因为这个才参加了革命。”

二

去年秋天,海骡子汉奸队里两个人来赤杨岗这一带搜粮食,被徐中玉等人打死在西沟苇川里。从此以后,汉奸队不敢进苇川了。这却惊动了驻周家口的日本鬼子。日本鬼子听说黄泛区有了共产党,就从周家口调出一个小队,在黄泛区通往周家口的李桥地方,安了个据点。

鬼子把据点安在原沙河大堤上,周围架了铁丝网。他们把附近的芦苇烧了个干净。每天设岗放哨,切断了黄泛区通往东南的大道。去年腊月,有两个老百姓到周家口卖鱼,走至李桥北边堤下,被日本鬼子开枪打死了。从此,这条路再没有人敢走。徐中玉等人也不能去周家口了。他们每天从苇川里望着大堤上那个碉堡,好像眼中扎了根钉子。

今年收罢麦子时候,徐中玉绕道去了一趟开封。回来时,他拐到泥土店,兴奋地对宋敏说:

“部队快回来了!咱们的部队快回来了!听说要在咱们这里

建立豫皖苏八分区，还要建立县政府。……”

一听说大部队要回来，李麦和宋敏都高兴得想要跳起来。宋敏大喊着：“苦日子熬到头了！苦日子熬到头了！”她一会儿抱住李麦，一会儿拉住徐中玉，后来一个人在岗子上唱起歌来。她唱着：

“风在吼，马在叫，黄河在咆哮，黄河在咆哮！……”

这歌声是那么悲壮，那么雄健，她好像要把这五六年的苦水一下子倾倒出来，把这么多年胸中郁积的块垒喷吐出来。徐中玉看着她那高兴的样子，感叹地对李麦说：

“小宋可真高兴啊！”

这天中午，李麦留下徐中玉吃饭，她煮了几条鱼，烙了几张饼，徐中玉还带来半瓶酒。他们用芦苇秆插在瓶子里，轮流顺着喝着。宋敏没有喝惯酒，竟然喝得满脸绯红，醉眼蒙眬，嘴里还喊着：“我一点也没有醉。你是大婶，你是老徐！”她指着他们说着，自己哈哈大笑起来。

吃罢饭，徐中玉要走，他说：

“小宋，你不去送送我？”

“还用送啊！下苇川一直往南走。”宋敏说着又换了口气说，“好，我去送你！”她站了起来，却走不成路了，身子东摇西晃像扭秧歌一样。

“好玩极了！好玩极了！就像驾云一样。”

李麦说：“还说你没有醉？脚下边变成三条路了。到路上风一吹，才走不成路呢。叫我看，哪里也别去了。”

徐中玉看她走不了路，扶着她说：“小宋，你别送我了，明天我再来看你。”

宋敏要强地说：“我没有醉，我去送你！……老徐……不，徐老师……我应该叫你老师。那一天，你亲了我一下！……我……”

徐中玉听她说出这种话来，脸一下红到耳朵后边，他连忙说着：

“你休息吧！你休息吧！”把她交给了李麦，自己匆匆走了。

三

夜里，芦苇里的青蛙叫声停止了。夜色像墨一样浓，一阵微风吹来，苇叶发出轻微的沙沙声。

宋敏一觉醒来，已经是后半夜了。她觉得有些兴奋，同时又觉得有点儿惆怅。她今年二十四岁。在农村，算是年龄很大的姑娘了。抗日战争已经进行了六年，她在这个水窝里已经蹲了整整五年。岁月，时光，都在手指头上流逝了，这些天来她特别想念大部队，那里有她的真正的“家”，那里有她亲爱的同志和姐妹。那是一个快乐和有朝气的集体。

她又想起了徐中玉，她想起他那两只忧郁而胆怯的眼睛……干吗总像老夫子一样？说话嗫嗫嚅嚅的，难道就因为当过自己一学期老师吗？……我喜欢他吗？我不喜欢他。我要是喜欢他，我们应该有说不完的话。可是每一次单独在一起时，他的嗓子就沙哑起来，像伤了风。唉！不去想它了。大部队马上就要回来了。那里小伙子多得是！……

她仍然睡不着觉，翻了个身，故意把睡在她身边的李麦弄醒。

“大婶！你说人一定得结婚吗？一辈子不结婚行不行？”她附在李麦耳朵跟前问。

李麦醒了。她迷迷糊糊地说：“好好的人，为啥不结婚？”

宋敏说：“一个人也可以过一辈子呀？”

李麦说：“老天爷把人分成男人、女人，就是叫结婚的。”

宋敏吃吃地笑起来。她说：

“你回答得倒简单！”

李麦也笑了。她说：“这本来就很清楚嘛。”她问：“宋敏，我看老徐和你说话时,温首腆颜的,他是不是对你有点意思?”

宋敏笑了。她没有回答,却问:“大婶,我昨天喝醉酒,是不是说了什么话?”

“你没有说什么。”

“我说了,好像他红着脸跑开了……”她思索着,停了一会儿,又说,“大婶,我不喜欢他。不知道为什么,我觉得他窝囊,说话细声细气的……”

李麦说:“男人们也不能都像猛张飞!你喜欢什么样的人?”

“我喜欢有点男子汉的气魄。”

“老徐也是高高大大,站到那里像模像样哩。”李麦故意说着。

宋敏摇摇头。过了一会儿,她侧过身对李麦说:“大婶,有一次我们两个在苇塘边洗衣服,他忽然抱住我的头亲了我一下。我还不懂啊,我推了他一下,他就跌倒苇塘里边了,最后还是我把他拉了出来。从那以后,他看见我就像老鼠见猫一样。”她说着,吃吃笑起来,又说,“大婶,我那时真不懂啊,我又不是存心推他。”

李麦也笑着说:“怪不得,有一段时间我看他来到我们这里,很不自然。宋敏,这件事以后别再向别人说了。这种事儿,要给人留点面子。再说老徐都二十七八了,要不是抗日打仗,还不早结婚了。……”

宋敏摇晃着李麦说:“大婶,别说了……”

夜深了。月光透过房角上的空洞,照射进茅屋里。宋敏已经安详地睡了,发出了均匀的呼吸。李麦却睡不着觉,她在想念着儿子天亮。五六年来,在芦苇荡里东藏西躲,她没有做过一次看见儿子的梦,听人说心宽的人不会做梦,难道自己是心宽的人吗?她又有点害怕做梦。因为按农村圆梦的说法,梦里的事情都是和真事相反的。比如说梦里看见人死了,恰恰是人活了,看见一副白木料棺材,说是要发财,因为棺材和银子一样颜色。据说最不好的梦是在墙头上骑马，在井里行船。李麦不想做这些梦，她既不愿看到满脸是血的死人，也不愿意看到代表银子的棺材。她只希望天亮平平安安。在这兵荒马乱的年月里，“平安即是福啊”！

下午，她曾问过徐中玉：

“部队要回来，我们家天亮也会回来吧？”徐中玉回答说：“原则上是地方干部都回地方。他们是四师，四师的人大部要回来。”

李麦不好意思再深问了。几年来她和宋敏一块生活，使她懂得了许多道理，她知道了一个八路军战士不应该有太多的“家庭观念”，那么她这个八路军战士的妈妈，也不应该只想到自己的儿子。想到这里，她轻轻地说着：“谁家的儿子都有娘，谁家的儿子都不是柴火棒，随他吧！……”

四

黄昏时分，秦云飞和天亮等才回到红柳集。红柳集被黄河水冲走了一半，另外半条街还有一些房屋。到了营部门口，只见几个衣服褴褛的人，并排坐在一棵倒在地上的老柳树上。

一个黑脸汉子向他们走过来。他一张污黑的脸，满脸胡子。张大嘴笑着，露出一排白牙。

他怯生生地说：“你是老秦吧？”

秦云飞审视着他忙问：“你是？……”

“徐中玉。原来咱们在一个大队。”

“你是老徐？”秦云飞一把把他抱住了。徐中玉一边笑着，一边抽出手擦着眼泪说，“听说咱们……部队回来了，我们在苇川里找了几天了。……”

宋敏这时跑过来喊着：“秦政委！”她紧紧握住秦云飞的手，激动得说不出话来。

秦云飞看她穿着一身像鸡子啄过一样的破军装，脚上穿着自己打的草鞋，脸晒黑了，颧骨凸起来，只有那一双眼睛，还认得出是当年那个唱歌的小文工团员。

他有些凄然。他控制着自己的感情，笑着说："小宋，你变成大姑娘了。不简单，在水窝里坚持了五六年。"

宋敏笑着说："人都快泡成酸菜了！"她说着，流下两行热泪。

李麦瞪着眼睛，看着每一个战士的脸，她要寻找自己的儿子。就在这个时候，一个战士急促地走过来。

"妈！"

李麦听着这个声音，浑身哆嗦起来。眼前这个战士，她却不敢相认。她说：

"你是？……"

那个战士把帽子拿掉说："妈，我是天亮，你认不出来了？"

李麦重重拍了他一巴掌，说："你个赖种！你怎么变成个方脸了？声音也变了？……"说着，她用布衫大襟擦着眼泪。天亮把她从柳树上扶下来，笑着说：

"妈，你还没有变，还是那样儿。"

李麦说："唉，人都扭成麻花了！……"

五

晚饭时，李麦看到伙房有不少白面，就提出要给大家擀一顿面条吃。

秦云飞说："算了吧，天也晚了，想吃面条明天再说。"李麦却执意要擀，她说："不费事，一会儿就擀好了。"徐中玉说："大婶，没有吃饭的，还有十几个人哪，都是小伙子。"李麦笑着说："你就是三十个人，我也不在乎啊。我看了，现成的一块大案板，擀起来容易。

常言说:‘起脚饺子落脚面’,回到老家了,还能不吃顿面条。”

宋敏知道李麦的脾气,她要想干的事儿,一定得把它干成。她喊着说:“你们别管了,我帮大婶擀面条。”

两个人到了伙房,李麦先把菜板刷了刷,没有找到大的和面盆子,就在案板上和起面来。她一口气和了三大剂面,布衫已经被汗水湿透贴在身上了。面和好后,天亮偷偷跑进来说:“妈,我来擀吧!我会擀面。”李麦说:“你们擀的面条我见过,粗得像顶门杠子!你别管,你出去!”

天亮向宋敏摇了摇头,出去了。李麦随手把门关上。宋敏说:“大婶,叫我擀吧,我先擀一剂。”李麦说:“你们谁也不用管,我一个人包到底!”她拿起擀面杖,搬过来一大块面剂,“哐通!哐通!”地擀了起来。

她先把面块轧开,把它擀成椭圆形,然后再由圆变方,由方变圆。在她的手中,擀面杖就像一架奇妙的机器,面块在案板上翻卷旋转,压延跌摸,不一会儿工夫,一大块面剂就变成了又薄又匀,筐箩般大的大圆皮摊在案板上。

李麦向面上撒了点干面粉,又用擀面杖把它整整齐齐叠起来。她顺手拿过一把切面刀,在盆沿上“蹭”了两下,然后就飞快地切起面来。

一阵“咯噔咯噔”的均匀响声,转眼间,一排像银丝的面条已经放在案板上。……

煮好了面,每个人盛了一大碗,蹲在地上吃了起来。大概是因为跑了一天,肚子都有些饿了;另外,李麦做的面条确实好吃,谁也顾不得说话,只听见“呼噜噜,呼噜噜”的声音。

宋敏给李麦盛一碗面条端了过来。李麦在休息乘凉,她没有马上吃。今天晚上她心里高兴、熨帖而又有些凄然。她听着那“呼噜噜呼噜噜”的声音,简直像一曲音乐,一首诗歌。几十年前,她在给那推盐的同行们做饭时，享受过这种慰藉，那是她毕生经历过的最快乐的场面。现在她又回到这个热闹的集体中了。对于这些年轻的战士们，她拿不出一个鸡蛋来慰劳他们，因为这里没有鸡子了。所有的家畜都没有了。可是她能用汗水、用劳动来献出她一片热爱的心意。

六

第二天，秦云飞和徐中玉等人研究，准备拔掉日本鬼子在李桥的这个据点。

秦云飞告诉大家说："现在敌人把一大部分力量集中在东南亚战场上，中原这一带敌人处于守势。据了解，开封驻的还不到五百个日本兵。李桥是通往周家口、蚌埠的咽喉要道。鬼子设在李桥的这个据点非常讨厌，等于把咱们的门户封住了。所以必须把它拿掉。"

徐中玉介绍情况说："这个小队叫渡边小队，只有十几个人。有一挺重机枪，其余都是步枪。还有一匹马，那个小队长每隔两天骑马去周家口一次，其余时间很少出来。"

秦云飞说："咱们再把情况详细摸一摸。既然打，就要打得漂亮一些，这是咱们回到黄泛区的第一仗。"

为了弄清楚敌人的活动规律，由李麦每天到李桥附近观察情况。她扮一个农村老太太，每天到河边挖芦根，捡野菜，敌人的岗哨也不大注意她。经过半个月的了解侦察，弄清楚了这个小队一共只十三个人，每天早上上一次操，下午五点钟以后，总有几个日本鬼子在院子里练练单杠。中午时候，大约经常有七八个日本兵要下河洗澡。不过白天黑夜，碉堡附近总有一个站岗的，晚上在碉堡里边，白天就在桥头。

李麦每天把这些情况汇报给秦云飞。秦云飞带领着几个战士，伏在芦苇里观察了两天，最后，决定就在中午时分，趁那些日本鬼子去洗澡的时候，进行包围袭击。

计划决定以后，宋敏等几个女同志也要求参加这次战斗。秦云飞让她们全都转移到附近苇川里，因为红柳集目标太大，说不定敌人会窜到这里来。宋敏只好跟着李麦钻到小李庄的苇林里。

这天中午，天气闷热得像盖上盖子的蒸笼。鬼子们吃罢午饭后，相互喊叫了一阵，有七八个鬼子顺着桥头走向河滩。他们一个个脱得赤条精光，跳在河里洗起澡来。

秦云飞看到机会来了，就布置天亮带领一个排，从桥北边绕向碉堡，先收拾那个站岗的鬼子，然后直扑他们的宿舍。他亲自带领两个排，伏在大堤下，只要枪声一响，就到河里捉那几个洗澡的日本鬼子。

天亮带着十几个战士，刚刚爬上桥北的沙岗，就被那个站岗的日本鬼子发现了。他嚎叫着，向沙岗这边开了一枪。天亮看到已经暴露目标，就和战士们伏在沙岗下还击。那个站岗的日本鬼子被打死在桥头上了。宿舍里几个日本鬼子却不见动静。天亮等人一直向敌人宿舍扑去。宿舍门关着，天亮一脚踢开，向里边投了一颗手榴弹，里边仍不见动静。正在这个时候，一个战士发现四个日本鬼子，正从一个后窗户向外爬着。有两个已经爬出来跑到大堤下，另外两个正在向外跳。

天亮和战士们立即向窗口开枪射击，有一个日本鬼子被打死了，两个被活捉了，宿舍里的一个，从大门走出来举手投降。

在河里洗澡的几个日本鬼子听到枪响后，一个个拼命向东岸游着，准备逃走。因为枪声响得早，秦云飞等人还没有赶到。幸好这时天亮等人已经占领了桥头碉堡，他们从桥上向东岸射击，有两个鬼子被打死在水里，其余的四散游开。这时秦云飞等已经赶到，战士们纷纷跳下水去，把五个赤着身子的鬼子全捉住了。

在清点敌人的尸体和俘虏时，发现只有十二个人，另外一个日本鬼子不知道跑到哪里去了。秦云飞命令大家赶快搜索，可是找遍了附近的苇林草丛，都没有发现一点足迹。

大家正在着急，忽然看见李麦和宋敏等几个女同志，从南边苇林边押着光着身子的日本鬼子走了过来。

原来宋敏等到小李庄以后，心里老记挂着这边的战斗，她们想看看怎样战斗，就让李麦把她们带到下游河边，装作在那里洗衣服。她们听到枪响，一个个正朝桥上张望，忽然看到河里钻出一个人来。她们还当是自己的战士，喊着问："打开了没有？"

那人却不吭声，掉头又往下边泅着。李麦眼尖，她看着这个人上嘴唇上留着小胡子，游水的姿势也不像本地人的游法。就大喊着：

"老日！"

李麦这一声喊，几个妇女一齐跳下水去追赶那个日本鬼子。她们一齐大喊着："截住他！截住他！"那个日本鬼子吓迷了，被她们捉上岸来。

她们把这个日本鬼子押送来后，经过询问，才知道他就是那个渡边小队长。宋敏笑着埋怨说：

"把我们送到远远的地方，作战计划也不让我们知道，好像多神秘一样，结果还是我们捉住了个当官的！"

秦云飞说："这一次给你们记一大功。我向你们检讨，以后再有任务，一定请你们参加。"

第四十六章　窑洞里的笑声

城中桃李愁风雨，
春在溪头荠菜花。
——辛弃疾词

一

柳絮像喝醉了酒似的漫天飞舞着，春天又来到了黄泛区。水洼边、芦根上，冒出一根根像箭一样的嫩尖芽子，水红花也悄悄抽出了像珊瑚颜色的嫩芽。这里没有杏花，没有桃花。只有遍地荠菜开着白色的小花，在迎接着春天。

三月间，李麦去开封给部队买油光纸，在那里听说黄泛区逃到洛阳一带的难民，饿死了十几万。她心中记挂着自己的女儿嫦娥和梁晴，打算到洛阳去寻找她们。

她找到王跑和老气，向他们打听嫦娥和梁晴到洛阳时的情形。王跑说："在洛阳车站就失散了，也不知道她们逃到了什么地方。不过到洛阳兴许会打问出来消息。洛阳东车站一带住的黄泛区难民很多。"老气说："长松就在洛阳拉车。"她曾经在洛阳北大街遇见过他。

过了"清明"，李麦收拾了个简单行李，决定到洛阳去。临行前，秦云飞交代她说："到洛阳看看，乡亲们能回来的，叫他们都回来。告诉他们家乡已经建立起了水东解放区，日本鬼子和土匪队伍不敢来捣乱了。黄河口子虽然还没有打住，地面这么宽，挑挑拣拣还能开荒种庄稼。”李麦说：“我会对他们说清楚的，只要找到他们，就一定让他们回来。在外边逃荒终究不是个办法。”

秦云飞叫她带了几十元国民党的钞票作盘缠，又安排天亮换上老百姓衣服，把她送到吕潭渡口。

路上，李麦对天亮说：“你如今参加新四军，我是放心了。就是你妹妹和晴这个闺女，我总是放心不下。这些天，老是做梦梦见她们，梦见晴在一个崖头上，哭得像个泪人似的在喊我。我答应了，她却听不见。”

天亮说：“梦是心头想，你别相信梦里的事。”

李麦说：“我也知道梦是胡想。说来也怪，嫦娥我就很少梦见，心里老是惦记着晴，也不知道俺两个上一辈子有什么缘分，这是怎么回事，总觉得和亲闺女一样。”

天亮笑着说：“你还不是想不花钱讨个儿媳妇？其实现在我们部队里，同志们自己搞恋爱结婚，也不花钱。”

李麦没有吭声。她不知道天亮的话是什么意思。停了一会儿她说：

“天亮，我可对你说明白，不管人家别的人怎么搞恋爱，你可不能搞恋爱。人得有良心，人家既然叫过我一声妈，我也答应过，她就是咱姓海的人了。我千行百里到外边找她，就是因为她已经是咱家一口人，只要她还在人世上，咱就不能有二心。一个人有情有义才算人！”

天亮被他妈的话感动了。他笑着说：“我没有那个想法。我是怕您希望太大，失望也大，已经几年了，谁知道流落到什么地方？……”

李麦说：“我领大的孩子我知道。她只要不饿死冻死，这闺女是不会变心的。”

天亮低着头说：“这个……我知道。”

李麦又说:“天亮,你要什么样的人哩!我在外边跑了半辈子,我还能分不清人的好坏?这闺女要脸面有脸面,要条个儿有条个儿,白生生的脸,黑靛靛的头发,两只眼睛又透灵,又清亮,她是没有得吃好茶饭!要是能吃上好饭,再有两件好衣服穿上,我敢说,你们部队里那么多女同志,叫我看,都还比不上人家晴!”

天亮笑了:“还能给你纺花织布。”

李麦说:“就是要个会过日子的人嘛。咱第一是要找个实诚人,第二要她心地好。那一年在寻母口,她在菜市上拾了人家一根嫩黄瓜,那么热的天,她在外边干了一天活,没有舍得吃,晚上用手巾包住悄悄拿回来叫我吃!我吃着掉着泪,就是咽不下去。给她掰了半截,她咬了一口,又塞给我了。……”李麦说着,回忆着当时的情景,感叹地说,“人,还不是看个心嘛;她从小没娘,老稀罕有个娘。……不管天南地北,这一次我一定要把她找到。……”

下午到了渡口,天亮送她上船,临别时交代说:“妈!对岸就是国民党地区,你不用怕。出去后要注意身体。俺妹妹……也操心找一找,不管在外边为奴作婢,只要人还在,一定把她领回来。……我爹就我们两个,要是把她失落了,我对不起我爹。”他说着两行眼泪流在脸上,李麦也擦着眼泪说:“你回去吧,孩子!都是我身上掉下来的肉!……我能找到她!”

渡船慢慢地开动了,天亮一直等到他妈上了对岸,身影消失在黄尘滚滚的土路上,才转身离开了吕潭渡口。

二

一天中午,李麦来到了禹县西关,她找了一家饭店坐下,准备买点东西吃一吃,下午再赶路。

禹县过去叫小禹州。传说就是夏禹的家乡。农民传说大禹治水，疏通了天下九河，最后把一只泛滥洪水的“神蛟”镇在这里的一眼井里。大禹的儿子夏启，也就是在这里宣布登上帝王宝座的，并且中国从此开始了“父传子，家天下”的世袭皇帝制度。不过这都是几千年以前的事了。禹县在近代，是全国四大药材集散地之一。当时不但河南的四大怀药，——生地、山药、牛夕等通过这里行销全国，川、湘、云、贵的各种名贵药材，也运来这里转销华北。禹县虽然是个县城，却比一般的县城大一些，单是饭店就有几十家。抗日战争爆发后，这里药材生意因为交通阻塞，开始萧条了。但是它仍然是由洛阳通往界首、蚌埠和上海的重要通道。这里虽然没有火车和汽车，但是胶轮大车、架子车、黄包车和自行车却络绎不绝，转运着从江南到洛阳一带的各种货物。

李麦看着吃面条的人太多，想去买两个烧饼，在烧饼摊子前，她看到一个人一下子抱了十几个烧饼，走着吃着。那个人看见李麦，忽然站住了。他看了一会儿，大声喊着：

“你……你……是不是我婶子！”

李麦愣住了。她看着眼前这个人，好生面熟，只是戴了副墨色眼镜，认不出来。

她看着这个高个子的陌生人问：

“你是？……”

那个人摘掉墨色眼镜说：“我，我，我是四圈！”

李麦认出了他，高兴地叫着：“哟！你是四圈啊！我都不敢认你了，你不是在洛阳吗？怎么来到这里了？”

四圈指着树下放的一辆黄包车说：“拉生意，送……送……送个远客。”

李麦说：“哎呀，我从老家来。我就说到洛阳先去找你。听说你在给海香亭拉包车，想着你好找一点儿……”

四圈说：“如……如今……不不……不给他干了！”

四圈塞给李麦两个烧饼,让她吃着,两个人说起话来。李麦把老家情形说了说,问了谁家在洛阳,又问了梁晴和嫦娥的下落。四圈告诉她,嫦娥和梁晴都逃到陕西了。在洛阳只有长松家和爱爱家,还有小马庄两家在南关住。李麦问他为什么不在海香亭家拉包车了,四圈只是摇头不说话,看样子还有点悲凄和伤感。

吃罢烧饼,四圈告诉李麦,他要回洛阳,他是送一个客商来禹县的,回去是空车。禹县高粱比洛阳便宜,车上只放着他买的一口袋高粱,座位上是空着的,他要李麦坐上。

李麦死活不坐,她说:“我就跟你一块走,有个伴就行了,我能跑,一天还能跑一百多里呢!你车子又拉着粮食。”

四圈说:“没关系!你……你别看我这车子破,圈还硬实。我拉……拉上一个人,还……还……还能再放一桶生漆,你……你坐上!你要不……不坐,咱俩还……还……还厮跟不成!车子跑……跑……跑得快!”

李麦拗他不过,只好坐在车子上,逢到上坡时候,她就下来给他推一推。

李麦坐在车子上问:“你在海香亭家,也是拉这种洋车吗?”

四圈说:“哎,那……那……那个包车可比这……这破车子漂亮多了!黑……黑……明铿亮!光……光……光一对灯值……值五十块!”李麦看他说话困难,就不再多问了。

四圈却继续说着:

“海……海……海香亭,龟孙!……”下边嘟嘟囔囔,也不知道他说了些什么。

三

一九四四年的春天,洛阳的气氛是紧张的,又是消沉的。传说日本鬼子要调集大批军队到中原来，准备进犯洛阳，打通平汉线，并企图以此为基础，在中国大陆上作最后一次垂死前的挣扎。鬼子的飞机几乎每天都来轰炸、侦察，洛阳城里的军政人员，仍然沉湎于纸醉金迷的生活之中，西工的青年军官俱乐部，每天晚上灯红酒绿，举办着舞会，流线型的新式小轿车，每到黄昏就横冲直撞地奔驰在霓虹灯下。报纸上天天都登着各式各样的结婚广告。抗战七年，人们好像等得不耐烦了，一些官员们不愿意再背诵"云鬓玉臂"的怀乡诗了，他们开始结婚、纳妓、娶姨太太，在这个地处前线的古老城市里，兴起了一阵"结婚热"。

在城郊，土地上长出了大旱灾后第一季好庄稼。土地喝饱了雨水，从沉睡中苏醒过来，金黄色的油菜花，散发出浓郁的芳香，豌豆花招引着大群的蜜蜂和蝴蝶。肥绿茁壮的小麦，在春雨中拔着节、孕着穗，把清馥的麦香散播在醉人的空气之中。

大旱灾的残迹并没有从大地上抹掉，就在这些茂盛的庄稼地旁，还可以看到一具具饿殍的白骨，这些白骨旁有的放着一只沤烂的篮子，有的放着一个积满泥土的碗。这些篮子和碗的主人，永远不会再找人施舍了。他们是这个大浩劫的牺牲者。

农历三月末，李麦由四圈领着来到洛阳。四圈这时已经离开了"大五条"家，搬到了烧窑沟，住在爱爱家原来的窑洞里，长松家就住在隔壁，李麦就先到了杨杏家里。

杨杏和小响正在窑洞门外淘洗榆钱儿，看着四圈车子上拉着一个老婆子过来，她还只当是拉的客人，仍在低头淘洗榆钱。这个老婆子却向她面前走来，喊着：

"秀兰她妈！你们淘榆钱儿哩。"

杨杏听着这声音好熟，手打遮阳看着，只见她长方脸，大眼睛，高鼻梁，薄嘴唇，走起路来，腰杆直挺挺地跨着大步子，只是头上有些灰白头发。她认出来了。这是李麦！

“哎呀,婶子,是你吧!婶子!……”

四圈笑着说:“咋……咋……咋不是呢,从老家来……来看咱们来了!”

杨杏顾不得手上的水湿,跑过去拉着李麦的胳膊高兴地说:“婶子,没有想到咱娘儿们还能见面!”

李麦也笑着说:“大劫不死,必定是贵人。咱们如今都是贵人了。”她又指着小响问:“这是秀兰,还是玉兰?”

杨杏的眼圈红了,她说:“都不是,这是小响。……”

李麦问:“那秀兰和玉兰哩?都成了大姑娘了吧?”

李麦这一问,杨杏再也忍不住了,泪水扑簌簌地掉了下来:“秀兰她们……”她没有说下去。

李麦看她流了眼泪,知道秀兰和玉兰一定是遭了难,她后悔自己冒失,便急忙把话岔开,她拍着小响的头说:“这是小响啊!这闺女长得多俊。”她顺手从篮子里拿出个油旋儿递出给小响说:“你吃吧,还是热的。”

小响已经不认识李麦了。她不好意思吃,低着头轻声说:“俺不要。”

杨杏说:“接住吧,这就是从咱老家来的奶奶,比亲奶奶还亲。就是她把你接到这个世上来的。……”她说着掉了眼泪。

李麦叹了口气说:“唉!还不是叫孩子们活受罪!”

到了窑洞里,李麦问:“长松到哪里去了?”杨杏说:“去年害了半年病,差一点把命要了!今年开春和两个男孩子找了点活干,在一家盐栈里当运盐的脚夫。一天能挣几个钱,勉强还能过。”

晚上,长松和小建、小强从盐栈里回来了,窑洞里顿时热闹起来。李麦看到小建和小强都长成大小伙子,感动地笑着说:

“不管吃糠咽菜,孩子们还是长起来了。有人就有盼头,将来回到老家开荒种地,有人手还是好办事的。这么大的灾难,各村的人口损伤了一大半。有的全家都死绝了！你这一家子还算是……全的。这就算是你们的福气。”

长松说：“我这个家也五零十散了。两个大闺女都寻到外乡了，将来也回不了老家。都怨我没能耐，一个给人家当小，一个还没有下落，对这两个闺女，我良心上有亏欠。”

李麦说：“不能这么说，什么亏欠不亏欠，还不是为了逃个活命？事情也不要看得那么重！‘三十年河东，三十年河西’，人有三穷三富，三穷三富还不到老，我看这世事会越变越好。回到老家你们就知道了，咱穷人的好日子有盼头啦！俩闺女到以后再说，有了下落，去看看她们，要是好人家，就跟人家过下去，要是实在不像样子，咱就把她领回来。扣子扣错了，还能解开再扣，何况还是个人哩。如今不能有老思想，‘嫁鸡随鸡，嫁狗随狗’，‘好女不嫁二夫’，都是放屁！想开了天广地阔，世事还大着哩！”

杨杏拍着小响的头说：“就这个闺女，也差一点卖了，要不是四圈兄弟，连这个小闺女，我们也保不住。那一阵子我就不想活了，光想跳到井里死了算了。”

四圈说：“是……是……是小建把小响找回来的。这……这孩子长大有出息，心里……仁……仁义！”

李麦问到梁晴和嫦娥当时在洛阳失散时的情形，长松惭愧地说：“那年扒火车向西边逃荒，人都像疯了一样，拼命往火车上挤，铁路巡警用棍子乱打也挡不住。我们家孩子多，挤几回都没扒上去，也不知道晴和嫦娥扒上去了没有。出来寻母口，好多乡亲在路上就失散了。我想起来这个事，就觉得对不起你。两个女娃子，没出过门，现在天南地北，也没个地方找。”

李麦说：“由她们去闯吧！‘命大撞得天鼓响’。这种时候，谁也顾不上谁，孩子们到外边闯闯也好。我不就是十五六岁就出去推盐了？”她说着脸上泛出笑容，但心里却有点隐隐作疼。

杨杏说:“说不定她们逃到西安去了。咱村到西安的人不少,前年小马庄有人从西安回来,还看见过徐大叔,说他在西安摆了个卦摊!”

李麦忙问:“有人看到徐大叔?”

杨杏说:“小马庄姓刘的说,他亲眼见的。”

长松说:“兴许晴和嫦娥也在西安,在路上她俩一直和徐大叔一路。”

李麦说:“要真是跟着徐大叔,我就放心了,徐大叔见多识广,也有经验,孩子们能指靠得住,好歹他们别再失散了。”

问着了梁晴和嫦娥的一点信息,李麦心里感觉到宽慰了许多。这时杨杏做的榆钱拌玉米面已经蒸熟了,她端了一大盆让大家吃。李麦吃着榆钱说:“今年这里的榆钱长得这么饱,小麦长得也不会错吧?人家说哪一年榆钱儿长得饱,哪一年麦子就长得饱。”

长松说:“好几年没有吃一季好麦子了。去年要有树叶子和榆钱吃,我也不会把小响卖给人家!”

他刚说罢,想不到小响却噘着嘴说:“还说,还说,见个人就说,没完了!”说罢,端着一碗榆钱出去了。

小响渐渐懂事了。她不愿意别人再提起她被卖过的事。这是她小小心灵上的一块伤疤。

李麦说长松:“以后你们就别再提这件事了。大小人都长个心,也都长个脸,以后就是回到村子里,也不要再对人说了。孩子们知道要脸面,这是好事。”

吃罢晚饭,李麦问起海老清家的情形。

杨杏说:“老清叔不在了。前年在龙门南给人家扛活,后来……饿死了!……”

“海老清死了?”李麦听着眼里涌满了泪水,她感叹着说,“多好一个庄稼人啊!唉!……”

长松说:“要说种庄稼,他是咱村的头一把手。一辈子老老实实,没和人犯过脸青脸红。谁想得到……唉!好人不长寿。”

大家叹息了一阵子,杨杏又说起老清婶来。她说:“以前她就在南边那个窑洞里住,住了三年多,后来搬到城里铜驼街住了。人家现在过得还不赖。爱爱学会了说大鼓书,还是这洛阳城的名角儿。后来,又认识个当官的,吃喝穿戴全由这个当官的包了。老清婶也变样了,吃的是白面馍,穿的是绸褂裤,还戴上了金耳环,脸也白了胖了,可享福了……”

长松摇摇头说:“别说了,那算什么享福?享这样的福,我还嫌……”

杨杏笑了:“嗨!你这回腰杆又硬了。当年要不是爱爱心肠好,找了医生,帮你治好了腿,如今你还瘸着腿哩!”

长松说:“爱爱心地好,这我知道,就是……”他没有说下去。

李麦听他们的话因,知道这里边有些难言之隐,也就不再多问。她故意把话岔开说:

“咱们家乡的人,叫我说也算能。连王跑在外边还卖了一段药,小马庄的马乐,学会给人家拔牙。这些人在家里赶牛腿,连句话也不会说,想不到出来逃荒,倒什么都敢干了,爱爱学会说书,就差个唱戏的了。”

小强指着四圈说:“俺四圈叔会唱戏,还登过台哩!还把人家大名角拱到了台下……”

四圈说:“屌孩子,哪……哪壶水不开,你……偏提……提哪……壶!”

李麦说:“哟!这四圈会唱戏,倒是个新鲜事儿,你扮什么?”

四圈说:“我……我什么也不扮,别……别提这件事了!八……八辈子不唱……唱戏,我也不……不……想它!”

李麦故意问:“是嫌你个子太高了?”

四圈说："个……个子他们难……难找，我……我……我吃不了那一门手艺饭。"接着他把扮演《敬德打虎》的事儿，结结巴巴说了一遍。他说时自己没有笑，大家却把眼泪都笑了出来。特别是小响，脸朝着墙不敢看他，一看就忍不住笑。

李麦风趣地说："四圈，水退以后，回到老家，咱自己唱戏。搭个大台子，你想怎么跳就怎么跳，到那时候，咱们都有地种，也有粮食吃，麦收以后，大伙凑几石麦，成立个戏班，你当掌班的。想唱什么唱什么，你唱老包。"

四圈一本正经地说："不……不行，我……我五音不……不全！当……当教师还凑合。"

大家"轰"的一声又笑了。小响捂着脸笑着跑到门外。

晚上，李麦、杨杏和小响睡在一张床上。小响用被子蒙着头，还不时吃吃地笑，杨杏骂她："死妮子！你吃了呱呱鸡的肉啦？"

李麦说："你管她哩！我就是要让孩子们笑笑。"

杨杏叹息着对李麦说："嫂子，实不瞒你说，这么多年，俺这个破窑洞里，就没有听见过笑声。人都把笑快忘了。这次你来了，孩子们才有个笑脸！"她说着，眼角里渗出了泪水。李麦没有吭声，她在思索着、回忆着孩子们那一张张惨淡的笑脸。……人来在世界上，本来应该有笑的权利，当婴儿在妈妈的怀抱里，第一次张开嘴唇向妈妈微笑的时候，这是对妈妈最大的慰藉，也是她们作为万灵之长的感情的飞跃，其他动物是不会笑的。人正因为会笑，才培育了丰富的智慧。世界上是不能没有笑声的。没有笑声的社会，是一个接近死亡的社会。历史证明了这一点。

四

第二天清早，长松、小建和小强到车站盐栈脚行里去了。四圈也拉着他那辆破车，到南关贴廓巷去兜揽生意了。李麦有早起的习惯，起床后悄悄到附近地里转了转，油菜花已经谢落一半了，青绿色的枝条上长出了青嫩的小小尖角，蝴蝶在早晨的阳光下晒着自己的翅膀，蜜蜂也开始了工作，它伏在黄色的花蕊上，贪婪地吸吮着带着露水的花浆。

这里麦田里小蒜长得特别肥大，叶子粗得像韭菜，却没有人挖。李麦舍不得这些野小蒜，弯腰挖了起来，准备回去用蒜臼捣一捣，拌上榆钱蒸着吃。她沿着麦田边挖边走着，发现越挖麦垄里越多，待到小响叫她回去吃饭时，竟挖了一大捆。

她和小响在黄土岗上走着，忽然看见一棵大杏树长在崖上。这棵杏树有碗口粗，枝干浓密，绿叶掩映，一个个像橡子那么大的杏子，结满了枝头。

小响指着杏树小声说："奶奶，杏子！"

李麦抬头看了看，只见枝头上的那些青杏，已经泛出黄绿颜色，知道这是一棵早熟杏。她问小响："乖乖，你想吃不想？"

小响说："人家有看的，一个老头！"

李麦说："吃他几个小杏子，算什么！在咱们老家，到杏园里随便吃，只要留下杏核。"她说着朝四下里看了一眼说，"你等着！"说罢，脱掉一只鞋子，对准高枝上杏子结得稠的地方，猛地向上撂去，只听见"哗"的一声响，十几个杏子杂着两片叶子和鞋子一起落在地上。

小响飞快地拾着地上的小杏子，等李麦穿上了鞋，她拣了个最大的杏子递给李麦。李麦用手擦了擦，放在嘴里咬了一口，还没有嚼，竟把一颗牙酸倒了。

李麦喊着说："哎哟，牙酸倒了，怪不得这个杂面老头没有来看，原来是中看不中吃！"

小响吃了一个，也酸得把眉毛和眼睛挤在一起了。她没有舍得扔掉这些杏子,她想留给她两个哥哥。

李麦回到窑洞里,见里边坐着一个姑娘在和杨杏说话。杨杏看她进来,笑着说:

“婶子,这是谁?看你能认出来不能?”

李麦端详了一眼,只见这个姑娘两道弯弯的眉毛,尖尖的鼻子,两只大眼睛透灵得像一汪水;一张粉浓浓的脸上,带着几小块酱红色的红痣;眼神略带忧郁、羞怯,嘴唇上挂着一丝笑容,显出一副和善的样子。

李麦看她穿的一身花府绸衣服,又长得细皮嫩肉,一时想不起来是谁。小响伏在她耳朵上小声说:“俺爱爱姑!”

李麦大声说:“你是爱爱呀?看我这眼!”

爱爱咬着嘴唇淡淡笑了一下。她避开李麦的目光,把身子往黑影里挪了挪。

李麦说:“我就说这一两天就去你家看看,正巧你来了!”她又关心地问,“你妈好吧?”

爱爱低着头说:“身体还结实。……”

杨杏说:“老清婶前些天来还说到你,说你是‘铁老婆’!”

李麦爱怜地拉起爱爱的手问:

“闺女,你不记得我了吧?”

爱爱说:“怎么不记得?光你家的石榴,我吃的就没数,俺妈还说,我小时候还吃过你两个月奶,因此我也长了两只又长又大的脚!”她说着抬起头浅浅一笑,两只大眼从李麦脸上掠过,李麦好像看到了两个水葡萄。

李麦笑着说:“可不是嘛,因为你吃我的奶,天亮还拧过你的脸,我打了他两巴掌,以后再不敢拧你了。”她看着爱爱对杨杏说,“咱赤杨岗能出爱爱这样的人才,人就不算穷!”

爱爱叹了口气说:“长得好也白搭,就是长了个皇后相,人还是薄命人！”

这时小响从口袋里掏出几个青杏子来。爱爱一看见青杏，就忍不住嘴里直流酸水，她忍耐不住地故意问小响：“那是什么？”

小响用指头悄悄指了指她妈。

杨杏说：“我们小响知道好歹，我的名字叫个杏，她就从来不提这个字。”

李麦说：“青疙瘩杏，不好吃。”

爱爱跑过去，抓起几只杏子说：“小响，我给你换花生吃！”说罢，用雪白的牙齿大口咬着吃起来。她一连吃了几个，也不觉得酸，好像胃里边特别需要它。剩了两个，还悄悄地装在衣兜里。李麦看她这样馋地吃着青杏，心里不免引起一阵怀疑。……

吃罢早饭，杨杏对小响说：

“小响，拾柴火去。”

小响说：“地里没有柴火了。”

杨杏又说：“提个篮子，去采荠荠菜吧！”

小响说：“荠荠菜开了花，不能吃了。”

李麦笑着说：“咦，看你妈笨的，连个闺女都支使不出去！”她对小响说，“出去玩吧，大人们说话哩！”

小响做了个鬼脸跳着出去了，到门口又喊着说：“妈，把篮子给我撂出来！”

杨杏骂着：“你不会回来取？就这两步路，就把你脚跑大了！”

“我不。你们不是要说悄悄话吗？”小响在门外说。

李麦说：“看我们小响多懂事。”说着把篮子给她送了出去。

爱爱在一边默默地坐着。杨杏说：

“爱爱，正巧咱大婶来了，这种事，别看我养了五六个孩子，我也没经验。打个比方，婶子走过的桥，比咱走的路都多，吃过的盐，比我吃的米也多。你和咱婶子说说吧，叫婶子给想个法子。”

爱爱点着头，嘴渐渐地抖动起来。她把一根小木棍折了又折，却说不出一句话来。

李麦暗暗观察着爱爱，只见她神情恍惚，体肢倦怠，眉峰不时紧蹙着，眼皮下有一丝暗影，再加上鼻梁旁起了些小碎红痣，早已料着了七八分。杨杏这时又说：

“爱爱，你还碍什么口，婶子不是外人，我们过去在老家，有些事情不能和亲妈讲的，也要和婶子讲。她会扎针，会接生。你说说，叫婶子想想办法。”

爱爱低着头没有说话，眼泪先流了出来。

李麦从容地问：“几个月了？”

爱爱吃了一惊，瞪着眼睛看着李麦。就在这一刹那间，她好像找到了可以信赖的人，一个可以帮助她能解脱痛苦的人，她说：

“快四个月了。”她又恳切地说着，“婶子，你救救我吧！我都快要活不成了！……”

杨杏也说：“婶子，不是听说咱们老家有一种‘带药’，带在身上就可以把胎打下来！”

李麦叹了口气，说：“已经四个月了，不行了。那些药都是霸道药，弄不好会伤身体。”

爱爱大声说：“我不怕，我身体好。婶子，我妈已经打了我两顿。我太作难了。婶子，我就是拼上命，也得……”说着又小声地饮泣起来。

李麦看着爱爱的样子，也着实觉得这姑娘可怜，她想：“这个糊涂娘，这不是把闺女往死里推吗？到了这种地步，还要讲面子？”她说：

“爱爱，到底是怎么回事，你对婶子说清楚。不要害怕。事情既然出来了，就不能那么胆小。俗话说：‘谁家灶火不冒烟，谁家锅底没有黑！’眼前的事，就是一根带刺的树枝也要把它拿在手里捋到头。千万不能脸皮薄。面子值几个钱一斤！”

李麦的这些话，好像在一座幽暗的屋子里，开了一扇明亮的天窗。爱爱被感动得哭了。

她说：“婶子，我的命太苦了，我是个没成色的人。都怨我没有主意……”

第四十七章　七夕泪

再破旧的窝，
也比笼子好。
——民　谚

一

去年夏天，关相云和爱爱已经混得很熟了。留守处没有什么事情，关相云几乎每天都到爱爱家里来。爱爱还是那样子，既不得罪他，却又提防着他，总是和他保持着一定的距离。有时老清婶出去了，爱爱一个人在家，关相云来了，爱爱总是打开窑洞门，还故意把小响叫过来玩。有时小响不在家，她就把一盆衣服端在院子里，一边和关相云说话，一边洗着衣服。关相云怕见人，坐在窑洞里边。有时觉得这样没趣，就生气地走了。可是隔不了三天，他还是要来。来时又是满脸笑容，拿着礼物，好像把吃过的那些没趣全忘记了。他献的这种殷勤，在爱爱的心理上，产生了一种隐隐的满足感。她觉得关相云就像一只笨猫，而自己却是一只拴在这只猫尾巴上的老鼠。她感到这样的游戏很好玩。有时想到关相云局促的样子，自己竟暗暗笑了起来。

爱爱这样小心地戒备着关相云，不单是她曾在海老清面前发过誓愿，而且，更主要的是，她的心灵深处，还埋藏着另一个人的影子。这个人就是中华照相馆的小伙计彦生。彦生是道口镇人。两年前，爱爱在书场说书时，好像每天晚上都发现一个穿着蓝大褂，梳着分发头的文静青年,坐在后排听她说书。他是那样文静、儒雅,从来不大声发笑,也从来不怪声叫好。听书的时候是那么专注、用心。他的眼睛带着一种女性的温柔。不过,这一双眼睛却是懂事的。爱爱自己感到,她的每一句唱词,每一个表情和声音的抑扬顿挫,都被他这一双眼睛完全理解了。

说书场不大,只有二三百个座位。爱爱每天晚上演出,一上台总要习惯地往台下右角看一眼。右角边上总是坐着这个青年。他像时钟一样准时。这情况,渐渐地使爱爱觉得,她每天晚上来演唱,好像是为他一个人演唱似的。

有一次,爱爱卸完妆洗罢脸,从后台走出来时,见门口站着一个人。这人正是彦生。他恭敬地趋上前说:"海小姐,我是中华照相馆的,我们想请你明天到我们那里照个相。给你放大一张二尺的挂起来。"

爱爱有些慌张,她本能地说:"俺不照相!"

"不收你的钱,我和经理说好了。"他几乎是带着乞求的眼光看着爱爱。爱爱答应了。

没有过几天,爱爱的一张大染色照片,在中华照相馆门口挂出来了。爱爱白天不好意思去看,夜里偷偷去看了好几次。那张照片照得很自然,很逼真,浅浅的嘴角挂着一丝微笑,眼睛里边带着一点少女的天真。爱爱从来没有见过自己这样漂亮的大照片。她心里暗暗感激彦生。

彦生后来又给她照了多次相,还专门给她做了个精致的相册。爱爱完全沉浸在自己各种姿态和表情中了。

有一天夜里爱爱回烧窑沟,走到新元里街口,一个二十多岁的街痞子从对面走过来。他直愣愣地看了爱爱一眼,嘴里说着:"好漂亮!"爱爱没有理他,低着头加快脚步走了。那个街痞子却转回身追着她,嘴里不断喊着脏话。

爱爱走得更快了。那个街痞子看她害怕了,竟然跑起来追她。就在这时候,爱爱听到了另一个人的脚步声。好像两个人扭打起来了。那个街痞子喊着:

"你松开我!"

"我得教训教训你!"这是彦生的声音。爱爱心里猛地一热,停住了脚步。

彦生和那个街痞子撕搅在一起。他忽然猛地一推,竟把那个街痞子推倒在地上。

那个街痞子嘴里骂着秽话走了。爱爱感激得几乎掉下泪来。她问彦生:

"快把我吓死了。正巧碰到你。谢谢你!"

彦生说:"这一带流氓可多了,净是些浪荡鬼!"

爱爱又问:"你怎么会来到这里?"

彦生低着头说:"我每天夜里都在后边送你。"

爱爱停住了脚步,血液向头上涌着,心几乎要从胸膛里跳出来。她深情地看了彦生一眼,好像在等待着什么,可是彦生却仍然低着头在她面前站着,连正面看她一眼的勇气也没有。

后来,彦生去过爱爱家几次。老清婶却不喜欢他。她问他:"你是在哪里干事的?"

"我在照相馆当学徒。"

"嗯,徒弟徒弟,三年奴隶!"老清婶又上下打量他一眼,发现他脚上穿着一双家做的布鞋。

彦生有时来送照片,老清婶当着彦生的面说爱爱:"弄那么多照片? 能吃、能喝?"有时甚至公开说:

"谁家能没个事儿? 也不嫌烦人!"

彦生感到自己受了奚落,不再来她家了。不过每天晚上还是送爱爱回家。老清婶也知道这件事,却装着不知道。因为她最担心的是彦生和关相云碰面。只要不碰上面,别的事她不管。另外,爱爱晚上回来,也确实需要个人护送。

有一天夜里,爱爱在路上对彦生说:

“我今天大约是在台上出汗太多了,手怎么凉得像冰凌一样。”她说着把自己一双雪白的手,伸在彦生面前。

彦生怯生生地看了看说:“不一定。今天夜里风凉。”他没有敢去握一下她的手。

爱爱轻轻地嘘了口气,默默地走着。彦生感到有点负疚,他说:

“爱爱,前几天那两张照片我洗出来了。我用了点侧逆光,看着漂亮极了,明天我拿给你。”

爱爱说:“以后你不要给我照相了!”

“为什么?”彦生吃惊地问。

“我嫉妒我那些照片。我看出来了,你是只喜欢我的照片,不喜欢我这个人。照片当然好玩,她又不吃你、不喝你的,又不要你养活她!”她又叹口气说:“我真奇怪,你敢和流氓打架,却不敢碰一个女孩子的手,你大约把我当成‘白蛇’了!”

彦生被她的痴情感动了。他好像看到一个少女的心房在跳动,这颗心是鲜红的、是热烈的,闪出耀眼的光芒。他几乎感到有点晕眩了,他讷讷地说:

“爱爱,我知道你的意思。我……我不配你!你是个红遍洛阳的名角。我是个小徒弟。我一年挣的钱,还不够给你买一双鞋子。你能搭理我,我就很感激了。我能给你照几张相,就是我最高兴的事。别的……我不敢想,我也不配去想,我……情愿给你跑跑腿,办点事。”

在月光下爱爱似乎看到了他的泪光。她觉得彦生诉说的隐衷是真实的,她有些怜悯,却又有些委屈,她说:

“彦生,你把我看作什么样人?”

彦生痛苦地摇着头说:“没有办法,你肯定要当大官太太,我看过一本书叫《坤伶传》,她们后来都走了这条路。”

“难道没有另外一条路吗?”

爱爱说着,轻轻叹了口气,自己走了。

二

农历七月七日,是民间传说中牛郎星和织女星在鹊桥相会的一天。传说这一对青年恋人,因为爱情笃好,为王母娘娘所嫉恨,她拔下头上的金簪,在天上划了一道天河,把一双夫妻隔在天河两岸。牛郎和织女每天隔河遥望,痛哭流涕,哀叹永远不能相会。喜鹊仙子可怜他们的离别痛苦,在七月七日这一天,聚集天下所有的喜鹊,在天河上搭了一道鹊桥,使牛郎和织女相会。从此,每逢七月七日这一天,所有喜鹊就要飞到天上,给牛郎织女搭桥,而这一对青年夫妻,一年中也只有这一天能相会一次。

这个美丽的神话传说,在中国各地广为流传着。由于它凄楚动人,千百年来,它不但没有湮没,反而强烈地保存在人们的记忆和风俗中。人们甚至于对喜鹊也产生了好感。到七月八日这一天,人们看到喜鹊,总以崇敬的心情默默地说着:“你累了!”有些农村妇女们,还要抓一把粮食洒在地上,表示对喜鹊的犒劳。

“七七事变”是阳历七月七日,是抗日战争爆发的纪念日,这也是个巧合。日本军国主义分子,选择这一天向古老的中国进行侵略战争,企图改变中国的文明和奴役中国人民,这说明他们多么骄横无知,一个创造出用千万“喜鹊翅膀搭起爱情桥梁”的民族能够灭亡吗?正像另一个流传了几千年的故事一样:五月五日“端午节”,伟大的诗人屈原,由于他强烈的爱国主张受到谪贬,最后被逼投入汨罗江中。老百姓同情他，怜悯他，为了保全他在江河中的尸体，不让鱼鳖吃掉，在“端阳节”这一天，人民把粮食洒向全国江河，希望鱼鳖吃下这些粮食，不去侵犯屈原的尸体。这个故事一直流传了几千年，而且成为今天家家户户吃粽子的传统节日。

听起来这只是一些神话和民间故事传说，但从这些故事传说中，往往能看到一个民族的灵魂和道德精神。当日本帝国主义者，在抗日战争头两年跨过中国长城时，他们在报纸上发了很多占领长城的照片，炫耀着“中国已被征服”。可是他们没有看到中国的另一条长城，亿万人民心中的长城，这条长城不是用砖块和石头筑成的，它是用根深蒂固的道德、文明、团聚力、正义感和同情心筑成的。不管日本军国主义分子把他们的武器研制得多么精良，在这一条“长城”面前，他们始终是一个獐头鼠目的侏儒。

二十世纪很多荒唐事情的发生，是有些人对中国历史的无知，对中国的民俗以及由此形成的民族精神的无知。

在七月七日的前几天，洛阳城里的各家剧院都贴出了花花绿绿的海报，名字叫得不同，但演出的剧目内容，都是关于牛郎织女的故事。豫剧叫《天河配》，曲子戏叫《鹊桥会》，越调则叫《七夕泪》，业余的票友们则直接叫《牛郎织女》。为了招徕观众，有的海报上批着：“机关布景，夜空真星出现。”还有的写着：“准带真乐上台，黄牛说话。”这些五花八门的广告，对一些老观众来说，并没起多大作用。他们只是一年一度地来看一遍这个古老的故事，为牛郎和织女的不幸叹两口气，掉两滴同情的眼泪，就觉得很满足了。

说书场里也演出了《天河配》这个节目，是老艺人们根据曲子戏的全本戏改编的一个“小大书”。爱爱唱的是织女，由于加上了很多心理刻画和环境的叙述描写，比起演出的各种戏剧，更加真实、细腻、凄婉动人。

农历七月八日早上，彦生一大早就来到爱爱家里。爱爱还没有起床，窑门还关着。彦生拿起一把扫帚打扫着院子。老清婶听见院里扫帚沙沙作响，看了看，见是彦生，又把门关上，没有理他。

彦生扫完院子，在门口砖头上坐了好大一会儿，窑门才开了。爱爱从窑洞里走出来，看见彦生，忙把披散着的头发握在手中问：

“你什么时候来了？”

“来了一会儿了。”彦生笑着答。

“怎么不到屋里去？”

“……”彦生笑了笑。

爱爱洗罢脸，正在梳头，彦生才走进窑洞。老清婶仍然没有理他，只管弯着腰扫屋地，还故意把灰尘扬得满窑洞像冒狼烟一样。爱爱忍不住说：“妈！你就不会轻点扫！”老清婶说：“屋里太脏了，就这样扫还扫不出去哩，还轻点！”

爱爱没好气，端住个刷牙缸子用嘴向窑洞地上喷着水，一直喷了两三缸子，喷得桌子、凳子上和老清婶的脚上到处都是水滴。老清婶喊着说：“这死妮子，跟下雨一样，挑担水容易，是吧？”

爱爱说：“水用完了我去挑，不要你管！”她故意把“不要你管”这四个字说得很重，噎得老清婶说不出话来。

彦生看到这母女俩互相拌着嘴，便急忙从提兜里拿出来个荷叶包，摆在桌子上。里边是几大块冒着热气的江米大枣甑糕。

彦生说：“大婶，你吃吧，这是新郑县大枣蒸的甑糕，还热呢！”

爱爱转脸笑着说：“哎呀，甑糕，我最爱吃了。”说着用筷子夹了一大块放在碗里，端给老清婶说：“妈，还热呢，你快吃！”老清婶看了她一眼，只得接住了。爱爱和彦生两个人就着荷叶吃着甑糕，小声说起话来。

爱爱说：“昨天夜里我忘了两句词。”

彦生说：“我没有注意，什么地方？”

“织女在鹊桥上嘱咐牛郎那一段，唱到‘这离恨却似三春草’这一句时,下边忽然全忘光了。俺春霞姐打个马虎眼,把我的词接过去了!”她叹了口气说,“走神了!”又用筷子敲着彦生的手小声说,“都怨你！那会儿我忽然看到你在擦泪。……”

吃罢早饭,彦生为了让老清婶高兴,挑起一副水桶,到南边井台上去担水。他一连挑了两担,刚把桶放下,从窑洞门外走进来个人,穿了一件深灰纺绸大褂,脚上穿一双新的黑色轮胎底大眼皮鞋,右手拿着一把黑香墨折扇,左手提了一大网袋点心:油糕、粽子和麻糖。大约是东西装得太多,包装纸挤破了,那个人一进门,一块鸡蛋糕就从网眼里跳出来落在地上,他抬起脚,一脚把它踢到墙角里。

来的人是关相云。

老清婶一看是他,就笑得嘴唇合不拢了。她一面接过网袋,一面用抹布擦了擦椅子说:

“我想着你今个儿就该来了。昨天快天黑时候,两只喜鹊一直在窑垴上叫。”

关相云张着大嘴笑着说:“它不是叫我的,它是叫俺妹妹快到天河上和牛郎相会哩!”他转过脸对爱爱说,“爱爱,昨天夜里唱得真好,比你哪个段子唱得都好。”

爱爱说:“你就会说好！其实这个《天河配》段子我并不熟。”

关相云说:“是真好嘛,不是我故意夸奖。揉进几句曲子‘寒江’调,嗓子显得宽了。你呀,今后就多唱哭戏,哭起来嗓子发甜,真好听!”

这时彦生端过来一壶泡好的茶,给他倒了一杯。关相云吃了一惊,眼睛死死地盯住这个年轻人。他有二十三四岁的年纪,细高挑个,白净面皮,眉清目秀,头上还留着一头柔软的卷发,他好像在哪里早见过他！又好像预料到爱爱身边一定有这么个人物,而今天才看到。

他用扇子指着彦生问：

“这是哪里来的客?”

老清婶最担心的场面出现了。多少天来她最害怕这两个人碰到一起。她想各种办法安排调遣,不想让他们见面。没有想到今天“冤家路窄”,两个人在这里相逢了。

她吞吞吐吐地说:“他叫……彦生。”

关相云又盯着彦生问:“你的宝号在哪里?”他打量他像个店员。

彦生低着头说:“我……我是照相馆的。……您请喝茶。”他把一杯茶端到他面前。

关相云却不看茶杯,把一把黑扇子摇得哗哗作响。他问:“你和这里是? ……”

爱爱看着关相云的样子,早忍不住了,接过话茬说:

“他是中华照相馆的,和你一样,都是我的捧场朋友!”说着她给彦生也倒了一杯茶,并且带点命令的口气说,“你坐下,坐下喝茶!”

关相云把黑香墨扇子扇得更快了。其实这时窑洞里并不热。他忽然哈哈一笑说:

“啊——! 你是商界的呀! 史桂堂先生你认识不认识?”

彦生局促地在一张椅子上坐着。这时又忙站起来恭敬地说:“听说过,他是商会会长,我们经理认识他。”

“史桂堂是我的朋友。”关相云又是一阵大笑,接着又问,“照相馆的生意不错吧?”彦生说:“还凑合,就是税重一点,器材也不大好买。”

关相云摇晃着腿说:“今后有什么困难,只管来找我。”他接着念着各个税局的名字,又炫耀说这些税局的局长都是他的朋友和下级。

彦生听他说着,只是点着头,垂头站在一边。爱爱两次让他坐下说话，他却仍然站着。爱爱有点看不惯关相云盛气凌人的样子，就说："彦生，你该回去了！快八点了。"

彦生说："是，我该走了。"他恭敬地向关相云点了点头。他找他的提袋，爱爱却已拿在手里，准备送他出门。

关相云看着爱爱和他一道出去，喊着说："爱爱，我还要给你说个事！"

爱爱说："你等着吧，我还要回来。"出窑洞门，爱爱生气地说："彦生，你今天是怎么了？连句话也不会说了？"

彦生低着头没有吭声。爱爱说：

"你怎么见他像老鼠见猫一样？连个椅子也不敢坐了。他是我的朋友，你也是我的朋友！你在他手里也没有什么短处！"

彦生讷讷地说："爱爱，你不知道，他们这些人可……野蛮了！"

爱爱说："他野蛮，能把你怎么样？敢把你掐吃一块？别听他瞎吹，认识这个，认识那个，他也是个做生意的，开汽车行的，如今这些当官的哪个不做生意？还走私！……"她没有说下去。

彦生这时忽然停住脚步说："爱爱，你别送我了，赶快回去吧。人家还在等着你。以后……我不来你家了！"

"为什么？"爱爱几乎是喊着说。

"对你、对我都没有好处。"彦生低了头。爱爱忽然发现他的脖子是那么细，细得几乎无力支撑起他的脑袋。

"你看着办吧！"爱爱的眼睛被泪水模糊了，像要抓住一根即将被洪水冲走的木头，她下意识地把一只白嫩的手伸给彦生，彦生握住她的手，也掉泪了。他感到惭愧，他感到内疚，他真想剥掉关相云的一身衣服，穿在自己身上，而且也能系上一条牛皮做的武装带。……

三

爱爱回到窑洞门口,听见关相云对她妈说:“你要是愿意,咱说搬就搬,明天我就叫两个勤务兵来,你这破家当,一架小车就拉光了。”

老清婶说:“回来和爱爱商量商量,这窑洞我一直住不惯,总怕塌了。”

爱爱进来了,她问着:“搬什么呀?”

老清婶说:“搬家。关处长在城里铜驼街给咱们找了两间房子,还是个独院,离你们书场也近。……”

爱爱说:“我才不搬呢。一个穷说书的,住不起独院房子。”

关相云说:“妹妹,那是我赁的房子,我如今用不着,借给你住。不要你拿赁钱!”他用扇子敲着桌子说,“这里不像话,跟这些难民们挤到一块!……”

爱爱说:“我倒觉得这里不错,窑洞虽然破一点,可冬暖夏凉,还有乡亲们可以互相照应。”

关相云说:“妹妹,搬到那里离我们兵站最近了,我来照应你。每天吃水叫勤务兵给你们挑,烧煤就到我们兵站取!”

爱爱仰着脸说:“我这个人就怕人家照应。这个人情我欠不起。”

话虽这么说,第二天,爱爱和她妈还是去铜驼街看了房子。这所小院子在铜驼街北头,原来是两间临街三间东屋的小院子。两间临街房被日本鬼子飞机炸塌了,用旧砖瓦改作一个小小门楼,三间东屋中间有一道界墙,隔成两个住室。这两个住室窗子很大,地也是用青砖铺过的,特别是院子里有一棵碗口粗的桂树,把满院子都散满了浓郁的桂花香气。

爱爱看了没有言语,老清婶却兴奋得拍着手说:“这比那个黑窑洞强多了,大小是个独院,搬,搬,搬!每天少吃顿饭也得搬家,还省得天天看着人家的冷脸哩!”老清婶知道,自从关相云常来以后,长松家就和她家冷落了。她也不愿意理长松家了。

关相云满意地笑着问:

“爱爱,你看怎么样?”

爱爱没有回答,也没有看他一眼。她被那浓馥的桂花香味陶醉了。她又环顾了这个小院子,小院是多么像鸟笼子啊,可是这个鸟笼子,她非钻进去不可。

第二天,关相云就差了几个勤务兵,把她家搬到铜驼街。因为都是些破家具,爱爱把一张破床和逃荒来时推的一辆破小车,留给长松家了。爱爱看着那辆破小推车几乎掉下眼泪,是她用这辆破小车把她们一家子推到洛阳来的,可是如今小车却扔掉了。

有了房子就需要摆几样家具。爱爱本想到旧家具寄卖行买几件,可关相云当天下午就派人送来了:带着穿衣镜的衣柜,漆着花鸟的床头,还有桌子、椅子、条几,把两个屋子都摆满了。

爱爱对着穿衣镜掠着头发对关相云说:

“大哥,我们可置不起这样的家具,还是给人家拉回去吧!”

长时间来,这是她第一次叫关相云“大哥”,关相云几乎不敢相信自己的耳朵,他忽然爆发出一阵笑声说:“妹妹!我叫你拿钱吗?这都是我的家具,当哥哥的还不应该给你买点家具吗?”他从穿衣镜里看到爱爱的脸突然变红了,急忙又加了一句:

“我借给你。”

老清婶也不好意思地接过来说:“我们用得爱惜点,不碍事。”

爱爱把屋子里的家具摆了摆,又把窗格子擦洗了一遍,糊上几张雪白的棉纸,屋子里顿时豁亮起来。夜里,她侧着身子,枕着自己的手臂躺在床上,兴奋得怎么也睡不着。院子里的桂花香味和家具上的桐油香味,混合在一起向她的鼻子袭来,她觉得这两种味道是如此的不调和，却又浓浓地混合在一起。

夜里，她做了许多梦。这些梦都是有连续性的：她被冲落在一场大洪水中，昏黄色的天空，分不清白天还是黑夜；她在大水中漂流着，很多杂草、树木也漂在水里，有的几乎撞着她的身体了；她的鼻子已经闻到了水的腥味，但好像她还在活着，没有被淹死；她努力想抓住一个树根或一条枯藤，手却像不听使唤地总抓不住；她随着洪水被冲到一个黑黝黝的大洞口，洪水向洞口里奔腾疾流着，眼看她就要冲进这个黑洞里去了，她惊叫起来！……

醒来时，她出了一身冷汗。

她想着这些梦，大约这是家乡被黄河水淹没时的印象，可是梦里的洪水却是清的，不像黄河水那么黄。小时候她听人家说，水是银子，梦见水就是发财的象征，可是她能发什么财？莫非这座旧房子里的什么地方，埋着一罐子元宝？要真的有元宝，最好让彦生发现……她又想起彦生的温文清秀样子，她们书场有五六个姑娘，彦生从没有看过她们一眼，好像世界上只有她一个人是女人。……

搬到铜驼街的第三天中午，爱爱正在屋里睡午觉，门忽然被推开了。关相云笑着从外边走了进来。爱爱猛地惊醒了，急忙拉过来一件布衫盖住了胸脯。她喊着："你别来！你别来！你先出去。"

关相云只得退到门外。爱爱穿好了衣服，叹了口气，喊着说："你进来吧！"她又问着，"大门不是上着的吗？"

关相云说："大婶给我开的门，我在她屋里坐了半天了，想让你多睡一会儿。"

爱爱浅浅地一笑。

关相云说："我想离开洛阳到宝鸡去，不想在这军队里干了。"

爱爱忙问："为什么？"

关相云说："这里是一战区，都是浙江人的天下，像我们山东韩复榘的老人，坐一辈子冷板凳，也休想有出头之日。陕西还有我几个老朋友，西安市的市长就是我的老乡，到那里在政界找个差事混混，实在不行，就干我的运输公司。我的车都在宝鸡，在这里‘鞭长莫及’，也不好照应。上个月我的一辆车在汉中轧死了个人，赔了人家一千多块，我要在那里，五百块钱也花不了。”

爱爱听说他要走，心里暗暗吃了一惊。她马上想到了房子，就脱口而出说：

“你要走了，我们住的这房子，还得马上搬出去！”关相云说：“房子没关系，我可以把赁钱给汇来。”

爱爱说：“那样不好。你要离开洛阳，我们还搬回去。”她又问，“你在洛阳找个其他差事干干不行？别走了，刚在这混熟。”

关相云叹了口气说：“现在从沦陷区流亡过来的公务人员成堆，事情也不那么好找。夏天时候，第五战区汤恩伯下边有一批人，想把专员刘稻村赶走，就鼓动监察使顾云章到重庆去弹劾他。刘稻村这些年在洛阳把地皮都刮透了，光军粮、难民救济粮就贪污了几千万斤！当时说定，刘稻村要是下台，叫我去接难民救济所主任，原来那个主任姓海，也是你们河南人……”

爱爱问：“是不是海香亭？”

关相云说：“是他。怎么，你们认识？”

爱爱说：“我们是一个村的，说起来我还得叫他堂哥哩。我们和他没有来往，他是我们村的财主。俺爹最讨厌他家。在洛阳这几年，我们就没有去找过他！”她又问，“后来呢？”

关相云说：“哦，我还不知道你们有这一层关系。”他接着说，“顾云章在重庆揭发了刘稻村的大贪污案，报纸上披露了内幕。刘稻村被叫到了重庆。我们想，刘稻村肯定要倒台了。洛阳专员公署的各局各处的职务，我们准备全部接受，我的履历表都填了，只等着委任状。谁知道刘稻村这小子在重庆住了两个月，去时带了两箱子金条，上下一打点，又听说他把一块蔡中郎写的石碑，送给了林森老头。这样一来,刘稻村不但没有罪,反说顾云章是罗织罪名,进行诬陷,把这个监察使也弄掉了!”

爱爱说:“别的我们不知道,海香亭就是有贪污啊!”

关相云说:“我也说他有贪污。现在全凭一个钱字,谁有钱谁就有理。‘钱能通神’,刘稻村就凭着两箱子金条和一块石头,又把个专员买回来了,并且做得更稳当。你那个本家哥,少不得也要出出血,分担一些金条。”他又叹了口气说,“所以说我得离开洛阳,刘稻村要知道我也倒过他的台,说不定又要算我和老韩关系的老账。”

爱爱看了他长吁短叹,渐渐同情起来,她说:“他知道你是谁?别走了。我看你们留守处还不错,要不你哪有工夫整天来听说书。”她说着又是微微地一笑。

关相云激动起来了,他抓住爱爱的手说:“妹妹,说真的,要不是因……因为你,我何必待在这破洛阳。我……我……”

爱爱使劲地挣脱着手说:“别这样,别这样,你坐下,我们说话。……”

四

关相云走后,爱爱不住地吐着唾沫,又用毛巾擦着自己的嘴唇。她照了照镜子,脸色是那么惨白,头发像在水里湿过一样贴在鬓角和额头上。她用两手托着腮,坐在床边,脑子里空荡荡,什么也想不起来。这时,屋里家具的油漆味又向她鼻子里袭来。她恨恨地拿起桌子上的一把针锥,使劲地往新桌面上一扎,由于用劲太大,针锥拔不出来了,最后只得把针锥折断,把半截钢针留在木头里。

关相云来得更勤了,几乎天天都来厮混。来时带些鱼肉酒菜,让老清婶做了给他吃,好像这里成了他一个家。

正在这时候,爱爱收到了雁雁的来信。她心急火燎地收拾了东西,买了些吃食,马不停蹄地赶到了闻鹤村。海老清已经不在了。她哭着叫着,把雁雁接回了洛阳,不想回到洛阳雁雁就害起病来,两条腿已经浮肿,溃烂了,每天流着黄水。

关相云对爱爱说:“我看着你妹妹的病,得去医院看看。”

爱爱说:“我们这些难民,哪进得起医院?”关相云拿出一沓钞票说:“有钱嘛,拿去。”

爱爱看了看,却没有敢接。她知道这钱的代价。

关相云说:“爱爱,你还跟我客气?”

爱爱说:“不,我们这月就要分账,我有钱。”

有一天,爱爱到关相云那里去,关相云叹着气说:“爱爱,我要到宝鸡开车行了,住在这洛阳,什么事情都不顺心,连一点意思也没有。”

爱爱笑着说:“你要多有意思?我看你们这当官的够美了。到月领饷,又不做事。”

关相云说:“你那个家我不想再去了。雁雁和你住一个屋,连句笑话也不能说。”

爱爱看着窗外说:“这没有办法,谁也有妹妹。”

关相云说:“是啊,你们一家子团圆了,可我呢?……‘和尚归亲客归栈’,我这个和尚该归寺院了。”

爱爱知道他话里有话,却不敢直接得罪他。她不喜欢关相云。可是又得靠他卫护照顾。她内心矛盾极了,她看着关相云问:

“你叫我怎么办?”

关相云看见她的眼圈红了,眼角上还闪着泪花,就激动地对爱爱说:“爱爱,我……我总觉着……咱们中间还隔着一层,你……你要是心里有我,咱们就结婚。我不怕别人说,我还要登报,我关相云就是‘不爱江山爱美人’。……爱爱，我看出来了，你总在应付我，你……你到底嫌我什么？是不是嫌我比你大得太多？”

就在关相云说这番话时，爱爱下意识地点了两下头。她把头低下来，不去看关相云的脸，她的心里像塞了一团乱麻，无法理出头绪，她为难极了，她不想把自己的一生，就这么装在关相云的笼子里。可是这个笼子又不能轻易离开，因为这个笼子可以保护她，而且有一把米。她也憧憬着笼子外广阔的天空，但这个天空对于她却是没有份的。因为她的腿上还系着几根锁链。

她直盯盯地看着关相云，嘴唇哆嗦着说：“我恨你！”

“为什么？”关相云惊讶地问。

“因为你对我家太好了。”她说着痛苦地哭起来。

第四十八章　雪　夜

第七次跌倒，

八次再爬起来！

——民　谚

一

关相云几次和爱爱说要离开洛阳，其实是他的一个策略。他一直迷恋着爱爱，借口离开洛阳去宝鸡，不过是吓唬爱爱，促成和爱爱结婚的愿望。同时，这也是对爱爱心理上的一种试探。爱爱太懦弱，太善良。在他的反复探询中，她始终没有力量说出一个“不”字来。

十月间，秋风凉了。老清婶有一次去街上弹棉花套，遇到了关相云。关相云告诉她，已经和第五战区在洛阳办的一家被服厂说好了，让雁雁回到被服厂去锁扣眼。三口人有两口人有了活干，家里生活稍微松活点了。因为雁雁每天都要去上班，关相云来得又勤了，每次还照例带些礼物，总不空手来。

有一次，爱爱从书场回来，看见床上放着两块衣料，一块是海青色真丝线春，一块是枣红色提花丝绸。爱爱问老清婶：

“妈，这是哪里弄来的料子？”

老清婶满面春风地说：“老关刚才送来的，他等不着你先走了。”她说着用手抚摸着料子说：“都是真丝的！多少年都没有见过这么好的东西了。听他说是从上海捎来的。”

爱爱指着那块线春说:“颜色那么老气,我怎么能穿?”老清婶不好意思地说:“他说是给我买的,我一个老婆子家,还穿这么好料子。”她说着又看着那块线春说:“我用尺子量了量,整八尺,要说也够我一个棉袄面子了。”

爱爱说:“那你就穿吧,你身上那个棉袄面也不行了。”

老清婶给爱爱做好饭,坐在桌子旁对爱爱说:“爱爱,要叫我看,老关这人不坏,这一两年,要不是人家老关,咱娘儿们还得掂起棍子去要饭。天下没有白花银子的傻瓜,他三天两头来,还不是为了你?你也二十出头了,反正也得有个归宿。常言说,‘人无千日好,花无百日红’,叫我说,就这样吧!……”

爱爱问:“他今儿个又提这事了?”

老清婶说:“我无法回绝人家。也不知道你怎么想的?就说他年纪大一点儿,咱是个逃荒来的难民……”

爱爱冲口而出说:“像个石夯子!”她想着关相云那又矮又胖的样子。

老清婶却说:“人家有多矮?比你还高点吧!爱爱,咱不是千金小姐,世上有的是齐整人,就是由不得咱挑拣,已经欠人家两三百块钱了,总不能叫人家打脸吧?反正我是答应人家了。你要心疼我,就别让我生气。”

“我要不心疼你们,我也走不到这一步。”爱爱说着几乎想哭了。“人家一辈子都能当个人,就我不能当个人?我像牲口、像头牛、像只羊,谁给我钱谁牵走。”

爱爱在嘟噜着,老清婶却不言语,任她发泄。她本来想,爱爱要发的脾气比这还要大些,她知道爱爱的脾气,嘴里虽然埋怨几句,心肠却是软的。她从小就顾家,特别是对海老清和她妹妹雁雁。

“怎么对外人说找个老头?”爱爱掉了眼泪,抬起头看着老清婶问。

老清婶看着女儿的眼睛，没有想到她答应得这么快。她说：

“人家老关才四十岁多一点儿，能算老头吗？再说，人不能把嘴都塞住啊！欠人家的钱，就是变成骡子马也得还人家啊！唉，这死鬼老蒋，扒开黄河把人都难为死了，有啥法子呢！有啥法子呢！……”

老清婶说着，自己也觉得伤心，要是在老家，她决不会答应这门亲事。

二

答应了关相云的婚事后，爱爱忽然产生了一种异常的感觉。她好像得了不治之症，自己知道死期将近，喜怒无常，性情变得怪僻起来。和关相云一道上街，她拼命地挥霍着，有时候去看电影，看了一半站起来就走，还经常和人拌嘴，不是向饭店堂倌发脾气，就是和书场姐妹们吵架。在家里也是这样，有时候无缘无故地哭起来，有时候为不值得笑的一件事，却哈哈大笑，好像喝醉了酒一样。

她好多天没有看见彦生了。这一段时间，她特别想看到彦生。她总觉得她欠了彦生一笔债。而这笔债她今生今世已经无法还清了。可是她又不甘心。就像一把破了的雨伞骨架，她无法使它在手中保持平衡。她感到难受极了。

快年终时，关相云要到陕西结算汽车运输公司的账目。他想在去陕西以前和爱爱结婚。爱爱没有同意。她说，得等到过罢春节，因为她爹还没有过周年。

关相云走后第二天，爱爱穿了一件新买的长毛绒大衣去中华照相馆照相去了。当她在柜台前看到彦生时，她好像有点不认识他了，下巴变得更尖了，脸也显得更窄长了。瘦高挑的身子裹在一件宽棉袍里，就像一口钟一样来回晃荡。

彦生看见她吃了一惊。在开发票时，他小声问：“就你一个人来?”

“他去陕西了。”爱爱说着，看见彦生拿笔的手在纸上直哆嗦。她更可怜他了。

到照相间去的时候，经过一个光线昏暗的过道。爱爱突然抓住彦生的手小声说：“晚上到我家去！我不去书场。”

“你……”彦生吓得说不出话来。

“你只管去！我快疯了!”爱爱把一脸泪水擦在彦生的脸上。

胡乱照完了相以后，爱爱从照相馆出来。她拐到“行都舞台”买了两张晚上的戏票。她准备打发她妈和雁雁去看河南梆子《秦雪梅吊孝》。

晚上五点多钟，爱爱就催着老清婶和雁雁去看戏了。冬天天黑得早，当爱爱第三次走出大门口看望时，天上却纷纷扬扬下起雪来。

看着天上飘飞的雪花，爱爱心里暗暗恨起来，她心里骂着：“这该死的天，早不下晚不下，偏偏今天夜里下。”她想着彦生可能不来了，他本来就胆小，何况又下了雪。

她又去到大门前，把大门插闩拉开，想把大门虚掩上，省得彦生来时叫门。就在她开开大门，向外张望时，忽然发现大门外墙边，站着一个全身落满白雪的人。

“爱爱！……”那个人小声喊着。

“你！……”爱爱说着跑过去拉住彦生就往大门里跑，她飞快地插上大门门闩，就在大门楼下两人拥抱了。等他们两个走进屋里，爱爱从穿衣镜里发现，自己身上、头发上也弄满湿漉漉的白雪。

爱爱把彦生身上的雪扫干净以后，给他倒了一杯热茶。彦生局促不安,老是坐不下来。他问:“不会有人来吧?”

爱爱说:“你放心,我们家现在谁也不会来,我妈她们要十一点多才能回来。这个戏要演三个多钟头。现在才七点多一点。”她看着桌子上的马蹄表。这时窗外的雪正下得紧,雪粒打在窗纸上,发出沙沙的声音。爱爱心里感到喜悦,她真盼望这雪下得再大些,大得使这整个世界上,只剩下他们两个人。

彦生情绪安静了下来,爱爱问他说:

“这一段你为什么不去书场听我说书了?”彦生苦笑着说:“我不想去受罪,一进到场子里,就看到前排那个大背头,我心里边就像用锉子锉一样!……一句书也听不进去。过去人家说心会疼。我不信。如今我才知道心不但会疼,人的牙齿也会疼!……”他说着耷拉着头擦着眼泪。

爱爱握住他的手说:“你说叫我怎么办?我嫁给你吧!”她说着,手指擦着他腮上的泪。彦生把脸扭在一边说:

“我娶不起你。我没有金条,你妈有一次对我说,她的闺女要换十根金条!你还是去当你的官太太吧。我姓任,我不姓关(官)!”

“你说吧,你狠说吧。”爱爱坐在床边,偎依在他的身旁说,“把你肚子里的话都倒出来,你愿意打,打我两下也行。”

彦生不吭声了。他觉得爱爱的手热得烫人。他问:“你的手怎么这么热?”

爱爱摇摇头,垂下了睫毛。

彦生又问:“你为什么不哭呢?”

爱爱又摇了摇头,小声说:“不知道,可能我这一辈子不会再流眼泪了。”

“你真情愿嫁给他吗?”

爱爱没有吭声,她半躺在床上,使劲地抿着嘴闭着眼睛。彦生清楚地看到她眼睫毛渐渐湿了,眼泪却没有溢出来。

“他什么时候从陕西回来?”彦生问。

“你不要提他。”爱爱睁开眼睛几乎是愤怒地说。彦生被她的反常表情吓得怔住了。爱爱又温柔地把头拱在他的胸前说:“彦生哥,你让我做一个梦吧。我……我实在不甘心,我比你难受得多。我的心现在扎一针也不会疼了。彦生哥,我的身子……我……我……还是清白的。今天晚上……全给你!……”

彦生心里猛地一热,全身血液沸腾起来。一年多来的疑团全打消了。眼前在他身边的还是一个冰清玉洁的少女,他几乎感动得哭了。他的眼睛中冒出两道像闪电一样的强光。

爱爱痛苦地笑着说:“彦生哥,我们做一天夫妻吧!你……你别嫌少,这是真正的夫妻……”

爱爱此刻漂亮极了,粉红色的脸腮上闪耀出像朝霞一样的光芒,眼睛像两颗星星,眼睫毛上的细小水珠,像一粒粒透明的露水,连散乱在被子上的柔软长发,也像火焰一样要飞腾起来,如果说一个少女一生中只有某一年、某一日,甚至某一时刻是她最漂亮的时刻,那么爱爱就是这个雪天的夜里,开出了她生命最美丽的花朵。

彦生忽然变得坚强起来。他好像成了这个小屋的主人。他掠了一下自己的头发,接着在他耳边响起了是哭和笑混合在一起的声音。

三

雪地上的人迹,在阳光下慢慢地溶化了、消失了,印在人们心上的痕迹,却不是那么容易消失的。自从那个激动而混乱的雪夜以后,爱爱变得沉默寡言了,也变得安静了。她不大和老清婶和雁雁聊天了。一个人经常自己关在屋子里,躺在床上想心事。她好像完成了一件使命，使她良心上的倾斜，得到了平衡。她又好像作了一次很有力的报复，她为自己主宰了一次自己的命运而痛快。但是报复后的心情却是复杂的、痛苦的。她看到了一次劈开天空的壮丽闪电。但是这道闪电一瞬即逝，连雷声也没有留下。……

一个月过去了，两个月过去了，一件可怕的事情突然攫住了她。她没有想到，她竟然怀孕了。她从梦中惊醒，她撕着自己的头发，她的心里像压上了沉重的铅块。什么东西都好像在对着她流眼泪，墙上那幅画上的小金鱼，好像眼睛里在滴着泪珠；屋顶棚上的水渍，变成了一张女人的脸，在对着她哭泣。她拼命地提水，和面，有时擀面条时，故意把身子在案板上碰撞，可是这都无济于事。她渐渐地消瘦了，眼窝塌下去了，脖子像大鹅的头颈，显得又细又长。

雁雁傻乎乎地说着："俺姐是怎么了？连一碗饭也吃不了？"老清婶不吭声，暗暗地叹了口气。

爱爱惨然一笑说："我从小就眼馋。"

老清婶说："这老关也是，一去两三个月，过年也不回来。有啥要紧事！"

其实爱爱这件事，老清婶在一个多月前就怀疑了。她看着爱爱吐着一口口酸水，整天懒洋洋的样子，心里焦急万分。她没有想到彦生，他以为这是关相云在离开洛阳前那些天的鲁莽举动。她盼望着关相云赶快回来，回来后就让爱爱和他马上结婚。反正"家丑不可外扬"，只要一结婚，就可以捂住大家的嘴了。

有一天，老清婶在套一床新被子，她对爱爱说："我把这床被子套上，老关回来你们就赶紧把亲事办了算了。兵荒马乱时候，别讲究啦。老关有钱，将来你们再置办好的。"

爱爱没吭声，老清婶又解嘲地说："这个老关也是个沉不住气的人，'锅滚等不及豆烂'，办事情就不想想前后，真叫人作难。"

爱爱仍没吭声。眼睛里却滚出两滴泪来。这几天,她多少次想和她妈讲讲真情实话。可是没有勇气。她感到内疚。老清婶还蒙在鼓里,她为自己的欺骗行径感到难受。

老清婶看她在流眼泪,叹了口气安慰她说:“这些当兵的都蛮横,就不替女孩子们着想。一碗水既然泼在地上了,还说什么呢!”她又低着头说:“爱爱,到底几个月了?这种事,要对妈讲!……”

她还没有说完,爱爱突然拉住她的手哭着说:“妈!你杀了我吧!……”

老清婶一怔,忙问:“怎么了!”

爱爱抱住她的腿哭着说:“妈,这……这孩子不是人家老关的。是我自己作的孽……”

“啊——”老清婶直着嗓子喊了一声,觉得眼前一黑,头发立刻支棱起来了。她瞪着眼咬着牙,气得浑身颤抖起来。就在此刻,她觉得跪在她面前的,不是她的女儿,不是爱爱,而是她的仇人。她把她整个生活破坏了。她抓住爱爱的头发,伸开巴掌像疯子似的在她脸上狠狠打起来。打了十几巴掌,她觉得还不解恨,就又用自己的手掌打起自己的腿来。

爱爱急忙抱住她的手哭着。她也在哭着。爱爱的牙流血了。老清婶又心疼地抱住爱爱的头,喊着:“天啊!你怎么恁狠心哩!你要把俺娘儿们折磨死呀!……”

四

关相云从老河口寄来了一封信。信上说,他这次到了宝鸡,又到了广元,后来又到了重庆。在重庆见到了几个老上司。大家都很帮忙。从广元到重庆的路,也交涉好了,今后生意大有希望。重庆“中央诠叙处”还给他写了封公函到洛阳,将来很可能被委任到实业机关做事。目前他和几个朋友在老河口,玩几天就回洛阳。

老清婶听说关相云要回来,心里更焦虑了。她把眼睛每天抬得高高的,她不敢看爱爱的身体,可是眼睛总是向爱爱的身上看。她让爱爱穿上自己的棉袄,棉袄太肥大了,却更像个孕妇。后来她听人说把青瓷碗片碾成碎面,用蜂蜜和成丸,吃了可以堕胎,就连夜找了些青瓷碗片,碾了碾过了箩,用蜂蜜和了和让爱爱吃。

爱爱拼了命吃了两丸,马上呕吐了,把一天吃的饭全吐了出来,又吐了一摊黄水。爱爱掉着泪说:"妈,算了吧,你就留我一条命吧。好歹我有这点武艺,将来总能养活你的。黄河口子扒开六七年了,也没有人管,回老家怕没指望,留下我这条命就是你们的依靠。不管他,老关回来随他!……"

老清婶看着女儿这样难受,把青碗片面子和的丸药倒在后院里了。自己坐在后院枣树下哭了一场。她不敢大声哭,害怕邻居听见。

五

李麦对爱爱姑娘的遭遇极为同情。黄泛区逃难出来的难民有几百万,妇女们的命运更是悲惨。她们流入城市,有的被迫为奴作娼,有的被卖做富人的姨太太,还有的自卖自身做了穷光棍汉的妻子。大部分人是摆个小摊,卖个开水,挣扎在死亡线上。像爱爱这样能够学点技艺,自己独立生活,还是极少数。李麦是自己独立生活了半辈子的人。她深知一个女人要摆脱一切羁绊,在社会上是多么不容易。因此她对爱爱的事情更加关心。当天下午她离开了长松家,跟着爱爱一同到铜驼街来。

在路上,李麦问爱爱:"那个彦生人怎么样?"

爱爱说:"他是照相馆里一个相公。一年身价只能买几件衣服穿。再说洛阳这个地方,军官政客,宪兵警察多得像牛毛,我们这些卖唱的人,就像在狼群里过日子。他没有靠山,我跟了他,反而害了他。再说,恐怕他也没有这个胆量。”

李麦说:“既然你觉得他靠不住,为啥还要和他来往?”

爱爱红着脸说:“他人好……我可怜他。”

李麦叹了口气说:“傻闺女,你可怜他,如今谁可怜你?我说你们这些年轻人,心里没有一点主见,遇到这种事情,一定要拿得起放得下。常言说,人没主意一泡水,到头来还是自己吃亏。”

她又问:“那个老关怎么样?”

爱爱说:“人倒不是个大奸大恶的人。这几年我们家也全靠他帮补。场面上来往,也靠他卫护支撑。就是……我不喜欢他。可我又感激他。我也想了,反正在狼群里得找一条狼,是江是河只管跳。我有什么法子呢。”她低着头说,“要不是我妈还要靠我养活,我真不想活了,活着丢人现眼哩!”

李麦劝她说:“你千万不能往绝路上想,投河上吊都是傻子。我年轻时候比你现在难得多。我就没有想到过死!你现在有一身武艺,自己又能挣钱。怕什么?‘车到山前自有路’,人就怕自己作践自己。这件事啊,你不用发愁。全包在大婶我身上。你妈那里,我对她说,至于你的婚事,慢一步再说。人一辈子,七次跌倒,要八次爬起来!千万不能窝囊,爱爱,你要拿定主意,是风是雨只管往前走,没有过不去的火焰山。”

爱爱含着泪点了点头。

多少天来,爱爱心里像装了块砖头,总觉得无法活下去。听了李麦这一番话,心里豁亮了许多。她觉得心里不那么憋闷了。走起路来,腰也敢直起来了,腿也有劲了,头上的满天乌云,好像被一阵清风吹散了许多。

到了铜驼街,老清婶看到李麦,高兴得用布衫直擦眼泪。多少天来，老清婶也想找个人谈谈心事。可是逃荒在外，人生地不熟，有些话也无法对人讲。夜里，老妯娌两个睡在一张床上说开了家常。她们从家乡的大水说到新四军，又从新四军说到村里一共淹塌了多少家房子。为了避免伤心，海老清被饿死的事情，两个人都避而不谈。最后李麦问到爱爱怀孕的事，老清婶暗暗擦着泪说："我也没主意。这死妮子快把我气死了。这是我前世造的罪孽。"

李麦劝她说："事情已经出来了，也别埋怨了。你打算怎么办？"

老清婶说："要是能把胎打下来是最好了。可是什么药方都试了，它长得怎么那么结实呢？我说这孩子将来可能是个大命贵人？实在不行，还是和人家老关说说，让他包涵点儿，只要他能体谅，爱爱就算他的人。至于结婚，我什么条件都不提了。"

李麦说："干吗这么慌张？爱爱这么好的闺女，咱拿着猪头还怕找不着庙门？"

老清婶不好意思地说："咱不是理短吗？孩子不是走错了这一步吗？"

李麦说："我看这也没啥了不起。没有进他家的门，就不算他家的人。一无换契，二无媒证，爱爱自己的事自己当家。她想跟谁就跟谁。他姓关的也不过是个朋友。他管不了这一段。"

老清婶叹着气说："天亮他娘，咱如今讲说不起啊，如今头上顶的，脚下踩的都是人家老关的，一碗水已经泼到地下了。还是跟人家老关算了。"

两个人议论了半夜，老清婶还是执意要爱爱嫁给老关。不过她也听了李麦的劝告，决计不再用什么单方乱打胎了。这样弄不好要闹出人命。另外，李麦劝她不要害怕，她要会一会这个老关。

第四十九章　荆棘路上

骂人三日羞，

打人三日忧。

——民　谚

一

关相云从老河口回到洛阳，去爱爱家两次，都没有见到爱爱。

头一次去，爱爱到杨杏家去了，不在家。第二次他在晚上突然闯去，老清婶说："爱爱病了，没有起床。"关相云要到爱爱屋里去，老清婶拦住他说："雁雁也在屋里睡，都已经睡下了。"没有让他进去。

关相云两次没见到爱爱，心里狐疑起来。他想，老清婶平日见他，总是眉开眼笑的，现在却冷冰冰的，好像有什么心事。她家里还有个半老不老的老婆，样子落落大方，见人毫不怯场，说话又干脆利索，莫非爱爱的婚事有了变化？

他从四川带回四条缎子被面，还带回来些丝绸和毛呢料子，他看着这些东西想："难道她还能找到什么阔人？那些商人虽然有钱，知道我包着她一家的吃喝，谅他们也不敢插一腿。至于那些军官，大都是南方人，他们也听不懂河南坠子，对爱爱也未必感兴趣。"

想来想去，他想到彦生身上。他想：说不定这个小白脸在挖我的墙角？爱爱的心思始终在他身上，没有那么便宜！他真要敢插一腿,老子要叫他看看:喇叭是铜锅是铁!

他想了好多主意:叫十五军管城防里的朋友把他抓壮丁抓走,或者给他戴个“红帽子”,把他送到西关反省处,或者托警察局的人查户口,把他当土匪抓起来。……

他想了许多主意,但总觉得要托人,原因不好和人家说明。因为他经常向朋友吹嘘,爱爱对他如何钟情,如何爱他,好像离了他就不能活。这个弯子不好拐。……

可是他又急切地想会会彦生,就亲自出马了。他全副戎装来到了中华照相馆。经理看见他来了,先拿烟、后倒茶。他却不理睬。只是冲着柜台里的彦生说:“我照一张相!”

彦生看到他,脸先吓白了。他嗫嚅着说:“关处长,您来了。您要照几时的?”

“我照个二尺的。”

彦生又忙说:“好啊!给您照个四时的吧!然后再放大。”

关相云忽然瞪着眼说:“我不要放大的,我就要照二尺的相。”

彦生知道他来寻衅,又赔笑说:“关处长,没有照二尺的相,我们这机器最大的只能照八时。……”

他还没有说完,关相云隔着柜台,伸出拳头向他胸膛打了一拳。他嘴里骂着:“他妈的,你瞧不起老子!我拿不起钱吗?”说着又是一拳。

照相馆的经理姓梁,是彦生一个同乡。他忙过来说:“哎!长官,有话好说嘛,你不能打人嘛,哪里有照二尺相的?”

关相云推了他一掌,指着门口挂的爱爱放大的照片说:

“你这是什么?”

中华照相馆在闹市,经他这一吵闹,街上的人都拥进来看热闹。梁经理看他的架势,知道来找碴子,就赔着笑拉着他说:“长官,是我们这个伙计不会说话。请到后边喝茶,请到后边喝茶!”关相云咆哮着说:“不行,我今天非教训教训他不行。”

看热闹的有个人说:“没有听说照二尺相的!”关相云脖子一粗说:

“我在重庆就照过。你是干什么的?”说着又朝着那个人吵起来。

这时进来两个宪兵,气势汹汹分开众人,一看是个挂着少校军衔的军官,便柔声柔气地问:“怎么了? 怎么了?”

关相云指着柜台里边说:“他骂人! 骂我是‘十大赖’。”

梁经理叫苦说:“长官,我们敢骂你吗? 这不,这么多人都在听着……”

两个宪兵过去劝着关相云说:“算了,算了,这么多人不好看。”

关相云怒气未消,他把门口挂的爱爱的照片镜框一把扯下来摔在地上,嘴里说着:“叫你们任彦生等着,我跟他不算完!”说着气呼呼地跨出门去,忽然又转回身来,和那两个宪兵握握手说:

“问你们团长好!”说着扬长走了。其实他并不认识洛阳的宪兵团长。

二

常言说,“打人三日忧,骂人三日羞”,关相云在中华照相馆闹了一场,却有些后悔。他觉得自己题目就出错了,不应该说去照大相,应该拿一百元的大钞票,让他找零,他要让“贴水”,就抓他个扰乱金融罪再动手。另外自己也不应该说在重庆照过二尺大相,说了这一句话,他听见有好几个人发出了笑声。

他叹了口气又想着:“露多大脸,现多大眼! 自己在洛阳并没有几个权贵朋友,如果宪兵队真要找我的事,说不定还得丢人……”他烦躁地坐在椅子上。他喜欢写几个毛笔字,拉过来一张八行毛边纸信笺,信手写着:“我好比南来雁,离群失散;我好比、浅水龙、困在沙滩……”

他正在写字，勤务兵进来报告说：有个老婆子来找他。关相云还只当是老清婶，进来的却是李麦。

关相云的记性好，他记得在爱爱家见过这个老婆子，他待理不理地说：“来了？”

李麦看他不让座，就自己找了个凳子坐下，她谦和地说：“我是爱爱她婶子，来找关处长商量个事。”

“哼！——”他把毛笔插上铜帽说，“爱爱怎么不来？我这儿又没有拴老虎。”

“她病了。”

“什么病？我去几次躲着不见我。他爹有病向我要钱时，怎么跑得那么快。”他又倨傲地说着，“有病看病嘛，我娶得起人，也能看得起病。”

李麦又从容地说：“她不好意思见你，她……她怀孕了。”

“嗯，什么？……”关相云不敢相信自己的耳朵。李麦又接着说：“爱爱有身孕了，我就是为这事来找你的，商量商量看怎么办？”

关相云的眼珠子快要跳出来了。他脸上的肌肉痉挛着，额头、腮帮、耳朵和脖子，一下变成紫红颜色，像一个烧红的犁铧上泼了一瓢醋，“哗”的一声，气味、声音全出来了。他暴跳如雷地喊着：

“他妈的！老子要枪毙人！……老子要白刀子进去红刀子出来。妈的！想让我戴绿帽子？他找错了！我的手枪不是吃素的！……”

李麦看他像疯了似的在他屋子里喊着跳着，自己却不吭声。等了一会儿，等他跳够了，李麦才说：

“关处长，要是您今天心里不静，我先走吧！”她说着起身就要走。关相云却拍着桌子说：“你不能走！”

李麦想着：你总不能把送殡的埋到墓里！就坐下问：“关处长，

我也是个忙人。您还有什么事?”

关相云看她不惊不躁,说话有板有眼,自己先蔫了许多。他脸看着墙问:

“她叫你来说什么?”

李麦说:“她妈说,感谢关处长这两年对她家的照顾,爱爱既然有了这宗事,也无法再高攀您了。好在一没有换契,二没有过礼,以前说的也不过是一句话,借您的钱,还您的钱,以后嘛,各走各的路。您也丢不起这人,她也享不了您的福。好搁不如好散。我就是来给您送这个口信。”

关相云说:“她想这样算拉倒了?”

李麦说:“您说怎么办!她又没犯王法,您也不能给她告一状。再说,这事张扬出去,对您脸上也没什么光彩!”

关相云不吭声了。怄了一会儿,关相云忽然给李麦倒了一杯茶,他问:

“你是爱爱的婶子?”

李麦说:“是啊!”

关相云乞求地说:“婶子,到底这个人是谁,你对我说说,就是散了,我也落个明白!”

李麦来时早提防他这一手。她叹口气说:“这个我不知道,她妈追问她两个月,也没有问出来。她说是吃了一颗枣子怀上身孕的。关处长,叫我说算了,强扭的瓜不甜!”

关相云忽然拍着胸膛说:“爱爱太没有良心了!爱爱太没有良心了。我决不罢休!我要把那个家伙揍扁!”

三

爱爱听过李麦回来说了关相云的野蛮样子,不禁又伤心地掉下眼泪。她想着:“什么情,什么义,平时嘴上说得那么甜,一遇到事情,便翻脸不认人!欠他的钱,还他的钱。我就是到街头摆地摊卖唱,也要隔开他的门。”

第二天,关相云派了几个勤务兵,把箱子、柜子、桌子、椅子都抬到车上拉走了,衣物东西扔了一地,并声言限她们三天内腾出房子。

老清婶气得捶胸顿足,呜呜大声哭着,但又无法明讲。她说她要亲自去找关相云求情。爱爱却铁了心。她对老清婶说:“你要是去找他,我现在就碰死在你面前。”

母女俩吵起嘴来,什么绝情话都说了。最后还是李麦把爱爱劝了出去,才算暂时平息了。

爱爱走后,李麦劝老清婶说:“叫我看老关这个人也没有什么恋头。他们这些人,朝三暮四。现在就这么绝情绝义,将来也未必靠得住。再说将来这孩子怎么办?如今就种下生气根子,日后还不是生一辈子气?”

老清婶却只是哭,并不回答她的话。哭了一阵,她对李麦说:“你赶快去找找爱爱吧!她这一段变得性子硬了,我怕她……一时想不开……”说着又呜呜咽咽地哭着说,“那我将来可怎么过啊!你让雁雁赶快领你去找吧!”

李麦和雁雁到街上到处寻找爱爱。最后在东北运动场的老城墙上找着了她。李麦让雁雁先回家告诉老清婶,自己坐在爱爱身边,和她商量着怎么办。

李麦试探着说:“那个彦生,你就不会去找找他?事情已经闹到这步田地了,这一百斤的担子,也得叫他挑五十斤。再说,你要是和彦生结婚,什么都好说了。孩子也有个姓氏,长大也能站到人面前。”

爱爱说:“我也是这么想。无非是将来日子苦一点。苦就苦吧，我也不靠他一个人挣钱。”

李麦说：“明天去找他，我领着你去。”在李麦的鼓励下，爱爱重新产生了勇气。第二天，她换了一身素净衣服，又悄悄在自己的苍白面颊上，薄薄地施了一层胭脂，后来又带上了个大口罩，和李麦一同到北大街去。

到了大街上，她有点犹豫。她说：“大婶，这样吧，”她指着一家小饭店说，“我在这个小馆子里等着，你去把他叫出来。这个小馆他知道。我们以前经常来这里会面。”她说罢又给李麦指了指那家安着玻璃橱窗的中华照相馆。

李麦来到中华照相馆，探询了半天，却没有看到一个年轻后生。她问一个穿着灰线呢大夹袄的中年人说：

“掌柜的，任彦生在不在？”

她问的正是梁经理。梁经理见一个老婆婆来找彦生，脸“刷”的一下吓白了。他忙说：

“他不在这儿，他回老家了。”

李麦心里一惊，又问：“这儿谁是掌柜？”

那个梁经理有点害怕，又有点为难的样子，他只顾给大家查照片，却不吭声，李麦找了个椅子坐下等着。

停了一会儿，那个梁经理走过来向她神秘地点点头，把她领到后边院子里一间小屋中。

他问着：“大嫂，你找他有什么事？”

李麦说：“我是春华书场那个唱坠子的爱爱的婶子，爱爱找彦生商量个事情……”没有等李麦说完，梁经理就跌足叹着气说：“哎哟，大嫂，出了大乱子了，前天彦生收到一封信，里边装了两颗手枪子弹。听说是一个军官寄的，信上还说要找人来砸我们这照相馆。大嫂，我们是做买卖人，我们怎么惹得起这些军官呢？彦生这孩子也太可恨，他还在这洛阳城出风头。他就没有想想他在哪一枝上站着？我们把他开除了。前天夜里就叫他卷起铺盖走了。反正这个事儿，我们全号人压根儿就不知道。”接着他又把关相云来砸镜框的事说了一遍，最后说，“我们是生意人，我们可惹不起这些老爷！”

李麦听他说着，暗暗为爱爱叫苦。她又问：“他也没有留下什么信！”

“没有。”梁经理铁着脸又说，“他和我们没有关系了。户口已经给开销了。”

梁经理先站起来，李麦只得出来了。到了小饭馆里，爱爱去掉口罩急切地问：

“他不在？”

李麦眼睛湿了，她说：“乖乖！咱回家再说吧！”

爱爱拉住她说：“婶子，是不是出了什么事了？你现在就告诉我，我快急死了。”

李麦把经过情形告诉了一遍。爱爱眼睛一黑，几乎栽倒在地上。李麦急忙扶住她，可是她的两条腿软得像棉絮，一步路也走不了。叫来的两盘菜还在桌子上摆着。爱爱喘着气说：“婶子，你吃吧。……我等会儿就好了。”

李麦这时哪能吃得下去？她到街上叫了一辆车子，把她扶上车子，送她回了铜驼街。

在车子上，李麦劝爱爱说：“这个彦生，兴许是叫他们吓唬跑了？再说，这个照相馆把他开销了，他无处存身才走了。你知道不知道他老家的地址？咱去找他。你要不方便，婶子我替你去找。”

爱爱痛苦地摇着头说：“不用了！谁也不找了。我自己种下的苦果，我自己咽下去。这也是我料到的事。他也是软骨头，他害怕了，我真后悔！……”她说着紧咬着牙齿，气得浑身颤抖起来。

四

爱爱的希望彻底破灭了。她本想着彦生会挺身而出承担一切责任,而且会马上和她结婚,给她消除舆论上的沉重负担。可是彦生竟连个照面也没有打,自己远走高飞了。通过这次打击,爱爱忽然变了,前一段时间,她一直躲在家里,不敢上街,不敢去书场,用一条大带子,把腹部缠了又缠,生怕碰上了熟人。

这些天她却什么也不在乎了。她挺着个大肚子上街打醋、买面,毫不在意。她拼命地多吃饭,她要保养好身体。

老清婶看到爱爱每天抛头露面,寡言少语,对自己的婚事并不着急。身孕渐渐明显了,她自己也不作打算,老清婶却每天心焦如焚,坐立不安。李麦又到长松家去了,也没个人商量。有时她试探着问爱爱一句,爱爱却冷冷地说:

"你别管!"

老清婶吃了顶撞,又无处发泄,实在忍不住,只好指天画地,骂几句自己死去的老头。

有一天,李麦从长松家来,看到她又擦眼抹泪,就劝她说:"嫂子,你不用犯愁,我看爱爱近来是有了主意了。你怕什么,爱爱有这身武艺,自己能挣钱;雁雁也大了,每月除吃也能赚回来几个,你现在急着把她推出去,不是害了她吗?再说婚姻是一辈子的大事,人不合适,整天吵嘴生气,还不如你们自己过。"

老清婶说:"天亮他娘,眼下这一关我怎么过啊?……这个死妮子,她给我惹下这个罪孽,我不能蒙住脸上街啊!我怎么往人脸前立站?"说着她又叹着气说,"这个冤孽,他怎么长得这么结实呢?"

李麦也叹了口气说:"嫂子,反正事到如今,也不能爱面子了,你不要逼爱爱了,人命要紧,面子值几个钱一斤? 大不了孩子生下来自己养着。有人说闲话,任凭他们说去。他有气力只管说,我们又不是这里老户人家。实在不愿意在这洛阳住,换个地方,不愿在这城市住,回咱们老家。”她又把新四军对待穷人的情况对老清婶说了说,老清婶才算收住眼泪。

过了两天,爱爱竟然去“春华书场”找她的老师徐韵秋,要求重新回到书场说书。

徐韵秋很同情她。她说:“要说这一段场子里上座也不错,就是你身子笨成这样子,台上不大好看。……听说东关医院公教医院能把胎儿取出来,就是得花一笔钱! ……”

爱爱说:“不! 我还是要把孩子生下来。老师,眼前我一家要吃饭,你就帮我这个忙吧。要是嫌我台上难看,我可以不说那些言情的段子,我说《杨家将》这一本‘大书’。每天能叫我说一段就行,安排在前边后边我不在乎。”

徐韵秋看她这样倔强,也被感动了。爱爱本来是最叫座的演员,平常压轴段子都由她说,现在自己提出不论怎么安排都可以,特别是她练会了《杨家将》这个段子。这一部“大书”过去都是男演员说的,一次说完要连续四十五天,也是最叫座的段子。现在听说爱爱要开这一本书,便欣然接受了。

四月底爱爱在西关赁了一间小土房,把家搬出来了。第二天她就到书场说书去了。海报贴出来后,还确实招来了不少观众。爱爱通过这次打击,不但人变了,气质也变了。她上台旗袍也不穿了,“九连灯”耳环也不戴了,短衣素扮,荆钗布鞋,连平常梳的一条乌黑松软的大辫子,也盘在了头上。

刚走出前台,观众看她挺了个大肚子,先“哄”的一声笑了。徐韵秋替她捏了一把汗,爱爱却旁若无人,沉着肃立,脸上堆出微笑,并不在乎。只听一阵清脆的檀板响声,大家开始肃静下来,那檀板只打得“哗！哗！”作响，既热烈奔放，又节奏鲜明，好像大年初一五更的鞭炮炸响，又好像深夜空街的群马奔腾，只是这一段开场板声，便惹起观众一阵暴风般的掌声。

爱爱的嗓音变得宽洪了，表情也变得严峻凌厉、悲壮苍凉了。一段《金沙滩》说下来，把场子里的老少观众，弄得唏嘘慨叹，泣不成声。

徐韵秋看着爱爱这部“大书”能牵住观众，第二天就买了两袋面粉亲自送到她家里。就在这个时候，洛阳两家小报的记者，算是找到材料了。他们像苍蝇一样造谣生事，在报屁股上大做“桃色新闻”文章。什么“某坤伶暗结珠胎”，什么“红粉少女的悲哀”，有的甚至加枝添叶，故意编成耸人听闻的“梨园奇闻”。……

这些小报上的新闻，很快地传到爱爱耳朵里。书场里有些平常嫉妒她的人，还故意把小报摆在化妆的桌子上让她看，有的还故装不知地大声念读。

爱爱对这些消息一概不理不睬，好像这些小报的新闻不是在说她。她似乎变得麻木了。她对所有的目光，包括男人的、女人的、爱慕的、嫉妒的，都不再敏感了。她的脸上再也飞不出片片红晕了。她开始偷偷抽烟，又开始用粗话骂人，她的脸上不再有温柔天真的浅笑了。

她埋葬了自己的少女岁月。……

第五十章　西行记

千口唾沫淹死人。

——民　谚

一

李麦五月下旬离开洛阳到西安去。这时郊外田野里的麦梢已经黄了。由于春天雨水充足,这是近年来长得最好的一季麦子。沉甸甸的麦穗在微风中笨拙地摇曳着。它好像一个孕妇,带点羞涩地向人们炫耀着它的果实。

今年的麦熟季节,气氛是阴沉的。这些麦子不是沐浴在和煦的阳光下,而是笼罩在硝烟弥漫的火药味中。人们听不到布谷鸟的叫声,这些鸟被隆隆的大炮声吓跑了。洛阳古城的城墙全被拆掉了。就在这些古老城墙的原址上,挖了一条巨大的战壕,这条战壕足有二十米深,十五米宽。立崖陡壁,深沟高垒。在战壕里罗列着鹿砦和碉堡,四道城门前装了类似古代战争用的大吊桥。

洛阳的城防部队是十五军。驻守城外的是十三军和十四军。这些部队都是"中原王"汤恩伯的部队。汤恩伯在中原整整驻扎了五六年。对于老百姓来说,他们开创了有史以来纪律最坏的纪录。当时曾经有这样的谚语:"能叫日本鬼子烧火,不叫十三军驻扎"。"宁挨三颗炮弹,不管十三军一顿饭"。他们还哀叹着:"打下粮食是国民党的,生下孩子是老蒋的。"但即便这样,农民还是把打下的粮食交给他们,扛着锨、扛着镢头给他们拆城墙、挖战壕,为的是他们能够抵抗一下日本鬼子。

当日寇发动了“中原战役”，准备攻占洛阳、打通平汉线，并向潼关西安进犯时，汤恩伯的大字赫赫的告示贴出来了。前边写着“誓与洛阳共存亡”的豪言壮语，下边用了十几个“杀”字！什么“造谣惑众者杀”，“通敌资敌者杀”，“破坏戒严者杀”，“扰乱市场者杀”……这一连串杀气腾腾的告示，给老百姓的脸上布了一层恐惧的阴云。他们好像看到了杀人的大刀影子。不过他们期望的是“大刀向鬼子们的头上砍去”！

日本鬼子已经占领了洛河以南的村庄，从城里边已经看见城南冒起的浓烟和大火。日本鬼子的飞机，肆无忌惮地向洛河岸上的国民党军队阵地俯冲着、扫射着。北邙山上的制高点“上清宫”已被敌人占领，隆隆的炮弹向战壕里飞落着，整个洛阳城郊变成了一片火海。

李麦随着一批被疏散的难民，离开了这个城市。向潼关方面开的火车已经停开了。汽车都被国民党军队扣起来运送家属。难民们照例是推着小车、挎着篮子被赶到城西通向新安、渑池一带的大路上。

在前几天，李麦在北关曾经问过一个十三军的士兵。当时他们三个当兵的在推磨。

“你们是守洛阳的军队？”

“不！我们是打日本人的军队。十五军在城里。”

“你打过仗没有？”

“打过。”那个当兵的骄傲地说。

“打仗怎么样？”

“不像吃合盛斋的点心！……”

就在推磨时候，他们偷了些面粉叫李麦给他们烙了几张饼吃。因为他们每顿饭只能分一个小黑馒头。

洛阳城里的人,还是有恃无恐的。他们听说洛阳四周,第一战区和汤恩伯的第五战区共有四十万军队。洛阳城外有一条四十公里长的战壕,单是这一条战壕就有上千个碉堡和几百门大炮。报上说:这条战壕是中国的“马其诺防线”,因此洛阳是“固若金汤”的。

可是,这次战役还没有打三天,“马其诺防线”里的军队全都溃散跑光了。粮食、辎重、车辆沿路扔得到处都是。老百姓啃着冷窝窝头开挖的这条战壕,本来说是阻挡日本鬼子坦克车的。可是守军连敌人坦克车的影子都没看到,就跑到新安县一带的山沟里了。老百姓没有看到敌人的坦克栽进战壕的戏剧性场面,他们看到的却是,一门门大炮孤零零地蹲在战壕里,瞪着它的一只独眼,好像在对天叹气。

李麦随着城里的难民们,跑到城西三十里的千秋镇时,又遇到从洛河南岸逃过来的一群农民。他们的村子被日本鬼子烧了。有些妇女上吊自尽了。他们逃出来时,还牵着他们的牛和驴子,他们没有来得及带上锅碗和干粮,肚子实在饿了,只好采着地里的青麦穗往嘴里填,一把放在自己的嘴里,一把喂在自己的牛嘴里。

就在这时候,一队国民党的溃兵,从西边向东折回来。他们截住了这群难民,开始抓他们的牲口,农民为了保住牲口,死死抓住绳子不放,任他们脚踢拳打。后来来了个军官,他向农民讲明是要回去拉他们丢在战壕里的大炮。因为他们“撤退”得太快了,没有顾得上把大炮带上。现在发现日本鬼子还远着哩,所以要借农民的牛、驴把大炮拉回来。

农民们默默无语地牵着牲口跟着他们去了,因为既然养活了他们六七年,撤退时总得让他们把大炮带上。

李麦在路上看到的这些情景,使她的心变得冰冷了。扒黄河,扒城墙,挖战壕,要差要粮,老百姓把小孩子裤带上的一枚铜钱都拿出来支援他们，但他们还没有看见日本鬼子，就放羊逃跑了。她厌恶地向他们吐了口唾沫，嘴里小声骂着：“磕一个头，放俩屁，行善没有作恶大。平常耀武扬威，还不如黄泛区解放区的一群妇女。”

二

李麦晓行夜宿，一路走一路打问。六月间到了渭南，在渭南找到了裴合一家。在裴合家住了一段，赶到西安时，已经是深秋季节了。

李麦是第一次来西安。她在年轻逃荒推盐时，虽然也到过徐州、蚌埠、许昌、信阳，但像西安这样大的城市，她却没有到过。她走下火车，看到那像宫殿一样的琉璃瓦站房，高大雄峻的青砖城墙，人们熙来攘往，汽车洋车像流水似的络绎不绝。她东张西望地看着走着。一进中正门，一街两行的人，几乎全是河南口音，拉洋车的，卖洗脸水的，卖蒸馍的，卖丸子汤的，卖羊肉杂碎的，卖水煎包子的，连摆茶摊的老太太和卖老鼠药的老头子，也都说着一口河南话。

李麦听着这些亲切的叫卖声音，好像来到了故乡。她脸上堆着微笑，眼睛却被泪水弄湿了。这些都是被蒋介石扒开黄河，弄得无家可归的人。平时只会赶禾犁地、拉车送粪，如今居然学会了沿街叫卖，还讨价还价地做起生意来。特别是那些擦皮鞋的小姑娘们，背个小木箱，提个小凳子，看到那些穿皮鞋的人走过来，就大声喊着：“大叔，擦擦皮鞋吧，你那皮鞋该擦擦了。”

李麦看着这些小姑娘和小男孩，也不过和嫦娥一般大小。她审视着几个小姑娘，想从她们中间找到自己的女儿嫦娥。可是她又算了算，嫦娥从家逃出来那年才十三岁，如果还活在人世，今年已经是二十一岁的大姑娘了。想到这里,她忍不住掉下两滴眼泪。

到了一个街口,李麦找了一个茶摊坐下。卖茶的是一个五十多岁的老婆婆,她用沙哑的嗓子问着李麦:“喝茶吧? 大碗茶,二分一碗。”李麦点点头,从口袋里掏出二分钱先交给她,端起茶来喝了一口,却是一股桑叶味道。李麦问:“大嫂,生意不错吧?”“马马虎虎。弄好了能弄个半斤馍钱。”老婆婆说。

李麦又问:“大嫂,我向你打听个人。他也是从河南逃荒来的。姓徐叫徐秋斋,有七十来岁了。细高挑,留把山羊胡子,听说他就在中正门这一带住。”

“他是干啥的?”老婆婆问。

李麦说:“他也没有啥正经职业,会算个卦,捏个八字,还能看个病。”

那个卖茶的老婆子想着说:“姓徐的? 留把山羊胡子? ……不知道。这一片住着咱河南难民几万人呐。”正说话间,旁边一个卖香烟的胖女人说:“是不是那个徐老先生啊? 他留把山羊胡子,前几年在大雁塔摆个卦摊,说话有点开封口音……”

“对,说话有点快,他现在在哪里?”

“你到东街找,前两年他在邮局门口摆一个‘代书’桌子,就是这半年不大见他了。”那女人说。

李麦问明了东大街的方向,向这两个女人道了谢以后,就到东大街去了。

西安的东大街是最长的一条街道。李麦在街上走着,逐户查看着,都是些布店、药房、照相馆、杂货行,却找不到邮政局。她又问了问,人家告诉她再往前走,门口有个大邮筒,那就是邮政局。李麦又走了一阵,果然看见一扇绿色大门,门口有一个邮筒。就在邮筒旁边,放着一张破桌子,桌子旁边却没有人。她问旁边的一个卖丸子汤的女人:“大嫂,给人代写信的老先生是不是姓徐?”卖丸子汤的女人看了她一眼,“对。别人都叫他是徐老先生。”李麦的眼睛亮了:“他如今去哪里了?”“他刚走,可能回家了。”“他家在哪里?”那个女人摇了摇头。

李麦没有办法,又在别处看了看,只好回到火车站里,找了个墙角躺了下来。

第二天,李麦起得早,一想,大清早怕碰不上徐秋斋,便在东大街上慢慢转悠着,等她走到那个邮局门口时,一眼就看见了破桌子边坐着一个瘦骨嶙峋的白头发老头。他戴着一副黄铜苏腿眼镜,伏在桌子上正在看一张旧报纸,桌子上放着一个破鲨鱼皮眼镜盒。李麦认得这个眼镜盒,知道这就是徐秋斋。可是他的头发全白了,连胡子也变白了,李麦的心“怦怦”地跳起来。她快走了两步,走到桌子跟前喊道:

“徐大叔!……”

徐秋斋抬起头来,看着眼前站着这个花白头发的女人,有些面熟,却一时又认不出来,他说着:“你是?……”

“我是天亮他娘!我是李麦……徐大叔,你怎么连我都认不出来了?”她说着眼泪已经扑簌簌地滚落在衣服前襟上。

“啊呀,天亮他娘!啊呀,天亮他娘!……”徐秋斋直着嗓子大声喊着,用手紧紧地抓住李麦的手腕,两只昏花的老眼睛盯着她哽咽着说,“你……咋会来了?你从哪儿来?……”老头说着嗓子里发出“呵呵呵呵”的声音,也不知道是笑还是哭,两行泪水已经流到了嘴角。

李麦拿出篮子里的毛巾,替他擦擦脸上的眼泪,又提高嗓门对着他的耳朵说:“从咱老家来,出来已经半年了。都有谁在这儿?”

徐秋斋说:“嗨!都在这儿。晴,春义,还有小马庄姓冯的几家。”

“嫦娥不在西安?”李麦急切地问。

“嫦娥……在宝鸡。咳!说来话长,回去再说。”老头这时神志清醒过来了。他对李麦说着，“你坐着。”说罢，像个小孩似的一路小跑，跑到一个卖水煎包小摊前，买了一大盘水煎包子，又一路小跑着端回来。因为他跑得太快，包子掉在地上一个，他都没有发现。

李麦喊着：“包子掉了。”他扭头一看，只见一个要饭的小孩，已经捡起来塞进了嘴里。

包子放在桌子上，他豪爽地说：“你吃吧！”李麦说：“你是给我买的呀？我刚吃了饭。”徐秋斋却执意地命令说：“你吃！别叫凉了。”

李麦知道这老人的心意，先拣了个焦脆的递给他，接着自己也拣了个吃起来。她吃着苦笑说：“徐大叔，咱们这还是老习惯，见面先塞块馍，好像咱黄泛区的人，整天都背着饥布袋似的。”徐秋斋侃快地说：“这就是咱乡下人的民情厚道。‘人是铁，饭是钢。’人不吃东西哪有力气？连哭都哭不动！”接着他又爽朗地笑着说：“城里客人到家，左一杯水，右一杯茶。肚子里本来就咕咕噜噜唱洋戏了，再灌一肚子水，哪里比得了拿个热馍吃一吃？叫我说，咱农村人最实诚了。”

徐秋斋收拾起笔砚纸墨，领着李麦回窝棚里去。这时徐秋斋的窝棚已经变成两间了。墙是秫秸搭的，还抹上泥巴，房顶也换作麦秸，严严实实，倒也像个住家户的样子。院子里还种了些扁豆和丝瓜。这时正是扁豆结荚时候，只见满架藤蔓横爬，绿叶掩映，在一串串白花紫花的茎项上，挂满了一嘟噜一嘟噜的嫩豆荚。

徐秋斋是个爱干净的人，不管住在什么破地方，也要收拾得整整齐齐。哪怕是半块砖头，也要摆得方方正正。用他的话说是：“家贫常扫地，人贫多梳头。”这两间小茅屋，窗格上糊着白纸，墙上糊着从邮局捡来的报纸，特别是那扇木板钉的门上，还工工整整地贴了一副对联。这对联是：

一畦春雨菰儿菜，
满架秋风扁豆花。

李麦看了这个“家”的样子，感动地说：“大叔，你还是这么勤谨啊，这屋子收拾得多干净。”徐秋斋自负地说：“人不是畜生，就是猪圈狗窝，我也叫它像个人住的样子。”接着他又指着隔壁的小屋说：“晴就住在那个小屋里。她原来在毛毯厂当工人。后来毛毯厂关门了，她就在车站口摆个做活篮子，给人家上袜底。”

李麦问起嫦娥的情况，徐秋斋叹了口气：“嫦娥来西安的第二年，考上了宝鸡一个‘工业合作社’当工人去了。才去时学织毛巾，后来听说又学做油墨。这闺女走时太小了，她不会写信。去年我去宝鸡找了一趟，人家说她们的工厂在双石铺。有一百多里地，还没有车，我只得回来了。”他说着叹了口气说，“唉，天亮他娘，就是这件事，我觉得对不起你。孩子们跟着我出来，我却把她失落了。不过听说这个‘工业合作社’，是孙中山的太太宋庆龄办的，她是一国之母，想着也不会把孩子们流落了。”

李麦这时才清楚嫦娥的下落。她有点伤心，千行百里来在西安，女儿是见不到了。不过后来她听说宝鸡离西安并不远，就准备到宝鸡去找她。她对徐秋斋说：“徐大叔，我不埋怨你，这样的大灾大难，谁能顾上谁？上月我在渭南裴合那里，我们算了算，咱赤杨岗二百多户人家，哪一家不是父南子北，妻离子散？光是现在知道已经满门死绝的，就有一百多家。裴合家十七口人现在死剩了九口：他弟兄三个带着孩子逃出来了，他爹他妈留在老家。他妈是个瞎子，就在咱们逃到寻母口以后，他爹把他家堂屋的檩条拆了两根，到渡口换了两个烧饼，回来让他妈吃。他妈还说：‘咱俩一人吃一个’。老头说：‘你吃吧。’瞎老婆把两个烧饼吃了，老头一下子把老婆推到河里了。当时有人要跳下河去救，老头喊着说：‘你们谁救上来谁养活她，这样死了少受点罪。’就在这天夜里，老头吊死在他家的老槐树上了……”她接着叹息地说，“人，真是连一根柴火棒都不如。就拿咱后街这十来户人家说，海老清饿死了，运来婶子淹死了，裴合他爹他妈死了，裴旺叫抓兵抓走了，媳妇也没有下落，长松家两个大闺女都卖了，申奶奶在逃荒的第二年就跳河死了，死前还朝咱赤杨岗的方向磕了几个头……”

徐秋斋眼里涌出了几颗浑浊的泪珠，“唉！大劫大难啊！天亮他娘！你知道吗？蓝五也死了。他是上吊死的……”

李麦很激动：“咱逃出来的人，没有一家人是全的。过去老人们常说，‘在劫者难逃，老天爷要收哪一方人，你想逃也逃不脱’，黄河水才冲下来时，我也有点相信。可是后来我才醒悟过来，什么天灾？屁！全是人祸！汤恩伯军队在咱河南住了五六年，派粮，派差，派款。连枪都是老百姓花钱给他们买的。可是日本鬼子还没有来，几十万队伍全放羊跑了。要这种队伍干什么？……”李麦说着，恨得头发几乎都要竖起来。徐秋斋这时却眯着眼从容地说：“天亮他娘，这些我都想过。我在西安住了七年，光是替人家写信，就写过几千封。什么样的苦，什么样的难，我都见过。老天爷有没有？我不敢说。孔夫子说是‘敬神如神在’，你不敬他也就没有了。可是我相信朱夫子讲的话，‘天者理也’，这‘天理’确实是万古不变的道理。孔夫子也有老师。他的老师就是老子，他曾说‘问礼于老子’嘛。老子说过，‘天网恢恢，疏而不漏’，其实天上哪有一张大网？不过说是说作恶作得多了，‘恶贯满盈’，自然会得到天的惩罚。其实这个惩罚也不是天对他的惩罚，而是人对他们的惩罚。‘天心即民心’嘛！老蒋行这个事，太叫人寒心。拿咱黄泛区的人来说，几百万口子，家破人亡，妻离子散，还不是为了抗战。他们抗的什么战？贪污成风，贿赂公行，不管文官武官，没有一个手上是干净的。难民们吃树皮，吃草根，吃‘观音土’，他们每天在大馆子里，吃喝玩乐，连抬出来的泔水里都漂着海参、鱿鱼，这能长远吗？

要这样都能长远，那就叫‘誓无天理’了！”徐秋斋说到这里，眼睛里露出两条冷峻而自信的光芒：“别看小百姓都不敢吭声，都只会叹气、流眼泪，古人说过‘千人所指，无疾而亡’，别看眼泪是一泡水，流得多了，也能淹死他们这群龟孙，‘天下没有不倒的捻捻转’，总有一天，要叫老蒋这个杂种知道知道老百姓是不能得罪的！”他说着捋着自己的胡子，表现出无限愤慨和鄙视。

屋里沉默了好一阵子。徐秋斋才转了话题问：

“天亮在家干什么？”

李麦说：“徐大叔，你也不是外人，”她放小声音，“他参加新四军已经五六年了。和八路军一样，也是共产党的部队。如今就在咱黄泛区。”

“哦！”徐秋斋脸上顿时出现一种兴奋的表情。他说，“咱们黄泛区的难民，逃荒到甘泉、延安、保安一带去的人不少，都说八路军的政策好。这新四军到底怎么样？”

李麦说：“不赖。心里有咱老百姓，公买公卖，一到就给老百姓发麦种，发镢头、耙子，让老百姓开荒种地。看见女孩子，也规规矩矩，自己搭草庵住，从来不进老百姓的家。”接着她又把秦云飞带领的那个营，在红柳集一带活动的情况说了说。徐秋斋感叹地说：“要是这样，这一家行的是‘王道’。他们要是能在咱黄泛区住稳，将来咱们这日子还有个盼头。”他又兴奋地说，“回家，好在路快通了。路通了咱就回老家！……”

吃罢午饭，李麦到梁晴住的小茅屋里休息。她看了看梁晴盖的那床被子，还是七年前从老家逃难出来时，背的那条印花被面，已经补了几个补丁，洗得倒还干净。床边放了个破木箱，箱子里放着几件换洗衣服。大约是徐秋斋每天教她写字，木箱盖上放了一方瓦砚和一枝毛笔。墙上挂着一厚叠旧报纸，报纸上密密麻麻写满了“河南省”“大华县”和“海天亮”的名字。

李麦在床上躺了一会儿，却怎么也睡不着觉。她急切地想看到梁晴，想看到这个漂泊在外已经七八年的苦命闺女。她想到火车站离这里不远，自己下车时又走过这条路，就悄悄披上衣服到车站去了。

车站候车室门口南边有几棵槐树，树下有几十个妇女摆着一排做活的篮子。这些妇女专门给过往客商们上袜底、补袜子。每个人都坐在一个小凳上，做活计的篮子摆在脚前。篮子里放着袜板、袜底和针线，这已经成为难民妇女们一种职业了。

李麦逐个儿看着这些妇女。有的二十多岁，有的三十多岁。全都是梳着髻的媳妇，没有一个留辫子的姑娘。她走到一个穿蓝格子小布衫的年轻媳妇篮子前停下来了。这个年轻媳妇正在低着头纳袜底。李麦看她的前额和眉毛，有几分像梁晴小时候的轮廓，可是身架、头发却完全像个媳妇。她不敢冒认。

她又走了个来回。那个年轻媳妇还在低着头做活。李麦就在篮子前蹲了下来，拿着她篮子里的一双袜底问：

“上一双袜底多少钱？”

“一元一角。”那个媳妇仍在做着活。

李麦的心“怦怦”地跳起来，声音是河南口音，可是鼻子、嘴都不大像梁晴了。她又用手比着袜底的尺寸说着：“要说这一双，俺天亮穿上也可以……”

“啊？……”

李麦的话音还没有落地，那个媳妇激动地喊着，“扑通”一声跪在地上，大声喊着：“婶子！……妈！……妈妈！……你是妈吧？……妈！……”

四行泪水从两张脸上一齐流了下来。李麦用颤抖的手，使劲地抓住她的肩膀喊着说：

“乖乖！……你是晴吧？……我是妈。我……专门来找你来了!”

梁晴抱住李麦的腿,把头拱在李麦的怀里,像个小孩似的使劲哭起来。她想把这七年的痛苦、委屈、忍耐、怨恨和想念,一齐通过眼泪倾泻出来。多少年来,她盼星星盼月亮,就想这么大哭一场,可是每次都是在梦中哭醒。

两旁做活计的妇女们也都掉了眼泪。她们都是难民。这种场面她们看到不止一次了。她们同情梁晴。她们知道这个姑娘,六七年来挣扎过来的苦难经历。她们也羡慕梁晴,梁晴毕竟还有这一次哭的机会和享受。

“这是她亲妈?”一个妇女问。

“不,是她婆婆,一定是她整天说的那个婆婆。”一个妇女抹着眼泪答。

“唉! 海嫂总算见到了亲人了。”一个妇女擤着鼻涕说。

“唉,我这辈子要是能和我妈抱头痛哭一场,也算前世烧了高香了!”另一个中年妇女用头上毛巾擦着眼泪说。

梁晴在哽哽咽咽地哭着,李麦一面用手擦着自己脸上的泪水,一面抚摸着她的头发,强颜作笑说:“晴……咱不哭吧,咱娘儿俩不是见面了吗? ……这不是做梦,这是真的。……你摸我的手,是热的。……”

梁晴果然抓住她的手摸着,可是哭得却更伤心了。

经过李麦的反复劝解,梁晴止住泪不哭了。李麦说:“走吧,咱回家吧,我已经见你徐大爷了。”

梁晴点点头,提起了篮子,李麦给她提着板凳。就在这时候,梁晴满脸泪花的头刚刚抬起,一丝幸福、纯洁而天真的微笑,立即出现在她的眼梢和嘴角上。

“海嫂,这就是你婆婆?”一个妇女问。

“嗯。”梁晴笑着回答。

“给你妈包顿饺子吃。”另一个妇女打趣说。

“嗯！……”梁晴满面春风地笑着对那个妇女眏眏眼。

李麦也笑着向那些妇女说：“谢谢你们！谢谢你们！你们对俺晴都费心照顾了。”

走在路上，梁晴忍不住地问：

“妈，就你一个人来了？”

李麦知道梁晴的心情。她说着：“就我一个人，来时，天亮把我送到了吕潭渡口。”她又对着梁晴的耳朵小声说：“他参加新四军了，还当上了个排长。现在你要见面，恐怕快不认识他了。五尺多高汉子，鼻子也……”

“我能认得出。妈，我能想出他变的样子。”她说着又站下来问，“妈！新四军不是共产党的军队吗？”

李麦向她摆了摆手小声说：“晴，咱到屋里再说。”

婆媳两个刚进到屋里，梁晴一把抓住自己头上梳的髻髻就往下解。李麦说：

“你干什么？”

“这多难看……”梁晴红着脸说。

李麦止住她说：“算了，别解了，这兵荒马乱的年月，还是梳个髻好。管它结婚没结婚；只管把头盘起来，咱自家人知道就算了。”

梁晴又一次被感动了。她说着：“妈，你不知道，我已经盘过三回，解开三回了。初来时梳辫子，后来在车站卖洗脸水，把头盘上了。进打包厂时，人家只要姑娘不要媳妇，我又梳成辫子了；离开打包厂，我梳成髻；到毛毯厂时，我又梳成姑娘的辫子了。整天在变，就好像唱戏一样。”

李麦风趣地说：“女大十八变，越变越好看。”接着她又叹着气说，“唉，还不是为了生活！过去那些老风俗，咱们穷人讲说不起了。”

梁晴和李麦已经七年没有见面了。就在这一刹那间,梁晴觉得婆婆对她的七年苦衷,完全理解了。她们不需要说什么话,也不需要作任何解释,她觉得自己这个婆婆心里清楚极了,清楚得像一面镜子。

第五十一章　月是故乡明

月亮光再亮，
晒不干谷子。
——民　谚

一

过了两天，春义看李麦来了。

李麦正在拆洗梁晴的棉袄，忽然有一个三十来岁的男人走进屋里来。

“婶子，你来了？”

李麦抬头看时，只见他头发老长，满脸胡子，衣服上全是煤灰油污，李麦几乎认不出他来了，春义脸上堆着笑说：

“婶子，我是春义。”

李麦没有想到，七八年没有见面，春义变成这个样子。在老家时，春义在赤杨岗是数一数二的漂亮小伙子：高高的个儿，长胳膊，白皙的脸，眉清目秀。说起话来，温文腼腆，活像一个大姑娘。现在却是满脸皱纹，就像一根放蔫了的黄瓜。

李麦说：“哎呀，是你啊，春义！赶快坐。”她顺手拿过来一个小凳子，春义却倚着门蹲了下来，从腰里掏出一杆小烟袋，先吸起烟来。

李麦说：“听说你也在西安，就是不知道你住在哪里。你来了多久了？”

春义说:“一年多了。先在徐大爷这里混了些日子,后来徐大爷托人,进了北关黄金庙街一家翻砂工厂里做工。”

李麦问:“能顾住嘴不能?”

春义叹了口气说:“有什么顾住顾不住,一人一口,凭卖力气吃饭,比要饭强多了。”

李麦听徐秋斋说过,春义和凤英原来在咸阳开了一座饭铺,因为两个人经常闹气,春义就一个人来了西安。一年多来,他一直没有回咸阳。

春义和凤英结婚时,当时正发大水。他们在沙岗上草草上了头、拜了天地,还是李麦给他们张罗办理的。在李麦的印象中,凤英是个大方、开通的姑娘,说起话来,“豇豆一行,绿豆一行”,有条有理。不知道什么原因,两个人竟然闹翻了。李麦关心着这一对青年夫妻。她试探着问:

“凤英呢?她还在咸阳?”

“可能吧!”春义露出怅惘的表情说,“一年多了,我也不知道。兴许人家又嫁人了!”

两个人沉默了一阵。李麦笑着说:“我说你们年轻人哪,心里没有主意。逃荒在外,乡邻朋友还要‘水帮鱼,鱼帮水’的,夫妻更要相依为命。有什么大不了的事情?值得你东我西,一年多不见面?”

春义眼圈红了。他又叹了口气说:“可能怨我。可是我真受不了。我知道我这个人脾气太拗,我怎么也看不惯她那……唉!我宁愿打一辈子光棍,我宁愿拄棍要饭,我宁愿饿死在荒郊野外,我也不想去吃她那一碗饭!”春义说着眼泪涟涟滴在衣服上,他又喃喃地说,“我是个男子汉。……我没有本事我自己受,我不会去笑脸求人,我也不想叫自己的妻子凭卖笑赚钱!”

“是不是她又结识什么人了?”

“……”春义摇了摇头。

“是不是你发现她有了外心?”

“……”春义还是摇了摇头。

“那,那你打算咋办?”

春义低着头没有吭声。过了好一阵子,春义忽然口吃起来:

“婶子,黄河口子快打住了……我想着,月亮光再亮,也晒不干谷子,外乡再好,也比不了咱家乡,千行百行,种庄稼才是正行,我是想回乡……”

李麦说:“那凤英怎么办?”

春义叹了口气:“桥归桥,路归路,她走她的桥,我走我的路……”

二

春义为什么要离开凤英,这中间还有一段复杂的原因呢!

自从他们在咸阳开了饭铺,生意很是不错。几个月的工夫,他们钱包里的钱就鼓了起来。凤英每天晚上要盘点钱数,春义却觉得这钱太“那个”了。他觉得对不起陈柱子。他不敢去陈柱子的饭铺。

市场是个魔鬼。它可以使一个头脑愚笨的人,一夜之间变得聪明起来。凤英是个农村姑娘,可是她具备着参加市场经济的天然条件。她有一张和蔼可亲的脸,未说话前嘴角眉梢总带着三分笑容。她从陈柱子那里学会了说话的本领,那就是“出言要顺人心”。比如陈柱子卖牛肉面时,顾客们问:

“牛肉面多少钱一碗?”

“五角。”

“哎哟,五角? 这么贵!”

陈柱子这时就微笑着说:“是贵一点。可是你要去吃炒菜,炒个热菜七八角,再加上一碗汤,就是一元多。我这牛肉面里,有肉又有汤,还有四两面条,一碗面一吃,热热乎乎连菜带汤什么都有了。"

陈柱子总是先顺着顾客们心意说话,因此上门来的买主,十个有八个都得把钱送到他的钱筒里。

凤英是个聪明人。陈柱子这一套,她早看在眼里,记在心里。她觉得这是一种学问,一种经营的本领和人与人交往的愉快。她比陈柱子更会说话。比如顾客走进来问:

"饺子多少钱一碗?"

"六角。"她愉快地笑着回答。

"这么贵啊!"

"是贵一点。比起你去吃捞面条要贵两角。可这是吃饺子啊。鲜肉韭菜馅,外加胡椒韭黄酸辣汤。"

"五毛钱一碗行不行?"有些顾客还价。

"哎呀!大哥,你在乎这一毛钱呢!你就只当少抽两根烟,不是图吃个好东西嘛!"

她满面春风笑着说着,再加上声音清脆悦耳,那些赶集的,过路的,驮煤的,卖菜的,愿意多等半个钟头,也要吃她一碗饺子。

初开张,他们一天卖几十碗饺子,和十斤面就够了,后来渐渐地每天要增加到一百多碗,二百多碗。晚上串柜数钱时,有时一天竟然能得一百多块钱。这一百多块钱里最少能赚三十多块钱。凤英小时候在老家农村,连买个发夹子的二分钱都没有。有时向货郎挑买几个鞋子上的"气眼儿",还得拿一个鸡蛋去换。现在一天能赚三四十块钱,她被自己身上所产生出的本领几乎吓昏了。她第一次发现钱可以赚钱,她的脑子开始考虑经营和计算了。这些神奇的数字,使她的脑子变得聪明起来。同时,也使她的手变得灵巧利索起来。她的手像一架机器,向外飞着像一个个香袋儿似的饺子。这些饺子不大不小一两十个，如果你要拿秤来称，上下差不了半钱。

和几十斤面，再包成饺子，到了夜里，她觉得浑身上下就像散了架。可是到了第二天，鸡子叫头遍，她又起床了。她依旧精神抖擞，满面春风。脸上的粉红颜色，就像朝霞一样新鲜、明朗，惹得街上的行人，都要扭过头来，照一照这面“镜子”。

凤英的笑声越来越响亮了。春义的烦恼却越来越多起来。他看不惯凤英脸上甜蜜的笑容，他听不惯凤英那银铃似的笑声，他更痛恨有些顾客带着贪馋的眼神。他对凤英的笑容和笑声都是喜爱的。他觉得这些东西都是属于他一个人的。因为他是丈夫，凤英是妻子。凤英的一切是属于他的。他真想用一块面纱蒙在凤英的脸上。

春义每天也是辛苦的。他除了挑水、和面洗菜以外，煮饺子跑堂都由他来承担。就在这两间小门面房里，他几乎每天要跑一百多里路，可是折磨着春义心灵的并不是干活的辛苦，而是嫉妒的痛苦。他和凤英的表情，成了鲜明的对比。他总是哭丧着脸皱着眉头，他从来没有笑过。对于顾客，年纪大的乡下人，他还说两句话；对于那些年轻的后生们，总是拉长了脸，不理睬他们。

凤英看不惯，有一次夜里他们在数钱，凤英劝他说：“你怎么老是那样子？”

“啥样子？”

“你就不会笑一笑。”

“咱是卖饭的，不是卖笑的。”

凤英不敢吭声了。可是她觉得有些委屈，想来想去，又无可奈何，就又笑着挑逗他说：

“看你那样儿！好像谁欠你二百钱似的。”她咬着嘴唇，眼角瞟着他说。

没料到春义忽然发火了。他把手里一个碗"哗"的一下摔在地上说:"我样儿不好,你早说话啊!你可以再去找个好的,找个会说会笑的。我宁可黑脸求土,决不笑脸求人!"

凤英哭了。她流着眼泪说:"我怎么你了?我哪句话说坏了?……"

春义的火更大了,他抓一把钞票摔在地上说:"我就是这样子!我不能拿根棍把嘴唇支开。我没有那么贱!"

凤英气得哭着说:"你……你讲理不讲理?……"说着自己跑到里屋,呜呜咽咽地哭了起来。

夜里,春义长吁短叹了一夜,凤英偷偷地哭了一夜。到了鸡子叫时,凤英爬了起来,要开始营业了。她舍不得她的生意,更舍不得源源不断流来的钱。她洗一把脸,又依旧满脸笑容坐在店门前了。她用笑语和顾客们打着招呼,除了眼睛下两条微微的黑影以外,好像昨天夜里根本没有发生什么事情。

春义有点后悔了。他被凤英的辛勤感动了。他也开始打火添锅,默默地干起活来,只是脸上仍然没有一丝笑容,而且又增添了一种执拗的表情。

第二天下午,王蛤蟆来了。他照例是每天下午顾客稀少的时候,走进店来抱住水烟袋吸一通烟,说说街上的新闻,喷一喷闲话。

王蛤蟆这个人说话有个毛病,就是爱带个不大干净的口头语。张口"挨尿的",闭嘴"尻×的",在咸阳这一带,本来这也不算什么。可是春义听起来却特别讨厌刺耳。在河南乡下,对着年轻妇女,男人们是不准说这些脏话的。特别是春义,他从小读过几年私塾,对于别人在他妻子面前,"×长×短"地说话,更是容忍不得。恰巧这天王蛤蟆又讲了一个卖蜂蜜掺假的事情,因为他买蜂蜜上了当,有些气愤,说起话来带的"棒儿"就多了些,他说着卖蜂蜜的怎么把小汤汁子掺到蜂蜜里,他发现后,去找那个卖蜂蜜的,那个卖蜂蜜的又怎么不承认。……总共说了不到二十句话，就带了十几个大不中听的东西。凤英不在乎，还嘻嘻哈哈地和他说着笑着。春义正在抹桌子，他故意把桌子上的剩菜抹在王蛤蟆的身上。

王蛤蟆喊着说："啊哟！你抹在我的身上了，你把我这件新褂子弄脏了。"

春义冷冷地说："啊！没有看见。你还知道脏啊！"

王蛤蟆听他话里有话，很不痛快地放下烟袋走了。

第二天下午，王蛤蟆在门外转了个圈又拐进来了。因为他烟瘾发得难受。他进来门就讨好地向春义说着："春义啊！今天你买那几斤生姜真好！价钱也公道，六毛钱一斤。"说着拿起水烟袋，在灶上点着火香就吸起烟来。当他的手指头掏着烟丝装烟时，指头抠出来的却是一撮锯末。

他看着锯末，又用鼻子闻了闻问："这是什么烟丝啊？"

凤英说："兰州青条，你吸吧。"

王蛤蟆轻轻叹了口气，把水烟袋放在桌子上红着脸走了。凤英觉得有点奇怪，跑了过去看看烟丝，只见里边放的全是锯末。凤英顿时脸红起来。她问春义：

"你怎么能这样？"

春义说："以后叫他少来……"

凤英生气地说："我们是做生意。你连个烟袋也不支应，这像话吗？王蛤蟆给咱租房子、借家具出过力，你还要个街坊邻居不要了！"

春义大声说："他嘴不干净！我不想听他说话。"

"你不想听，你把耳朵捂住。我们这是做买卖，不能弄得路断人稀。……"凤英话还没有说完，春义抓住那管白铜水烟袋，"哗"的一下摔在大街上了。……

又一次，街上有一个裁缝来吃饭。这人姓梅，叫个梅冠三。他年纪和春义差不多,人也长得很标致,开了一个小成衣局,专门给咸阳几所中学做童子军军服,有时也做中式送老的估衣。这人爱说个笑话,他进门笑着说:“女掌柜,下碗饺子吃吧!”

凤英说:“梅掌柜,你请坐。今天正好是茭白馅。”

梅冠三伸着头看了看锅里的水说:“咦,面怎么这样黑?”

凤英笑着说:“可真叫你说着了。这是新麦面。看起来有点黑,其实面并不粗,常言说:吃新麦,活一百。你尝尝,可有筋丝了。”

梅冠三笑嘻嘻地说:“听你这么一说,我得吃两碗,我想活两百岁!”

凤英也笑着说:“‘卖酒不怕大肚汉’,你吃三碗也行。”

“我没有钱啊!”梅冠三又笑嘻嘻地说。

凤英说:“没钱我也不怕你,我记上账。将来我去你那里做衣服。”

两个人你一言我一语说笑着,春义在一旁脸上青一阵,红一阵,本来他进门时叫凤英“女掌柜”,心中就有几分不快,现在歪脸撇嘴说着笑话,更是怒火中烧。

饺子煮熟后,春义把饺子盛在碗里,往锅台上“通”的一放,喊着说:“哎,该吃了!”

梅冠三不知道春义这个脾性,还当他也在开玩笑,因为卖饭的向来没有不送到桌子上的。他笑嘻嘻地自己去端过来说:“果然是远亲不如近邻啊。我连伙计都当了。”

凤英这时已经发现春义的脸变成青颜色了,她不敢再多说话。梅冠三觉得空气有点沉闷。他也不知道为什么,吃了一半饺子时,他自己走到锅前说:“添点汤,太干了。”当他拿住勺子时,春义却把勺子一夺说:

“你少动手。”

梅冠三这一下才恼了。他把半碗饺子往桌子上一放,瞪着眼指着春义的鼻子说：

“好你个河南娃！你想干什么？”

春义也横眉竖眼地说：“我不想干什么！我这是卖饭，不是打俏皮。”

梅冠三更恼了。他跳着脚说：“你个土坷垃蛋！你做过生意没有？我打什么俏皮了？谁叫你来做生意的，你怎么不把你老婆锁在箱子里？十三省出你这个大萝卜，真见得稀！……”

春义说不过他，抓一根擀面杖就往他身上抡。凤英急忙跑过去抱住他的胳膊，没有让他打过去。春义吃急不过，一擀面杖砸在一摞碗上，把十几个碗打得粉碎，回头又对着凤英身上踢了一脚！

梅冠三还没有见过像春义这样的“红头牛”。陕西人吵架，你一来我一往，你一句我一句，起码要吵半个钟头方才动手。如果是遇见几个好拉架的，双方基本上不动手。他们互相吵着跳着，看起来气势汹汹，其实是双方距离越跳越远。他们吵起架来是竞赛声音和口才，不是比赛愤怒和拳头。当春义抡着擀面杖扑过来时，梅冠三确实吓了一跳。他顺手抓起一块木锅盖当作“盾牌”，后来街坊跑进来几个劝架的人，把他拥了出去，这块“盾牌”也没有用上。到了街上，因为距离已经拉开，他又提高嗓门，指着饭铺里骂着说：

“你做过生意没有？你没有吃过猪肉，你没有见过猪肘？”

街上人劝着：“算了，算了！少说一句，人家是外乡人。”

梅冠三又跳着说：“你别卖饺子了，你卖醋吧！……”他还没有尽兴，忽然看见春义掂着把切面刀又要扑出来，他赶快转身悄悄溜走了。

对梅裁缝来说，这一架吵得既窝囊又不过瘾。因为从河南逃荒来的这个农民“对手”，吵起架来实在没有个章法。怎么一上来就是“杠子头”！而且比炮捻子还要快，叫人防备不及。

闹了这一场风波以后，凤英确实寒透心了。她跑到里屋伤心地哭着,收拾个小包袱准备出走。这时,陈柱子听说他们闹气,也急忙跑过来了。他先把看热闹的人轰走,又把四扇木板门上好关上,扭回头数落着春义说:

“你这脾气怎么这样!你这生意还做不做了?一个男子汉,心窄得放不下颗黍子,你这像话不像话?”

春义这时又红着眼说:“我受不了,我这是开饭铺,不是开窑子!……”

陈柱子把自己两只手拍了一下,厉声说:“你再说!你再说,我就扇你两耳光!”

凤英这时像疯了似的从里屋跑出来说:

“海春义!你说,我跟谁了?你拉出来,你不能血口喷人!”转过身,她向陈柱子哭诉着说,“柱子哥,这是你亲耳听到的!他就是这样整天找我的事啊。一天到晚,疑神疑鬼,我笑两声,说我笑多了,我穿件衣服,说我爱打扮了!咱干的是这饭店生意,能邋遢得走不到人跟前?一天瞪着周仓眼,好像要把人吃了!我一天到晚累死累活,还得不到一口好气,我为什么?我到底犯了什么罪!”她又指着春义说,“海春义,你说,我哪一点对不起你,我到底犯了你什么家规?”

她越说越气,后来竟然伏在桌子上伤心地哭起来。陈柱子扶着她说:“你到里屋休息,你到里屋休息。我来说他。他以后敢再找你闹,我不依他!”

送凤英进屋后,陈柱子又大声地训着春义说:“你刚才说的话算什么!真是自己作践自己,拿着屎盆子往自己头上扣。”接着他又小声地说,“春义,你怎么这么傻哩!像凤英这样媳妇,你就是打着灯笼也难找啊!做生意不比种地,种地是脊梁朝天脸朝土,土里求财不用说话。做生意全凭和人打交道,你没有个和颜悦色,人家买主何必把兜里票子掏给你?你嫂子我就叫她买新鲜衣裳穿,这买衣服和咱买锅碗瓢盆一样,都是应该花的本钱。”他说着又叹口气说:“千行百里,逃难来在外乡,还不是为糊口活命,你不叫她抛头露面,你养活她?”

陈柱子说着,自己鼻子酸了,春义低着头也流出两行热泪。陈柱子劝罢春义,又去劝凤英。他说:

“凤英,我刚才好数落他一顿,他也哭了。俗话说,‘一夜夫妻百日恩’,逃荒在外,两好搁一好,说来说去,春义是个老实人。咱农村的孩子,平常多见石头少见人,就是有点心胸太窄,我从前也和你嫂子生过气,还打过架!谁家锅底没有黑,谁家灶房不冒烟!过两年心开了就好了。再说,他疑神疑鬼,生气找事,心里还是有你。……”

“这个我知道。”凤英擦着泪说。

陈柱子又说:“人各有性。一家人都要互相体谅,要是换另一种人,漂浮浪荡,你辛辛苦苦赚几个钱,他又嫖又赌,你不更生气!”

凤英噘着嘴说:“他就不会。”

陈柱子说:“是啊!‘家丑不可外扬’。这城市地方人杂,这事情到这里算了。明天还照样做生意要紧。人生气不能和钱生气。”

凤英感激地点了点头。……

三

陈柱子走后,凤英铺了铺床,把里屋门开着,自己先睡了。等到三更天气,却不见春义进来。她放心不下,又穿上衣服到铺面屋里看了看,只见春义还在案板前,好像睡着了,可是眼里还在流眼泪。

凤英想着:“你踢了我一脚,骂了我一顿,你还委屈,我更委屈!”想着自己赌气地到里屋睡了,睡在床上刚合上眼,却总记挂着他在外边。她又披上衣服来到外边，只见春义已经歪在案板前睡熟了。她张了张嘴，想叫醒他，却又叫不出来。在屋子里转了两圈，故意把水瓢碰着缸沿，春义还是没有醒来。她无可奈何地到里屋，拿了条被子盖在春义身上，自己又去屋里睡了。

春义确实睡着了，他在梦里回到了故乡……

那时他才六七岁，他和他姐姐在地里点种豇豆。他姐姐有十六七岁，是赤杨岗有名的漂亮姑娘，身材像他们家人一样，修长苗条，头上梳着一条大辫子，一直耷拉到屁股上。

一群骑自行车的商贩从大路边走过来。他们在春义家的地头柿树下停下，故意大声说笑着，看着地里这个大辫子姑娘。

春义的姐姐也好奇地看着这几个骑自行车的人，这时春义忽然大声对姐姐喊着：

"扭过去！"

"什么？"姐姐问。

"你把脸扭过去。不让他们看。"

"你瞎说什么。"姐姐嚷着他。

"扭过去！扭过去！"春义竟然羞得哭了，他用土块打着姐姐，姐姐只得扭过头，把背对着那一群商贩。……

春义在本村私塾里读书，他是徐秋斋最喜欢的小学生。《朱子家训》他可以倒背如流，《弟子规》他能过目成诵。海天成是私塾里的大个子学生，他身强力壮，又生性泼皮，专门欺负小学生。

有一天放学路上，海天成捉了个蛐子，他拿到春义脸前说："春义，要蛐子不要？"

"要！要！"春义高兴地说。

"叫一声'姐夫'！"

春义一下子脸红到耳朵梢上，他气恼极了。他跳着，一头撞在海天成的肚子上，接着像一头小狮子一样，又哭又咬，竟然把海天成的手咬流血了。……

世界上所有的民族和国家，都有骂人最狠的词汇。他们把人骂作猪，骂作狗，惟独中国的骂人词汇是另一种含义。这种骂人的词汇，和中国的历史一样古老。一直到今天，它仍然和中国的家庭、封建习俗同时存在着，每时每刻影响着人们的意识和观念。

多么可怕的习俗啊！

四

第二天，小饭铺的四扇木板门照旧打开了。

凤英强打着精神，强颜作笑，装出一副若无其事的样子。她用铁勺子敲着铁锅沿大声喊着：

“饺子！饺子！三鲜馅的饺子！”

春义看着她的样子，从心眼里佩服她，谅解她。他自己突然感到一种极其强大的压力，迫使他喘不过气，抬不起头。

街上的人从他们门前过时，总用一种异样的眼光在看着他。有的人还专门到门口看他一眼又走了。他好像听到街上所有的人都在议论着：

“杠子头！这家伙是杠子头？”

“就是他昨天打老婆！醋罐子！”

这些眼神像一支支利箭射在他身上，他感到万箭穿身，无地自容。

他希望太阳赶快落山，他希望夜幕赶快降临，他希望看不见任何一个人。他在这儿一分钟也待不下去了，他心乱如麻，如坐针毡……

就在这天夜里，他一个人悄悄地离开了凤英，他决定去西安找徐秋斋，他要在西安走他自己的路。他走出了东关，沿着沣河公路急速地走着。这是他第三次走这条公路:第一次是他和凤英从西安过来的,第二次是和梁晴、柱子一块来看蓝五和雪梅的,这一次呢,他是孤身独条子一个人……

沣河水静悄悄地流着。月亮像一条小船,在天空的云海里浮游着。好多天春义都没有看过月亮了,他一直在昏黄的电灯光下生活。月光是那样的宁静,那样的安谧。月光也最能引起人们的乡思……

一阵清香的庄稼味,随着夜风暗暗浮动过来,香味里夹杂着露水和泥土的气息。

春义闻着这些庄稼香味,他哭了。……

第二天早晨,鸡子刚叫过头遍,凤英醒来了。她刚披上衣服,忽然发现春义不见了。她急忙下床寻找,只见店门虚掩着,春义冬天穿的一件棉袄也不见了。就在这时候,她发现桌子上放着一张纸条,纸条上写着:

> 我走了。我到西安去。你不用找我。这几天的事情,我全想过了。怨我,不怨你!

两滴泪水落在这张纸条上,凤英的眼前一阵阵地发黑,她倒了下来……

五

李麦是个生活能力极强的人。在西安住了不到一个月,左邻右舍,老乡朋友认识了一大堆。用她的话说就是:“在家靠爹娘,出门靠朋友”,“多一个朋友多一条路”。甜水井街有一家河南人开的帽店,字号叫“老连升”。这家帽店专门做当时流行的黑缎子帽衬,这种帽衬像半个西瓜皮,有缎子面子,皂布面子和平绒面子三种,顶上都缀一个丝绉挽的疙瘩。“老连升”是老字号,店里有十几部缝纫机,缝帽里子和帽面子全部用机器,就是结丝绉疙瘩,非用手工不可。李麦通过一个老乡认识了这家帽店一个伙计,听说他们入冬以来要赶春节的一批活,就是结丝绉疙瘩人手不够。李麦是个心灵手巧的人,她看那帽衬上的丝绉疙瘩,和平常做衣服结的布扣子差不多,就把徐秋斋戴的旧帽衬疙瘩拆下来,和梁晴试着结两次就学会了。

她到街上买了两架丝线,先结了两个样品,送到"老连升"店里,"老连升"的董掌柜是个明眼人,一看李麦结的这疙瘩,端正瓷实,有角有棱,眼下又正缺人手,就一口答应让她加工五千个。

揽下这批活以后,梁晴不到车站去上袜底了,连徐秋斋也忙着给她们领料送活,不再去摆他的"代书"摊子。

婆媳俩整整干了一冬,单点灯的煤油就熬了十几斤。梁晴的十指尖上全都磨出了茧子。到了腊月结账,领了几百块钱,徐秋斋高兴了,走起路来呼呼响,好像年轻了十几岁。他感叹地对梁晴说:"晴,真是'事在人为'。咱们来到西安七八年了,什么时候有这么多钱?你妈这个人哪,真可惜生成了个女人了,要是个男人啊,她能发明飞机大炮!"

李麦笑着说:"女的也一样啊,人家新四军里边就有女干部,可惜我就是不识字。"

徐秋斋说:"不管怎么说,今年咱们过年时候,可得买个大猪头!我想吃猪头糕,想了五六年了。"老头说着,嘴里涎水都流出来了。李麦知道他这个毛病,又痛快地说:

"大叔,再给你买一瓶酒!"

过"春节"时,徐秋斋终于吃上了猪头糕。李麦还给他打了一斤"西凤酒"。酒买回来后,徐秋斋舍不得喝。他去杂货店买了半张梅红纸,一裁两开,写了两张祖宗牌位,一张上写着:"供奉颍州徐氏三代宗亲之神位",另一张写着:"供奉陈州海氏三代宗亲之神位”。写好后，一个屋子里贴了一张，把烧好的猪头一分两半，摆在两个牌位前，又倒了三杯酒，上了一炷香，然后跪在地上恭恭敬敬地叩了四个头，嘴里还说着：“老爷、老奶奶，多年没有敬你们了，委屈点吧！虽然是半个猪头，还怪肥哩！……”

徐秋斋在嘟嘟哝哝地说着，把梁晴笑得捂住嘴跑到门外边，她不看他那样子。李麦也故意说：“徐大叔，咱出来逃难，咱的老祖宗也没有买火车票，他们怎么也来了？”

徐秋斋解嘲地说：“这祭祀祖宗，就是个心意。俗话说：‘敬神如神在，不敬不妨碍！’水有源，树有根，人不能忘本。”说着他又让李麦和梁晴到海氏牌位前，也叩了几个头，上了一炷香。

六

过罢新年，李麦带了点钱，到宝鸡找嫦娥去了。到宝鸡火车站下了车，又听到一片河南口音。卖汤圆的，卖芝麻糖的，连卖琉璃喇叭的，也都是黄泛区逃出来的难民。

李麦买了四个元宵，啃了一个窝窝头，就向卖元宵的打问“工业合作社”的地址。卖元宵的说：“是外国人办的织袜子、织手巾的工厂吧？不在宝鸡，在双石铺山里边。离这儿还有一百多里。”

李麦又问：“这些工厂里有没有女孩子？”卖元宵的说：“男孩子女孩子都有，大部分都是咱们那一带的孤儿，有些小闺女都学会手艺了。”

李麦想着，既然到了宝鸡，钱也花了，还能空着回去？一百多里路也不过两天路程。当晚她在宝鸡住了一宿。第二天一大早，鸡子刚叫过头遍，她就掂着一根棍子，趁着寒冷的月光，朝西南方向上路了。

头一天走了八十里，住在草凉驿。第二天中午赶到了双石铺。

到了双石铺北关,遇到一个河南做白铁活的匠人。李麦向他打问“工业合作社”的地址,那人看了看她问:

“你是才从河南来吧?”

李麦说:“是的,我有个闺女在里边做工。来五六年了。”

那人看了看周围没有人,小声说:“大嫂,你来晚了。‘工业合作社’的三个工厂连学校,去年全被赶跑了。宝鸡宪兵队下的命令……”

李麦听到这个消息,像冷水浇头一般:“为啥把他们赶走?”

白铁匠又神秘地说:“说他们通这一家。……”他说着,用手指比了个“八”字。

“里边的人都到哪里去了?”

“哪里都有。有的去了延安,有的搬到了甘肃山丹县。”

“山丹县离这儿有多远?”

“山丹县远着哩!少说也有一千多里。在兰州西边,快到口外了。”

“谢谢您,大叔!我总算问到个真信儿了。你那小凳子让我坐一会儿。”

李麦忽然觉得全身的劲儿全散了。她无法再挪动自己的脚步。

第二天,李麦还是找到了“工业合作社”的旧址,只见一片残破泥屋,墙倒屋塌,枯草荒棘,渺没人迹。李麦默默地看着这一片断墙残壁,想起自己的女儿嫦娥,就是在这里吃饭长大的,由不得洒下几滴眼泪。……

第五十二章　坝桥杨柳

逃难八年回到家，
看见土地想叫妈。……
——黄泛区民歌

一

一九四五年八月十日这天夜里，天气闷热，暑气熏人。徐秋斋刚睡着觉，忽然被一阵“噼噼啪啪”的鞭炮声惊醒了。初开始，他还以为西安市又出了什么兵变，赶快披上小褂，来到院子一看，只见满城里火鞭、小炮、天地两响和大雷子炮，像炒豆子似的响作一团。夜空中，火星迸射，烟花飞溅，整个西安城，隔着古老的青砖城墙看去，活像一个钢水沸腾的大铁炉。

李麦和梁晴这时也被惊醒了。李麦慌忙走到院子里问着：“徐大叔，这是咋啦！又不是大年初一，也不是十五，怎么放这么多鞭炮？”

徐秋斋兴奋地说：“说不定有大变化了！你们在家等着，我到城里看看。”

徐秋斋刚走进城门，只见城里大街上已经变成一片鞭炮炸响的火河，各个商号把锣鼓抬出来敲打着，人群像潮水一样向街头涌着。

“日本人投降了！”

“日本无条件投降了！”

“天下要太平了！”

“该回老家了！”

人们像疯了一样喊着、跳着。不管认识不认识，互相奔走相告，狂喊拥抱，有的人竟然高兴得在大街上放声大哭。

徐秋斋默默地看着街上狂欢的人群，他的眼睛被泪水模糊了。在这激动人心的时刻，他没有钱去买一个炮放，也没有钱去打一两酒喝。可是他看到街上每一个人，都觉得是那么可亲可爱。他和大家分享着抗战胜利的欢乐。在八年漫长的岁月里，中国人民遭受了战争的巨大痛苦。黄泛区的难民们，更是在这痛苦深渊的最底层。他们的土地被淹没了，房舍被冲毁了，他们背井离乡过着讨饭的生活，没有住过一间有墙壁的房子，没有睡过一张真正的床，他们唯一的财产就是一根棍子和一只篮子。……

如果说“容忍”是“勇敢”的母体，那么黄泛区的难民们，在抗战八年里表现了最大的容忍。他们好像被压在两扇沉重的磨扇下生活着，他们没有去抢劫路人，没有去打家劫舍，抢银行砸仓库，他们只是默默地按照自己的道德标准生活着、等待着。……

当徐秋斋回到自己的窝棚时候，李麦和梁晴也知道日本鬼子投降这个消息了。梁晴被这个消息激动得哭了。李麦也在一边擦眼泪。

徐秋斋叹息着说：“别哭了，好也罢，歹也罢，总算胜利了。日本鬼子到底也有这一天！”

李麦说：“我现在都不敢想，这七八年，人是怎么熬过来的？什么苦都吃了，什么罪也受了，老蒋这个龟孙，他知道不知道？”

徐秋斋说：“他怎么能不知道？算了，现在咱谁都不埋怨了。不管怎么说，这抗日战争总算胜利了，这是咱中国人的大福气。老蒋他要有良心，赶快把咱这些难民送回老家，只要把土地给咱们，什么也不向他要。”

李麦说:“恐怕他未必有这份善心。他要是心里有咱老百姓,也不会扒开黄河了。”

徐秋斋说:“咱们家破人亡,妻离子散,还不是为了抗战,他要是再不管咱们,那可就太违背天理了。”接着他又叹着气说,“唉,人到这个时候,思家的心更切了。好在路能通了,赶快回老家吧,在这里什么也没有心思干了。”

三个人一直谈论到天亮。街上又响起了锣鼓声。徐秋斋无心睡觉,也不想去摆“代书”摊子,喝了一碗玉米糊糊后,拔起腿又到城里打听消息了。

二

西安市东半个城住了黄泛区几万难民。这些天来,从难民中传来了各种消息。

有人说:“政府马上要难民登记了,西安火车站准备每天发出两列火车,专门运送难民回乡。”

还有人说:“政府要发难民免票证了。大人小孩每人发一张,有免票证,什么火车都可以坐。……”

可是尽管大家说得有鼻子有眼,一个多月过去了,还是“只听楼梯响,不见人下来”。

徐秋斋几乎是天天都到火车站打探询问。可是每天只看到一列列的火车里,塞满了国民党的军队,汽车、大炮、装甲车也都装在火车上向东开去。连普通的客车都让当兵的占用了,更不用说运送难民的列车了。

人们的兴奋热烈情绪,渐渐地变得冰冷了。初开始,他们以为日本投降了,从此要天下太平了。可是事实却不是这样。首先,胡宗南把他们第一战区的军队,连夜运到洛阳。紧接着,蒋介石又要运送八十万大军到东三省、华北和江南，准备打内战消灭共产党。难民们还乡的希望变得渺茫了。这时大批的机关和公务人员，也都蜂拥般搬迁东下，有些原来内迁的工厂和大商号，也纷纷迁移回上海、天津等地。西安的街上变得冷落了。只有黄泛区的难民，每天踯躅在街头，无家可归。

当片片黄叶飘落在西安古城墙下时，徐秋斋变得沉默寡言了。他本来是个性格豁达的人，又是个"恕道"思想很浓的人。他笃信人应该有"仁爱之心"的主张。他觉得处世对人，应该"推己及人"，"人有不及，可以情恕"，对人的过错不必苛责，要有宽恕、原谅的胸怀。他常说："十个指头伸出来还不一般长，对人不必求全。"

前一段，由于胜利后的欢欣喜悦心情的驱使，他对所有的人都采取一种宽恕心情。就连对蒋介石的国民党反动派，扒开黄河这样大的罪恶，他也采取了宽恕态度。他曾经劝李麦说："当时日本鬼子刚打进中国，他们慌了手脚了，这也是没有办法的办法。只要以后能让老百姓安居乐业，过上太平日子就行了。"可是通过胜利后这一年的忍耐、等待和观察，徐秋斋心里对蒋介石存在的一点幻想，彻底破灭了。他从报纸上看到，他们为了排除异己，不顾老百姓死活，又打了内战。当官的抢着"劫收"，贪赃枉法，敲诈勒索，包庇汉奸。听说像海骡子这样的汉奸，居然摇身一变，在开封又当上国民党的交通警察大队的团长。对于黄泛区的难民却弃置街头，不理不问。看到这些情况，徐秋斋心灰意冷了。他心里想着："看起来老蒋的气数是该尽了，抗战八年他支撑过来了，一个'劫收'却把人心'劫'完了。"徐秋斋变得沉默了，有时甚至变得愤怒起来。他每天经过中正门时，总要对着城门上挂着的那幅蒋介石的大幅画像，鄙夷地骂一声："民贼"！

七月间，从家乡又传来了消息：黄河花园口的口子打住了，黄河水又向东顺着故道流向大海。黄泛区的十六个县全没有水了，八十里宽、一千多里长被淹没的土地,现在都可以开荒种庄稼了。紧接着又传来了激动人心的消息:在黄泛区的共产党分区政府出告示了:为了鼓励开荒,重建家园,黄泛区的荒地,谁开谁种,谁种谁收,三年以内不交粮纳税。……

对于黄泛区逃荒在外的难民来说,这些消息比之抗日战争胜利,更加使他们激动和兴奋。西安市的东半个城住了几万难民,他们奔走相告着这个消息,变卖家具,收拾行李,都准备着东下还乡。

就在这时候,陈柱子从咸阳来西安打听消息了。

他来到徐秋斋的窝棚院子里,见到了徐秋斋,李麦和梁晴。大家多年不见,互相攀叙着,亲热了一番。徐秋斋问:

"你们开的饭铺生意怎么样?"

陈柱子说:"大叔,现在生意没法干了。物价天天飞涨,上午卖几个钱,下午就得赶快去买成粮食,要是当天买不到粮食,过一天,一百块钱就变成八十了。日本鬼子投降时,我那个小饭店还存了八石麦子的本钱,就这一年多,八石麦子全赔进去了。另外苛捐杂税也太厉害,一个月几十种花样。"

李麦又关心地问:"凤英如今怎么样?她还在咸阳吧?"

陈柱子说:"还在咸阳。自从春义生气走后,她也病了一场,她也没心思开饭铺了,以后就把饭铺出脱给别人了。当时也卖了些钱。她又买了部机器学裁缝,在咸阳十字街东边赁了一间门面,开了个小成衣店。日子也能过得去。凤英那人心里有主意。人家都说她手里存有金子。我也说不清。我来的时候,她还托我给春义带了两个金戒指,大约有半两重。据她说这是饭铺出脱时买的。饭铺有春义一份,这半两金子就算分给春义了。"

梁晴抢着问:"她现在又找人了没有?"

陈柱子说:"还没有。街上传说不少,可是我看都不像。大概和春义闹那一场也伤心了,不是真正合适的人,她大约不会结婚。"

徐秋斋说:“柱子,要是给他俩说合说合,还叫他们一块过,你看行不行?”

陈柱子说:“恐怕不行。我那个老婆和她说了多少次了,叫她来西安找春义。可能是春义伤透她的心了,她始终不叫提这件事。我看也困难。她大约不想再回老家种地了。春义呢,也不是在城里做买卖的那种人,你们和春义说说看,或许他能回心转意,也是一件好事。”

夜里,春义从黄金庙街来了。他已经和那家铁工厂算了账,收拾好行李准备回老家。

李麦把他叫到一边说:“春义,听陈柱子说,凤英在咸阳还没有另外找家。现在开着一个小裁缝店,生意也不怎么样。我想带你去咸阳一趟,给你们说合说合,凤英要是愿意回老家,咱一块回老家,她要不愿意回去,你就和她留在咸阳一块过日子吧!都是一块逃荒出来的患难夫妻,如今弄得你东我西,这不好。”

春义沉默了一会儿,摇了摇头说:“婶子,你们这一番好意我知道。可是这件事,你们不必再费心了。我如今也想通了。不怨她,怨我!可是我实在管不住自己的性子。凤英肯定不会和我回老家种地,人家也不必跟我回老家耪地锄苗。我呢,咸阳城我是一辈子也不会再去了。就是每天让我吃八个大菜我也不去。我也不是做生意那个料。婶子,我们两个不是夫妻,是一场黄水把我们冲到一块了。我已经给她写了个手续,从邮局寄去了,任她改嫁别人!”说到这里,春义眼中掉下两滴眼泪。

李麦听他这么说,知道再让他们一块过确有困难,叹了口气说:“常言说,‘捆绑不能成夫妻’,‘强扭的瓜不甜’,那就算了。回咱老家再说吧……”

春义说:“再说吧,我也不敢说一辈子不找了,可是现在谈这件事太早了。”

陈柱子也要回咸阳了,他把两个金戒指交给春义,春义死活不要。他说:

“这钱都是她赚的,我当时也不过是个跑堂,我不要她的钱。”

陈柱子说:“店是你们两个开的,二一添作五。当然有你一半,你拿着。”

春义说:“我不要她的钱!”

徐秋斋说:“你不要我要。这又不是偷人的钱,是你们两个赚来的钱,有什么要不得的。”

春义看徐秋斋已经替他收下,也不好再说什么。他又对陈柱子说:

“柱子哥,你替我给凤英捎句话:我谢谢她,我……对不起她,我伤了她的心……”说罢自己到屋子外边去了。

陈柱子去车站看了两天,看到到洛阳的车票,黑市卖到五千元一张,而且车上还不准带家具东西,另外回到家里,自己种地又不真内行,因此就决计留在咸阳。

临行前,陈柱子对李麦说:

“就这样吧,我回咸阳了。也可能我就流落在陕西,永远回不了老家了。将来你们和咱村下辈孩子们说起来时,告诉他们,赤杨岗还有一户人家,他叫陈柱子,他是个好人!”

陈柱子说罢,又和徐秋斋、梁晴告辞,春义把他送到西关,两人洒泪而别。

第二天夜里,徐秋斋把大家叫到一起说话了。他说:“咱何必一定要等火车。人不是有两条腿吗?两条腿就是走路的。叫我说,咱们起旱路回家,从西安到咱老家也不过是一千多里路,咱们走!”

李麦说:“徐大叔,我们都好说,你年纪大了,天又这么热。我倒是有个主意。我们大家凑钱给你买一张票,你坐火车先到洛阳,我们起早……”

没有等李麦说完，徐秋斋拍着胸膛说：“我不拖累你们。你们一天走一百，我走一百，走八十我走八十。我不含糊，骡子马还知道扑家，何况还是个人?”

春义也早等得不耐烦了。他说：“咱就是一天能走五十里，一个月也到家了。我看这个主意好。”

梁晴急着和天亮会面，巴不得大家立刻动身。她说着：“徐大爷，我把咱的小车推上，路上你走不动，我推上你。”

徐秋斋说：“孩子，你们别操我的心，只要是回老家，你大爷还能给你拉根绳！……”

三

七月下旬，李麦、徐秋斋、梁晴、春义等人，推着两辆小车，带着锅碗行李，离别西安向东出发了。过了坝桥，上了公路，才发现满路上全是推车挑担的难民，他们也是等不得火车，起旱路回乡的。徐秋斋回头望了望西安城，眼睛有些潮湿了。他想到蓝五，想到雪梅和嫦娥，还想到很多一同逃难出来的乡亲。有多少家出来时，还是完完整整的一家人，可是如今回去有几家是完全的？有的“沟死沟埋，路死路葬”，有的妻离子散，找不到下落，有的出来时还带点首饰衣物和几件行李，如今回老家时却只剩下两个破筐和几只篮子了。在西安整整住了八年，还是要感谢这里的人民，他们总算在陕西活下来了。他想着这一辈子不可能再来西安了，他频频回头望着这个烟火万家的古老城市，真有些依依惜别之情。坝桥上有几十棵合抱粗的大柳树，他从古书上读过，坝桥的柳枝是作为送别留念的。他折了一枝柳枝插在草帽上，又默默地拱起手向长安告别。……

八月中旬,大家来到了洛阳。李麦带着他们来到烧窑沟长松的家里。长松也正准备回老家去。杨杏不在家,她到渑池县和洛宁县看望秀兰和玉兰去了。因为两个闺女都卖在那里,临回老家前,杨杏想和她们打个招呼。

在路上晓行夜宿,马不停蹄地走了二十多天,一个个都累得疲惫不堪,像散了架子。徐秋斋脸消瘦得像刀条一样,眼窝也深凹下去了。大家都想在洛阳休息几天。春义的小车轴一路上也磨坏了,需要找一根枣木心换上。长松也希望和他们搭帮走,就把他们留下,住在窑洞里。

下午,李麦到西关老清婶家去了。爱爱和雁雁都不在家。老清婶正在给一个一岁多的男孩在盆里洗澡。那个小孩胖墩墩的像条芝麻虫一样,在水盆里乱舞乱跳,李麦和老清婶寒暄后,指着小孩问:"这是爱爱那个孩子?"

"咋不是!"老清婶脸上飞过一阵红晕说,"可淘气了,我就收拾不住他。"

李麦拍着小孩的头说:"多灵巧的一个孩子,叫个啥名字?"

没等老清婶回答,那个孩子结巴着嘴说:"我叫牛郎,姥姥说我是天上掉下来的星星。"

两个老太婆都笑了。李麦感动地说:"嘿!看这张小嘴多会说。"老清婶说:"可懂事了!我给他煮了个鸡蛋,他舍不得吃,要给他妈留着。"

到了夜里,爱爱从书场回来了。雁雁也回来了。说到回老家的事,雁雁最积极。她说:"妈,咱赶快回去吧,要不好地都叫人家开完了,将来给咱剩点赖地。你不用担心,我会种庄稼,犁地、耙地、摇耧、撒籽,什么时候种,什么时候收,我全知道。"

老清婶说:"回去也不是吃白糖果子。连间茅草房都没有。"

"搭呗!"雁雁不在乎地说,"总比住人家这破房子强,山墙都快要倒了,就这一个月还得交几十块房租。”

大伙你一言我一语地说着,爱爱歪在床上拍着孩子睡觉,却不吭声。李麦问她:“爱爱,你是怎么打算的?”

爱爱说:“各家有各家的难处。要是俺爹活着,回老家开几十亩地种种,肯定比这里过得好。如今我爹去世了,就是分点地谁去种?叫我妈和雁雁回去吧,我还带着这个孩子没人照看,依我看,我们就在这里混吧!好歹我还有这个说书的营生,只要没有大的兵荒马乱,我一个人也能养活他们。”接着她又叹口气说,“赤杨岗,我是没有脸再回那个村子了。我宁可把脸丢在洛阳城,也不能把脸丢在乡亲们面前。”

老清婶这时也叹息着说:“她婶子,我也在作这个难哪!农村不比城市,关住门自家过自家。爱爱要是带着她这个冤孽回咱老家,他没爹没姓,还不叫村里人说死?再说,回去开荒种地,也不是像说句话那么容易。我如今老了,还得了腰疼病。到乡下,医院没有医院,大夫没有大夫,要是犯了病我可怎么办?我是不想回去了。在这里好赖我们能吃个机器面条,如今再让我擀面,我也擀不动了。”

李麦听她说的口气,知道她这些年在城市里过惯了,不想再回农村了。从实际考虑,她家没有个男孩子,回到乡下也确有困难!爱爱既然说了多年书,何必再回去学种地?只是想到海老清种了一辈子地,结果全家人流落在城市,替他有点惋惜。李麦是个精明人,她看透老清婶的心事,就安慰她说:

“嫂子,我也想到你们的难处,世上百行百业都是人干的。只要能够生活,也不必舍近图远,回老家啃那二亩地。至于爱爱这件事,你们也不必老放在心上。咱们黄泛区的人,如今也开通了。都在外边跑了十几年,遭这么大的灾,谁还笑话谁?俗话说,‘谁家老坟里没有弯腰树’?人能活下来,就算有志气,就算刚强!我们先回去,晚几年村子里安定了,你们也可以回去看看。海老清是咱赤杨岗的一户人家,将来就是分土地,也得给他留块坟地。小牛郎将来想回去,我们也要给他分一份地。他也是咱赤杨岗一口人。”

李麦这一番话把她娘仨感动了。爱爱含着泪说:“大婶,我们太感谢你了。将来我们一定要回赤杨岗看你。”

四

过了两天,杨杏从渑池县回来了,一进窑洞门,她看到徐秋斋、李麦等人都在自己家里,也顾不得休息,就从屋里找出小半袋白面,忙着给大家烙饼吃。

李麦说:“玉兰她娘,你休息会儿吧,好面留着烙成干粮,将来到路上吃。”

“不碍事,烙干粮的面还有……”她话没有说完,就赶快用擀面杖擀着面团。她似乎在强忍着内心的悲痛。擀着擀着忽然停住了手,对着墙角发起呆来,有时则背着大家偷偷地抹了抹眼泪。

吃饭时候,杨杏虽然强颜欢笑,热情招待乡亲们,可是眼角上总是挂着泪珠,有时暗暗叹着气。李麦和长松都看出来了。但他们都没有细问。到了夜里,大家都拉条席子去院子里睡觉了。屋子里只剩下李麦、长松和她三个人时,长松才问:“看见秀兰、玉兰没有?”

杨杏的眼泪再也忍不住了,“哗”的一下流了下来。她哽咽着说:“小建他爹,你千万可别伤心。咱……玉兰……已经没有她这个人了!……”

长松的脑子里“嗡”了一下,他做梦也没有想到,玉兰会永远离开了他们。他狠狠地捶着自己的头,眼泪扑簌簌地掉了下来。他的嗓音都变了:“玉兰,爹、爹对不起你……”

杨杏到渑池县先找到秀兰。秀兰是被南阳人贩子卖给百里镇一家姓刘的农民了。这家倒是个正经庄稼人,有五六亩地,两间草房,还喂了头小驴。就是男人岁数大一点。他名叫刘成,已经四十六七岁了,比杨杏还大两岁。人倒是个实诚人。杨杏在她家住了两天,又是杀鸡,又是买甜瓜。一到夜晚,刘成自己睡在驴棚里,把床腾出来让给秀兰她娘儿俩,让她们叙话。秀兰生了个闺女已经一岁多了,刘成每天扛在肩上,摘枣钩梨,喜欢得就像掌上明珠。

秀兰听说他们要回老家了,饭也无心吃,活也无心做,每天只是哭。

杨杏劝她说:“闺女,不是做娘的心狠,把你往火坑里推,当时实在是没有办法了。要不是你和玉兰……换的那几个钱,你爹能活到现在?你俩兄弟恐怕也保不住他们的命。……以后叫你爹、小建和小强年年来看你。老家离这儿虽然远一点,咱娘儿几个还是能见面的。……”

秀兰却哭着说:“妈,我跟你们回老家看看不行吗?”

杨杏说:“老家如今还是一片荒草湖泊,吃没吃的,住没住的地方。你还奶着孩子。等着将来把家安顿好以后,我叫你爹来接你。”

秀兰也知道她妈说的是宽心话,只哭着说:“就我的命苦!……”

临行时,秀兰把她妈送了十来里。路上杨杏又交代说:“秀兰,好日子、歹日子,打起精神往前过。我看刘成这个人不赖。一碗水已经泼到地上了,要好好跟人家过。再说,也要替人家想想,他也是个穷人,听说为成这个家,他花了五六石粮食。这是人家半辈子的积蓄啊!人要什么样子,不能像画上一样,只要心地善良,勤快实诚,岁数大一点,这也不算什么。……”杨杏咬着牙说出了这句言不由衷的话。她自己的眼泪也流下来了。就在这时候,秀兰扑过去,一把抱住她,失声大哭起来。

刘成气喘吁吁从村子里赶来了。他买了二十个水煎包子,用柳条串着送来了。他不好意思地跟杨杏说:“妈!我给你买了二十个包子,你到路上吃。”

这是他第一次向杨杏喊“妈”。杨杏的脸“刷”的一下红了。杨杏心里知道他不是来送包子的,而是害怕秀兰跟自己跑了。杨杏硬着心擦了擦眼泪,对秀兰说:“回去吧,妈以后再来看你!”说罢扭头走了。走了半里地,她还是忍不住回头看了看。只见刘成在地下蹲着,秀兰还踮着脚,伸着脖子向她翘望着。……

过了几天,杨杏来到了洛宁县石涧村。玉兰是在前几年被卖到石涧村,一个姓张的地主家里,给人家作二房。这个地主叫张汉臣,已经五十多岁了。当杨杏打问到他家门口时,从门里先蹿出来一条大狼狗,差一点把杨杏扑倒在地上。后来还是走出来个长工把狗捺住,杨杏才进到他家里。

张汉臣的大老婆接待了她。张汉臣的这个大老婆长得有五尺多高,瘦得像一根旗杆,手里端着个水烟袋,说话的声音,走路的架势,都像个男人。

她打量了杨杏一眼,吹出一袋烟灰说:“啊!你是玉兰她娘啊!”

杨杏谦恭地说着:“是啊,这几年我们说来看看孩子,可是家里还有五六口人,总是出不来门。如今我们要回老家,想来和她见一面。再说,也想来瞧瞧你们,这也算是一门亲戚。”她说着,把刘成给她买的那二十个水煎包子,放在桌子上说:“来了也没什么拿,买了一串包子,请你们尝尝。”

张汉臣老婆的脸色冷冷的,对杨杏送来的包子,一眼都没有看,“呼噜噜呼噜噜”地继续抽她的水烟。停了一会儿,才慢条斯理地说:“要说你也是太婆哩。唉,太婆,你来晚了一步。玉兰她今年春天不在了!……”

“什么?”杨杏浑身颤抖起来,“她……她……她怎么死的?”

“害病死的。唉,害的是痨病。害了一冬一春了。光中药吃了几十服,大夫换了五六个,结果也没有救了她的命!”

杨杏流着泪说:“我们玉兰自小身体可好了,她怎么会得这个病?”

“去年秋天小产了一次。身体亏损了,另外,她平常吃饭太挑剔……”

“不!不!……我自己的孩子我知道。她粗茶淡饭什么都能吃,从来不挑食!”

张汉臣老婆把脸沉下来说:“可能是到我们家变了……唉,为了办她这个事,前前后后我们花了三四石粮食。怨我们没有运气,也是她没有福气。……”

正说话间,张汉臣走进来了。他是个矮个子,歪肩膀,圆脑袋,蒜头鼻子,腮帮上还长着一撮“财神胡子”,他结巴嘴问着:

“玉兰她……她……她妈来了?”

他老婆用火香一指杨杏说:“这不是!”说着脸阴得像从水里捞出来一样。

张汉臣笨嘴笨舌地打着招呼说:“哈,哈……哈,……玉兰她……她……她就不吃药!”

他话还没说完,他的老婆就吆喝着他说:“你到前边去吧!这儿没有你的事!”

“是!……是!……是!……你们说话。”他说着像个陀螺似的转着身退了出去。

看到眼前这个丑陋的男人,杨杏的眼泪怎么也止不住了。对于玉兰这几年的处境,她完全清楚了。她心疼女儿,她痛恨自己。早知道玉兰是跳进这样一个火坑里,还不如她娘儿俩抱住一齐跳在黄河里。

张汉臣的老婆要留她吃饭,她拒绝了。在这个冷得像冰窖的地方,她一分钟也不想待下去。她问:

“我们玉兰的坟埋在哪儿?”

“你还要去看她的坟啊! 哎哟,可远了,在后岭上乱葬坟里。你还是别去了,得翻两条沟。……”

杨杏说:“不,我要去看看。闺女是我身上的一块肉。我做娘的来到这里,生不见人,死不见坟,这不是做母亲的道理。”

“那好吧!”张汉臣老婆说着向院子里喊着,“李家,李家,你把这个媳妇领到玉兰坟上去!”

玉兰的坟埋在山坡的乱石岭上。一个矮矮的小坟堆上边,稀稀疏疏地长了几棵狗尾草。坟向是坐北朝南侧挖在山坡上,好像这个可怜的姑娘并没有安眠。她睁着两只眼睛,在痴痴地遥望着自己的故乡。

长工送杨杏到坟前就自己回去了。杨杏看着这一抔红土,忽然在坟前跪下了。她嘴里说着:“玉兰,我的好乖乖,我的好闺女,妈来看你了。……是妈把你推到火坑里了……六十斤高粱送了你一条命。玉兰,你走了这几年,咱娘俩没有见过一回面,没有说过一次话,你到底是咋死的? 你对妈说说,你给我托个梦也行。你在梦里对妈说说。……”杨杏憋了一天的难受心情,在玉兰的坟前全部倾泻了出来,她的哭声好像使鸟雀停止了叫声,让树垂低了枝条。

“大婶,你是玉兰她妈吧?”

杨杏正在坟前放声痛哭,忽然听到一个年轻妇女的喊声。她急忙拭了拭眼泪,抬起头来,见面前站着两个妇女:一个二十多岁,一个三十多岁。两个人都挎了个篮子。篮子里放着小铲和野菜。杨杏说:“我是她妈……”

那个二十多岁的年轻妇女,一屁股蹲在杨杏跟前说:“大婶,我们是玉兰家的邻居。玉兰死得苦啊,她愣是叫‘老妖婆’折磨死了! ……”

“就是张汉臣他老婆!”那个中年妇女帮着解释说着,也蹲在地上。

年轻妇女接着说:“他们家可狠毒了,整天让玉兰吃剩饭。蒸点白馒头,老妖婆收拾起来,炒点菜他们两口子吃,让玉兰整天喝红芋叶糊糊。就这样,老妖婆还整天骂玉兰吃得多。玉兰今年春天怀孕以后,每天还得照样给他家磨二斗粮食,下着大雪还要去地里给他家背花柴!”

杨杏说:“不是说得了痨病吗?”

“哎呀,大婶!”那个年轻妇女急切地说着,“先小产,后吐血。那天他家翻晒麦子仓库,玉兰从早到黑折腾了一天,黄昏就小产了。那天我去他家借水桶,玉兰和我偷偷说的。”

“害了三个月病,没有抓过一服药,老妖婆光让喝澄清米汤,有一天还是我给玉兰送了两个熟鸡蛋吃,惹得老妖婆拍着屁股骂了三天。”那个中年妇女说着掉了眼泪。

两个媳妇向杨杏说了玉兰在害病时情形,杨杏嘴唇都气成青颜色了。她不住地擦着眼泪说着:“我的可怜闺女啊,我的可怜闺女啊!……”

“大婶,你去告他!”那个年轻妇女气愤地说,“我们早说了,玉兰娘家难道就没有一个人了?应该给玉兰出出气。俺这一条街都为玉兰抱不平!”

杨杏没有主意了,她想了半天才说:“她嫂子,你们这一番好意,我是领情了。可是玉兰死时,我活没有见人,死没有见尸,我怎么去告?再说我们是异乡人,整天靠要饭过日子,我们哪有钱去打官司?算了,怨我们玉兰命苦……”她说着又气愤地哭着说,“我要告谁?应该被我告的人多了!哪里是我们申冤说理的地方?”

……

窑洞里变得死寂了。长松、杨杏、李麦、小建、小强和小响好像都睡了。其实他们谁都没有睡。在黑沉沉的夜里,他们有的在暗暗抽噎,有的在默默地擦眼泪,有的把拳头紧紧握着,砸着床边的木头。

“喔喔喔……”鸡子叫了头一遍。天快亮了……

第五十三章　还　乡

地是聚宝盆，
有地才有人。
地是黄金板，
有地就有脸。
——黄泛区民谚

一

四圈听说乡亲们都要回老家开荒种地，他也准备和大伙一同还乡。他对李麦说："你们候我一天，我还有个伴儿。回去开荒种地，孤身独条子不行，得有个做饭的。"

李麦稀罕地问："四圈，你成家了？"

四圈不好意思地说："马……马……马马虎虎，也……也算是成家了。这人心……心思可好。明天我……我把她领来。"

四圈走后，大家稀罕着四圈居然找到个媳妇了。长松说：

"我知道。肯定是海香亭那个小老婆刘玉翠。海香亭在徐州被解放军打死了。刘玉翠也没个男人。"他又小声说，"过去他俩就不大清楚。海香亭为这件事，把四圈赶出来了。听说这个女人手里钱不少，海香亭那些年贪污的粮食都买成金条了，恐怕现在都在这个女人手里。"

徐秋斋摇了摇头说："我就不信。她这样的人能跟着四圈去咱乡下开荒种地？她能吃了这份苦？"

长松说:“这也难说。‘人对脾气,狗对毛尾’。前些年四圈穿着大衫小礼帽,嘴里不离洋烟卷,据说都是她贴的钱!”

杨杏在一边说:“不会是刘玉翠。”

长松说:“你怎么知道就不会是她?”

杨杏说:“我也说不出个道理。反正我看刘玉翠不会跟着他走这一步。”

其实,在两个月前,四圈确实去找过刘玉翠。四圈听说海香亭死了,也确实高兴过一阵子。他想起刘玉翠当年在东关大石桥下,送给他耳环时的情景,他清楚地记得刘玉翠说的话:“四圈哥,我们这是千里姻缘一线牵……你早晚有困难,就去找我。”他仿佛又看到了刘玉翠眼角上流出的两滴眼泪。……四圈的心“怦怦”地直跳,他真想马上见到刘玉翠。他好几次在刘玉翠的住家前转悠着,但是,不知为什么,他始终没有敢走进去。他希望“碰巧”遇到刘玉翠从大门里走出来,可是那两扇大门却总关得紧紧的。

“屌!只管去一回。反正海香亭也不在了,谁还敢把我推出来?”拿定主意以后,四圈到“卫生池”澡堂洗了个澡,又借了车行会计先生一件大褂穿上。可惜这件大褂短了些,四圈只好把腰猫了猫。

他鼓足勇气,敲着黑漆大门上的门环。一个收拾得干干净净的老妈子开了门。问:“你找谁?”

四圈说:“找……找……找玉翠。她是俺们掌……掌……掌柜婆。”

“你来吧。”老妈子把他领进前客厅。前客厅的摆设全变了。两张太师椅子和一张八仙桌子不见了,换成几个软乎乎地包着布的矮椅子,中间放的一个就像一张小床。

四圈没有敢往上坐。就在这时候,他听见了一阵皮鞋响声。

进来了一个二十多岁的年轻男人,梳着飞机头,穿了一身花条西服,脚上是一双红得发亮的大眼皮鞋,胸前小口袋里,还露出一角粉红色的手绢。

一阵浓郁的雪花膏和发蜡的香味扑进四圈的鼻子。他上下打量着四圈问:

“你找玉翠儿有什么事?”

他把刘玉翠叫做玉翠儿,这使四圈大惑不解。他不知道面前站的这个男子到底是什么人?他说着:“我……我叫四圈,她知道。我想见……见见她。”

那个人说:“她知道你来了。她昨天夜里打了八圈麻将,身子累了。她说,她不想见你。你有什么事,可以和我说。”

四圈有些伤心了。刘玉翠居然不愿意见他一面,他后悔自己来得太莽撞了。

“你是不是要点钱?”那个人又问。

四圈觉得自己的头变得“大”起来了。他愤愤地说:“我不是来打饥荒,我不缺钱。”

“那么,你还有什么事?十点钟我们还得去照相馆。”

再愚笨的人,在嫉妒方面总是敏感和聪明的。就在这一刹那间,四圈似乎明白了这个穿西装的小白脸和刘玉翠的关系。他歪着脖子问:

“您……您……您这位先生,贵姓?”

那个人脸皮略略红了一下,眯着眼说:

“我——姓王。”

“台……台甫?”四圈学着官场的称呼,问着他的名字。

“王韵笙。”

“这王韵笙是谁?这个名字怎么那么熟?好像在哪儿听说过……”走出刘玉翠家的大门,四圈一直在琢磨这件事,他似乎听谁说过这人……拐到“大五条”的家里,他问“大五条”说:“你……

你知道,这王……王韵笙是干什么的?”

“王韵笙?!不是在‘民乐剧院’唱花旦的王韵笙吗?可有名了。他爹就是‘玻璃脆’。”

“啊呀!就……就……是他?怪不得……这么面熟哩!”接着他大声骂着说,“屌……屌……屌毛灰,穿……穿着洋装,烧……烧得‘五脊六兽’!你跟我当年一样,都……都……都是‘炕上的长工’!王八羔子,老子如……如今还不干呢!老子回去分地。老子也……也是个户。”

“大五条”说:“四圈,你怎么骂人了?人家和你无冤无仇的,你凭什么……”

四圈说:“×他娘!做……做贼的遇上劫路的了!”接着,他老老实实把去找刘玉翠的前后过程讲了一遍。“大五条”笑得闪腰岔气,擦着泪花直不起腰来。

四圈却不笑。他歪着头思索着说:

“刘……刘……刘玉翠不是东西!”

“大五条”说:“‘是脚不是脚,你就要往鞋里搁’。人家是有钱的太太,现在又是拿着一串钥匙的当家人。她能跟你四圈吗?你也没有照照镜子,看看你自己的模样:你那一张脸和马脸差不多,人家稀罕你?”

四圈又回忆着说:“可不,就是给她当马当驴干了几年,我……我……我真亏了。”

四圈又发起愁来。他想,回老家连个做饭的都没有,还不如在城里混着,买着吃个现成。

“大五条”劝他说:“要我说你还是回去。在这城市里像个没尾巴的风筝,有个啥结局?回家开几十亩地种着,打下粮食往囤里一放,想怎么吃就怎么吃。乡下可有意思了。我小时在乡下过,干点活,风吹着,瓜果菜蔬,什么新鲜东西下来吃什么。可惜我老家在扬州,老家也没有人了。我要是有你这个老家,我早回去了,何必在这儿半死不活地苦熬着。”

四圈眼睛一亮说:“原来你……你……你不怕农村啊!”

“大五条”说:“我在这儿有啥过头? 在那火坑里过了半辈子,作践得不像个人,到老来还不是乱葬坟里一扔。”她说着低着头说,“我没个亲人,谁是我的亲人?”

四圈这时拍着腿说:“嗨! 我……我还真没想到! 你……你……你……你跟我走!”

“大五条”含着泪兴奋地问:“四圈,我跟你走,算怎么回事?”

四圈说:“嗨呀! 那……那……那还用说吗,咱俩就是两……两口子。”

“大五条”给四圈跪下来。她流着泪说:

“四圈,你要我吗?”

四圈把她抱起来了,他说着:“你……你……你比刘玉翠强得多! 咱俩过……过到底! 谁……谁……谁反悔天……天打五雷轰! ……”

二

第二天,四圈领着“大五条”到长松家来了。大伙一看不是刘玉翠,却是一个三十多岁面黄肌瘦的女人,都有些奇怪。

四圈把她领进门,就指着徐秋斋说:

“这是咱……咱徐大爷,叩头!”

“大五条”急忙跪下叩了个头。

四圈又指着李麦说:“这……这……这是咱李麦婶子,叩头!”

“大五条”正要往下跪,李麦一把拦住说:

“可别这样,现在不兴这些老俗规矩了。”

"大五条"和大家见面以后,从腰里掏出一包"金鸡"牌大包烟,向每人让着,徐秋斋和长松各吸了一支,"大五条"也点了一支自己吸着。

四圈吸着烟说:"长松……那年找小响,就是她……她去说……"

长松心头一热说:"她大嫂,小建回来跟我说过你,多亏了你……"这时小建也进了屋,见是"大五条",赶忙叫了声:"姑!你来了。"

"大五条"说:"小建,你又长高了。"

李麦是个热肠子人。她看着这个女人风尘满面,表情矜悯,知道这是一个受过大罪的人。又听说她心地好,为了赎回小响出过力,便亲切地拉着她的手问着:"他嫂子,你姓啥!"

"我姓皮。……"

还没等"大五条"说完,四圈急忙说:"她……她叫个皮柿花!"四圈不愿意别人知道她那个"大五条"的外号。

徐秋斋又问着皮柿花:"你老家是哪里?"柿花说:"扬州。整年遭水灾的地方。"

徐秋斋说:"唔,吃大米的地方。咱们老家可没有大米吃啊,你能过得惯吗?"

皮柿花说:"大爷,我这一辈子什么苦都吃过,什么罪都受过。来洛阳已经十多年了,前几年红芋干做的馒头,还不是照样吃。你们放心,我什么苦都能吃,地里农活我也能干。"

李麦说:"他嫂子,你能给四圈做个饭,我们就放心了。咱赤杨岗的人可实在了,一点也不欺生。另外,咱们那里是共产党领导的解放区,对咱穷人可好了。……"

小响给皮柿花端来一碗热茶。她说:

"婶子,你喝茶。"

皮柿花当了一辈子妓女,还没有人管她叫过"婶子",当她第一次听到这个亲切的称呼时,她的眼睛潮湿了。

四圈没有发现。他在热情地向大家介绍着说:“别看她瘦,她没有病。要是得住好茶饭,一个月就吃过来了。……”

三

洛阳城里的雄鸡刚刚唱过了头遍,洛河板桥上的晨霜,已经踏满了行人的足迹。这几户农民默默地离别洛阳,向着黄泛区出发了。他们推着车子,挑着筐子,拄着棍子,挎着篮子,他们的篮子里盛着痛苦,盛着眼泪,也盛着人类这一段历史。在历史的天平上,痛苦和坚强,忍耐和信心,眼泪和鲜血,愤怒和斗争,都是同一重量的砝码。它们互为因果地推动着历史的前进。

他们翻过巍峨的嵩山,走过灰尘飞扬的黄土大路。第九天中午,来到了黄泛区边缘的吕潭镇。他们在吕潭镇吃过午饭,开始向黄泛区腹地进发,只见到处是一人深的野草,到处是荒榛荆棘。黄河水已经向东流去了,它把沙丘、淤泥、水荡和池沼留在这片广袤的土地上。草丛里,野兔瞪着红宝石般的眼睛,悄悄地看着陌生的人群。它们来回奔逐着,惊起一群群熟睡的野鸭。

李麦在前边领着路,带着大家往前走着。有些地方小车无法推了,几个人抬着车子走。有些地方还是一片沼泽,大家脱了鞋蹚了过去。

小响离开家乡时,才六七岁,现在已是十五六岁的姑娘了。她问着李麦:

“奶奶,咱村在哪儿?”

李麦说:“快到了,前边有两棵大杨树就是。”就在这时候,徐秋斋忽然大喊着:

“看见大杨树了!那不是咱村的大杨树吗?”

大家不约而同地停住了脚步，抬头向前边望着。只见在一片草丛苇海中，赤杨岗那两棵高大的杨树，在灿烂的阳光下，万片枝叶闪烁着金光，一阵风吹过，树叶“哗哗”地响着，好像它也在拍着手欢迎他们的归来。

到了村口大杨树下，大家有些茫然了。当年几百家房屋全被湮没在黄水里了。有几家瓦房的屋脊还露在地面上。当年祠堂前的高大石碑，只露个弧形圆顶，变成了人们休息时坐的石凳。

村子里已经零零散散回来十几家人家了。王跑一家，陆胡理、裴合和前街几户人家都回来了。

王跑看到李麦、徐秋斋、长松、春义、四圈等都回来了，高兴得流着眼泪哇哇直叫。他抱住徐秋斋的肩膀说：

“徐大叔，想不到你也回来了。真是命大啊！恐怕咱村就剩你这一个老寿星了吧！”

徐秋斋说：“阎王爷不要命，小鬼不来传，我还要狠活它几年哩。我要和老蒋熬一熬，看谁活得长。”

王跑家和裴合家几个妇女，围着李麦、梁晴和杨杏，又是哭，又是笑，又是吵，又是嚷，她们互相喊着、说着、比画着，谁也听不清楚谁说的什么话。

小建和小强都长成大小伙子了，他们和毛蛋等几个半大孩子互相笑着、看着，谁也不认识谁。

进村的路上，徐秋斋看了陆胡理一眼说：“老陆！你咋也回来了？”

陆胡理苦笑了一下说：“唉！这几年我算是吃了苦头了。到哪儿都不是老娘舅家，不是叫汉奸队欺侮，就是让有钱人讹诈……”

四圈心眼实，说：“老陆，不……不是说……说你进了褚元海的……的汉奸队了？”

陆胡理的脸红了：“四圈，你这话是哪里听来的？我早就看透了褚元海是个孬种，我能跟着他？”陆胡理确实早就离开了褚元海。他觉得跟着褚元海受憋，不如在外头自在。正好那一年，他认识了石印厂的一个雕版工，便偷偷离开了汉奸队，两个人合伙仿造起“关金券”来。没有多久，案发了，那个雕版工先被抓了，一听到这个消息，陆胡理剃光了头，换了衣着，连夜逃跑了。他提心吊胆过了好长时间。在外头实在混不下去了，听说难民们开始还乡，他也跟着难民队伍，溜了回来……

四

第二天，李麦带着梁晴，到红柳赶集去了。她要去县里和秦云飞联系一下，给回来的人贷一些农具和粮食。

红柳集这天正好逢集。由于附近各村陆续回来一些农民，这里临时起了一个农村贸易集市。农民们把柴草、柳棵、苇子挑来集市上卖，换回去些红芋干、粮食和由周家口运来的日用品。

红柳集已经成立了区政府。徐中玉任区长，宋敏任区妇联主任。李麦找到徐中玉，和他商量贷借麦种的事。梁晴就自己跑到街上逛集市。

梁晴还没有见到天亮。她听王跑说，天亮如今在区武工队。她也不知道武工队在什么地方，只好在街上来回走着，对每一个穿黄军服的人都注意地看着。

在十字街口一个小土墩上，有几个战士在向赶集的人进行宣传——说快板。四周围了一大群人。梁晴忽然发现那个说快板的人，声音和动作好熟悉。她赶快挤了过去。那个说快板的人大约有二十多岁，宽肩膀，长胳膊，四方脸，高鼻梁，下颚向前突出着。当梁晴第一眼看到这张脸庞时，她觉得很陌生，这个人根本不像她在梦中多次见到的天亮；可是她从那两只大眼睛射出的眼神中，却断定他就是天亮。因为这一双眼睛太熟悉了,这一双又大又黑的眼睛,已经在她的心中刻上了十年。

天亮在说着快板:

今天乡亲们来得早,
先向大家问个好。
逃荒八年咱回到家,
看见土地就想叫妈。
蒋介石扒开花园口,
一担两筐外乡走。
人吃人,狗吃狗,
老鼠饿得啃砖头!
八年的苦情说不完,
共产党领导咱建家园。
开垦荒地把家安,
又发镢头又发锄,
开了荒地种庄稼,
种了绿豆种芝麻。
……

天亮在打着竹板微笑地向大家数着,群众哈哈地笑着。梁晴却一句也没有听见。她只顾往里挤着。一阵掌声响过后,台上的那个人向群众敬了个礼,随着几个战士又到南街去了。

梁晴不顾一切地在人群中跑着追着那几个战士。她一面跑着一面喊:“哎!当兵的!当兵的!……”

天亮猛地扭回头,看见一个青年妇女从后边跑来,他们虽然离别了七八年,但是,天亮从她的身材、模样和说话时的表情,便立刻断定,来的这个人就是他日思夜想的梁晴。他的心“怦怦”地剧跳起来。梁晴这时已经飞快地跑到他的面前。他们两个人对视了几

秒钟,互相都说不出话来。眼泪从梁晴的眼睫毛上滚落下来了。她低下头问:

“你……是不是天亮哥?”

“晴!……”天亮高兴地喊叫一声,一把上去抓住了她的胳膊。梁晴拉掉她头上搭的毛巾去擦眼泪,头上露出来梳的髻髻。就在这一刹那间,天亮呆住了,浑身的血液好像停止了流动,他脸上掠过一丝痛苦的表情,手慢慢地松开了。

梁晴还没有感觉。她几乎是偎依在天亮的胸膛前,流着眼泪笑着说:

“我看着像你又不像你,我只管喊!跑得太快了,还把人家一篮子红薯撞翻了。我不管,谁叫它挡住我的路!天亮哥,你没有想到我们现在回来吧?”

梁晴像个小姑娘似的热情地诉说着。天亮强作镇定地笑着听着。可是这个笑容是有礼貌的,也是痛苦的。

“你们什么时候回来的?”他问。

“昨天后晌。我一夜都没有睡着觉。就是盼着天亮!”梁晴幽默地说着向他撒娇。

天亮大方地说:“晴,回来了就好。家里有什么困难,咱们分区政府可以帮助。我妈回来了没有?”

“什么?”听到这个刺耳的冰冷的“官腔”,梁晴呆住了。“是不是天亮已经成家了?”一丝阴影掠过了她的心头,她竭力控制住自己的感情。她说:“你说是俺婶子?……她回来了,她今天就是和我一道来红柳集的,她在区里和区长说话。……我们是一道从西安回来的。”

天亮犹豫了一下,客气地说:“晴,天晌午了,到区上吃饭吧。下午玩玩再走。”

梁晴怀疑地看了他一眼,低下头,眼泪又流在面颊上了。她说:“我不去吃了。我不饿。”

天亮却用手推了一下她的脊背说:“走吧,我们这个伙上,平常亲戚朋友来,都在这儿吃饭。”

梁晴的背上还留着他手掌的余热。她勉强地跟着他走了。

天亮领着梁晴到武工队宿舍里坐下,他去打饭。梁晴看着他床上摆的铺盖行李十分简单,床下还放了一双破了个洞的旧鞋子,她从各方面观察,都找不出天亮已经结过婚的痕迹。她心里又产生了一丝希望。

她在西安时,曾经给天亮做了一双漂亮的黑礼服呢布鞋子,今天也带来了。她把包袱解开放在床上。

天亮端了一大碗稀饭,拿着四个馒头进来了。他说:“晴,吃吧!”

梁晴鼓足勇气说:“天亮哥,我给你做了一双鞋子,你试试。”

天亮却没敢接。他为难地说:“哎呀,我们发的有鞋子啊。”接着他又解释说,“晴,我们共产党的军队,有铁的纪律,不能拿群众一针一线!你还是拿回去吧!”

梁晴几乎要哭了。她低着头,把鞋子包到包袱里去。

天亮把筷子递给她说:“晴,你吃饭吧,看汤快凉了。”

梁晴说:“我们老百姓也有纪律,不敢吃你们新四军的饭!”

天亮看她生气了,自己心里也很难受。他劝她说:“晴,你才从外面回来,生活一定很困难。一双鞋子拿到街上能换十五斤高粱,你就换点粮食吧!”说着他又从床头拿出五十斤粮条,二十元冀南票放在桌子上说,“这是五十斤粮条、二十元冀南票。你拿着吧,看该买什么就买点吧……”他说着,眼睛忽然涌出了泪水。他又嗫嚅说着:“以前我们都是小孩子,况且这么大的灾难,一离别七八年,多少结过婚的夫妻都被拆散了,还差我们!……我不埋怨你!今后,我要把你当作亲妹妹看待,我还要照顾你。”接着,他擦净了脸上的眼泪问:

“你家里几口人?”

梁晴惊骇地问:“谁家?”

“你家呀!”天亮说。

梁晴这时全明白了。她的眼泪“哗”的一下又流在面颊上了。不过这两行泪水却是热的,热得把她的脸都烫红了。

她眼睛中闪出一种奇异的表情。她说:

“俺家四口人。俺婆子,妹妹,还有他!”

“他是哪个村的?”天亮忧郁地问。

“他就在你们区里工作呀!”

“在区里!”天亮惊叫着,“谁呀?”

梁晴站了起来,狠狠地擂着他的肩头说:“海——天——亮!……你呀!……”

天亮喊着说:“我怎么知道?我怎么会知道?你梳了个婆娘头!”

梁晴一把把头上盘着的髻扯了下来,她兴奋地笑着说:“你呀!你这个排长,比你妈差得多!咱妈在西安第一次见我时,我也是梳着髻。人家一眼就看清楚是怎么回事,还说,兵荒马乱的年月,梳个髻好。可你呢,叫我到街上去卖鞋!……我在外边姓了八年你海天亮的姓了!”她说着,一头扑进天亮的怀里,用牙齿狠狠地咬着他的衣服。

天亮急忙关住了房门。……

五

月亮掀开了飘浮的面纱,把水银似的清光洒满了大地。夜,显得更宁静了。风已经停住了,杨树枝上叶子低垂着,它好像拍了一天手,唱了一天歌,现在疲倦了,要休息了。芦苇也纹丝不动了,它只把暗暗浮动的阵阵清香,送向归来的流浪者。

鸟儿睡了,青蛙也睡了,蛐蛐和金铃子也都睡了。但是回到家乡的难民们却没有睡。他们的身体疲乏极了,思绪却静不下来。他们躺在自己的土地上,面对着天空,他们发现故乡的月亮明极了。七八年来,他们从没有见过这样皎洁的明月,就连那白茫茫的天河,也闪耀出璀璨的光芒。

徐秋斋躺在草地上铺的一条席子上。因为怕蚊子咬,他在身旁点了一堆青蒿。近几天来,他一直在拉肚子。在洛阳时,他曾经去药店买了二两黑山楂,熬了喝了喝,可是还没有止住。

照他的说法是人老了,服不住外乡的水土,到老家就好了。他曾经对王跑说:"'人老百没才,尿尿滴湿鞋,刮风眼流泪,咳嗽屁出来!'人老了,毛病都出来了。可是只要得住土气,特别是把你养大的土,身体就又会扎实起来。"因此,他在回来的头一天夜里躺下后,就抓了一把泥土,放在鼻子上使劲地闻着。泥土的气味是清香的,还夹杂着一股湿漉漉的草叶香味。大约是心理作用,徐秋斋嗅了一会儿,肚子里咕咕噜噜响起来了,接着放了一个长屁,肚子里顿时觉得舒服多了。

他独自微笑了。他仰望着天空中的一轮明月,又给自己编了一个快板:

人老百没才,回到家乡来。
田地遍荒草,房屋沙里埋。
吃水没有井,烧火没有柴。
感谢故乡土,除病又消灾。

老头儿念着快板,慨叹了一番。不觉睡着了。……

第二天,大家都忙了起来。长松、春义、四圈,各家都在砍柳棵、杀苇子,准备盖房搭庵,先建个住处。这里长得像胳膊粗的柳棵,到处都是。苇子、白草都长得一人多深。把柳棵砍了当作椽子,把芦苇编成苇笆当作墙壁,再用干草苫到房顶上。不到两天工夫,一间间草房茅庵出现在赤杨岗的荒地上。

这些茅屋,有“鞍桥式”“凉棚式”“船篷形”“土窖式”,还有前高后矮,像个卧着老虎的“虎座式”,还有像“蒙古包”似的“谷垛式”。黄泛区人搭草屋的技术,是他们多年逃荒生活锻炼出来的。这些原始的房屋建筑式样五花八门,错错落落地摆在街头上。远远看去,好像一个原始人的房屋式样展览。

王跑和春义、梁晴等帮着徐秋斋搭了一座“瓜庵式”草房,他们砍了几棵大柳棵,搭成屋架。然后又苫了两三层苇草,光线虽然暗一点,住起来却是冬暖夏凉。庵子盖成后,徐秋斋满意地说:“多少年串人家房檐,如今落叶归根,总算自己有个窝了。我这个窝就叫‘安老窝’。”王跑说:“大叔,明年你在门前种几十棵西瓜,才像个瓜庵子呢。”

说到西瓜,徐秋斋问王跑:“你们平常就吃这苇塘里的水?”

王跑说:“吃了两年了。咱村的井都让黄水淤平了,一眼也找不到。”

徐秋斋说:“让我来找。一个村子没有水井,怎么能算有人烟?俗话说‘美不美,泉中水’,苇塘里的水不干净,咱们得找水井。”

下午,徐秋斋带着一群小伙子找起水井来了。他以祠堂瓦房的房脊作起点,然后回忆、步量、测算着距离。最后步量到一片荆梢地前,他指地下对小伙们说:

“挖!”

小伙子们拿着铣镐、镢头挖了起来。挖了不到一个钟头,果然发现石头砌的井台。第二天又挖了一上午,一眼砖圈大井被淘开了。大家吃上清澈的井泉水,都高兴地欢呼起来。他们又让徐秋斋找当年的石碾子和磨面的磨。两三天里,挖出了三盘石磨和一盘石碾,关爷庙的大钟也挖出来了。祠堂的石碑和一副锡做的香案，也挖出来了。

当这些“出土文物”摆满了街道的时候，村子里当年的轮廓也显出来了。四圈在村西头挖出了一个水缸和两个坛子，大家挖掘旧物家具的劲头形成了高潮。有的挖出水缸，有的挖出了犁耙、瓶瓶罐罐和一些碎铜烂铁。徐秋斋也捡了些砖头，把自己的茅庵铺成了砖铺地。

夜里，陆胡理来找王跑，他说：“跑哥，我已找到海骡子家的房基了。临街房子埋在泥里好像还没有坍。”他又小声地说，“他家堂屋里那些东西，好像当年搬到城里时，都没有带走，咱们今晚上去把它挖开怎么样？”

王跑听他一说，好像蝎子蜇了一下一样，忙说：“我不去，我不去。”

陆胡理笑着说：“这怕什么，埋在泥里的东西。……”

“你要去你去吧。我是不去。外财不发命穷人。我在上边摔过跟斗。”他又想起了白马寺那段痛苦往事。

老气这时候也笑着说：“老陆，你要挖，你去吧！你跑哥这几天搭屋子，累得腰疼，弯不下腰。”

“其实我也只是说说，谁有那闲力气去挖那些破烂砖头？”他说着扬长走了。

夜里，王跑听到一条沙岗上响起镢头挖地的声音。他思摸着这肯定是陆胡理下夜挖海骡子家的东西了。他偷偷猫着腰去看了看，果然看见陆胡理在一个坑里站着，向外撂着土、扔着砖头，他正看得出神，忽然背后有人拉了他一把。他吓了一跳，扭回头看时，却是自己老婆老气。

老气把他拉到自家的茅屋里说：

“你去看什么？那有什么看的，我说你啊，还是贼心不死！”

王跑说：“我看看犯什么法？我又不要他的东西！”

老气说:“看也别看。在洛阳时,那个陈老先生对我说:‘知人隐私者不祥,察见渊鱼者……遭殃’,像这种事,看也不应该看。”

王跑佩服老婆的见识,只好点头称是。过了两天,他见陆胡理端着把白铜水烟袋在吸烟。那烟袋擦得锃明发亮,还带着两条铜链子。他听见陆胡理在对裴合说:

“昨天在红柳集,五斤高粱换了这杆烟袋,回来我擦了擦,还能吸。”

王跑认得这把烟袋。他心里明白陆胡理是从哪里弄来的,鉴于老婆的告诫,他没敢对别人说。……

六

当赤杨岗的还乡难民,都在挖掘着盆盆罐罐和旧家具的时候,有一个人却对这些挖掘旧物的事情不屑一顾。这个人就是长松。

他亲眼看到自己家里的房子,在黄水冲来的时候倒塌了。他知道,家里除了几个破缸烂盆,别的什么也没有。这些天来,他一直在找寻着另一种东西,那就是他失去的土地。多少年来,海长松逃荒在外,一直惦念着当年用血汗换来的七亩地,回到村里,他几乎每天都在测算自己那块土地的方位。他终于在一片红淤土上,丈量推测出自家这块土地的地方。他的心“怦怦”地跳起来。因为这一片土地,全是黄河留下的淤积土,肥得一脚能踩出油来。他高兴得几乎要掉下泪来。

吃罢早饭,他对小建和小强说:“走,咱也去挖点东西!”说着,父子三人扛着镢头到荒野里去了。长松在荆棘丛生的淤土地上,挖了十几个大坑,终于找着了他当年埋在地上的镰刀和黄铜烟袋。他的眼泪又滴进这个散发着泥土香味的土坑里。

长松拿着发锈的镰刀对小建、小强说:“这就是我和你们讲过多少次的咱那块土地，七亩二分大，东西畛。如今它全变成淤土地了。为了这块地，我和你妈苦拼了半辈子，我没有到饭铺里买过一个烧饼吃。……”他说着又流下眼泪，停了一会儿，他又对两个孩子说，“别看他们挖出来个锅，挖出来坛子眼馋。对咱庄稼人来说，什么最主贵？地最主贵！什么是根本？地是根本。常言说：‘地是刮金板，有地就有脸’，咱在洛阳要有这几亩地，你大姐能失落在外边吗？你二姐能死在外乡吗？种庄稼是一本万利。我这一辈子，别的手艺不会，种庄稼还在行。我也要把你们教会。咱爷儿们只要肯下力，别看现在是荒草沙坡，明年夏天我要向它要三千斤麦子！”

小建和小强也默默无言地落泪了。他们在城市流浪生活中长大，他们从来没有见过自己的爸爸这样兴奋、这样激动，也从来没有听过他能讲出这么长一段话。

七

李麦到区上跑了几次，借贷麦种和发放农具的事，终于跑成了。按区里规定，每开一亩地，区里贷给麦种十斤，回来的每一口人，只要年满十五岁，不分男女，都发给农具一件。

这天，李麦领着长松、王跑、四圈等人来红柳集领麦种。秦云飞正好从淮阳分区回来。他见到李麦问：“大婶，你们村开了多少地了？”

李麦说：“开了二十多亩了。这不，今天就来领麦种。”

秦云飞说：“不行啊，你们村回来了三十多户人家，才开了二十多亩地。进度太慢啊，是不是大家有顾虑？”

王跑说：“有什么顾虑？现在人刚回来，干活不习惯，家具又不全。再说，茶饭也跟不上。七八斤重的镢头，抡起来可费力了。慢慢来吧!”

秦云飞笑着说:“可别把麦种吃了。”

长松说:“秦县长,你放心。麦种谁也不会吃掉。就是……”他说着又咽回去了。

李麦说:“叫我说吧,要说没顾虑,那也不是真话。群众还是有点顾虑,俺村就有人说:赤杨岗海骡子家的地就有几百亩,他现在还在开封干着国民党的事。把他的地开了,他要是回来算个‘驴打滚’账,吃不清还得兜着走。有些人说,光说谁开谁种,谁种谁收,有啥凭据呢?还是找找自己的老业地开着稳当。”

王跑笑着说:“秦县长,其实这就是我的话。”

秦云飞笑了笑说:“我说你们还有顾虑吧;其实不光你们赤杨岗,各村回来的难民,都有这个顾虑。我告诉你们个好消息,党中央制定的土地改革政策下来了。在我们解放区要实行‘耕者有其田’,坚决没收封建地主的土地,分给贫苦农民,永远归农民所有,咱们黄泛区因为人伤亡得太多,人少地多,实行谁开谁种,谁种归谁。只要一口人不超过五亩地,我们政府发给土地证。主要是鼓励开荒。”

王跑高兴地说:“你们出个告示不行吗!把这些政策都写上,再把你们县政府红大印盖上!”

秦云飞说:“这个你们放心吧!告示正在印哩!还要派干部去你们村。你们等着吧!”

过了两天,宋敏和天亮带着区武工队的几个战士来到了赤杨岗。他们又送来些麦种和农具,准备发给大家。

李麦悄悄地问宋敏:“小宋,告示带来了没有?”宋敏拍着背包说:“在里边,等会儿叫天亮同志给大家念念。”

李麦说:“还是你念吧,‘远来的和尚会念经’。人家说我们天亮是‘土八路’!他的话人家不信。”宋敏笑了说:“中。这一次倒用上我这‘南蛮子’了。”

人集合在大杨树下后，李麦向大家说：“乡亲们，这是咱们区的宋主任。请她给咱们讲话。”

大家没有开过会，还不知道拍手欢迎。王跑伸着脖子看着，心里想：“怎么来个女的？”小响在远处站着，看着这个女青年穿着一身黄军服，留着短头发，身上背个挎包，挎包上还挂了一个雪白的搪瓷茶缸，一举一动，从容自如，心里不由得羡慕起来。

宋敏开始讲话了。她的心情有些激动。她先喊了声“乡亲们……”接着又叫着：“大爷们，大婶们，大哥们，嫂子们，小弟弟小妹妹们！……”就她这么挨着喊了一遍，全场的人，顿时鸦雀无声了。李麦急忙低下了头。她的两行热泪已经流在脸上，她理解这个在水窝里蹲了八年的姑娘感情。

宋敏忽然大声说着：“……谁是这里土地的主人？你们是这里土地的主人！经过八年逃荒受难，现在你们回来了。我们把这块土地交给你们，现在我们政府制定了土地改革政策。要实行耕者有其田！……”她说着从背包里掏出告示，“哗”的一下抖开说：“这是咱们政府出的告示，我给大家念念。”她一条一条念着告示上的条文，仔细地解释着。念完后，徐秋斋忽然站起来带头“啪，啪，啪”地拍着手。群众愣了一下，紧接着都不约而同地拍起手来。对大多数人来说，这是他们平生第一次鼓掌，也是他们最愿意鼓的一次掌。

尾　声

熊熊的大火燃烧起来了。赤杨岗村子周围，冒起了冲天的狼烟。荆棘和野草在火舌的劈劈啪啪的响声中变成了灰烬。它预示着一个旧的社会结束，一个新的社会将要在苦难中诞生。

当人们抡起铁镢，把它刨进黑色的泥土时，泥土里发出了一种沉重的富有弹性声音。它好像也有生命。因为在这块土地上，洒遍了难民的鲜血和眼泪。一九五〇年时，一个银行的信贷工作者，到黄泛区这个村子作了一次社会调查。这个村子在一九三八年时，共有二百二十八户，五百七十六口人。经过这一场浩劫，截至一九五〇年秋天，从外省逃难陆续回到家乡的，共有九十六户人家，二百九十六口人。已知死绝的有二十八户。已知被黄水淹死和旱灾饿死的，共有男女二百零八口。没有音信和找不到下落的，尚有七十二人。人们不知道他们是否还在这个世界上？

中国人民的忍耐力是惊人的。他们可以背负着两肩石磨生活，他们可以不用任何麻醉药品“刮骨疗毒”，但忍耐是有限度的。它和一切事物一样，“物极必反”，“无往不复”。水是至柔之物，但聚集起来，可以穿透石壁岩层。弹簧压下去的力度和弹出来的力度是相等的。当黄泛区的人们，经历了巨大的痛苦牺牲，怀着激动心情在日以继夜开垦荒地，重建家园的时候，谁也没有想到，这件事会成为锯倒国民党政权的一把最有力的锯子。一九四八年，在决定历史命运的淮海决战中，黄泛区农民们的小车又推出来了。这成千上万辆的小车上，推的不是当年逃荒的锅碗瓢勺，而是一车车粮食、香油、军鞋和炮弹。这大约是一些军事家们没有计算在内的一种力量。他们只知道水可以载船，不知道水会变作巨浪还可以覆船。中国农民的独轮车，把历史推向了前进。“人心向背”是一颗最厉害的原子弹。

茫茫的黄河向东流到大海里去了。几千年来，人们爱她，恨她，想她，怕她。一条黄河就是中华民族流动的历史。从“大河村文化”遗址的陶壶，到“殷墟”的甲骨，从西安碑林中的巍峨丰碑，到中原古战场荒草中的箭镞。人民创造着历史，同时，也为历史的前进付出了沉重的代价。他们通过这些“媒介”，看到了二十五个朝代的盛衰交替，也看到了三百五十多个皇帝的治乱兴亡。这些“数据”，几乎可以创造一部“历史交替计算机”。这就是中国农民在历次革命和改革中，总要显示出他们的力量的重要原因之一，也是他们能够具有“历史的眼光”根源之一。

在四千年前，黄河流域出现了中国最早的家庭。从那时起，“家庭”成为这个社会的最有生命力的细胞。它的“根须式”结构和不断丰富的伦理，使它变得如此完备而又顽固。他们把除了“中国人”以外的人，都叫“外国人”。他们认为闻一闻本乡的泥土可以治病。这些观念是如此狭隘和落后，成为这个民族每前进一步中的沉重包袱。但同时，它又可能是这个民族的生命力所在。

那么，历史又给予了人民什么呢？像黄泛区的农民，他们经历了一场洪水的浩劫，一场蝗虫的浩劫，一场大旱灾的浩劫。会不会有新的浩劫呢？答复是肯定的。但历史的车轮，总是要向前进的，谁也阻挡不了，浩劫仍然会被战胜，困难仍然会被克服。因为历史不单是痛苦和牺牲的记录，她还给予了人们坚强、勇敢，智慧和信心。一个具有深厚道德精神的民族，不会在历史上消失，强烈的同情心、团聚力，和传统的道德力量铸成了这个民族延续和发展的坚强精神支柱。

本书介绍了七户农民的“家庭”。而且是在他们离开了土地以后，在死亡线上挣扎下的伦理和生活。在这些故事中，作者介绍了他们的痛苦和忍耐，也介绍了他们的坚定和勇敢。作者想通过这一段历史，寻找中华民族生存的“信心”。

由于作者学识浅陋，没有能力用这支笔去更深刻地发掘他所描写的对象。满纸荒唐俚语，最多不过向人们讲述了这一段生活罢了。

一九八四年二月十五日灯下，于北京。

“新中国70年70部长篇小说典藏”书目

书　名	作　者	书　名	作　者
风云初记	孙　犁	白鹿原	陈忠实
铁道游击队	知　侠	长恨歌	王安忆
保卫延安	杜鹏程	马桥词典	韩少功
三里湾	赵树理	抉　择	张　平
红　日	吴　强	草房子	曹文轩
红旗谱	梁　斌	中国制造	周梅森
我们播种爱情	徐怀中	尘埃落定	阿　来
山乡巨变	周立波	突出重围	柳建伟
林海雪原	曲　波	李自成	姚雪垠
青春之歌	杨　沫	历史的天空	徐贵祥
苦菜花	冯德英	亮　剑	都　梁
野火春风斗古城	李英儒	茶人三部曲	王旭烽
上海的早晨	周而复	东藏记	宗　璞
三家巷	欧阳山	雍正皇帝	二月河
创业史	柳　青	日出东方	黄亚洲
红　岩	罗广斌　杨益言	省委书记	陆天明
艳阳天	浩　然	水乳大地	范　稳
大刀记	郭澄清	狼图腾	姜　戎
万山红遍	黎汝清	秦　腔	贾平凹
东　方	魏　巍	额尔古纳河右岸	迟子建
青春万岁	王　蒙	藏　獒	杨志军
许茂和他的女儿们	周克芹	暗　算	麦　家
冬天里的春天	李国文	笨　花	铁　凝
沉重的翅膀	张　洁	我的丁一之旅	史铁生
黄河东流去	李　準	我是我的神	邓一光
蹉跎岁月	叶　辛	三　体	刘慈欣
新　星	柯云路	推　拿	毕飞宇
钟鼓楼	刘心武	湖光山色	周大新
平凡的世界	路　遥	大江东去	阿　耐
第二个太阳	刘白羽	天行者	刘醒龙
红高粱家族	莫　言	焦裕禄	何香久
雪　城	梁晓声	生命册	李佩甫
浴血罗霄	萧　克	繁　花	金宇澄
穆斯林的葬礼	霍　达	黄雀记	苏　童
九月寓言	张　炜	装　台	陈　彦